Sommaire

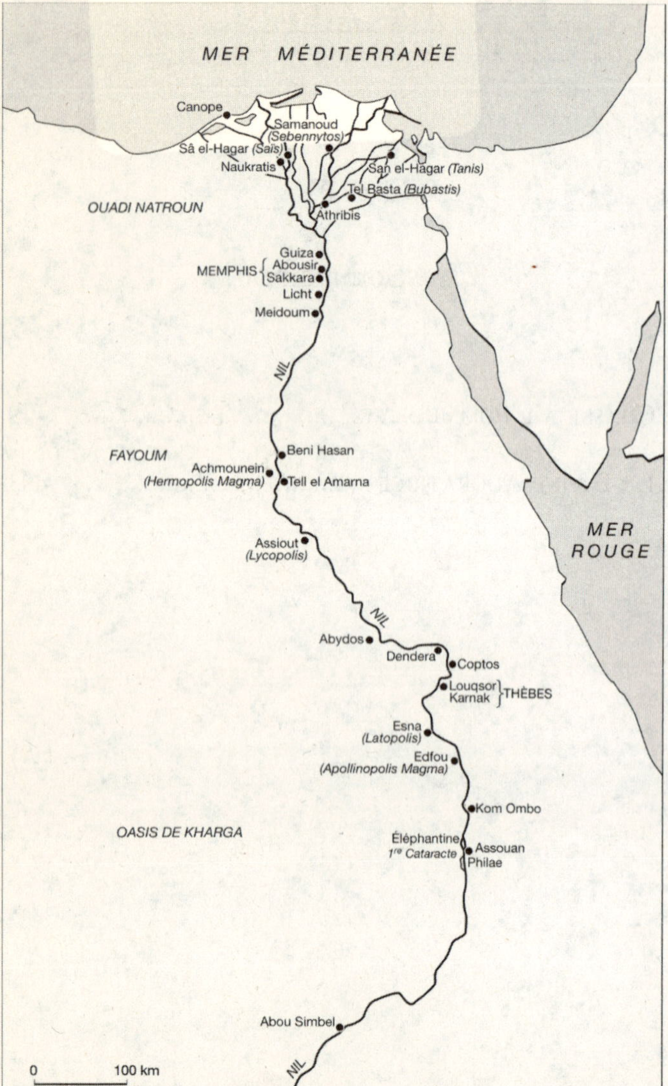
MER MÉDITERRANÉE
Canope
Samanoud
(Sebennytos)
Sâ el-Hagar (Saïs)
Naukratis
San el-Hagar (Tanis)
Tel Basta (Bubastis)
OUADI NATROUN
Athribis
Guiza
MEMPHIS
Abousir
Sakkara
Licht
Meidoum
NIL
FAYOUM
Beni Hasan
Achmounein
(Hermopolis Magma)
Tell el Amarna
Assiout
(Lycopolis)
MER
ROUGE
NIL
Abydos
Dendera
Coptos
Louqsor
Karnak
THÈBES
Esna
(Latopolis)
Edfou
(Apollinopolis Magma)
Kom Ombo
OASIS DE KHARGA
Éléphantine
1re Cataracte
Assouan
Philae
Abou Simbel
0
100 km
NIL
2e Cataracte
Cartographie : Noël Meunier

Chasse à l'homme

*

PROLOGUE

Les humains avaient trahi, une fois de plus.

D'ordinaire, le couchant offrait un moment de paix et de sérénité. Mais ce soir-là, le soleil était rouge sang, et la Divine Adoratrice sentit son cœur se serrer.

Régnant sur la cité sainte de Karnak, la prêtresse accomplissait des rites royaux, fondait des édifices et gouvernait une enclave respectée par le pharaon Amasis, épris de culture grecque. Depuis la fondation de la dynastie saïte [1], la Basse-Égypte se tournait vers le monde extérieur et acceptait chaque jour davantage la dégradation des idéaux et des mœurs.

Consciente de la gravité de la situation, la Divine Adoratrice tentait de sauvegarder les valeurs héritées des ancêtres fondateurs. Seul le strict respect du rituel préservait encore son pays du chaos, et la moindre négligence, en ce domaine, avait des conséquences catastrophiques. Aussi exigeait-elle le plus grand sérieux de ses ritualistes et de son personnel, dévoués à l'épouse terrestre du dieu caché, Amon.

Ce fragile équilibre maintenu à Thèbes menaçait de

1. En 672 av. J.-C. par le roi Nékao Ier, qui choisit comme capitale la ville de Saïs, dans le Delta.

se rompre, car le soleil agressif annonçait une période critique.

Ne supportant ni l'aveuglement ni la médiocrité des humains, les dieux ne tarderaient pas à se venger. Au cœur de la tempête, la Divine Adoratrice tiendrait bon jusqu'à l'ultime instant.

Sans rien changer à ses habitudes et à la juste célébration des fêtes et des rites, elle attendrait. Le vent d'orage lui amènerait des êtres désireux de lutter contre l'adversité et de repousser le malheur. S'ils s'en montraient dignes, elle leur offrirait le trésor préservé à Karnak.

Grâce à lui, échapperaient-ils à la vengeance des dieux ?

1

Le scribe Kel se réveilla en sursaut et bondit vers la fenêtre de sa chambre.

D'après la position du soleil, la matinée était fort avancée.

Lui, le brillant jeune homme considéré comme surdoué et voué à une belle carrière, serait jugé coupable d'une faute grave : un retard aussi monstrueux qu'inexcusable au Bureau des Interprètes !

Recruté six mois auparavant en raison de ses dons exceptionnels pour les langues étrangères, Kel devait, chaque jour, faire ses preuves et subir la jalousie de certains collègues. Heureux d'avoir obtenu un poste très convoité, il ne se plaignait jamais et travaillait avec tant d'ardeur et de compétence qu'il bénéficiait de l'estime de son chef, un érudit âgé, sévère et rigoureux.

Alors qu'il venait de lui confier un premier dossier délicat, Kel oubliait de se réveiller !

Une affreuse migraine lui enserrait les tempes.

Et le cauchemar qui avait hanté son sommeil ressurgit : il échouait à l'examen de scribe royal, incapable de traduire en égyptien un texte grec et de rédiger correctement une lettre administrative ! Les autorités supprimaient sa bourse d'études et le renvoyaient dans son village natal où les paysans, moqueurs, lui attribuaient les tâches les plus ingrates.

Le front en sueur à l'idée d'un tel désastre, Kel procéda à une toilette rapide, se rasa maladroitement et s'habilla à la hâte.

Hélas, le cauchemar deviendrait peut-être réalité ! Le chef du Bureau des Interprètes accepterait-il ses excuses et se contenterait-il d'un simple blâme ? Rien de moins sûr. Attaché à la discipline et à l'exactitude, il avait déjà licencié plusieurs collaborateurs jugés trop légers. En raison de son comportement, Kel n'appartenait-il pas à cette catégorie ?

Comment en était-il arrivé là ? La veille au soir, il n'avait pu décliner une surprenante invitation à un banquet organisé par le ministre des Finances. Y participaient des notables, tel l'organisateur des fêtes de la déesse Neit, souveraine de la ville de Saïs, qui souhaitait une traduction grecque de documents officiels adressés aux officiers supérieurs placés sous le commandement d'un général étranger, Phanès d'Halicarnasse.

Saïs, une merveilleuse cité de l'ouest du Delta, devenue capitale des pharaons de la XXVIe dynastie. Saïs, dont le roi Amasis, allié et protecteur des Grecs, améliorait sans cesse les temples. Saïs, haut lieu culturel et scientifique, avec sa fameuse école de médecine. Saïs, où le scribe Kel espérait travailler au service de l'État jusqu'à une retraite heureuse. Un beau projet à présent fort compromis !

Pourtant, tout au long de la soirée, il s'était tenu sur la réserve, mangeant et buvant peu. La présence de hauts personnages l'intimidait, et davantage encore celle d'une ravissante prêtresse de Neit, Nitis, disciple du grand prêtre et promise à d'importantes responsabilités.

Un instant, un instant seulement, leurs regards s'étaient croisés.

Il aurait aimé lui parler, mais comment l'aborder ? Et quelles paroles ridicules seraient sorties de la bouche d'un jeune scribe interprète, tenu au secret ? Nitis, un rêve somptueux, une lointaine apparition.

Et puis, au sortir du banquet, des vertiges.

Obligé de s'allonger, Kel avait sombré dans un sommeil agité, traversé à plusieurs reprises par ce cauchemar épuisant, responsable de son réveil tardif.

Sortant de chez lui en courant, il s'aperçut qu'il oubliait son bien le plus précieux, sa palette de scribe ! En bois de tamaris, elle comportait des logements destinés aux pinceaux et aux godets ronds remplis d'une encre que Kel préparait lui-même, obtenant une qualité enviée de ses collègues. Il pressa l'objet léger et mince à la ceinture de son pagne et lui attacha, avec une ficelle, un autre godet rempli d'eau de gomme et fermé par un bouchon.

En vertu de la nouvelle mode, le scribe ne portait pas de perruque et gardait les cheveux courts. Le parfum, lui, demeurait une marque de bon goût. N'ayant pas le temps de se pomponner, Kel s'élança vers le Bureau des Interprètes de Saïs, situé au cœur de la cité, au fond d'une impasse et à proximité des bâtiments officiels.

Ce service d'État remplissait des fonctions majeures : traduire les documents en provenance des pays étrangers, notamment de Grèce et de Perse, rédiger des synthèses à l'intention du pharaon Amasis, diffuser en diverses langues les textes égyptiens émanant de l'administration. Vu le nombre de mercenaires grecs et libyens présents en Égypte et formant le gros de l'armée, cette tâche se révélait essentielle.

Parfois se posaient des problèmes épineux. Précisément, une semaine auparavant, le chef du Bureau avait confié à Kel un étrange papyrus codé que personne ne parvenait à déchiffrer. Mélangeant plusieurs idiomes, il se révélait rebelle aux modes habituels de décryptage. Désireux d'obtenir un résultat et de prouver ainsi sa valeur, le jeune homme se heurtait à un mur infranchissable. Obstiné et patient, il ne s'estimait pas encore vaincu. Si on lui laissait le temps nécessaire, il percerait le mystère.

À l'entrée de la ruelle, aucun garde.

D'ordinaire, chaque interprète devait s'identifier, et sa présence était notée. Sans doute Kel arrivait-il au moment de la relève.

Pressant le pas, il cherchait la meilleure formule d'excuses.

La porte du bâtiment était entrouverte. Un autre garde aurait dû en interdire l'accès.

Kel entra et buta contre un corps.

Recroquevillé, les mains serrées sur l'estomac, le soldat avait vomi. Une odeur de lait ranci emplissait l'antichambre.

Le jeune scribe lui secoua l'épaule.

L'homme demeura immobile.

— Je vais chercher un médecin, marmonna Kel.

Pourquoi ses collègues n'avaient-ils pas secouru ce malheureux ?

Franchissant l'antichambre, il pénétra dans le grand bureau où il travaillait en compagnie de trois collègues.

Une vision d'horreur le tétanisa.

2

Trois cadavres, deux hommes et une femme.

Trois interprètes de haut niveau qui menaient la vie dure au jeune Kel, sans se montrer injustes. Il appréciait leur professionnalisme et en tirait chaque jour des leçons.

Eux aussi avaient vomi, et leur visage portait les stigmates d'intenses souffrances.

Refusant de se rendre à l'évidence, le scribe se pencha sur les corps.

— Réveillez-vous, je vous en supplie !

À côté de la femme, les débris d'une jarre de lait.

Ce lait que la dernière recrue du service, Kel, offrait à ses collègues après avoir réceptionné la livraison ! Tous appréciaient ce privilège accordé par l'État.

Choqué, se demandant s'il n'était pas la proie d'un nouveau cauchemar, le jeune homme poursuivit son exploration, posant avec peine un pied devant l'autre.

Dans la pièce voisine, quatre nouveaux cadavres.

Puis trois autres, et encore cinq… Le service entier était décimé !

Restait le bureau du chef.

Tremblant de tous ses membres, Kel le découvrit assis, la tête inclinée.

Un instant, le scribe crut qu'il était vivant !

Mais il déchanta vite. Bien qu'il n'eût pas vomi, le chef de service du Bureau des Interprètes avait, lui aussi, absorbé le lait mortel, comme le prouvait le bol renversé près de lui.

De sa main, hésitante, quelques mots sur un morceau de papyrus :

Déchiffre le document codé et...

À qui cet ordre pouvait-il s'adresser, sinon à Kel dont le haut fonctionnaire avait forcément constaté l'absence ? En cas de succès, que faire ?

Vacillant, le scribe se rendit dans la salle des archives.

Étagères dévastées, papyrus déroulés et déchirés, tablettes de bois brisées ! De la belle et stricte ordonnance à laquelle tenaient tant les interprètes, il ne restait qu'un champ de ruines. Pas un seul recoin épargné.

À l'évidence, les pillards recherchaient un document. L'avaient-ils trouvé ou bien étaient-ils repartis bredouilles ?

Et s'il s'agissait de l'étrange texte crypté que le chef de service avait confié à Kel ? D'abord, le jeune homme repoussa cette hypothèse. Ensuite, il s'interrogea. En agissant ainsi, son patron ne respectait ni la voie hiérarchique ni la procédure habituelle. Se méfiait-il des autorités, redoutait-il une intervention extérieure ?

Questions absurdes ! Et pourtant... Le service des interprètes exterminé, aucun survivant !

Inexact.

Lui, Kel, en raison de son réveil tardif, avait échappé à l'empoisonnement par le lait. Et puis... son ami, le Grec Démos, ne se trouvait pas parmi les victimes ! Désemparé, le jeune homme réexamina les cadavres.

Pas de Démos.

Comment interpréter cette heureuse absence ? Deux solutions possibles : soit le Grec n'avait pu se rendre au travail, soit il s'était échappé. La seconde apparaissait peu crédible. Kel envisageait plutôt un problème de santé, voire une soirée trop arrosée !

L'esprit toujours enfiévré, il se dirigea vers la salle d'eau. En application du règlement intérieur, les scribes s'y lavaient fréquemment les mains.

Sous la réserve du savon végétal, à l'odeur agréable, Kel avait aménagé une cache. Seuls son patron et lui connaissaient son existence.

Nerveusement, il ôta la petite dalle.

Le document crypté, roulé et ficelé, était intact.

Fallait-il le laisser là ou bien l'emporter et le remettre à la police ?

Des bruits de pas firent sursauter Kel. On venait d'entrer dans le bâtiment.

Le scribe s'empara du papyrus et remit la dalle en place. Puis il emprunta un couloir menant à la porte donnant sur un petit jardin. Une toiture de palmes procurait une ombre agréable aux interprètes qui, lors de leurs périodes de repos, bavardaient en buvant de la bière fraîche. Là, Démos avait encouragé Kel à tenir bon, à ne pas écouter les critiques des jaloux et à travailler sans compter ses heures. Un excellent interprète devenait scribe royal et appartenait, tôt ou tard, à la sphère gouvernementale.

Kel songeait surtout à servir l'Égypte, la terre aimée des dieux. La science du langage n'était-elle pas celle de Thot, le patron des scribes ? En l'approfondissant jour après jour, le jeune homme espérait parvenir à la sagesse qu'enseignait Imhotep, le créateur de la pyramide à degrés. Écrire était un acte grave. Il ne s'agissait pas de transcrire ses émotions et ses préférences personnelles, mais de tracer des hiéroglyphes, les « paroles des dieux », et de les incarner au quotidien en pratiquant la règle de Maât, déesse de la rectitude.

Pour l'heure, il fallait échapper aux agresseurs de retour sur place !

Déçus par leur échec, ils revenaient fouiller les locaux, à la recherche du document que le rescapé cacha dans un repli de son pagne.

Prenant son élan, il parvint à s'agripper au sommet d'un muret et, d'un coup de reins, à s'y hisser.

De l'autre côté, la vie sauve !

3

Kel avait tort.

Ceux qui pénétraient dans les locaux n'étaient ni des assassins ni des pillards, mais des soldats qu'intriguait l'absence de leur collègue à l'entrée de l'impasse. Au terme d'une brève investigation, ils avaient retrouvé son cadavre, dissimulé sous des branches de palmier.

Et la vision du carnage les laissa sans voix.

Enfin, l'un d'eux décida d'alerter son supérieur.

Moins d'une heure plus tard, un détachement boucla le quartier et quatre hauts personnages découvrirent à leur tour l'ampleur de la tragédie.

— Inouï, déclara le juge Gem[1], un homme âgé que le pharaon avait placé au sommet de la hiérarchie judiciaire. Quelle abomination ! Je dirigerai moi-même l'enquête.

— J'allais vous en prier, intervint l'imposant Oudja[2], gouverneur de Saïs, chancelier royal, inspecteur des scribes du tribunal, chef des scribes de la prison et

1. Son nom complet était *Gem-nef-Hor-bak* et le situait comme un serviteur d'Horus, capable de « trouver, déceler » (*gem*).

2. Son nom complet, *Oudja-Hor-resnet*, signifie « Horus de la chapelle du sud (à Saïs) est florissant, en bonne santé ».

amiral de la marine royale. Toujours médecin-chef de la prestigieuse école de Saïs, il ne donnait pas de consultations et se contentait de veiller sur la bibliothèque, le matériel des soins et la nomination des nouveaux praticiens. Confident du roi Amasis, il exerçait une fonction de Premier ministre. Aucun dossier important ne lui échappait.

— Qu'en pensez-vous, mon cher collègue ? demanda-t-il à Horkheb, le médecin-chef du palais qui avait déjà examiné sommairement les victimes.

— Cause du décès évidente : empoisonnement fulgurant. Une petite quantité de lait a suffi ; personne ne pouvait en réchapper.

Bel homme, élégant, excellent scientifique, Horkheb se vantait de soigner la famille royale. À la tête d'une petite fortune, il prenait soin de ne faire aucune ombre à Oudja et ne se mêlait pas de politique.

— Saurez-vous identifier le poison ? interrogea le juge Gem.

— J'essaierai, sans grand espoir.

— Faut-il brûler les cadavres ? s'inquiéta Oudja.

— Nul risque d'épidémie, mais mieux vaudrait enterrer rapidement ces malheureux.

Le juge donna son accord.

Les cheveux très noirs, le regard inquisiteur, l'allure si discrète qu'il passait souvent inaperçu, le quatrième dignitaire, Hénat, était officiellement ritualiste en chef, serviteur du dieu Thot et directeur du palais. Il remplissait surtout la fonction d'« oreille du roi », c'est-à-dire de chef des services secrets.

Sa présence mettait Gem mal à l'aise.

— Auriez-vous des informations à me communiquer, Hénat ?

— Pas la moindre.

— Le service des interprètes ne dépend-il pas directement de vous ?

— En effet.

— La cause de ce massacre serait-elle… un secret d'État ?

— Je l'ignore.

— Puis-je compter sur votre pleine et entière collaboration ?

— Dans la limite des devoirs que m'impose Sa Majesté, bien entendu.

— Votre présence ici m'intrigue.

— Vous l'avez dit vous-même : le service des interprètes est placé sous mon autorité.

Le médecin-chef Horkheb estima nécessaire de s'éclipser.

— Puisque vous n'avez plus besoin de moi, je retourne au palais. Sa Majesté souffre d'une sérieuse migraine.

— Soignez-La au mieux, recommanda Oudja.

Le gouverneur de Saïs, le chef des services secrets et le juge contemplèrent le cadavre du chef des interprètes.

— Un homme remarquable, aux compétences exceptionnelles, indiqua Oudja. Le remplacer sera difficile.

— C'est bien vous qui l'avez nommé à ce poste ? demanda Gem à Hénat.

— Exact.

— Vous étiez en contact permanent avec lui, je suppose ?

— Il m'adressait un rapport mensuel.

— Vous avait-il signalé quelque chose d'anormal, ces derniers temps ?

Hénat réfléchit.

— Rien d'alarmant.

— Ce bureau ne traitait-il pas des affaires sensibles ?

— Le courrier diplomatique était soumis à Sa Majesté. Il ordonnait les modifications nécessaires, les interprètes s'exécutaient.

— En toute sincérité, Hénat, envisagez-vous, même à titre d'hypothèse, une raison à ce massacre ?

— Aucune.

Un morceau de papyrus attira le regard du juge.

— *Déchiffre le document codé et...* Qu'est-ce que ça signifie ?

— Un ordre banal du chef de service. Chaque mois, ce Bureau examine et décode des dizaines de messages cryptés. Ils proviennent de nos ambassades ou de nos agents en poste à l'étranger.

— Malheureusement, déplora Gem, le défunt n'a pas eu le temps de préciser ses directives et le nom du destinataire. Ces derniers mots ne nous servent à rien. Bien entendu, vous disposez d'une liste des scribes appartenant à ce service ?

— La voici, murmura Hénat en donnant le document au juge.

Il compta les fonctionnaires : dix-huit.

— Nous n'avons trouvé que seize cadavres ! J'exige une fouille approfondie des locaux.

Les investigations des policiers furent vaines.

Deux hommes avaient été épargnés.

— Se seraient-ils enfuis ? avança Oudja.

— Je n'y crois guère, rétorqua Gem. Puisqu'ils n'ont pas bu le lait empoisonné, ils sont plutôt suspects.

— Supposons qu'ils n'apprécient pas cette boisson ou que, pour une autre raison, ils ne l'aient pas consommée. Quand ils ont vu arriver le ou les agresseurs, ils ont pris peur.

— Pourquoi parler d'agresseurs ?

— Les archives ont été dévastées, voire pillées ! On a d'abord empoisonné le personnel, puis volé des documents. Mais lesquels ?

— Des espions étrangers ?

— Impossible, jugea Hénat. D'abord, nous les connaissons tous ; ensuite, aucun n'oserait accomplir un tel forfait.

— Cas de force majeure !

— Je ne vois pas lequel, juge Gem. L'Égypte vit en paix, et tout crime prémédité est puni de la peine de mort. À mon sens, seul un fou furieux a pu commettre un acte aussi barbare.

— Et s'il s'agissait du laitier ? proposa Oudja.

— Quoi qu'il en soit, c'est la première piste à suivre, reconnut Gem. La police commence immédiatement une enquête de voisinage afin de découvrir son nom et son adresse.

— Il suffit peut-être de consulter la comptabilité, si elle n'a pas été détruite, suggéra Hénat.

— Je m'en occupe. Seconde piste : les deux manquants. Comment les identifier ?

— Outre le chef de service, demanda Oudja à Hénat, connais-tu certains scribes ?

— Six d'entre eux.

À l'énoncé de leurs noms, Gem les raya de la liste, ainsi que celui de la femme.

— Interrogez les gardes qui ont eu la chance d'être de repos aujourd'hui, recommanda le chef des services secrets. Ils identifieront forcément les victimes, et nous obtiendrons l'identité des deux absents.

4

Après avoir couru jusqu'à perdre haleine, Kel reprit son souffle.

Des hommes faisaient la queue pour se faire raser par un coiffeur ambulant, des paysans conduisaient leurs ânes chargés de paniers à légumes vers le marché, des femmes discutaient sur le seuil de leur demeure, un vieillard mangeait du pain frais à l'abri du soleil… La vie continuait, comme si un drame atroce n'avait pas eu lieu.

Kel ne pouvait effacer la vision des cadavres.

Préméditer et accomplir un tel massacre impliquait une parfaite organisation. À l'évidence, il ne s'agissait pas de l'acte d'un dément, et plusieurs personnes devaient être impliquées. Le jeune scribe était incapable de mener une enquête, et il se rendrait à la police en compagnie de Démos qui en savait peut-être davantage.

Son ami grec se trouvait forcément chez lui, malade ou incapable de se déplacer. À moins qu'il n'ait vu les agresseurs ! En ce cas, il se cachait.

Impatient de dissiper cette incertitude-là, Kel pressa le pas jusqu'au domicile de Démos, une petite maison blanche au cœur d'un quartier populaire. Venant de bénéficier d'une augmentation, le Grec comptait déménager bientôt. Estimé de son patron et de ses collègues expérimentés, il occupait déjà un poste important et ne tarderait pas à diriger une partie du service des interprètes. Grand amateur de littérature ancienne, il appréciait les charmes de Saïs, notamment la qualité des vins. Parfois, il manquait de modération et se laissait surprendre par l'ivresse. Si le chef l'avait appris, il l'aurait expulsé sur-le-champ.

Kel traversa la petite cour intérieure. À gauche, la cuisine, en partie à ciel ouvert. Mangeant le plus souvent à la taverne, Démos s'en servait peu. L'endroit était d'une parfaite propreté. À droite, l'entrée du logis.

Le jeune scribe frappa.

Pas de réponse.

Il recommença.

— C'est moi, Kel. Tu peux ouvrir.

Une longue minute s'écoula.

Kel poussa la porte. Le verrou de bois n'avait pas été enclenché.

Soudain, il redouta le pire. Et si les tueurs avaient poursuivi Démos jusqu'ici ?

La petite salle de séjour était vide. Pas de désordre. Seulement un silence pesant.

Le jeune homme pénétra dans la chambre. Un lit fait, un coffre à linge, des vêtements pliés sur une table basse, deux lampes à huile, un papyrus relatant *Les Aventures de Sinouhé*. Démos aimait lire avant de s'endormir.

Kel ouvrit le coffre, regarda sous le lit.

Rien.

Restait à explorer la cave où le Grec entreposait des jarres de vin millésimé.

Intactes, elles semblaient attendre son retour.

Dépité, Kel inspecta de nouveau le logement, avec

l'espoir de découvrir un indice qui lui permettrait de retrouver Démos.

Peine perdue.

Alors qu'il sortait, un homme épais lui barra le passage.

Kel sursauta, tentant de s'enfermer. Mais une main vigoureuse lui bloqua le poignet.

— Que fais-tu là, mon gars ?

— Je… je rendais visite à mon ami Démos.

— Tu ne serais pas plutôt un voleur ?

— Je vous jure que non !

— Si Démos est ton ami, tu dois connaître son métier ?

— Scribe, comme moi !

— Scribe, scribe, c'est vague, ça ! Il y en a des milliers. Sois plus précis.

— Impossible.

— Pourquoi ?

— Nous sommes tenus au secret.

L'homme fit la moue.

— Passe devant, on va vérifier si tout est en ordre et si tu n'as rien volé.

Kel hésita. Le costaud n'allait-il pas le supprimer, à l'abri des regards indiscrets ?

Il le poussa violemment à l'intérieur.

— Tu ne sais pas te battre, on dirait ! Un vrai scribe qui ne vit qu'avec sa tête en oubliant ses poings.

— Ta violence ne mène qu'à l'injustice.

— Moi, les grands discours…

L'œil suspicieux, l'homme scruta les deux pièces.

— Il ne manque rien. Maintenant, je vais te fouiller.

Kel exhiba sa palette de scribe et le papyrus codé.

C'était l'instant de vérité.

Si le costaud appartenait au clan des agresseurs, il tuerait sa proie afin de récupérer le document.

— Garde ton trésor, le scribe. Moi, je ne sais lire que quelques mots et je n'écris jamais.

— Qui êtes-vous ?

— Le blanchisseur du pâté de maisons. En Égypte, les femmes ne se livrent pas à ce travail pénible. Ce n'est pas toujours agréable, mais j'ai bonne réputation et je gagne bien ma vie. Démos me confiait son linge. Un type exigeant et bon payeur. Dommage de perdre un client comme celui-là !

— Le perdre… Pourquoi dites-vous ça ?

— Parce qu'il est parti, hier soir.

— Hier soir… Savez-vous où il est allé ?

— J'ai ma petite idée.

— Parlez, je vous en prie !

— La semaine dernière, quand je lui ai livré son linge, il m'a offert une coupe de vin. Drôle de goût, trop doucereux. « Il provient de Naukratis, m'a-t-il dit, et je l'apprécie beaucoup. » Peut-être Démos a-t-il rendu visite à des amis, là-bas, afin d'y vider quelques jarres. Naukratis, c'est la ville des Grecs.

5

Pendant que les policiers recherchaient les documents comptables dans la masse d'archives éparpillées, le chef des gardes, absent le matin du meurtre, examinait les cadavres.

Le cœur au bord des lèvres, il contenait mal son émotion.

— Je les connaissais tous… Qui a pu commettre une telle horreur ?

— Maîtrisez-vous, recommanda le juge. Il manque deux scribes, je veux leurs noms.

— Deux rescapés… Oui, Démos et Kel.

— Parlez-moi d'eux.

— Démos est un Grec âgé de vingt-cinq ans. Très apprécié, il travaille ici depuis trois ans, sous la direction du spécialiste de la diplomatie. Poli, aimable, élégant, il ne tardera pas à grimper dans la hiérarchie.

— Marié ?

— Non, célibataire.

— Des éléments sur sa vie privée ?

— Rien de mon côté. Le chef du service possédait peut-être un dossier.

Gem se tourna vers Hénat.

— Était-ce la coutume ?

— Bien entendu.
— Vous en remettait-il un double ?
— Le règlement l'exige.
— Je désire le consulter.
— Il faudrait une dérogation du palais.
— Accordée, trancha Oudja.
Le chef des services secrets interpella son assistant.
— Remettez au juge la totalité des dossiers concernant les interprètes.
Gem fut étonné.
— Aviez-vous prévu ma demande ?
— Quand le gouverneur de Saïs a exigé ma présence en raison de plusieurs meurtres au Bureau des Interprètes, j'ai aussitôt pensé que l'enquêteur exigerait ces documents.
Le juge consulta le dossier de Démos.
Le portrait du fonctionnaire modèle.
— Et l'autre, ce Kel ? demanda-t-il au chef des gardes.
— Un jeune homme brillant, voire surdoué, la dernière recrue du service. Ses capacités exceptionnelles suscitaient des jalousies, mais il montrait tellement d'ardeur au travail que les envieux se contentaient de murmurer. Et Démos l'encourageait à continuer ainsi, sans tenir compte des remarques fielleuses de certains collègues.
— Démos et Kel étaient donc amis ?
— Ils bavardaient volontiers ensemble.
— Des complices, marmonna le juge en parcourant le dossier de Kel. Dix-neuf ans, un fils de paysan remarqué par un notable, une bourse d'études à Saïs, l'école des scribes, des résultats remarquables, des progrès d'une rapidité extraordinaire, le don des langues, une intégration immédiate au service, de la rigueur, du courage et le sens du devoir. Et bientôt, selon les annota-

tions de son chef, une promotion. Bref, un futur scribe royal digne de participer au gouvernement de l'Égypte.

— Avez-vous entendu parler de ce Kel ? demanda-t-il à Hénat.

— Non.

— Pourtant, le chef du service ne tarit pas d'éloges à son sujet !

— Il se trompait rarement, tout en se montrant d'une extrême prudence. Sans doute attendait-il la confirmation de ses intuitions avant de me signaler le cas de ce garçon.

Troublé, le juge ne disposait pas de la description de deux criminels capables de commettre une pareille tuerie ! Néanmoins, ils demeuraient suspects.

Les dossiers mentionnant leur adresse, il ordonna aux policiers de s'y rendre immédiatement.

— Peut-être sont-ils alités, avança Oudja.

— En ce cas, ils seront interpellés avec ménagement.

— Et s'ils tentent de s'enfuir ? intervint Hénat.

— L'interpellation se fera sans ménagement !

— Juge Gem, il nous faut ces hommes vivants ! À supposer qu'ils soient mêlés de près ou de loin à ces meurtres, leur témoignage sera précieux.

— Pour qui me prenez-vous ? Nous ne sommes pas dans un pays de barbares et je respecte la loi de Maât !

— Nul n'en doute.

Gem jeta un regard furibond au chef des services secrets dont les agissements restaient parfois obscurs.

— Voici les documents comptables, avança un policier, heureux de sa trouvaille.

Toutes les dépenses étaient soigneusement notées, depuis l'achat de papyrus de diverses qualités jusqu'aux jarres de lait quotidiennes.

— Nous avons le nom du laitier, constata le juge : Le Buté.

— Je le connais, dit le policier. Il mérite bien ce nom-là, mais fournit d'excellents produits au meilleur prix. Son étable se trouve à proximité du temple de la déesse Neit.

— Ramenez-moi ce gaillard au plus vite, ordonna Gem.

6

Désemparé, Kel perdait pied. Même Thot, le patron des scribes, ne pourrait dissiper les ténèbres dans lesquelles il s'enfonçait. Et voilà qu'il osait soupçonner son collègue Démos, son meilleur ami !

Son meilleur ami… Non, il s'agissait de son camarade d'enfance, le comédien Bébon qui parcourait l'Égypte en racontant des légendes. Villageois et citadins appréciaient son talent de conteur, et Bébon, lors de la représentation de certains mystères, accessibles aux profanes, portait le masque d'Horus, de Seth, ou d'autres puissances divines.

Grand séducteur, il ne comptait pas ses conquêtes et jouissait de la vie avec un bel appétit. Toujours prêt à risquer ses gains au jeu, donc à se ruiner, il ne perdait jamais sa bonne humeur et son dynamisme.

Bébon saurait le conseiller… à condition qu'il se trouvât à Saïs !

Ne possédant pas de maison afin d'éviter des ennuis ménagers, le comédien logeait chez sa dernière maîtresse en date en prenant soin de lui préciser que, contrairement à la coutume, le fait de résider quelque temps ensemble sous le même toit n'équivalait pas à un mariage. Toute Égyptienne finissant par le réclamer,

Bébon était contraint de s'enfuir et de trouver un abri et un lit moins exigeants.

Dernier domicile connu : celui d'une chanteuse qui officiait au temple de Neit. Héritière d'une coquette fortune, elle goûtait l'humour et les ardeurs de son nouveau compagnon. Vaste et confortable, sa villa était entourée d'un jardin où les amants aimaient à se prélasser.

Kel se présenta au gardien.

— Je désire voir Bébon.

— Votre nom ?

Kel hésita.

— Le Nageur. Dites-lui que c'est urgent.

— Je vais voir s'il est disponible.

Enfants, Bébon et Kel se livraient à d'intenses compétitions de natation. Et Kel gagnait souvent, d'où son surnom.

Le scribe attendit un long moment.

Enfin apparut un Bébon échevelé, visiblement énervé.

— C'est bien toi ! J'étais fort occupé et…

— J'ai besoin de te parler. Une affaire grave, très grave.

— Holà, tu as l'air sérieux ! Eh bien, entre.

— Non, je préfère marcher.

— D'accord, allons-y. De toute manière, j'avais prévu de quitter cette villa aujourd'hui même. Sa propriétaire devient trop envahissante.

— Tes affaires…

— Je les ai déjà transportées chez ma nouvelle amie, à l'autre bout de la ville. Un petit mois de repos, et je repars pour le Sud. Alors, cette affaire très grave ?

— Tous les membres du service des interprètes ont été assassinés.

Bébon s'immobilisa.

— Pardon ?

— Empoisonnés avec du lait. Si je n'étais pas arrivé en retard, je serais mort.

— Dans le domaine de la plaisanterie, Kel, tu n'as aucun talent.

— C'est la vérité. De plus, les locaux ont été fouillés de fond en comble. Les assassins recherchent un document, et je ne sais pas s'ils l'ont trouvé. Moi, j'ai récupéré un papyrus codé que le chef de service m'avait confié.

— Serait-ce le trésor tant convoité, au prix de plusieurs assassinats ?

— Je l'ignore. Quand les assassins sont revenus, j'ai réussi à m'enfuir.

— Pourquoi ne t'es-tu pas rendu à la police ?

— Parce que mon collègue, le Grec Démos, ne figurait pas au nombre des victimes. Persuadé qu'il était souffrant, je souhaitais m'entretenir avec lui. Mais il a disparu.

— La tête me tourne ! s'exclama Bébon.

— Le papyrus codé est-il bien la cause de ce massacre, Démos victime ou complice ?... Je suis perdu.

Les deux amis parcoururent une artère animée, proche d'un marché.

— Un détail m'intrigue, déclara Bébon. Toi, en retard ! Pour quelle raison ?

— À ma grande surprise, j'avais été convié à un banquet où figuraient des notables. Je me sentais gêné, car rien ne justifiait ma présence. De retour chez moi, j'ai été pris de vertiges et j'ai dû m'allonger. Mon sommeil fut peuplé de cauchemars et je me suis réveillé en sursaut, au milieu de la matinée.

— Tu avais beaucoup bu ?

— Raisonnablement.

— Pas de goût étrange dans la bouche ?

— Un peu… À quoi penses-tu ?

— À une sorte de somnifère.

— Me droguer, moi ? C'est insensé !

— Ces notables… qui étaient-ils ?

— Je l'ignore.

— Un autre convive pourrait-il t'aider à les identifier ?

L'admirable visage de Nitis apparut à Kel.

— Peut-être… Non, impossible.

— Son nom ?

— Nitis, une prêtresse de Neit, mais…

— Grâce à mes relations, je la retrouverai facilement. On t'a sans doute forcé à dormir trop longtemps, Kel. Reste à savoir pourquoi. Tu vas t'installer chez ma nouvelle amie, absente jusqu'à la nouvelle lune. Moi, je contacte Nédi, l'un des seuls policiers de Saïs parfaitement honnête. Il me dira à qui tu dois adresser ton témoignage afin de n'avoir aucun ennui et d'être rapidement débarrassé de cette horrible affaire. Maintenant, repose-toi.

7

Le pharaon Amasis régnait depuis quarante et un ans[1]. La soixantaine largement dépassée, il ne ressemblait plus au fier et redoutable général qui, porté par l'enthousiasme de ses hommes, s'était emparé du trône d'Égypte au détriment d'Apriès, allié du prince libyen de Cyrène et en lutte contre les Grecs.

Né à Siouph, dans la province de Saïs, le général jouissait d'une immense popularité. Chaque jour, il songeait à ce moment incroyable où l'armée, mutinée contre Apriès, avait décidé de le choisir comme nouveau pharaon en le coiffant d'un casque pieusement conservé au palais.

Fallait-il accepter et déclencher une guerre civile ? Au moins, personne ne pourrait reprocher à Amasis d'avoir maltraité son malheureux rival. Vaincu et tué près de Memphis, Apriès avait eu droit à des funérailles royales.

De ce pénible conflit étaient nées la paix et la pros-

1. Il avait pris le pouvoir en 570 av. J.-C. Ses deux noms principaux étaient *Iâh-mes-sa-Nt*, « Né de la lune, fils de Neit », et *Khenem-ib-Râ*, « Celui qui s'unit au cœur de Râ ». Le roi incarnait donc les deux luminaires et disposait de la puissance conjointe du jour et de la nuit.

périté. Pourtant, usurpateur venu du peuple, Amasis avait longtemps subi le mépris des classes dirigeantes. Comment les soumettre, sinon en les ridiculisant ? Le roi en riait encore, songeant à la statue divine en or devant laquelle les passants s'inclinaient. Réjoui, il révéla son origine : les débris d'un bassin destiné à se laver les pieds ! « Moi, avait-il déclaré, j'ai été transformé de la même manière que cet objet. D'abord homme de peu, je suis devenu votre roi. Donc, respectez-moi ! »

Respecté, voire vénéré, Amasis régnait à présent sans partage sur un pays puissant comptant trois millions d'habitants [1]. Prêtres, scribes, artisans, paysans et soldats ne se souciaient plus des origines de leur souverain et de son coup d'État.

Quelques hauts fonctionnaires n'appréciaient guère sa manière de gouverner mais, à son âge, il n'en changerait pas. Tôt le matin, à l'heure où les marchés s'animaient, il examinait rapidement les dossiers, prenait les décisions nécessaires et rejoignait ensuite ses invités autour d'un succulent repas bien arrosé. Oubliant les soucis du pouvoir, Amasis prenait un maximum de bon temps. À ceux qui qualifiaient sa conduite d'inconvenante et lui reprochaient sa légèreté, il répondait : « Quand on utilise un arc, on le tend ; après usage, il faut le détendre. Perpétuellement tendu, il se briserait. De même, si un roi travaillait sans cesse, il deviendrait stupide. C'est pourquoi je partage mon temps entre l'État et les plaisirs. »

Et cette méthode produisait d'excellents résultats. Les Égyptiens ne manquaient de rien et, grâce à la politique internationale de leur souverain, bénéficiaient

1. Certains spécialistes vont jusqu'à sept millions.

d'une paix durable. Afin d'éviter une nouvelle invasion [1], Amasis s'appuyait sur de solides alliances avec les Grecs et ne manquait pas une occasion de leur manifester sa sollicitude. Ainsi, lors de l'incendie du temple de Delphes [2], le pharaon avait été le premier à offrir une aide substantielle pour la reconstitution du sanctuaire. Rhodes, Samos, Sparte et d'autres cités appréciaient les largesses du maître de l'Égypte dont l'armée se composait essentiellement de mercenaires grecs, bien logés et bien payés. Et le pharaon avait épousé une princesse de la famille royale de Cyrène, inspiratrice d'un remarquable projet : le développement de la cité côtière de Naukratis où se concentreraient les activités commerciales avec la Grèce.

Alors que le roi s'apprêtait à goûter une paisible promenade en barque sur un canal proche de sa résidence, le chef des services secrets, Hénat, sollicita une entrevue urgente. Amasis détestait ce genre de contretemps.

— Qu'y a-t-il encore ?

— Deux nouvelles importantes, Majesté.

— Bonnes ou mauvaises ?

— Disons… inquiétantes.

La promenade était gâtée. Fatigué à l'idée de devoir résoudre rapidement des problèmes ardus, Amasis s'assit lourdement dans un fauteuil pourvu d'accoudoirs.

— Cyrus, l'empereur de Perse [3], est mort, déclara gravement Hénat. Son fils Cambyse lui succède.

Le pharaon fut choqué.

Après avoir écrasé Crésus, allié des Égyptiens, Cyrus

1. En 661 av. J.-C., les Assyriens avaient atteint Thèbes, détruit des monuments et perpétré des massacres.

2. En 548 av. J.-C.

3. L'ancien Iran.

avait fondé un immense empire dont les limites étaient l'Indus, la mer Caspienne, la mer Noire, la Méditerranée, la mer Rouge et le golfe Persique. Il développait sans cesse sa flotte de guerre, son infanterie et sa cavalerie, mais n'osait pas s'attaquer à l'Égypte, puissamment armée. Comme le prévoyait Amasis, Cyrus s'était contenté de son vaste territoire et avait mis fin au temps des conquêtes.

— Que sait-on de Cambyse ?

— Il a gouverné la Babylonie d'une poigne de fer et promis de suivre les traces de son père.

— Alors nous sommes tranquilles !

— Il s'agit peut-être d'un discours de façade, Majesté.

— Cambyse a-t-il maintenu notre grand ami Crésus à la tête de la diplomatie perse ?

— En effet.

— Donc, le nouvel empereur veut la paix !

La destinée du roi de Lydie, Crésus, était singulière. Auteur d'une réforme monétaire qui l'avait enrichi, il se montrait un généreux protecteur des temples, des philosophes et des artistes, et croyait, jusqu'à l'attaque perse, connaître à jamais l'existence paisible d'un despote fortuné.

Babylone, pourtant engagée par un traité d'alliance, ne bougea pas. Et les troupes égyptiennes arrivèrent trop tard. À la surprise générale, Cyrus épargna le riche Crésus et lui accorda même un petit territoire. Mieux encore, il en fit le chef de la diplomatie ! Devenu le fidèle serviteur de son vainqueur, Crésus ne tarissait pas d'éloges sur la grandeur de la Perse et garantissait à l'Égypte une éternelle coexistence pacifique.

— Dois-je vous rappeler, Majesté, que Crésus a épousé Mitétis, la fille d'Apriès, le pharaon auquel vous avez succédé ?

— Événements lointains et oubliés !

— Le jeune Cambyse ne se montrera-t-il pas ambitieux et conquérant ?

— Crésus le calmera. Il connaît mon réseau d'alliances et sait que les Grecs défendraient toujours l'Égypte contre la Perse. Nous attaquer serait suicidaire.

— Majesté, je tiens néanmoins à souligner le danger et…

— Affaire classée, Hénat. Et la seconde nouvelle ?

— Un horrible massacre vient d'être commis.

Le roi se crispa.

— Une insurrection ?

— Non, l'assassinat de tous les membres du Bureau des Interprètes. Enfin, presque tous. Deux d'entre eux ont été épargnés. Nous les recherchons activement.

— Le chef du service fait-il partie des victimes ?

— Malheureusement oui.

Amasis parut accablé.

— Je l'appréciais beaucoup. C'était un incorruptible, capable de sélectionner les meilleurs scribes et de fournir un travail impeccable. Nous perdons un homme précieux, très précieux. Qui a commis ces crimes et pourquoi ?

— Le juge Gem s'occupe personnellement de l'enquête.

Amasis devint bougon.

— Je l'ai nommé à la tête de la magistrature en raison de son intégrité, mais il est âgé et lent d'esprit. Une affaire de cette importance ne dépasse-t-elle pas ses capacités ?

— À vous de décider, Majesté.

— Ne joue pas les flatteurs, Hénat ! Ton avis ?

— Jamais nous n'avons été confrontés à une tragédie d'une telle ampleur. S'agit-il de l'acte d'un fou, d'une vengeance ou d'une atteinte à la sécurité de l'État ? Je n'en sais rien encore. Le juge Gem poursuivra ses investigations à sa manière, moi à la mienne. Tâchons de tout mettre en œuvre pour découvrir la vérité.

8

Contrarié, Amasis vida deux coupes de vin liquoreux avant de se rendre chez la reine, une femme superbe, plus jeune que lui. Naguère Ladiké de Cyrène, elle avait pris le nom de Tanit[1], rappelant son origine étrangère. D'un caractère aimable, élégante et racée, elle pardonnait à son mari ses infidélités passagères et organisait les réjouissances de la cour avec un talent inégalable.

— Cyrus est mort, annonça le roi.

— Un tyran de moins ! Son successeur ?

— Cambyse, son fils.

— Mauvaise nouvelle.

— Pourquoi ce pessimisme, Tanit ?

— Jeunesse, ambition, esprit guerrier... Ne songera-t-il pas à nous envahir ?

— Il connaît notre puissance militaire et n'osera pas nous attaquer.

— Êtes-vous sûr de notre système de défense ?

— Phanès d'Halicarnasse est un excellent général, et je m'y connais ! Quant à notre flotte, elle est supérieure

1. *Ta-net-Kheti*, « Celle des Hittites », disparus depuis longtemps.

à celle des Perses et les empêcherait d'atteindre nos côtes.

— Et la voie terrestre ?

— Nos meilleures troupes, formées de mercenaires grecs expérimentés, en interdisent l'accès. Rassurez-vous, pas un seul Perse ne pénétrera dans le Delta ! Et nos alliances avec les royaumes et les principautés grecs sont plus solides que jamais. L'Égypte ne risque rien, et Cambyse se contentera d'administrer son vaste empire. Les conflits internes requerront tout son temps. Et nous avons notre cher Crésus ! Il ne cesse de plaider notre cause et de conseiller à l'empereur une politique de modération, semblable à la mienne. La guerre est ruineuse, la paix profite à tous. N'ai-je pas rendu ce pays prospère et heureux ?

— Chacun vous en est reconnaissant, Amasis, et personne ne désire perdre ce bonheur-là. Puisque vous ne redoutez pas les Perses, pourquoi semblez-vous soucieux ?

— On a assassiné les scribes du service des interprètes.

Tanit crut avoir mal compris.

— Des meurtres, ici, à Saïs ?

— Un véritable massacre. Le vieux Gem s'occupe de l'enquête.

— Sera-t-il à la hauteur ?

— Hénat se montrera sans doute plus efficace. Je redoute une affaire d'espionnage. Éliminer nos meilleurs interprètes désorganise en partie notre activité diplomatique. Nombre de documents délicats passaient entre les mains du chef de service, un serviteur compétent et dévoué. Je dois trouver un nouveau responsable, et cette démarche me fatigue.

— Remettez-la à demain, et goûtons aujourd'hui les

charmes de la campagne. Nous déjeunerons ensemble sous une pergola, loin de l'agitation du palais.

Amasis embrassa son épouse.

— Vous seule me comprenez.

Guilleret, le roi se rendit à la cave où il choisit lui-même quelques grands crus. Cette escapade lui permettrait d'oublier ses soucis.

— Ton nom ? demanda le juge Gem.

— Le Buté.

— Profession ?

— Laitier.

— Situation de famille ?

— Divorcé, deux fils et une fille.

— C'est bien toi qui livres le lait au Bureau des Interprètes ?

— À l'aube de chaque jour travaillé. Puisque c'est mon client le plus prestigieux, je me déplace en personne. Avec Le Buté, vous avez l'assurance des meilleurs produits laitiers au meilleur prix.

— Ce matin, tu as livré ton lait comme d'habitude ?

— Eh oui ! Avec Le Buté, ni retard ni incident. Mes concurrents ne peuvent pas en dire autant.

— Donc, rien d'anormal ?

— Non, rien... Mais pourquoi toutes ces questions ? Quelqu'un se serait-il plaint de mes services ? En ce cas, je veux le voir tout de suite et on va s'expliquer !

— Calme-toi, exigea le juge. À qui remettais-tu les jarres de lait ?

— Toujours au même scribe, depuis son arrivée dans le service. Un jeune homme bien poli, chargé de servir ses collègues. Et, d'après lui, ils l'appréciaient, mon lait ! C'est le meilleur de Saïs. Sauf votre respect, vous devriez en boire et constater que je ne mens pas.

— Connais-tu le nom de ce jeune scribe ?

Le Buté parut gêné.

— Ben… je ne devrais pas. Mais un garde me l'a dit : il s'appelle Kel. Un surdoué, paraît-il.

— Et c'est à lui, ce matin, que tu as confié tes jarres ?

— Ben oui, comme d'habitude !

Gem appela un dessinateur et ordonna au Buté de décrire l'assassin.

Une demi-heure plus tard, le juge disposait d'un portrait ressemblant.

9

Il y avait tellement d'agitation au poste de police que Bébon dut attendre longtemps avant de voir son ami Nédi.

Trapu, rugueux, l'air triste, le lieutenant de police était pointilleux et honnête. Homme de dossiers, il manquait de diplomatie et ne plaisait guère à sa hiérarchie, néanmoins obligée de reconnaître ses compétences.

Bébon l'amusait. Et, à l'occasion, puisque le comédien voyageait souvent, Nédi lui confiait de petites missions de renseignements. Un policier n'était jamais assez informé.

Enfin, le lieutenant sortit de son bureau.

— Allons boire une bière, dit-il à Bébon.

Au soleil couchant, ils s'assirent à l'extérieur d'une taverne.

— Aurais-tu des ennuis ?

— Moi, non. Un ami, oui.

— Se serait-il rendu coupable d'un forfait ?

— Justement pas !

— Alors, que redoute-t-il ?

— Rien, assura Bébon, mais il doit témoigner.

— Qu'il se rende au poste de police le plus proche de son domicile, et l'on enregistrera sa déposition.

— Mon ami n'est pas n'importe qui, et l'affaire à laquelle il est involontairement mêlé risque de faire du bruit, beaucoup de bruit. C'est pourquoi il doit rencontrer un policier de haut rang, parfaitement intègre.

— Tu m'intrigues ! reconnut le lieutenant. De quelle affaire s'agit-il ?

— De l'assassinat des interprètes.

Nédi faillit s'étrangler.

— Comment es-tu au courant ?

— Mon ami a échappé au massacre.

— Son nom ?

— Kel, un garçon exceptionnel.

— Exceptionnel… et accusé de meurtres.

Bébon blêmit.

— Il doit y avoir une erreur… Je te répète qu'il a échappé de peu au massacre !

— D'après le juge Gem, la plus haute autorité judiciaire du pays, ton ami est un assassin monstrueux.

— Aberrant !

— Où se trouve Kel ?

— Justement, affirma Bébon, je l'ignore. Il vient de disparaître et je suis très inquiet. Le véritable assassin s'en prendra forcément à lui !

— Ne t'engage pas sur un mauvais chemin. Tous les policiers ont pour ordre d'arrêter une bête fauve. Qui lui prêterait main-forte serait accusé de complicité de meurtre.

Le comédien baissa la tête.

— Kel m'a menti… Comme j'ai été naïf !

— Ta bonne étoile te permet d'éviter le pire. Où résides-tu, en ce moment ?

— Dans un beau quartier, chez une chanteuse de Neit.

— Ne quitte pas Saïs, ton témoignage sera peut-être nécessaire.

L'appartement de la nouvelle maîtresse de Bébon était agréable. Occupant le deuxième étage d'une maison récente, il bénéficiait d'une terrasse équipée de parasols et de nattes. Les nerfs à vif, Kel assista au coucher du soleil, un spectacle magique dont la magnificence lui fit oublier quelques instants la tragédie.

Pourquoi son univers si tranquille, porteur d'un avenir bien tracé, basculait-il ainsi ? Heureusement, l'amitié de Bébon l'extirpait de ce cauchemar. Dès le lendemain, il comparaîtrait devant un juge et serait lavé de tout soupçon.

Rassuré, il s'assoupit.

Le bruit d'une porte claquée le réveilla en sursaut.

— C'est moi, Bébon !

Kel dévala le petit escalier menant de la terrasse à l'appartement.

— As-tu contacté ton ami ?

— Tu es accusé de crimes, révéla le comédien.

Kel se figea.

— Te moques-tu de moi ?

— Hélas, non ! Le juge Gem possède des preuves irréfutables.

Le scribe prit son ami par les épaules.

— C'est faux ! Je suis innocent, je le jure !

— Je n'en doute pas, mais tel n'est pas l'avis des autorités.

Kel vacilla.

— Que m'arrive-t-il…

— Surtout, ne perdons pas pied !

— Je vais me constituer prisonnier et m'expliquer. Mon innocence sera reconnue.

— Ne te leurre pas, recommanda Bébon.

— N'aurais-tu pas confiance en la justice ?

— L'affaire est si grave qu'il faut un coupable très rapidement. Et tu risques d'être broyé.

— Je suis innocent ! réaffirma Kel.

— Ta parole ne suffira pas.

— Alors, que faire ?

— Retrouver le véritable assassin.

Surmontant son émotion, le scribe tenta de réfléchir.

— Le laitier ! Ou bien il a empoisonné les jarres, ou bien il est complice.

— Connais-tu son adresse ?

— Son étable se trouve près du temple de Neit.

— Ce bonhomme doit parler, décida Bébon.

10

Grâce au travail précis du dessinateur, le juge Gem disposait à présent d'une trentaine de portraits du scribe Kel qui seraient bientôt distribués aux postes de police de Saïs.

Débordé, comme d'habitude, par les mille et un devoirs que lui imposaient ses multiples fonctions, le gouverneur de la ville, Oudja, interrompit sa longue liste de rendez-vous pour recevoir le magistrat.

Lors de chaque entrevue, la stature et la largeur d'épaules d'Oudja impressionnaient le juge. Le dignitaire disposait d'une rare énergie, et son autorité ne se discutait pas. L'âge n'avait aucune prise sur lui et, bien qu'il eût connu le roi Apriès, le prédécesseur d'Amasis, le gouverneur de la capitale et chancelier royal semblait jouir d'une inaltérable jeunesse.

— De bonnes nouvelles, juge Gem ?

— Excellentes ! Nous connaissons l'identité de l'assassin. Il s'agit du jeune scribe Kel. Malheureusement, il ne se trouvait pas à son domicile. La police le recherche activement.

— Possédez-vous une preuve irréfutable ?

— Le témoignage du laitier Le Buté, dûment enregistré devant deux témoins, est déterminant. Hier matin, il a remis ses jarres à Kel. Selon la coutume, il a lui-même offert le lait à son patron et à ses collègues de bureau. Auparavant, il l'avait empoisonné.

Oudja parut à demi convaincu.

— Reconstitution plausible… Mais pourquoi a-t-il commis un acte aussi horrible ?

— Sans doute une crise de folie meurtrière. Et s'il existe un autre motif, il nous l'avouera pendant son interrogatoire.

— Agissez aussi discrètement que possible, recommanda le gouverneur. Nous ne pouvons encore exclure l'hypothèse d'un complot visant à détruire le service des interprètes. En ce cas, Kel en serait le bras armé.

— Ce massacre porterait-il un coup sévère à l'État ? s'inquiéta Gem.

— Terme excessif, mais nous devons rebâtir au plus vite le service avec des professionnels sûrs et compétents, et la tâche ne s'annonce pas facile.

— Même s'il s'agit d'une affaire d'espionnage, j'ai découvert le coupable, je le ferai arrêter et juger selon la procédure légale. Autrement dit, que le chef des services secrets ne me mette pas de bâtons dans les roues !

— Et le second suspect ? s'inquiéta Oudja.

— Démos a également quitté son domicile. L'interrogatoire des habitants du quartier n'a rien donné. Là encore, la situation me paraît claire : Kel et Démos étaient amis, donc complices, et le Grec a aidé l'Égyptien d'une manière ou d'une autre. Peut-être se sont-ils enfuis ensemble. Grâce au portrait de Kel, nous ne tarderons pas à le retrouver.

— Et si vous établissiez également un portrait de Démos ?

— Bonne idée. La complicité de meurtre est sévèrement punie, et ce Grec avouera forcément la vérité afin d'éviter le châtiment suprême.

Kel connaissait bien Le Buté. Chaque matin, peu après l'aube, il lui apportait les jarres de lait tant appréciées des interprètes. Leur nombre était noté et, tous les dix jours, le comptable payait le laitier.

L'artisan et le scribe échangeaient volontiers quelques mots. Ex-mercenaire, Le Buté avait profité du pécule accumulé pour acheter une belle étable proche des principales administrations et s'était lancé, avec succès, à la conquête d'un marché rentable. Certes, il se plaignait des difficultés quotidiennes et regrettait ses médiocres bénéfices, mais son excellente réputation et la qualité de ses produits lui garantissaient un nombre appréciable d'acheteurs. La lourdeur des impôts l'incitait parfois à changer de métier. Néanmoins, il comptait développer son entreprise.

Ce lait, Kel, dernière recrue du service, l'apportait à ses collègues. La coutume ne le heurtait pas. Certains marmonnaient un simple « merci », d'autres se montraient plus chaleureux. Un jour, le nouvel entrant prendrait sa place et procurerait aux interprètes le premier petit plaisir de la journée.

Une coutume qui faisait de Kel le principal suspect.

Facile, en effet, de verser du poison dans les jarres ! L'auteur de cet acte criminel ? Le laitier !

Un spécialiste lui avait fourni la substance mortelle. Qui commanditait cet expert ?

L'ampleur du complot donnait le vertige !

Si les assassins recherchaient vraiment le document codé, ils avaient échoué, et Kel se trouvait en danger de mort. La police ne voulait pas l'arrêter, mais le supprimer. Et le contenu du papyrus devait être terrifiant pour causer un tel carnage !

Il fallait faire parler Le Buté.

— À nous deux, décréta Bébon, nous y parviendrons.

— Le gaillard saura se défendre.

— J'utiliserai ma matraque.

— Pas de violence ! objecta Kel.

— Reviens sur terre, mon ami ! On t'accuse de meurtre, et seul ce laitier peut t'innocenter. Alors oublie tes principes moraux d'un autre âge et défends ta peau. Ce bonhomme appartient au clan des assassins, ne le ménageons pas.

Le jeune scribe basculait dans un monde obscur où les règles d'harmonie n'existaient plus.

À la laiterie, tout semblait tranquille. Un rouquin trayait une superbe vache au regard doux et au pelage blanc et marron.

— Reste en retrait, recommanda Bébon à Kel.

Le comédien s'avança.

— Des bêtes magnifiques ! s'exclama-t-il. Et quelle étable ! C'est toi, le patron ?

— J'aimerais bien ! Que lui veux-tu ?

— Je cherche un emploi.

— Je ne suis même pas sûr de conserver le mien.

— Le Buté aurait-il des ennuis ?

— Il vient de vendre l'étable et les vaches.

— L'entreprise n'était-elle pas florissante ?

— Il se plaignait de ne pas gagner assez et a choisi de reprendre son ancien métier de mercenaire. À Naukratis, il occupera un poste d'officier.

11

— Naukratis ! s'étonna Kel. Ce serait le refuge de Démos, d'après son blanchisseur.

— Le laitier t'accuse et disparaît ! s'exclama Bébon.

— Simple hypothèse.

— Ne sois pas naïf ! Te voilà au centre d'une machination. Les vrais coupables se dispersent et toi, tu constitues la cible idéale !

Bébon voyait juste.

Mêlés au complot, Démos et Le Buté venaient de disparaître, et la justice ne remonterait pas jusqu'à la tête pensante.

Kel n'était-il pas le parfait assassin ?

— On nous observe, murmura Bébon. Prenons la ruelle, à gauche, et marche loin de moi, comme si nous ne nous connaissions pas.

— C'est l'assassin ! cria un policier en désignant Kel.

Lui et ses deux collègues s'élancèrent en direction du scribe, mais Bébon se jeta dans leurs jambes.

— Cours ! hurla-t-il.

Les mains immobilisées par des menottes en bois, le front en sang, Bébon fut traîné devant le juge Gem.

— Ce bandit est le complice du meurtrier, déclara l'officier de police. Il l'a aidé à s'enfuir.

— Avant l'interrogatoire, qu'un médecin le soigne. Et donnez-moi un rapport écrit.

Quand le comédien réapparut, il avait repris figure humaine.

— Ton nom ?

— Bébon.

— Profession ?

— Je parcours l'Égypte en racontant les vieux mythes et j'interprète le rôle des dieux lors des représentations publiques des mystères.

— Une famille ?

— Plus personne. Et je suis célibataire.

— D'après le rapport que j'ai sous les yeux, tu as empêché la police de procéder à l'arrestation d'un criminel.

— Moi ? Pas du tout ! D'abord, j'ignorais qu'il s'agissait de policiers ; ensuite, ils m'ont heurté violemment, je suis tombé, et ils m'ont roué de coups.

— Tu as crié « cours » afin d'avertir ton complice !

— Non, « au secours ! », tellement j'avais peur ! Et je n'ai aucun complice.

— Connais-tu un scribe nommé Kel ?

Bébon fit mine de réfléchir.

— Je n'en fréquente pas beaucoup. Celui-là ne me dit rien.

Le juge fut troublé.

Les déclarations du suspect étaient plausibles, et il n'avait pas le profil d'un dangereux comploteur.

— L'un de mes assistants t'interrogera à nouveau et notera tes propos.

— Va-t-on encore me battre ? demanda Bébon en tremblant.

— Certainement pas ! s'indigna Gem. Je mènerai d'ailleurs une enquête et, en cas de violences injustifiées, les policiers seront sanctionnés.

Le comédien baissa la tête.

— Je ne comprends pas ce qui m'arrive… Moi, je n'ai rien fait de mal.

— Si tu es innocent, tu n'as rien à craindre. Dis la vérité, et tout ira bien.

Ce pauvre bougre s'était trouvé au mauvais endroit au mauvais moment. Les vérifications de routine effectuées, il serait libéré. Et s'il portait plainte contre la brutalité policière, elle serait recevable.

— Je vous ai réunis afin de faire le point, déclara Oudja. Ensuite, j'informerai Sa Majesté. Le poison a-t-il été identifié, Horkheb ?

— Malheureusement non, répondit le médecin-chef. Mais il s'agissait d'une substance d'une rare efficacité qu'utilisent volontiers les Asiatiques.

— Les Perses, par exemple ?

— Par exemple.

— Cet indice nous orienterait donc vers une affaire d'espionnage, estima le gouverneur de Saïs.

— Pas de conclusions hâtives, recommanda le juge Gem. Il en faudra davantage pour accuser Kel d'espionnage au profit des Perses.

— Qu'en penses-tu, Hénat ?

Le chef des services secrets fit la moue.

— J'approuve le juge.

— Nous avons identifié le coupable, poursuivit Gem,

satisfait, et son arrestation n'est qu'une question d'heures. Reste à connaître son véritable mobile. Je l'interrogerai moi-même, et il dira la vérité.

— Je ne suis pas certain qu'un procès public serait opportun, avança Hénat.

— À moi d'en décider, trancha le juge, et le pharaon en personne ne saurait intervenir. Chacun, dans ce pays, doit savoir que la justice est régie par les préceptes de la déesse Maât et non par des intérêts personnels. Le pauvre comme le riche lui accordent leur confiance, et ils ne doivent pas être déçus.

— Certes, admit Hénat, mais si ce massacre se relie à des secrets d'État…

— En ce cas, j'aviserai.

— Jusqu'à présent, reprit le gouverneur de Saïs, cette terrible affaire ne s'est pas ébruitée. J'ose espérer que la police sera à la fois efficace et discrète.

— Mes instructions vont dans ce sens, affirma Gem. Une enquête n'est pas un spectacle, et seuls comptent sa réussite et le respect de la légalité.

12

Épuisé, affamé, Kel s'arrêta enfin de courir.

D'instinct, il avait quitté Saïs en direction de son village natal, proche de la grande cité. Bébon arrêté, emprisonné, voire éliminé par des policiers complices des assassins, il se retrouvait seul et sans allié.

Où trouver refuge, sinon auprès d'un vieil oncle, le dernier membre de sa famille encore vivant ? Possédant une petite exploitation agricole, peut-être lui accorderait-il l'hospitalité, au moins quelques jours. Kel serait contraint de s'expliquer, avec l'espoir de se montrer convaincant.

Revoir une campagne verdoyante, peuplée de palmeraies et de jardinets bien entretenus, le rasséréna. Il croisa des paysans et leurs ânes, chargés de paniers remplis de légumes, et salua des cultivateurs au travail. Sous un soleil clément, la vie s'écoulait, immuable et paisible.

Le jeune homme n'était-il pas la proie d'un cauchemar qui allait bientôt se dissiper ? Hélas ! Fermer les yeux, s'endormir et se réveiller ne suffisait pas. L'atroce réalité continuait à lui serrer la gorge.

À l'entrée du village, un attroupement.

Hommes et femmes avaient une discussion animée.

Un échalas levait les bras au ciel, une vieille l'apostrophait.

Le ton baissa, et l'on se dispersa.

À l'ombre d'un palmier, Kel attendit le retour durable du calme, puis se dirigea vers les petites maisons blanches qu'ombrageaient des sycomores. Ici, ses parents avaient vécu heureux avant de partir pour le Bel Occident où leur âme vivait en compagnie des Justes. Le scribe se souvint des jeux de son enfance, des baignades, des éclats de rire, des courses folles. Participer aux récoltes n'était pas un châtiment mais un plaisir. Et comme il aimait s'occuper des cochons et des oies ! Leur intelligence le fascinait, et il passait des heures à parler avec eux. Son avenir de paysan semblait tout tracé.

Un soir de fête, le scribe préposé aux récoltes lui avait montré des lignes d'écriture.

Soudain, un autre monde s'ouvrait.

Rien n'était plus important que ces signes, le pinceau servant à les tracer, les godets à encre et la gomme à effacer.

Bravant l'hostilité de ses parents, le petit Kel s'était présenté, sans la moindre recommandation, à l'école des scribes du temple voisin. Écartant les récriminations de ses collègues, le directeur l'avait admis en dictant ses exigences.

Studieux, désireux d'apprendre, infatigable, Kel était vite devenu le meilleur de ses élèves. Ne souhaitant pas étouffer un élément d'une valeur exceptionnelle, le directeur l'avait signalé à un professeur de Saïs. Vérification faite, le garçonnet présentait bien des dons hors du commun.

Pris dans une sorte de tourbillon, Kel n'oubliait pas son village.

Le revoyant aujourd'hui, devait-il déplorer sa destinée ? Non, il tentait d'accomplir un idéal, et nul regret ne lui permettrait de vaincre l'adversité.

L'échalas lui barra le passage.

— Tu n'es pas d'ici, toi.

— Tu te trompes.

— C'est la police qui t'envoie ?

Kel sourit.

— Rassure-toi, je viens simplement voir mon oncle.

L'échalas fronça les sourcils.

— Comment s'appelle-t-il ?

— L'Endurant.

— Ah !... Tu n'es pas au courant ?

— Que devrais-je savoir ?

— Aurais-tu faim ?

— J'ai l'estomac creux.

— Viens manger à la maison. Mon épouse cuisine le meilleur ragoût de la province.

L'échalas ne se vantait pas. Morceaux de mouton, aubergines farcies et sauce au cumin formaient un plat succulent. Et la piquette locale, un vin rouge pétillant, ne déparait pas ce régal.

Les banalités échangées, Kel aborda le vif du sujet.

— Mon oncle aurait-il des ennuis ?

Un silence pesant s'installa.

— Dis-lui la vérité, exigea l'épouse de l'échalas.

— Sa maison a brûlé, et il est mort dans l'incendie. La majorité des villageois veut croire à un accident, mais moi, j'ai vu un étranger mettre le feu. Et notre doyenne m'interdit d'en parler à la police.

— Elle a raison, intervint sa femme. Ça ne nous attirerait que des ennuis. Ces histoires-là ne nous regardent pas. Occupe-toi de ta famille et tiens ta langue.

— Quand ce drame s'est-il produit ? demanda Kel.

— Il y a deux jours.

Soudain, tout s'éclairait.

Rien n'était dû au hasard.

Les assassins avaient choisi Kel comme victime et supprimé, en la personne de son oncle, sa seule position de repli. Pendant le banquet précédant le drame, selon la supposition de Bébon, on l'avait drogué, afin qu'il se réveille au milieu de la matinée et arrive en retard au bureau.

Meurtrier désigné, Kel n'avait aucune chance d'échapper à la justice. Et les véritables coupables ne seraient jamais identifiés.

— Merci de votre accueil, je dois partir.

— Tu ne reprends pas de ragoût ?

— Une merveille, mais mon temps est compté.

Ainsi, l'invitation au banquet était l'ultime étape de la machination conçue par un ou plusieurs personnages influents, suffisamment proches du pouvoir pour connaître l'importance du Bureau des Interprètes.

Qui pouvait aider Kel à identifier les notables présents lors de cette soirée ?

Le visage de Nitis, la belle prêtresse, lui apparut.

13

Âgée de dix-huit ans, les yeux d'un bleu profond, presque irréel, Nitis se consacrait au service de Neit depuis son adolescence. Chanteuse et tisserande, elle avait découvert que la déesse incarnait l'être par excellence, à la fois « Mère des mères » et « Père des pères ». Flot créateur, énergie primordiale, Neit tissait l'univers à chaque instant. Mort et vie se trouvaient dans sa main et, en façonnant les tissus rituels, les initiées prolongeaient son œuvre.

La jeune femme habitait la modeste demeure familiale, proche du grand temple de la déesse. Sa mère venait de disparaître, au terme d'un long veuvage. Elle ne s'était jamais remise du décès de son mari, un charpentier, victime d'un accident.

Si elle se montrait digne des grands mystères, la jeune femme résiderait à l'intérieur du domaine sacré. Mais il lui fallait encore faire ses preuves, travailler avec rigueur et patience et se montrer digne de son idéal.

Après avoir franchi l'enceinte, elle se dirigea vers son domicile. Alors qu'elle songeait à un texte symbolique évoquant les deux flèches entrecroisées de Neit, l'un des symboles de la déesse, un jeune homme l'aborda.

— Pardonnez-moi de vous importuner. Mon nom est Kel, et je désire vous parler d'une affaire grave.

Nitis n'avait pas oublié ce regard intense.

— Vous étiez l'un des invités au banquet organisé par le ministre des Finances, n'est-ce pas ?

— En effet. Et je crois que tous mes malheurs proviennent de là. Sans votre aide, je risque la mort.

Kel s'étonnait lui-même de son audace. Comment osait-il s'adresser ainsi à une prêtresse de Neit dont la beauté et le charme le subjuguaient ?

— Vous semblez bouleversé, observa-t-elle.

— Sur le nom de Pharaon, je vous jure que je suis innocent des crimes dont on m'accuse.

Kel avait pris tous les risques.

Ou bien Nitis acceptait de l'écouter, ou bien elle l'éconduisait. Et comment lui reprocher de ne pas accorder sa confiance à un inconnu au comportement suspect et aux déclarations inquiétantes ?

— Venez chez moi.

Il eut envie de la prendre dans ses bras et de l'embrasser, mais parvint à contenir cet élan qu'il n'avait jamais ressenti auparavant.

Le quartier résidentiel était fort tranquille. Çà et là, on allumait des lampes à huile et l'on se préparait à dîner.

Personne ne vit Kel franchir le seuil de la demeure de Nitis, à l'intérieur dépouillé.

— Prosternons-nous devant les ancêtres, exigea-t-elle, et sollicitons leur sagesse.

Les deux jeunes gens s'agenouillèrent, côte à côte, face à deux bustes en calcaire représentant un homme et une femme. Ils élevèrent leurs mains en signe de vénération, et Nitis prononça la formule rituelle célébrant la lumière émanant de l'au-delà afin d'éclairer le chemin des vivants.

Le parfum de la prêtresse enivra Kel. Subtil mélange de mille senteurs où prédominait le jasmin, il était à la fois douceur et feu.

— Avez-vous faim ? lui demanda-t-elle.

— Je ne peux rester chez vous, je dois…

— Vous m'expliquerez tout autour d'un bon repas. À voir votre degré de fatigue, il s'impose.

— Je ne veux pas mettre en péril votre réputation et…

— Je vis seule, nul ne sait que vous êtes ici.

— Alors, vous… vous me croyez ?

Nitis sourit.

— Je ne connais pas encore les détails de votre histoire.

Ils passèrent dans la pièce de réception, équipée de fauteuils et d'une table basse d'une rare élégance. Nitis appréciait le style dépouillé du mobilier de l'Ancien Empire, repris par certains artisans contemporains.

La jeune femme déposa plusieurs petits plats : oignons doux, concombres, gratin d'aubergines, poisson séché, figues, pain frais et vin rouge des oasis.

Malgré sa fringale, Kel tenta de ne pas tout dévorer.

Nitis mangeait, s'exprimait et bougeait avec la même distinction, alliance de féminité et de magie. Il aurait aimé la contempler des heures durant, devenir son ombre et ne plus la quitter un seul instant.

— Que vous arrive-t-il, Kel ?

Il vida une coupe de vin afin de se donner du courage.

— J'étais la dernière recrue du Bureau des Interprètes de Saïs.

— Si jeune ?

Le scribe rougit.

— Travailler est mon unique passion, et j'ai eu de la chance.

— Ne faudrait-il pas plutôt parler de compétences précoces et exceptionnelles ?

— J'ai tenté de me montrer à la hauteur des responsabilités que me confiait le chef de service. Et j'ai hérité d'un étrange papyrus codé, résistant aux tentatives de déchiffrement. Le voici.

Kel sortit le document d'une poche de sa tunique. Nitis y jeta un œil et, en dépit de ses connaissances, ne parvint pas à lire un seul mot.

— Peut-être tous mes collègues ont-ils été assassinés à cause de ce texte.

— Assassinés ?

— Avec du lait empoisonné, à l'exception de mon ami grec, Démos, qui a disparu, de même que le laitier. Et la police m'accuse d'être le meurtrier. Deux jours avant le drame, le dernier membre de ma famille a péri dans l'incendie criminel de sa maison. La veille, lors du banquet, on m'a drogué. Aussi suis-je arrivé en retard au Bureau. Et voici le coupable idéal.

La prêtresse dévisagea longuement le scribe.

De sa décision dépendait son destin.

— Je crois à votre innocence, Kel.

14

Un instant, le scribe ferma les yeux.

Elle ne le repoussait pas, il lui restait donc un avenir !

— La parole donnée est sacrée, rappela-t-elle. Puisque vous avez prêté serment, vous vous engagez à la fois devant les dieux et les hommes. Seul un pervers pourrait mentir à ce point.

— Je vous ai dit la vérité. Si la police m'arrête, on me supprimera. Sans doute un regrettable accident, afin d'éviter un procès.

— Il faut imaginer un incroyable complot !

— Certes, Nitis, mais il n'existe pas d'autre explication.

Kel reprit son récit point par point. Et il ne dissimula pas l'intervention de son ami Bébon, aujourd'hui arrêté.

— Le service des interprètes s'occupait de nombreux dossiers délicats, révéla-t-il, et mon patron était en contact permanent avec le palais. Le pharaon utilisait nos travaux pour orienter sa diplomatie, garante de la paix. Un tel massacre ne saurait être l'acte d'un fou. Il a été soigneusement organisé, et ses instigateurs m'ont choisi comme coupable idéal. Ma fuite ne constitue-t-elle pas une preuve ? Un innocent aurait dû se présenter à la police et clamer sa bonne foi. La chasse à l'homme sera intense, on accumulera des preuves, et l'enquête sera vite close.

— La justice ne distinguera-t-elle pas le vrai du faux ?

— Les circonstances plaident contre moi. Et si le juge est complice des assassins, il ne m'écoutera même pas.

Le monde paisible de Nitis s'écroulait.

Soudain déferlaient le crime, la violence, le mensonge et l'injustice, aspects d'*Isefet*, la force de destruction opposée à l'harmonie sereine de Maât, déesse de la rectitude.

Pourquoi se fiait-elle à la parole de ce jeune homme, pourquoi écoutait-elle ces horreurs qui bouleversaient son existence tranquille et toute tracée ?

Kel perçut son trouble.

— Pardonnez-moi de vous importuner ainsi. Ma position est intenable, je le sais, et je ne tiens nullement à vous entraîner au fond du gouffre. Puis-je simplement vous demander le nom des personnalités présentes lors du banquet au cours duquel on m'a drogué ?

Surmontant son émotion, la prêtresse s'exprima d'une voix posée.

— D'abord, le propriétaire de la villa, le ministre des Finances et de l'Agriculture, Péfy [1]. Il connaissait bien mes parents et a facilité mon entrée dans le temple. C'est un homme droit, travailleur, qui gère au mieux la Double Maison de l'Or et de l'Argent, et veille sur la prospérité du pays. Directeur des champs et supérieur des rives inondables, il a créé un poste de planificateur

1. Son nom complet était *Pef-tjaou-âouy-Nt*, « C'est de Neit que dépend son souffle ».

afin d'éviter les aléas de l'avenir. De plus, il est initié aux grands mystères d'Osiris et dirige les rituels d'Abydos dont il plaide souvent la cause auprès du pharaon. En raison du développement de Saïs et des autres villes du Delta, on néglige trop, selon lui, la cité sacrée du maître de la résurrection.

— Un des premiers personnages de l'État ! Pourquoi m'a-t-il invité, moi, un petit scribe ?

— Vu votre brillant début de carrière, il tenait sans doute à vous connaître.

— En ce cas, il m'aurait adressé la parole au moins une fois !

— Péfy ne saurait être l'organisateur d'un complot meurtrier !

— Ne possède-t-il pas l'envergure nécessaire ?

— Vous faites fausse route, j'en suis certaine !

— Les autres dignitaires, Nitis ?

— Menk, l'organisateur des fêtes de Saïs. Il se charge de l'entretien des barques de la déesse Neit, vérifie les stocks d'encens, de fards et d'huiles et veille au parfait déroulement des processions. Affable, d'un caractère agréable, il n'a rien d'un assassin !

— Se mêle-t-il de politique ?

— En aucune façon.

— Néanmoins, il connaît le roi et fréquente ses ministres.

— En effet, mais la juste réalisation des rites est son unique préoccupation !

— Et s'il ne s'agissait que d'une apparence ?

Le regard de Nitis vacilla.

— Je m'égare peut-être, concéda Kel. Comprenez-moi, je vous en prie ! Notre monde me paraissait ordonné, régi par la loi de Maât, et me voici accusé de plusieurs meurtres !

— Je vous comprends, murmura-t-elle. Seule la vérité rétablira l'harmonie.

Soudain, un souvenir inquiétant.

— Il y avait un troisième personnage de haut rang à ce banquet, déclara la prêtresse : le médecin-chef du palais, Horkheb.

— Un médecin… Toutes les drogues sont à sa disposition !

— Horkheb soigne la famille royale, précisa Nitis. On le dit excellent thérapeute, arrogant et prudent. Il ne manque aucune grande réception, tient à l'estime générale, mais ne se mêle pas des affaires du gouvernement et se soucie surtout d'accumuler une immense fortune. Pourquoi aurait-il trempé dans un tel complot ?

— On l'aura grassement payé !

— Simples soupçons.

— Néanmoins une première piste, grâce à vous ! Vous m'avez beaucoup aidé, Nitis, et je vous remercie de tout cœur. Maintenant, je dois partir.

— En pleine nuit ? Ce serait de la folie ! Vous dormirez ici.

— Je refuse de vous mettre en danger ! Et votre réputation…

— Personne ne sait que vous vous trouvez chez moi. Et je n'ai pas le droit de vous abandonner en de telles circonstances. Mon maître, le grand prêtre du temple de Neit, est un personnage influent et respecté. Le pharaon tient compte de ses avis. J'ai décidé de lui parler de vous et de solliciter ses conseils.

15

Wahibrê [1], le grand prêtre de Neit, célébrait chaque matin le culte de la déesse avec davantage de vénération envers la divinité.

Peu avant l'aube, il se purifiait dans le lac sacré, se vêtait d'une robe blanche et procédait, au cœur du sanctuaire, à l'éveil en paix de la Grande Mère d'où jaillissait la lumière secrète, source des multiples formes de vie.

Ce devoir quotidien ne lui pesait pas, bien au contraire. Conscient de participer au maintien de l'harmonie sur terre et de lutter contre les forces de destruction, le grand prêtre remerciait le destin de lui accorder tant de bonheur. Aussi veillait-il à chaque détail, afin que le rituel fût l'œuvre d'art la plus parfaite possible.

À ses yeux, rien n'égalait la puissance spirituelle des pyramides de l'Ancien Empire. Néanmoins, il appréciait la splendeur du temple principal de Saïs, antique cité élevée au rang de capitale. Au centre de la moitié occidentale du Delta, elle occupait une position stratégique, cause de son impressionnant développement

1. *Wah-ib-Râ*, « Le cœur de la lumière divine est durable ».

depuis quelques décennies. Protégé par le mur des Milésiens[1], le port accueillait d'impressionnants navires de guerre, preuve de la capacité défensive de l'Égypte.

Le grand prêtre faisait confiance au pharaon Amasis pour assurer la sauvegarde des Deux Terres. Monarque expérimenté, bon gestionnaire, ex-général détestant la guerre, le roi avait consolidé une paix souvent menacée. En dépit de leur caractère belliqueux et de leur soif de conquêtes, les Perses n'oseraient pas s'attaquer à un adversaire trop coriace.

Se détachant des réalités extérieures, Wahibrê se félicitait de l'attention que le souverain portait au temple de Neit. Semblable au ciel dans toutes ses dispositions, abritant l'ensemble des dieux et des déesses, il avait bénéficié de nombreux embellissements : un propylône, une allée de sphinx, des colosses royaux, un lac sacré long de soixante-huit coudées et large de soixante-cinq[2], deux étables dédiées à Horus et à Neit, un lieu de repos pour la vache sacrée de la déesse, et de nombreuses restaurations effectuées avec d'énormes blocs de granit provenant d'Éléphantine.

À l'intérieur du temple se dressaient plusieurs statues de Neit, coiffée de la couronne rouge de Basse-Égypte, symbole de la naissance et du développement du principe créateur. Elle tenait deux sceptres, Vie et Puissance[3]. Assistée des effigies de ses fils[4] et de ses filles[5],

1. Les Grecs originaires de la ville de Milet.
2. La valeur estimée de la coudée est de 0,52 m.
3. L'*ânkh* et l'*ouas*.
4. Osiris, Horus, Thot et Sobek.
5. Nekhbet (déesse vautour, garante de la titulature royale), Ouadjet (déesse serpent, assurant la prospérité de la création), Sekhmet (la lionne terrifiante, détentrice de la puissance du cosmos), Bastet (la chatte, lionne apaisée et apparemment apprivoisée).

la souveraine des grands mystères ouvrait aux initiés les portes du ciel.

Leur fonction ne consistait ni à répandre une doctrine ni à convertir mais à prolonger l'œuvre de Maât en accomplissant correctement les rites de la Première fois, de cet instant perpétuellement renouvelé où la lumière du Verbe s'était révélée. Son énergie se concentrait dans le sanctuaire et devait être maniée par des spécialistes avec d'extrêmes précautions.

L'office du matin terminé, Wahibrê se rendit à l'atelier de tissage. Des prêtresses y préparaient les étoffes utilisées lors de la célébration des rites osiriens, et la plus jeune, Nitis, ne se montrait pas la moins habile. Toujours à l'écoute de ses Sœurs, animée d'une joie intérieure et d'une lumière qui apaisaient les irritables et redonnaient de la vigueur aux dolentes, Nitis accomplissait une sorte de miracle : recueillir l'unanimité de la hiérarchie en sa faveur.

À la vue du grand prêtre, les tisserandes se levèrent et s'inclinèrent.

— Viens, Nitis, j'ai à te parler.

La jeune femme suivit Wahibrê jusqu'à un édifice nommé « La Maison de Vie [1] ». Clos de hauts murs, il n'était accessible qu'aux initiés aux mystères d'Isis et d'Osiris.

— Le temps est venu de franchir cette porte, annonça le grand prêtre.

Nitis faillit reculer.

— Je suis trop jeune, je…

— Je te nomme Supérieure des chanteuses et des tisserandes de Neit. À l'intérieur de la Maison de Vie, tu découvriras les archives sacrées, préservées depuis la

1. *Per-ânkh.*

naissance de la lumière, et les textes rituels qu'il nous appartient de reformuler sans cesse. Je suis vieux et malade, et la transmission de la connaissance doit être effectuée. C'est pourquoi j'achève ta formation afin que tu puisses me succéder.

Le poids du temple entier pesait soudain sur les épaules de la frêle jeune femme.

— Seigneur, je…

— Mille protestations seraient inutiles. En développant ta magie et ton sens de l'abstrait, tu as provoqué toi-même cette décision irrévocable. Pas plus que toi je n'ai souhaité occuper de hautes fonctions. Il convient d'oublier toute ambition, de servir les dieux et non les humains. Seule cette rigueur te permettra de supporter ta charge.

La porte de la Maison de Vie s'ouvrit.

Un prêtre chauve accueillit Nitis et la conduisit au centre de l'édifice, une cour carrée où elle contempla le symbole d'Osiris ressuscité.

Ensuite, Wahibrê lui fit découvrir les textes formulés par les anciens voyants, à partir desquels s'était formée la spiritualité égyptienne. La jeune femme s'imprégna de ces paroles de puissance, consciente qu'elle n'en épuiserait jamais la signification.

16

Encore éblouie, Nitis ne pouvait pas cacher à son initiateur les graves soucis qui troublaient sa sérénité. Lors de leur déjeuner en tête à tête, elle osa se confier.

— Je suis navrée de vous ramener aux tourments du monde extérieur, déplora-t-elle. En raison de la gravité de la situation, j'ai besoin de vos conseils.

Le sérieux de la jeune femme inquiéta le grand prêtre.

— J'ai rencontré un scribe interprète, Kel, révéla-t-elle. On l'accuse d'avoir assassiné ses collègues, il affirme son innocence. Et je le crois.

Wahibrê fut stupéfait.

— Le Bureau des Interprètes est indispensable à la sécurité de l'État, précisa-t-il. Sans lui, notre diplomatie serait sourde et aveugle. Puisque je n'ai pas été informé de cette tragédie, elle semble soigneusement étouffée.

— Kel s'estime victime d'une incroyable machination, ajouta Nitis. S'il s'agit réellement d'un complot, de hauts personnages sont forcément impliqués.

— Une affaire criminelle d'une telle ampleur… Ce scribe ne serait-il pas un affabulateur ?

— Sa sincérité m'a convaincue. Dernière recrue du service des interprètes, drogué au cours d'un banquet afin qu'il se réveille tard et ne soit pas empoisonné par le lait qu'il avait coutume de servir à ses collègues, il a eu le tort de céder à la panique et de s'enfuir en emportant un document crypté que recherchaient probablement les véritables assassins.

— L'a-t-il déchiffré ?

— Pas encore.

— Te l'a-t-il montré ?

— Je n'en comprends pas un seul mot.

— Pourquoi ne se rend-il pas à la police ?

— Il craint d'être éliminé avant de pouvoir s'expliquer.

— Les forces de l'ordre complices des criminels ? Insensé !

— Si Kel ne ment pas, on ne saurait écarter ce soupçon.

— Depuis quand connais-tu ce scribe ?

— Depuis… hier soir.

— Et tu ne mets pas sa parole en doute ?

— Il a juré qu'il disait la vérité, s'exprime de manière directe et possède un regard franc. D'abord incrédule, je suis tout à fait convaincue de son innocence.

Le grand prêtre observa un long silence.

— Ce scribe accuse-t-il quelqu'un ?

— Le médecin-chef du palais, Horkheb, l'a peut-être drogué. Si c'est le cas, obéissait-il à une tête pensante ?

— Kel n'aurait-il pas inventé cette histoire absurde ?

La prêtresse éprouva un doute cruel. Le jeune homme se serait-il moqué d'elle ?

— Étudie le papyrus consacré aux sept paroles de Neit, ordonna le grand prêtre. Je me rends au palais avec l'espoir de dissiper ce cauchemar.

— Le directeur du palais va vous recevoir immédiatement, dit le secrétaire particulier d'Hénat au grand prêtre.

Le chef des services secrets disposait d'un bureau d'une rare sobriété. Aucune décoration, un mobilier austère.

Dès le franchissement du seuil, le visiteur se sentait mal à l'aise.

— Des ennuis, cher ami ?

— Les scribes du Bureau des Interprètes ont-ils été assassinés ?

Hénat évita le regard du vieillard.

— Question fort brutale !

— Cette rumeur est-elle fondée, oui ou non ?

— Vous me gênez.

— Vous interdirait-on d'informer le grand prêtre de Neit ?

— Non, certes non ! Mais la gravité de la situation…

— Donc, ce drame a bien eu lieu.

— Je le crains. Par bonheur, l'enquête a rapidement abouti et nous connaissons l'identité du coupable.

— Son nom ?

— Mon devoir de réserve…

— Dois-je vous rappeler qui je suis ?

— Puis-je vous demander la plus extrême discrétion ?

Wahibrê hocha la tête.

— Il s'agit du scribe Kel, la dernière recrue du bureau.

— Certitude ou simples présomptions ?

— Le juge Gem, dont l'intégrité et la compétence ne sauraient être mises en doute, possède des preuves accablantes. Kel avait un complice, le Grec Démos, également en fuite. La police ne tardera pas à les arrêter.

— Pourquoi ont-ils tué leurs collègues ?

— Nous l'ignorons et sommes impatients de les entendre.

— Soupçonnez-vous une affaire d'espionnage ?

— Impossible, à l'heure actuelle, d'écarter définitivement cette hypothèse, mais aucun indice concret ne la conforte.

— Privée d'interprètes de haut niveau, notre diplomatie ne connaîtra-t-elle pas de graves difficultés ?

— Sa Majesté s'emploie à les résoudre.

Bien entendu, Hénat menait une enquête parallèle et n'en dirait pas un mot. Le juge Gem suivait les voies légales, le chef des services secrets agissait dans l'ombre. Et il était forcément persuadé, malgré sa réserve, que l'élimination du service des interprètes ne se résumait pas à un acte de folie ou à un crime crapuleux.

— Soyez rassuré, Hénat. Je n'ai pas la réputation d'être bavard.

— Loin de moi cette idée, grand prêtre ! Mieux vaut ne pas troubler la population et rester discret à propos de ce drame abominable. Le juge Gem l'admet et travaille sans ostentation. L'essentiel n'est-il pas de châtier l'assassin et de reconstruire le service des interprètes ?

17

Deux jours et deux nuits s'étaient écoulés, et Nitis ne revenait pas.

Excluant toute trahison de la part de la jeune femme, si douce et attentive, Kel ne pouvait éluder la réalité : on l'avait arrêtée sur l'ordre du grand prêtre.

Courageuse, Nitis refusait de le dénoncer. Sinon, la police serait déjà intervenue.

Éperdu d'admiration, Kel se reprochait d'avoir entraîné la prêtresse dans cette aventure désastreuse et ruiné sa carrière. À cause de lui, son ami Bébon subissait le même sort. Battu, torturé, avait-il survécu ? Et quels supplices ferait-on subir à Nitis ?

Il devait quitter cette maison et voler à son secours.

Comment la libérer, sinon en se rendant à la police et en affirmant qu'elle n'était pas sa complice ? Hélas ! Elle l'avait abrité chez elle. Si tous les deux niaient farouchement ce détail, peut-être le juge se montrerait-il clément.

Le juge… Cherchait-il la vérité ou était-il manipulé ?

La porte s'ouvrit.

La police… ou les assassins ?

Aucune possibilité de s'enfuir.

S'emparant d'un tabouret, Kel se battrait.

Apparut Nitis, resplendissante.

— Je suis seule, rassurez-vous. Le grand prêtre Wahibrê désire vous voir. Cette entrevue sera décisive.

— Votre si longue absence…

— Il me fallait remplir les premiers devoirs de ma nouvelle fonction de Supérieure des chanteuses et des tisserandes. Et je comptais sur votre sang-froid, pendant que le grand prêtre se rendait au palais afin de vérifier vos dires.

— M'aider davantage serait déraisonnable, Nitis ! À présent, ne vous mettez plus en danger.

— Hâtez-vous, Wahibrê nous attend. La police ne vous recherchera pas au temple.

Émerveillé, Kel découvrit l'immense domaine de la déesse Neit. Nitis le guida jusqu'à une chapelle située au nord et précédée d'un acacia sous lequel s'était assis le grand prêtre.

Sa sévérité impressionna le jeune homme. Saurait-il convaincre le vieillard revêche ?

— Que représentent pour toi les hiéroglyphes ? demanda-t-il d'une voix dure.

— Je ne les confonds pas avec l'écriture profane utilisée lors des tâches quotidiennes. Paroles des dieux, les hiéroglyphes sont réservés aux temples. Ils contiennent les secrets et les formes de la création où s'incarne la véritable pensée, au-delà des limites humaines. Formant une langue sacrée, ils sont la base de notre civilisation et, avant le drame auquel je suis mêlé, j'espérais percer une partie de leurs mystères.

— Chargé de l'enquête, le juge Gem possède les

preuves de ta culpabilité. Nies-tu encore être un assassin ?

— Sur le nom de Pharaon, j'affirme ma totale innocence.

— Un faux serment détruit l'âme.

— J'en suis conscient, grand prêtre. Et je maintiens ma déclaration. C'est la seule liberté qui me reste.

— Face aux preuves, persisteras-tu ?

— On les aura fabriquées ! Je n'ai tué personne, et l'on m'a choisi comme un parfait meurtrier, incapable de se défendre.

— Accuses-tu ton ami Démos ?

— Sa disparition me trouble, et je désire le retrouver afin qu'il s'explique.

— Puisque tu jures sur le nom de Pharaon, comment envisages-tu la hiérarchie des puissances ?

— Au sommet se trouve le principe créateur, Un en Deux, à la fois mâle et femelle. Puis viennent les divinités, organisatrices de la vie et de l'ordre de Maât que Pharaon doit faire appliquer ici-bas en construisant les temples, en célébrant les rites et en pratiquant la justice. Si ces tâches ne sont pas correctement remplies, le pays retournera au chaos. Détenteur du testament des dieux et serviteur de la puissance créatrice, le pharaon repousse les forces des ténèbres et garantit la prospérité.

— Des monarques n'ont-ils pas failli ?

— Notre histoire le prouve.

— Quand le roi se montre inexact, déclara le grand prêtre, le peuple devient fautif et la barbarie triomphe. Un pharaon doit d'abord se préoccuper des divinités, et non des hommes. En se trompant de priorité, il nous conduit au désastre.

Kel crut mal comprendre : Wahibrê accusait-il Amasis d'être un mauvais souverain ?

Le grand prêtre se releva et planta son regard au fond de celui du jeune scribe.

— Je crois à ton innocence, mon garçon, car j'ai sondé ton cœur. Nous sommes donc en présence d'une affaire d'État exceptionnellement grave. Le pouvoir laisse proférer une fausse accusation, des dignitaires sont mêlés à un complot, et l'on n'a pas hésité à commettre des meurtres abominables.

— En voici peut-être la raison, avança Kel en montrant au grand prêtre le papyrus codé.

Malgré toute sa science, Wahibrê fut incapable de le déchiffrer.

— Le Bureau des Interprètes est lié aux services secrets, rappela-t-il. Hénat les dirige et rend compte au roi, favorable aux Grecs. Peu lui importent la corruption et l'abandon de certaines valeurs, pourvu que ses alliés s'installent en masse à Naukratis, à Memphis et dans d'autres villes du Delta.

— Amasis serait-il responsable de cette tragédie ? interrogea Nitis.

— Nous ne pouvons l'exclure.

— En ce cas, police et justice exécutent ses ordres sans se préoccuper de la vérité !

— Kel se cachera ici, décida Wahibrê. Ses connaissances lui permettent de remplir la fonction de prêtre pur. Toi et moi mènerons notre propre enquête et rassemblerons des éléments permettant de l'innocenter. Si les coupables sont des dignitaires, je trouverai les appuis nécessaires pour briser leurs sinistres desseins.

18

— Les nouvelles vont vite, dit à Nitis l'aimable Menk, organisateur des fêtes de Saïs. Votre nomination à la tête des chanteuses et des tisserandes me réjouit. Ensemble, nous ferons de l'excellent travail. Puis-je avouer que je vous trouve resplendissante ?

— Vu mon inexpérience, votre aide me sera précieuse.

— Surtout, ne heurtez personne ! Vous devrez donner des ordres à des prêtresses plus âgées, susceptibles, imbues de leurs prérogatives. Si vous les blessez, elles deviendront des ennemies et vous causeront mille et un tracas. Sachez les envoûter, utilisez votre magie, et vous continuerez à recueillir l'unanimité. Quant aux problèmes rituels, je vous faciliterai la tâche en toutes circonstances. À la moindre difficulté, appelez-moi et j'accourrai.

— Soyez-en remercié d'avance.

— Le grand prêtre a eu raison de vous choisir comme disciple, Nitis. Grâce à vous, l'avenir apparaît riant.

— Je m'efforcerai de servir au mieux la déesse Neit.

— Demeurez intransigeante sur la qualité des produits utilisés lors des cérémonies. Le grand prêtre exige le meilleur encens, les meilleures huiles et les meilleurs parfums. Et les objets fabriqués par nos ateliers ne doivent souffrir d'aucun défaut. Reste un aspect toujours délicat : la voix des chanteuses. Certaines, hélas ! oublient parfois de la travailler, d'autres ont le tort de se croire douées. Rectifier ces voix vous prendra beaucoup d'énergie.

— Puisqu'il s'agit d'honorer les divinités et non les humains, je ne m'épuiserai pas.

— La prochaine fête a lieu la semaine prochaine. Tout est au point, à l'exception de la barque des processions que les menuisiers du temple viennent de restaurer. Nous l'examinerons demain matin.

La jeune femme parut contrariée.

— En raison de l'énormité de la tâche, je n'aurai plus le temps d'assister à des banquets semblables à celui qu'a organisé le ministre des Finances.

— Au contraire, sachez vous détendre ! Si vous travaillez trop, vous manquerez de lucidité. Et votre rang vous impose de participer à ces réjouissances où les notables apprécieront votre personnalité. Croiser leur chemin et bénéficier de leurs bonnes grâces est indispensable.

— La présence d'un invité, ce soir-là, m'a surprise.

— Ah !... Lequel ?

— Un jeune scribe interprète. Ne l'avez-vous pas remarqué ?

— Il ne m'a pas frappé.

— Pourquoi le ministre l'a-t-il convié à ce dîner ?

— Aucune idée, affirma Menk.

— On murmure que ce Kel, s'il s'agit bien de lui, aurait commis des actes affreux.

L'organisateur des fêtes de Saïs sembla mal à l'aise.

— En savez-vous davantage ?

— Il aurait assassiné plusieurs collègues.

— Des crimes, ici, à Saïs ? Impossible !

— Vous n'avez donc entendu parler de rien ?

— De rien !

— Et vous ne connaissiez pas ce jeune scribe ?

— J'en entends parler pour la première fois !

— Je réunis les chanteuses à la fin de l'après-midi. Désirez-vous assister à la répétition ?

— Désolé, je suis pris. La prochaine fois, certainement. Bon courage, Nitis.

Menk quitta l'enceinte sacrée et se précipita chez son supérieur, Oudja, le gouverneur de la ville.

Les bureaux de son administration occupaient une aile du vaste palais royal. Grand travailleur, Oudja s'entretenait chaque jour avec le souverain et lui présentait une synthèse des nombreux dossiers à traiter. Amasis tranchait vite, Oudja exécutait.

Menk dut patienter une longue heure avant d'être reçu par le chancelier. Debout face à une large fenêtre, il admirait Saïs.

— Splendide cité, n'est-ce pas ? Au lever et au coucher du soleil, je m'accorde l'infini plaisir de la contempler. Et nous ne cesserons de l'embellir.

— Certes, chancelier, certes !

Oudja se retourna et toisa l'organisateur des fêtes.

— Te voici en proie à une agitation inhabituelle. Des ennuis ?

— Non, mais une rumeur… Une rumeur terrifiante !

— Je t'écoute.

— On aurait commis des meurtres, ici, à Saïs !

— Les victimes ?

— Les scribes du Bureau des Interprètes ! Et l'assassin serait l'un de leurs collègues, un nommé Kel, que j'ai croisé lors d'un récent banquet. J'en frissonne encore… mais tout cela est faux, bien sûr ?

— Qui propage cette rumeur ?

— Une amie… une grande amie, digne d'estime et de confiance. C'est pourquoi j'ai été troublé. Je veux la détromper, et vous seul pouvez m'aider.

— Son nom ?

— La discrétion…

— J'exige son nom.

— Mais puisqu'il s'agit d'une folle rumeur !

— Le scribe Kel a bien assassiné ses collègues du Bureau des Interprètes, assena le chancelier Oudja. Il sera arrêté, jugé et condamné. Comme il s'agit d'une affaire d'État, Sa Majesté exige un maximum de discrétion, et les dignitaires sont tenus au silence. Le nom de ton amie ?

— Nitis, la nouvelle Supérieure des chanteuses et des tisserandes de Neit.

— À titre confidentiel, je t'informe que nos services secrets s'occupent de cette affaire dont les éventuelles ramifications sont encore inconnues. Un bon conseil : tiens-toi à l'écart de cet horrible drame.

— Je serai muet ! promit Menk. Et je ne souhaite plus entendre un seul mot à propos de ces crimes !

— Recommande à ton amie Nitis une extrême prudence. Les sages n'affirment-ils pas que trop parler nuit ?

— Je la conseillerai utilement, chancelier !

— Prépare-nous une belle fête, Menk. Notre ville doit rester joyeuse.

19

Péfy, le ministre des Finances et de l'Agriculture, était courroucé. De nouveau, Amasis lui refusait les crédits nécessaires à la restauration du temple d'Abydos. Seul comptait l'embellissement de la capitale, Saïs.

— Le grand prêtre de Neit souhaite vous parler, lui annonça son secrétaire.

— Qu'il entre immédiatement ! Tu ne l'as pas fait attendre, j'espère ?

Le secrétaire bredouilla en s'inclinant.

Péfy et Wahibrê s'étreignirent.

— Heureux de te revoir enfin ! s'exclama le ministre. À nos âges, nous ne devrions pas laisser passer de longs mois sans évoquer le bon vieux temps.

— Tes écrasantes fonctions ne t'accordent pas beaucoup de loisirs.

— Les tiennes non plus ! J'annule mon déjeuner avec le directeur du fisc et nous dégustons ensemble quelques cailles rôties au vin.

Le cuisinier du ministre valait celui du roi. Quant au grand cru datant de l'an dix d'Amasis, il atteignait la perfection.

— Le roi néglige Abydos, déclara Péfy, contrarié. Ce n'est plus qu'une bourgade dépourvue d'importance économique, mais elle reste un haut lieu osirien dont la magie assure l'équilibre des Deux Terres. Développer le Nord au détriment du Sud risque de le rompre.

— La Divine Adoratrice de Thèbes n'est-elle pas à la fois le roi et la reine de la Haute-Égypte ?

— Son pouvoir spirituel et temporel se limite à la cité sacrée du dieu Amon, et sa remarquable gestion satisfait Amasis. De mon côté, j'utilise ma fortune personnelle pour restaurer le temple d'Abydos, planter des arbres et de la vigne, bâtir une enceinte de briques, drainer le lac sacré, façonner des tables d'offrande en or, en argent et en pierre dure, et assurer le fonctionnement de la Maison de Vie où sont préservées d'inestimables archives. Toi, mon vieil ami, tu n'as pas ces soucis-là !

— Le roi me permet d'entretenir au mieux le temple de Neit, je te l'accorde, mais la récente tragédie trouble ma sérénité.

Péfy fronça les sourcils.

— Quelle tragédie ?

— L'assassinat des scribes interprètes.

— Tu n'es pas du genre à proférer de sinistres plaisanteries ! Explique-toi.

— Le roi ne t'aurait-il pas informé ?

— Je ne suis au courant de rien !

— On accuse le scribe Kel d'avoir empoisonné ses collègues.

— Le Bureau des Interprètes au grand complet ?

— Chef du service compris. Kel aurait eu un complice, le Grec Démos. Le juge Gem mène l'enquête. Hénat, le chef des services secrets, agit de son côté.

Péfy était effondré.

— Ce n'est pas tout, ajouta le grand prêtre.

— Quoi de pire ?

— Tu as invité l'assassin, le scribe Kel, à ton dernier banquet.

— Moi ? Jamais !

— Il figurait pourtant au nombre des convives. Un scribe brillant, certes, mais pas au point de bénéficier d'un tel honneur.

— Nous allons éclaircir ce détail immédiatement !

Le ministre fit convoquer son intendant, un professionnel aux états de service irréprochables.

— As-tu invité un scribe interprète, Kel, au banquet de la semaine dernière ?

L'intendant évita le regard de son patron.

— Pardonnez-moi, j'étais souffrant. J'ai confié la liste à mon remplaçant, et j'espérais qu'il s'acquitterait au mieux de cette tâche. Le nom de ce scribe m'est inconnu.

— Ton remplaçant aurait-il pu le convier ?

— Malheureusement oui. Fièvre et courbatures m'ont empêché de procéder aux vérifications habituelles. Quantité de traîne-la-faim tentent de profiter des réceptions officielles.

— Qui vous a soigné ? demanda le grand prêtre.

— Le médecin-chef du palais, Horkheb. Il m'a remis sur pied en deux jours.

L'intendant se retira, le ministre mastiqua nerveusement un morceau de pain.

— Pourquoi le roi me tient-il à l'écart d'une affaire aussi grave ? Son amour des Grecs lui monte à la tête ! Cependant, la mort de Cyrus et l'avènement de Cambyse, un jeune empereur forcément avide de conquêtes, devraient l'inquiéter.

— Notre armée ne serait-elle pas capable de repousser les Perses ?

— Toute tentative d'invasion semble vouée à l'échec,

concéda Péfy. Oudja a développé une formidable marine de guerre, et le général en chef de l'infanterie, Phanès d'Halicarnasse, est un soldat expérimenté. Néanmoins, nous avons besoin d'une diplomatie intelligente et active. Et l'anéantissement du service des interprètes nous en prive !

— Ne sera-t-il pas reconstitué rapidement ?

— Plus facile à dire qu'à faire ! Son chef était un technicien exceptionnel, capable d'apprécier les situations délicates sans commettre d'erreur. Le remplacer prendra peut-être beaucoup de temps.

— Qui avait intérêt à perpétrer ce massacre ?

— À première vue, estima le ministre, un agent secret au service des Perses. En nous privant d'yeux et d'oreilles, l'ennemi peut développer une stratégie à notre insu.

— Kel, un jeune scribe récemment engagé… Un coupable plausible, à ton avis ?

— La jeunesse n'est pas un gage d'innocence !

— Si tu vois juste, l'enquête du juge Gem servira de trompe-l'œil. Seul le chef des services secrets, Hénat, découvrira la vérité.

— On s'est assez moqué de moi, décréta Péfy. Cette fois, Hénat ne se dissimulera pas derrière ses dossiers.

20

La mine furibonde, le ministre des Finances força la porte du directeur du palais, Hénat, qui dictait un courrier urgent à son secrétaire.

— Je veux te parler seul à seul.

N'attendant pas les ordres de son patron, le secrétaire s'éclipsa.

— Qu'y a-t-il de si grave ? s'étonna Hénat.

— Pas de comédie. Pourquoi ne m'a-t-on pas informé de l'assassinat des interprètes ?

Le chef des services secrets eut un geste d'impuissance.

— Tout est allé très vite ! Le coupable, un scribe nommé Kel, sera bientôt arrêté, et le juge Gem rendra une juste sentence.

— Et les résultats de ta propre enquête ?

Le visage d'Hénat se ferma.

— Seul le juge Gem est autorisé à…

— Cesse de me traiter comme un imbécile ! tonna Péfy. J'exige la vérité, immédiatement !

— Il s'agit de crimes affreux dont la cause sera élucidée.

— Anéantir le service des interprètes implique un

complot d'une rare ampleur. Incarcérer le bras armé ne suffira pas. Que sais-tu précisément, Hénat ?

— Les investigations se poursuivent.

— Et tu continues à me tenir à l'écart !

— Sa Majesté exige la plus grande discrétion. Inutile d'affoler la population. Le roi en personne s'occupe de rebâtir le service des interprètes et veille sur la bonne marche de notre diplomatie. De ton côté, assure celle de l'économie.

— Serait-ce une menace voilée ?

— Allons donc ! Chacun connaît le poids de tes responsabilités et apprécie ton efficacité. La semaine prochaine, Saïs célébrera une belle fête, et nous continuerons à jouir de la prospérité et de la paix.

En sa qualité d'organisateur des fêtes de Saïs, le séduisant Menk était autorisé à écouter la répétition des chanteuses de la déesse Neit, sous la direction à la fois souple et ferme de la belle Nitis.

Dieux, quel charme ! À l'évidence, cette femme serait un jour la sienne. Déjà, ils travaillaient ensemble. Demain, ils goûteraient les joies de l'amour. Surtout, ne pas l'effrayer mais la conquérir pas à pas. Et puis, l'empêcher de commettre de regrettables erreurs !

Oubliant les chanteuses, Menk ne regardait que la Supérieure, à l'élégance souveraine.

La répétition prit fin, les prêtresses se dispersèrent.

— Vous avez pu vous libérer, constata Nitis. Le chœur vous a-t-il semblé plus cohérent ?

— Grâce à vous, il est meilleur, bien meilleur !

— Vous semblez bouleversé. La musique de la prochaine fête serait-elle trop émouvante ?

— J'ai vu le chancelier royal Oudja, et il m'a confirmé l'assassinat des interprètes. Un drame horrible qui ne doit pas s'ébruiter ! Gem, le patron des juges, et les services secrets s'occupent de l'affaire. Le coupable est bien ce jeune scribe, Kel, que nous avons croisé au banquet du ministre des Finances. J'en frissonne encore ! Et si ce fou furieux avait décidé de supprimer tous les invités ? Pourvu qu'il ne recommence pas à tuer avant d'être arrêté !

— L'enquête conclurait-elle à un acte de démence ?

— Je l'ignore et refuse de le savoir ! Tenons-nous à l'écart de cette abomination, chère Nitis, et soucions-nous de nos devoirs. Ni vous ni moi n'appartenons à la police. Une question me brûle les lèvres : comment avez-vous appris cette tragédie ?

— La rumeur, déclara-t-elle en souriant.

— Ne l'écoutez plus et ne la propagez pas ! Oudja recommande le silence, obéissons-lui. Un grave faux pas ne briserait-il pas votre carrière ?

— Sage conseil, reconnut Nitis.

Menk se détendit.

— Votre intelligence égale votre beauté. Quand on sait se tenir à sa place et ne pas froisser le pouvoir, le destin se montre favorable. Et nous avons tant de travail en perspective !

— Servir au mieux la déesse restera notre priorité, affirma la Supérieure. À demain, pour la nouvelle répétition.

— Hénat, le chef des services secrets, se moque de moi, révéla le ministre des Finances au grand prêtre Wahibrê, et refuse de me confier ce qu'il sait vraiment.

Puisqu'il s'occupe de ce drame, il ne s'agit certainement pas des crimes d'un dément. Nous sommes en présence d'une affaire d'État aux conséquences imprévisibles.

— Prononcerais-tu le mot de « complot » ?

— En tout cas, moi, j'en suis exclu ! Je songe toujours au sinistre exploit d'un réseau perse chargé de désorganiser notre diplomatie en nous privant d'informations.

— Autrement dit, Cambyse préparerait l'invasion de l'Égypte, prophétisa le grand prêtre.

— Peu probable, jugea Péfy. En revanche, il songe sans doute à mettre la main sur la Palestine en y infiltrant espions, commerçants et propagandistes. L'élimination des interprètes nous empêchera, un certain temps, d'en savoir davantage. Surtout, mon ami, tiens-toi à l'écart de cette affaire. Hénat n'est pas un plaisantin.

— Oserait-il s'en prendre à la personne du grand prêtre de Saïs ?

— Les coups tordus des services secrets ne se comptent plus ! N'oublie pas qu'Amasis a conquis le pouvoir par la force et qu'il ne supporte aucune remise en cause de son autorité. Nous lui devons la paix et la prospérité, certes, mais seront-elles durables ?

— Te voilà bien pessimiste, Péfy !

— Si Amasis reconstitue rapidement le service des interprètes et si les assassins sont châtiés à la mesure de leurs crimes, l'avenir s'éclaircira.

21

Kel s'adonnait avec enthousiasme à sa nouvelle fonction de « prêtre pur[1] ». Avant l'aube, il se rendait au lac sacré et remplissait deux vases d'albâtre qu'il remettait à un ritualiste. Ensuite, il examinait la liste des produits frais destinés au temple et vérifiait les déclarations des fournisseurs. Réservé, il ne se distinguait pas des autres scribes au service de la Supérieure des chanteuses et des tisserandes.

Vu son récent engagement, il se pliait volontiers aux besognes élémentaires : nettoyer les palettes, laver les godets à encre, rouler les papyrus. L'hygiène s'imposant comme une règle absolue, il balayait le local réservé aux prêtres purs et portait les pagnes au blanchisseur.

Cette nouvelle existence le satisfaisait pleinement, mais des bouffées d'angoisse le ramenaient à la réalité : il n'était qu'un criminel en fuite, disposant d'un abri provisoire ! Oubliés l'avenir brillant, le plan de carrière et la sécurité d'un bon technicien.

Ce merveilleux mirage ne tarderait pas à se dissiper.

— La Supérieure te demande, l'avertit un collègue.

1. *Ouâb.*

Kel se rendit à la Maison des tisserandes où l'accueillirent Nitis et le grand prêtre Wahibrê.

La jeune femme verrouilla la porte.

— Pas d'incident ? demanda-t-elle.

— On ne m'a posé aucune question gênante.

— Les prêtres purs ne séjournant au temple que pendant une brève période, rappela Wahibrê, les têtes changent souvent. À condition d'accomplir son travail correctement, Kel passera inaperçu.

— Avez-vous obtenu des informations sérieuses ? s'inquiéta le scribe.

— J'ai d'abord cru Menk tout à fait étranger à l'affaire, révéla Nitis, mais son comportement m'intrigue. Il assure n'être au courant de rien et veut rester à l'écart de ce drame. Néanmoins, il s'est précipité chez le chancelier royal Oudja pour lui signaler que je lui avais parlé de l'assassinat des interprètes. À mots feutrés, il m'a ordonné de me cantonner à ma nouvelle fonction et de laisser agir la police.

— Menk est amoureux de toi, précisa le grand prêtre. Il souhaite t'éviter un faux pas.

— Ne serait-ce pas une preuve de sa complicité ? Connaissant l'identité d'un ou de plusieurs criminels, il cherche à m'éloigner de la vérité.

Kel éprouva une profonde tristesse.

Menk, l'organisateur des fêtes de Saïs, amoureux de Nitis ! Et il n'était probablement pas le seul à la convoiter. Elle épouserait un dignitaire de son rang, à la réputation sans tache.

— Menk semble terrorisé, ajouta-t-elle, mais ne joue-t-il pas les lâches ? Trop habile, trop enjôleur, ne mêle-t-il pas sincérité et mensonge ? Impossible de lui faire confiance.

— Pourtant, objecta le grand prêtre, il t'a avoué sa rencontre avec Oudja.

— Ne s'agit-il pas d'une habile stratégie ? avança Kel. Aux ordres du chancelier royal, exécuteur des basses œuvres, Menk simule la soumission au pouvoir afin de protéger Nitis.

— Comment croire à tant de duplicité ?

— Tant de meurtres ont été commis !

— Et tu es le seul assassin, rappela Wahibrê. Le cas de ton ami Démos ne semble guère intéresser les autorités. Ton complice, peut-être, mais pas le coupable. La conviction du juge Gem est établie, tu seras bientôt arrêté et tu révéleras la raison de ce massacre.

Kel se sentit brisé.

En peu de mots, le grand prêtre venait de résumer la situation. Impossible d'échapper à ce sort-là.

Wahibrê posa sa main puissante sur l'épaule du jeune homme.

— Ne te désespère pas, je crois à ton innocence.

Le sourire de Nitis réconforta Kel.

— Le grand prêtre et moi-même savons que les véritables auteurs de ce massacre vous ont choisi comme coupable idéal. Et nous restons décidés à les identifier.

— Mon ami Péfy ne m'a pas beaucoup éclairé, reconnut Wahibrê. À l'écouter, il ne serait au courant de rien, et le chef des services secrets refuserait de l'informer.

— Le ministre des Finances et de l'Agriculture ainsi traité… Est-ce plausible ? s'étonna Nitis.

— Jusqu'à présent, Péfy ne m'a jamais menti.

— Êtes-vous persuadé qu'il ne joue pas son propre jeu ? demanda Kel.

— Il est très attaché à la loi de Maât et n'a commis aucun acte méprisable.

— Néanmoins, il exécute les directives du roi !

— Certes, mais il demeure lucide et envisage l'action d'un réseau perse infiltré en Égypte afin de rendre notre diplomatie sourde et aveugle. D'après lui, Cambyse songerait à étendre son influence sans envahir l'Égypte. L'objectif serait la Palestine. Désireux d'éviter une nouvelle guerre, Amasis ne réagirait pas.

— Pourquoi m'a-t-il invité à son banquet ?

— Ce point semble éclairci, déclara le grand prêtre. En temps normal, son intendant soumet à Péfy une liste de personnalités et les convie à la réception. Souffrant, il a confié cette tâche à un remplaçant. Ignorant ton existence, le ministre a été lui-même manipulé. Détail important : c'est le médecin-chef Horkheb qui a soigné l'intendant. D'ordinaire, il ne s'intéresse qu'aux malades de haut rang.

— Enfin du solide ! s'exclama Kel. Horkheb a drogué l'intendant et choisi le remplaçant de manière à m'attirer dans un piège.

— Le médecin-chef du palais a toujours soigneusement évité de se mêler de politique, rappela le grand prêtre.

— Il fréquente les hauts dignitaires et soigne le pharaon, insista le jeune homme.

— Horkheb songe surtout à accroître sa fortune et ses biens, déjà considérables. Une forte rétribution l'aura convaincu de se prêter à une manipulation dont il ignorait l'importance réelle.

— Voilà une piste sérieuse, jugea Nitis. Il faut faire parler Horkheb, son témoignage pourrait innocenter Kel et permettre à l'enquête de repartir sur de nouvelles bases.

— Malheureusement, déplora Wahibrê, le juge Gem est têtu et ne songe qu'à arrêter Kel. S'adresser directement à lui me paraît risqué.

— J'ai une idée, proposa le scribe.

22

Appelé en urgence, Horkheb gravit à pas rapides la rampe menant au palais royal, véritable ruche où travaillaient bouchers, boulangers, brasseurs et quantité d'autres artisans fort bien payés et désireux de garder leur place. Vu la taille du bâtiment et le nombre considérable de pièces, maçons, sculpteurs, menuisiers et peintres étaient souvent à l'œuvre. La demeure du pharaon, comparée à l'horizon, ne devait souffrir d'aucun défaut. Chaque matin, il s'y levait comme le soleil afin de répandre la vie et la lumière.

La partie construite en brique rappelait le caractère humain et passager de l'individu chargé d'incarner la fonction royale, celle en pierre son origine divine. Au cœur du palais, une immense salle de réception à colonnes et des chapelles au seuil de granit, permettant au pharaon de rester en contact avec les divinités.

Horkheb appréciait le luxe et la beauté du palais d'Amasis. Richesse des couleurs, variété des motifs floraux, superbes peintures d'oiseaux s'ébattant au-dessus de lotus… Le regard ne cessait de s'émerveiller.

À chaque entrée, des membres de la garde personnelle du monarque. Lourdement armés, ils appliquaient à la lettre les consignes de sécurité. Amasis n'oubliait pas qu'il s'était emparé du trône au prix d'un coup d'État et avait dû mener une guerre civile avant de s'imposer à l'Égypte entière.

Quoique médecin de la famille royale, Horkheb se plia de bonne grâce au règlement exigeant la fouille de toute personne pénétrant dans les appartements privés du monarque. Il ouvrit même sa sacoche en cuir contenant de précieux remèdes.

La reine Tanit vint à sa rencontre.

— Mon mari a eu un malaise, murmura-t-elle. Je suis très inquiète.

Étendu sur un lit aux pieds en forme de sabots de taureau, Amasis avait les yeux mi-clos.

— Me voici, annonça Horkheb. Que se passe-t-il ?

— Une migraine atroce et des vertiges, indiqua le roi. J'ai cru perdre conscience et je ne peux pas me tenir debout.

Le médecin-chef posa la main sur la nuque, la poitrine, les poignets et les jambes de son illustre patient.

— Rien de grave, conclut-il. Les canaux expriment la voie du cœur et l'énergie circule librement. Je vous prescris une potion composée d'un huitième de figue, d'un huitième d'anis, d'un huitième d'ocre pilée et d'un trente-deuxième de miel. Vous l'absorberez pendant quatre jours, et votre organisme sera rafraîchi.

Rassurée, la reine sourit et sortit de la chambre.

— Majesté, marmonna Horkheb, il existe une partie du traitement que vous seul pouvez appliquer.

Amasis se redressa.

— Quoi, encore ?

— L'excès de vin et de bière me paraît préjudiciable à votre santé. Certes, vous bénéficiez d'une robuste constitution, mais les excès…

— Laisse-m'en juge.

— Permettez-moi d'insister !

— Je ne te le permets pas. Fais ton travail et dispense-toi de commentaires.

Horkheb regagna la somptueuse demeure du centre de la ville où il recevait des patients fortunés. Brillant diplômé de l'école de Saïs, il ne soignait plus la classe moyenne et les gens modestes. Aujourd'hui propriétaire de deux villas, l'une proche de la capitale et l'autre en Haute-Égypte, il ne travaillait que trois jours par semaine et profitait pleinement de sa réputation de médecin de la famille royale. Généraliste, donc au sommet de la hiérarchie médicale, il orientait vers des spécialistes les cas difficiles.

— Une urgence, l'avertit son assistant.

— De qui s'agit-il ?

— De la Supérieure des chanteuses et des tisserandes de Neit.

— Une vieille rébarbative, je suppose ?

— Au contraire, jeune et très jolie.

— Présente mes excuses à mon premier rendez-vous et fais-la entrer dans ma salle d'examen.

L'assistant n'avait pas menti : Nitis était ravissante.

— Nous nous sommes rencontrés au dernier banquet du ministre des Finances, me semble-t-il ?

— En effet.

— J'ignorais votre promotion.

— Elle est toute récente.

— Permettez-moi de vous féliciter et de vous souhaiter une brillante carrière. De quoi souffrez-vous ?

— Je me porte à merveille, mais un prêtre du temple de Saïs vient d'avoir un accident grave.

Horkheb toussota.

— Ce type d'urgence ne me concerne pas.

— Le grand prêtre Wahibrê vous serait infiniment

reconnaissant d'intervenir. D'une part, vous fixerez vous-même votre rémunération. D'autre part, il parlera au roi de votre générosité.

— Mon devoir de médecin m'impose d'agir, jugea Horkheb.

Il ordonna à son assistant de renvoyer ses patients au lendemain et suivit la jeune femme dont le parfum, aux senteurs de jasmin, l'envoûtait.

— Quel type d'accident ?

— Une lourde chute.

— Coma ?

— Le blessé est resté conscient.

— Bon signe ! L'avez-vous déplacé ?

— Nous nous sommes contentés d'appliquer un baume sur ses plaies.

Nitis emmena le médecin-chef dans une annexe extérieure du temple où logeaient les prêtres purs en service.

Songeant au montant élevé de son intervention, Horkheb franchit allègrement le seuil.

Soudain, il se pétrifia.

Face à lui, le scribe interprète Kel.

— Pourquoi m'avez-vous drogué et qui vous l'a ordonné ?

La réaction brutale du médecin-chef surprit les jeunes gens.

Il lâcha sa sacoche, bouscula Nitis et s'enfuit à toutes jambes.

Kel le prit aussitôt en chasse.

Existait-il meilleur aveu ? Reconnaissant sa victime et l'assassin désigné, Horkheb prouvait sa participation au complot. Bien entendu, on lui avait promis qu'il ne reverrait jamais le scribe et n'entendrait plus parler de cette affaire.

Affolé, regrettant de trop copieux repas, Horkheb ne tiendrait pas longtemps l'allure. En s'engageant dans une ruelle encombrée, il se heurta de plein fouet au mâle dirigeant d'un troupeau d'ânes chargés de sacs de blé et se retrouva à terre.

Plusieurs bêtes se cabrèrent, certaines ruèrent, d'autres émirent des braiments de protestation. Le chargement du dominant se détacha et tomba sur la nuque du médecin-chef. Furieux, l'ânier frappa de plusieurs coups de bâton le voleur qui tentait de lui dérober son bien. Et deux quadrupèdes déchaînés piétinèrent l'agresseur à grands coups de sabot.

— Arrêtez ! hurla Kel.

Le visage en sang, les membres brisés, Horkheb poussait de misérables couinements.

— Ce bandit a mérité son châtiment, estima l'ânier.

— Je dois l'interroger.

— Tu es de la police ?

— Ça ne se voit pas ?

Le paysan repoussa ses ânes, enfin calmés, et récupéra son lourd sac de blé.

Kel s'adressa au blessé.

— Parle, Horkheb ! Qui t'a engagé ? Pourquoi a-t-on assassiné les interprètes ?

Armés de gourdins et d'épées courtes, de vrais policiers accouraient.

— Parle ! implora le scribe.

Horkheb s'évanouit, Kel déguerpit.

23

L'état du médecin-chef Horkheb était désespéré, son décès imminent. Le crâne enfoncé, il ne pouvait plus parler et respirait à peine. Trois éminents praticiens de l'école de Saïs posaient le même diagnostic : « Une maladie que nous ne pouvons soigner. »

Une drogue puissante atténuait les souffrances du mourant.

À peine conscient, il discerna pourtant une silhouette venant d'entrer dans sa chambre, celle du chef suprême, à l'origine du complot.

Cette visite ne devait rien à la compassion. Le chef voulait extirper quelques renseignements à cet imbécile d'Horkheb, si facile à manipuler. Au fond, cet accident l'arrangeait. Les conjurés avaient décidé de se débarrasser de l'encombrant médecin-chef, des ânes s'en étaient chargés.

— Es-tu vraiment incapable de t'exprimer ?

L'agonisant souleva péniblement la main droite.

— D'après le rapport de police, un ânier t'aurait pris pour un voleur, et ses bêtes t'auraient piétiné. S'agit-il bien d'un accident ?

Au prix d'un douloureux effort, Horkheb hocha négativement la tête.

— Qui t'a tué ?

La main se souleva de nouveau.

Le chef aida son complice à se saisir d'un pinceau et plaça sous ses doigts un morceau de papyrus. Horkheb traça trois signes à peine lisibles : K… e… l.

— Kel ! Ainsi, il se cache toujours à Saïs. En sais-tu davantage ?

Raides et maladroits, les doigts du médecin-chef serrèrent le pinceau et tracèrent quelques signes presque indéchiffrables.

Le chef parvint à lire le mot « temple ». Suivait peut-être un nom.

— Applique-toi ! Qui protège le scribe ?

Le pinceau tomba sur le papyrus.

Horkheb venait de mourir.

Le chef ne cacha pas la vérité aux conjurés.

— Non seulement ce maudit Kel est vivant, non seulement il échappe à la police, mais encore a-t-il remonté la bonne piste jusqu'à Horkheb ! Heureusement, elle s'arrête là. Impossible d'aller plus loin.

— Le scribe possède certainement le papyrus codé.

— Jamais ce document n'aurait dû parvenir au patron du service des interprètes ! Cette stupide erreur administrative nous a contraints d'agir de manière radicale, et je le déplore. Néanmoins, au regard de la situation, il faut continuer à développer notre plan.

Les conjurés donnèrent leur accord.

— Soyez rassurés, notre code est inviolable. Fait gênant, Kel dispose certainement de protections.

— Identifiées ?

— Avant de mourir, Horkheb m'a procuré un indice.

Nous allons l'exploiter. Le scribe arrêté et le document récupéré, nous irons de l'avant en toute sécurité.

Le pharaon Amasis fulminait.

— Je ne peux pas me passer d'Horkheb !

— Hélas ! Majesté, déclara le chancelier Oudja, mon éminent confrère vient de s'éteindre. Il bénéficiera d'une momification de première classe et sera inhumé dans un superbe tombeau.

— La cause de sa mort ?

— Un accident stupide. Le destin se montre parfois cruel.

— Ma décision est prise : tu le remplaceras.

— Majesté, je ne pratique plus depuis longtemps et mes fonctions…

— Chacun s'accorde à dire que tu étais le meilleur médecin-chef de l'école de Saïs. Je serai ton unique patient et tu accourras en cas de nécessité.

Oudja s'inclina.

Il connaissait le penchant du roi pour les vins corsés et la bière forte, et tenterait de maintenir son organisme en bon état malgré les excès.

— Majesté, déclara Hénat, visiblement troublé, mes services ont reçu une lettre anonyme accusant le temple de Saïs de cacher le scribe Kel, l'assassin en fuite.

— Impossible ! estima Oudja.

— Supposons que ce monstre ait abusé de la bonne foi d'un prêtre, objecta le chef des services secrets. Un individu aussi dangereux se montre capable de tout ! Se sachant perdu, il n'hésitera pas à utiliser la violence.

— Je vais donner au juge Gem l'ordre d'investir le

temple puis de procéder à une fouille. Si ce meurtrier s'y trouve, il sera arrêté.

— Une action brutale ne mécontentera-t-elle pas le grand prêtre ?

— Il ne dirige ni ce pays ni l'enquête ! Dois-je te rappeler que j'ai supprimé les tribunaux des temples et qu'ils sont désormais soumis à la juridiction royale ? Aucun sanctuaire ne peut servir de refuge à un hors-la-loi. Mon administration n'a-t-elle pas restauré leurs finances en leur accordant des privilèges fiscaux et des terres rentables ? En dépit de son autorité et de sa réputation, le grand prêtre doit m'obéir et laisser le passage à mes juges et à mes policiers.

— Je préconise un certain doigté, avança le chancelier. Une intervention trop voyante n'inquiéterait-elle pas la population ?

— Permettez-moi d'approuver Oudja, insista le chef des services secrets. Et songeons à d'éventuels otages ! En les supprimant, Kel répandrait la terreur, et la paix de notre capitale serait gravement troublée.

— Méfions-nous de cette lettre anonyme, souligna le chancelier en regardant le chef des services secrets comme s'il en était l'auteur. Il s'agit peut-être d'une calomnie.

— Qui viserait-elle ? s'étonna Hénat.

— L'envergure spirituelle du grand prêtre lui attire des ennemis, et des ambitieux convoitent sa place.

— Oublions ça, trancha Amasis, et préoccuponsnous de savoir si l'assassin se dissimule au temple. Oudja, fais venir immédiatement le juge Gem. Je lui donnerai moi-même les instructions nécessaires.

24

— Horkheb s'est évanoui avant de répondre à mes questions, révéla Kel à Nitis et au grand prêtre. Vu la gravité de ses blessures, il a peu de chances de survivre. Et son attitude prouve sa culpabilité ! En me voyant, il a compris que j'avais découvert la vérité.

— À l'évidence, jugea Wahibrê, le médecin-chef ne fut qu'un exécutant. Sa probable disparition n'arrange-t-elle pas son commanditaire ? En mourant, il se taira à jamais, et notre seule piste se termine en cul-de-sac.

— Certes pas ! protesta Nitis. L'organisateur des fêtes de Saïs, Menk, participait au banquet qu'organisait le ministre des Finances. Et n'éliminons pas de la liste des suspects le chef des services secrets et le puissant gouverneur de Saïs.

— J'y ajoute le roi en personne, déclara Kel avec gravité.

— Demeurons circonspects, recommanda Wahibrê. Pourquoi Amasis détruirait-il l'une des forces majeures de sa diplomatie, son service des interprètes ?

— J'enrage de ne pouvoir déchiffrer le document codé ! Sans doute nous donnerait-il toutes les réponses.

Nitis consulta le grand prêtre du regard. Wahibrê perçut aussitôt ses intentions.

— La Maison de Vie dispose peut-être d'éléments décisifs. Remets le papyrus à Nitis, elle tentera de trouver la clé de lecture.

Et s'il s'agissait d'un piège subtil ? La prêtresse, elle aussi, se trouvait au banquet. Sa stratégie ne consistait-elle pas à l'amener à ce geste précis ? Privé du précieux document, Kel ne disposerait plus d'aucun moyen de se défendre, et ses poursuivants n'auraient pas besoin de le prendre vivant.

Nitis était la disciple du grand prêtre, le grand prêtre obéissait au pharaon. Se croyant protégé par des alliés sincères, Kel ne tombait-il pas entre les mains des comploteurs ?

Il regarda intensément la jeune femme et vit tant de lumière dans son regard qu'il se reprocha ses soupçons.

— Puissiez-vous réussir, Nitis.

On frappa à la porte de la salle d'audience du grand prêtre.

Kel se dissimula, Wahibrê entrouvrit et discuta longuement avec son assistant chargé de l'accueil des visiteurs.

— Le juge Gem exige de fouiller le temple et la totalité de ses annexes, annonça-t-il aux jeunes gens. Kel ne peut regagner son logement.

— Partons immédiatement, recommanda Nitis. Tâchez de retarder le juge pendant que nous sortons de l'enceinte.

— Où irez-vous ? s'inquiéta Wahibrê.

— Ils n'arrêteront pas Kel, rassurez-vous.

— La porte de la salle des archives est ouverte. Ensuite, longez le mur jusqu'au premier poste de garde.

Il ne devrait pas interpeller la Supérieure des chanteuses et des tisserandes, accompagnée d'un prêtre pur.

Une nouvelle fois, l'angoisse saisit Kel.

Il ne doutait pas de la sincérité de Nitis, mais le grand prêtre ne le livrait-il pas ainsi à la police ?

— Venez vite, exigea Nitis.

Wahibrê alla au-devant du juge Gem, flanqué de deux soldats à l'impressionnante carrure.

— Que se passe-t-il ? demanda le grand prêtre.

— Autant être clair : Kel, l'assassin des interprètes, se cacherait ici.

— Sur quoi se fonde cette hypothèse invraisemblable ?

— Dénonciation anonyme.

— Vous, un juge expérimenté, y prêtez foi ?

— Je dois tout vérifier.

— Je m'oppose à une fouille complète du temple de Neit !

— Ordre du pharaon. Ne m'obligez pas à utiliser la force et à déployer la centaine d'hommes qui m'accompagnent. Dès cet instant, les accès au domaine de Neit sont sous surveillance.

— Vous violez un espace sacré !

— Les temples n'ont plus de juridiction propre, rappela Gem, et nous poursuivons un fauve capable de tuer à nouveau. Ne me refusez pas votre aide, grand prêtre. Au contraire, guidez-moi et troublons le moins possible la quiétude de ces lieux.

— Entendu, à une condition : vous ne pénétrerez ni dans le Saint des Saints, réservé au pharaon et à son représentant, le grand prêtre, ni dans la Maison de Vie où sont conservées les archives sacrées qu'utilisent les initiés aux mystères d'Isis et d'Osiris.

— Jurez sur le nom du roi que l'assassin ne s'y cache pas !

— Comment osez-vous émettre une telle monstruosité ? Je suis le garant du secret de ces endroits purs et prête volontiers le serment exigé. Que les dieux me foudroient si ma langue ment !

La colère froide du grand prêtre impressionna le juge.

— Ma tâche est délicate, comprenez-le.

— Accompagnez-moi, ordonna Wahibrê. Examinons ensemble chaque parcelle du domaine de la déesse. Et interrogez qui bon vous semblera.

Au fond, Gem ne croyait guère à la dénonciation anonyme. D'ordinaire, il déchirait ce genre de paperasse et n'en tenait pas compte lors des procès. Cette fois, le roi avait beaucoup insisté pour qu'il vérifiât. Le juge aurait pu refuser, mais l'affaire était si grave qu'il préférait ne négliger aucune piste.

Aussi, en compagnie du grand prêtre et d'une escouade de policiers expérimentés, explora-t-il les locaux sacrés et profanes, depuis la salle du silex où l'on entreposait de très anciens objets rituels en pierre jusqu'aux chambres des prêtres purs. Il ne négligea ni les quatre chapelles disposées aux points cardinaux, ni le château des tissus de lin, ni les nombreux ateliers, et visita même les chapelles dominant les tombes des rois inhumés à proximité du sanctuaire de Neit.

Lorsqu'il voulut pénétrer dans le temple de l'Abeille, Wahibrê s'interposa.

— Vous seul, comme serviteur de Maât. Pas de profanes.

N'ayant rien à craindre du grand prêtre, le juge accepta.

Le temple de l'Abeille accueillait le culte d'Osiris, associé à celui des ancêtres. On y célébrait des rites liant à la déesse Neit le dieu de la résurrection et des « Justes de voix ». Là trônait le coffre mystérieux contenant le corps de lumière d'Osiris.

Très impressionné par la majesté de l'édifice dont la façade ressemblait à celles de la Maison du Nord et de la Maison du Sud de Saqqara, datant du règne de Djéser, Gem en oublia un instant son enquête.

Au sortir du temple, un gradé le ramena brusquement à la réalité.

25

— Êtes-vous satisfait ? demanda le grand prêtre au juge Gem.

— Mon dispositif de surveillance empêchait quiconque de sortir de l'enceinte sacrée avant la fin de la perquisition. Pourtant, un incident s'est produit. Une prêtresse, accompagnée d'un homme, est parvenue à franchir le premier poste de garde en arguant de sa fonction de Supérieure des chanteuses et des tisserandes. De qui s'agit-il ?

— De Nitis.

— Une femme âgée et de grande expérience, je suppose ?

— Non, une jeune prêtresse aux qualités reconnues de tous. Sa nomination fut approuvée à l'unanimité.

— L'aviez-vous désignée ?

— En effet.

— Pourquoi s'est-elle enfuie ?

— Enfuie ? Qu'allez-vous imaginer !

— Où réside-t-elle ?

— La réfection de son logement de fonction sera achevée dès demain.

Le ton du juge se durcit.

— Où réside-t-elle… actuellement ?

— Dans sa demeure familiale, proche du temple.

— Acceptez-vous de m'y conduire ?

— Si je refuse ?

— Je signalerai votre attitude au roi et réclamerai un interrogatoire serré afin d'obtenir la vérité. Votre titre de grand prêtre de Neit ne vous place pas au-dessus des lois. Si vous avez abrité ce criminel et si cette Nitis s'est bien enfuie avec lui pour le cacher chez elle, vous serez châtiés, l'un et l'autre, à la mesure du délit. Et le tribunal ne manifestera aucune indulgence.

— Vos accusations sont insultantes et grotesques. Moi, je parlerai au roi de la manière dont vous menez votre enquête en soupçonnant des innocents.

— Me conduirez-vous chez Nitis ?

— Je me plie une dernière fois à vos injonctions.

Wahibrê adopta une allure pondérée et ne manifesta pas le moindre signe d'inquiétude.

Comment Nitis se justifierait-elle ? Avait-elle commis l'imprudence d'accueillir Kel ? En cas d'arrestation, le grand prêtre et sa protégée seraient reconnus coupables de complicité de meurtre, destitués et emprisonnés. Nul ne croirait à l'innocence du jeune scribe.

La porte de la modeste demeure de Nitis était close.

Un policier frappa.

— Ouvrez, le juge Gem désire vous parler !

La jeune femme apparut.

— Juge Gem… et vous, grand prêtre !

— Pourquoi vous êtes-vous enfuie ? attaqua le magistrat.

— Moi, enfuie ?

— Vous avez quitté le temple avec un homme et franchi un poste de garde malgré mes consignes.

— En effet, à cause d'une urgence.

— Laquelle ?

— Une sérieuse fuite sur ma terrasse. Lors du prochain orage, ma chambre risque d'être inondée. Aussi ai-je demandé à un maçon du temple d'intervenir sans tarder.

Le juge Gem eut un sourire féroce.

— Et le maçon est au travail, je présume ?

— Bien entendu.

— Je vais vérifier.

Wahibrê était consterné. Naïve, Nitis se croyait en sécurité chez elle, mésestimant la pugnacité de l'adversaire. Même si Kel réussissait à s'enfuir en sautant d'un toit à l'autre, les policiers le rattraperaient.

— Ne bougez pas d'ici, ordonna le juge.

Deux costauds le précédèrent.

Ils grimpèrent l'escalier quatre à quatre, bondirent sur l'ouvrier et le plaquèrent au sol.

— Alors, scribe Kel ! s'exclama le juge, ravi. On se croyait à l'abri, mais la cavale se termine.

L'homme, un petit brun au front barré d'une cicatrice, ne ressemblait pas au portrait de l'assassin.

— Je ne suis pas scribe ! protesta-t-il, affolé. Je travaille comme maçon au temple de Neit et je suis venu colmater une fuite, à la demande de la Supérieure.

— Lâchez-le, décida le juge, dépité. Et fouillons la maison.

Au visage de Gem, le grand prêtre comprit que la situation évoluait de manière favorable. Quand le juge remonta de la cave, il interpella Nitis.

— Le scribe interprète Kel est un dangereux criminel en fuite. Vous a-t-il contacté d'une manière ou d'une autre ?

— Pourquoi un assassin s'adresserait-il à moi ? s'indigna la jeune femme.

Le magistrat exhiba le portrait.

— Regardez bien ce visage. Si vous croisez ce monstre, avertissez-moi immédiatement.

— Je n'ai aucune chance de le rencontrer au temple, où je vais résider dès demain.

— Le juge Gem le sait parfaitement, confirma le grand prêtre. Et s'il n'a plus besoin de nous, nous allons célébrer le rituel du soir. J'ose espérer que policiers et militaires retourneront dans leurs casernes.

— Pour votre propre sécurité, avança Gem, je laisse en place quelque temps ce dispositif de surveillance. Puisque vous n'avez rien à vous reprocher, il ne saurait vous importuner.

— Je déplore ce coup de force inutile et j'en avertirai le roi.

Wahibrê et Nitis s'éloignèrent.

— Où se cache Kel ?

— Il n'a pas quitté le temple. Quand j'ai constaté la présence des forces de l'ordre, je lui ai demandé de se déplacer sans cesse en vous suivant pas à pas. En emmenant le plâtrier, j'étais certaine d'attirer l'attention du juge et de lui prouver ainsi notre innocence. Kel a regagné votre salle des archives et nous y attend. Après un tel échec, le juge n'osera plus fouiller le domaine de la déesse Neit.

26

Le grand prêtre Wahibrê n'en doutait pas : le juge Gem obéissait aux assassins qui voulaient faire croire à la culpabilité du scribe Kel. La manière dont il menait son enquête prouvait sa partialité, et la dénonciation calomnieuse n'était qu'un prétexte de son invention. Agissant sur ordre, il mettait en garde le temple de Neit contre toute velléité d'aider le suspect.

Espérant en l'innocence du roi, le grand prêtre devait lui signaler les agissements de ce juge et le prier de le dessaisir de l'affaire au profit d'un magistrat plus intègre, susceptible d'entendre Kel sans *a priori*.

Wahibrê n'avait jamais vu autant de soldats à proximité du palais ! Interdisant l'accès à la rampe menant à l'entrée principale, ils dispersaient les badauds.

Le visiteur se heurta à un gradé.

— Personne ne peut entrer.

— Le roi recevra le grand prêtre de Neit.

— Patientez ici.

Le gradé alla chercher son supérieur.

— Veuillez m'accompagner, je vous prie.

— Un grave événement se serait-il produit ?

— Je l'ignore, grand prêtre. J'ai reçu l'ordre de conduire les personnalités auprès du chancelier.

Oudja venait d'éconduire un haut fonctionnaire, et sa mine rébarbative ne présageait rien de bon.

— Je désire m'entretenir avec Sa Majesté, déclara Wahibrê.

— Désolé, c'est impossible.

— Pour quelle raison ?

— Secret d'État.

— De qui vous moquez-vous, chancelier ? Chassez-moi, si vous l'osez !

— Soyez compréhensif ! Les circonstances…

— Je veux le voir immédiatement.

— Impossible, je vous le répète.

— Affaire d'État, chancelier. Elle ne souffre aucun retard.

Oudja parut excédé.

— La reine acceptera peut-être de vous recevoir.

— Je patienterai, le temps nécessaire.

Le grand prêtre n'attendit pas longtemps. Un chambellan le conduisit à la salle de réception de la reine où des peintures de style grec se mêlaient à un décor floral égyptien des plus classiques.

Vêtue d'une longue robe verte, le cou orné d'un collier à cinq rangs de perles multicolores, Tanit avait belle allure.

— Le roi serait-il souffrant ? demanda Wahibrê.

— Disons… contrarié.

— Désolé de vous importuner, mais je dois m'entretenir avec Sa Majesté.

— Est-ce vraiment urgent ?

— Vraiment.

— Je vais tenter de convaincre le pharaon.

Cette fois, l'attente se prolongea.

La reine en personne conduisit le grand prêtre jusqu'au bureau d'Amasis.

— Laissez-nous, lui ordonna-t-il. Alors, grand prêtre, cette urgence ?

— Le juge Gem persécute le temple de Neit, Majesté. Il mène son enquête de manière inacceptable. Rechercher un assassin n'implique pas de traîner dans la boue des innocents.

— Cette affaire vient de changer de nature, révéla le roi, et seul un magistrat expérimenté et intègre comme Gem pourra découvrir la vérité sans ménager quiconque.

— Permettez-moi de protester !

— Vous n'êtes au courant de rien ! On a dérobé mon casque.

— Votre casque… Vous voulez dire…

— Oui, celui dont m'a coiffé un soldat pour me couronner pharaon, face à mon armée, alors que mon prédécesseur, Apriès, conduisait le pays au désastre ! D'abord, j'ai refusé cette lourde responsabilité et cette façon d'accéder au pouvoir. Ensuite, j'ai accepté mon destin et la décision des dieux. Ce casque en était le symbole et garantissait magiquement ma légitimité. Sans lui, ma puissance disparaîtra.

— La pratique des rites la maintiendra, Majesté. Lorsque vous êtes coiffé de la couronne d'Osiris, vous n'êtes plus un général victorieux mais le pharaon répandant sur les Deux Terres la lumière de l'au-delà.

— On tente de me détruire, confia Amasis. L'assassinat des interprètes et le vol du casque sont liés.

— De quelle manière ?

— Je l'ignore encore. Hénat et les agents des services secrets le découvriront.

— Leurs méthodes, Majesté…

— Je leur donne toute liberté d'agir !

— Violer la règle de Maât engendrera le malheur.

— En tuant ses collègues, le scribe Kel ne fut-il pas le principal coupable ? En dépit de son jeune âge, je le soupçonne d'être la tête pensante du réseau qui cherche à me renverser. Inutile d'évoquer la menace perse ! C'est ici même, à l'intérieur de l'Égypte, qu'on complote contre moi ! Et mes adversaires se trompent en croyant à mon abattement. Je suis un guerrier et je remporterai cette nouvelle bataille. Quant à vous, grand prêtre, célébrez les rites et conservez-moi les faveurs des divinités. Surtout, n'essayez pas d'intervenir. Cette affaire vous dépasse, et vous ne disposez pas des armes nécessaires pour la résoudre. Toute démarche intempestive, risquant de compromettre la réussite de l'enquête, sera sévèrement sanctionnée.

Désemparé, Wahibrê se retira.

Amasis était-il sincère ou jouait-il la comédie ? En éloignant du pouvoir le grand prêtre de Neit, quel but poursuivait-il ? Se priver ainsi de son aide et de ses conseils conduirait le pharaon à s'isoler, voire à se ligoter en écoutant ses ennemis.

Seule certitude : le destin d'un jeune scribe innocent était scellé, et rien ni personne ne lui permettrait d'échapper à l'injustice.

27

Quand s'ouvrit la porte de la salle des archives du grand prêtre Wahibrê, Kel sursauta.

Des policiers venaient-ils l'arrêter ?

Clamer son innocence serait inutile. Alors, il se défendrait bec et ongles, préférant tomber sous leurs coups plutôt que de croupir en prison.

— C'est moi, Nitis, annonça la voix mélodieuse de la prêtresse.

Soulagé, Kel se montra.

— L'affaire prend une nouvelle tournure, révéla-t-elle. On vient de voler le trésor du palais, le fameux casque dont un soldat avait coiffé le général Amasis pour le proclamer Pharaon. La capitale a été mise en état d'alerte, la police et l'armée sont partout, et le grand prêtre donne des instructions visant à restreindre temporairement l'activité des temples.

— Amasis craint qu'un usurpateur ne l'imite, ne coiffe le casque et ne prenne la tête de séditieux en s'affirmant comme le nouveau roi.

— Les généraux, à commencer par Phanès d'Halicarnasse, sont fidèles au pharaon Amasis auquel ils doivent tout ! objecta Nitis. Comment les révoltés pourraient-ils terrasser les forces de sécurité ?

— Vous semblez avoir raison, mais l'on a dérobé le casque, privant ainsi Amasis du symbole de son pouvoir ! Magiquement, le roi s'affaiblit. Et le voleur a forcément l'intention de prendre sa place. Seul un haut dignitaire a pu concevoir un tel projet.

— Le roi a pleine confiance en Gem, précisa Nitis. Il refuse de lui ôter l'affaire et considère que le vol du casque et l'assassinat des interprètes sont liés.

— De quelle façon ? s'étonna le scribe.

— Le lien, c'est vous, l'assassin et la tête pensante de la faction résolue à renverser le monarque.

Abattu, le jeune homme s'assit sur un tabouret pliant.

— Je vais devoir fuir, Nitis ! Pourquoi cet acharnement insensé ?

— Il n'a rien d'insensé et correspond à un plan savamment élaboré où vous tenez le rôle de coupable idéal.

— Et le pharaon en personne exige ma mort ! Et s'il avait décidé lui-même de l'exécution de mes collègues ?

— Aujourd'hui, Amasis apparaît plutôt comme une victime, rappela Nitis.

Kel se prit la tête entre les mains.

— Une tempête de sable m'empêche d'y voir à deux pas ! Tout devient obscur et incompréhensible. Je suis perdu, Nitis.

Elle s'approcha, il sentit son parfum.

— On tente de vous faire perdre raison et courage, et l'on interdit au grand prêtre d'intervenir. Pourtant, nous ne resterons pas inactifs. Et l'on ignore ma présence à vos côtés.

Il eut le sentiment que le sourire de la jeune femme

n'était pas seulement celui d'une amie ou d'une confidente, mais s'interdit de divaguer.

— Vous prenez trop de risques !

— En Égypte, une femme est libre d'agir à sa guise. Ne s'agit-il pas d'un des plus beaux fleurons de notre civilisation ?

— Je n'ai aucun avenir, Nitis, au contraire.

— Et si vous retrouviez ce casque ?

Kel demeura bouche bée.

— À en croire Amasis, rappela-t-elle, vol et meurtres sont liés. Dispose-t-il d'informations secrètes pour l'affirmer ? Ne laissons pas errer notre imagination, sortons de cette tempête et revenons aux faits.

— Mon meilleur ami, le comédien Bébon, est emprisonné à cause de moi. Peut-être a-t-il déjà rendu l'âme, à moins qu'il n'ait été condamné aux travaux forcés dans une oasis.

— Je tâcherai de me renseigner, promit Nitis. L'essentiel demeure le papyrus codé. À mon avis, c'est lui que recherchaient les assassins. Et ils le recherchent toujours. J'ai commencé à l'étudier en utilisant les archives de la Maison de Vie. Tâche longue et difficile, je le crains.

— Et sans garantie de succès ! déplora Kel. Nous ne possédons pas de fil directeur.

— Il existe forcément. Comptez sur ma patience et ma détermination.

Comme il aurait aimé la serrer tendrement contre lui ! Mais elle était la Supérieure des chanteuses et des tisserandes de la déesse Neit, une femme d'une extraordinaire beauté et d'une intelligence hors du commun, promise à la succession du grand prêtre. Elle épouserait forcément un haut dignitaire.

— Faisons deux copies du document codé, recommanda-t-elle, et cachons l'original.

— À quel endroit ?

— Là où personne n'ira le chercher : dans la chapelle funéraire prévue pour le pharaon Amasis, derrière sa statue de culte. La copie de ma main, vous la conserverez et je garderai la vôtre. Ainsi, nos destins s'entrecroiseront et nous pourrons travailler à tout moment.

Kel acquiesça et les deux jeunes gens se mirent à l'œuvre.

De ces quelques signes à l'assemblage incompréhensible dépendait l'avenir.

— N'oublions ni le laitier ni Démos, déclara le scribe. Le premier a livré le breuvage mortel et l'a peut-être empoisonné. Quant au Grec, son rôle demeure obscur. Complice ou victime ?

— Il ne figurait pas au nombre des cadavres, rappela Nitis.

— Comme moi, il a dû s'enfuir en redoutant d'être accusé à tort.

— Pourquoi n'aurait-il pas bu le lait ?

— Concours de circonstances…

— Je ne crois guère à l'innocence de votre ex-ami.

— Son témoignage sera capital, de même que celui du laitier ! Or l'un et l'autre se trouveraient à Naukratis, la cité grecque du Delta qui ne cesse de croître, grâce à la bienveillance du pharaon Amasis. Je dois m'y rendre et les rencontrer.

— S'ils sont coupables, ils vous tueront !

— Je prendrai mes précautions.

— Vous ne connaissez personne, là-bas ! s'inquiéta la jeune femme.

— Si, mon professeur de grec aujourd'hui retraité. Son aide sera décisive.

— Ne vous dénoncera-t-il pas aux autorités ?

— Je ne le pense pas.

— Trop risqué !

— Ma seule chance, Nitis.

— Soyez très prudent, je vous prie. Et surtout, revenez.

28

Le grand conseil était au complet : Oudja, chancelier royal et gouverneur de Saïs ; Hénat, directeur du palais et chef des services secrets ; Péfy, ministre des Finances et de l'Agriculture ; le juge Gem, chef de la magistrature ; Phanès d'Halicarnasse, chef des armées.

Comme d'ordinaire, Péfy fit un rapport chiffré sur l'économie et se félicita de ses excellents résultats.

— Néanmoins, conclut-il, je déplore l'augmentation constante du nombre de fonctionnaires. Leur masse commence à grever le budget de l'État.

— Leur caste me soutient fidèlement, objecta Amasis, et je décide, au contraire, d'engager davantage de contrôleurs du fisc afin d'inventorier de manière sérieuse les richesses du pays. Naguère, nous souffrions de la concurrence des temples et de leur administration. Aujourd'hui, ils sont réduits au silence, et nous avons repris en main la direction des affaires. J'exige aussi davantage de taxes douanières et une déclaration obligatoire des revenus de chaque habitant, désormais imposé en fonction de leur montant.

Péfy fut indigné.

— Il existe suffisamment d'impôts, Majesté, et…

— La discussion est close. Cette idée de mes amis

grecs me plaît beaucoup et son application me permettra de payer au mieux mes soldats. Que les tribunaux châtient sévèrement les tentatives de fraude.

— Bonnes nouvelles en provenance de l'île de Chypre, intervint Hénat. De ses chantiers navals sortiront bientôt de nouveaux bateaux de commerce qui nous permettront de joindre plus rapidement la Phénicie et les ports grecs. Notre protectorat militaire fonctionne à merveille. Quant au tyran Polycrate de Samos, il vous assure de son amitié. Et l'ensemble des cités grecques confirme nos traités d'alliance. Je me permets néanmoins, une fois encore, de mettre en garde Votre Majesté contre l'ambition de Cambyse, l'empereur de Perse.

— Des éléments nouveaux ?

— Non, mais…

— Alors faisons confiance à mon ami Crésus, chef de la diplomatie perse et soutien indéfectible de l'Égypte ! Si Cambyse avait des intentions belliqueuses, nous en serions immédiatement avertis.

— J'ai le devoir de me montrer méfiant, insista le patron des services secrets.

— Douterais-tu toujours de la parole de Crésus ?

— En effet, Majesté. Le mari de Mitétis, fille du pharaon Apriès, que vous avez détrôné, ne conçoit-il pas un désir de vengeance ?

— Balivernes ! Ces vieux événements sont oubliés, et le monde a changé. Il n'y aura pas de choc entre les civilisations perse et égyptienne, car nous souhaitons tous vivre en paix.

— Au contraire de l'Égypte, rappela le chancelier Oudja, la Perse possède un esprit guerrier et conquérant. Cambyse n'aurait-il pas l'intention de s'implanter en Palestine et d'en faire sa base de départ pour attaquer l'Égypte ?

— Ce serait de la folie ! Toi-même, chef de ma marine de guerre, ne disposes-tu pas d'une puissante arme de persuasion ?

— Je la renforce chaque jour, affirma Oudja, et les Perses n'ont aucune chance de nous vaincre.

— Et sur terre, tonna Phanès d'Halicarnasse, ils ne passeront pas davantage ! Je propose une démonstration de force que présidera Sa Majesté. L'avertissement éteindra les éventuelles ardeurs de Cambyse.

— Organise-la avec Oudja, ordonna Amasis. De solides alliances, une armée de professionnels aguerris et bien équipée : voilà mes réponses aux velléités de conquête d'un jeune empereur qui trouvera d'autres os à ronger. Et Crésus achèvera de le convaincre de consolider la paix au lieu de se lancer dans une aventure désastreuse.

— Néanmoins, murmura Hénat, les derniers incidents…

Le pharaon se tourna vers Péfy.

— Je n'ai pas jugé utile de t'informer de l'assassinat des interprètes, mais il ne s'agissait pas d'une mise à l'écart. Aujourd'hui, en raison de la gravité des événements, l'ensemble du grand conseil doit être alerté. Ici même, au palais, mon casque de général, symbole du pouvoir accordé par le peuple révolté contre un mauvais roi, m'a été dérobé ! Autrement dit, un usurpateur a l'intention de s'en coiffer et de se proclamer Pharaon.

— Vous étiez le général en chef, rappela Phanès d'Halicarnasse, et l'armée entière vous a choisi comme roi. Elle vous reste fidèle, nul officier supérieur n'oserait vous défier. Et je trancherai la tête du premier contestataire, pour haute trahison !

— Je préférerais un jugement et une condamnation en règle, intervint Gem.

— Le danger viendra peut-être d'un civil, ajouta Amasis. C'est un jeune scribe qui a assassiné ses collègues. Et j'ai le sentiment que ce drame est lié au vol de mon casque, qu'il faut retrouver au plus vite sans ébruiter l'incident.

— Mes services sont déjà au travail, révéla Hénat.

— À part les membres du conseil, précisa le monarque, seul le grand prêtre de Neit est informé. Il saura tenir sa langue, se cantonnera à ses indispensables activités rituelles et ne troublera pas le cours de l'enquête.

— Dois-je m'occuper aussi de cette affaire ? interrogea le juge Gem.

— Tous les membres du grand conseil doivent collaborer de manière efficace ! exigea le roi. Quand arrêteras-tu enfin ce Kel ?

— La fouille du domaine de Neit n'a rien donné, Majesté, et nul n'oserait imaginer le grand prêtre complice d'un criminel. Le document anonyme ne visait qu'à le compromettre. La vérité étant établie, il ne nous reste qu'à interpeller le coupable et à le faire parler. Ni le scribe Kel ni son collègue Démos ne me paraissent en mesure de vous nuire. Ce ne sont que des fugitifs traqués. L'aide de l'armée et des services secrets sera la bienvenue.

— Au travail, ordonna Amasis.

Oudja laissa sortir les autres membres du grand conseil.

— Puis-je vous parler en particulier, Majesté ?

— Je t'écoute.

— Votre chef des services secrets est un grand professionnel, mais ne s'intéresse-t-il pas à trop de dossiers ?

— Me conseillerais-tu de me méfier de lui ?

— Je n'irai pas jusque-là. Néanmoins…

— Des faits précis ?

— Simple impression, probablement erronée. Vu la situation, je préfère vous confier mes doutes avant qu'il ne soit trop tard. C'est vous qui dirigez et décidez.

— Je ne l'oublie pas, chancelier.

29

Un canal reliait Saïs à la cité grecque de Naukratis [1], située à l'ouest de la capitale, sur la branche canopique du Nil. C'est là qu'Amasis [2] avait décidé de concentrer le commerce grec, de plus en plus florissant. Grouillante de vie, accueillant des Hellènes de toutes origines [3], Naukratis, ville ouverte et dépourvue de fortifications, abritait plusieurs temples, notamment celui d'Aphrodite, équivalent d'Isis-Hathor, patronne des marins et protectrice de la navigation.

Au port, on parlait grec, et Kel se félicita d'avoir pratiqué divers dialectes grâce à son professeur, longtemps installé au palais pour apprendre cette langue au roi et à ses conseillers. Le scribe emprunta une ruelle étroite menant au quartier des artisans où travaillaient des potiers, des orfèvres, des fabricants d'amulettes et de scarabées, et des forgerons. Ils étaient autorisés à produire des lames et des pointes de flèches en fer, desti-

1. À une vingtaine de kilomètres (aujourd'hui, Kôm Ga'eif).
2. Naukratis a peut-être été fondée vers 664 av. J.-C. par Psammétique Ier, mais c'est Amasis qui l'a développée.
3. Ioniens, Éoliens, Doriens, Éginètes, Samiens, Milésiens, Lesbiens, ainsi que des Phéniciens et des Chypriotes.

nées aux mercenaires grecs formant les troupes d'élite d'Amasis.

Kel s'adressa à un vieillard, assis devant chez lui.

— Je cherche le professeur Glaucos.

— Va voir au poste de douane. Là-bas, ils connaissent chaque habitant.

Amasis prélevait impôts et taxes sur les marchandises, et nul commerçant n'échappait à la cohorte de douaniers.

Le scribe préférait éviter tout contact avec les autorités. Il interrogea une dizaine d'artisans, mais n'obtint aucune réponse. Peut-être aurait-il davantage de chance en consultant un écrivain public ou un prêtre. Il se rapprocha donc du temple d'Apollon, bien visible au centre de son esplanade. Entouré d'une enceinte, il ressemblait à une citadelle.

Croulant sous le poids de vases en argent destinés au sanctuaire, un livreur peinait à marcher.

— Puis-je vous aider ?

— Jusqu'au sommet de l'escalier, volontiers ! Ces marches sont pénibles. Tu habites dans le coin ?

— Je suis à la recherche du professeur Glaucos.

— Ce nom-là me dit quelque chose… J'ai dû lui apporter des tablettes pour écrire, le mois dernier. On fait la livraison au temple, et je te conduis jusqu'à sa maison.

La demeure du professeur occupait l'extrémité d'une ruelle tranquille, bordée de logements confortables occupés par des notabilités.

Un portier en surveillait l'accès.

— Que veux-tu, mon garçon ?

— Voir le professeur Glaucos.

— De la part de qui ?

— D'un ancien élève.

Propre, correctement habillé, attitude d'un jeune homme éduqué... le visiteur ne ressemblait pas à un quémandeur de bas étage. Aussi le portier accepta-t-il d'aller prévenir son patron.

— Glaucos t'attend.

Selon la coutume égyptienne, Kel se déchaussa et se lava les pieds et les mains avant de pénétrer dans la maison coquette, peuplée de vases grecs de tailles et de formes variées dont le décor évoquait des passages de l'*Odyssée*.

Glaucos occupait un élégant fauteuil en bois d'ébène. Ses mains serraient une canne.

— Je suis presque aveugle, avoua le professeur, et je ne distingue pas tes traits. Comment t'appelles-tu ?

— Vous souvenez-vous du scribe Kel ?

Un franc sourire anima le visage du vieillard.

— Mon meilleur élève ! Tu étais le seul à pratiquer plusieurs dialectes grecs et tu apprenais à une vitesse incroyable ! Ta carrière te satisfait-elle ?

— Je n'ai pas à m'en plaindre.

— Un jour, tu entreras au gouvernement ! Le roi remarquera forcément un surdoué de ton espèce, et tu finiras ministre.

— Votre retraite se déroule-t-elle de manière heureuse ?

— La vieillesse ne présente que des inconvénients, mais je bénéficie d'un personnel dévoué. Mon cuisinier me nourrit bien, et un ami me lit chaque jour des poésies grecques. La vie disparaît lentement, et je tente de me souvenir des bons moments. Pourquoi te trouves-tu à Naukratis ?

— Le repas est servi, annonça le cuisinier.

— Aide-moi à me relever, pria Glaucos.

Le scribe et son professeur se rendirent à la salle à

manger où ils dégustèrent du bœuf bouilli avec de l'ail, du cumin et de la coriandre. Un vin local, additionné d'aromates, aiguillonnait le goût.

— Je dois remettre un document à un collègue grec, Démos. Il réside depuis peu à Naukratis. En avez-vous entendu parler ?

— Je ne m'intéresse plus aux promotions des scribes nommés ici par le roi. Naukratis ne cesse de se développer, et de nouvelles têtes apparaissent quotidiennement. À dire vrai, marchands et militaires se taillent la part du lion.

— Justement, précisa Kel, je désire contacter un laitier de Saïs qui aurait récemment repris du service à Naukratis comme officier.

— T'intéresserais-tu à l'armée ?

— Simple concours de circonstances.

— Goûte-moi ce gâteau à la caroube pilée [1] ! Une véritable merveille dont je raffole.

Le vieillard se gava de la succulente pâtisserie et but une coupe de vin.

— Si je comprends bien, tu remplis une sorte de mission secrète.

— Simple démarche administrative.

— Mon ami Arès pourrait t'aider. Il habite à deux pas de la fabrique de scarabées et connaît tout de la caserne de Naukratis.

1. Considérée comme le chocolat égyptien en raison de son goût proche du cacao, la caroube est le fruit d'un petit arbre fort apprécié des anciens Égyptiens. On l'appelait *nedjem*, « le doux ».

30

— Je cherche la demeure d'Arès, demanda Kel à un barbu qui le dépassait d'une bonne tête et dont le bras droit était couvert de cicatrices.

Le bonhomme le toisa.

— Curieuse idée… Enfin, chacun son chemin ! Je t'aurais plutôt vu un pinceau à la main et assis en scribe ! Le bureau d'Arès se trouve dans la ruelle de droite. Prends la queue et attends ton tour.

Une dizaine d'hommes patientaient, en file indienne. Le dernier se retourna.

— Tu me parais un peu frêle, mon garçon ! Arès préfère les costauds. Pour devenir mercenaire, il faut des muscles !

Ainsi, son vieux professeur se débarrassait de lui en l'envoyant à un bureau de recrutement ! Ne croyant nullement à son histoire, Glaucos ne le dénonçait pas à la police mais lui offrait la seule porte de sortie possible. Sans doute pensait-il que son ancien élève avait commis de graves erreurs, n'appartenait plus à l'administration centrale et tentait de se cacher à Naukratis. Et l'armée serait l'abri idéal.

— Je tente quand même ma chance.

— Bah, tu as raison ! Ça recrute, en ce moment. Faut

dire qu'on a besoin d'hommes sur les bateaux et qu'on vient d'agrandir le camp fortifié, près de Boubastis, et les casernes de Memphis et de Maréa, à la frontière libyenne. Moi, j'aimerais être en poste à Daphnae, près de Péluse, face à l'Asie. On y mange correctement, paraît-il, il y a des filles à disposition et la solde est bonne. Et les commerçants grecs nous font des petits cadeaux, vu qu'on les protège. L'Égypte, quelle belle vie ! Je ne regrette pas mon Ionie natale. Ici, on ne manque de rien et l'on coule une vieillesse tranquille.

— Et s'il fallait se battre ?

— Avec l'armée qu'on possède, personne n'osera nous attaquer ! Un vrai coup de génie du pharaon Amasis, un ex-général : développer une force de dissuasion. Même un fou de guerre reculerait. Et chacun sait que les mercenaires grecs sont les meilleurs des guerriers. C'est pourquoi l'Égypte leur confie sa sécurité. Sacrée bonne initiative, crois-moi !

Le bonhomme ressortit satisfait du bureau de recrutement.

— Je pars demain pour Daphnae. À toi, mon garçon, et bonne chance !

Arès était trapu, pincé et pressé.

Aux murs de son bureau, des cartes du pays avec l'emplacement des camps et des casernes.

L'allure du scribe le surprit.

— Je te préviens, mon rôle ne consiste qu'à orienter en fonction des besoins du moment. Sur place et après épreuves, un gradé décide de l'engagement définitif. Destination favorite ?

— Ici, à Naukratis.

— Marine, cavalerie ou infanterie ?

— Je désirerais rejoindre un ex-laitier qui s'est engagé récemment.

— Son nom ?
— Le Buté.
— Provenance ?
— Saïs. Vu son passé militaire, il devrait être officier.
Arès fronça les sourcils.
— Et qu'est-ce que tu lui veux, à cet officier ?
— Servir sous ses ordres.
— Tu viens de Saïs, toi aussi ?
— D'un village voisin.
— As-tu déjà manié les armes ?
— Je préférerais m'occuper d'intendance et d'administration.
— Ce n'est pas mon domaine. Moi, je sélectionne de futurs mercenaires, et tu n'as pas le profil de l'emploi. Aucun commandant de camp ne retiendra ta candidature. Cherche un autre métier.
— Je dois m'entretenir avec Le Buté.
— Connais pas. Et si je connaissais, je ne parlerais pas à un inconnu qui n'appartient pas à l'armée.
— J'insiste, c'est très important !
— Ici, c'est un bureau de recrutement. Je ne distribue pas de renseignements.
— Je vous assure, je…
— Dehors, mon garçon, et ne reviens pas. Sinon, tu le regretteras.
Dépité, Kel sortit du bureau.
Échec total.
En se cachant à Naukratis, pourtant proche de la capitale, Démos et Le Buté se savaient hors d'atteinte.
Perdu dans ses pensées, le scribe se heurta à une passante.
Une belle et grande femme d'une trentaine d'années,

les cheveux ramassés en un chignon parfumé et couverte de bijoux.

La file d'attente était devenue silencieuse. Chaque mâle fixait cette superbe femelle, tout à fait inaccessible.

— Pardonnez-moi, bredouilla Kel.

— Tu désirais t'engager ?

— Oui et non, je…

— Nous avons suffisamment de soldats, à Naukratis. En revanche, nous manquons de scribes qualifiés. Saurais-tu lire et écrire ?

— En effet.

— Mon nom est Zéké, mais l'on m'appelle « la courtisane » parce que je suis la femme d'affaires la plus riche de la ville, libre et célibataire. Pour les Grecs, une véritable prostituée ! Ils ne s'habituent pas aux droits dont jouissent les Égyptiennes et ne souhaitent surtout pas les importer chez eux. Beaucoup voudraient nous voiler et nous confiner à la maison. Servir d'esclave sexuelle à son mari, lui faire la cuisine et bien élever ses fils, n'est-ce pas l'unique fonction d'une femme ? Moi qui suis née à Sparte, je profite pleinement de Naukratis et je montre la voie ! Comme je viens d'acheter des terres et des vignes, je dois engager un régisseur. Serais-tu capable d'occuper ce poste ?

— Je ne crois pas.

— Curieux, je suis persuadée du contraire. Acceptes-tu au moins d'en discuter ?

— À votre guise.

— Alors, allons chez moi.

Kel devait être le seul mâle à ne pas subir le charme de l'envoûtante Zéké. En la suivant, il espérait obtenir des renseignements qui lui permettraient de retrouver la trace de Démos et de l'ex-laitier.

Les futurs mercenaires regardèrent le couple s'éloigner.

— Par Aphrodite, s'étonna l'un d'eux, ce gamin m'épate ! Comment a-t-il réussi à séduire cette fabuleuse pouliche ?

— Elle ne tardera pas à le piétiner, prédit son camarade.

31

Sise au centre de la ville, la demeure de la Dame Zéké comprenait quatre étages. Un portier en gardait l'accès jour et nuit. Il s'inclina bien bas devant sa patronne, accompagnée d'un nouveau soupirant, beaucoup plus jeune que les précédents. L'appétit de la richissime femme d'affaires semblait insatiable.

— J'ai horreur de la campagne, avoua-t-elle à son protégé. Trop de bestioles en tout genre !

Au rez-de-chaussée, un atelier de tissage fournissait à la belle vêtements sur mesure, linge de maison, draps de lit et oreillers. Boulangers et brasseurs produisaient chaque jour pain et bière frais, et une salle à manger permettait aux serviteurs de se restaurer.

Premier et deuxième étages accueillaient les appartements privés et les commodités, le troisième les bureaux, le quatrième servait de grenier où l'on entreposait des archives et des denrées alimentaires.

Le mobilier était d'un luxe inouï : fauteuils à haut dossier pourvus d'accoudoir, sièges bas en bois précieux, pliants ornés de motifs végétaux, tables rectangulaires, guéridons, coffres à rangement et une multitude de coussins chamarrés. Aux murs, de lourdes tentures de lin coloré en vert, en rouge et en bleu.

— Déjeunons, décida la Dame Zéké.

Empressés, deux serviteurs disposèrent les mets sur des plateaux en albâtre et versèrent du vin rouge dans des coupes en verre.

— Voici du confit d'oie, expliqua le maître d'hôtel. Il a cuit longuement en marmite avec de la graisse de première qualité. Suivront des œufs de caille durcis grâce à de l'eau chaude salée. Le cuisinier leur a ajouté de l'oignon haché et du beurre. Permettez-moi de vous souhaiter un excellent appétit.

— J'aime manger légèrement, déclara Zéké. Une interminable digestion ralentirait mon rythme de travail, et j'ai quantité d'affaires à traiter. Ce vin ne te tournera pas la tête : il ne comporte ni miel ni aromates. Âgé d'une vingtaine d'années, aérien, il éclaircit l'esprit.

Kel goûta au nectar.

La Grecque n'exagérait pas.

— Il n'existe pas de meilleur pays, affirma-t-elle. Si tu voyais la tête des Grecs débarquant à Naukratis ! Ils ne supportent pas qu'une femme soit libre de se marier selon ses goûts, de divorcer, de jouir de ses biens, de les léguer aux héritiers de son choix, d'aller seule au marché, de faire du commerce et de diriger une entreprise ! La vanité du mâle est atteinte au tréfonds de sa bêtise. Et je suis ravie de voir ces prétentieux devenir mercenaires au service du pharaon et assurer l'indépendance de l'Égypte et des Égyptiens !

— Vous n'êtes donc pas mariée, avança Kel.

— Pour mon plus grand bonheur, divorcée ! Dès mon arrivée, j'ai épousé un armateur originaire de Milet. Et je l'ai surpris en train de coucher avec une servante. La séparation fut prononcée à mon avantage, j'ai touché une indemnisation substantielle, aussitôt investie. Bref, la liberté et la fortune ! Quelques idées, beaucoup de travail, et le succès. Les négociants égyptiens m'apprécient, j'importe des marchandises de qualité et j'achète des terres en rémunérant correctement mon personnel. Aujourd'hui, je possède plusieurs immeubles à Naukratis, et les notables se félicitent d'être mes invités. Toi, tu sembles gêné !

— Je ne mérite pas tant d'honneur.

— À moi d'en juger. Tu m'intrigues, jeune homme, car tu n'es pas quelqu'un d'ordinaire. Qui es-tu et que cherches-tu à Naukratis ?

Trouver une échappatoire ou bien révéler une partie de la vérité en prenant des risques ? Véritable cobra, cette femme ne pratiquait pas la générosité gratuite.

Kel n'avait pas le choix. Étranger dans cette société fermée, sinon hostile, il se jeta à l'eau.

— Je suis un scribe interprète, originaire de Saïs, et je recherche deux hommes réfugiés ici. L'un est mon collègue Démos, l'autre Le Buté, un laitier désireux de s'engager comme mercenaire.

Zéké sembla surprise.

— Pourquoi utilises-tu le terme « réfugiés » ?

— L'un et l'autre sont mêlés à une affaire criminelle, et je suppose qu'ils se cachent à Naukratis.

— Une affaire criminelle ! Des coupables ou des innocents menacés ?

— Franchement, je l'ignore. Aussi dois-je leur parler et obtenir leurs explications.

— Serais-tu concerné au premier chef ? demanda Zéké, grinçante.

— On m'accuse injustement.

— Ton nom ?

— Kel.

La femme d'affaires ne réagit pas. L'assassinat des

interprètes demeurait donc sous le boisseau, Naukratis n'en était pas informée.

Pour combien de temps ?

— Démos et Le Buté, répéta-t-elle en accentuant chaque syllabe. Leur veux-tu vraiment du bien ?

— Démos est mon ami ! protesta le scribe. Quant au laitier, j'aimais bavarder avec lui et le considérais comme un brave homme. S'ils se sont enfuis, ils possèdent peut-être des informations qui me permettront de prouver mon innocence.

— Affaire criminelle, disais-tu. Qui a-t-on tué ?

— Des scribes interprètes. Et je dirais plutôt : affaire d'État. Personne n'a intérêt à s'en mêler.

— Avertissement salutaire ! Je devrais alerter la police.

— Exact.

La Dame Zéké eut un étrange sourire.

— Erreur, jeune homme ! D'abord, je ne suis pas une indicatrice ; ensuite, ta formation de scribe interprète me sera fort utile. Puisque tu lis à la fois le grec et l'égyptien, tu étudieras aisément des documents administratifs et en tireras l'essentiel beaucoup plus vite que mon secrétariat. Car, toi, tu as besoin de mon aide et tu es pressé.

— Pouvez-vous retrouver la trace de Démos et du Buté ?

— S'ils se terrent à Naukratis, ils ne m'échapperont pas. Voici ma proposition, à prendre ou à laisser : logé et nourri, tu travailles pour moi conformément à mes exigences, et je te fournis les renseignements nécessaires. Sinon, tu quittes immédiatement Naukratis.

— Je reste, décida Kel.

32

Deux des sanctuaires du domaine sacré de la déesse Neit étaient consacrés au tissage des nombreuses étoffes utilisées lors de la célébration des fêtes et des rituels. Ayant gravi tous les échelons de la hiérarchie et toutes les étapes du métier, la jeune Supérieure ne se laisserait pas abuser par une éventuelle paresseuse.

Nulle ne contestant sa nomination et chacune se félicitant d'échapper à de lourdes responsabilités, les prêtresses travaillaient avec entrain. La doyenne présenta à Nitis des vêtements de lin terminés la veille et des bandelettes de momification destinées à un crocodile sacré. Elles rendraient son âme heureuse et lui permettraient de franchir les portes des paradis célestes.

— L'heure est venue de tisser l'œil d'Horus [1], annonça la Supérieure.

À la fois soleil et lune, lumière diurne et nocturne, cet œil s'incarnait dans une étoffe blanche et brillante, d'une qualité exceptionnelle. D'une main très sûre, Nitis façonna le premier faisceau de lin pendant que ses assistantes roulaient des filasses afin d'obtenir un

1. Cf. F. Servajean, *Bulletin de l'Institut français d'archéologie orientale* 104, Le Caire, 2004, p. 523 *sq.*

assemblage en torsion. Et le chant des fuseaux commença à résonner.

Cet œil tissé serait aussi le linceul d'Osiris, le vêtement de résurrection du corps de lumière qui rayonnait au-delà de la mort. Peu de tisserandes étaient initiées aux grands mystères, mais la corporation entière avait conscience d'accomplir un acte essentiel. En créant cette offrande, en recherchant la perfection de l'œuvre, elle participait à l'immortalité divine.

Au regard de ses Sœurs, Nitis fut rassurée : le travail se déroulerait au mieux. Pas d'esprit de compétition, une quête de l'excellence et le don des compétences. La puissance de Neit guidait les cœurs.

À la nuit tombée, les ateliers fermèrent. La gardienne vérifia les verrous, les prêtresses se dispersèrent.

Alors que Nitis se dirigeait vers sa demeure de fonction, Menk l'aborda.

— Satisfaite de cette première journée de dur labeur ?

— Les tisserandes se sont montrées dignes de leurs devoirs.

— Vous savez adoucir les plus récalcitrantes !

— J'attribue ce miracle à la magie de l'œil d'Horus. En lui se rassemble ce qui était épars.

— Ne sous-estimez pas votre magie personnelle, recommanda l'organisateur des fêtes de Saïs. En vous nommant à ce poste, le grand prêtre ne s'est pas trompé.

— Je tâcherai de ne pas le décevoir.

— Assurer le bon fonctionnement d'un aussi vaste sanctuaire présente bien des difficultés, constata Menk. Chaque matin, l'ensemble du personnel doit être purifié selon la Règle et non selon sa propre fantaisie. Nous devons disposer du nombre suffisant de robes de lin et de sandales, nettoyer les vasques et les remplir fréquemment d'eau fraîche, n'oublier aucun objet et songer au bien-être des divinités présentes dans leurs chapelles. Et je ne parle pas des fêtes !

— Seriez-vous découragé ?

— Certes pas, mais j'aimerais m'entretenir avec vous des multiples problèmes à résoudre. À deux, nous serions plus efficaces.

— La Règle ne fixe-t-elle pas le cadre de notre coopération ? s'étonna Nitis.

— Elle ne nous interdit pas des rencontres moins… formelles. Surtout, méfiez-vous de certains scribes et de certains administrateurs, uniquement préoccupés de leur carrière et désireux de s'enrichir. Ils cherchent à obtenir votre bienveillance et vous tendent des pièges.

— Merci de vos précieux conseils, Menk. Je ne les oublierai pas.

— N'hésitez jamais à me consulter. Je connais tous les notables et n'ignore rien de ce qui se passe ou se trame à Saïs.

— Sauf cet horrible assassinat des interprètes, semble-t-il ?

— Ne parlons plus de cette monstruosité ! exigea l'organisateur des fêtes, irrité.

— Difficile de ne pas y penser.

— Elle ne concerne ni vous ni moi. La police s'en occupe, l'assassin sera arrêté et condamné. Grâce à la discrétion des services officiels, la cité ne bruit pas de mille rumeurs alarmantes et infondées.

— Et si l'on cherchait à dissimuler la vérité ?

— Cette affaire nous dépasse, chère Nitis. À l'État de la résoudre. Écoutez la voix de la raison, je vous en prie, et ne sortez pas de votre rôle.

— Je n'en ai nullement l'intention.

— Vous me rassurez ! Quand dînerons-nous ensemble ?

— Pas dans l'immédiat, à cause d'un travail écrasant. Je dois consulter de nombreuses archives afin de reformuler certains rituels et de leur redonner la vigueur de l'Ancien Empire.

— Tâche admirable, reconnut Menk, mais n'en oubliez pas de vivre. Ces vieux documents ne sauront rendre un juste hommage à votre beauté.

— Passez une bonne nuit, Menk.

— Vous de même, Nitis.

L'organisateur des fêtes de Saïs s'éloigna.

Perplexe, la jeune femme ne parvenait pas à se forger une opinion. Menk était-il un banal séducteur, proférait-il des menaces à mots couverts, participait-il de près ou de loin au complot ? Fréquentant le Tout-Saïs, il avait accès au palais et entretenait des liens étroits avec des hommes de pouvoir. Jouissant d'une excellente réputation, il ne comptait que des amis.

Nitis explora les papyrus mathématiques de la Maison de Vie, espérant y trouver des éléments de codage. À certaines époques, en effet, des jeux de signes avaient permis de dissimuler la signification de textes touchant à la nature des dieux.

La tâche s'annonçait longue et difficile, et la jeune femme n'obtiendrait peut-être aucun résultat. Kel, lui, risquait sa vie à Naukratis. Sa connaissance du grec était un atout précieux, mais Démos et Le Buté ne lui tendraient-ils pas un piège mortel ?

En envisageant la disparition du jeune scribe, Nitis fut bouleversée : ne plus le voir, l'entendre, ne plus partager craintes et espoirs… Incapable de travailler, elle roula lentement le papyrus et le reposa sur l'étagère.

— Tu sembles contrariée, estima le grand prêtre Wahibrê.

La jeune femme sursauta.

— Ah ! vous étiez là ?

— Je venais te chercher afin de te présenter un étrange personnage, un Grec en quête de connaissances qu'il n'a pas trouvées dans son pays. Il souhaite nous consulter et j'aimerais ton avis à propos de sa sincérité.

— Comment s'appelle-t-il ?

— Pythagore.

33

Le front haut et le visage grave, vêtu d'une longue robe blanche, Pythagore[1] s'inclina devant le grand prêtre et Nitis.

— Merci de m'accueillir. Je viens du palais du pharaon Amasis qui m'a accordé une longue entrevue pour savoir si je lui avais obéi sans faillir. De fait, je me suis rendu à Héliopolis, la cité sacrée de Râ, le dieu de la lumière divine, puis à Memphis, la ville de Ptah, maître du Verbe et des artisans.

— Avez-vous été mis à l'épreuve ? demanda Wahibrê.

— De rude manière, mais je ne le regrette pas.

— Vous autres Grecs, vous êtes toujours des enfants ! Il n'y a pas de vieillards au sein de vos temples et vous ignorez la véritable Tradition. C'est pourquoi votre philosophie se réduit à un bruit de mots.

— Je le reconnais, grand prêtre, et j'ai compris, comme un certain nombre de mes compatriotes, que l'Égypte était la patrie de la Sagesse. Longtemps, on m'a repoussé

1. Deux écrivains de l'Antiquité initiés aux mystères, Porphyre (233-304) et Jamblique (250-330), ont écrit une *Vie de Pythagore* qui relate son long séjour en Égypte et ses contacts avec les sages et les savants.

et conseillé de retourner chez moi. Seule la persévérance m'a permis de convaincre les prêtres de l'authenticité de ma quête. Ici, et nulle part ailleurs, on enseigne la science de l'âme et l'on distingue la connaissance d'un savoir, en subordonnant le second à la première.

— Qu'avez-vous appris à Héliopolis et à Memphis ?

— La géométrie, l'astronomie et les méthodes symboliques conduisant à la perception des mystères. En évitant de courir et de se disperser, mon esprit a été éveillé à la puissance des dieux lors de plusieurs rituels d'initiation.

— Avez-vous vu l'acacia ? interrogea Nitis.

— Je suis un fils de la Veuve et un suivant d'Osiris, l'Être perpétuellement régénéré, répondit correctement Pythagore.

— Vous avez déjà parcouru un long chemin, reconnut le grand prêtre.

— Je me suis également rendu à Thèbes où la Divine Adoratrice, après m'avoir longuement éprouvé, m'a initié aux mystères d'Isis et d'Osiris.

— Un homme obéissant à une femme, observa Nitis. N'est-ce pas choquant, d'un point de vue grec ?

— Dans ce domaine-là aussi, nous avons beaucoup à apprendre ! Quand je retournerai en Grèce pour y fonder une communauté d'initiés, j'ouvrirai ses portes aux femmes, et elles accéderont à la connaissance des mystères comme en Égypte[1]. En les excluant des hautes fonctions spirituelles, on condamne le monde à la violence et au chaos. C'est d'ailleurs une femme, la Dame Zéké de Naukratis, qui m'a facilité bien des démarches. Elle apprécie la liberté dont elle jouit en Égypte et souhaiterait la voir s'étendre partout.

1. Voir Mario Meunier, *Femmes pythagoriciennes*, rééd., Paris, Guy Tédaniel, 1980.

— Vous avez donc décidé de fonder un Ordre initiatique en Grèce et d'y transmettre l'ésotérisme égyptien, tel que vous l'avez perçu, avança Wahibrê.

— Cette tâche me paraît primordiale. Certes, je pourrais demeurer ici et progresser sur le chemin de la connaissance jusqu'à ma dernière heure. Mais ne serait-ce pas une démarche égoïste ? Ma vocation consiste à révéler aux Grecs les trésors entrevus dans vos temples et à élever ainsi leurs âmes. Ils doivent mieux respecter les dieux et la loi de Maât, pratiquer le respect de la parole donnée, la modération et l'harmonie, tout en suivant des rituels qui leur permettront d'atteindre les îles des bienheureux, à savoir le soleil et la lune, les deux composantes de l'œil d'Horus.

— Quel est l'essentiel, selon vous ? questionna Wahibrê.

— Le Nombre, répondit Pythagore. Chaque être possède le sien, et le connaître mène à la Sagesse. À la fois unité et multiplicité, le Nombre contient les forces vitales. À nous de les découvrir afin de percevoir l'univers dont nous sommes une expression limitée. Notre origine et notre but ne sont-ils pas le ciel des étoiles fixes, le séjour des divinités où vivent les âmes libérées, celles des Justes ?

— Qu'attendez-vous de moi, Pythagore ?

— Fonder mon Ordre implique l'accord unanime des grands prêtres qui m'ont accordé leur enseignement et jugé digne de le transmettre. Si vous me refusez le vôtre, ma démarche s'interrompra.

— Renoncerez-vous ?

— Je tenterai de vous convaincre, car je crois à l'importance de cette mission.

— Je pratiquerai la même méthode que mes collègues, décida Wahibrê : vous mettre à l'épreuve. Nitis,

Supérieure des chanteuses et des tisserandes de Neit, vous conduira dès demain matin à l'un de nos principaux ritualistes. Il vous donnera plusieurs tâches à remplir. Ensuite, nous nous reverrons.

Pythagore s'inclina de nouveau et regagna le palais royal où il était logé.

— Un homme savant et déterminé, jugea Nitis.

— Mais un Grec, rappela le grand prêtre, et un protégé du roi Amasis.

— Soupçonneriez-vous Pythagore d'être un espion chargé de nous observer ?

— Je n'écarte pas l'hypothèse. Sa curiosité me paraît sans bornes, et il ne manque pas d'intelligence.

— La Divine Adoratrice l'a initié aux mystères osiriens, rappela Nitis. D'après sa réputation, elle se montre d'une sévérité exemplaire ! Nul hypocrite ne saurait la tromper.

— L'argument ne manque pas de force, reconnut Wahibrê. Néanmoins, demeurons vigilants.

— Si Pythagore possède des talents mathématiques et géométriques, ne pourrait-il pas nous aider à déchiffrer le code ?

— Ne brûlons pas les étapes, Nitis ! Avant de lui montrer un document aussi dangereux, assurons-nous de sa parfaite sincérité.

— Hélas ! le temps presse.

— J'en suis conscient, mais un faux pas nous serait fatal, et Kel sombrerait dans l'abîme.

— Je retourne à la Maison de Vie, annonça Nitis. Les papyrus mathématiques abondent, et j'ai repéré des détails intéressants.

— N'oublie pas de dormir, recommanda le grand prêtre. Les devoirs de ta charge ne sont pas minces, et tu auras besoin de toutes tes forces.

34

Coiffé d'une perruque à l'ancienne, portant un pendentif représentant Maât, la déesse de la justice [1], le juge Gem présidait le tribunal qui se tenait devant la porte monumentale du temple de Neit. Ne faisant aucune distinction entre un grand seigneur et son serviteur, entre une servante et sa maîtresse, il écouta divers plaignants dont les affaires outrepassaient la compétence des tribunaux locaux. Le conseil du village apaisait la plupart des conflits, et les magistrats de la ville voisine s'occupaient des cas difficiles. Si nulle solution satisfaisante n'était trouvée, plaignants et accusés remontaient jusqu'au chef de la justice.

En touchant la figurine de Maât, Gem signifia le début de l'audience. Trente juges écoutèrent des scribes lire des plaintes détaillées, se concluant par le montant du dédommagement souhaité, et les réponses des défenseurs. Vu la complexité de la querelle entre héritiers, on écouta la réfutation de ces arguments et l'ultime contre-attaque des opposants [2].

1. Assise, elle a sur la tête une plume, la rectrice, qui permet aux oiseaux de s'orienter.

2. « C'est ainsi, écrit Diodore de Sicile, que tous les procès se

Gem aurait pu convoquer les deux parties, mais les documents établissaient clairement la vérité. Aussi imposa-t-il la figurine de Maât sur le dossier des plaignants. Une mère de famille avait légalement déshérité ses enfants, ingrats et malhonnêtes, au profit d'une domestique courageuse que la cohorte des aigris tentait de discréditer. Étant allés jusqu'à produire un faux, ils seraient condamnés à de lourds dommages et intérêts.

La justice rendue au nom de Maât et de Pharaon, Gem regagna son bureau où l'attendaient les derniers rapports de la police concernant l'affaire Kel.

Aucune trace de l'assassin en fuite.

Pourtant, tous les indicateurs étaient en éveil, et les forces de l'ordre ne ménageaient pas leurs efforts.

Donc, Kel avait quitté Saïs.

À moins qu'il ne se dissimulât à l'intérieur de l'enceinte sacrée de Neit… Non, la perquisition avait été correctement menée, et le juge ne pouvait douter de la parole du grand prêtre.

Il fallait alerter l'ensemble des cités du Delta. Le scribe bénéficiait-il de complicités, n'errait-il pas dans la campagne ? Et s'il dirigeait un réseau de malfaiteurs, ceux-ci ne l'avaient-ils pas aidé à quitter l'Égypte ?

Hénat, le chef des services secrets, connaissait peut-être la réponse à ces questions ! Malgré l'intervention du roi, il demeurait muet.

— Que fait-on du dénommé Bébon ? demanda le greffier.

— Amenez-le-moi.

---

plaidaient chez les Égyptiens, qui étaient d'opinion que les avocats ne font qu'obscurcir les causes par leurs discours et que l'art de l'orateur, la magie de l'action, les larmes des accusés souvent entraînent le juge à fermer les yeux sur la loi et la vérité. »

Le juge consulta le dossier du comédien ambulant. Vide. Et la police ne cessait d'interpeller des innocents dont le seul crime était de ressembler à Kel ! Croulant sous les dossiers inutiles, Gem décida de se débarrasser de celui-là.

Défraîchi, le gaillard ne semblait guère vaillant.

— Alors, Bébon, as-tu réfléchi ?

— À quoi ?

— N'as-tu rien à me dire à propos du scribe Kel ?

— Moi ? Vraiment rien ! Je voudrais juste sortir de prison et reprendre mes activités.

— Tu comptes voyager ?

— C'est mon métier !

— Ne pas me dire toute la vérité serait une faute grave.

— C'est bien pour ça que je vous ai tout dit !

— Ton arrestation a été brutale. Désires-tu porter plainte contre la police ?

Bébon ouvrit de grands yeux.

— Cette plainte serait recevable, indiqua Gem, et tu ne ferais qu'exercer le bon droit d'un innocent.

— J'ai eu assez d'ennuis comme ça !

— À ta guise.

— Vous… vous me libérez ?

— Aucune charge n'a été retenue contre toi.

— Il y a quand même une justice, dans ce pays !

Bébon reçut une miche de pain frais, une gourde d'eau, une paire de sandales neuves et, dès sa sortie des locaux de l'administration judiciaire, il salua le soleil et le ciel bleu.

Première destination : la taverne ! Enfin, de la bière forte, indispensable pour s'éclaircir les idées.

Comment retrouver Kel, dont il était le seul ami ? Où

le scribe s'était-il refugié ? Il existait un semblant de piste, si fragile…

En se levant, Bébon se sentit observé.

Il marcha au hasard, changea plusieurs fois de direction, traversa un marché, discuta avec des commerçants et repéra son suiveur.

Ainsi, sa remise en liberté n'était qu'un trompe-l'œil ! Le soupçonnant de complicité, le juge Gem espérait que le comédien le mènerait jusqu'à son ami Kel.

Supprimer le gêneur serait un aveu de culpabilité. Aussi Bébon prit-il une chambre au deuxième étage d'une auberge des faubourgs, fréquentée par des colporteurs. À peine installé, il bondit sur le toit et vit le policier contraint de faire le pied de grue à proximité de l'établissement. De terrasse en terrasse, il gagna un quartier populaire, puis emprunta une ruelle menant au temple de Neit.

Nitis, la prêtresse qu'avait rencontrée Kel lors du banquet précédant l'assassinat des interprètes, en savait peut-être long.

Elle parlerait, de gré ou de force.

Selon la lettre que venait de lui apporter le facteur, Nitis devait se rendre de toute urgence à son ancienne adresse pour résoudre un problème matériel. Malgré son emploi du temps surchargé, elle décida de le régler immédiatement.

À peine franchissait-elle le seuil qu'une main vigoureuse se plaqua sur sa bouche.

— Ne crie pas ! Surtout, ne tente pas de t'enfuir.

La porte se referma.

L'agresseur emmena la prêtresse dans la chambre.

— Je m'appelle Bébon et je suis le seul ami du scribe Kel. Ou bien tu réponds à mes questions, ou bien je t'étrangle.

— Pose-les.

— Supérieure des chanteuses et des tisserandes de Neit… ta trace fut facile à retrouver ! Les prêtresses pures ne parlent que de cette promotion et de ton brillant avenir ! Admets-tu connaître Kel ?

— Je l'admets.

— Tu l'as piégé, au banquet !

— Je ne suis pas la responsable de ce traquenard.

— Prouve-le !

— Toi, es-tu son ami ou l'un des indicateurs de la police chargés de le repérer ?

Bébon éclata de rire.

— Moi, un policier ? Celle-là est vraiment inédite ! Autant m'accuser d'être marié et père de famille !

La sincérité du comédien paraissait éclatante.

— Je crois à l'innocence de Kel, déclara Nitis, et je l'ai aidé à se cacher.

Bébon poussa un soupir de soulagement.

— Une alliée… Les dieux soient loués ! Où se cache-t-il ?

— Il est parti pour Naukratis. Si Démos et Le Buté, forcément mêlés à l'assassinat des interprètes, ont élu domicile dans cette ville grecque, il les retrouvera et les interrogera.

— Et s'ils sont coupables, ils le tueront !

— Je n'ai pas réussi à l'en dissuader, déplora Nitis, car il n'entrevoyait pas d'autre solution. Aux yeux des autorités, Kel est un assassin en fuite.

— Je vais lui porter assistance, promit Bébon.

Le comédien prit un air penaud.

— Pardonnez-moi ma brutalité, mais je vous croyais complice des comploteurs.

Nitis sourit.

— J'aurais agi de la même manière.

— Aider Kel pourrait vous attirer de graves ennuis !

— Rechercher la vérité et combattre le mensonge ne sont-ils pas les devoirs d'une prêtresse ?

— Vous rencontrer fut un honneur.

— Ramène Kel sain et sauf. Ensemble, nous parviendrons à l'innocenter.

35

En une seule journée, Kel avait abattu davantage de travail que les trois secrétaires de la Dame Zéké en une semaine. Plusieurs difficultés administratives avaient été résolues, la gestion des terres nécessitait de profondes réformes et la rentabilité serait nettement améliorée.

— Éblouissant, reconnut la superbe femme d'affaires. Je ne m'étais pas trompée. Il reste d'autres dossiers à traiter, mais je tiens parole. Puisque tu coopères de manière efficace, tu mérites de rencontrer un homme important qui te procurera des renseignements fiables. Seule condition : il ne s'exprimera qu'en ma présence.

— Quand ?

— Cette nuit même.

Le chef des mercenaires de Naukratis dévorait Zéké des yeux.

— Je te présente un ami, lui dit-elle. Il a besoin de tes services.

— Officieusement, je suppose ?

— Je me porte garante de lui, tu peux répondre sans détour. Et cet entretien n'a jamais eu lieu.

— Que désire savoir cet ami anonyme ?

— As-tu récemment recruté un jeune interprète grec nommé Démos ? demanda Kel.

Le chef consulta ses registres.

— Négatif.

— Et s'il occupait un emploi administratif, le saurais-tu ?

— Bien entendu.

— Et un homme plus âgé, Le Buté ?

Le chef fronça les sourcils.

— Un ex-officier devenu laitier à Saïs ?

— Exactement !

— Lui, il s'est engagé la semaine dernière.

— Je voudrais lui parler !

— Impossible.

— J'insiste !

— Lors de son premier entraînement, Le Buté a été victime d'un accident mortel.

— Les détails du drame ?

— Il a glissé sur le sol mouillé et s'est empalé sur la lance du soldat qu'il affrontait. Au cours de ce genre d'exercice, nous subissons souvent des pertes. C'est le prix à payer pour former des mercenaires et non des femmelettes.

Kel ne parvenait pas à se concentrer.

À l'évidence, on avait donné l'ordre de supprimer Le Buté. Cette piste-là définitivement coupée, restait celle de Démos. Puisque le Grec se terrait, à la différence de l'ex-laitier, complice trop voyant, il devait être innocent. Mais comment le retrouver ?

Soudain, il lut un document ahurissant.

Incrédule, il se demanda s'il comprenait encore le grec. À la relecture, aucun doute.

Apparut la Dame Zéké, portant un collier large à huit rangs de cornaline et de faïence, des boucles d'oreilles en forme de fleurs de lotus et une ceinture composée de plaques d'or retenues par cinq rangs de perles de faïence. De tels bijoux valaient une fortune !

Mais le charme n'opérait pas.

Kel brandit le texte.

— Je n'ose le croire !

— Pourquoi tant d'indignation ?

— Vous prévoyez d'acheter… des êtres humains ?

— En Grèce, nous appelons ça des esclaves, et c'est un commerce tout à fait licite.

— En Égypte, la loi de Maât l'interdit formellement !

— L'Égypte devra se moderniser, jeune scribe, et comprendre que l'esclavage fait partie des forces de production indispensables au développement économique.

— À ce prix-là, mieux vaut y renoncer ! Aucun pharaon n'acceptera une telle ignominie.

— Utopie, mon garçon. Plus la population augmentera, plus les lois de l'économie s'imposeront. Et votre antique spiritualité, si belle soit-elle, sera balayée. Dans nos cités démocratiques, il y a davantage d'esclaves que d'hommes libres. Ce modèle s'imposera.

— Veuillez accepter ma démission, Dame Zéké.

— Hors de question ! Où irais-tu ? Ici, tu es en sécurité et tu peux continuer ton enquête.

Le sourire enjôleur de la femme d'affaires ne séduisait pas Kel. Maîtrisant sa colère, il avança une nouvelle pièce sur la table du jeu dangereux qui l'opposait à la Grecque.

— Je refuse de m'occuper des dossiers traitant, de près ou de loin, de l'instauration de l'esclavage à Naukratis.

— Entendu, je respecterai ta morale archaïque, avec l'espoir de te voir évoluer.

— M'aiderez-vous cependant à retrouver Démos ?

— S'il se cache dans cette ville, je le repérerai.

— Je recherche autre chose, révéla le jeune homme. Un trésor d'une valeur inestimable.

La curiosité de Zéké s'éveilla.

— De quoi s'agit-il ?

— Savez-vous comment le roi Amasis a pris le pouvoir ?

— Lors d'un coup d'État militaire, ses hommes l'ont coiffé d'un casque ayant valeur de couronne. Il s'est débarrassé du pharaon régnant, Apriès, au terme d'une guerre civile, puis s'est imposé au peuple comme aux notables.

— Cette précieuse relique a disparu. On a volé ce fameux casque, conservé au palais, et je suis persuadé que ce délit est lié à l'assassinat de mes collègues.

— Autrement dit, conclut Zéké, un nouveau coup d'État en préparation !

— Si je rapporte ce casque au pharaon, affirma Kel, il reconnaîtra mon innocence.

— Sans nul doute, murmura la femme d'affaires, songeant à une autre issue.

Une telle affaire outrepassait le cas d'un jeune scribe, fût-il très séduisant. Il lui servirait à mettre la main sur ce trésor, mais elle ne lui permettrait pas d'en jouir.

Elle seule possédait l'envergure suffisante pour

traiter avec un monarque et lui extorquer titres honorifiques et fortune. Respectée, richissime, Zéké deviendrait l'une des personnalités majeures de la cour et imposerait quantité de réformes qu'approuverait un roi épris de culture grecque.

La véritable carrière de la Dame Zéké débutait.

36

Amasis avait mal dormi. Son épouse le réconforta et le pria d'accueillir des délégués commerciaux venant de diverses cités grecques et désireux de renforcer encore leurs liens avec l'Égypte. Bien qu'il détestât ce genre de corvées, le monarque se rendit aux raisons de la reine. Voir le pharaon était un honneur incommensurable, et cette faveur aurait d'heureuses conséquences économiques.

L'audience terminée, Amasis reçut Menk, l'organisateur des fêtes de Saïs. Le monarque comptait sur ce fidèle serviteur pour surveiller le grand prêtre et s'assurer que le programme des constructions et des rénovations de temples, en Basse comme en Haute-Égypte, était correctement suivi.

— Notre grand projet avance-t-il, Menk ?

— L'île de Philae s'ornera d'un magnifique sanctuaire dédié à la déesse Isis, Majesté ! Elle appréciera ce site isolé et splendide, jusque-là vierge de toute occupation.

— Ne négligeons jamais la grande magicienne, recommanda Amasis. Ne détient-elle pas le véritable nom de Râ, la lumière divine, et le secret de la puissance créatrice ? Philae demeurera l'un des plus hauts faits de mon règne. Assure-toi de la bonne marche des travaux.

— J'y veillerai, Majesté.

— Ma demeure d'éternité, à l'intérieur de l'enceinte sacrée de Neit, est-elle terminée ?

— Les artisans ont œuvré selon vos directives. Précédée d'un portique à colonnes palmiformes et close de deux portes derrière lesquelles se trouve le sarcophage, la grande salle est une merveille.

Les tombes des souverains de la XXVIe dynastie s'ouvraient sur une cour précédant la salle hypostyle de l'antique chapelle de Neit, et celle d'Amasis ne dérogeait pas à la règle. Ainsi se plaçait-il sous la protection de la mystérieuse déesse qui, à chaque instant, recréait le monde grâce à sept paroles.

— Le grand prêtre s'est-il correctement occupé de ma demeure d'éternité ?

— Avec une vigilance quotidienne, Majesté ! Il a renvoyé deux sculpteurs jugés médiocres et choisi lui-même les formules de glorification gravées dans la pierre et chargées d'assurer la survie de votre âme.

— Aucune critique contre mon gouvernement ?

— Pas la moindre. Froid, distant et réservé, le grand prêtre ne se montre guère enclin aux confidences. Néanmoins, je n'ai recueilli nul écho mettant en cause votre autorité. Le temple de Neit fonctionne à merveille, et il ne sera pas facile de trouver un successeur à Wahibrê.

— Continue à observer, ordonna Amasis, et rapporte-moi un éventuel incident.

Le roi regagna ses appartements où il savoura un grand cru classé de Boubastis. Les vignerons de la déesse chatte, Bastet, produisaient un vin exceptionnel, gai et léger. Amasis avait besoin de ce remontant avant de recevoir, en toute discrétion, le chef de ses services secrets.

Prêtre de Thot, Hénat serait chargé d'honorer la mémoire d'Amasis après la mort du roi, mais il ne possédait pas l'envergure d'un pharaon. Sachant se tenir à sa place, il appréciait l'ombre et se satisfaisait de sa position.

Néanmoins, l'ambition ne déferlait-elle pas à la manière d'une vague destructrice, quels que soient l'âge et les titres ?

Impossible de percer à jour ce personnage effacé dont chacun vantait les compétences.

— Le général Phanès d'Halicarnasse travaille à l'organisation d'une grande parade militaire, Majesté. Cette manœuvre de dissuasion produira d'excellents effets.

— As-tu invité notre ami Crésus ?

— Le chef de la diplomatie perse est en voyage. Nos courriers parviendront à l'atteindre, et je suis persuadé qu'il ne manquera pas l'occasion de voir se déployer la puissance militaire égyptienne.

— Mon casque ?

— Aucune piste pour le moment, mais je fais procéder à de nombreux interrogatoires. L'auteur du vol est probablement une femme de chambre, originaire de Lesbos.

— Pourquoi ces soupçons ?

— Parce qu'elle avait accès à l'aile du palais où était conservée la relique et qu'elle a disparu. Si elle a pris un bateau à destination de la Grèce, nous ne la retrouverons pas.

— Elle a forcément bénéficié de complicités !

Hénat était dubitatif.

— Une certitude, Majesté : pas un dignitaire, pas un officier supérieur n'oserait se coiffer de votre casque et se proclamer pharaon. Je m'occupe des civils, et Phanès écraserait les militaires rebelles.

— Pourtant, le vol a bien été commis !

— Soit au bénéfice d'un insensé décidé à vous imiter au péril de sa vie, soit à celui d'un brigand désireux de gagner une fortune en nous vendant le casque.

— Une affaire purement crapuleuse ?

— À ce stade de l'enquête, je n'exclus rien.

— Et l'assassin des interprètes ?

— Malheureusement, il court toujours ! Parfois, je me demande s'il n'a pas été déchiqueté par un crocodile ou étranglé par des bandits de grand chemin. Un homme traqué ne survit pas longtemps.

— Étends le dispositif de recherche à l'ensemble du pays.

— Jusqu'à Éléphantine ?

— Ce Kel a pu s'enfuir vers le sud !

— J'en doute fort, Majesté, mais je prends immédiatement les mesures nécessaires.

— As-tu recruté de nouveaux interprètes ?

— Seuls trois candidats, possédant les compétences indispensables, me paraissent dignes de confiance. Reformer un service performant prendra du temps.

— En attendant, occupe-toi du courrier diplomatique et soumets-moi les textes importants.

Comme d'ordinaire, le chef des conjurés les subjugua.

En dépit des risques encourus, son calme rassurait. Certes, l'anéantissement du service des interprètes ne faisait pas initialement partie de leur plan, et ils auraient pu craindre que ce drame ne les conduisît au désastre.

Or le destin continuait à se montrer favorable.

— Nous sommes encore loin du but, reconnut le chef. Néanmoins, notre travail souterrain porte déjà ses fruits. Et la situation actuelle nous donne raison : il fallait bien se débarrasser des interprètes et faire accuser le scribe Kel.

— Nous espérions qu'il serait arrêté rapidement, déplora un sceptique. Et s'il possède le papyrus codé, il représente un danger majeur !

— Nullement, estima le chef, car il ne pourra jamais le déchiffrer.

— Souhaitons qu'il soit mort et le document détruit !

— Compte tenu de cet incident mineur, l'un de vous songe-t-il à renoncer ?

Nul n'abdiqua.

37

À la lueur de plusieurs lampes à huile, Kel continuait à étudier le papyrus codé en appliquant des grilles de lecture dérivées de dialectes grecs qu'il pratiquait.

Échec total.

Il avait devant lui des signes égyptiens qui refusaient de s'assembler et de former des mots. L'auteur du code était un véritable démon !

— Tu ne dors pas encore ? interrogea la voix sensuelle de la Dame Zéké, dont le parfum envoûtant envahit la chambre du scribe.

— J'aime lire tard. Avez-vous passé une bonne soirée ?

— Assommante, mais utile ! Le directeur du port de Naukratis se vantait partout de sa fidélité à son épouse décrépite, une fille de fermiers ennuyeuse à mourir. Je lui ai prouvé qu'il mentait. Désormais, il rampe à mes pieds.

— Lui avez-vous parlé de Démos ?

— À lui et à d'autres notables, sous prétexte de recruter un jeune scribe interprète.

— Des résultats ?

— Aucun. Ton ami possède l'art de se cacher. Moi, je suis obstinée et je n'échoue jamais. Demain, nous rencontrerons un officier supérieur qui ne saurait me dissimuler la vérité. Lui nous mettra sur la piste du casque, si ce précieux objet est dissimulé à Naukratis. Dis-moi, jeune scribe, es-tu amoureux ?

— Suis-je obligé de vous répondre ?

— C'est fait. Passe une bonne nuit.

Kel se remit au travail.

Zéké rendit visite aux orfèvres travaillant pour elle, et Kel nota le nombre de pièces produites depuis un mois. Patronne exigeante, la Grecque accordait une prime aux plus courageux et chassait les paresseux. Satisfaite de la production, elle délaissa le quartier des forgerons et se dirigea vers une bâtisse à deux étages, mal entretenue.

D'un coup de pied, elle réveilla un infirme dormant sur le seuil. Le malheureux geignit.

— Les dieux vous envoient, ma bonne dame ! Du pain, par pitié !

— Ma boulangerie, dans la ruelle voisine, a besoin d'un apprenti. Travaille, et tu mangeras.

Craignant de recevoir un deuxième coup de pied, l'infirme décampa.

Kel suivit la Dame Zéké qui grimpa un escalier aux marches usées.

À l'étage, des chambres.

— Alors, Aristote, toujours aussi soûl ?

— Toujours, ma chérie ! L'ivresse n'est-elle pas le plaisir des dieux ?

— S'ils te ressemblent, autant ne croire en rien ! Ton capitaine ne t'a pas réengagé ?

— Si, mais il n'a pas apprécié ma dernière colère.

Pourtant, j'avais raison ! On nous servait une bière infecte, et je l'ai jetée au visage du responsable de l'intendance. Renvoyé pour ça, tu te rends compte ! Un mercenaire de ma qualité !

Le barbu se redressa.

Vu sa musculature, il pouvait encore combattre.

— En souvenir de notre vieille amitié, dit-il à Zéké, tu convaincras bien mon imbécile de capitaine de me reprendre ! Sans moi, l'armée grecque s'effondrera.

— Ton cas devient difficile.

— Tu es tellement séduisante, chérie ! Un mot de toi, et l'affaire sera résolue.

— Possible, reconnut Zéké. Que m'offres-tu en échange ?

En dépit de sa migraine, Aristote tenta de réfléchir.

— Un poème à ta gloire suffira-t-il ?

— Cherche mieux.

— Une nuit d'amour…

— Je déteste le réchauffé.

— Toi, tu as une idée !

— Ta perspicacité me surprend, Aristote.

Le mercenaire parut inquiet.

— Tu ne veux pas l'impossible, au moins ?

— Juste un renseignement.

— Le secret militaire…

— Je déteste aussi les mauvaises plaisanteries, précisa Zéké. Ou tu réponds, ou je m'en vais. Et tu t'arrangeras avec ton capitaine.

— Reste, douce amie, reste !

Le mercenaire redressa le buste.

— Aristote est prêt à répondre.

— En raison de ta fréquentation assidue des tavernes de Naukratis, aucun ragot ne t'échappe.

— Affirmatif !

— A-t-on récemment parlé d'un trésor qui serait arrivé en ville et aurait échappé aux autorités ?

Aristote ouvrit des yeux stupéfaits.

— Comment sais-tu ça ?

Zéké eut un sourire carnassier.

— Je t'écoute, mon brave ami.

— À vrai dire, ça reste flou.

— Toi, sois clair !

— D'accord, d'accord ! Une de mes relations, une gentille fille aux tarifs raisonnables, a reçu des confidences d'un client éméché.

— Son nom ?

— Je l'ignore. Mais je sais qu'il s'agit d'un docker. Lui et ses collègues auraient transporté ce fabuleux trésor en catimini, sans prévenir la douane et les autorités portuaires. Je te préviens, ma douce, c'est probablement une fable. Et je ne te conseille pas de t'approcher des dockers. Ces gaillards sont irritables et violents. Ils n'hésiteront pas à te faire subir les derniers outrages.

— Précieux conseils, Aristote. Rien de plus ?

— Oublie cette histoire et ne cours pas de risques inutiles. J'ai trop besoin de toi. Côté capitaine… tu t'en occupes ?

— Présente-toi à la caserne demain matin.

38

— Je dois y aller seul, décida Kel.

— Aristote n'exagère pas, précisa Zéké : même les mercenaires redoutent les dockers. Ils savent se battre et n'hésitent pas à porter des coups bas. C'est une caste très fermée qui déteste les étrangers.

— Je parle grec, ils n'ont aucune raison de se méfier de moi. Surtout si vous me permettez de leur proposer une forte récompense en échange du casque.

— Excellente idée.

— Votre présence troublerait la négociation, ne croyez-vous pas ? Ces hommes-là n'hésiteraient pas à vous violenter.

Kel ne se trompait pas. Aux yeux des dockers grecs, une femme avait moins de valeur qu'un ballot de linge. Et la beauté de Zéké jouerait en sa défaveur.

Une crainte, cependant : en possession du casque, Kel ne quitterait-il pas aussitôt Naukratis ? Zéké devait récupérer ce fabuleux trésor, quitte à se débarrasser, d'une manière ou d'une autre, d'un scribe devenu encombrant.

— Moi seule peux te protéger, affirma-t-elle, attendrie ; tu es un criminel en fuite, ne l'oublie pas ! On t'arrêtera avant que tu ne puisses remettre le casque au pharaon, et ton innocence ne sera jamais prouvée.

— Accepteriez-vous de négocier en mon nom ?

— Je désire te sauver, mon garçon.

— Comment vous remercier ?

— Rapporte le casque, et ne lésine pas sur la contrepartie exigée. Ensuite, nous nous rendrons à Saïs.

La naïveté de Kel était touchante. Croire à la sincérité d'autrui et à la parole donnée abrégerait son existence.

Zéké le guida jusqu'au port et lui montra le bâtiment de la douane. Des dockers déchargeaient des bateaux de commerce en provenance de Grèce.

— Attends le coucher du soleil, recommanda-t-elle, et dirige-toi lentement vers l'extrémité de la jetée. Les dockers s'y réunissent pour dîner. Si un douanier t'interpelle, réponds-lui que tu cherches à te faire engager. Les dieux t'aideront, j'en suis sûre, et tu seras réhabilité.

En foulant le pavement de la jetée, Kel fut en proie à la panique.

Rien ne l'avait préparé à un tel affrontement. Comme il aurait aimé être transporté au Bureau des Interprètes et traduire un texte difficile avant d'aller souper en compagnie de Bébon ! Connaîtrait-il à nouveau ces petits bonheurs, reverrait-il la prêtresse Nitis ?

Leur service terminé, les douaniers jouaient aux dés et ne s'intéressèrent pas au passant.

Au loin, la lueur d'un brasier.

Kel eut envie de prendre ses jambes à son cou. Convaincre les dockers de lui vendre le casque d'Amasis semblait impossible, à moins qu'ils n'ignorent la véritable nature de l'objet et sa valeur inappréciable.

Une vingtaine de costauds faisaient cuire du poisson

qu'ils fourraient avec du sel, des oignons et des raisins secs. La bière coulait à flots.

Kel serra les dents et avança.

— Holà, un visiteur ! s'écria une voix grasse. Tu cherches quelqu'un, mon garçon ?

— Officiellement, je suis venu demander du travail.

— T'as pas la carrure… Et la vérité, c'est quoi ?

— J'ai un marché à proposer à ton chef.

Les dockers s'arrêtèrent de manger et de boire. Seul le crépitement du feu brisa un épais silence.

— Le chef, c'est moi, affirma Voix-Grasse. Et je n'apprécie pas beaucoup qu'un policier vienne troubler mon dîner.

— Je ne suis pas un policier, au contraire.

— Ça veut dire quoi ?

— Que les manieurs de bâton aimeraient bien me mettre la main dessus.

— Toi, un bandit ?

— Ça me regarde. Une petite fortune t'intéresse-t-elle ?

Interloqué, Voix-Grasse regarda attentivement le jeune homme. Il avait l'air sérieux et sûr de lui.

— En échange de quoi ?

— D'un trésor que tu as récupéré et qui m'appartient. Fixe ton prix.

— Un trésor… Tu divagues ?

— Inutile de mentir.

Soudain, Voix-Grasse regretta d'avoir trempé dans une combine douteuse, mais fructueuse. Et puis il n'avait pas le choix. Maintenant, il se trouvait face à un envoyé des autorités dont il devait se débarrasser discrètement.

La solution s'imposait.

— Nous, on n'est que des intermédiaires. Ce sont

nos collègues de Pé-gouti [1] qui détiennent le trésor. Eux seuls décident.

— Je te paierai ce renseignement.

— On verra ça plus tard. Tu vas dormir ici et, demain matin, on t'emmènera à Pé-gouti. Question de sécurité.

Le cercle des dockers se resserra.

Aucune possibilité de fuite.

Sous étroite surveillance, Kel fut contraint de s'allonger sur une natte défraîchie. On ne lui offrit ni à manger ni à boire.

S'il tentait de s'évader, les dockers n'hésiteraient pas à lui fracasser le crâne.

Le scribe ne pouvait prévenir la Dame Zéké, et personne ne lui viendrait en aide. De ce voyage-là, il ne reviendrait pas.

1. « La maison des dockers », située à l'embouchure de la branche la plus occidentale du Nil.

39

Le vent soufflait fort, les vagues se montraient agressives. Inhospitalière et dangereuse, la côte marquait la fin d'une zone marécageuse difficile à traverser.

Au large, un bateau.

Comme la plupart des Égyptiens, Kel savait qu'un redoutable démon habitait la mer et provoquait ses colères dévastatrices. Il n'enviait pas les marins, obligés de les affronter.

— C'est ici, Pé-gouti ? s'étonna le scribe.

— J'ai changé d'avis, révéla le chef des dockers. Se débarrasser d'un policier exige de prendre des précautions.

— Je n'appartiens pas à la police, je…

— J'ai l'habitude de juger les gens, mon garçon. Ton patron t'a mis dans de sales draps en te confiant cette mission impossible. Ardys le pirate t'achètera sûrement un bon prix. S'il est de bonne humeur, il te parlera du trésor que tu cherches avant de te réduire en esclavage. Sinon, il s'amusera à te torturer et jettera tes restes aux poissons. Ardys déteste les Égyptiens.

Même en courant à la vitesse du vent, Kel n'échapperait pas aux dockers, armés de bâtons de jet et de poignards fabriqués à Naukratis.

Plusieurs furent secoués d'un gros rire en constatant la détresse de leur otage.

Le bateau mouilla à bonne distance de la côte. Les pirates mirent une barque à la mer et se dirigèrent vers le feu qu'avaient allumé les dockers.

— Ardys détient donc le trésor, murmura Kel.

— Eh oui, mon garçon ! D'une certaine manière, tu touches au but. Mais ce succès sera mortel, et la police n'en saura rien.

Le jeune homme jugea inutile d'implorer la pitié de Voix-Grasse. Pour lui, il n'était qu'une marchandise dont il devait se débarrasser au plus vite et au meilleur prix.

Quand la barque aborda, Kel songea qu'il ne reverrait jamais Nitis.

À cet instant, il comprit qu'il l'aimait passionnément. La mort l'empêcherait de lui dévoiler ses sentiments et le priverait de son regard, de sa beauté et de sa lumière.

Cinq pirates descendirent de la barque.

À leur tête, un colosse barbu vêtu d'une courte tunique. À sa ceinture, deux épées.

— Salut, Ardys ! dit Voix-Grasse, mal à l'aise.

— Tu me proposes quoi, aujourd'hui ?

— Ça, répondit le docker en désignant Kel.

Les deux hommes pratiquaient un dialecte ionien que le scribe interprète connaissait.

— D'où vient ce gamin ?

— C'est un policier chargé de retrouver ton trésor.

Le colosse éclata de rire.

— Tu me mets de bonne humeur, camarade ! Tu en veux combien ?

— Un bon prix.

— Trois jarres de vin vieux ?

— Cinq, et un vase précieux.

— Trop cher !

— Un jeune policier… Sacrée distraction, non ?

Ardys grogna.

— Quatre jarres et un petit vase crétois dont raffolent les bourgeoises de Saïs.

— Affaire conclue.

Les deux hommes topèrent.

— Toi et les dockers, décampez ! ordonna le colosse. Nous allons nous servir de votre feu pour faire griller du poisson. On se revoit à la nouvelle lune. Tâche de m'apporter des vêtements et des armes.

— Entendu.

Deux pirates donnèrent à Voix-Grasse les jarres de vin et le vase crétois, provenant de la mise à sac d'un bateau de commerce. Ardys avait prévu davantage et s'estimait satisfait de la transaction.

Son regard se tourna vers Kel.

— Un policier ne fait pas un bon esclave, et tu manques de muscles. Pas le temps de t'apprendre à ramer des journées durant. Tu ne comprends pas ce que je dis, l'Égyptien, dommage ! Mes hommes et moi, on s'amusera à te rôtir pendant qu'on mange. Les glapissements d'un policier, belle musique de table !

— Vous êtes un véritable étranger, constata Kel, puisque vous ne parlez pas égyptien. Pourquoi tant de haine vis-à-vis de mon pays ?

— Tu… tu t'exprimes dans mon dialecte !

— Je ne suis pas policier, mais scribe interprète, et je travaille à Naukratis, au service de la Dame Zéké.

Stupéfait, Ardys resta longtemps bouche bée.

— La Dame Zéké, répéta-t-il comme s'il parlait d'une déesse redoutable. Que cherches-tu précisément ?

— Un trésor qu'auraient récemment transporté les dockers et qui serait en votre possession.

De son poing fermé, le pirate se frappa le front.

— On nage en pleine folie ! Pourquoi je déteste ton maudit pays ? À cause de ses douaniers, de ses policiers et de ses taxes ! Un honnête commerçant ne parvient plus à gagner correctement sa vie. Pas une cargaison n'échappe aux impôts ! Moi, je me débrouille autrement. Sur les bateaux en provenance d'Asie Mineure, je prélève du vin, de l'huile, de la laine, du bois, des métaux, et les braves dockers les écoulent au nez et à la barbe des autorités. Les acheteurs paient moins cher, et tout le monde est content !

— Le récent trésor n'est pas une marchandise ordinaire.

— Pas besoin de me le rappeler ! tonna Ardys. Se méfierait-on de moi ?

— Certainement pas, affirma Kel, surpris de la tournure de l'entretien.

L'œil du pirate devint soupçonneux.

— Tu procèdes à une ultime vérification, hein ? C'est de bonne guerre, au fond ! Avant de passer à l'offensive, mieux vaut s'assurer de la qualité des troupes.

Ardys entraîna Kel à l'écart.

Avait-il changé d'idée, lui aussi, et comptait-il le poignarder au lieu de le rôtir ?

De la poche de sa tunique, il sortit un petit objet circulaire. Kel n'en avait jamais vu de semblable.

— Superbe, non ? Le coffre caché dans ma cabine contient une centaine de pièces d'argent identiques, frappées en Grèce. Bientôt, notre monnaie circulera en Égypte ! Fini, votre troc et votre économie désuète ! Les lingots de référence des temples que l'État ne met pas en circulation seront oubliés et démodés au profit de ces pièces. Chacun pourra en posséder, elles changeront le monde !

— Pharaon interdira cette pratique, objecta Kel.

— Il s'y pliera, lui, l'amoureux de la Grèce ! Moi, le premier importateur, je deviendrai un homme très riche. Un ex-pirate, tu te rends compte ? D'accord, il faudra se montrer prudent avant l'adoption de ce formidable progrès. Ensuite, nous engrangerons les bénéfices. Tu as choisi le bon chemin, mon garçon. Un Égyptien intelligent, c'est rare. Surtout, dis à notre patronne de ne pas s'inquiéter. Ardys veille sur le trésor, personne ne le lui dérobera. Et, le moment venu, l'argent grec envahira l'Égypte !

— Notre patronne…

Le pirate prit un air égrillard.

— Sacrée futée, celle-là ! Même un gaillard comme moi accepte de lui obéir. Et il paraît qu'au lit… tu en sais peut-être long, là-dessus ?

— Ne possédez-vous pas un casque appartenant au roi Amasis ? demanda Kel.

La surprise d'Ardys n'était pas feinte.

— Je me bats toujours tête nue, et mon épée fend un casque en bronze ! Retourne à Naukratis, le scribe, et rassure la Dame Zéké. Ardys ne la trahira pas.

40

Ainsi, il avait survécu !

Afin d'exploiter ce qu'il venait d'apprendre, Kel devait traverser une vaste zone marécageuse où le guettaient plusieurs formes de mort violente, à commencer par les crocodiles et les reptiles.

Au fond, Ardys le pirate se moquait du sort de l'envoyé de la Dame Zéké, leur toute-puissante patronne. S'il disparaissait, elle trouverait aisément un autre commissionnaire !

La présence de nombreux oiseaux le rassurait. Ibis, bécasses, canards, hérons, grues et autres pélicans jouissaient de ce vaste domaine, pourvu d'une nourriture abondante. Il admira leur vol et leurs jeux, loin des turpitudes humaines. Ici, la vie s'exprimait avec la magnificence du premier matin du monde.

Kel arracha une jeune tige de papyrus, en coupa l'extrémité supérieure et dégusta la partie inférieure sur une longueur d'une coudée. Un aliment simple, qui lui donnerait l'énergie nécessaire pour marcher pendant des heures, à un rythme régulier, en ne relâchant pas sa vigilance.

Avant la tombée de la nuit, il eut la chance de rencontrer des pêcheurs, satisfaits de leur rude journée de travail. Ils l'emmenèrent à leur village, le convièrent à dîner et lui offrirent une natte. Fatigués, ils n'avaient pas envie de bavarder. Le lendemain matin, à l'aube naissante, ils lui indiquèrent le meilleur itinéraire à destination d'un bourg desservi par un chemin menant à Naukratis.

La tête de Kel fourmillait de questions, et la Dame Zéké y répondrait de gré ou de force. L'avait-elle envoyé à une mort certaine, ou bien supposait-elle que les dockers s'étaient emparés du casque d'Amasis ? En supprimant le scribe, ils auraient avoué leur culpabilité ! Il servait donc d'appât, sans la moindre chance de réapparaître.

— Halte et ne bouge plus !

Trois hommes armés de gourdins surgirent d'un fourré de papyrus et entourèrent le jeune homme.

— Douane volante, déclara le gradé, un quadragénaire aux lèvres minces et au front bas. On se promène, mon garçon ?

— Je me rends à Naukratis.

— D'où viens-tu ?

— Du bourg du Héron, à deux heures d'ici.

— Tu y habites ?

— J'ai rendu visite à des amis.

— Je connais l'endroit et je ne t'y ai jamais vu.

— Normal, c'était mon premier séjour.

— Qui sont-ils, ces amis ?

— Les propriétaires du four à pain.

— On vérifiera. Ton nom et ta profession ?

— Je suis domestique à Naukratis.

— Je n'ai pas entendu ton nom.

— Bak.

— Bak, « le serviteur »... Ça tombe bien. Ton patron ?

Parler de la Dame Zéké semblait inopportun.

— Pourquoi ces questions ? s'étonna Kel. Je ne transporte aucune marchandise non déclarée !

— Justement, c'est bizarre, estima le douanier. On attrape souvent des colporteurs plus ou moins en règle, mais pas de promeneurs les mains vides. Alors, cet employeur ?

— Un mercenaire grec.

— On vérifiera ça aussi, en te ramenant à Naukratis.

— Je préfère rentrer seul.

— Tu ne te sens pas en sécurité, avec nous ?

— De quoi m'accusez-vous ?

Un douanier parla à l'oreille de son supérieur.

— En ce moment, on ne recherche pas seulement des voleurs et des fraudeurs, mais aussi un assassin. Un scribe nommé Kel qui va de village en village et se cache peut-être dans les marais en espérant échapper à la police. Mon collègue, excellent physionomiste, croit reconnaître ce dangereux criminel grâce au portrait que nous ont transmis les autorités de Saïs. Alors, tu vas nous suivre sans faire d'histoires, et on vérifiera.

Les douaniers songeaient à la belle prime.

— Vous vous trompez, protesta l'accusé, je ne suis pas un assassin.

— Ainsi, tu es bien le scribe Kel !

— Acceptez-vous de m'écouter ?

— Nous, on se contente de t'interpeller. Tu parleras au juge.

La tête en avant, Kel bondit et percuta l'estomac du douanier.

Surpris, ses collègues tardèrent à réagir. Le scribe s'enfuit à toutes jambes.

— Rattrapons-le !

Rompus à ce genre d'exercice, ils gagnèrent vite du terrain.

Le premier parvint à ceinturer le fugitif et le plaqua face contre terre.

— Maintenant, mon gaillard, tu vas apprendre à obéir et tu te tiendras tranquille !

Le prisonnier se raidit en attendant les coups.

Le douanier poussa un cri de douleur et s'effondra à côté du scribe.

— Relève-toi, Kel, et décampons.

Cette voix… celle de Bébon !

— C'est toi… c'est bien toi ?

— Ai-je tellement changé ?

— Les autres douaniers ?

— J'ai terminé le gradé d'un coup de poing sur la nuque, je me suis emparé de son gourdin, j'ai estourbi ton premier suiveur et viens de te débarrasser du second.

— La police t'a innocenté ?

— Faute de charges, on m'a libéré. La police arrête tant d'innocents qui te ressemblent que le juge Gem ne sait plus où donner de la tête !

— Comment es-tu arrivé jusqu'ici ?

— Ton amie, la prêtresse Nitis, m'a appris que tu t'étais rendu à Naukratis. Dans une taverne proche de la douane, j'ai joué le policier ! Un « collègue » m'a parlé de deux équipes sur le point de partir à la recherche d'un dangereux criminel. Par chance, j'ai suivi la bonne !

— Nitis… elle m'accorde donc sa confiance ?

— Une alliée précieuse ! Et si jolie… À l'écouter, tu ne lui sembles pas indifférent. Note bien, une prêtresse et un assassin en fuite, ça ne s'annonce pas facile !

— Cesse de dire des stupidités !

— Il faut se détendre un peu ! Je n'assomme pas tous les jours trois douaniers. Quand ils se réveilleront, ils risquent d'être de méchante humeur. Moi, ils ne m'ont pas vu, mais toi, ils te savent dans la région.

— Nous devons nous rendre à Naukratis et interroger une personne qui en sait long.

— Pas un mercenaire armé jusqu'aux dents, j'espère ?

— Une très belle femme d'affaires grecque.

« La jolie prêtresse est déjà oubliée », pensa Bébon.

— Ne te laisse pas séduire, poursuivit Kel. La Dame Zéké est plus redoutable qu'une vipère à cornes. Viens, je t'expliquerai en chemin.

41

En sortant du château des tissus de lin où les prêtresses travaillaient avec ardeur, Nitis songeait à Kel. Reviendrait-il vivant de Naukratis en compagnie de son ami Bébon, rapporterait-il des preuves de son innocence ?

Son absence était une profonde souffrance. Kel offrait un horizon nouveau, un idéal que lui seul incarnait. La magie de la déesse Neit détournerait-elle les attaques du destin et recréerait-elle un chemin de lumière qu'exploreraient ensemble la prêtresse et le scribe ?

— Mauvaise nouvelle, annonça le grand prêtre.

Le cœur de Nitis se serra.

— Kel…

— Non, rassure-toi, l'enquête du juge Gem piétine. Aucune trace de l'assassin en fuite.

— Kel n'a tué personne !

— Je le sais, mais nous devons adopter la terminologie officielle. Le juge se plaint de l'inefficacité de la police et du silence du chef des services secrets. D'après Gem, Hénat ne joue pas franc jeu et ne lui communique pas les informations dont il dispose.

— Est-ce votre avis ?

— Mieux vaudrait que le juge retrouve Kel le premier. Hénat, lui, ne s'embarrassera pas de procédure et fera exécuter le soi-disant criminel. Les rapports de ses hommes établiront leur légitime défense, et l'affaire sera enterrée.

— Gem n'acceptera pas cette mascarade !

— À moins qu'il ne soit complice des assassins.

— En ce cas, notre pays serait en grand péril !

— La mauvaise nouvelle le confirme, Nitis : le roi ordonne de mettre une partie de nos ateliers au service du monde extérieur.

La prêtresse fut pétrifiée.

— Le roi chercherait-il à détruire les temples ?

— Une nouvelle économie est en train de naître, et nous devons nous y adapter.

— Depuis l'âge des pyramides, c'est le temple qui dictait l'économie ! Aux hommes de respecter la loi de Maât, et non à Maât de se plier aux turpitudes de l'humanité !

— Amasis a décidé de supprimer les privilèges des temples, jugés excessifs. Désormais, ils seront soumis à son administration et, à l'exception du très ancien sanctuaire d'Héliopolis et de celui de Memphis, ne toucheront plus de redevances provenant de leurs domaines. L'État seul percevra des taxes, engagera les prêtres comme les paysans et les artisans, leur versera un salaire et entretiendra les locaux. Nos ateliers fabriqueront des tissus pour les profanes et contribueront ainsi à la prospérité du pays.

— La Divine Adoratrice n'acceptera jamais cette folie !

— Thèbes est loin, rappela le grand prêtre, et elle ne règne que sur un petit territoire. Ici, dans le Delta, naît le monde futur.

— Ne prôniez-vous pas le retour aux valeurs de l'Ancien Empire, ne m'avez-vous pas confié la tâche de ressusciter les rituels des premiers âges, nos sculpteurs ne s'inspirent-ils pas de la statuaire des bâtisseurs de pyramides ?

— Telle demeure ma ligne de conduite. Le regard d'Amasis se tourne vers les Grecs et sa caste de hauts fonctionnaires auxquels il attribuera les terres des temples.

— Tenterez-vous de convaincre le roi qu'il fait fausse route ?

— Ses décisions sont prises, Nitis, et mes paroles l'indiffèrent. Pythagore remplit-il correctement les tâches rituelles qui lui ont été confiées ?

— Il se comporte en parfait prêtre pur.

— Lui, un Grec, exercera peut-être une influence sur le roi. Continuons à l'éprouver et, surtout, préparons la prochaine fête de la déesse. Elle seule nous protégera du pire, et son service ne doit souffrir ni retard ni inexactitude.

— Menk et moi collaborons de manière efficace, assura Nitis. Tenant à sa réputation d'excellent organisateur, il se dépense sans compter et ne tolère pas de défaillance.

— Reste méfiante, recommanda Wahibrê. Nous ignorons le rôle réel de ce courtisan-né.

— Ne parvenant pas à déchiffrer un seul mot du code, avoua Nitis, je vous demande l'autorisation d'écrire au défunt chef du service des interprètes et de solliciter son aide.

— Une lettre au mort ?

— J'espère qu'il acceptera de nous répondre.

— Choisis les termes, Nitis. Et souhaitons que ta magie soit convaincante.

Nitis pénétra dans la petite chapelle du tombeau du chef des interprètes. Sur la table d'offrandes, elle déposa un pain en pierre et versa de l'eau fraîche.

La douce lumière du couchant éclairait la partie accessible à la demeure d'éternité. Les vivants pouvaient y communier avec les morts.

La prêtresse éleva les mains pour vénérer la statuette du *Ka*, la puissance vitale qui échappait au trépas après avoir animé un être, minéral, végétal, animal ou humain, le temps de son existence.

« Sois en paix, lui souhaita-t-elle, et rejoins la lumière de l'origine. »

Puis Nitis accrocha au cou de la statuette un petit papyrus. Le texte de sa lettre au mort le priait de l'aider à démasquer les vrais coupables afin de sauver la vie d'un innocent, le scribe Kel. Lorsque l'âme, nourrie de soleil, viendrait vivifier la statuette du *Ka*, serait-elle porteuse d'une réponse de l'au-delà ?

À l'aube, Nitis se présenta devant la porte de la chapelle.

Elle lut un long hymne à la gloire de la clarté renaissante au terme d'un violent combat contre les ténèbres, franchit le seuil et s'immobilisa au milieu du modeste sanctuaire.

La prêtresse eut le sentiment d'une présence.

Démon dangereux ou esprit amical ?

Déroulé, le papyrus gisait au pied de la statuette. D'une main hésitante, Nitis s'en saisit.

À l'encre rouge, la main du défunt avait écrit une réponse :

Les Ancêtres détiennent le code.

42

— Enfin de retour ! s'exclama la Dame Zéké. Que s'est-il passé ?

— Vous vous êtes bien moquée de moi, déclara Kel, et je me suis montré d'une stupidité affligeante. Mais le destin a déjoué vos projets.

La Grecque feignit l'étonnement.

— Je ne comprends rien à ton discours !

— Inutile de jouer la comédie, Dame Zéké. À présent, je connais votre rôle.

— Explique-toi !

— J'ai cru à votre sincérité, et vous m'avez envoyé à la mort.

— Les dockers sont des individus violents et dangereux, tu le savais !

— Le pirate Ardys n'est-il pas votre employé ?

Zéké eut un étrange sourire.

— L'aurais-tu rencontré ?

— Ne lui aviez-vous pas ordonné de me supprimer ?

— Tu devais retrouver le trésor !

— Je l'ai retrouvé.

— Ainsi, nous possédons le casque du pharaon Amasis ! Ardys est vraiment le meilleur des voleurs. Il mérite une bonne récompense.

— Je n'en suis pas si sûr.

— Refuserait-il de nous vendre le casque ?

— C'est un autre trésor que vous lui avez confié.

Le regard de la Dame Zéké devint féroce.

— Ce médiocre aurait-il bavardé ?

— En introduisant la monnaie grecque en Égypte, affirma Kel, vous voulez détruire notre économie et notre société. En vous emparant du casque d'Amasis, vous disposeriez d'une arme décisive pour conquérir le pouvoir. Sans doute avez-vous déjà choisi le mercenaire qui s'en coiffera et se proclamera Pharaon. Et dans ce jeu dangereux, je n'étais qu'un pion destiné à disparaître.

— Grâce à ton intelligence aiguë, dit Zéké d'une voix douce, comprends que l'ancien monde ne tardera pas à s'éteindre. Les Égyptiens ont le regard tourné vers le passé et les valeurs ancestrales. Certains songent même à ressusciter le temps des pyramides dont s'inspirent vos sculpteurs ! Nous, les Grecs, représentons l'avenir.

— Cet avenir-là, je le refuse !

— Un jeune scribe passéiste et réactionnaire, bien représentatif d'une élite décadente ! Regarde Naukratis, Kel : voilà le monde nouveau ! Qui défend ta vieille Égypte, sinon des mercenaires grecs ? En échange de leurs efforts, ils exigent d'être mieux payés. Deux sacs d'orge et cinq de blé par mois, insuffisant ! Ils veulent de belles et bonnes pièces, et j'en mettrai bientôt des milliers en circulation.

— La monnaie et l'esclavage… C'est cela, votre progrès ?

— Évolution inéluctable !

— Vous avez forcément des complices au gouvernement. Sinon, vous douteriez de votre succès.

— Ne deviens pas trop curieux, Kel. Seul mon mari partagera mes secrets. Ou bien tu m'épouses, ou bien tu t'enfuis. Et si tu choisis la mauvaise solution, ne compte plus sur moi pour te protéger.

Kel blêmit.

— Je ne céderai pas à cet odieux chantage !

— Ne sois pas ridicule. Tu me désires, je te désire. À nous deux, nous ferons de l'excellent travail. Sans mon aide, tu es condamné à mort.

— La mort n'est-elle pas le meilleur des refuges ?

— À ton âge, un horrible châtiment ! Sois raisonnable, Kel. Moi seule te permettrai d'échapper à la police. Et, d'abord, révèle-moi l'emplacement du casque d'Amasis.

— Je l'ignore.

— Le pirate m'a trahi, et tu es son complice !

— Non, Dame Zéké.

Leurs regards se défièrent.

— J'espérais davantage, avoua-t-elle. Ainsi, Ardys m'est fidèle et ne détient pas d'autre trésor qu'un stock de pièces grecques.

— Exact.

— Ta décision, Kel ?

— Je quitte Naukratis.

Zéké tourna le dos au jeune homme.

— À ta guise ! Je te rendrai pourtant un dernier service. Patiente ici deux ou trois heures, je vais m'informer du dispositif mis en place par la police et te préciserai le moyen de sortir de la ville.

— Je vous en remercie.

— Tu cours au désastre !

— Je prouverai mon innocence.

— Dommage, Kel ! Ensemble, nous aurions rénové ton monde périmé.

Laissant derrière elle le sillage d'un parfum oppressant, Zéké sortit de la vaste salle de réception.

Inquiet, le scribe fit les cent pas. La femme d'affaires ne le livrerait-elle pas à une cohorte de mercenaires qui vendraient sa dépouille aux autorités ?

Avide de puissance, la Grecque comptait s'emparer du pays. Folie des grandeurs ou projet réaliste ? Rien ne prouvait son implication dans le crime des interprètes. Cependant, elle ne niait pas d'éventuelles accointances avec de hauts personnages de l'État.

Incapable de démêler le vrai du faux, Kel fut soulagé de la voir revenir.

— La porte des artisans n'est pas encore surveillée, indiqua-t-elle. Prends le nécessaire et décampe.

— Merci de votre aide.

— En me perdant, tu perds tout.

Kel regagna son logement. Il y récupérerait sa palette de scribe et s'équiperait d'une natte, d'une gourde et d'un sac de victuailles.

Il poussa la porte et se heurta à un obstacle.

Au prix d'un effort intense, il déplaça quelque chose de lourd et réussit à pénétrer dans la pièce.

Sur le sol, un cadavre.

Celui de son collègue interprète, le Grec Démos.

On lui avait tranché la gorge. Près de sa tête, l'arme du crime : l'un de ces couteaux que les Égyptiens refusaient d'utiliser, parce qu'ils les jugeaient impurs. Les Grecs ne les réemployaient-ils pas après avoir tué des bêtes ? Contaminés, de tels objets souillaient la nourriture des humains.

Démos… Innocent ou coupable, il ne parlerait plus jamais.

Tétanisé, Kel fixait ce corps martyrisé en le suppliant

de révéler la vérité. Mais Démos restait muet, désormais indifférent au sort des mortels.

— À l'assassin ! cria une voix rugueuse. Venez, attrapons-le !

Une poigne très ferme agrippa l'épaule de Kel.

— Sortons d'ici ! ordonna Bébon.

— Regarde, ce cadavre…

— Il ne se réveillera pas. Nous, on doit échapper à ce piège !

Kel se laissa tirer par le bras et se mit à courir.

Bébon évita le vestibule où les attendaient les domestiques de Zéké, armés de bâtons.

Les deux fugitifs traversèrent la grande cuisine, sous le regard affolé des marmitons.

— On grimpe ! décida le comédien.

Un scribe âgé tenta de leur barrer le chemin de la terrasse. Bébon l'écarta d'un coup de coude.

Les deux hommes sautèrent sur le toit en contrebas, atteignirent un grenier, puis empruntèrent une grande échelle qui leur permit de rejoindre une ruelle.

— On les a semés, jugea Bébon.

43

Délégué par l'administration centrale, le scribe comptable rencontra Nitis au milieu de la matinée, après que la Supérieure des chanteuses et des tisserandes eut donné ses directives aux prêtresses.

Le haut fonctionnaire semblait plutôt sympathique.

— Ce temple est splendide, reconnut-il, impressionné. Désolé de vous importuner, mais les ordres sont les ordres. Je vais vérifier vos livres de comptes, réduire certaines dépenses et favoriser certains investissements. Le roi tient beaucoup au développement de vos ateliers et à la vente de vos produits à l'extérieur.

— Ce n'est pas notre vocation, objecta Nitis.

— Je sais, je sais ! Néanmoins, nous n'avons pas le choix, ni vous ni moi. Tâchons de nous entendre.

Dépourvu d'agressivité, peu satisfait de sa mission, le comptable se montra conciliant et réduisit au minimum les obligations du temple de Neit.

— On devrait appliquer la même loi à tous, maugréa-t-il. Quand je pense au sort réservé à mon malheureux collègue du Bureau des Interprètes ! Si la justice disparaît, l'Égypte sera détruite.

— Que lui est-il arrivé ?

— Les scribes interprètes ont été assassinés, et lui

avec ! murmura le haut fonctionnaire. Pas question de parler de cette horreur. La police arrêtera l'assassin, et l'on oubliera cette tragédie. Tout de même, on aurait dû écouter mon collègue !

— Avait-il constaté des irrégularités dans la gestion du service ?

— Certes non, car le patron était le plus rigoureux des hommes ! Inutile de solliciter un passe-droit ou des avantages immérités. Mais mon collègue lui avait remis un document concernant d'éventuelles malversations financières à Naukratis, la ville grecque. Là-bas, on a tendance à faire sa propre loi !

— Qu'est devenu ce document ? demanda Nitis, intriguée.

— Après l'avoir étudié, le patron l'a remis aux autorités supérieures.

— À qui, précisément ?

— Mon collègue l'ignorait.

— Des réactions se sont-elles produites ?

— À ma connaissance, aucune ! Voilà pourquoi nous courons à la catastrophe. Enfin, silence et bouche cousue. Ce genre d'affaire nous dépasse. S'en occuper ne ferait qu'attirer de graves ennuis aux imprudents. À bientôt, Supérieure.

Nitis se rendit aussitôt chez le grand prêtre, qui établissait le tableau détaillé des tâches à accomplir avant la prochaine fête de la déesse.

— Notre ami Pythagore se montre-t-il efficace ? demanda-t-il à la jeune femme.

— Impeccable et discret : nul reproche à lui adresser.

— Continue à le surveiller.

— Je viens de recueillir d'étonnantes confidences, révéla Nitis.

Wahibrê écouta attentivement la prêtresse.

Surchargé de travail, le ministre des Finances, Péfy, goûtait une petite heure de repos à l'ombre d'un palmier centenaire, au bord d'un plan d'eau de sa vaste villa de Saïs. En raison des restrictions budgétaires au profit de l'armée, il devait réorganiser les services de la Double Maison de l'Or et de l'Argent dont les fonctionnaires appréciaient peu les mutations.

« Supérieur des rives inondables », il se souciait aussi de la bonne exploitation des cultures et recevait en personne les responsables des principales zones agricoles. Par bonheur, rien d'inquiétant. Néanmoins, il ne fallait autoriser aucun laxisme, sous peine d'aboutir à un désastre. Et Péfy songeait souvent à la cité sainte d'Osiris, Abydos, où il aurait aimé se retirer en vénérant le dieu des ressuscités.

Le ministre ferma les yeux et sommeilla, en rêvant d'un monde paisible, sans fraudeurs ni paresseux.

Son intendant osa le réveiller.

— Le grand prêtre Wahibrê souhaite vous voir.

Cette sieste avait été de courte durée.

Péfy reçut son ami dans une pièce bien aérée de la villa, à l'abri des oreilles indiscrètes. On leur servit de la bière légère et des pâtisseries au miel.

— En ces temps difficiles, mon ami, dit le ministre, sachons apprécier ces petits plaisirs. Demain, le pourrons-nous encore ?

— Deviendrais-tu pessimiste, Péfy ?

— L'âge et la fatigue n'incitent pas à la joie de vivre. Et ce n'est probablement pas ta visite qui me redonnera le sourire.

— Peu probable, confirma Wahibrê.

— J'espère que tu ne vas pas me parler de l'assassinat des interprètes ?

— Je dispose d'un élément nouveau et troublant.

— Mon ami, mon très cher ami ! Ne t'occupe plus de cette affaire. Hénat, le chef des services secrets, réorganise notre diplomatie avec l'accord du roi. Et la police ne tardera pas à mettre la main sur l'assassin. Oublie cette tragédie.

— Refuses-tu de m'écouter ?

Péfy poussa un soupir d'exaspération.

— Connaissant ton obstination, je rends les armes !

— Parmi les nombreux dossiers sensibles qu'avait à traiter le patron du service des interprètes se trouvait un document comptable concernant les Grecs de Naukratis. Prouvant de graves malversations, il aurait été transmis aux autorités.

Un silence pesant succéda à cette déclaration.

— Exact, admit le ministre.

— En as-tu pris connaissance ?

— C'est à moi que le patron du service des interprètes l'a adressé.

— Tes conclusions ? demanda le grand prêtre.

— Magouilles financières évidentes ! Naukratis observe ses propres règles, très différentes de celles de l'État pharaonique.

— Les sanctions ?

— Aucune.

— Comment, aucune ?

— Naukratis est un territoire protégé, dépendant directement du roi.

— Connaît-il les agissements des Grecs ?

— Je lui remets régulièrement des rapports détaillés. Celui-là faisait partie d'une longue liste.

— Et Amasis ne réagit pas !

— Si, en m'interdisant d'intervenir. Lui seul s'occupe de la ville grecque.

— Un État dans l'État !

— Ou bien j'obéis, ou bien je démissionne. Or je tiens à garantir la pérennité d'Abydos. Mon successeur, lui, négligerait la cité d'Osiris.

— Ce document est peut-être l'une des causes de l'assassinat des interprètes, avança le grand prêtre.

— Sûrement pas ! Je te le répète, il existe beaucoup d'autres rapports du même genre, et les faits sont établis. Au fond, les Grecs s'arrangent entre eux et ne débordent pas sur l'extérieur. La sagesse ne consiste-t-elle pas à les laisser continuer ?

44

Le juge Gem venait de mettre un terme à une ténébreuse affaire de copropriété en procès depuis trente ans. Faute de preuves, les opposants avaient enfin accepté un compromis. Déjà excellente, la réputation du haut magistrat s'en trouvait confortée. Grâce à lui, la justice résolvait les cas complexes.

Une exception, cependant : le scribe Kel, un assassin toujours en fuite !

Irrité, Gem força la porte du bureau d'Hénat.

Le chef des services secrets classait des petits papyrus comportant des noms, des dates et des faits. Il ne laissait à personne le soin d'effectuer ce travail d'archivage, car sa prodigieuse mémoire enregistrait chaque détail.

— Cette situation ne peut plus durer, estima le juge.

— Des ennuis ?

— Malgré l'ordre du roi, vous ne coopérez pas et gardez par-devers vous des informations qui me seraient utiles.

— Vous vous méprenez.

— Prouvez-le-moi !

— À l'instant, juge Gem ! Je viens précisément de recevoir un rapport en provenance de Naukratis et, après vérification, je comptais vous le remettre en main propre.

Le magistrat se rengorgea.

— Qu'avez-vous appris, Hénat ?

— Nous avons retrouvé la trace de l'assassin. Kel se cachait dans les marais du Delta, à proximité de Naukratis. Des douaniers l'ont repéré et intercepté, mais il a réussi à s'enfuir, avec l'aide d'un complice.

— A-t-il été identifié ?

— Malheureusement non. Nous ignorons s'il s'agit d'un membre de son réseau ou d'un appui occasionnel. Simple détail, au regard des faits nouveaux !

— Lesquels ?

— Kel s'est rendu à Naukratis avec des intentions précises : supprimer le laitier, Le Buté, et son collègue grec, Démos.

— Vous moquez-vous de moi ?

— Les deux cadavres ont été identifiés, précisa Hénat. En ce qui concerne le laitier, engagé chez les mercenaires, il s'agirait d'un accident.

— Et vous n'y croyez pas ?

— Pas un instant.

— Et Démos ?

— Selon plusieurs témoignages, dont celui de la Dame Zéké, une importante personnalité de Naukratis, Kel l'a égorgé. Ignorant sa véritable identité et ses méfaits, cette femme d'affaires avait engagé l'assassin comme scribe, sans se douter qu'il la manipulait. Grâce à ses relations, il a retrouvé Démos et s'en est débarrassé.

— Les dépositions ont-elles été recueillies ? s'inquiéta le juge.

— Les voici.

Dubitatif, Gem lut des textes clairs et concordants.

Les serviteurs de la Dame Zéké avaient vu entrer Démos dans la chambre de Kel, puis entendu les échos d'une violente dispute. Un couteau ensanglanté à la main, le scribe était sorti de la pièce. Les yeux fous, il avait lâché son arme et, une fois encore, s'était enfui.

— Ce Kel est une véritable bête féroce ! s'exclama le juge.

— Il vient de supprimer ses deux complices, de peur qu'ils ne parlent, et s'affirme comme le chef du réseau de criminels, conclut Hénat.

— Un réseau au service de qui ?

— À l'enquête de l'établir. Peut-être ne s'agit-il que d'une sordide affaire de meurtres.

Le juge se prit la tête entre les mains.

— Cette tragédie prend d'effroyables proportions ! Et nous ignorons les mobiles de l'assassin.

— Il vous les révélera lors de son interrogatoire, prédit Hénat.

— À condition qu'il ait lieu ! Ce monstre paraît insaisissable.

— Une bête traquée finit fatalement par tomber dans un piège, et ce Kel n'échappera pas à la règle.

— Étant donné sa folie meurtrière, je suis obligé d'adopter des mesures rigoureuses. Se sentant perdu, le fugitif réagira de plus en plus violemment. Aussi aucun policier ne doit-il risquer sa vie.

— Je vous comprends mal, s'inquiéta Hénat.

— Je vais donner l'ordre de l'abattre à vue, précisa le juge. Les forces de l'ordre agiront en légitime défense et ne subiront pas de sanctions.

Le chef des services secrets s'empourpra.

— Nous devons appréhender Kel vivant et lui faire avouer les motifs de ses crimes !

— À l'impossible, nul n'est tenu. Et je pense davantage à la vie de nos policiers qu'à celle de ce dément.

— Évitez cet impair, recommanda Hénat. Sinon, le roi vous en rendra personnellement responsable.

— Seriez-vous son porte-parole ?

— En effet, juge Gem.

— Si d'autres drames se produisent, vous engagez-vous à me couvrir ?

— Mes fonctions officielles ne me le permettent pas.

— Je mènerai donc cette enquête comme je l'entends.

— Oseriez-vous défier Sa Majesté ?

— Qu'Elle me donne un ordre officiel, et je le respecterai. Votre voix ne me suffit pas, Hénat.

— Me défier ne vous mènera à rien, juge Gem. Votre rôle consiste à arrêter un redoutable assassin, et à l'arrêter vivant pour qu'il puisse parler. Ensuite, et ensuite seulement, il sera jugé et condamné.

— Inutile de me rappeler les devoirs de ma charge, je les remplis sans trahir depuis de nombreuses années.

— Alors, ne commencez pas à les piétiner.

— Je n'apprécie pas votre ton, Hénat, et je ferai passer la vie des policiers avant celle d'un fou criminel. À moins que des informations provenant des services secrets ne permettent de l'arrêter en toute sécurité…

— Sa Majesté m'a demandé de coopérer.

— Alors, obéissez.

45

Dissimulés au cœur d'une palmeraie, Kel et Bébon reprenaient leur souffle.

Pressentant un mauvais coup, le comédien avait étudié un parcours de fuite afin d'échapper à d'éventuels agresseurs. Et cette précaution s'était révélée décisive.

— Tu dois changer d'apparence, dit Bébon au scribe. En modifiant ta coupe de cheveux et en te laissant pousser une petite moustache bien taillée, comme certains scribes de l'Ancien Empire, tu seras méconnaissable.

— Il nous faudrait un couteau.

— J'en ai un.

Kel n'en crut pas ses yeux.

— Tu n'as pas…

— J'ai ramassé l'arme du crime, ce superbe couteau grec ! Regarde les lettres gravées sur le manche.

— Zéké ! déchiffra le scribe.

— Ta protectrice a probablement égorgé elle-même ton collègue qu'elle cachait chez elle ou qu'elle gardait prisonnier. Mais nous ne pourrons rien prouver.

— La Dame Zéké mêlée au complot… Ainsi, pas le moindre hasard !

— En doutais-tu encore ? Assieds-toi, le buste bien droit. Je nettoie le couteau et je joue au coiffeur. Rassure-toi, j'ai acquis un bon tour de main lors de mes voyages.

— Zéké est à la tête d'un réseau d'assassins et de trafiquants qui veut bouleverser l'économie du pays et s'emparer du pouvoir, déclara Kel, réfléchissant à haute voix. Je dois rédiger un rapport et l'envoyer au palais. Le roi Amasis est en danger.

— Tu n'as plus ta tête, estima le comédien.

— Nierais-tu l'évidence ?

— La Grecque a forcément un ou plusieurs complices au palais, et nous ignorons leur identité. Si tu t'adresses à l'un des comploteurs, ton magnifique rapport sera inutile.

L'argument de Bébon ne manquait pas de poids.

— Rentrons à Saïs, exigea Kel. Je parlerai au grand prêtre de Neit, et il avertira le pharaon.

— Et tu reverras la belle prêtresse, murmura le comédien.

— Nous sommes au cœur d'une affaire d'État, rappela le scribe.

— Ça n'empêche pas les sentiments. Bon, tu as changé de tête ! Et je te trouve presque mieux. Maintenant, il faut nous déplacer sans risques. Une seule solution : passer pour des colporteurs.

— Nous n'avons rien à vendre !

— Je vais résoudre ce petit problème.

— Comment t'y prendras-tu ?

— Non loin d'ici, il y a une auberge où s'arrêtent volontiers les marchands ambulants. Ce sont des Grecs qui aiment jouer gros aux dés. Et moi, je me débrouille. Je mettrai sur la table la totalité de notre fortune.

— Notre fortune… Elle se réduit à un couteau !

— Justement, nous n'avons rien à perdre. Ça nous rend invulnérables.

Incrédule et inquiet, Kel suivit Bébon jusqu'au point de rassemblement des colporteurs, situé à bonne distance de Naukratis. On y buvait de la bière et du vin, on y mangeait du poisson et du ragoût, on y dormait, on y échangeait des marchandises et l'on y traitait des affaires plus ou moins licites. Surtout, l'on y disputait des parties acharnées.

Au centre de la taverne, quatre joueurs qu'observaient des spectateurs passionnés. Kel et Bébon se mêlèrent à l'assistance.

Fou de rage, un déçu se leva en apostrophant le vainqueur.

Le comédien prit aussitôt sa place.

— Je possède un stock d'ivoire, de poteries et de jarres de vin, affirma-t-il. Et je n'aime affronter que des gens sérieux, capables de me payer. On est bien d'accord ?

Ses trois adversaires opinèrent du chef.

— Premier enjeu, annonça Bébon : un âne jeune et en bonne santé. Trois tours gagnants pour l'obtenir. Moi, j'en ai un. Et vous ?

— Un beau grison inépuisable, dit un barbu, originaire de Samos.

Bébon perdit les deux premiers tours, des sourires narquois commentèrent sa défaite annoncée.

Et la chance tourna.

Le comédien gagna le tour suivant, perdit de nouveau, et fut victorieux à trois reprises.

— L'âne m'appartient. On continue ?

— Je veux, grogna l'un des perdants. Ton ivoire contre mes jarres d'huile. Un seul tour.

Les dés roulèrent.

— Je l'emporte, constata Bébon, et tu ferais mieux d'abandonner.

Le barbu fulminait.

— Je n'ai pas l'habitude de perdre, surtout face à un amateur chanceux. Toi, tu désires te retirer, j'en suis sûr ! Tu n'as pas la tête à tenir une vraie partie.

— On remet tout en jeu, plus cinq jarres de vin. Deux tours gagnants.

— Tope là !

Le premier jet de dés fut défavorable à Bébon.

Kel ferma les yeux. Si son ami perdait, comment paierait-il ses dettes ?

Le deuxième tour à l'avantage du comédien !

Le troisième désignerait le gagnant. Aussi la tension monta-t-elle à son maximum. C'était au barbu de lancer.

Et le sort lui fut contraire.

Il se leva, très raide, et dévisagea le vainqueur. Kel craignit un déchaînement de violence, mais le battu se contenta d'emmener Bébon à l'extérieur et de lui remettre ses gains.

— L'âne s'appelle Vent du Nord, précisa-t-il, et mes produits sont excellents. Si tu avais triché, je t'aurais fracassé le crâne. Puisque les dieux t'ont accordé la chance, tu mérites cette petite fortune. Évite quand même de recroiser mon chemin.

— Tu gagneras la prochaine fois, prédit Bébon.

L'âne se dirigea vers Kel et lui accorda un regard confiant. Le comédien remplit deux paniers de jarres d'huile et de vin que le grison accepta de porter.

Sous un soleil caressant et à un rythme tranquille, le trio prit la direction de Saïs.

— Nous sommes de parfaits colporteurs, estima Bébon, et possédons des marchandises faciles à négocier. Notre subsistance est assurée pour un bon moment. Si la police nous contrôle, elle ne trouvera rien à redire.

— Tu as pris de gros risques !

— Oui et non.

— Aurais-tu… triché ?

— Oui et non. J'ai échangé les dés, car ceux de mes adversaires étaient truqués.

— Et les tiens ?

— Très peu. Pas assez pour qu'ils s'en aperçoivent. Et puis, à certains moments, j'ai perdu.

— À l'instant décisif, c'est le barbu qui a jeté les dés. Comment pouvais-tu être sûr de gagner ?

Bébon sourit.

— Je m'en suis remis à la chance. En jouant moi-même le dernier coup, j'aurais attiré ses soupçons.

— Une vraie folie !

— Nous avons remporté la partie, n'est-ce pas l'essentiel ?

46

L'ex-roi de Lydie, le riche Crésus, désormais chef de la diplomatie perse, s'inclina respectueusement devant le pharaon Amasis, vêtu d'une sorte de cotte de mailles et coiffé d'un casque ressemblant à celui qui l'avait fait roi.

— Relève-toi, mon ami, mon cher grand ami ! Quel grand bonheur de t'accueillir !

— Ton invitation m'honore, pharaon. Et mon épouse Mitétis est heureuse de revoir son pays.

— La reine et moi-même sommes ravis de sa présence. De belles réceptions nous attendent, mais nous devons auparavant assister à la parade militaire qu'a préparée Phanès d'Halicarnasse, le général en chef de mes corps d'armées.

— Sa réputation dépasse les frontières de l'Égypte.

— Il la mérite, tu verras.

Amasis et Crésus s'installèrent dans un kiosque en bois léger, à l'abri du soleil.

Sur une vaste plaine, au nord de Saïs, se déployèrent les fantassins casqués, équipés de boucliers, de lances et d'épées. Disciplinés, les mercenaires grecs défilèrent de manière impeccable, au son d'une musique entêtante, capable d'enfiévrer les plus hésitants.

Leur succédèrent les cavaliers, corps d'élite imbu de sa supériorité et disposant de magnifiques chevaux, rapides et nerveux.

Pourtant habitué aux exploits de la cavalerie perse, Crésus ne put dissimuler son admiration.

— L'énergie de ces bêtes me stupéfie, et la maîtrise de tes soldats n'a pas d'égale !

— Phanès est un chef exigeant, précisa Amasis. Il recherche sans cesse l'excellence et ne tolère aucune désobéissance. À son signal, l'armée entière doit se mettre en mouvement. Et tu n'as pas vu l'essentiel !

Un char tiré par deux chevaux blancs vint chercher le roi et son hôte et les emmena jusqu'au canal militaire où Crésus découvrit une impressionnante flottille de bateaux de guerre.

Leur nombre, leur taille, leur armement et le nombre d'hommes d'équipage stupéfièrent l'ambassadeur de Perse.

— Je ne supposais pas une telle puissance, avoua-t-il.

— La maîtrise de la mer garantit la sécurité de l'Égypte, affirma Amasis. Grâce aux efforts constants d'Oudja, responsable du développement de ma marine, nos chantiers navals ne cessent de produire des bâtiments à la fois solides et rapides.

— Puis-je monter à bord du vaisseau amiral ? demanda Crésus.

— Bien entendu !

Côte à côte, le général Phanès d'Halicarnasse et le chef de la marine de guerre, Oudja, accueillirent l'illustre visiteur et ne lui cachèrent rien de l'équipement remarquable dont bénéficiait la flotte du pharaon.

Crésus tâta les cordages et les voiles, nota la qualité des mâts et constata l'importance des dispositifs de combat.

— Impressionnant, reconnut-il. Toutes les unités sont-elles semblables ?

— Nous en sommes fiers, déclara Oudja. Aimeriez-vous participer à une manœuvre ?

Crésus acquiesça.

À la proue du vaisseau amiral, l'envoyé de l'empereur de Perse admira la technique des marins d'Amasis.

— La Méditerranée t'appartient, dit-il au pharaon.

— Telle n'est pas mon intention ! Ces forces n'ont qu'un rôle défensif. L'Égypte n'agressera personne, mais saura se défendre contre n'importe quel prédateur.

— Connaissant sa puissance de dissuasion, qui oserait attaquer la terre des pharaons ?

Pensif, Crésus goûta le doux vent du nord et la paix du couchant. La tendresse des palmeraies, les reflets argentés du canal, la lueur orangée du ciel le charmèrent au point de lui faire oublier le caractère guerrier de cette parade.

Le banquet offert par le roi et la reine d'Égypte marquerait les mémoires. Le millier d'invités apprécia la variété des mets, l'excellence des vins et l'empressement des serveurs, attentifs au moindre désir des convives.

À la gauche du couple royal, Crésus ; à sa droite, Mitétis, la fille du prédécesseur d'Amasis.

Froide et crispée, elle mangeait du bout des lèvres.

— Le passé est le passé, lui dit Amasis. J'admirais votre père et n'avais nullement l'intention de le renverser. Seul un concours de circonstances m'a porté au pouvoir. Aujourd'hui, acceptez-vous d'oublier ce douloureux passé ?

L'épouse de Crésus regarda le pharaon.

— Vous me demandez beaucoup.

— J'en ai conscience, Mitétis, mais votre présence me met du baume au cœur. Tant d'années se sont écoulées ! Revoir l'Égypte n'apaise-t-il pas votre chagrin ?

— Mon deuil s'achève, Majesté.

— Merci de m'accorder ce bonheur-là.

Au terme du banquet, la reine d'Égypte invita Mitétis à bénéficier des soins de sa masseuse, spécialiste des huiles essentielles.

Amasis et Crésus s'isolèrent sur une terrasse d'où l'on contemplait un jardin peuplé de sycomores, de jujubiers, de lauriers roses et de tamaris.

— Quel merveilleux pays, dit Crésus. Il règne ici un parfum d'éternité.

— Une éternité bien fragile…

— Pourquoi cette angoisse ?

— Le nouvel empereur de Perse, Cambyse, ne rêve-t-il pas de conquêtes ?

Crésus huma l'air tiède de la nuit.

— Oublions la diplomatie et soyons sincères, Majesté. Oui, Cambyse rêvait d'envahir cette terre aux richesses inépuisables. En souverain avisé, tu as perçu ses intentions et construit une machine de guerre destinée à lui résister. Et ton invitation était destinée à m'informer, de sorte que je le dissuade d'entreprendre une aventure vouée à l'échec.

— Ai-je réussi, Crésus ?

— Au-delà de tes espérances ! J'ai déjà tenté d'orienter Cambyse vers une paix durable, et il accepte de m'écouter. À mon retour, je lui rapporterai des faits précis qui achèveront de le convaincre. Si puissante soit-elle, l'armée perse n'a aucune chance de te vaincre. Avant mon voyage, je le supposais ; maintenant, j'en suis sûr. Pharaon ne s'est pas endormi dans une fausse quiétude, et je lui en sais gré. Grâce à l'augmentation de ses forces armées, notamment de sa marine, un sanglant désastre sera évité.

— Cambyse envisagera-t-il d'autres conquêtes ?

— La gestion de l'empire saura l'accaparer, et il s'inspirera de l'exemple de son père, Cyrus. Le temps des combats s'achève, Majesté, tandis que s'ouvre celui d'une diplomatie tranquille.

— Tes paroles me dilatent le cœur, Crésus.

— L'urgence consiste à développer nos relations commerciales, afin d'enrichir nos deux pays. Aussi aimerais-je rencontrer ton fameux chef du service des interprètes et lui fournir les noms et les titres de ses futurs correspondants.

— Il est malheureusement décédé, avoua Amasis.

— Était-il souffrant ?

— Non, un malheureux accident. Le directeur du palais, Hénat, le remplace. C'est un homme d'expérience et de confiance qui se mettra à ton service et te donnera toute satisfaction.

— Parfait, Majesté. Ce voyage restera sans doute le plus important de ma carrière.

47

La veille au soir, le pharaon Amasis avait purifié, fardé et couronné la vache au pelage noir en laquelle s'incarnait la déesse Neit. Puis, au centre de la grande cour, il avait tiré des flèches aux quatre points cardinaux afin d'empêcher les forces du chaos d'envahir les Deux Terres.

La première procession de la fête de Neit s'organisa. Un ritualiste précéda le roi, un autre récita les textes rituels célébrant le rayonnement de la Mère des mères. Prêtres et prêtresses se disposèrent autour du lac sacré et assistèrent à la navigation de la barque divine, symbole de la communauté des puissances créatrices donnant naissance aux multiples formes de vie.

À l'extérieur de l'enceinte sacrée, les réjouissances débutaient. Venant en barque des villages et des bourgs proches de Saïs, des dizaines de familles voulaient célébrer la divinité et attirer sa protection. On jouait de la flûte et on entrechoquait des castagnettes de manière à éloigner les démons. Offerts par le roi, vin et bière coulaient à flots. Partout à Saïs, l'on dansait et, à la faveur de la nuit, des couples se formaient.

Bébon aurait volontiers imité les galants, mais il devait remplir une mission délicate. Aussi se faufila-t-il à travers la foule en direction du grand temple. Il parcourut l'allée des sphinx et contempla les deux obélisques d'Amasis.

À titre exceptionnel, un certain nombre d'invités étaient autorisés à pénétrer dans la cour précédant le pylône du temple majeur. Bébon se mêla à un groupe d'administrateurs des greniers et s'en détacha pour s'approcher d'un prêtre au crâne rasé et vêtu d'une robe blanche.

— Je suis porteur d'un message destiné à la Supérieure des chanteuses et des tisserandes de Neit. Urgent et personnel.

— Attends ici.

Les minutes s'écoulèrent, interminables.

En ce soir de fête, Nitis prendrait-elle le temps de se déplacer en personne ? Elle dirigeait des rituels et ne pouvait sortir du sanctuaire. Sans doute lui enverrait-elle une prêtresse à laquelle le comédien refuserait de parler.

À l'extérieur de l'enceinte, les réjouissances battaient leur plein. Sur chaque terrasse et devant chaque porte, à Saïs comme dans toutes les agglomérations égyptiennes, on avait allumé des lampes. Leur lumière permettrait à Isis de retrouver les parties dispersées du corps d'Osiris, assassiné par son frère Seth. Au terme de la quête, la barque sacrée transporterait le corps de résurrection jusqu'au sanctuaire de Neit, où les ultimes formules de transmutation provoqueraient le réveil du dieu reconstitué, vainqueur de la mort.

Nitis apparut.

Comment ne pas tomber amoureux d'une femme aussi sublime ?

— Bébon ! Kel est-il vivant ?

— Rassurez-vous.

— Ne restons pas ici.

Elle l'emmena jusqu'à une petite chapelle, dédiée à la lionne Sekhmet.

— Kel est indemne et se trouve à Saïs, confirma Bébon. Il désire vous parler.

— Pendant la période des fêtes, impossible de m'absenter. Êtes-vous en sécurité ?

— Nous jouons les colporteurs et avons passé sans difficulté les contrôles de police.

— Ne risquez-vous pas d'être repérés ?

— J'ai modifié l'apparence de Kel et nous nous comportons en parfaits commerçants.

— Avez-vous du vin à vendre ?

— De l'excellent !

— Présentez-vous demain, à la première heure du jour, à la porte des fournisseurs. Je réceptionnerai moi-même les marchandises.

Étonné, Menk s'approcha de la file des marchands qui se pressaient en direction de la porte du temple où se tenaient des contrôleurs et des scribes. Ils examinaient les denrées, refusaient celles de mauvaise qualité et notaient la rémunération accordée.

Pourquoi Nitis se préoccupait-elle de ces formalités ?

— Des soucis ? lui demanda-t-il.

— Non, non, tout va bien !

— Vos assistantes n'auraient-elles pu vous décharger de cette corvée ?

— En cette période de fête, je ne me fie qu'à mon propre jugement.

Menk hocha la tête.

— Je ne procède pas autrement ! Déléguer davantage me soulagerait, mais réparer les erreurs commises me prendrait un temps fou ! Êtes-vous satisfaite du déroulement des rituels ?

— Remarquable travail, comme d'habitude. Vous vous montrez à la hauteur de votre réputation, Menk.

Le dignitaire en frémit d'aise.

— Si je peux vous aider…

— J'aurai bientôt terminé. Accepteriez-vous de vérifier le nombre de jarres destinées aux purifications ?

— Je m'en occupe immédiatement.

Enfin, Menk s'éloigna.

Nitis s'occupa d'un marchand de fruits, ravi de fournir sa production au temple. Après lui ne restaient que deux colporteurs et leur âne, un superbe grison d'un calme exemplaire.

La jeune femme reconnut Kel, et son cœur battit plus vite. Elle aurait aimé lui parler de sa crainte de ne jamais le revoir et de la joie profonde qu'elle éprouvait à cet instant.

— Nous vous proposons un vin de première qualité, déclara Bébon. Voulez-vous le humer et le goûter ?

Nitis acquiesça.

— J'ai d'importantes révélations à faire, murmura Kel.

— Vous devez parler au grand prêtre.

— Comment y parvenir sans danger ?

— Le contrôleur va enregistrer votre livraison de vin et vous suivrez les autres fournisseurs jusqu'à l'entrepôt principal. Bébon y patientera en compagnie de l'âne, et je vous remettrai une tunique blanche de prêtre pur. Ensuite, vous vous rendrez à la salle des archives de Wahibrê.

Les deux amis observèrent les consignes.

Inquiet, Bébon resta sur ses gardes. Ne doutant pas

de la sincérité de Nitis, il craignait qu'elle ne fût l'objet d'une surveillance et, malgré elle, les entraînât dans un piège.

À l'entrepôt, on servit une collation aux fournisseurs agréés par le temple. Bébon discuta avec un marchand de légumes, tandis que Kel s'éclipsait.

Et si le grand prêtre était vendu à l'ennemi, s'il obéissait au roi et à sa police, s'il privilégiait sa carrière en livrant au pouvoir un criminel en fuite ?

48

Nitis vérifia que personne ne les observait et poussa la porte, ordinairement fermée, donnant accès à la réserve de papyrus de la salle des archives du grand prêtre Wahibrê.

Le local était sombre et silencieux.

Kel entra et se figea.

S'il s'agissait d'un guet-apens, impossible de s'enfuir. Mais Nitis ne pouvait pas le trahir !

— Qu'as-tu à m'apprendre ? interrogea la voix sévère du grand prêtre.

— Les deux hommes capables de m'innocenter sont morts. Le Buté a été victime d'un accident, chez les mercenaires de Naukratis, et l'on a tranché la gorge de mon collègue Démos, dont j'ai retrouvé le cadavre dans ma chambre. Bien entendu, on m'accusera de ce meurtre. Grâce à mon ami Bébon, j'ai réussi à m'enfuir.

— De fort mauvaises nouvelles, estima le grand prêtre.

— À présent, j'y vois plus clair. Certes, je n'ai pas retrouvé le casque du roi Amasis ; néanmoins, je dispose d'éléments sûrs. Une femme d'affaires grecque, nommée Zéké, veut bouleverser l'économie égyptienne en introduisant l'esclavage et la circulation de pièces de monnaie.

— Ces folies sont contraires à la loi de Maât. Le pharaon s'opposera à de telles mesures.

— Ne les encourage-t-il pas de manière occulte ? interrogea Kel. Grand admirateur de la culture grecque, ne la considère-t-il pas comme un progrès qu'il faut imposer aux Deux Terres ?

La question troubla le grand prêtre.

— En ce cas, la vengeance des dieux serait terrifiante !

— Le service des interprètes a sans doute intercepté des documents relatifs à ce complot, avança Kel. C'est pourquoi il devait être éliminé. Et le papyrus crypté contient des informations brûlantes à destination des conjurés.

— Des hypothèses, Kel, seulement des hypothèses !

— Ces nouveaux assassinats sont des faits ! Et la Dame Zéké ne cache pas ses intentions. Autrement dit, elle a des complices au gouvernement.

— Je n'ai pas réussi à déchiffrer le code, déplora Nitis. Seul un scribe de haut rang a pu mettre au point un système aussi complexe.

— Il faut interroger le médecin-chef Horkheb, proposa Kel.

— Il est décédé, révéla le grand prêtre.

— Une mort… naturelle ?

— Nous l'ignorons.

— Merveilleux hasard ! Plus que jamais, je suis le coupable idéal. Personne ne m'innocentera, toutes les pistes sont coupées.

— J'ai écrit au patron du service des interprètes, déclara la jeune femme, et son âme m'a répondu : *Les Ancêtres détiennent le code*.

— Maigre secours, estima le grand prêtre. En l'absence de précisions, impossible d'utiliser cette indication.

— Peut-être les obtiendrons-nous !

— Seront-elles suffisantes ? s'inquiéta Kel.

— Rendons-nous à l'évidence, dit Wahibrê. Seul le juge Gem peut sauver Kel. Tu dois te livrer et révéler ce que tu as découvert. Gem est un homme intègre et même le pharaon ne se situe pas au-dessus des lois. Une enquête approfondie sera menée et ton innocence éclatera.

— Je n'éprouve aucune confiance en ce magistrat, protesta le jeune scribe.

— Gem est le patron de la justice égyptienne, rappela le grand prêtre. S'il trahissait la loi de Maât, notre civilisation ne tarderait pas à s'effondrer. De son point de vue, en fonction de ton dossier catastrophique, tu apparais comme le pire des criminels. Quand il te verra et t'entendra, il changera d'avis.

— Ne m'envoyez-vous pas à la mort ?

— J'annoncerai moi-même ta démarche au juge et lui demanderai une garantie majeure : pas d'arrestation avant tes explications. S'il ne me l'accorde pas, cette entrevue n'aura pas lieu. Tu sauras le convaincre, j'en suis sûr.

Enfermé dans la salle des archives du grand prêtre, Kel tentait, une fois encore, de briser le code du papyrus à l'origine de son malheur. Ces hiéroglyphes étaient-ils inversés, les mots mélangés, le sens de lecture variait-il en fonction d'une idée ou d'un groupement de signes ?

Toutes ses tentatives échouèrent.

Le texte le narguait, indéchiffrable.

Fatigué, au bord du désespoir, le jeune homme songea à Nitis. La revoir lui avait procuré un moment de bonheur indescriptible. Et il se sentait stupide, incapable de lui avouer l'ardeur de ses sentiments. C'était donc cela l'amour, la certitude qu'un être si différent de vous-même, si lointain, si inaccessible, devenait votre principale raison de vivre !

La porte s'ouvrit.

Nitis avança lentement.

— Voici de l'eau et une galette remplie de fèves et de fromage.

Kel se leva.

— Le grand prêtre réussira-t-il à négocier ?

— Le juge l'écoutera. Et vous pourrez enfin vous défendre. Votre ami Bébon est sorti du temple et séjourne avec son âne dans une étable proche de l'entrée des fournisseurs.

— Nitis…

— Je dois me rendre immédiatement à l'atelier de tissage.

Insaisissable, elle s'échappa.

Il n'avait aucun moyen de la retenir. Elle, une prêtresse de Neit promise à une carrière exceptionnelle ; lui, un assassin en fuite ! Leurs destins ne pouvaient que se croiser brièvement.

Kel dégusta son repas sommaire et tenta de s'attaquer à nouveau au papyrus, mais le visage de Nitis l'empêcha de se concentrer.

Renoncer à elle provoquait une douleur insupportable. Voir le bonheur et le nier aussitôt le mettait à la torture. Or, lui demander davantage qu'une aide ponctuelle apparaissait impossible. Déjà, elle prenait d'énormes risques !

À la nuit tombée, elle réapparut.

— Pourquoi le grand prêtre ne revient-il pas ? s'inquiéta-t-il.

— La négociation doit être ardue.

— Et si le juge l'arrêtait ?

— Gem n'agira pas ainsi. Il veut la vérité, et vous seul pouvez la lui procurer.

— Pardonnez-moi, Nitis, de troubler la paix de votre existence. Je me sens en faute et…

— Seule compte la loi de Maât, l'interrompit-elle. Vous sachant injustement accusé, je ne saurais rester inactive.

— Votre confiance me touche profondément, et j'aimerais tant vous dire…

La pénombre dissimulait les traits de la jeune femme.

— Je vous écoute, murmura-t-elle.

Les pas de Wahibrê résonnèrent sur le dallage.

— Le juge Gem accepte de te rencontrer, annonça-t-il. Il m'accorde une faveur exceptionnelle qui ne se renouvellera pas. Il faudra te montrer très convaincant, Kel.

49

Mal rasé, vêtu d'une tunique usée de colporteur, chaussé de sandales bon marché, Kel ne ressemblait pas à un scribe distingué du Bureau des Interprètes.

Vent du Nord fut ravi de le revoir et le gratifia d'un braiment de satisfaction. Le jeune homme caressa longuement le grison, tout en expliquant à Bébon qu'il s'apprêtait à rencontrer le juge Gem.

— Démarche insensée ! protesta le comédien. À l'évidence, un guet-apens ! Comment peux-tu croire une seule seconde qu'il viendra seul ? À peine l'entretien commencé, une nuée de policiers s'abattra sur toi.

— C'est l'unique occasion de le convaincre de mon innocence.

— Il ne t'écoutera même pas !

— Le grand prêtre m'a promis le contraire.

— Et s'il participait au complot, celui-là ?

— Impossible !

— Toi, accusé de meurtres, n'était-ce pas impossible ? Wahibrê veut se débarrasser de toi et garder intacte sa réputation. Aussi te vend-il à la justice. Une justice qui t'a déjà condamné !

— Je retournerai la situation.

— Pure folie !

— N'as-tu pas gagné aux dés en sollicitant le destin ?

— Moi, au moins, j'avais une chance de l'emporter ! Ne rêve pas, Kel. Si tu acceptes cet entretien, tu te jettes dans la gueule du chacal.

— Il n'existe plus d'autre solution. Le juge Gem a promis qu'il me rencontrerait en privé, à l'endroit choisi par le grand prêtre, hors de toute présence policière, et qu'il ne procéderait pas à mon arrestation avant d'avoir écouté mes arguments et mes révélations. Ils le frapperont au point de le faire changer d'avis. Et il sera contraint d'ouvrir une enquête. Une fois établie, la vérité me sauvera.

Bébon était atterré.

— Ta naïveté me consterne !

— Quand le soleil atteindra le sommet du ciel, le juge Gem m'attendra à l'intérieur d'un atelier de potiers dépendant du temple de Neit. À cette heure-là, les artisans seront partis déjeuner.

— Renonce, mon ami.

— Hors de question.

Bébon soupira.

— Je vais inspecter les lieux. Si je repère des policiers, j'entonnerai une chanson gaillarde, puis appellerai de supposés collègues, en espérant que Vent du Nord m'accompagnera de ses braiments. Alors, prends tes jambes à ton cou. Nous nous retrouverons à la sortie nord de la ville.

— Si tu ne déclenches pas ce tintamarre, je verrai le juge Gem.

Les artisans déjeunaient ensemble à l'ombre d'un sycomore. Ils parlaient de la dernière commande du temple, de leurs affaires de famille, de la politique du roi, toujours plus favorable aux Grecs. Au moins, l'Égypte était bien défendue et l'on y vivait en sécurité, à l'abri d'une invasion.

Bébon et Vent du Nord rôdèrent longuement dans le quartier. Le comédien parcourut chaque ruelle, sans oublier de lever la tête pour scruter les toits et les terrasses. Habitué à flairer l'éventuelle présence des forces de l'ordre, il ne remarqua rien d'anormal.

Étonné, il vit apparaître un homme d'un âge respectable, au visage grave et à la démarche autoritaire.

Le juge Gem franchit le seuil de l'atelier des potiers. Bébon redoubla d'attention. Les policiers ne devaient pas être très loin.

Plusieurs minutes s'écoulèrent, l'endroit demeura tranquille.

Kel s'avança. Puisque Bébon n'avait pas donné l'alarme, rien à craindre.

Et le jeune scribe se retrouva face au juge Gem.

Ils se dévisagèrent longuement.

— Sans l'insistance du grand prêtre Wahibrê, à la probité connue de tous, j'aurais refusé cette entrevue extravagante, déclara le magistrat, d'une voix courroucée.

— Je ne suis pas un assassin, affirma Kel, mais la victime d'une machination.

— J'ai souvent entendu ce discours-là. Vous avez berné le grand prêtre, mais les belles déclarations ne m'impressionnent pas.

— Il s'agit de la vérité !

— Je la connais déjà.

— On tente de vous abuser !

— Qui est ce « on » ? demanda le juge.

— Je ne connais pas le nom du chef des comploteurs, mais je sais qu'ils veulent détrôner Amasis et s'emparer du pouvoir.

— Votre délire ne m'intéresse pas, mon garçon. Vous avez tué vos collègues interprètes et pris la fuite. Un innocent se serait rendu à la police.

— Les circonstances m'en ont empêché et…

— Votre parcours meurtrier ne s'est pas arrêté à Saïs, le coupa Gem. Vous vous êtes rendu à Naukratis pour y supprimer deux complices qui auraient pu vous dénoncer.

— Je suis innocent ! protesta Kel. Ces assassinats font partie de la machination !

— Un juge reste insensible aux dénégations des coupables et se prononce à partir de preuves irréfutables. Or je dispose de témoignages dûment enregistrés et versés à votre dossier. Des domestiques vous ont vu égorger votre collègue Démos.

— Ils ont menti !

— À la réalité implacable des faits, vous ne m'opposez qu'une histoire de complot sans me fournir la moindre preuve et me citer le nom d'un éventuel coupable ! Cessez de vous comporter comme un enfant.

— Je vous jure…

— Ne commettez pas une faute supplémentaire ! Inventer n'importe quoi afin de minimiser votre responsabilité aggrave votre cas. Avouez vos crimes et donnez-m'en la cause.

— Je n'ai tué personne, et vous devez rechercher les véritables assassins ! Les Grecs…

— Abandonnez ce système de défense, ridicule et inutile, et suivez-moi jusqu'à la prison. Vous aurez droit à un jugement en bonne et due forme.

— Juge Gem, vous aviez promis de m'écouter !

— Les preuves sont accablantes, mon garçon. Je n'ai

accepté cette entrevue que pour vous convaincre de vous montrer raisonnable. Il y a déjà eu trop de victimes, et je ne veux pas risquer la vie des policiers. En vous rendant, vous bénéficierez peut-être d'une relative indulgence. Et vous vous expliquerez à votre guise.

— Vous vous trompez, vous…

— Cessons ce petit jeu et sortons d'ici.

Le visage masqué par une écharpe de lin, Bébon fit irruption dans l'atelier.

— Les policiers arrivent en masse !

Kel regarda le juge avec dégoût.

— Vous avez trahi votre parole !

— Le temps des palabres est terminé. Je t'arrête, toi et ton complice !

De l'avant-bras droit, Bébon prit le magistrat à la gorge.

— Prends la première ruelle à droite et cours à perdre haleine, ordonna le comédien à Kel.

— Et toi ?

— Je te rejoins.

Le scribe s'exécuta, Bébon fit face aux premiers policiers.

— Reculez ou bien je brise la nuque du juge !

Au ton de sa voix, ils comprirent que le preneur d'otage ne plaisantait pas.

— Disparaissez ! hurla le comédien en resserrant sa prise.

Un gradé acquiesça. Ses hommes se dispersèrent.

Dès qu'ils furent à bonne distance, Bébon lâcha le juge et s'enfuit.

Maintenant, Gem n'en doutait plus : ce Kel était un assassin de la pire espèce.

50

— Je suis désolé, dit Pythagore à Nitis, mais le roi m'ordonne de me rendre à Naukratis, et de m'entretenir avec les prêtres d'Apollon et d'Aphrodite afin de les faire bénéficier de l'enseignement que j'ai reçu dans les temples égyptiens. Amasis souhaite des contacts approfondis entre les formes de pensée et me charge de cette délicate mission avant mon retour en Grèce. J'aurais préféré écouter longuement la voix de la déesse Neit dont les paroles m'ont ébloui. Elle, Père des pères et Mère des mères, Mâle qui fit la femme, Femme qui fit le mâle, la mystérieuse créatrice des êtres, la souveraine des étoiles divines, demeure éternellement cachée aux profanes, et nul mortel ne soulèvera son voile.

Nitis aurait volontiers accordé sa confiance à Pythagore en lui demandant s'il pouvait l'aider à déchiffrer le papyrus codé. Lui, un Grec, n'adopterait-il pas un raisonnement spécifique ?

Néanmoins, la prêtresse garda le silence.

Ami et protégé du roi Amasis, Pythagore n'était-il pas davantage un adversaire qu'un allié ?

— J'espère que nous nous reverrons, Nitis. Le séjour à Saïs fut l'une des étapes marquantes de mon voyage.

— Ce temple vous reste ouvert.

— Soyez-en remerciée. À bientôt, si la grande déesse le veut.

La Supérieure des chanteuses et des tisserandes retrouva le grand prêtre à l'orée du sanctuaire. L'air abattu, Wahibrê avait subitement vieilli.

— L'entrevue a tourné au désastre, révéla-t-il. Des policiers accompagnaient le juge Gem et ont tenté d'arrêter Kel.

Le cœur de Nitis se serra.

— A-t-il été blessé ?

— Non, il leur a échappé grâce à l'intervention de son ami Bébon, qui a pris le juge en otage avant de s'enfuir à son tour. Il est facile d'imaginer la fureur de Gem ! Désormais, les archers auront ordre de tirer à vue.

— Le juge vous a trahi !

— Pas de son point de vue. Ne croyant qu'aux dossiers, il m'a accordé une faveur en tentant d'appréhender Kel vivant. Remplissons nos obligations rituelles, Nitis. À présent, nous sommes impuissants.

La jeune femme se rendit à la chapelle abritant une vache en bois, grandeur nature, incarnation de la déesse Neit, « la grande nageuse ». Sous cette forme, elle avait parcouru l'océan primordial, à l'aube des temps, et formé l'univers où naissaient et se régénéraient les âmes-étoiles.

De part et d'autre, des lampes allumées et des brûle-parfums. À l'exception du cou et de la tête, dorés, un voile pourpre recouvrait la vache qui portait le disque solaire entre ses cornes.

Nitis lui présenta les sept huiles saintes, puis versa de l'eau sur la table d'offrandes, garnie de pain frais, d'oignons et de figues. Chaque jour étaient renouvelées les nourritures dont la déesse absorbait le *Ka*, la puissance vitale.

— Nitis… je suis ici !

La voix de Kel !

Se redressant, il sortit de la pénombre.

— Je n'ai pas trouvé de meilleure cachette.

— Venez, rendons-nous chez le grand prêtre !

— Ne vais-je pas le mettre en danger ?

— À lui de décider. Et Bébon ?

— Il loge près du marché, avec des colporteurs. Le juge Gem n'a pu l'identifier. Avant de le rejoindre et de disparaître, je voulais vous revoir.

— Puisque vous êtes libre et indemne, ne rendons pas encore les armes !

— Si vous saviez…

— Dépêchons-nous, les ritualistes vont apporter les offrandes.

Le grand prêtre réserva un excellent accueil au jeune homme et l'étreignit comme s'il s'agissait de son fils.

— Pardonne-moi de t'avoir entraîné dans ce traquenard ! En agissant ainsi, le juge s'est discrédité. Mais il reste l'enquêteur principal et ne songe plus qu'à t'abattre.

— Je n'ai pas eu le temps de lui parler, déplora Kel.

— Il nous faudrait des preuves tellement éclatantes que même ce magistrat buté serait obligé de se rendre à l'évidence !

— Buté ou manipulé, avança Nitis. Si le juge sert les comploteurs, son attitude s'explique.

— Qui contacter à la cour ? interrogea Kel. Je dois parler à une personne digne de confiance et suffisamment influente pour alerter le roi à coup sûr.

— La reine, déclara le grand prêtre. Elle t'écoutera.

Sobrement vêtus, coiffés d'une perruque digne de l'Ancien Empire, Wahibrê et son assistant se présentèrent à l'accès du palais réservé aux dignitaires. Un mercenaire grec constata qu'ils ne portaient pas d'armes et prévint un majordome.

— Le grand prêtre de Neit souhaite voir Sa Majesté la reine de toute urgence, déclara Wahibrê. Je patienterai le temps nécessaire.

Wahibrê craignait de voir apparaître le chef des services secrets, Hénat, ou bien le chancelier Oudja, probablement avertis des derniers rebondissements de l'affaire Kel.

Par bonheur, l'attente fut brève.

En dépit des atteintes de la maturité, la reine Tanit demeurait une femme séduisante, maquillée à la perfection. Parée d'un collier d'or, de boucles d'oreilles en cornaline et de bracelets d'argent, elle était assise sur un trône d'ébène.

— Qu'y a-t-il de si urgent ? demanda-t-elle d'une voix posée.

— Majesté, avez-vous entendu parler de l'assassinat des interprètes ?

— Le meurtrier a été identifié, mais reste introuvable.

— Le voici.

Kel s'inclina.

Tanit sursauta.

— Vous plaisantez ?

— Le scribe Kel est innocent, poursuivit le grand prêtre, et personne ne veut l'entendre. Le juge Gem, chargé de l'enquête, l'a déjà condamné. Afin d'éviter une grave erreur judiciaire et de rechercher enfin la vérité, acceptez-vous d'écouter ce jeune homme ?

La reine se leva et se tint à bonne distance de ses visiteurs.

— Je devrais appeler la garde et faire arrêter ce criminel !

— Je ne suis pas coupable, Majesté, affirma Kel.

— Des preuves vous accablent, paraît-il.

— Un complot se trame contre le pharaon, le chef du service des interprètes l'avait découvert. On a supprimé mes collègues pour obtenir un silence total et l'on me désigne comme l'auteur des crimes afin d'égarer la justice.

La reine fixa Kel.

— Vous paraissez sincère. L'identité des comploteurs ?

— La Dame Zéké, une femme d'affaires de Naukratis, tente d'introduire des pièces de monnaie et de modifier en profondeur les circuits économiques. Elle obéit forcément à un haut dignitaire qui a dérobé le casque légendaire du roi et s'en coiffera, le moment venu, en se proclamant Pharaon.

Tanit sembla impressionnée.

— Le vol du casque… Ainsi, vous êtes informé !

— Un document en ma possession contient probablement des précisions essentielles, mais je ne suis pas parvenu à le décrypter. Sur le nom du roi, Majesté, je vous jure que je n'ai commis aucun crime !

Pensive, la reine se rassit.

— Consentez-vous à mettre en garde le pharaon, demanda le grand prêtre, et à lui soumettre le cas de ce jeune scribe ?

Tanit réfléchit longuement.

— J'y consens.

— Me permettez-vous de le garder sous ma protection et de ne pas l'envoyer en prison, de crainte d'un sort fatal ?

— Je vous l'accorde.

Wahibrê et Kel s'inclinèrent.

L'espoir renaissait.

51

Amasis vida une coupe de vin nouveau, un peu acide, puis éclata de rire en songeant à la manière dont il avait traité les prêtres crédules ou hypocrites qui accordaient toute confiance aux oracles.

Avant d'être roi, le général Amasis goûtait sans retenue aux plaisirs de l'existence et s'attirait les foudres des moralistes. Désireux de ruiner sa réputation et de le démettre de sa fonction, ils l'avaient accusé de vol.

Face à ses virulentes dénégations et à l'absence de preuves, une seule solution : consulter l'oracle.

Amasis s'était donc présenté face à plusieurs statues divines, dans différents sanctuaires.

Leur tête s'inclinait tantôt pour le condamner, tantôt pour l'innocenter !

Le doute bénéficiant à l'accusé, Amasis avait été acquitté. Devenu roi, il s'était amusé à convoquer les prêtres et à leur annoncer sa décision : il enrichirait les sanctuaires abritant les oracles décidés à le condamner et appauvrirait ceux résolus à l'absoudre, puisque les premiers disaient la vérité et les seconds mentaient ! Les vrais dieux connaissaient son larcin et méritaient d'être honorés, les faux subiraient son mépris.

Amasis savourait encore ce coup d'éclat. Nul oracle

ne l'importunait plus, et il dirigeait d'une poigne de fer en écartant les dévots. L'avenir, c'était un penseur comme Pythagore, capable de recueillir l'essentiel de la vieille sagesse égyptienne et de la nourrir de philosophie grecque. D'autres philosophes viendraient à Saïs et façonneraient le monde futur.

Loin du Delta, la Divine Adoratrice continuait à préserver les traditions antiques. Son domaine, Thèbes, la cité sacrée du dieu Amon, ne jouait qu'un rôle secondaire, dépourvu d'importance économique. La vieille dame célébrait des rites qui l'assimilaient à un pharaon, heureusement privé d'un pouvoir réel. Se consacrant au service des divinités, refusant le mariage et les plaisirs, elle n'avait pas d'ambition politique. Aussi Amasis laissait-il subsister cette institution désuète, tellement éloignée des réalités !

Grand réformateur des systèmes juridique et fiscal, chantre d'une économie performante, créateur d'une puissance militaire dissuasive, allié de la plupart des royaumes grecs, Amasis ouvrait à l'Égypte le chemin d'une société nouvelle. Les progrès s'accomplissaient ici, dans le Nord, à proximité de la Méditerranée. Tôt ou tard, ils secoueraient la léthargie du Sud.

— Le Conseil des ministres s'est-il bien déroulé ? demanda la reine.

— Tanit ! Quelle robe superbe… Les tisserandes de Saïs se sont surpassées.

— Conformément à vos instructions, voici le premier vêtement profane sorti des ateliers du temple.

— J'avais donc pleinement raison ! Pourquoi limiter leur talent aux seuls rituels ?

— Selon la rumeur, révéla la souveraine, les dieux seraient irrités.

Amasis s'esclaffa.

— Les prêtres les font volontiers parler pour défendre leurs intérêts ! Croyez-moi, je n'ai pas fini de m'attaquer à leurs privilèges.

— Je viens de m'entretenir avec le grand prêtre de la déesse Neit.

— Wahibrê ?

— En personne, accompagné d'un étrange visiteur, le scribe Kel.

Le monarque sursauta.

— Kel… celui du service des interprètes, l'assassin en fuite ?

— Exactement.

Amasis s'effondra sur des coussins.

— La tête me tourne… Vous moquez-vous de moi ?

— Ce scribe clame son innocence. D'après lui, les comploteurs cherchent à s'emparer de votre trône. Un usurpateur, aidé d'une Dame Zéké, femme d'affaires à Naukratis désireuse d'introduire la monnaie en Égypte, se coiffera bientôt de votre casque. Les interprètes, ayant remarqué des documents compromettants, ont été supprimés. Et ce Kel sert de coupable idéal.

— Ses preuves ?

— Sa bonne foi et un papyrus codé qu'il estime déterminant.

— Son contenu ?

— Il n'a pas réussi à le déchiffrer.

Amasis explosa de fureur.

— Et vous n'avez pas appelé la garde !

— Ce jeune homme m'a paru sincère. Et la caution du grand prêtre…

— Wahibrê a perdu l'esprit ! Vous ignorez le dernier exploit de votre « innocent » : après avoir commis deux nouveaux meurtres à Naukratis, dont l'un en présence de témoins, il a pris en otage le juge Gem !

La reine blêmit.

— Est-il indemne ?

— Heureusement, Kel et son complice l'ont relâché !

— Cette Dame Zéké…

— L'assassin l'a abusée. Et ce sont précisément des domestiques de cette Grecque, honorablement connue à Naukratis, qui ont vu Kel trancher la gorge de son collègue Démos, lui aussi en fuite. Nous sommes en présence d'un monstre de la pire espèce, et j'ai donné l'autorisation au juge de l'abattre si, lors de son arrestation, il menace des vies.

— Je… je ne comprends pas ! Il ne m'a paru ni criminel ni inhumain et…

— Votre âme est trop tendre, ma chère épouse. Et ce Kel semble posséder une grande capacité de séduction.

— Il connaissait le vol du casque, et ce complot…

— Ce criminel y est forcément mêlé ! En obtenant votre appui, il espérait une entrevue au cours de laquelle il m'aurait égorgé.

Tremblante, Tanit étreignit son époux.

— Ainsi, j'aurais été la cause de votre malheur !

— Apaisez-vous, le danger est écarté. Savez-vous où se cache Kel ?

— Je l'ignore. Le grand prêtre m'a demandé l'autorisation de le garder sous sa protection.

— Wahibrê… Naïf ou complice ?

— Il vous a toujours été fidèle !

— Aujourd'hui, il vous amène un assassin qui cherche à vous manipuler. Surprenante manière de servir son roi !

— Le grand prêtre mêlé à un complot contre vous… je ne peux y croire.

— Votre âme est trop tendre, je vous le répète.

Quand il s'agit du pouvoir, les hommes deviennent capables du pire.

— Il faut retrouver le casque, exigea Tanit, et châtier les coupables.

— Ils ont eu tort de s'attaquer à moi et à l'un des services de l'État, jugea Amasis, et ils paieront le prix fort.

52

— La reine Tanit nous a écoutés avec attention, dit Kel à Nitis. La caution morale du grand prêtre fut déterminante, et j'espère l'avoir convaincue de mon innocence. Elle s'est engagée à parler au roi.

— Donc, l'enquête recommencera sur de nouvelles bases ! Demain, vous serez innocenté et libre.

La joie de la jeune femme bouleversa le scribe.

— Je n'ose y croire, Nitis.

— La force de la vérité finira par triompher, et votre avenir s'ouvrira. Aimeriez-vous… travailler au temple ?

— Il me reste tant à apprendre !

— Un jour, peut-être aurez-vous accès aux archives de la Maison de Vie. Elles contiennent tellement de richesses qu'une existence entière ne suffit pas à les découvrir.

— M'aiderez-vous à progresser ?

L'irruption du grand prêtre interrompit les jeunes gens.

— On m'annonce la venue d'Hénat qui désire me voir immédiatement.

— Le roi réagit très vite ! constata Kel.

— Pas de la manière espérée. Il aurait dû me convoquer et non m'envoyer le chef des services secrets.

Cette démarche me paraît inquiétante, mieux vaut prendre nos précautions. Nitis, cache Kel dans la troisième crypte.

La Supérieure des tisserandes emmena le scribe jusqu'au sanctuaire majeur où régnait la pénombre. De rares lampes éclairaient la salle à colonnes, celle de la barque sacrée et le couloir mystérieux desservant les chapelles disposées autour du naos aux portes closes.

Plusieurs cryptes étaient dissimulées à l'intérieur des énormes murs et du dallage. Seuls le grand prêtre et ses assistants connaissaient leur emplacement et le moyen d'y accéder. Il n'avait dévoilé le secret de la troisième qu'à Nitis, au moment de son initiation aux mystères de la Maison de Vie.

La jeune femme s'assura qu'aucun ritualiste ne déposait d'offrandes. Posant les mains à deux endroits précis du dallage, elle fit pivoter une lourde pierre et dévoila une étroite ouverture.

— Prenez une lampe et descendez, conseilla-t-elle au scribe. Rassurez-vous, vous ne manquerez pas d'air. Dès que possible, je viendrai vous chercher.

Kel découvrit une pièce étroite, tout en longueur. Elle contenait des vases en or, utilisés lors des rituels en l'honneur de Neit. Ses parois étaient couvertes de hiéroglyphes et de scènes étranges évoquant la création du monde à partir des eaux primordiales que la déesse animait grâce à l'énergie lumineuse du Verbe. Passionné, le jeune homme oublia ses angoisses et tenta de comprendre ces textes extraordinaires, capables de vivre par eux-mêmes et de transmettre leur puissance au cœur du silence et du secret, loin des regards humains.

Le grand prêtre lui accordait une incroyable faveur dont il devait se montrer digne en ouvrant son cœur aux paroles des dieux.

Comparé aux vastes appartements des hauts dignitaires du palais royal, le logement de fonction de Wahibrê paraissait modeste et fort austère. Le mobilier imitait celui de l'Ancien Empire, aux formes sobres et dépouillées.

Hénat se contenta d'un siège droit, dépourvu de coussins.

— Étant donné votre fonction et votre réputation, déclara le chef des services secrets d'une voix posée, le roi veut éviter le scandale, en dépit de la faute très grave que vous venez de commettre.

— De quoi m'accuse-t-on ? demanda le grand prêtre.

— De soutenir les divagations d'un criminel, de le protéger et d'entraver le cours de la justice. Seule l'indulgence de Sa Majesté vous permet d'échapper à un châtiment sévère.

— Vous le regrettez, semble-t-il ?

— J'exécute les ordres.

— Vous vous trompez, Hénat. Le scribe Kel n'a commis aucun crime, et il existe bel et bien un complot destiné à renverser Amasis. En choisissant Kel comme coupable, les séditieux détournent votre attention et celle du juge Gem.

— Les preuves accumulées contre Kel sont accablantes et son comportement les confirme, si besoin était. Vous, vous ne disposez que d'impressions et de sentiments. Je connais mon métier, le juge Gem le sien. Des complots, nous en avons déjoué plus d'un, et celui-là échouera, comme les autres. Ce scribe assassin et rebelle sera arrêté, condamné et exécuté.

— Les archers ne l'abattront-ils pas avant qu'il ne puisse se défendre ?

— Tout dépendra de son attitude. Il y a déjà eu trop de morts, et Sa Majesté ne veut pas risquer la vie de nos policiers.

— Autrement dit, étouffons l'affaire !

— Vous devriez changer de ton et d'attitude, recommanda Hénat.

Wahibrê se leva.

— Sortez d'ici, exigea-t-il, glacial.

— Le complice d'un assassin n'est pas en capacité de donner des ordres. Dorénavant, vous êtes assigné à résidence et vous ne quitterez plus ce temple.

— Je me rends immédiatement au palais.

— Vous évaluez mal votre situation, grand prêtre. Je parle au nom du roi.

— Quand il me recevra…

— Il ne vous recevra pas. Si vous franchissez l'enceinte du temple de Neit, vous serez arrêté. Sa Majesté vous ordonne de vous consacrer à vos activités rituelles, et uniquement à celles-là. Faveur insigne, je le répète. Que la célébration du culte de la déesse Neit soit votre seule préoccupation. En cas d'insubordination, n'espérez pas la moindre clémence.

Wahibrê devenait prisonnier du temple.

— Où cachez-vous l'assassin ? questionna Hénat dont le regard se fit perçant.

— Kel a refusé de se dissimuler à l'intérieur de ce domaine sacré.

— Une nouvelle fouille approfondie sera conduite dès demain.

— À votre guise.

— Puisque vous le protégez, vous savez où le trouver !

— Kel ne m'a pas indiqué l'emplacement de son refuge. C'est lui qui me contactera, demain à midi, à la petite porte du nord.

Hénat eut un léger sourire.

— Vous commencez à coopérer… Tant mieux ! Nous savons que l'assassin bénéficie de l'aide d'un complice. Connaissez-vous son identité ?

— Je ne l'ai jamais rencontré.

— Ne commettez plus d'imprudence, recommanda le chef des services secrets, et contentez-vous de vos fonctions religieuses.

Les deux hommes ne se saluèrent pas.

Face à un ennemi aussi puissant et privé de l'appui du roi, Wahibrê était pieds et poings liés.

Pourquoi continuait-il à soutenir un condamné à mort ?

Parce qu'il croyait à l'innocence de Kel et ne supportait pas l'injustice. La tolérer menait au chaos et à la destruction d'une civilisation millénaire.

Même muselé, le grand prêtre n'abdiquerait pas. Mais comment Kel éviterait-il le pire ?

53

Bébon jouait le parfait colporteur, et nul ne l'inquiétait. Apprécié de ses nouveaux collègues, le comédien ne pouvait rester inactif. Aussi, au terme d'une journée de troc largement bénéficiaire, se rendit-il aux abords de la caserne où travaillait son ami Nédi, le seul policier honnête de Saïs.

Au coucher du soleil, Nédi sortit de son bureau et marcha d'un pas tranquille en direction de son domicile.

Bébon et Vent du Nord se portèrent à sa hauteur.

— Laisse-moi tranquille, dit sèchement le policier. Je ne veux rien acheter.

— Ne me reconnais-tu pas ?

Nédi dévisagea le marchand.

— Pas possible… Bébon ! As-tu changé de métier ?

— Plus ou moins. L'affaire Kel ne cesse de prendre de l'ampleur, et j'ai besoin de ton aide.

— Ne touche pas à ça ! Domaine réservé du juge Gem. Ordre a été donné d'abattre l'assassin à vue.

— Curieuse justice, non ?

— Je préfère ne pas y penser.

— Ne deviens pas comme les autres, Nédi ! Cette affaire est pourrie. Et moi, je sais que Kel n'a tué personne.

— Peux-tu produire des preuves ?

— Pas encore.

— Alors, oublie et pars en tournée !

— Abandonner un ami injustement accusé, pas question !

— Ne te berces-tu pas d'illusions ?

— À la cour, on complote contre le roi. Et Kel sert de trompe-l'œil.

— Si tu as raison, le scribe n'a aucune chance de s'en sortir. Qu'il se rende à la justice et présente ses arguments.

— Le juge Gem a refusé de l'écouter. Il ne songe qu'à le faire abattre par ses archers. Va voir tes chefs, Nédi, et préviens-les que le pouvoir s'apprête à exécuter un innocent.

— Ils ne m'écouteront pas davantage, et ma carrière sera brisée. On me reproche déjà de trop défendre certains suspects, alors celui-là…

Bébon n'insista pas.

— Au moins, procure-moi des informations. Je souhaite connaître le dispositif policier et le plan mis en œuvre pour arrêter Kel.

— Possible…

— Tâche d'avoir accès au dossier. Peut-être contient-il d'autres pistes, jusqu'à présent inexploitées.

— Difficile, très difficile…

— On bafoue la justice et la vérité, Nédi. Aide-moi à les défendre.

À midi, un jeune homme se présenta à la porte nord du temple de Neit.

Aussitôt, une dizaine de policiers se ruèrent sur lui et

le plaquèrent au sol. Comme il se débattait, l'un d'eux l'assomma d'un coup de bâton.

Hénat ordonna aux archers de baisser les armes.

Grâce à la collaboration du grand prêtre, l'interception s'était déroulée au mieux. Après un interrogatoire musclé, le chef des services secrets remettrait l'assassin au juge Gem, qui lui lirait l'acte d'accusation avant de l'incarcérer.

— Beau travail, dit Hénat à ses hommes. Une prime vous sera versée.

Les policiers s'écartèrent.

Le visage de l'assommé ne ressemblait nullement à celui du portrait distribué aux forces de l'ordre.

— Réveillez-le, ordonna Hénat, nerveux.

Une jarre d'eau fraîche ranima le jeune homme.

— Ma tête… gémit-il.

— Qui es-tu ?

— L'un des scribes attachés au service de Menk, l'organisateur des fêtes de Saïs.

— Pourquoi te trouvais-tu ici ?

— Je viens vérifier une liste d'objets rituels… Que signifie cette agression ?

— Une regrettable erreur.

Le scribe se frotta l'occiput, orné d'une belle bosse.

— Une erreur… Vous plaisantez ! Moi, je porte plainte.

— Je dispose des pleins pouvoirs dans le cadre d'une affaire criminelle, précisa Hénat. Contente-toi de mes excuses et décampe !

Redoutant une nouvelle bastonnade, le jeune homme préféra obéir.

Hénat, lui, franchit le seuil de la petite porte du nord.

À l'orée d'une colonnade, le grand prêtre Wahibrê.

— Arrestation réussie ? demanda-t-il.

Le chef des services secrets serra les poings.

— Vous avez tort d'ironiser.

— Je ne comprends pas.

— Vous comprenez très bien, au contraire ! Ce n'est pas Kel qui s'est présenté, mais un assistant de Menk !

— Vos hommes ne furent pas assez discrets, estima le grand prêtre. Un assassin en fuite ne demeure-t-il pas en permanence sur ses gardes ? Il aura repéré les policiers et pris la fuite.

— Vous aimeriez me faire croire à cette fable ! En réalité, Kel se cache à l'intérieur de l'enceinte du temple. Cette fois, j'exige une fouille totale, y compris celle de la Maison de Vie !

— Impossible, objecta Wahibrê.

— Je dispose d'un mandat royal. En vous y opposant, vous risquez la prison.

— En ce cas, vous seul pénétrerez en ma compagnie dans les endroits secrets du temple.

— J'accepte.

— Ne craignez-vous pas la brutalité de cet assassin ?

— Ainsi, vous avouez !

— Nullement, Hénat. Peut-être a-t-il réussi à se dissimuler à mon insu.

— Je suis armé, et mes hommes feront le guet à l'entrée de chaque bâtiment. Au premier appel, ils me viendront en aide. Et puis nous serons deux… car vous m'assisterez, je suppose ?

— Lutter contre un criminel ne m'effraie pas, en dépit de mon âge.

La fouille méthodique du domaine de Neit débuta. Une centaine de policiers en explora les moindres recoins.

Hénat découvrit le sanctuaire secret de la Maison de

Vie où se préparait la résurrection d'Osiris et la vaste bibliothèque où travaillaient les initiés aux mystères.

Il eut un mouvement de recul en abordant le sanctuaire, seulement accessible au pharaon et à son représentant, le grand prêtre.

— Wahibrê, me jurez-vous que Kel ne se cache pas ici ?

— Je vous le jure. Néanmoins, parcourez le couloir mystérieux et regardez à l'intérieur de chacune des chapelles.

Mal à l'aise, redoutant la colère des dieux, Hénat releva le défi.

Nulle trace de Kel.

54

Accompagné d'une dizaine d'amiraux, le chancelier Oudja rencontra le général en chef des armées égyptiennes, Phanès d'Halicarnasse, au nord de Saïs. Le Grec procédait à de grandes manœuvres de la cavalerie et de l'infanterie.

Cette réunion de l'état-major était destinée à mettre au point une stratégie efficace en cas d'invasion.

Un gradé s'en étonna.

— Général, pourquoi ce déploiement de forces ? L'ambassadeur Crésus n'a-t-il pas officiellement promis la paix avec les Perses ?

— Les ambassadeurs nc m'inspirent pas confiance. Et moi, je suis payé pour défendre l'Égypte. Alors, on s'entraînera jusqu'à ce que chaque mercenaire soit capable d'exécuter les ordres à la perfection. Je veux des hommes rapides, puissants et efficaces.

— Deux nouveaux navires de guerre viennent de sortir de notre chantier naval, révéla Oudja, et trois autres seront bientôt terminés.

— Excellent, jugea Phanès d'Halicarnasse. J'ai bien observé Crésus pendant sa visite : il était stupéfait et impressionné. Sans doute croyait-il que notre système de défense présentait encore des points faibles. À présent, le voilà persuadé du contraire ! Néanmoins, je préconise de ne pas relâcher notre effort.

— Telle n'est pas l'intention de Sa Majesté, déclara Oudja. Il exige l'augmentation des effectifs et l'amélioration de l'armement.

— De nouvelles recrues seront les bienvenues ! Et croyez-moi, chancelier, leur formation sera correctement assurée. Chez les mercenaires grecs, ni mollasson ni tire-au-flanc. Reste un problème délicat…

— Lequel ?

— La stagnation des salaires. Un petit geste me paraît nécessaire.

Le chancelier se détendit.

— Le roi m'a autorisé à augmenter les impôts des civils, désormais tous fichés et sévèrement contrôlés. Les mercenaires seront donc beaucoup mieux traités, et les officiers recevront des terrains libres de taxes.

— Le moral de l'armée se maintiendra au beau fixe ! promit Phanès d'Halicarnasse. À présent, examinons notre dispositif de défense.

Deux scribes déployèrent sur le sol une grande carte du Delta et du couloir syro-palestinien.

— Deux voies d'attaque possibles : la mer et la terre. La côte méditerranéenne est dangereuse et présente de nombreux pièges pour une flotte qui ne la connaît pas. Si certains bateaux perses parviennent à les déjouer, la supériorité de vos bâtiments ne leur laissera pas la moindre chance d'accoster. Et si, par extraordinaire, quelques-uns atteignaient l'un de nos ports, ils seraient enfermés dans une nasse et rapidement détruits.

Oudja et les amiraux acquiescèrent.

— Vu son expérience, avança l'un d'eux, Crésus n'a pas manqué de s'en apercevoir. Toute tentative d'invasion maritime serait suicidaire.

— Ne baissons surtout pas la garde, exigea le chancelier, et confortons nos positions.

— La voie terrestre m'inquiète davantage, révéla Phanès d'Halicarnasse, et je travaille chaque jour à colmater les brèches restantes. Nos fantassins et nos lignes de fortification seront disposés de telle manière qu'un seul couloir restera ouvert à l'ennemi. À sa sortie, notre cavalerie l'attendra et lui portera des coups sévères tandis que nous lui couperons les possibilités de retraite.

Plusieurs officiers insistèrent sur tel ou tel détail afin d'améliorer encore ce plan qui garantissait la sauvegarde de l'Égypte. Le général en chef écouta attentivement les suggestions et se promit d'en vérifier le bien-fondé.

À l'évidence, même une armée deux fois supérieure en nombre ne parviendrait pas à envahir le Delta.

Après s'être purifiée dans le lac sacré, Nitis se rendit au temple couvert où elle présenta des offrandes de lait, de vin et d'eau aux statues de la déesse Neit, coiffée de la couronne rouge et tenant les sceptres Vie et Puissance. Puis elle vénéra l'ensemble des divinités présentes au cœur des chapelles et franchit la porte du ciel donnant accès à la partie la plus secrète du temple.

Initiée aux mystères d'Isis et d'Osiris par les ritualistes de la Maison de Vie, la jeune Supérieure des chanteuses et des tisserandes pouvait représenter le grand prêtre en animant les textes rituels, à jamais vivants au-delà du temps.

Elle ouvrit la porte cachée de la troisième crypte.

— C'est moi, Kel. Vous pouvez sortir.

Très lentement, le scribe quitta l'univers où il venait

de vivre une profonde mutation. Nourri de chaque hiéroglyphe, le cœur empli des paroles de création de la déesse Neit, l'esprit ouvert à l'univers des énergies en perpétuelle recréation, il avait traversé en quelques heures des territoires de l'âme accessibles à bien peu d'êtres.

— Nitis… suis-je encore vivant ?

— Davantage qu'auparavant.

— Ce n'était pas une cachette, mais une épreuve ! À présent, avez-vous confiance en moi ?

— Je n'ai jamais douté de votre innocence.

— Un scribe interprète, si bon technicien soit-il, serait-il capable de ressentir la puissance des paroles divines et de ressortir indemne de la caverne des métamorphoses ? Voici la question que vous vous êtes posée, vous et le grand prêtre !

Nitis sourit.

— C'était aussi une cachette, Kel. Les policiers d'Hénat ont fouillé le domaine de Neit sans vous trouver. En revanche, vous vous êtes découvert.

Leurs regards se croisèrent avec une nouvelle intensité.

— Je me sais condamné, Nitis. Néanmoins, je lutterai jusqu'au bout. Et vous m'avez ouvert les yeux en brisant le carcan d'ignorance qui m'aveuglait. Tout en demeurant indigne de vous, je perçois mieux l'importance de votre fonction.

Elle lui tendit les mains, il osa la toucher.

— Votre ami Bébon désire vous parler.

55

Kel sortit du temple en compagnie des jardiniers chargés d'entretenir les arbres de Neit. Se détachant du groupe, il se mêla aux badauds en attendant un signe de Bébon.

Le museau d'un grison souleva sa main.

— Vent du Nord !

Les oreilles dressées, l'âne se dirigea vers une placette d'où partaient plusieurs ruelles.

Kel le suivit jusqu'à une étable. Vent du Nord y but de l'eau fraîche et dégusta un savoureux mélange de foin, de légumes et de luzerne.

— Tu m'as l'air indemne, observa Bébon. Neit te protège, dirait-on !

— Le grand prêtre est assigné à résidence, le roi refuse de le recevoir. Hénat a fait fouiller le domaine de la déesse, et seule l'aide de Nitis m'a permis de lui échapper.

— J'ai noté la présence d'un bon nombre de guetteurs aux abords du temple. Par bonheur, ils se fient à ton portrait ! Et j'ai trouvé un allié précieux, mon vieux camarade Nédi, auquel j'ai rendu naguère beaucoup de services.

— Comment pourrait-il nous aider ?

— En nous informant sur le réel contenu de ton dossier. Il est forcément rempli de pièces truquées, de fausses dépositions et de témoignages arrangés. J'aimerais en connaître les signataires. Et puis ce brave Nédi nous décrira en détail le dispositif policier destiné à nous intercepter. Enfin, nous aurons un coup d'avance !

— Quand le rencontrerons-nous ?

— Cette nuit, devant l'atelier du principal marchand de jarres de Saïs.

La lumière argentée de la pleine lune baignait la cité en perpétuelle expansion. Des chats en maraude recherchaient des proies, de jeunes couples se parlaient d'amour, des artisans et des scribes travaillaient à la lueur des lampes.

Vent du Nord marchait en tête, d'un bon pas.

— Sais-tu qu'il m'a repéré et conduit jusqu'à toi ? rappela Kel.

— L'intelligence de cet âne dépasse l'entendement ! Nous ne sommes plus deux mais trois. Et nous aurons intérêt à l'écouter.

L'endroit paraissait tranquille.

Deux énormes jarres encadraient l'entrée de l'atelier, au cœur du quartier des potiers.

Vent du Nord s'immobilisa.

— Attention, recommanda Bébon, soudain en alerte.

Le comédien se retourna.

Pas de suiveur.

L'âne s'élança vers l'une des jarres et, d'une puissante ruade, la renversa. Poussant un cri de douleur, blessé par des éclats, un policier tenta de s'en extirper.

La deuxième jarre subit le même sort, et un deuxième cerbère fut assommé.

— Suis Vent du Nord ! ordonna Bébon au moment où trois hommes armés de gourdins jaillissaient de l'atelier.

D'un coup de pied au visage, le comédien estourbit un agresseur. Sa vivacité lui permit d'éviter l'arme qui s'abattait sur lui et de frapper violemment à la nuque son adversaire.

Alors qu'il se retournait, Bébon vit trop tard le gourdin.

Le sang jaillit de son nez.

Fou de rage, il se déchaîna et, d'une manchette à la gorge, coupa le souffle du policier.

Plus personne ne lui barrant la route, le comédien s'enfuit.

Nitis examina la blessure de Bébon.

— Fracture de la colonne du nez, diagnostiqua-t-elle. Un mal que je peux guérir.

Après avoir nettoyé la plaie avec deux tampons de lin, elle en plaça deux autres, enduits de graisse, de miel et de substances végétales.

— Lorsque le gonflement des chairs sera résorbé, indiqua-t-elle, je placerai deux attelles recouvertes de lin pour resserrer le nez. Tous les jours, jusqu'à complète guérison, je changerai le pansement. Il ne subsistera aucune séquelle et, grâce aux vertus anesthésiques des plantes utilisées, tu ne souffriras pas. Régime alimentaire normal et repos obligatoire.

— Ne prenez-vous pas trop de risques en nous cachant dans votre demeure de fonction ? s'inquiéta Kel.

— Le domaine de Neit a été complètement fouillé, rappela la prêtresse, et les guetteurs d'Hénat surveillent surtout le grand prêtre. S'il tentait de franchir l'enceinte, il serait arrêté.

— Soyez très prudente, recommanda le jeune scribe.

— Rassurez-vous, ma vigilance ne se relâchera pas.

— Ton soi-disant ami nous a vendus à la police, dit Kel à Bébon.

— Je suis persuadé du contraire.

— Comment expliques-tu ce guet-apens ?

— Je connais bien Nédi, il ne nous a pas trahis. En recherchant les renseignements qu'il devait nous transmettre, il s'est fait repérer. Si besoin était, ça prouve la gravité de la situation ! La hiérarchie arrête l'un de ses propres policiers et le réduit au silence.

— Hénat n'oserait pas…

— Nous ne reverrons jamais Nédi, affirma le comédien d'une voix sombre. Peut-être a-t-il eu le temps de nous laisser un message.

— De quelle manière ?

— En dissimulant un document chez lui. Je m'y rendrai dès que possible.

— Ne quittez pas cette maison sans mon accord, exigea Nitis.

Bébon s'allongea sur une natte. Comme ses amis, il prenait conscience de l'étendue du complot. Optimiste invétéré, il se demandait si Kel et lui parviendraient à sortir de ce guêpier.

— J'ai envoyé Nédi au massacre, déplora-t-il.

— Il a accepté de t'aider, précisa Kel.

— Il n'imaginait pas l'ampleur du danger. Et je m'estime responsable de sa mort.

— Ne noircis-tu pas la situation ?

— Puisqu'on nous a tendu un piège, Nédi a révélé le lieu du rendez-vous. Et il n'aura parlé que sous la torture.

56

Affronter la colère froide du chef des services secrets n'était pas une partie de plaisir. Le responsable de l'opération manquée avait une mine piteuse.

— Mes hommes ont été sévèrement rudoyés, avoua-t-il.

— Cinq policiers expérimentés contre un homme seul ! s'exclama Hénat. De qui te moques-tu ?

— Kel n'était pas seul. D'après les rapports, plutôt confus, plusieurs complices le protégeaient.

— Combien ?

— Deux, trois ou quatre. Des gaillards particulièrement vindicatifs et rompus à l'art de la lutte.

— Et chez eux, pas une égratignure ?

— Peut-être un blessé léger.

— Et tout ce beau monde a réussi à prendre la fuite, alors que notre embuscade avait été soigneusement préparée !

— Nous ne nous attendions pas à une telle résistance. Et puis, selon vos directives, nous devions laisser l'assassin pénétrer à l'intérieur de l'atelier et l'appréhender sans difficultés majeures. Lui et sa bande nous ont attaqués avec une violence inouïe, comme s'ils connaissaient notre présence !

Hénat grimaça.

Comment le policier Nédi aurait-il pu prévenir Kel ? Arrêté en raison de ses investigations anormales, il avait subi un interrogatoire approfondi. Redoutant la souffrance, il s'était résolu à dévoiler le lieu d'un mystérieux rendez-vous concernant l'affaire Kel, avant de succomber à une crise cardiaque.

Ce petit scribe se révélait coriace.

Il disposait d'un véritable réseau qui lui permettait de se cacher et d'échapper aux forces de l'ordre. Patient et méthodique, le chef des services secrets tolérait mal sa défaite momentanée. À lui de tirer la leçon de ses échecs et de laisser croire au fugitif qu'il pouvait lui échapper. Mis en confiance, Kel commettrait l'erreur fatale.

— Tu n'aurais pas dû venir, dit le grand prêtre Wahibrê à Péfy, le ministre des Finances.

— Je voulais entendre la vérité de ta bouche ! Es-tu réellement assigné à résidence ?

— Le roi m'interdit de sortir de l'enceinte du temple, sous peine d'être jeté en prison.

— Quelle faute as-tu commise ?

— J'ai présenté le scribe Kel à la reine afin qu'elle plaide sa cause auprès d'Amasis.

— Serais-tu devenu fou, toi, le grand prêtre de la déesse Neit ?

— Ce jeune homme est innocent.

— Possèdes-tu des preuves irréfutables ?

— Sa sincérité me convainc.

— C'est un cauchemar ! Un dignitaire de ton âge et de ton expérience, se montrer aussi crédule !

— Et si mon âge et mon expérience m'aidaient à percevoir la vérité ?

L'argument troubla un instant le ministre.

— Gem est un juge pondéré et scrupuleux. Or il affirme détenir un dossier accablant.

— La première démarche du véritable assassin ne consistait-elle pas à abuser le magistrat instructeur ?

Péfy grommela.

— À part ton intuition, quoi de tangible ?

— À Naukratis, Kel a fait de troublantes découvertes dont personne ne veut tenir compte. Contrairement à tes certitudes rassurantes, les commerçants et financiers grecs n'ont pas l'intention de limiter leurs activités à cette seule ville.

Le ministre fronça les sourcils.

— Sois plus précis.

— Ils veulent implanter l'esclavage en Égypte et lui imposer leur système monétaire, assorti de la circulation de pièces de métal à l'échelle du pays entier.

— Tout à fait exclu !

— Le trafic de pièces a déjà débuté, le palais royal ne semble pas s'en inquiéter. S'inclinerait-on devant une évolution jugée inéluctable ? Et toi, le principal responsable des finances publiques, ne parais pas informé.

Péfy garda un long silence.

— Je ne vois guère de rapport avec l'assassinat des interprètes.

— Quelqu'un ne serait-il pas en train de vendre notre pays ?

— Tu perds l'esprit, Wahibrê ! Ne commets pas la moindre imprudence et tiens-toi définitivement à l'écart de cette affaire. Moi, je pars pour Abydos, afin de vérifier si les travaux d'entretien du temple sont correctement effectués.

— Autrement dit, tu n'interviendras pas auprès du roi.

— Ce serait inutile. Il n'écoute que lui-même et Pythagore, un philosophe grec qui le fascine. Je t'en prie, mon ami : oublie ces horribles meurtres, laisse passer l'orage et le pouvoir te pardonnera ton faux pas.

Malgré de nouvelles tentatives, ni Kel ni Nitis ne parvenaient à décrypter le papyrus codé. Et ils ne savaient où trouver les ancêtres capables de leur procurer une aide décisive.

Satisfait de la qualité du vin et d'une nourriture pourtant frugale, Bébon répétait le texte des mystères d'Horus au cours duquel le dieu à tête de faucon, inspiré par sa mère Isis, harponnait l'hippopotame de Seth et réduisait le mal à l'impuissance.

— Puisse cette magie divine nous protéger ! implora le comédien.

L'arrivée de Nitis lui donna de l'espoir. La seule présence de la prêtresse dissipait l'angoisse.

— D'après le grand prêtre, affirma-t-elle, un seul homme pourrait parler longuement au roi et plaider en faveur de Kel.

— Comment se nomme ce sauveur ? demanda Bébon.

— Pythagore, un penseur grec venu chercher la sagesse en Égypte. Il a fréquenté de nombreux temples, et nous l'avons accueilli ici même en lui confiant des tâches rituelles dont il s'est acquitté avec rigueur. Il se trouve actuellement à Naukratis, chez la Dame Zéké.

— Les serviteurs de Zéké ont fourni au juge Gem des faux témoignages m'accusant d'avoir égorgé Démos ! rappela Kel. Néanmoins, je dois voir Pythagore et le convaincre de mon innocence. Je pars immédiatement pour Naukratis.

— Je t'accompagne, décida Bébon.

— Hors de question, décréta Nitis. Tu n'es pas encore rétabli, et la police recherche forcément un homme au nez cassé.

— La Supérieure a raison, trancha Kel. Rassure-toi, je connais bien Naukratis et saurai passer entre les mailles du filet.

— Voici un document qui vous mandate pour consulter Pythagore de la part du grand prêtre de Neit et le prier de lui répondre quant à sa vision des planètes. Ainsi, vous vous présenterez comme un Grec de Samos.

— Pythagore, Zéké, marmonna Bébon, inquiet : et s'ils étaient de mèche, et s'il s'agissait d'un nouveau traquenard ! Kel sort de son refuge et tombe dans la gueule grande ouverte du crocodile ! Pourquoi le grand prêtre propose-t-il cette stratégie ?

— Parce qu'il a reçu une confidence de son ami Péfy, le ministre des Finances.

— Un dignitaire de premier plan, peut-être mêlé au complot !

— Risque à courir, jugea Kel. Je ne resterai pas inactif.

« Et moi, pas davantage », pensa Bébon.

57

Le court voyage s'était effectué sans encombre. Les policiers présents à l'embarcadère de Saïs avaient interpellé un jeune homme ressemblant à Kel et, pendant son interrogatoire, le scribe était monté à bord du bateau partant pour Naukratis.

À l'arrivée, nouveau contrôle.

Un soldat consultait le portrait de Kel, qui conversait en grec avec un vendeur de tuniques colorées, fort prisées par les mercenaires, auquel il acheta un vêtement ample.

Les forces de l'ordre ne les importunèrent pas, et les deux hommes déjeunèrent dans une auberge bruyante où l'on faisait des affaires en marchandant ferme.

Puis Kel se rendit au temple d'Apollon, situé entre celui des Dioscures [1] et celui d'Héra, au nord de la ville.

Sous l'esplanade précédant l'édifice, des prêtres discutaient.

— Pardonnez-moi de vous interrompre, s'excusa Kel. Je recherche un philosophe nommé Pythagore afin de lui remettre une lettre.

1. Castor et Pollux.

— Nous l'avons vu hier, indiqua un ritualiste. Il ne compte pas revenir ici.

— Où pourrais-je le trouver ?

— Il habite chez la Dame Zéké, la femme la plus riche de Naukratis et notre principale bienfaitrice.

Le ritualiste fournit à Kel les renseignements nécessaires pour atteindre la demeure de Zéké. Le scribe avait espéré contacter Pythagore loin de cette demeure, mais il lui fallait se rendre à l'évidence : il devrait franchir la porte de la somptueuse résidence, au risque d'être reconnu et arrêté.

Quantité de mercenaires parcouraient les rues et se retournaient au passage des femmes libres, les cheveux découverts. Ceux qui étaient arrivés de Grèce depuis peu s'étonnaient de tant d'impudeur et d'indépendance. Choqués, ils auraient préféré voir ces femelles cloîtrées et toujours prêtes à satisfaire leurs désirs. Grâce à une présence grecque accrue, à Naukratis et dans les autres cités du Delta, ils espéraient ramener les mœurs à la normale.

Kel se présenta au portier de la Dame Zéké, un homme râblé au front bas et au regard dur.

S'il le reconnaissait, le scribe s'enfuirait à toutes jambes.

— Je viens de Saïs, déclara-t-il. Le grand prêtre du temple de Neit m'a ordonné de remettre en main propre une lettre à Pythagore.

— Attends ici.

Première étape franchie.

La seconde serait peut-être facile : Kel demanderait à Pythagore de faire quelques pas afin de lui parler de manière confidentielle.

La troisième, en revanche, s'annonçait ardue :

convaincre le philosophe de son innocence et le prier d'intervenir auprès du pharaon Amasis.

Le portier revint.

— Entre. Un majordome va te conduire à la salle de réception. Pythagore t'y rejoindra.

Impossible de reculer.

— Suis-moi, ordonna le majordome, aussi désagréable que le portier.

Lui non plus ne reconnut pas Kel.

— Assieds-toi et patiente.

Mal à l'aise, Kel fit les cent pas.

La luxuriance du décor peint, évoquant les paysages de la Grèce, ne le distrayait pas. D'interminables minutes s'écoulèrent.

Enfin, la porte de la salle de réception s'ouvrit.

Et la Dame Zéké apparut.

Jamais elle n'avait été aussi belle. Diadème d'or ornant ses cheveux noirs et brillants, collier de perles à trois rangs, bracelets d'argent, robe rouge décolletée. Et un parfum envoûtant, à base de jasmin.

— Je savais que tu reviendrais, murmura-t-elle.

— J'apporte un message destiné à Pythagore et…

— Il a quitté Naukratis ce matin.

— Où est-il allé ?

— Au temple de Ptah, à Memphis. Ordre du roi.

— Laissez-moi partir. Je dois lui parler.

— Oublie-le, Kel. À présent, tu m'appartiens.

— Vous avez assassiné Démos et tenté de me faire disparaître !

— Puisque le destin t'a épargné et ramené chez moi, tu vas m'épouser.

— Jamais !

— Alors, tu préfères mourir ?

— Je ne vous aime pas, Zéké, et je suis incapable de jouer les hypocrites.

La tristesse emplit le regard de la femme d'affaires.

— La beauté et le charme de ma rivale dépassent l'entendement, n'est-ce pas ? Et les pires menaces ne briseraient pas ta fidélité.

— En effet.

— Pour la première fois de mon existence, Kel, tu m'obliges à renoncer à mon désir. En m'humiliant, tu aurais dû provoquer ma fureur. Pourtant, je ressens de l'admiration. Tu possèdes une pureté et une droiture que je croyais illusoires. J'accepte de t'épargner et de te rendre ta liberté, mais écoute-moi bien, car nous ne nous reverrons plus. Je ne suis mêlée en aucune façon à l'affaire d'État dont tu parais être le centre. Si j'espère modifier l'économie de ce pays en y introduisant l'esclavage et la circulation de la monnaie, c'est uniquement à mon propre profit ! La richesse me fascine et, jusqu'à mon dernier souffle, je ne cesserai d'accroître ma fortune.

— N'avez-vous pas un ou plusieurs complices au palais ?

— Je n'en ai nul besoin. Mon royaume se situe ici, à Naukratis. J'ai acheté les hauts fonctionnaires, les militaires et même les prêtres. Chacun mange dans ma main afin de goûter une part du gâteau qui ne cesse de grandir. Et mes innovations gagneront naturellement les mentalités, au-delà des frontières de cette cité. Nous, les Grecs, appelons cela le progrès. Vous, les Égyptiens, tournés vers les dieux et le passé, en êtes incapables.

— Et le casque d'Amasis ?

— Tu m'as donné une bonne leçon. À cause de cette histoire, j'ai rêvé du pouvoir politique. Quelle erreur ! Seule compte la puissance de l'économie. Elle balaiera tous les régimes et fera plier la nuque des empereurs, des rois et des princes. Je les abandonne à leurs jeux dérisoires et je m'occupe de commerce et d'affaires.

— Vous ignorez donc le nom du voleur de casque, le futur usurpateur ?

— J'ignore tout de ce complot et des crimes dont on t'accuse, et je ne veux rien savoir. Quitte Naukratis, Kel, et ne tente plus d'empiéter sur mon existence. Sinon, je me sentirais agressée et je ne t'épargnerais pas.

58

Grâce à un bateau rapide, Kel parcourut en moins de quatre jours la distance séparant Naukratis de la plus grande ville d'Égypte, l'antique Memphis. Bien qu'elle ne fût pas officiellement capitale, elle demeurait le centre économique du pays, à la jonction du Delta et de la vallée du Nil.

Le scribe paya le prix du voyage en rédigeant pour le capitaine et son second des lettres destinées à l'administration. Afin d'obtenir satisfaction, il fallait utiliser les bonnes formules et prouver aux fonctionnaires que l'on n'ignorait pas les lois. Frileux, ils ne prenaient pas le risque d'être sanctionnés et donnaient satisfaction aux plaignants en se réfugiant derrière les textes en vigueur.

Le bateau accosta le port de Bon-Voyage, jouxtant les docks d'une longueur impressionnante. Memphis la cosmopolite recevait quotidiennement un grand nombre de marchandises, en provenance du Sud comme du Nord.

Anonyme au sein d'une foule bigarrée, Kel demanda son chemin à un vieillard, amusé du spectacle constamment renouvelé. Aussi trouva-t-il aisément le grandiose temple de Ptah, le dieu du Verbe et de la Création artisanale, proche de la citadelle aux murs blancs bâtie par Djéser dont le génial architecte, Imhotep, avait érigé la pyramide à degrés à Saqqara.

Une allée de sphinx menait au colossal pylône d'entrée, orné de mâts à oriflammes proclamant la présence divine.

Kel suivit un prêtre pur qui se présenta à une porte latérale où des surveillants notèrent son nom sur le registre de présence.

— Voici mon accréditation, dit le scribe en présentant la missive signée du grand prêtre de Saïs. Je désire voir un philosophe grec, Pythagore, récemment arrivé.

Un préposé à la sécurité examina le document.

— Tu peux entrer. Je vais me renseigner.

La vaste cour accueillait des processions et des notables, lors des fêtes. En compagnie d'autres visiteurs, il patienta à l'abri d'une colonnade.

Les bruits du monde extérieur ne franchissaient pas l'épais mur d'enceinte. Portant un plateau chargé de fruits frais, un ritualiste traversa la cour en direction du temple couvert.

Le surveillant revint, en compagnie d'un homme de taille moyenne, au visage altier.

— Je suis Pythagore. Qui me demande ?

— Wahibrê m'a chargé d'un document confidentiel à votre intention. Je dois également vous le commenter, à l'abri des oreilles indiscrètes.

Pythagore contint son étonnement.

— Rendons-nous au logement que m'a attribué le clergé de Ptah. Nous y parlerons en toute tranquillité.

Pythagore disposait d'une chambre austère, d'un petit cabinet de travail et d'une salle d'eau.

— Ici, révéla-t-il à son hôte, j'ai appris à vénérer les ancêtres et à respecter Maât. La tradition initiatique n'appartient pas au passé. Au contraire, elle seule est porteuse d'un avenir harmonieux. À Saïs, j'ai beaucoup apprécié l'enseignement du grand prêtre Wahibrê et la pratique des rites auxquels m'a donné accès Nitis, la Supérieure des tisserandes.

— Neit tissa le Verbe, rappela Kel, et ses sept paroles créèrent le monde.

Pythagore considéra le messager d'un autre œil.

— Vous êtes donc initié à ses mystères !

— Nitis et le grand prêtre m'accordent leur confiance. Voici le document qu'ils m'ont chargé de vous montrer.

Kel déroula le papyrus codé.

L'examinant avec attention, Pythagore sembla consterné.

— Ma pratique des hiéroglyphes ne me permet pas de lire ce texte, déplora-t-il. Je reconnais les signes, mais on jurerait qu'ils ne forment pas des mots !

— Exact, et nous ne parvenons pas à briser le code. J'espérais profiter de vos lueurs. La clé ne serait-elle pas un dialecte grec ?

— Essayons…

— Ce papyrus provient du Bureau des Interprètes dont j'étais l'un des scribes, révéla Kel. On m'accuse à tort de les avoir assassinés, alors qu'il s'agit d'un complot contre Amasis. J'ignore le nom du coupable, probablement l'un des principaux personnages de l'État qui, après avoir volé le casque du pharaon, s'en coiffera afin de se proclamer roi d'Égypte. Malheureusement, le monarque refuse de m'écouter parce que le juge chargé de l'enquête possède un dossier rempli de preuves accablantes, toutes fabriquées.

Pythagore parut sceptique.

— Pourquoi devrais-je vous croire ?

— Je vous ai dit la vérité et j'ajoute avoir découvert

que les Grecs de Naukratis veulent bouleverser l'économie du pays en y introduisant l'esclavage et la monnaie. J'ignore si ces faits sont liés à l'assassinat de mes collègues, mais je redoute un désastre. Pour m'avoir aidé en me présentant à la reine, le grand prêtre Wahibrê se trouve aujourd'hui assigné à résidence. Et ce document indéchiffrable est la seule preuve de mon innocence, car il contient certainement le plan des conjurés.

— Ainsi, l'Égypte serait en péril, murmura Pythagore en fixant son interlocuteur.

— Quelqu'un n'hésite pas à supprimer les gêneurs, rappela Kel. Tant de violence implique une volonté farouche et une cruauté sans faille.

— Qu'attendez-vous de moi ?

— Le pharaon vous apprécie et vous écoute. Vous seul êtes en mesure de lui faire prendre conscience du danger. Peu importe ma propre destinée. Il faut recommencer l'enquête sur de nouvelles bases et identifier le monstre tapi dans les ténèbres.

— Nous avons longuement conversé, admit Pythagore. Amasis souhaite préserver une paix durable et prend les dispositions nécessaires afin d'éviter tout conflit. De mon côté, j'ai décidé d'adapter l'enseignement égyptien à la mentalité grecque et de fonder une école de pensée qui nous éloignera d'un rationalisme destructeur et nous rapprochera du mystère de la vie. Au terme de ce bref séjour à Memphis, je saluerai le pharaon à Saïs, puis je regagnerai la Grèce.

— Acceptez-vous de lui rapporter mes propos et de tenter de le convaincre qu'il manque de lucidité ?

— Je ne vous promets pas de réussir.

— Soyez assuré de ma profonde gratitude. Votre intervention sauvera peut-être l'Égypte d'un sort funeste.

— En attendant le résultat de ma démarche, préservez-vous. Il n'est pire crime que l'assassinat d'un innocent. Et si nous passions cette soirée à décrypter le papyrus ?

Les deux hommes rivalisèrent de virtuosité en appliquant de multiples grilles de lecture à partir des dialectes grecs.

Malgré l'échec, Kel garda espoir. Amasis serait sensible à la parole de Pythagore.

59

S'estimant guéri, Bébon retira ses derniers pansements et supplia Nitis de le laisser sortir. Ne tenant plus en place, il voulait s'assurer que son ami, le policier Nédi, n'était pas mort en vain.

Réticente, la prêtresse lui fit promettre qu'il ne prendrait aucun risque. Honnête, à son propre étonnement, le comédien promit qu'il se montrerait prudent.

La nuit tombée, Nitis guida Bébon jusqu'à la petite porte du nord, close depuis le coucher du soleil. Elle possédait la clé et la lui confia. Au retour, il emprunterait le même chemin, en veillant à ne pas attirer l'attention d'un garde.

Comme l'air de la nuit lui parut délicieux ! Décidément, vivre dans une cage dorée ne lui convenait pas. Précarité et danger : excitants et formateurs ! Il laissait aux petits-bourgeois leur confort douillet et l'ennui de leur existence uniforme.

Lui, mêlé à une affaire d'État ? Tant mieux ! Les comploteurs n'avaient qu'à bien se tenir. En s'attaquant à Kel, incapable de commettre un acte vil, ils piétinaient des valeurs vitales. Et Bébon, pourtant peu porté sur la morale, ne le supportait pas. La justice n'était-elle pas la base de toute civilisation digne de ce nom ?

Il gagna la banlieue sud de Saïs, proche d'une campagne verdoyante qu'irriguaient d'innombrables canaux. Le quartier comptait quelques belles villas et des demeures modestes, mêlées à des échoppes et à des ateliers.

Nédi était voisin d'un riche agriculteur, fier de sa propriété, entourée d'un jardin planté de palmiers et de jujubiers.

L'endroit paraissait tranquille.

Redoutant un nouveau piège, le comédien surveilla les environs.

Nul guetteur en faction.

À plusieurs reprises, Bébon passa devant la maison du policier.

Calme plat.

Il contourna le bâtiment, força le volet de la fenêtre donnant sur un potager et se glissa à l'intérieur.

Un grand salon, une chambre à coucher, un débarras et une salle d'eau. Veuf, Nédi vivait à l'aise. Grand amateur de bons crus, il soignait sa cave.

Bébon y descendit.

Filtrée par une lucarne grillagée, la lumière lunaire lui permit d'examiner les jarres, portant l'indication de la provenance et de l'année.

Il ne tarda pas à repérer l'anomalie : l'une d'elles avait été débouchée et rebouchée. Bébon ôta le tampon de lin et de paille.

À l'intérieur, pas de vin mais un papyrus roulé et scellé.

Écriture fine, message surprenant :

Cher vieux gredin, une première découverte : la police vient d'arrêter un trafiquant d'armes de fer entreposées à Naukratis. Jouissant d'appuis importants, le bon-

homme n'a écopé que d'une amende. Je poursuis mon enquête. S'il m'arrivait malheur, tu trouverais à coup sûr ce document. Et n'oublie pas de boire à mon éternelle santé. La jarre d'Imaou, datée de l'an trois d'Amasis, contient un véritable nectar.

Bébon ne manqua pas de rendre hommage au policier. Corsé, le vin rouge le fit glisser dans un lourd sommeil d'où il n'émergea qu'au milieu de la matinée.

Se satisfaisant d'un morceau de poisson séché, le comédien attendit la pénombre pour sortir de la maison.

Toujours le calme plat.

Apercevant le gardien de la villa de l'agriculteur, Bébon se dirigea vers lui.

— Mon cousin Nédi est absent, déclara-t-il. Quand dois-je revenir ?

— Tu… tu n'es pas au courant ?

— Que lui est-il arrivé ?

— Une crise cardiaque l'a terrassé.

— Ici même ?

— Non, au poste de police. Il a déjà été inhumé et sa maison sera bientôt occupée par un collègue.

— Mon pauvre cousin ! Il me paraissait pourtant en excellente santé.

— Nul ne connaît le jour et l'heure. C'était un brave homme !

— La situation me paraît claire, dit Bébon à Nitis et au grand prêtre Wahibrê : une faction grecque de Naukratis tente de s'armer pour s'attaquer au roi ! Il faut l'avertir au plus vite.

— Je suis assigné à résidence, rappela le grand

prêtre. Et si je parvenais à voir Amasis, il ne me croirait pas.

— Peut-être existe-t-il une solution, avança Nitis.

— J'ai besoin de votre aide, dit la prêtresse à Menk.

L'organisateur des fêtes de Saïs en frétilla d'aise. Enfin, elle faisait un pas vers lui !

— Vous savez que le roi refuse de voir le grand prêtre.

— Je le déplore, chère Nitis, et espère une amélioration rapide de cette regrettable situation.

— Wahibrê détient une information capitale pour la sécurité du royaume. Ne pouvant sortir du temple, il cherche un messager digne de confiance.

La joie de Menk fut brusquement ternie.

— Les affaires d'État ne sont pas mon fort, et…

— Le roi vous écoute, car il connaît votre probité et votre rigueur. Nous sommes tous concernés, puisqu'il en va de l'avenir de l'Égypte. Ne pas transmettre cette information serait une faute grave.

— Il s'agit d'une démarche extrêmement délicate ! Je ne sais pas si…

— Le grand prêtre vous accorde sa confiance. Et moi aussi. Nous, nous sommes impuissants. Vous, vous pouvez sauver les Deux Terres.

D'un côté, prendre une telle initiative et mécontenter le roi briserait net sa carrière ; de l'autre, opposer un refus à Nitis mettrait un terme à leurs relations.

— Cette information… comment l'ai-je obtenue ?

— Resté anonyme, un mercenaire s'est confié à vous. Même incrédule, vous avez jugé indispensable d'alerter Sa Majesté.

— Vous me demandez beaucoup !

La jeune femme sourit.

— Je ne doutais pas de votre courage, Menk. Cette intervention prouvera au roi votre absolue loyauté, et il ne se montrera pas ingrat.

Cette perspective rassura l'organisateur des fêtes.

— Je dois voir Sa Majesté en audience privée dans quatre jours. Cela vous convient-il ?

— À merveille. Ainsi, vous n'attirerez pas l'attention.

— Ne me dites pas que des dignitaires du palais seraient compromis !

— L'information concerne un trafic d'armes.

Inquiet, Menk écouta attentivement Nitis.

60

Désormais considéré comme un personnage officiel, Pythagore bénéficiait des largesses royales. Ainsi jouissait-il d'un bateau privé à bord duquel monta son secrétaire, engagé à Memphis. Évitant tout contrôle militaire ou policier, Kel apprécia un agréable voyage en direction de Saïs.

Bientôt, il reverrait Nitis.

Et si Pythagore réussissait à convaincre le roi, le jeune scribe serait de nouveau un homme libre, disposant d'un avenir.

Assis à la poupe, abrités du soleil par une toile blanche tendue entre quatre piquets, les deux hommes goûtaient le calme d'un paysage composé de palmeraies et de champs bien irrigués. Un ibis noir les survola.

— L'oiseau de Thot, le dépositaire des sciences sacrées et le patron des scribes, rappela Pythagore. En Grèce, nous l'appelons Hermès. Grâce à son enseignement, j'ai compris que notre monde n'était qu'un îlot émergé au cœur de l'océan d'énergie primordiale. Lorsque le Créateur contempla sa propre lumière, il donna naissance à la vie issue de la Vie. Et l'initiation aux mystères d'Isis et d'Osiris rend la Vie consciente.

Car la véritable naissance n'est pas notre médiocre existence profane, mais l'accès à la lumière.

— Le chef du service des interprètes m'a parlé du *Ka* de l'univers que symbolise précisément cette lumière si généreuse ! Chaque matin, je vénère le soleil levant, porteur de résurrection.

— Fie-toi à la déesse Neit, jeune scribe. Masculin qui fit le féminin, Féminin qui fit le masculin, étendue d'eau créatrice d'éternité, ancêtre vivante, étoile flamboyante, père et mère, elle t'ouvrira les portes du ciel.

Le bateau accosta le quai principal de Saïs. Pythagore se rendit au palais, Kel demeura à bord.

La journée s'écoula, interminable.

Peu avant le coucher du soleil, le penseur grec grimpa lentement la passerelle.

— Échec total, déclara-t-il. Amasis m'estime victime d'une rumeur infondée.

— Avez-vous insisté ?

— Au point de provoquer la colère du roi !

— Il ne veut donc rien entendre !

— Lui seul gouverne. Et il m'a ordonné de rentrer en Grèce.

— Désolé de vous avoir mis en porte à faux !

— La date de mon départ était déjà arrêtée. Ne devrais-tu pas m'accompagner, Kel ? Ici, ta situation paraît fort compromise. Ensemble, nous fonderons une confrérie et tenterons de rendre les Grecs moins matérialistes.

— Quitter l'Égypte m'anéantirait. Et je veux prouver mon innocence.

— Puissent les dieux te protéger.

Hénat, le chef des services secrets, s'inclina devant le roi, visiblement furieux.

— J'exige des explications.

— À quel propos, Majesté ?

— Tu ne t'en doutes pas ?

— Nous n'avons pas encore arrêté ce maudit scribe, et je suis le premier à le déplorer. Mais le juge Gem et moi-même ne relâchons pas nos efforts. L'assassin se révèle plus coriace que prévu.

Amasis eut un geste de dédain.

— Je pensais à un autre scandale tout aussi grave !

Hénat sembla surpris.

— Éclairez-moi, Majesté !

— Pythagore a eu vent d'un complot fomenté par des Grecs de Naukratis, et Menk me fournit une précision supplémentaire : des négociants de Naukratis auraient importé, en fraude, des armes en fer ! Si toi, le chef de mes services secrets, n'es pas informé, où va ce pays ? Demain, un usurpateur se coiffera de mon casque, et les Deux Terres seront livrées au chaos !

— Je suis informé.

Le roi fixa Hénat.

— Qu'as-tu dit ?

— C'est moi qui ai organisé cette importation.

Stupéfait, Amasis vida une coupe de vin blanc au bouquet délicat.

— Ainsi, tu me mens et tu me trahis !

— En aucune façon, Majesté.

— Explique-toi !

— Depuis plusieurs mois, le général en chef, Phanès d'Halicarnasse, réclame l'amélioration du matériel militaire, et notamment de l'armement des troupes d'élite. Lors de l'arrivée de Cambyse au pouvoir, il a souligné la menace d'une invasion perse. C'est pourquoi j'ai organisé un nouveau circuit commercial entre la Grèce et l'Égypte, réservé à la livraison d'armes de fer de grande qualité. Notre équipement sera bientôt largement supérieur à celui des Perses. Puisqu'elle concerne notre défense, cette opération reste confidentielle.

— Moi, le pharaon, devais être tenu au courant !

Hénat parut étonné.

— Vous l'avez été, Majesté.

— De quelle manière ?

— J'ai précisé les modalités de la transaction et son caractère secret dans deux rapports.

— Des rapports, encore des rapports ! Je n'ai pas le temps de tout lire, cette paperasserie m'exaspère. À mon âge, l'excès de travail est interdit. Et si je ne prends pas de bon temps, je pense de travers.

Amasis but une nouvelle coupe de vin blanc.

— J'aime mieux ça, Hénat. Un instant, j'ai craint qu'une faction de Grecs de Naukratis ne complotât contre moi. Eux, à qui j'accorde tant de privilèges parce qu'ils incarnent l'avenir !

— Les livraisons d'armes sont sous haute surveillance, Majesté, insista Hénat. Pas une seule épée ne sera détournée de sa destination.

— Cette rumeur, j'en connais l'auteur ! Le grand prêtre de Neit, bien sûr ! Le puissant Wahibrê ne supporte pas l'humiliation et veut continuer à jouer un rôle politique en semant le trouble. Il ne perd rien pour attendre, celui-là !

— Sa stature morale, Majesté…

— Je sais ce qu'il me reste à faire, Hénat. Continue à rédiger des rapports précis et détaillés.

61

— Vous semblez contrarié, observa la reine Tanit. Ce bœuf en sauce et ce vin des oasis vous déplaisent-ils ?

— Non, je manque d'appétit, répondit Amasis.

— De graves ennuis ?

— Un seul, ce maudit grand prêtre Wahibrê ! Cette fois, il dépasse les bornes. J'ai décidé de m'en débarrasser. Il sera arrêté et déporté pour haute trahison.

La reine s'essuya délicatement les lèvres avec une serviette de lin.

— Procès retentissant en perspective ! Possédez-vous les preuves nécessaires ?

— Il n'y aura pas de procès.

— Wahibrê est une autorité spirituelle et morale fort respectée, rappela Tanit. Si sa condamnation n'est pas pleinement justifiée, elle vous sera reprochée. Vous mettre à dos tous les temples d'Égypte risque de vous affaiblir.

— Ils ne représentent pas l'avenir !

— Sans doute, mais les Égyptiens y sont très attachés, et les temples relient les hommes aux dieux. Les Grecs eux-mêmes ne reconnaissent-ils pas que les Deux Terres sont la patrie des divinités et le centre spirituel du monde ?

— Wahibrê me déteste !

— Quelle importance ?

— Il complote contre moi.

— En êtes-vous certain et pouvez-vous étayer cette accusation devant un tribunal ?

Amasis hésita.

— Faire disparaître le grand prêtre de Neit provoquera des troubles graves, avança la reine. Les rites et les fêtes ne seront plus célébrés à Saïs, et le mouvement s'étendra à l'Égypte entière.

Le roi posa la main sur celle de son épouse.

— Je ne veux pas en arriver là. Ma chère, vous m'évitez une erreur fatale.

— J'ai appris à aimer et à comprendre ce pays. Puisque ce haut dignitaire vous combat, ligotez-le et empêchez-le de nuire sans toucher à ses fonctions religieuses. Son âge devrait l'inciter à la prudence. Et s'il sort de son territoire, la loi vous permettra d'intervenir.

Le chambellan se permit d'interrompre le déjeuner.

— Majesté, le chancelier Hénat souhaite vous voir d'urgence.

— Du travail, encore du travail !

Tanit sourit.

— Allez, mon ami. Le devoir vous appelle.

Bougon, le monarque reçut le chef des services secrets.

— D'excellentes nouvelles, Majesté ! Nous venons de recevoir une longue lettre signée de l'empereur des Perses, Cambyse. J'ai utilisé les services de trois traducteurs afin de ne manquer aucune nuance. Notre stratégie est une réussite totale ! Se déclarant impressionné par notre puissance militaire, l'empereur se présente comme un homme de paix, désireux de développer les relations diplomatiques et commerciales entre nos deux pays.

— En clair, il renonce à nous attaquer.

— Exactement ! Néanmoins, je recommande de ne pas baisser la garde et de poursuivre nos efforts militaires. Un Perse reste un Perse et rêve toujours de conquête. Au premier signe de faiblesse, Cambyse pourrait changer d'attitude.

— Rassure-toi, je n'ai pas l'intention de baisser le budget militaire. Une augmentation des impôts garantira le développement de notre armée.

Le roi avait écouté attentivement Menk avant de le remercier pour son intervention. En fidèle serviteur de l'État, il procurait au monarque une information importante. Excellent organisateur des nombreuses fêtes de Saïs, il mériterait bientôt d'autres responsabilités.

Aussi se rendit-il, allègre, à la convocation du directeur du palais. Hénat allait lui attribuer de nouvelles fonctions encore plus prestigieuses.

L'attitude et le regard du puissant personnage le mirent mal à l'aise. À chacun de ses interlocuteurs, il donnait l'impression d'être un délinquant !

— Sa Majesté m'a rapporté la teneur de vos déclarations, déclara le chef des services secrets d'une voix feutrée.

— Je n'ai fait que mon devoir.

— Ébruiter des rumeurs et des fausses nouvelles m'apparaît comme un délit.

Le sang de Menk se glaça.

— Je… je ne comprends pas !

— Vous avez été manipulé. Et je veux connaître le nom du manipulateur.

— Une simple rumeur anonyme ! Je croyais…

— Ne me prenez pas pour un imbécile, Menk. Sans doute pensiez-vous servir le roi, mais vous trempez dans une machination qui risque de vous coûter fort cher. Le nom de votre informateur ?

Menk perdait pied.

Comment résister à ce prédateur impitoyable ?

À l'évidence, Nitis, elle aussi, avait été manipulée ! Accuser le grand prêtre aggraverait le cas de cet homme intègre. Restait une seule solution.

— Le scribe Kel.

Hénat se figea.

— Où l'avez-vous rencontré ?

— Il m'attendait à proximité de ma villa. Brandissant un couteau, il m'a menacé. Obligé de l'écouter, je l'ai trouvé convaincant. Il s'affirme innocent et serait le jouet de trafiquants d'armes. Kel m'a supplié d'alerter Sa Majesté.

Pendant le long silence du chef des services secrets, le dos de Menk se trempa de sueur.

— Il n'existe aucun trafic d'armes, révéla Hénat. Les livraisons confidentielles qui parviennent à Naukratis sont destinées à nos mercenaires dont l'équipement dissuadera tout agresseur. Ce scribe assassin vous a menti. Il dirige une bande de comploteurs et de criminels, décidés à briser le trône de Pharaon. À présent, Menk, vous en savez beaucoup. Saurez-vous tenir votre langue ?

— Je vous le jure !

— Savez-vous où se cache Kel ?

— Je l'ignore !

— Vous avez commis une grave erreur en lui accordant votre confiance, et il faut la réparer.

Menk se sentit au bord du malaise.

— Le grand prêtre Wahibrê a commis la même faute, précisa le chef des services secrets, et il a perdu l'estime de Sa Majesté. Je n'ose imaginer qu'il continue à aider, d'une manière ou d'une autre, un assassin en fuite. Néanmoins, mieux vaut s'en assurer. N'est-ce pas votre avis ?

— Oui, oui, bien sûr !

— En ce cas, puisque vous vous rendez fréquemment au temple, vous y deviendrez mes yeux et mes oreilles. Signalez-moi immédiatement le moindre incident ou le moindre propos relatif à Kel, et dénoncez-moi ses éventuels complices.

— La tâche s'annonce délicate et…

— Vous la remplirez à la perfection. Ainsi, j'oublierai votre faux pas.

62

L'humeur du juge Gem s'assombrissait.

Malgré le déploiement des forces de police et le travail considérable mené sur le terrain, l'enquête piétinait, et le scribe assassin continuait à le narguer !

Au moins, le juge avait obtenu des certitudes.

La culpabilité de Kel ne faisait aucun doute. Et pas davantage sa participation à un complot destiné à renverser le roi. Peut-être même le scribe dirigeait-il une cohorte de séditieux dont les plus acharnés lui fournissaient l'aide nécessaire pour échapper aux autorités.

La dignité et la crédibilité du juge étaient en jeu. Cet échec ne tarderait pas à provoquer la fureur d'Amasis qui reprochait au chef de la magistrature son inefficacité. Et l'accusation serait méritée.

Pourquoi tant de difficultés, sinon à cause de la gravité de cette affaire ? Kel n'était pas un assassin ordinaire, mais un redoutable meneur d'hommes, prêt à tuer quiconque se dressait en travers de sa route. Une telle férocité surprenait le vieux magistrat, pourtant habitué aux turpitudes humaines.

Parfois, Gem songeait aux derniers mots du défunt chef du service des interprètes : *Déchiffre le document codé et...*

Un document introuvable.

Le scribe Kel possédait-il ce texte et s'en servirait-il contre le pouvoir en place ?

Alors que le juge, pensif, sortait de son bureau, Hénat l'aborda.

— Vous semblez soucieux !

— Aurais-je des raisons de me réjouir ?

— La confiance de Sa Majesté devrait vous rassurer.

— Ne me sera-t-elle pas bientôt retirée ?

— Certainement pas ! Le roi apprécie vos efforts et n'a nullement l'intention de vous remplacer.

— Vous m'étonnez, Hénat !

— L'ordre règne, la justice est respectée : voilà l'essentiel. Et vous jouez un rôle majeur en appliquant la loi.

Le juge Gem ne cacha pas son dépit.

— Je piétine de manière lamentable ! Ce Kel n'est pas un adversaire ordinaire.

— Ne nous décourageons pas. Vous savez bien que le pire des criminels finit toujours par commettre une erreur. Et puis nous disposons d'un nouvel allié : Menk, l'organisateur des fêtes de Saïs.

— Détiendrait-il des informations importantes ?

— Je l'ai chargé de m'informer de tout incident pouvant survenir dans le domaine de Neit.

— Un espion au cœur du temple !

— Menk rend service à la justice.

— Supposez-vous que le grand prêtre oserait cacher un criminel en fuite ?

— Une fouille approfondie des lieux n'a rien donné. Vu sa situation, Wahibrê ne courrait pas un tel risque, mais il pourrait utiliser des fidèles afin d'aider le scribe à nous échapper.

— Autrement dit, le grand prêtre fait partie des comploteurs !

— Pas obligatoirement. Peut-être croit-il à l'innocence de Kel. Quoi qu'il en soit, Menk se tiendra à l'affût et recueillera des informations utiles. Bien entendu, je vous tiendrai au courant.

Le chef des conjurés dressa le bilan.

— La situation évolue de façon satisfaisante. Certes, nous n'avions pas prévu une telle résistance de la part de ce petit scribe. Au fond, il sert notre cause en attirant l'attention sur lui. Continuez cependant à vous montrer d'une extrême prudence et ne commettez pas le moindre bavardage, car la victoire est encore lointaine.

— Le roi ne découvrira-t-il pas la vérité ?

— Ce désastre ne saurait être exclu. C'est pourquoi il convient d'affaiblir son *Ka*, son dynamisme créateur, et d'en faire le jouet des événements.

— Tâche difficile ! Malgré sa paresse et son penchant pour la boisson, Amasis tient les rênes du pouvoir. Il possède l'instinct du fauve, capable de sentir le danger.

— Nous ne nous attaquerons pas directement à sa personne, décida le chef des conjurés, mais à son incarnation vénérée de tous.

L'un des séditieux protesta.

— Dans la population, le choc sera énorme !

— C'est le but recherché.

La beauté de la Supérieure des chanteuses et des tisserandes de la déesse Neit éblouit Menk. À chaque nouvelle rencontre, son attirance augmentait. Un jour, elle lui appartiendrait. Aussi devait-il la protéger.

— Le roi vous a-t-il écouté ? demanda Nitis.

— Avec attention ! Vous avez été abusée par une fausse rumeur. En réalité, il n'existe pas de trafic d'armes.

— En êtes-vous… certain ?

— Sa Majesté en personne m'en a apporté la preuve, affirma Menk, déguisant un peu la vérité.

Impossible d'évoquer la délicate mission que lui avait confiée le chef des services secrets.

— Soyez prudente, Nitis, je vous en supplie ! La fuite du scribe assassin et les problèmes militaires relèvent d'une affaire d'État qui nous dépasse, vous et moi. Y toucher de près ou de loin nous condamnerait à être broyés.

— Merci de vos conseils, Menk.

— Me promettez-vous de les observer ?

— Je vous le promets.

— Vous me réconfortez, Nitis ! Pourtant, une angoisse m'étreint : la bonté naturelle du grand prêtre ne l'aurait-elle pas conduit à aider Kel, par exemple en le recommandant à un ami ?

— Qu'allez-vous imaginer ? Pour le grand prêtre, seule compte la loi de Maât. Jamais il ne soutiendra un assassin.

L'ouverture d'un nouvel atelier, doté de superbes métiers à tisser, entraînait la fermeture d'un ancien bâtiment qui resterait désaffecté un certain temps. Une cachette idéale pour Kel.

Jouant à la perfection son rôle de fournisseur de denrées alimentaires que transportait, à son rythme, le robuste Vent du Nord, Bébon circulait à sa guise.

D'un signe, Nitis lui ordonna de la suivre.

La prêtresse, le scribe et le comédien se retrouvèrent à l'intérieur de l'atelier désaffecté.

En cas de danger, l'âne donnerait l'alerte.

Dans la pénombre du local silencieux, Kel contempla Nitis. Semblable à la première lueur de l'aube, elle incarnait l'espérance.

Si proche, et inaccessible !

— Où en sommes-nous ? demanda Bébon, brisant ce moment à la fois délicieux et douloureux.

— Pythagore n'a pas réussi à convaincre le monarque, déplora Kel. Il s'est vu contraint de repartir pour la Grèce.

— Même échec du côté de Menk, révéla Nitis. D'après le monarque en personne, pas trace de trafic d'armes.

— Autrement dit, estima Bébon, Amasis est le grand ordonnateur des crimes commis.

— Je refuse d'y croire ! protesta Kel. Jamais un pharaon n'a trahi son pays et son peuple.

— Les temps changent.

63

Comme chaque semaine, Nitis rendit visite à la vache sacrée, incarnation terrestre de la déesse Neit et mère du taureau Apis, symbole vivant du *Ka* royal, la puissance créatrice du pharaon. D'ordinaire, la bête paisible aux yeux si doux venait lécher la main de la prêtresse, et elles passaient ensemble un long moment de bonheur.

Cette fois, la mère d'Apis demeura prostrée.

Inquiète, Nitis appela le vétérinaire. Son diagnostic fut pessimiste.

— La mère d'Apis vit ses dernières heures.

La jeune femme se rendit aussitôt chez le grand prêtre.

L'angoisse de Nitis le bouleversa.

— Kel serait-il en danger ?

— Non, je lui ai trouvé un abri sûr.

— Alors, pourquoi sembles-tu tourmentée ?

— La vache de la grande déesse agonise.

La nouvelle consterna Wahibrê.

— Je devrais me rendre immédiatement à Memphis pour vérifier l'état de santé du taureau Apis, son fils, le garant de la vitalité d'Amasis !

— Vous êtes assigné à résidence, rappela Nitis. M'autorisez-vous à vous remplacer ?

— Pars immédiatement. Dans les circonstances actuelles, la mort d'Apis serait une catastrophe.

À bord du bateau officiel de la Supérieure des chanteuses et des tisserandes de Neit, nul ne prêta attention à la présence d'un scribe, d'un échanson et d'un âne. Kel, Bébon et Vent du Nord voyagèrent en toute sécurité.

Kel tenait le journal de bord, Bébon remplissait les coupes de bière fraîche et Vent du Nord, nourri de chardons, de luzerne et de dattes, goûtait ce délicieux périple sur le Nil au cours duquel il n'avait aucun effort à fournir.

Lors de l'arrivée à Memphis, la prêtresse annonça au capitaine qu'elle se contenterait d'une escorte réduite, formée de deux domestiques et d'un âne, chargé de porter les vêtements.

Au nord du quartier fortifié de la plus grande ville d'Égypte, le sanctuaire de « Neit qui ouvre les chemins » occupait une belle superficie.

L'homologue de Nitis, une quadragénaire au visage sévère, l'accueillit avec chaleur.

— Cette visite nous honore.

— Vous rencontrer est une joie. Hélas ! l'inquiétude guide mes pas, car la mère d'Apis vient de s'éteindre, et le grand prêtre redoute l'affaiblissement de son fils.

La prêtresse memphite se figea.

— Le vénérable Wahibrê n'aurait-il pas dû se déplacer ?

— De graves difficultés l'en empêchent. Il m'a donné pouvoir de le représenter.

— Rendons-nous à l'enclos du taureau.

Le culte du taureau Apis datait de la première dynastie, qui avait vu l'unification de la Haute et de la Basse-Égypte sous le règne de Ménès. Héraut et interprète de la puissance royale [1], le taureau pourvoyait d'innombrables richesses la table des dieux et des déesses. Incarnation de la création, de la lumière et de la résurrection [2], le colosse était né d'une vache illuminée par un éclair jaillissant des nuées. Symbole de la déesse-Ciel unie au premier rayonnement de l'aube des temps, elle ne donnait plus naissance. Son fils unique, Apis, garantissait la vitalité du pharaon.

Le taureau sacré ne ressemblait à aucun autre. Noir, un triangle blanc sur le front, le scarabée des métamorphoses gravé sur sa langue, il occupait un enclos au sud du temple de Ptah, à proximité du palais royal. Bénéficiant de soins attentifs, il coulait de longues et heureuses années au service de la prospérité du royaume.

Lors de son décès, il appartenait au temple de Saïs de fournir un linceul osirien, indispensable pour l'inhumation. Mais les autorités religieuses de Memphis n'avaient envoyé aucun message alarmant à celles de Saïs.

Le vaste et confortable domaine d'Apis témoignait de l'importance attribuée au taureau sacré.

L'enclos était vide.

— Où se trouve-t-il ? demanda Nitis.

Étonnée, la prêtresse memphite alerta le gardien-chef.

— Ce matin, il n'est pas sorti de son étable.

— Serait-il souffrant ?

1. *Ka*, « puissance créatrice », est synonyme de *ka*, « taureau ».

2. Apis renouvelait (*ouhem*) l'acte créateur de Ptah, la lumière fécondante de Râ et la capacité de résurrection d'Osiris.

— Moi, je me contente de le nourrir.

— Ouvrez la barrière, ordonna Nitis.

Avec ces femmes-là, mieux valait ne pas discuter. Courroucées, elles vous jetaient vite un mauvais sort.

La prêtresse traversa l'enclos et pénétra dans la résidence d'Apis. Le puissant animal était couché sur le flanc, ses yeux coulaient.

Nitis s'approcha.

Entre elle et le taureau, une confiance immédiate. Elle lui toucha le front : brûlant.

— Nous allons te soigner, lui promit-elle.

La jeune femme sortit en courant.

— Apis est gravement malade, dit-elle à sa collègue. Prévenons immédiatement le vétérinaire.

Le titulaire du poste alité, son assistant le remplaçait.

Après un bref examen, il posa son diagnostic.

— Rien d'alarmant. Une simple fièvre passagère.

— Permettez-moi d'en douter, avança Nitis.

Le technicien se rengorgea.

— Personne n'a jamais mis en doute mes compétences !

— Ne faudrait-il pas frotter le taureau avec des plantes et le faire transpirer afin de chasser les toxines ?

— Tout à fait inutile. Un peu de repos suffira. Bientôt, il aura repris sa superbe.

— Cependant…

— C'est moi le spécialiste, pas vous.

Accablant Nitis d'un regard dédaigneux, le vétérinaire s'éloigna.

64

Dès le lendemain, Nitis retourna à l'enclos. Un garde lui en interdit l'entrée.

— Personne ne passe. Ordre du vétérinaire.

— Même pas la déléguée du grand prêtre de Neit ?

Le titre de la visiteuse impressionna le policier. Elle pouvait le faire muter dans un coin perdu de la province.

— Bon… mais ne restez pas trop longtemps.

Apis allait de plus en plus mal. Souffle court, tempes brûlantes, racines des dents enflammées. Il n'avait pas touché à sa pitance, dont l'odeur intrigua la prêtresse. Elle en préleva une partie et la porta au laboratoire du temple de Ptah où elle chargea un technicien de l'analyser.

Son examen fut formel : nourriture empoisonnée.

La jeune femme demanda aussitôt audience au grand prêtre, qui la reçut à la fin de la matinée.

— On tente d'assassiner Apis, révéla-t-elle en précisant les faits.

— Impossible ! Notre vétérinaire est un praticien remarquable. Jamais il n'aurait laissé commettre un tel forfait.

— En raison d'un incident de santé, son assistant le remplace. Et il refuse de soigner le taureau.

— Je le convoque immédiatement.

Au terme d'une longue attente, on apprit au grand prêtre que l'assistant avait disparu. Très malade, le titulaire était incapable d'intervenir. On fit donc appel à un autre praticien dont le diagnostic fut pessimiste.

D'après lui, le taureau vivait ses dernières heures.

Logés chez les domestiques, Kel et Bébon se comportaient de manière fort différente. Le scribe sortait peu et, malgré ses échecs répétés, tentait de percer le code du papyrus. Le comédien, lui, se promenait en compagnie de Vent du Nord et discutait volontiers avec les badauds.

Enfin, Nitis réapparut.

— Apis se meurt, leur apprit-elle.

— Ça ne me surprend pas, dit Bébon.

— Comment l'as-tu appris ? Il s'agit encore d'un secret d'État !

— Ça dépend pour qui ! D'après un ritualiste, voilà plus d'une semaine qu'on prépare sa sépulture au Serapeum.

— La mort d'Apis était donc programmée, conclut Kel.

— En termes clairs, il s'agit d'un assassinat.

— La disparition du taureau sacré affaiblit la puissance du roi, rappela Nitis. Pendant la période des funérailles et jusqu'à la consécration d'un nouvel Apis, Amasis sera en danger.

— Cela ne prouve-t-il pas son innocence ? s'interrogea le scribe.

— Je reste sceptique, déclara Bébon. Pas de déductions hâtives.

— Et si la clé de l'énigme se trouvait au Serapeum, la nécropole des taureaux Apis ? Ce sont peut-être eux, les ancêtres qui détiennent le code !

— D'ordinaire, précisa Nitis, l'accès en est interdit.

— Les ritualistes doivent préparer les funérailles ! Et Bébon trouvera le moyen de déjouer la surveillance des gardes.

— Ben voyons ! Deviendrais-je le sauveur de l'humanité ?

— Commence par nous deux. Ensuite, nous aviserons.

Le taureau Apis décéda à l'aube. Le grand prêtre de Ptah se recueillit devant le cadavre et le confia aux embaumeurs, chargés de le transformer en corps osirien. Puis il convoqua les ritualistes qui participaient à la cérémonie. Eux seuls seraient autorisés à pénétrer dans le Serapeum.

— Nitis, la Supérieure des chanteuses et des tisserandes de Neit, nous assistera, décida-t-il. Dès cet instant débute le deuil officiel que Sa Majesté souhaite le plus court possible. Le sarcophage du défunt Apis étant déjà prêt, nous procéderons rapidement à son installation.

Ainsi, la jeune femme avait officiellement accès au Serapeum ! La hâte du monarque prouvait son inquiétude. Les conjurés ne profiteraient-ils pas de cette période inquiétante pour s'emparer du pouvoir ?

Le corps d'Apis fut transporté à la salle d'embaumement, située à l'angle sud-ouest de l'enceinte du temple de Ptah, et déposé sur un lit d'albâtre.

Alors commencèrent les veillées funèbres, accompagnées d'un jeûne de quatre jours au cours duquel on ne consommait que de l'eau, du pain et des légumes.

Prévoyant, Bébon avait dissimulé deux jarres de bon vin.

— J'aime bien les taureaux, avoua-t-il, mais je leur préfère un bon cru. Il nous aidera à supporter les privations.

Kel refusa la coupe.

— Tu ne vas pas jouer les bigots !

— Je désire respecter les prescriptions rituelles.

— Tu n'es pas prêtre d'Apis !

— La puissance qu'il incarne mérite la vénération.

— Surtout, pas de spéculations théologiques ! Moi, je bois et je remercie les dieux d'avoir créé la vigne.

Le roi Amasis vida une nouvelle coupe.

— Ne devriez-vous pas éviter ces excès ? s'inquiéta la reine Tanit.

— La mort du taureau Apis me fragilise ! Aux yeux du peuple, ma puissance diminue. Et le voleur de mon casque se prépare à usurper le pouvoir.

— L'enquête du juge Gem progresse-t-elle ?

— Pas d'un pouce ! Le scribe assassin a disparu. À se demander s'il n'est pas mort et enterré ! Et aucune trace du casque. Quant au chef des services secrets, il piétine de manière lamentable mais ne se cherche pas d'excuses. Hénat vient de me remettre sa démission, et je l'ai refusée. Jusqu'à présent, son efficacité fut remarquable. Et son expérience est irremplaçable. Nous sommes en présence d'un adversaire particulièrement habile, Tanit. En assassinant le taureau Apis, il touche à mon *Ka*, ma réserve d'énergie vitale.

— Comment le combattre ?

— De deux façons : en trouvant au plus vite le successeur d'Apis et en réduisant au minimum la période de deuil. C'est pourquoi j'ai envoyé des émissaires à travers tout le pays et transmis de strictes consignes au grand prêtre de Ptah.

Tanit s'interposa entre la jarre de vin et son mari.

— Gardez votre lucidité, je vous en prie ! Vous en aurez besoin pour remporter ce combat.

65

Formée de prêtres et de prêtresses, de délégués du pharaon et de militaires, la procession vint chercher la momie du taureau Apis afin de la conduire à la tente de purification, dressée au bord du lac du roi. Le grand prêtre de Ptah versa de l'eau fraîche, provenant du ciel, sur le corps osirien et prononça des formules de résurrection. Puis le mort transfiguré traversa en barque le lac, symbole de l'océan primordial où naissaient et renaissaient toutes les formes de vie.

Le chemin menant au Serapeum présentait de sérieuses difficultés. Récemment ensablé à cause de vents violents, il se terminait par une rampe rocheuse qui nécessita des efforts considérables de la part des soldats chargés de haler le traîneau portant la lourde momie.

Nanti d'un coffret contenant des amulettes, Kel suivait Nitis, en tête du cortège. Bébon et Vent du Nord, équipé de gourdes, se tenaient à l'arrière. Des pleureuses professionnelles déclamaient des litanies en l'honneur du défunt.

Le voyage funèbre dura une dizaine d'heures.

Enfin apparut l'allée de sphinx menant à l'intérieur du Serapeum. La procession s'immobilisa.

— Voici le Bel Occident ouvert à l'Apis juste de

voix, déclara le grand prêtre de Ptah. Le roi lui offre un sarcophage de granit rose et noir, sa barque de résurrection inaltérable et indestructible. Jamais auparavant un pharaon n'avait accompli une telle œuvre.

Nitis ouvrit le coffret que lui présentait Kel, en sortit les amulettes et les disposa sur la momie.

Les principaux ritualistes et leurs assistants, chargés des offrandes funéraires, franchirent la porte de la nécropole des taureaux.

Deux galeries desservaient les chambres de résurrection des Apis. Datant du Nouvel Empire, la première était longue de soixante-huit mètres ; creusée sous le règne de Psammétique Ier [1], la seconde approchait les deux cents mètres et coupait la précédente à angle droit. Les ritualistes ayant participé aux funérailles bénéficiaient d'un remarquable privilège : pouvoir y déposer des stèles à leur nom et se trouver ainsi associés à l'éternité d'Apis.

Le caveau du défunt impressionna Nitis : huit mètres sous plafond et un sarcophage colossal d'une soixantaine de tonnes !

Le grand prêtre de Ptah procéda à l'ouverture de la bouche d'Apis, à nouveau doté de la parole créatrice. Il ordonna aux soldats de déposer la momie à l'intérieur du sarcophage et de mettre en place le couvercle de pierre.

Par bonheur, pas de fausse manœuvre.

Pendant que l'on murait la chambre d'éternité, Kel explora les lieux. Déchiffrant à la hâte les stèles votives, il espérait découvrir un message des ancêtres. Déçu, il sortit de la grande galerie et voulut s'approcher de caveaux plongés dans l'obscurité.

1. 664-610 av. J.-C.

Un soldat lui barra le passage.

— Halte ! Où veux-tu aller ?

— On m'a demandé de déposer une offrande.

— Passage interdit.

— Mon offrande…

— Tu te trompes d'endroit. Retourne en arrière.

Le scribe obéit.

Au terme de la cérémonie, des stèles au nom des dignitaires furent déposées devant la porte murée, et les ritualistes quittèrent en silence la nécropole.

— Un soldat m'a interdit d'aller au fond d'une galerie, murmura Kel à l'oreille de Nitis. Je viens de le voir sortir. À présent, il n'y a plus personne à l'intérieur du Serapeum. Je dois poursuivre mes investigations.

— Trop dangereux ! Les gardes vous arrêteront.

— Bébon fera diversion. Si je n'agis pas immédiatement, nous ne découvrirons pas la vérité. Demain, le site sera inaccessible.

— Je suis obligée de retourner à Memphis auprès du grand prêtre. Soyez prudent, je vous en prie.

— J'ai trop envie de vous revoir, Nitis.

Un dignitaire appela la jeune femme, Kel s'éloigna.

Bébon mastiquait une galette, Vent du Nord sommeillait.

— Je redoute un projet insensé, s'inquiéta le comédien.

— Tu éloignes les gardes, je rentre dans le Serapeum, j'explore, et l'on s'enfuit.

— Admirable ! Inutile de discuter, je suppose ?

— Prépare-toi.

Au cœur de la nuit, cinq des dix gardes dormaient à poings fermés. Trois autres somnolaient, et les deux derniers parlaient de leurs déboires conjugaux. Souvent en mission, ils commençaient à douter de la fidélité de leurs épouses.

À l'instant où des nuages occultaient la faible lumière de la lune croissante, Kel rampa vers l'entrée des souterrains. Demain, elle serait obstruée jusqu'à l'inhumation du successeur de l'Apis défunt.

Le scribe se glissa à l'intérieur, se redressa et courut en direction de la zone interdite.

Disposant de peu de temps avant l'intervention de Bébon, Kel utilisa l'une des lampes laissées allumées pour examiner les stèles.

De simples textes de vénération adressés au taureau Apis, pas le moindre élément étrange relevant d'un langage crypté.

Au fond de la galerie, un petit caveau ouvert. À l'intérieur, un sarcophage en bois dépourvu de couvercle.

Étonné, Kel osa en observer le contenu.

Et il resta sidéré un long moment.

Des cris lointains le rappelèrent à l'urgence. S'emparant du trésor, il sortit du Serapeum.

Le feu allumé par Bébon avait attiré les gardes. Ils ne tarderaient pas à découvrir un simple amas de brindilles et d'herbes sèches, sans danger pour la sécurité de la nécropole.

— Suivons Vent du Nord, recommanda le comédien. Il connaît un bon chemin. Mais… on dirait…

Kel brandit le précieux objet.

— J'ai retrouvé le casque du pharaon Amasis !

66

Oudja, chancelier royal, gouverneur de Saïs et responsable de la marine de guerre, était visiblement courroucé. La fatigue n'avait pas de prise sur lui, et sa puissante carrure se faisait menaçante.

— Vous n'êtes pas hommes à fuir vos responsabilités, dit-il au juge Gem et au chef des services secrets, Hénat. Et j'attendais un autre bilan.

— Aucune piste concernant le casque du roi, reconnut Hénat. Le voleur l'a bien caché, et ne commet pas d'impair ! Par bonheur, mes agents ne me signalent pas de tentative de sédition. Les casernes de mercenaires restent calmes, et nul discours n'est proféré contre le pharaon Amasis. À cause de mon pitoyable échec, j'ai offert ma démission à Sa Majesté.

— Elle a eu raison de la refuser, répliqua Oudja. Personne ne possède tes compétences, et l'on ne quitte pas le navire en pleine tempête. Tes difficultés prouvent l'ampleur du complot, mais la situation n'est pas désespérée. Redoutant un échec, l'ennemi n'ose pas lancer la grande offensive qu'il prépare dans l'ombre. Et nous ignorons l'identité des meneurs, à part celle de leur probable chef : le scribe Kel.

Le juge paraissait abattu.

— Cette affaire me dépasse. Ni la police ni les indicateurs ne parviennent à retrouver ce fuyard ! Moi aussi, j'ai proposé ma démission.

— Et le roi a encore eu raison de vous maintenir à votre poste, déclara le chancelier. Ce Kel n'est pas un criminel ordinaire, et nous devons unir nos efforts afin de préserver le pharaon et l'État. Oublions toute querelle de préséance et luttons ensemble.

Hénat et Gem approuvèrent d'un signe de tête.

— Pourquoi le scribe Kel demeure-t-il introuvable ? interrogea le chancelier. Mort naturelle ? Ce serait trop beau ! Assassiné par ses propres complices qui voulaient se débarrasser d'un personnage devenu encombrant ? Possible. En ce cas, tous nos problèmes seraient réglés ! Personne ne tenterait plus de se proclamer roi, et le casque resterait à jamais caché. Pris de panique, les séditieux l'ont peut-être même détruit.

— Je n'y crois pas, rétorqua Hénat. L'ampleur des crimes commis démontre que Kel est le chef du réseau. Un tyran impitoyable et rusé, capable de se débarrasser des contestataires. Sans doute aimerait-il nous voir baisser la garde ! À force de le rechercher en vain, nous concluons à sa disparition et l'enquête s'interrompt. Alors, Kel sort tranquillement de sa tanière et a les mains libres pour agir. Ne levons aucun des dispositifs de sécurité et continuons à le traquer.

Le chancelier et le juge se rangèrent à cet avis.

— Un détail me trouble, avoua Gem. Étant donné le nombre de portraits distribués aux forces de l'ordre et aux indicateurs, impossible que Kel soit passé à travers les mailles du filet. Ou bien il s'est réfugié au Sud, voire en Nubie, et ne pourra donc pas compter sur des troupes d'élite. Ou bien… il a changé d'apparence physique ! Chevelure modifiée, tête rasée, perruques, moustache, pagne d'ouvrier, tunique de marchand, vêtements bariolés de Libyens ou de Syriens, habits grecs… De multiples déguisements envisageables !

— Superbe et inquiétante hypothèse, admit Hénat. Hélas ! elle sonne terriblement vrai. Autrement dit, nos portraits sont inutiles et cet assassin restera insaisissable.

— C'est ici, et non dans le Sud, qu'un usurpateur pourrait tenter de prendre le pouvoir, assura le chancelier. Néanmoins, plaçons sous étroite surveillance la garnison d'Éléphantine. Certes, sa révolte serait vouée à l'échec et ne menacerait pas le trône, mais soyons prudents.

— Je renforcerai le dispositif déjà en place, promit Hénat.

— Je crains que le juge Gem n'ait découvert la bonne explication, reprit Oudja. Une déduction s'impose : l'assassin bénéficie de complicités fort efficaces. Seul, en dépit de ses sinistres talents, il ne parviendrait pas à nous échapper.

— Désolé de prononcer le nom du grand prêtre Wahibrê, dit le chef des services secrets d'une voix neutre. J'envisage la naïveté d'un homme généreux et crédule. Persuadé de l'innocence de ce scribe, redoutable envoûteur, il l'aurait aidé en toute bonne foi.

— La fouille approfondie du domaine de Neit n'a rien donné, rappela le juge. Faut-il recommencer ?

— Inutile, estima Hénat. Assigné à résidence, interdit d'audience royale, le grand prêtre ne commettrait pas une folie en cachant ce criminel. Et nous avons un homme dans la place, Menk.

— Wahibrê est têtu, affirma le chancelier. S'il accorde toujours sa confiance à Kel, il ne l'abandonnera pas.

— Le grand prêtre risque la prison ! indiqua le juge.

— Il n'interviendra plus lui-même et laissera agir un ou plusieurs proches. À nous de les identifier.

— Ni mondain ni liant, analysa le magistrat, Wahibrê ne compte pas beaucoup d'amis. Certes…

Pensif, Gem hésita.

À ce stade de l'enquête, il ne devait rien négliger.

— Son unique confident est Péfy, le ministre des Finances.

— Forcément hors de cause, trancha le chancelier. Jamais ce fidèle serviteur de l'État ne trahirait Amasis.

— Péfy montre un grand attachement à la ville sainte d'Abydos, intervint Hénat, et tente vainement d'obtenir des fonds pour des travaux de restauration. Cette insistance irrite Sa Majesté et provoque certainement la rancœur du ministre des Finances.

— Pas au point de le transformer en comploteur ! protesta Oudja.

— Où se trouve-t-il actuellement ? s'informa le juge.

— À Abydos, répondit Hénat. Il y célèbre les mystères d'Osiris.

— Je l'interrogerai à son retour, décida Gem, et j'espère ne pas avoir de mauvaises surprises.

— Je suis serein, avança le chancelier. Le ministre Péfy n'a pas d'ambition personnelle et met scrupuleusement en œuvre la politique de Sa Majesté. La prospérité de l'Égypte prouve la qualité de son travail.

— Le bras droit du grand prêtre est une jeune femme, ajouta le chef des services secrets. Devenue Supérieure des chanteuses et des tisserandes de Neit, Nitis lui doit tout. Intelligente et déterminée, elle sera appelée à lui succéder. Elle n'ignore pas les pensées de Wahibrê et ne saurait le désapprouver.

— Irait-elle jusqu'à devenir sa complice ? s'inquiéta le juge.

— Je ne l'exclus pas.

— Une carriériste ne commet pas ce genre d'erreur, objecta le chancelier. Pourquoi une future grande prêtresse défendrait-elle un criminel auquel rien ne la rattache ? Sans doute conseille-t-elle plutôt Wahibrê de manière utile en lui recommandant d'obéir au roi et de s'en tenir à ses fonctions religieuses.

— Si Nitis suit un mauvais chemin, notre ami Menk m'informera, précisa Hénat. À la suite de son déplorable faux pas, il tient à se faire pardonner.

— J'interrogerai également cette prêtresse, décréta Gem.

— Elle a quitté Saïs pour participer aux funérailles d'Apis, signala Hénat, et sera bientôt de retour.

— Avez-vous identifié un nouveau taureau sacré ? demanda le juge au chancelier.

— Pas encore. Tous les grands temples d'Égypte ont été alertés, et les ritualistes battent la campagne afin de le découvrir au plus vite.

— Puissent les dieux nous être favorables ! Cette disparition affaiblit le roi, et le peuple commence à murmurer. Sans la protection de l'énergie vitale du taureau Apis, pourra-t-il vaincre l'adversité et les forces des ténèbres ?

Le visage du chef des services secrets s'assombrit.

— Des circonstances favorables au voleur du casque !

— Et s'il profitait des funérailles afin de se proclamer roi ? s'alarma le chancelier.

— Les mercenaires de Memphis sont consignés dans leurs casernes jusqu'à l'arrivée du nouvel Apis, et des soldats d'élite surveillent la cérémonie. En principe, la situation est sous contrôle.

67

Nitis, Kel et Bébon contemplaient le casque.

— Ainsi, dit le comédien, je n'ai qu'à m'en coiffer pour devenir Pharaon !

— Je te le déconseille, intervint la prêtresse. D'après le grand prêtre de Ptah, des troupes d'élite, fidèles au roi Amasis, quadrillent Memphis. L'usurpateur serait immédiatement exécuté.

— Et si ces soldats, comme par le passé, l'acclamaient ?

— Les mercenaires étaient venus chercher Amasis. Aujourd'hui, le prétendant au trône devra emporter leur adhésion. Memphis ne me paraît pas l'endroit idéal.

— Pourtant, objecta Kel, c'est ici que les comploteurs avaient caché le casque ! À l'occasion de la fin des funérailles, ils auraient tenté leur coup de force !

Bébon manipulait l'objet avec précaution.

— À la réflexion, je renonce au pouvoir suprême. Trop dangereux et trop fatigant. Commander, décider, être responsable du bonheur des gens, dénouer des intrigues, et j'en passe ! Impossible de dormir tranquille.

— Te voilà quand même au cœur d'une affaire d'État !

— Tâchons de l'oublier en nous débarrassant de ce maudit trésor. Amasis continuera à régner, et l'usurpateur se rongera les sangs avant de renoncer à ses projets meurtriers. Et tout rentrera dans l'ordre, grâce à nous !

— Ce casque est l'unique preuve de l'innocence de Kel, déclara Nitis.

— Je ne vous suis pas !

— Le détruire sauvera effectivement Amasis, mais Kel sera toujours considéré comme un criminel en fuite.

— Lui conseilleriez-vous de se proclamer roi ?

— Je lui conseille de rapporter le casque au Pharaon et d'affirmer ainsi sa parfaite fidélité. Lui, accusé de complot, y mettra fin de manière éclatante ! Qui oserait encore l'incriminer ?

Bébon en resta bouche bée.

— Nous courons au désastre ! Jamais Kel n'atteindra le roi.

— Nitis a raison, trancha le scribe. C'est ma seule chance de prouver mon innocence.

— As-tu envie de te suicider ?

— Je préfère courir ce risque-là plutôt que de continuer à fuir et à me cacher. Tôt ou tard, les policiers me repéreront, et Nitis et toi serez inquiétés. Je serai condamné à mort, et vous à de longues peines de prison. La chance nous a permis de retrouver le casque d'Amasis. Utilisons cette arme décisive.

— Je te le répète, tu seras abattu avant de pouvoir le remettre au roi !

— Nous n'avons pas le choix, Bébon. Retournons à Saïs et tâchons de découvrir l'occasion de l'approcher.

— Une véritable folie !

— Je comprends tes réticences et ne te reproche pas de renoncer.

Le comédien s'empourpra.

— Pardon ?

— Je regrette de t'avoir entraîné dans cette aventure et te présente mes excuses. Ne ruine pas ton existence à cause de moi.

— Bébon décide seul, Bébon ne se laisse entraîner par personne et Bébon agit comme il le désire ! Moi, je ne suis pas un scribe moralisateur et ne pense pas à la place des autres. Si je rentre à Saïs avec toi et si je t'aide à rencontrer le roi, c'est uniquement parce que j'en ai envie ! Suis-je assez clair ?

— Nous nous inclinons devant ta décision, dit Nitis en souriant. Il reste néanmoins un problème délicat à résoudre : trouver un abri sûr. Vous cacher au temple est impossible. Le grand prêtre ne saurait nous aider, et je serai probablement surveillée.

— Ne vous inquiétez pas pour ça, déclara fièrement le comédien. Bébon ne manque pas de relations. Et nous reprendrons le rôle de marchands ambulants afin de pouvoir nous déplacer aisément. En revanche, connaître l'emploi du temps du roi me paraît ardu.

— J'espère y parvenir, annonça Nitis.

La sérénité et la détermination de la jeune femme rassuraient Kel. Seul, il aurait sombré depuis longtemps. Grâce à elle, il croyait parfois au succès de leur entreprise insensée. Nitis paraissait capable de déplacer des montagnes et de changer le cours du fleuve.

— Le casque, le casque, marmonna Bébon. Je ne vois pas le lien avec l'assassinat des interprètes !

La même question troublait le scribe et la prêtresse.

— Le papyrus codé contient probablement la réponse, estima Kel. Hélas ! il résiste à nos investigations, et les stèles consacrées aux ancêtres de l'Apis décédé ne m'ont fourni aucune indication.

De la terrasse de ses appartements, le roi Amasis contemplait sa capitale lorsque le chancelier Oudja sollicita une entrevue.

— Excellente nouvelle, Majesté ! Le successeur du taureau Apis a été identifié à proximité de Boubastis. Plusieurs ritualistes l'ont examiné, et leur jugement ne souffre pas de contestation : il porte les marques de sa prédestination. Ce nouvel Apis est déjà en route vers Memphis où il sera présenté au grand prêtre de Ptah.

— J'exige l'intervention quotidienne de trois vétérinaires qui contresigneront un rapport commun. En cas d'erreur, renvoi immédiat.

— Vos instructions seront appliquées à la lettre. La période de deuil s'achèvera lors de l'arrivée du taureau, et sa vitalité renforcera votre *Ka*.

— Pas d'incident dans les garnisons ?

— Pas le moindre, Majesté. Cette difficile période s'achève, et nul agitateur n'a troublé la paix publique. Aux yeux de la population, vous demeurez le protégé des dieux.

— Pourquoi le voleur du casque n'a-t-il pas profité de circonstances aussi favorables ?

— Sans doute parce qu'il se trouve trop isolé et manque des soutiens nécessaires. Néanmoins, ni Hénat ni le juge Gem ne relâchent leurs efforts. En croyant à l'échec définitif du scribe Kel et de ses alliés, nous deviendrons peut-être leurs victimes !

— Je veux ce rebelle mort ou vif.

— Vous l'aurez, Majesté.

— En attendant, chancelier, faisons la fête ! Mon

cuisinier nous a préparé un menu-surprise et mon échanson a sélectionné des vins exceptionnels. Annonce partout que le taureau Apis et le pharaon Amasis sont bien vivants.

68

De retour d'Abydos où il avait participé au rituel des mystères d'Osiris, Péfy, le ministre des Finances, fut étonné de voir le juge Gem pénétrer dans son bureau, avant même de pouvoir faire le point avec son secrétaire.

— Une urgence ?

— Votre interrogatoire.

— À quel propos ?

— Vous êtes le meilleur ami du grand prêtre Wahibrê, paraît-il ?

— Exact.

— Ennuyeux… Fort ennuyeux.

— Pourquoi donc ?

— Parce qu'il est soupçonné d'avoir aidé le scribe assassin que nous ne parvenons pas à repérer. Ce criminel bénéficie de puissantes protections, indispensables à sa survie. Le grand prêtre étant assigné à résidence, il ne peut plus agir directement. À vous, son ami, il a sans doute fait des confidences.

— Vous vous égarez, juge Gem !

— Je vous somme de répondre à mes questions. Je n'aimerais pas inculper un ministre et le contraindre à comparaître en haute cour de justice, mais je n'hésiterai pas à entamer la procédure.

Péfy ne prit pas la menace à la légère. Tel un chien de chasse, Gem ne lâchait pas ses proies.

— Wahibrê a peut-être cru à l'innocence du scribe Kel, confessa le ministre. Il envisageait une sorte de complot organisé par les Grecs de Naukratis, désireux d'introduire en Égypte l'esclavage et la circulation de la monnaie. Ce serait modifier profondément notre société et la conduire au désastre en piétinant la règle de Maât. Ma capacité d'intervention reste limitée, car seul le roi s'occupe du dossier grec.

— Oseriez-vous accuser Sa Majesté d'incompétence et de laxisme ?

— En aucune façon, juge Gem. Détenteur du testament des dieux et garant de la présence de Maât sur terre, il agira forcément au mieux.

— Aidez-vous le scribe assassin à nous échapper ?

— Je considère cette question comme une insulte. Si je ne respectais pas votre fonction, vous auriez eu mon poing dans la figure.

— J'étais obligé de vous la poser, Péfy ! Nous traquons une bête féroce, coupable d'horribles crimes, et décidée à s'emparer du pouvoir à la tête d'une bande de factieux. Ils sont allés jusqu'à assassiner le taureau Apis afin d'affaiblir le *Ka* royal et de semer le doute parmi les Égyptiens.

Péfy fut choqué.

— Le nouvel Apis a-t-il été identifié ?

— Il sera bientôt à Memphis, sous étroite protection. Le trône de Sa Majesté s'en trouve renforcé.

— Les dieux en soient remerciés.

— Le grand prêtre a-t-il d'autres amis intimes ? demanda le juge.

— Pas à ma connaissance. Wahibrê est un homme solitaire qui n'éprouve guère de confiance envers l'espèce humaine.

— Il favorise tout de même la carrière de la prêtresse Nitis, sa plus proche collaboratrice.

— Wahibrê ne tient compte que de ses qualités.

— Lui aurait-il ordonné de cacher l'assassin ?

— Inconcevable ! Comment pouvez-vous imaginer qu'un grand prêtre de Neit approuve la violence et le crime ?

— Vous ne savez donc rien à propos de ce Kel et de ses complices ?

— Rien.

— Bonne journée, Péfy. Si un détail significatif vous revenait en mémoire, prévenez-moi immédiatement.

— Vous avez ma parole.

Le juge Gem donnerait au chancelier et au chef des services secrets les maigres résultats de cet interrogatoire.

Un élément troublant : la critique à peine voilée de la politique grecque du roi. Le ministre n'approuvait pas le développement de Naukratis et les projets de ses habitants. Se contentait-il de désapprouver Amasis ou avait-il décidé d'intervenir en prenant la tête d'une faction ?

Et cette faction utiliserait-elle la violence en s'assurant les services de fanatiques comme le scribe Kel ?

Un grand prêtre complaisant, un ministre hostile à son roi, un scribe exécuteur des basses œuvres... L'hypothèse commençait à prendre forme.

Si la théorie du complot se renforçait, l'anéantissement du service des interprètes demeurait énigmatique.

À moins que les collègues de Kel n'aient eu vent de ses intentions ou bien n'aient refusé de participer à un coup d'État… *Tous* ses collègues, y compris le chef du service, difficile à croire !

Le juge ne devait pas formuler de conclusions hâtives.

Restait à surveiller étroitement les activités du ministre des Finances. Tâche délicate car, après cet interrogatoire, il se montrerait méfiant. S'il confiait une mission officielle à la police, Gem échouerait. Impossible de préciser ses motivations sur un document rédigé en bonne et due forme dont le ministre aurait forcément connaissance. Péfy ne manquerait pas de contre-attaquer et de porter plainte.

Malgré ses réticences, le juge n'avait qu'une solution : demander à Hénat d'espionner le ministre. Les agents des services secrets savaient se montrer discrets, et Péfy ne serait pas informé.

Solution vraiment déplaisante… et risquée ! Hénat n'avait pas l'habitude de communiquer les renseignements obtenus. S'il flairait la bonne piste, il ferait cavalier seul et agirait peut-être de manière brutale en soustrayant les coupables à la justice.

À la réflexion, le juge préférait temporiser.

L'usurpateur n'avait pas profité de la mort d'Apis pour se coiffer du casque d'Amasis, et le nouveau taureau sacré redonnait de la vigueur au roi. Les comploteurs ne s'estimaient donc pas prêts à agir, et aucun autre crime n'avait été commis.

À supposer qu'il fût coupable, le ministre Péfy ne renoncerait-il pas à des projets insensés ? Et n'ordonnerait-il pas l'élimination du scribe, devenu trop encombrant ?

Le juge indiquerait à Hénat que l'interrogatoire du ministre des Finances n'avait rien donné. Et il poursuivrait son enquête à sa façon, en respectant strictement la législation.

69

Se séparer de Nitis avait été, pour Kel, une profonde déchirure. Même s'il n'osait pas lui déclarer ses sentiments, de plus en plus intenses, il venait de passer des heures enchanteresses auprès d'elle. Son regard, sa voix, son sourire, son parfum, sa démarche d'une élégance souveraine... tant de présents inestimables !

— Tu rêves ? demanda Bébon.

— Un rêve... Tu as raison, ce n'était qu'un rêve !

— Maintenant, il fait grand jour. Reviens à la réalité, et avance.

Nitis avait regagné le temple de Neit, et Kel ne la reverrait peut-être jamais.

Ayant repris leurs habits de colporteurs, le scribe et le comédien suivaient Vent du Nord auquel Bébon avait indiqué leur destination. D'un pas tranquille, l'âne prenait le plus court chemin.

— Où allons-nous ? demanda Kel.

Le comédien sembla embarrassé.

— Surtout, ne t'inquiète pas ! Je suis sûr de moi.

— Tu recommences donc à jouer aux dés !

— Pas du tout ! Enfin, pas à ce point-là... Tu sais, les amis sont des amis jusqu'au jour où tu as trop d'ennuis !

— J'ignorais.

— Toi et moi, on est plutôt des frères. Un ami a sa propre vie, et…

— Si tu t'expliquais clairement ?

— À cause de ta morale intransigeante et de ton attitude de scribe propre, ça m'ennuie un peu. Bref, il fallait en arriver là ! Mon métier ne rapportant pas beaucoup, je dois me montrer inventif. L'État prélevant un maximum d'impôts et de taxes, la première priorité consiste à lui échapper.

— Évoquerais-tu des activités illégales ?

— Voilà les grands mots ! De la débrouillardise et du doigté, rien de plus. Sinon, ce serait la misère.

— À quel trafic te livres-tu ?

— Le roi apprécie les grands crus, les entrepôts de Saïs accueillent les meilleurs vins. Chaque jarre est étiquetée, inventoriée et entreposée. Le responsable me doit un fier service, car j'ai affirmé à son épouse que nous dînions ensemble alors qu'elle le soupçonnait de coucher avec une femme de chambre du palais.

— C'était vrai ?

— Ce n'était pas complètement faux. J'ai sauvé un ménage, et nous avons bu un rouge corsé de Boubastis pour fêter notre collaboration ! Tu imagines ma surprise : comment justifierait-il le détournement de cette jarre ? Simple : une erreur d'étiquette. Et voilà l'idée : une petite jarre sur cent ne manquerait guère à la table du roi. En revanche, elle aiderait mon ami et moi à survivre.

— Vous détournez le vin des entrepôts royaux !

— Très, très peu !

— Cela s'appelle du vol, Bébon.

— Point de vue rigide, Kel ! À mon avis, simple diminution d'impôts. Et nos acheteurs sont ravis.

— Je désapprouve formellement ce délit.

— On croirait entendre le juge Gem ! Dans ta situation, mieux vaut oublier les conventions. L'entrepôt des vins royaux sera notre meilleur abri.

— À condition que ton ami soit conciliant.

— Il tient beaucoup à son épouse. C'est elle qui possède la maison et une petite ferme au sud de Saïs.

Des policiers observaient l'âne et les colporteurs.

Une épreuve décisive.

En cas d'interpellation, faudrait-il discuter ou prendre la fuite ?

Vent du Nord ne ralentit pas l'allure. Silencieux, ses deux compagnons le suivirent.

— Gagné ! conclut Bébon. Ceux-là, ce sont les meilleurs, chargés de la protection du palais. Et nous, on est de parfaits marchands !

La respiration de Kel redevint normale.

— Le caviste est un Syrien mal embouché, révéla le comédien. Ne t'étonne pas de son accueil.

À l'entrée des entrepôts, de nombreux fournisseurs et une centaine d'ânes portant des paniers remplis de diverses marchandises.

Vent du Nord et les deux hommes empruntèrent l'allée menant aux caves royales. Devant l'accès principal, de nombreuses jarres qu'examinait un grand moustachu au crâne dégarni.

— Salut, le Syrien.

— Tiens, Bébon ! Où étais-tu passé ?

— En tournée dans le Sud.

— Satisfait ?

— Comme ci, comme ça.

— Envie de refaire du commerce ? demanda le Syrien avec un sourire gourmand.

— Ça se pourrait.

— Tant mieux, la situation se présente bien. Je viens de recevoir un joli stock des oasis, et il y a de la demande.

— Je suis prêt à livrer.

Le Syrien jeta un œil suspicieux à Kel.

— C'est qui, celui-là ?

— Mon assistant.

— Un type sérieux ?

— Un benêt obéissant. Il ne comprend rien à rien et ne nous posera pas de problèmes.

— Ton âne me plaît ! Il a l'air costaud. Idéal pour les livraisons.

— On commence quand tu veux.

— Dès ce soir ?

— Entendu.

Le Syrien tapa sur l'épaule de Bébon.

— Toi, tu es un ami, un vrai !

— Justement, j'ai un petit service à te demander.

Le regard du Syrien se noircit.

— Pas d'embrouilles, j'espère ?

— Pas la moindre ! Mon assistant et moi aimerions passer quelques nuits à l'intérieur des entrepôts. Puisque tu effectues la dernière ronde et que tu ouvres la porte le matin, on dormirait tranquilles.

— Une fille te court après ?

Bébon baissa la tête.

— Une femme mariée et de la haute ! C'est ça ? insista le grand moustachu.

Le comédien marmonna.

— Sacré Bébon ! Tu finiras par t'attirer des ennuis. Bon, d'accord. Mais seulement quelques nuits.

— La belle m'oubliera vite.

— Allez, entrez.

D'une remarquable propreté, la cave était peuplée

d'étagères d'une solidité à toute épreuve. Sur trois rangées, des jarres à anses, impeccablement alignées, pourvues de bouchons en argile et fichées dans des supports. Une étiquette précisait l'origine du vin, son année et sa qualité.

Du doux, du sucré, du blanc sec, du rouge léger ou capiteux, des crus exceptionnels, notamment la « Rivière de l'Ouest » !… Un authentique paradis !

— Je nourrirai l'âne à l'étable voisine, indiqua le Syrien. Avant la fermeture de la porte, vous pourrez vous laver et vous nourrir. Ensuite, silence total. Et vous ne touchez à rien !

— Sois tranquille, l'ami ! En échange de ce service, je t'abandonne une partie de mes bénéfices.

Le Syrien donna une vigoureuse accolade au comédien.

— Content de te connaître, mon gars !

70

Revoir le temple de la déesse Neit redonna espoir à Nitis.

Elle parcourut lentement l'allée de sphinx au nom du pharaon Amasis, contempla son obélisque, puis longea la façade monumentale et se dirigea vers le lac sacré que survolaient des dizaines d'hirondelles.

La lumière chaude du couchant imprégnait les lieux d'une sérénité qui effaçait tourments et angoisses.

Comme la jeune prêtresse eût aimé oublier le monde extérieur en se consacrant à la pratique rituelle et à la consultation des archives de la Maison de Vie ! Mais un innocent était injustement accusé, et elle devait contribuer à rétablir la vérité en lui évitant un destin funeste.

Nitis se recueillit en écoutant la voix des dieux.

Bientôt, l'ultime forme du soleil, le vieillard Atoum, s'aidant de la canne de rectitude, quitterait la lumière mourante pour affronter, à bord de la barque des métamorphoses, les démons des ténèbres. Guidé par l'intuition créatrice et le Verbe nourricier, il traverserait des régions périlleuses en apaisant les terrifiants gardiens de porte dont il connaissait les noms.

Une nouvelle fois se jouerait le sort du monde.

Si le gigantesque serpent du néant parvenait à boire

l'eau du Nil céleste et à empêcher le voyage de la barque, la terre disparaîtrait, et ce petit îlot d'existence retournerait à l'océan des origines. En célébrant les rites, les initiés aux mystères aidaient la lumière à franchir les obstacles, à transpercer le serpent et à renaître, à l'aube, au terme d'un violent combat, sous la forme d'un scarabée.

Le scribe Kel, lui aussi, traversait une nuit terrifiante. Et des monstres à visage humain s'acharnaient à sa perte.

Nitis s'approcha de la demeure du grand prêtre.

Elle franchit le seuil donnant accès à une petite cour précédant les appartements. Un domestique achevait de la balayer.

— Vous êtes de retour, Supérieure ! Votre voyage s'est-il bien déroulé ?

— Au mieux. Puis-je voir le grand prêtre ?

— Sa santé vient de se dégrader, mais il vous attend.

Wahibrê s'était alité. Amaigri, il gardait une impressionnante dignité.

— Ont-ils osé assassiner Apis ? demanda-t-il.

— Malheureusement oui, répondit Nitis. Mais son successeur réaffirme la puissance du *Ka* royal, et Kel a retrouvé le casque du roi Amasis. Désormais, l'usurpateur est réduit à l'impuissance.

— Cette nouvelle me redonne de l'énergie !

— Kel remettra cette relique au pharaon et proclamera ainsi son innocence.

— Ce serait prendre un risque énorme !

— Me conseillez-vous une autre stratégie ?

Wahibrê réfléchit.

— Tu as choisi la meilleure solution.

— Encore faut-il profiter d'une occasion favorable.

— Naguère, déplora le grand prêtre, j'aurais pu

obtenir l'emploi du temps d'Amasis. Aujourd'hui, je suis enfermé ici, et pas un dignitaire ne m'adressera la parole.

— Je me débrouillerai, assura Nitis. Préoccupez-vous surtout de votre santé.

— Simple fatigue passagère. Ma robuste constitution me permettra de la surmonter.

— Avez-vous consulté le médecin du temple ?

— Inutile. Le repos me guérira.

— Puis-je insister ?

Il eut le regard d'un père, à la fois sévère et tendre.

— Me contraindrais-tu à me soucier de ma petite personne ?

— Nous avons tant besoin de vous ! Sans votre aide, nous ne triompherons pas de cette épreuve.

— Va chercher le médecin.

Le fidèle de la déesse scorpion Serket et de la lionne Sekhmet, qui répandaient les maladies et offraient les moyens de les guérir, passa plus d'une heure au chevet du grand prêtre et procéda à divers examens.

— La voix du cœur reste claire, conclut-il, et les énergies circulent dans les canaux. Néanmoins, l'âge ronge leurs parois, et plusieurs remèdes seront à prendre quotidiennement. Le grand prêtre acceptera-t-il cette servitude ?

— Je le convaincrai, promit Nitis, et son domestique exercera une surveillance féroce.

Rassurée, la prêtresse regagna son logement de fonction.

Devant la porte, Menk.

— Je m'inquiétais, déclara-t-il. Les funérailles d'Apis se sont-elles bien déroulées ?

— Il a été inhumé selon les rites, et son *Ka* animera

son successeur. Ainsi, la transmission ne sera pas interrompue.

— Merveilleux ! Nous pouvons donc préparer la prochaine fête de Saïs. J'ai besoin d'étoffes spéciales destinées à la statue de la procession et j'aimerais de nouveaux chants en son honneur. Malgré l'étroitesse des délais, vos ateliers et vos musiciennes me donneront-ils satisfaction ?

— Nous travaillerons jour et nuit.

— Grand merci, Nitis ! Sa Majesté sera ravie de voir la population se réjouir en oubliant ces moments difficiles.

— Le roi assistera-t-il à la fête ?

— Entouré d'une cohorte de dignitaires, il célébrera le début du rite public puis nous laissera le soin d'organiser la suite, pendant qu'il présidera un banquet auquel seront invités une bonne vingtaine d'ambassadeurs grecs. Une semaine de réceptions officielles fort chargée !

— Quelles sont les autres obligations de Sa Majesté ?

— Inauguration des nouvelles écuries royales, remise de l'or de la vaillance au général en chef Phanès d'Halicarnasse, nomination d'officiers supérieurs, célébration solennelle des traités d'alliance avec les cités grecques, sans oublier l'apparition au tribunal du juge Gem. La cour suprême se réunira après-demain devant l'entrée du temple, et le chef de la magistrature rappellera la nécessaire prééminence de la loi de Maât. À cette occasion, le pharaon devrait rappeler aux juges qu'il en est le garant sur cette terre et qu'il ne permettra à personne de la violer.

— Pourquoi dites-vous « devrait » ?

Menk parla à voix basse.

— Parce que le roi Amasis se montre parfois imprévisible. Si cette formalité l'ennuie, il déléguera ses pouvoirs au juge Gem et lui ordonnera de prononcer un discours à sa place. Son entourage le suppliera néanmoins d'être présent, car le respect de Maât demeure le fondement de notre société.

La voici, l'occasion rêvée !

Face au pharaon et aux juges de la cour suprême, Kel produirait la preuve de sa fidélité et de son innocence.

— Vous semblez rêveuse, observa Menk.

— Juste un peu de lassitude. Et la santé du grand prêtre me préoccupe.

— Qu'en dit le médecin ?

— Une maladie qu'il connaît et qu'il guérira.

— Cet excellent thérapeute n'a pas l'habitude de se vanter. Wahibrê vivra encore de longues années, j'en suis persuadé !

— Puissent les dieux le préserver.

— Et vous préserver aussi, Nitis. N'oubliez surtout pas mes conseils.

— Comment le pourrais-je ?

— M'autorisez-vous à vous poser une question indiscrète ?

— Je vous en prie.

— Avez-vous vraiment oublié Kel, ce scribe assassin ?

— Aujourd'hui, je ne le reconnaîtrais même pas. Je suis épuisée, Menk, et j'aimerais dormir.

— Pardonnez-moi de vous avoir importunée. Reposez-vous et, dès demain, nous préparerons ensemble cette nouvelle fête.

Rassuré, il s'éloigna.

Personne ne rôdait autour de la maison de Nitis, le grand prêtre n'avait plus aucun moyen d'agir et les ritualistes vaquaient à leurs occupations habituelles.

N'ayant rien noté d'anormal, Menk ferait un rapport rassurant au chef des services secrets.

À l'évidence, le scribe assassin ne se cachait pas dans le domaine de Neit. Et jamais l'organisateur des fêtes de Saïs ne parlerait à Hénat des imprudences de Nitis. Raisonnable, la belle prêtresse se consacrait à ses seuls devoirs.

71

Bébon et Nitis étaient convenus de se rencontrer chaque jour à la porte des fournisseurs du temple. Si le comédien décelait une présence anormale, il ne lui adresserait pas la parole, et elle agirait de même.

Vent du Nord, allergique aux policiers de tout poil, leur fournirait une aide précieuse.

La prêtresse examina une pièce d'étoffe.

— Demain, murmura-t-elle, la cour suprême se réunit devant la porte principale de l'enceinte. Le roi devrait être présent.

— C'est de l'excellente qualité, affirma Bébon d'une voix forte. Vous ne trouverez pas mieux.

— Je la prends. Allez vous faire payer chez l'intendant.

Cette formalité accomplie, le comédien rôda un long moment autour de l'endroit où aurait lieu la cérémonie.

Puis il retourna aux entrepôts royaux.

À la grande satisfaction du Syrien, Kel avait accepté de ranger les jarres et de balayer, en échange d'un modeste repas. Renfermé, le scribe prenait soin de se taire.

— Ton camarade n'est pas causant, dit le Syrien à

Bébon, mais il ne me coûte pas cher et ne travaille pas trop mal.

— Les benêts, il faut savoir les dresser.

Lors de la pause, le comédien et le scribe s'isolèrent.

— As-tu contacté Nitis ? demanda Kel.

— Demain, réunion des juges de la cour suprême devant le temple de Neit. Amasis la présidera peut-être.

— Fabuleux ! On ne pouvait rêver meilleure occasion.

— Ça ne me plaît pas.

— Pourquoi ?

— Imagine le nombre de gardes et de policiers ! On ne te laissera pas approcher.

— Sauf si je dispose d'un bon motif juridique ! Je vais rédiger une lettre à l'intention du juge Gem en des termes choisis qui prouveront le sérieux de ma démarche. Il m'appellera pour comparaître, et je remettrai le casque au roi en m'expliquant.

— Une nouvelle folie ! Ce coup-là, je ne le sens pas.

— Au contraire, nous avons beaucoup de chance ! Se justifier face au roi, au chef de la magistrature et aux juges de la cour suprême mettra un terme à ce cauchemar.

— Moi, je songe à un parfait guet-apens.

— Impossible, Bébon !

— Il faut tout de même prévoir une possibilité de fuite, donc une manœuvre de diversion.

Du museau, Vent du Nord souleva le coude de Bébon.

— Toi, tu as une idée !

Dans le regard de l'âne, le comédien décela effectivement une solution. Il n'aurait pas trop de l'après-midi pour mettre au point sa stratégie de repli.

Kel, lui, rédigeait déjà sa missive à l'intention du juge Gem.

Nitis était satisfaite du travail des tisserandes. Menk serait ravi, et la prochaine fête aussi somptueuse que les précédentes. En offrant leurs chefs-d'œuvre aux dieux, les humains maintenaient l'harmonie sur terre.

— Le juge Gem vous demande, lui apprit un prêtre pur. Je l'ai conduit à votre logement de fonction.

La Supérieure ne manifesta aucune émotion.

Gem attendait Nitis dans la petite antichambre.

— Restez assis, je vous en prie. Comment puis-je vous être utile ?

— J'ai quelques questions à vous poser. Acceptez-vous d'y répondre ici, sans formalités ?

— Bien entendu !

— Nous recherchons toujours le scribe Kel, assassin et comploteur. Malgré l'ampleur des investigations, pas le moindre résultat. À se demander s'il ne serait pas mort.

— En ce cas, il ne nuira plus à personne, et le tribunal divin se chargera de le châtier.

— Ce serait trop beau ! La vérité me paraît moins riante. Non seulement ce criminel a dû changer d'apparence physique, mais encore bénéficie-t-il forcément de complicités fort efficaces.

— Inquiétantes perspectives.

— En effet, reconnut le juge. C'est pourquoi, en vertu de l'intérêt supérieur de notre pays, je sollicite de votre part une absolue sincérité.

Nitis soutint le regard soupçonneux du magistrat.

— Wahibrê a avoué sa sympathie envers l'assassin,

rappela Gem. Mettons cette grave erreur sur le compte de la bonté et de la naïveté. Mais persiste-t-il ? Vous, vous le savez.

— Ces événements ont tellement affligé le grand prêtre que sa santé a été atteinte. Il vient de s'aliter et doit suivre un traitement lourd.

— Vous m'en voyez navré. Néanmoins, je vous repose ma question.

— Jamais le grand prêtre n'aidera un criminel.

— Pas de manière directe, sans doute. N'a-t-il pas des amis intimes ou de fidèles subordonnés auxquels il aurait recommandé de cacher ce scribe en fuite ?

— L'unique préoccupation du grand prêtre est le plein exercice de sa fonction. Premier serviteur de la déesse Neit, il en transmet chaque jour le message grâce à la pratique des rites et à l'animation des symboles.

— Je n'en doute pas, Nitis. Pourtant, Wahibrê a pris des positions qui…

— N'avez-vous pas fait fouiller de fond en comble le domaine de Neit, au risque de mécontenter la déesse et de troubler la paix du sanctuaire ? Vous acharner sur un grand prêtre âgé et malade ne vous mènera à rien et ternit la grandeur de la justice.

— Supérieure des chanteuses et des tisserandes, vous êtes son bras droit. Vous a-t-il ordonné de protéger le scribe Kel et de lui fournir des alliés ?

Le regard de la jeune femme ne vacilla pas.

— En aucune façon. Et je vous signale que, ces dernières semaines, je me trouvais à Memphis pour participer aux funérailles d'Apis. Quantité de témoins vous le confirmeront. Aujourd'hui, je dois assumer une partie des charges du grand prêtre en souhaitant son prompt rétablissement.

— Si vous connaissiez des éléments indispensables à la justice, parleriez-vous ?

— Je n'hésiterais pas un instant.

L'assurance de la jeune femme troubla le juge. La questionner pendant des heures serait inutile. Et il ne possédait pas d'indice lui permettant de l'inculper. Peut-être Menk, en observant ses agissements, obtiendrait-il des résultats.

Pourquoi cette femme sublime prêterait-elle main-forte à un redoutable assassin recherché par toutes les polices du royaume ?

72

Au grand complet, les juges de la cour suprême se déplacèrent jusqu'à la porte du temple où, selon la tradition, on lisait les réclamations des plaignants afin de distinguer la justice de l'iniquité et de protéger les faibles de la suprématie des forts. Ici s'affirmait la vérité de Maât, excluant le mensonge.

Un troupeau d'ânes apporta les rouleaux de la loi, les sièges des magistrats et des gourdes d'eau.

Lorsque chacun fut installé, le juge Gem suspendit une petite figurine de la déesse Maât à la chaîne d'or qu'il portait au cou.

Devant lui, quarante-deux rouleaux de cuir contenant les textes législatifs appliqués dans les quarante-deux provinces de l'Égypte.

Mêlé à la foule nombreuse qui assistait à cet événement exceptionnel, Kel se mordillait les lèvres. Le pharaon Amasis n'honorait pas de sa présence cette proclamation de la toute-puissance de la justice, pourtant essentielle aux yeux du peuple !

Ainsi, son plan s'effondrait. Il faudrait trouver une autre occasion pour remettre le casque à son légitime propriétaire.

Le scribe allait s'éloigner, quand des murmures le retinrent.

— Le roi, murmura un vieil homme. Le roi arrive !

Précédé et suivi des soldats de sa garde personnelle, Amasis montra que le nouvel Apis lui avait transmis force et vigueur. Sobrement vêtu, portant le pagne des pharaons de l'Ancien Empire, il était coiffé de la couronne bleue, reliant sa pensée aux puissances célestes.

Il prit place sur un modeste trône en bois doré, à l'extérieur du cercle des juges. Nulle intervention du monarque ne troublerait leurs délibérations et n'influencerait leurs décisions. Visiblement, le monarque ne tenait même pas à prononcer un discours inaugural.

L'assistance fut rassurée.

Pharaon régnait, et l'on rendait la justice, fondement de la prospérité et du bonheur.

— Au nom de Maât et du roi, annonça Gem d'une voix ferme, je déclare ouverte cette session du tribunal des Trente. Voici la première plainte.

Il s'agissait d'une sombre affaire de bornes déplacées, entraînant la contestation d'un fermier quant à la dimension de son terrain, donc au montant de ses impôts. Refusant de l'écouter, le fisc exigeait sa contribution, aggravée d'une pénalité de retard.

À l'unanimité, les Trente condamnèrent l'administration qui aurait dû demander l'intervention d'un arpenteur et faire appel au service du cadastre. Bien que le monarque tînt beaucoup à imposer ses nouvelles dispositions fiscales, les juges refusaient l'arbitraire. Et le contrôleur tyrannique fut condamné à indemniser lui-même le plaignant.

Gem lut ensuite les lettres contradictoires opposant un artisan et son ex-épouse, venant de divorcer. L'accusant d'infidélité, il réclamait la totalité des biens et la garde des enfants. La femme produisait des témoignages écrits prouvant son innocence. Et le mari avait répondu par des insultes et une tentative d'agression corporelle en présence de deux collègues.

Frapper une femme étant considéré, en Égypte, comme un grave délit, l'artisan fut débouté et condamné à deux ans de prison. Non seulement son épouse garderait les enfants, mais encore recueillerait-elle les biens du couple.

La troisième plainte stupéfia le juge Gem.

Il hésita à la rendre publique.

Constatant son trouble, l'un des Trente lui demanda la parole.

— Toutes les voix ne doivent-elles pas être entendues ? Si celle-là nous paraît inconcevable, nous préciserons nos raisons. L'exclure *a priori* serait contraire à une bonne justice.

— Le rédacteur de ce document s'estime capable de résoudre un problème grave pouvant porter atteinte à la sécurité de l'État et demande à comparaître en personne devant cette cour. Conscient du caractère inhabituel de cette procédure, il insiste sur le sérieux de sa démarche et nous prie humblement de l'écouter.

La curiosité d'Amasis fut éveillée. Néanmoins, il se garda d'intervenir. Aux Trente et à eux seuls de se prononcer.

Un débat juridique s'engagea entre les formalistes et ceux plus attachés à l'esprit qu'à la lettre. Au terme d'échanges courtois, le juge Gem trancha : l'intérêt supérieur de l'État exigeait l'audition du rédacteur de l'alarmante missive.

Si l'intervenant se moquait de la cour, il serait sévèrement condamné.

— Veuille le plaignant se présenter et s'exprimer, demanda Gem.

Un lourd silence s'installa.

Chacun regarda son voisin. Qui allait sortir de la foule ?

Coiffé d'une perruque à l'ancienne, la lèvre supérieure ornée d'une fine moustache taillée à la perfection, un jeune homme s'avança. Les bras levés à la hauteur de la poitrine, il portait un objet enveloppé d'une toile de lin.

Le juge Gem ne parvenait pas à voir son visage.

— Qui êtes-vous et qu'avez-vous à déclarer ?

— Accusé à tort de crimes abominables, j'apporte la preuve de mon innocence et de ma fidélité absolue au pharaon. Grâce à mon intervention, les comploteurs seront réduits au silence.

Le juge Gem et le roi se figèrent. Ni l'un ni l'autre n'osaient comprendre.

Gem posa une question brûlante.

— Serais-tu… le scribe Kel ?

— C'est bien moi.

Les archers tendirent leurs arcs, les policiers saisirent les gourdins.

Le juge leva la main.

— Pas de violence au sein du tribunal ! Attendez le jugement et mes ordres.

Kel se tourna vers le roi.

— Je n'ai assassiné personne, Majesté, et je suis la victime d'une machination destinée à renverser votre trône et à plonger notre pays dans le malheur. Les véritables criminels se sont montrés d'une cruauté inouïe, et je craignais pis encore. Mais j'ai fait échouer leurs sinistres projets ! Puis-je m'approcher ?

Le chef de la garde personnelle d'Amasis tira son épée du fourreau.

— Approche, scribe Kel. Pour le moment, tu n'as rien à redouter.

Le jeune homme franchit lentement la distance qui le séparait du trône.

Il s'agenouilla, puis ôta la toile de lin.

— Majesté, voici le casque volé au palais. Désormais, nul usurpateur ne s'en coiffera.

Le scribe offrit la précieuse relique au monarque.

Amasis la contempla longuement.

— Scribe Kel, tu es un assassin doublé d'un menteur et d'un provocateur. Ce casque n'est pas le mien.

73

— Arrêtez ce meurtrier ! ordonna le juge Gem.

Un mouvement de foule gêna les policiers armés de gourdins.

Vif, Kel traversa le tribunal et se mêla aux badauds.

Pour les archers, impossible de tirer sans blesser ou tuer des innocents.

Et ce fut le moment que choisit Bébon pour déclencher la ruée des ânes, répondant aux braiments de Vent du Nord, chef de troupeau respecté. Les quadrupèdes semèrent une totale confusion, et l'un d'eux renversa un juge qu'un policier énervé assomma d'un coup de bâton. Les protestations indignées des magistrats ajoutèrent encore au désordre.

Quand les archers eurent enfin le champ libre, Kel, Bébon et Vent du Nord avaient disparu.

— Le roi est indemne, constata Hénat. Voilà l'essentiel.

— Ce scribe assassin a ridiculisé l'institution judiciaire, déplora Gem, rageur.

— Avez-vous identifié ses complices ?

— Même pas ! Il a profité au mieux de la situation.

— Au moins, nous savons qu'il est vivant et a changé d'apparence.

— Tracer un portrait fidèle sera impossible. Les nombreux témoignages recueillis diffèrent de façon considérable, allant d'un petit homme joufflu à un colosse barbu ! Personnellement, je suis incapable de le décrire avec précision. Il dissimulait son visage derrière le faux casque.

— Étrange démarche, estima le chef des services secrets.

— Pure provocation ! Il a prouvé son mépris absolu de la justice et de la police.

— Étrange, répéta Hénat. D'après la qualité de sa lettre et son intelligence évidente, ce scribe ne ressemble pas à un insensé. Et s'il avait cru à l'authenticité du casque ?

La question embarrassa le juge.

— Ce Kel est un fou furieux, un assassin capable des actions les plus délirantes ! Il ne raisonne pas comme un homme normal.

— Il n'a même pas tenté de tuer le roi, observa Hénat.

— Il pensait que Sa Majesté n'examinerait pas le casque ! Alors, Kel aurait bénéficié de la bonté royale. Lavé de ses crimes, il ne lui restait qu'à reprendre une existence paisible.

— Habile stratégie, reconnut le chancelier Oudja. La manœuvre aurait pu réussir.

— Qui détient le véritable casque d'Amasis ? demanda Hénat.

— Kel en personne ! répondit le juge. Ses espoirs de se faire innocenter à jamais écartés, il ne lui reste qu'une solution : permettre à un usurpateur de se dresser contre le roi. Nous voilà face à un criminel résolu et féroce ! Et la réputation de sa toute-puissance se répandra parmi le peuple.

— Il ne peut pas triompher, estima le chancelier.

— Après une telle démonstration de force, je me le demande !

— Le scribe a parfaitement utilisé l'effet de surprise, nota Hénat. S'il avait disposé de complices nombreux et armés, une bataille se serait engagée.

— Ce n'est que partie remise.

— Nous contrôlons l'armée et la police, juge Gem, et Sa Majesté continue à diriger le pays sans faiblir. Cette affaire criminelle prend une tournure extraordinaire, je vous le concède, mais dépasse-t-elle vraiment le cadre d'une petite faction ?

— Quoi qu'il en soit, préconisa le chancelier, demeurons d'une vigilance extrême.

— Je propose une nouvelle fouille du domaine de Neit, avança le juge.

— Ne serait-ce pas le dernier endroit où se cacherait Kel ?

— Justement ! Comment supposerait-il une incursion répétée des forces de l'ordre ? Assuré d'une parfaite tranquillité, il ne saurait trouver meilleur refuge.

— Cela suppose des complicités, estima Hénat.

— Bien entendu ! Un fait récent m'a alerté : la subite maladie du grand prêtre. Faudrait-il être cruel pour l'importuner en ces douloureux moments ! Et la prêtresse Nitis, son bras droit, ne manque pas de souligner le caractère pénible de la situation, sans répondre de manière satisfaisante à mes questions. Le scribe assassin ne ridiculisera pas éternellement la magistrature. Et, cette fois, il a peut-être commis l'erreur fatale.

Nitis méditait sur les sept paroles de Neit qui créait le monde en sept étapes. La nuit où l'on rassemblait les parties éparses de l'œil divin afin de recréer la vision divine, les paroles de la déesse portaient la balance en or du jugement. Ainsi le Verbe libérait-il de la mort et redonnait-il vie, cohérence et prospérité. Et ces sept propos tranchaient la tête des parjures et des ennemis de la lumière.

Une nouvelle hypothèse traversa l'esprit de la prêtresse : et si le septénaire était la clé du code utilisé par le rédacteur du papyrus indéchiffrable ? Seuls le premier hiéroglyphe, puis le septième, puis le quatorzième, et ainsi de suite, auraient un sens !

Et cela signifierait que l'auteur était un initié ou une initiée aux mystères de Neit.

Angoissée, Nitis étudia le document.

Échec total.

Échec rassurant.

L'un des scribes de la Maison de Vie osa interrompre son travail.

— Supérieure, venez vite ! À la tête d'une centaine de policiers, le juge Gem exige l'accès au temple.

Nitis se hâta.

Le juge semblait irrité.

— Que se passe-t-il ? demanda-t-elle.

— L'ignorez-vous ?

— En effet.

— Le scribe Kel vient de défier le pouvoir et la magistrature. Il s'est malheureusement enfui, mais j'ai de bonnes raisons de penser qu'il se cache ici.

— Vous vous trompez.

— Je vais vérifier. Deux endroits m'intéressent plus particulièrement : votre logement de fonction et celui du grand prêtre Wahibrê.

— Je m'y oppose. Le grand prêtre est souffrant, nul ne doit le déranger.

— La justice l'exige. Commençons par vous, pendant que mes hommes encerclent les habitations des prêtres et des prêtresses. Elles seront toutes inspectées.

Au visage inquiet de la belle Nitis, le juge sut qu'il touchait juste. Le scribe s'était glissé lui-même dans la nasse.

Dix policiers firent irruption chez la Supérieure. Redoutant la pugnacité du fugitif, ils ne retiendraient pas leurs coups.

— Personne, annonça un officier au juge.

— Fouillons la maison du grand prêtre, ordonna Gem.

— Je m'y oppose, répéta Nitis.

— Tenez-vous à l'écart, ou bien je vous arrête pour entrave à mon enquête.

Deux policiers encadrèrent la jeune femme.

Une escouade força la porte de Wahibrê, toujours alité.

— Que cherchez-vous ? demanda le grand prêtre au juge.

— Kel l'assassin. Livrez-le-nous, et vous bénéficierez de circonstances atténuantes.

— Vous perdez l'esprit.

— Allons-y !

Rien n'échappa aux forces de l'ordre, et le plus petit coffre fut vidé de son contenu.

Penaud, le juge dut s'avouer vaincu.

— Je vous présente mes excuses, dit-il au malade. Reconnaissez la difficulté de mon travail.

Le grand prêtre ne répondit pas, tourna la tête et ferma les yeux.

À l'extérieur, Nitis, immobile entre les deux policiers.

— La Supérieure est libre de ses mouvements, annonça Gem, évitant le regard de la prêtresse.

74

Impossible de retourner aux entrepôts royaux.

Et pas question de demander un abri à Nitis à l'intérieur du domaine de Neit. Kel était persuadé que le juge Gem ferait procéder à de nouvelles fouilles, notamment des logements de fonction.

— Les sorties de Saïs seront surveillées pendant quelques jours, estima Bébon, et l'on arrêtera même les colporteurs. De plus, des cohortes de soldats contrôleront le fleuve et les chemins. Te raser la moustache ne nous offrira pas une garantie suffisante. Il faut nous cacher au cœur de la cité, entrer en contact avec Nitis et laisser passer l'orage.

— As-tu un autre ami sûr ?

— J'ai une idée, mais elle comporte quelques risques.

— Autrement dit, il peut nous vendre à la police !

— À mon avis, ce n'est pas son genre.

— Mais tu n'en es pas certain !

— On travaille ensemble depuis de nombreuses années et on s'entend au mieux. Lui amener un criminel en fuite risque de le surprendre. Et puis l'affaire du tribunal des Trente n'améliore pas ta réputation ! En bafouant le roi et le chef de la magistrature, tu t'es fermé toutes les portes.

— Le moment est venu de nous séparer, Bébon.
— Ah, ça suffit ! Tu m'abandonnerais, toi ?
— Non, mais…
— Alors, cesse de me mépriser ! Je n'ai aucune morale, d'accord, et je ne possède pas les compétences d'un scribe. Tu ne vas pas me le reprocher à chaque instant ?
— Non, je…
— Avançons. Je tâcherai de convaincre mon ami que tu n'as tué personne.
Vent du Nord marchait devant.
— Comment cet âne devine-t-il toujours la bonne direction ? s'interrogea le comédien.

Excédé, Amasis avait piétiné le faux casque avant de sombrer dans une dépression qui le contraignait à garder la chambre. Le chancelier Oudja se contentait d'expédier les affaires courantes en affirmant que le roi souffrait d'une indisposition passagère.
Seule la présence de la reine Tanit se révéla efficace. Mêlant douceur et fermeté, elle rappela ses devoirs au monarque et parvint à le sortir de sa torpeur.
— Pourquoi cet assassin m'a-t-il nargué de la sorte ? demanda-t-il d'une voix retrouvée.
— Un stratagème pour faire reconnaître son innocence, semble-t-il.
— Piteuse stratégie ! Comment imaginer que je n'examinerais pas attentivement le casque qui m'a fait roi ?
— Par bonheur, ce scribe commet des erreurs.
— Il court toujours ! Convoquez mon conseil restreint et donnez-moi à boire.

— Est-ce bien raisonnable ?

— Indispensable.

La reine s'inclina.

Amasis la prit dans ses bras.

— Merci de votre aide. Ceux qui me croient à bout de forces se trompent lourdement. Cet incident m'a éprouvé, je le reconnais. Maintenant, je reprends les rênes. Faites venir mon coiffeur et mon habilleur.

Le chancelier Oudja, le patron des services secrets Hénat et le général en chef Phanès d'Halicarnasse saluèrent un monarque requinqué et d'humeur combative.

— A-t-on retrouvé la trace de Kel ?

— Malheureusement non, déplora le chancelier. Une fois de plus, il a filé entre les doigts de la police.

— A-t-on identifié ses complices ?

— Pas davantage. Ils ont créé une telle confusion qu'aucun témoignage n'a été exploitable. Et les interrogatoires des suspects arrêtés n'ont rien donné. Le juge Gem a ordonné le strict contrôle des sorties de la ville, et tous nos indicateurs sont en alerte. Seule certitude : l'assassin ne se cache pas à l'intérieur du domaine de Neit. Alité, le grand prêtre ne lui procure pas le moindre secours.

— Pourquoi ne parvenons-nous pas à arrêter cet individu ? s'irrita le roi.

— Parce que c'est un solitaire, estima Hénat. Cette faiblesse apparente devient sa force majeure.

— Il dispose forcément d'un réseau ! objecta le chancelier.

— Pas si sûr. Je crois plutôt à de brefs relais et à des

naïfs qu'il exploite au mieux. Perpétuellement en éveil, cet assassin hors normes se déplace sans cesse. Peu à peu, il s'épuisera.

— L'inefficacité du juge Gem m'irrite, déclara Amasis. J'ai l'intention de lui enlever l'enquête.

— À mon sens, Majesté, intervint Hénat, ce serait une erreur. Non seulement c'est un excellent professionnel, acharné et méticuleux, mais encore a-t-il été blessé dans son orgueil de magistrat. Il se fait un point d'honneur à résoudre cette affaire.

Amasis hocha la tête.

— Selon toi, ce scribe possède-t-il le vrai casque ?

— En ce cas, un usurpateur aurait profité de la mort du taureau Apis. Même s'il détient ce trésor, Kel semble incapable de l'utiliser.

— Pas de troubles chez les mercenaires grecs ? demanda le roi à Phanès d'Halicarnasse.

— Rien à signaler, Majesté ! Ils ont beaucoup apprécié leur augmentation de salaire et ne jurent que par vous. Les troupes d'élite continuent à travailler dur, je réunis chaque semaine les officiers supérieurs et j'inspecte les principales garnisons afin de recueillir d'éventuelles doléances. Saïs, Memphis, Boubastis et Daphnae bénéficient d'installations remarquables. Les hommes sont bien logés et bien nourris, et l'armement s'améliore jour après jour.

— Notre marine de guerre continue à se développer, ajouta le chancelier Oudja, et nos amiraux maîtrisent parfaitement cette arme de dissuasion.

— De quoi décourager d'éventuels espions ! jugea le chef des services secrets. En transmettant leurs rapports à l'empereur de Perse, ils doivent éprouver du vague à l'âme. Nous attaquer serait suicidaire.

— Reformes-tu le service des interprètes ?

— Pas à pas, Majesté. Il fonctionne encore au ralenti, sous étroite surveillance, mais la correspondance diplomatique a repris. En conséquence, échec total de l'assassin. Nul n'a profité de l'anéantissement du service, et nous ressortirons de cette épreuve plus forts et plus vigilants.

— A-t-on des nouvelles de Crésus ?

— Aujourd'hui même, une lettre officielle. Après avoir demandé des nouvelles de Votre Majesté et de la Grande Épouse royale, il nous informe de l'excellente santé du nouvel empereur des Perses, décidé à bâtir une paix durable en développant ses relations diplomatiques et commerciales avec l'Égypte. Des formules convenues, certes, mais qui témoignent de la prise de conscience de Cambyse.

— Des rapports de nos espions ?

— L'empereur est un souverain à poigne, préoccupé du développement économique. La diversité de ses sujets et les nombreuses factions lui posent de sérieux problèmes. Les velléités d'indépendance de certaines provinces le contraindront probablement à des interventions militaires.

— Excellent ! jugea Amasis. En s'occupant de maintenir l'unité de son empire, il oubliera tout rêve de conquête.

75

Vent du Nord s'immobilisa.

Ses oreilles se dressèrent, et il gratta le sol du sabot de sa patte avant gauche.

— Police, murmura Bébon. Demi-tour.

L'âne refusa.

Il se coucha sur le flanc et haleta en tirant la langue.

Kel s'agenouilla et lui caressa le front.

Apparurent une dizaine d'hommes armés qui entourèrent les deux hommes et l'animal.

— Que se passe-t-il, ici ?

— Notre âne est malade, dit Bébon, atterré. On devait livrer nos marchandises aux entrepôts royaux, et nous voilà cloués au sol !

— Relevez cette bête et décampez ! Pas de traînards dans les rues.

— Vous avez vu son poids ? Aidez-nous !

Se faisant très lourd, feignant une douleur intense, Vent du Nord exigea l'assistance de quatre policiers.

Et il repartit lentement, en boitant.

— Bien joué, lui murmura Bébon à l'oreille.

Le trio prit soin d'opérer un large détour. Reprenant sa démarche normale, le grison ne manifesta plus de signes d'inquiétude et s'arrêta devant la porte d'un atelier, au cœur d'un quartier d'artisans.

Vent du Nord ne s'était pas trompé d'adresse.

Bébon poussa la porte de bois.

Kel sursauta.

Face à lui, le visage d'Anubis, le dieu chargé de guider les morts justifiés sur les routes de l'au-delà !

— Mon ami est fabricant de masques, expliqua le comédien. On les utilise lors de la célébration des mystères et des rituels.

Anubis, Horus, Hathor, Sekhmet, Thot, Seth... Tous les dieux habitaient cet obscur local.

— Avance, ordonna Bébon. Ils ne te mordront pas.

Vent du Nord monta la garde.

Recueilli, Kel contempla chaque masque comme s'il exprimait une réalité divine imposant le respect.

— Tu es là, Lupin ? interrogea le comédien.

— Tout au fond, répondit une voix rauque.

L'artisan achevait un masque de la déesse hippopotame Touéris, protectrice des naissances.

Maigre, le front bombé et les épaules saillantes, il travaillait à la perfection. Ne comptant pas ses heures, il ne négligeait aucun détail.

— Comment va la santé, Lupin ?

— Encore des ennuis, Bébon ?

— Plus ou moins.

— Plutôt plus ou plutôt moins ?

— Ça pourrait aller mieux.

— La police ?

— Tu la connais : des soupçons, toujours des soupçons !

— Une affaire de femme ou un petit vol ?

— Ça ne me concerne pas. Il s'agit d'un ami.

L'artisan n'interrompit pas son labeur.

— Et tu me l'as amené ?
— On l'accuse à tort.
— De quoi ?
— Tu veux vraiment la vérité ?
— J'aimerais autant.
— Parfois, ne pas savoir…
— De quoi accuse-t-on ton ami, Bébon ?
— De meurtre.

Avec une infinie délicatesse et sans trembler, l'artisan peignait le contour des yeux de la déesse Touéris.

— Un seul meurtre ou plusieurs ?
— Tous les membres du service des interprètes.
— Ah !…

L'exclamation étouffée de Lupin traduisait une réelle émotion.

Si sa colère explosait, une retraite rapide s'imposerait.

— Aider un pareil délinquant nécessite du courage, jugea-t-il.

— Je suis persuadé de son innocence. Le scribe Kel est victime d'une machination.

Délaissant enfin le masque de la déesse, l'artisan se leva.

— Montre-le-moi, ce scribe en fuite.

Kel s'avança.

Lupin le dévisagea.

— Vous espérez dormir ici, je suppose ?
— À condition de ne pas t'importuner.
— Il y a deux nattes, derrière mon établi. Et vous avez sûrement faim ?
— S'il te reste un peu de pain…
— J'ai fait bouillir des graines de lupin qui trempaient depuis plusieurs jours dans des bains d'eau renouvelés toutes les six heures. Ainsi, pas la moindre

amertume. C'est mon plat préféré. Et la bière n'est pas mauvaise. Combien de temps comptez-vous rester ?

— Ça dépend de toi… et d'un autre service dont nous avons besoin.

— Ah !

— Rassure-toi, rien de dangereux ! affirma le comédien.

— Je t'écoute.

— Acceptes-tu de contacter Nitis, la Supérieure des chanteuses et des tisserandes de Neit ? Elle aussi croit à l'innocence de Kel, et son aide nous est indispensable. À cette heure, elle doit se demander s'il a survécu. Peut-être nous trouvera-t-elle un abri sûr.

— Je ne connais pas cette prêtresse.

— Notre âne, Vent du Nord, te mènera jusqu'à elle. Officiellement, tu lui livreras un masque de divinité.

Lupin ne protesta pas.

— On mange et on dort. Demain, je me rendrai au temple.

Kel sortirait-il de cette nasse, reverrait-il Nitis ? Entouré de tant de visages divins, il bénéficiait d'un moment de répit, précédant une nouvelle tempête.

Après le départ de l'artisan, guidé par Vent du Nord, il ne cacha pas son inquiétude à Bébon.

— Ton ami ne va-t-il pas nous vendre à la police ?

— Possible.

— Ce Lupin, tu le connais vraiment bien ?

— Je crois.

— Ma capture lui vaudrait une belle prime.

— Sûrement.

— Alors, partons !

— Dehors, on risque l'arrestation. Et Lupin m'a peut-être cru. S'il rencontre Nitis, elle le convaincra.

— Et s'il se rend directement à la plus proche caserne, nous serons bientôt assiégés et n'aurons aucune chance de nous échapper.

76

Au milieu de la nuit, le roi Amasis se réveilla en sursaut.

Aussitôt, il ouvrit la porte de sa chambre.

Surpris, les gardes le saluèrent.

— Allez chercher le chancelier Oudja.

L'imposant personnage ne tarda pas. Une convocation tellement inhabituelle impliquait un événement grave.

— J'ai fait un rêve [1], révéla le monarque, et je dois en tirer immédiatement les enseignements. Nous ne vénérons pas assez les ancêtres, chancelier. Certes, nos artisans imitent ceux de l'âge d'or des pyramides, mais nous oublions de restaurer les monuments de cette glorieuse époque. L'erreur doit être réparée sans délai. Nous commencerons par le temple de la grande pyramide de Khéops où mon âme a été transportée pendant la nuit afin de constater l'état de dégradation de certaines chapelles. Une telle négli-

1. D'après le Papyrus Berlin-Charlottenburg 23071 verso. Voir *Studien zur altägyptischen Kultur*, 17, 1990, 107-134, et G. Burkard und H.-W. Fischer-Elfert, *Ägyptische Handschriften*, Teil 4, Stuttgart, 1994.

gence pourrait attirer sur nous la malédiction des pharaons défunts. Dès l'aube, tu réquisitionneras les meilleurs ritualistes et tailleurs de pierre de Saïs, et ils partiront le soir même pour Memphis. Ils y recevront l'aide de leurs collègues du temple de Ptah. Je veux un maximum d'hommes au travail et une restauration rapide. Ensuite, nous nous occuperons d'autres monuments anciens.

En dépit de son étonnement, Oudja jugea inutile de protester. Il n'avait qu'à réveiller ses collaborateurs et à exécuter les ordres du roi.

Kel ne parvint pas à s'endormir, tant l'attitude du fabricant de masques l'inquiétait. Ne s'était-il pas montré trop silencieux et trop docile ? Les révélations de son ami Bébon auraient dû le faire bondir !

D'après le comédien, Lupin ne réagissait jamais de manière brutale. Il prenait le temps de digérer les événements puis agissait à sa guise. Et personne ne parvenait à l'influencer.

Justement, l'artisan n'avait formulé aucune opinion, se contentant de rendre service à Bébon comme s'il s'agissait d'une situation banale !

Face à un criminel aussi redoutable que le scribe Kel, recherché par toutes les polices du royaume, une seule solution : courber l'échine et feindre de l'aider. Une fois dehors, sain et sauf, Lupin avertirait les autorités et toucherait une belle récompense.

Kel tenta de déchiffrer le papyrus codé.

Puisque les masques des dieux le regardaient, il utilisa leurs noms. Ainsi, il appliqua une grille de lecture à partir de trois hiéroglyphes[1] composant « Anubis », l'ouvreur des chemins de l'au-delà.

Échec pitoyable.

Les noms des autres dieux aboutirent au même résultat.

Et les heures s'écoulèrent jusqu'à l'aube.

Lupin n'était pas revenu.

Kel secoua Bébon.

— Réveille-toi !

Le comédien grogna.

— J'ai sommeil.

— Le jour se lève et pas de Lupin !

— Il a dû être retardé.

— Tu ne comprends pas ? Il nous a vendus à la police !

Cette détestable hypothèse réveilla Bébon.

— Ce n'est pourtant pas son style !

— Tu n'as pas l'habitude de lui présenter des criminels en fuite. Autre possibilité, encore plus sinistre : lui et Nitis ont été arrêtés, et ton ami a révélé qu'il nous cachait chez lui. Nul ne résiste à un interrogatoire musclé.

— Nitis aurait donc été surveillée en permanence… Invraisemblable ! Et puis Vent du Nord aurait détecté le danger.

— En ce cas, Lupin serait déjà de retour.

Un chien aboya.

Les cheveux du scribe et du comédien se hérissèrent.

— On approche, murmura Kel. Et ce n'est sûrement pas ton ami.

1. I + N + P = INP = Anubis. Les hiéroglyphes ne comprennent pas de voyelles, aspect périssable du langage, et la vocalisation des mots égyptiens dépend de diverses traditions.

Optimiste de nature, Bébon commençait à concevoir quelques craintes.

— On va se battre, décida-t-il.

— Inutile, jugea Kel. Ils sont forcément venus en nombre, et nous n'avons aucune possibilité de leur échapper.

— Je ne me laisserai pas attraper comme une volaille !

— C'est moi, et moi seul, qu'ils cherchent. Dissimule-toi au fond de l'atelier. Peut-être ne le fouilleront-ils pas, trop heureux de ma capture.

— Pas question !

— Je t'en supplie, Bébon. Ne te sacrifie pas inutilement.

— Moi, mourir en trouillard ?

— Simplement survivre. Et tu boiras à ma santé.

— Je te le répète, pas question ! Tu me vois, tapi dans un coin, assister à ton arrestation ? Ne partons pas battus d'avance et profitons de l'effet de surprise. Plaçons-nous de part et d'autre de la porte, laissons entrer les premiers, et fonçons ! Avec un peu de chance, on transpercera leurs rangs.

Kel ne discuta pas. Bébon ne croyait pas un instant à la réussite de son plan, mais il ne manquait pas de panache. Et mieux valait mourir en se battant.

— Désolé de te causer autant d'ennuis.

— Bah ! rétorqua Bébon. Au moins, tu n'engendres pas la monotonie, à la différence du scribe moyen. Rien ne m'effraie davantage que la vieillesse. Grâce à toi, j'échapperai à ce supplice.

Le chien cessa d'aboyer.

Les policiers venaient de l'abattre et se préparaient à donner l'assaut.

Les deux amis échangèrent un ultime regard et prirent position.

Un silence pesant s'établit.

Les policiers s'interrogeaient à propos de leur stratégie. Ordonner à leurs proies d'ouvrir la porte de l'atelier ou bien l'enfoncer et se ruer à l'intérieur du local ?

Armé d'un maillet en bois, Bébon se préparait à frapper dur. Kel préférait esquiver et se faufiler.

Le silence s'épaissit encore.

Il n'y avait plus le moindre bruit, comme si la vie s'interrompait.

Très lentement, la porte s'entrouvrit.

Méfiant, le premier policier hésitait à s'engager.

Enfin, il franchit le seuil.

Un parfum… Un parfum qui enchanta Kel !

— Nitis ! s'exclama-t-il.

77

Kel et Bébon se montrèrent.

— Vous êtes sains et saufs ! constata la jeune femme, soulagée. Jusqu'à cet instant, je me suis demandé s'il ne s'agissait pas d'un piège. Seul Vent du Nord m'a rassurée. Il surveille les alentours, avec votre ami.

— Les aboiements du chien… rappela Bébon.

— Un bon gardien qui signalait ma présence. Je l'ai calmé, il s'est rendormi. Venez vite, nous quittons le quartier et partons pour Memphis, à bord d'un bateau officiel.

— Vous… vous nous accompagnez ? s'étonna Kel.

— Le pharaon a décidé la restauration du temple de la pyramide de Khéops et réquisitionné ritualistes et artisans. Bébon fera un excellent aide-sculpteur, et vous un parfait prêtre du *Ka.* En tant que délégués du temple de Neit, nous bénéficierons des égards et de la protection de l'armée !

— Un nouveau rôle à jouer, apprécia le comédien. Par bonheur, j'ai déjà travaillé sur un chantier.

— Dès notre arrivée à Memphis, annonça Kel, nous nous enfuirons.

— Justement pas, objecta la prêtresse. Amasis a pris

sa décision à cause d'un rêve lui ordonnant de vénérer les ancêtres et de remettre en état leurs lieux de culte.

— Les ancêtres, répéta le scribe intrigué. Serait-ce le signe espéré ?

— Les dieux ne nous abandonneront pas, affirma Nitis.

Découvriraient-ils enfin la clé du code ?

Le patron de l'atelier des sculpteurs était un homme rude et désagréable. En raison de sa constante bonne humeur et de l'efficacité de Vent du Nord, chargé d'apporter nourriture et boissons aux artisans, Bébon parvint à amadouer son employeur.

— Les humains sont des bâtons tordus, déclara-t-il au comédien. Ils ne songent qu'à paresser et à se distraire. Si je n'imposais pas une stricte discipline, le travail n'avancerait pas ! Et le pharaon est pressé. Il exige la création de plusieurs dizaines de statues à l'ancienne, en pierre dure. Revenir à la rigueur des temps anciens ne me déplaît pas. Mais la main de mes sculpteurs se montre parfois défaillante et je dois rectifier ! Basalte, serpentine et brèche exigent beaucoup de précision. Et je veux un polissage parfait.

Statues de divinités et de grands personnages initiés aux mystères prirent forme sous les yeux de Bébon, chargé d'entretenir l'atelier, de nettoyer les outils et de les ranger chaque soir. Il avait le temps de recopier les textes gravés, au fur et à mesure de leur composition, et de les transmettre à Kel et à Nitis.

Aucun d'eux ne leur livra d'éléments susceptibles de percer le code.

Pendant que Nitis et des initiés de la Maison de Vie

reformulaient de très anciens rituels destinés à faire renaître la puissance du pharaon Khéops, Kel accomplissait sa modeste tâche de serviteur du *Ka*, selon les directives d'un ritualiste austère qui coordonnait les activités des desservants sur le plateau des pyramides.

En restaurant le temple comme à l'origine et en modelant des statues, prêtres et artisans accomplissaient une fonction essentielle : réunir les dieux à leur *Ka*, puissance créatrice inaltérable. Elle s'incarnait dans leur demeure sacrée et leurs corps de pierre, échappant ainsi à l'usure du temps et aux vicissitudes humaines.

En se rattachant aux géants de l'Ancien Empire, tel Khéops, Amasis renforçait sa propre puissance et affirmait son respect des valeurs traditionnelles. Lui, le héraut de la culture grecque dont l'Égypte commençait à s'imprégner au détriment de Maât, allait-il vraiment changer de chemin ?

Kel et Nitis en doutaient.

Ce rêve impérieux avertissant le roi que sa dérive le menait au désastre, il tentait de réparer ses erreurs en implorant la protection d'illustres ancêtres. La manœuvre serait-elle suffisante ?

Le scribe remplissait scrupuleusement ses obligations en apportant vases et coupelles contenant des offrandes. L'âme du roi ressuscité en absorbait l'énergie subtile qu'il restituait sous forme de rayonnement créateur.

Satisfait du comportement de Kel, le ritualiste en chef du temple de la pyramide lui accorda davantage de responsabilités. Désormais, il choisirait lui-même les offrandes, en fonction des impératifs symboliques, veillerait à l'entretien des objets et aurait accès à quelques chapelles de la partie secrète du sanctuaire, là où s'exprimait la voix des ancêtres.

Le ritualiste en second n'apprécia guère cette promotion. Trop bien nourri, des cheveux noirs plaqués sur son crâne lunaire, les mains et les pieds potelés, il espérait prendre bientôt la place de son supérieur, souffrant d'arthrose.

Alors qu'il remplissait de vin un vase d'albâtre, Kel ressentit un regard hostile.

Le ritualiste en second l'observait.

— Sois précautionneux. Cet objet date des temps anciens. L'abîmer entraînerait ta révocation immédiate.

Kel s'inclina.

— Ici, à Memphis, les prêtres du *Ka* bénéficient d'une longue et brillante tradition. Et toi, tu n'es pas d'ici.

— En effet.

— D'où viens-tu ?

— Du Nord.

— D'une grande ville ?

— Non, d'un petit village.

Le ritualiste en second eut une moue de dédain.

— Surtout pas d'illusions, mon garçon ! N'espère pas faire carrière à Memphis. Seuls les héritiers des bonnes familles accèdent à de hauts postes. Comment as-tu été engagé ?

— Réquisition.

— Ah !... Un temporaire ! Tiens-toi à ta place et reste discret.

— J'obéis aux ordres du supérieur.

— La maladie altère parfois sa lucidité. Mon rôle consiste à lui signaler les intrigants de ton espèce afin qu'il ne soit pas pris au piège. Tu n'auras donc pas d'autre promotion. Contente-toi de celle-là, c'était la dernière.

Certain d'avoir frappé un coup définitif, l'acariâtre personnage s'éloigna.

Kel devrait se méfier de lui en n'outrepassant pas le cadre strict de ses attributions. Jusqu'à présent, aucune piste menant au déchiffrement du code.

Et le scribe se gardait de rencontrer Bébon. Lorsqu'ils se croisaient, un simple hochement de tête négatif traduisait leur échec momentané. Impossible, également, de partager quelques moments avec Nitis. Se trouver si près d'elle et ne pouvoir lui parler ! Au moins, elle ne le repoussait pas. Mais elle restait un rêve, un horizon inaccessible.

Kel appréciait chaque jour davantage son travail de prêtre du *Ka*. Tourner sa pensée vers l'offrande, vénérer les ancêtres, tenter de percevoir l'invisible étaient des tâches exaltantes. Pourquoi ne pas s'en contenter et cesser de traquer une vérité impossible ?

Tôt ou tard, quelqu'un l'identifierait. Il serait arrêté, condamné et exécuté pour des crimes qu'il n'avait pas commis. Aussi le destin ne lui laissait-il pas le choix : nul repos avant d'avoir prouvé son innocence.

78

Kel prit son service à l'aube. Portant un plateau d'offrandes alimentaires, il pénétra lentement dans le temple de la pyramide du pharaon Khéops. La puissance de cette architecture, expression du règne des géants, le fascinait. Les blocs gigantesques, disposés selon une géométrie complexe, témoignaient de la science des bâtisseurs. Incapables de réaliser une telle œuvre, les Saïtes se contentaient de la restaurer afin que la magie de l'âge d'or ne disparût point.

À l'intérieur de la pyramide, inaccessible aux mortels, le processus de résurrection s'accomplissait en permanence. À son modeste échelon, un prêtre du *Ka* contribuait à le nourrir.

Kel déposa les offrandes sur une table de pierre ayant la forme du hiéroglyphe *hotep*, signifiant « paix, plénitude, accomplissement ». À cet instant, l'au-delà et l'ici-bas s'interpénétraient. Le scribe ressentait la présence du *Ka* royal, de l'ancêtre fondateur, pierre fondamentale de l'édifice.

De part et d'autre de la chapelle axiale, deux petites pièces servaient à entreposer les objets rituels. Kel connaissait la première, mais n'avait pas encore exploré la seconde.

Le seuil franchi, il éprouva une étrange sensation.

Non, il ne s'agissait pas d'une simple réserve.

Au milieu, deux coffres en albâtre dépourvus d'inscription. D'après la qualité du polissage et l'éclat particulier du matériau, ils dataient du temps des pyramides.

Ils l'attendaient.

D'une main hésitante, le scribe souleva le premier couvercle et découvrit quatre amulettes en or : le pilier stabilité, symbole de la résurrection d'Osiris [1], le nœud magique de la déesse Isis [2], le vautour de la déesse Mout, à la fois « mère et mort » [3], et le collier large [4] où s'incarnait l'Ennéade, confrérie des puissances créatrices.

Se gardant de toucher à ces chefs-d'œuvre d'orfèvrerie, Kel souleva le second couvercle.

Un papyrus dont le sceau avait été brisé !

Avec minutie, Kel le déroula. Qualité exceptionnelle, écriture fine et précise. Mais… texte indéchiffrable !

De nouveau, un document codé.

Et si les amulettes en offraient la clé ? Soit il fallait en utiliser une seule, soit les quatre en même temps.

Cette dernière solution était la bonne. D'une incroyable complexité, elle procura au scribe les césures du texte, les mots à écarter, ceux à inverser et ceux à compléter. Sans stabilité, magie, mort et largeur, aucune possibilité de lecture !

Alors, Kel lut les paroles d'un prophète qui décrivait les temps à venir :

1. *Djed.*
2. *Tit.*
3. *Mout.*
4. *Ousekh.*

Ce qu'avaient prédit les ancêtres est advenu. Le crime est partout, le voleur est devenu riche, on se détourne du spirituel pour amasser des biens matériels, la parole du sage s'est enfuie, le pays est abandonné à sa faiblesse, le cœur de tous les animaux pleure, les écrits de la chambre sacrée ont été dérobés, les secrets qui s'y tiennent ont été trahis, les formules magiques ont été divulguées et circulent, dépourvues d'efficacité depuis que les profanes les ont mémorisées. Les lois de la salle du jugement sont jetées à l'extérieur, les gens les piétinent dans les rues. Ceux qui fomentent des querelles n'ont pas été repoussés, aucune fonction n'est plus à sa place. Détruite est la transmission des messages[1].

Kel avait hâte de savoir si ce code lui permettrait de déchiffrer enfin le maudit papyrus à l'origine de tant de meurtres.

Derrière lui s'éleva une voix agressive.

— Que fais-tu ici ?

Le scribe garda son sang-froid.

— Je range des objets.

— Cette chapelle est en réfection, déclara le ritualiste en second. Personne n'est autorisé à y pénétrer.

— Je l'ignorais.

— Écarte-toi.

Kel obtempéra.

— Tu examinais le contenu de ces coffres, on dirait.

Le scribe demeura coi.

1. Extraits de la prophétie d'Ipou-our. Voir A. Fermat et M. Lapidus, *Les Prophéties de l'Égypte ancienne. Textes traduits et commentés,* Maison de Vie éditeur, 1999, p. 13 *sq.*

— Des amulettes en or, un papyrus ancien… Joli petit trésor ! N'étais-tu pas en train de voler ces objets précieux ?

— Certes non !

— Tu mens.

— Vous m'accusez à tort.

— Les faits sont clairs, mon garçon, et cette affaire me paraît particulièrement grave. Je porterai plainte contre toi, et mon témoignage pèsera lourd. En attendant, tu vas m'accompagner au poste de police. Ensuite, je préviendrai mon supérieur.

— Vous vous trompez. J'ai ouvert ces coffres, en effet, et vu leur contenu. Je m'apprêtais à remettre les couvercles en place et à sortir de la chapelle.

— Invraisemblable ! Sans doute les policiers découvriront-ils dans ta chambre des objets volés. Et tu seras lourdement condamné.

— Vous refusez la vérité et ne cherchez qu'à m'éliminer.

— La vérité est évidente !

— Je n'ai nullement l'intention de prendre votre place, affirma Kel. Laissez-moi refermer ces coffres, sortir de la chapelle et remplir mes obligations rituelles.

— Trêve de bavardages ! Considère-toi en état d'arrestation. Allons, passe devant !

Bien qu'hostile à la violence, le scribe fut contraint de repousser sèchement le ritualiste en second qui s'effondra sur le dos.

Abasourdi, le lourd bonhomme mettrait quelques secondes à se relever et à donner l'alerte.

Kel traversa le temple, le parvis et bifurqua en direction du village des artisans.

La police se précipiterait d'abord chez lui et interrogerait ses collègues. Nul ne connaissait ses liens avec Bébon.

Par bonheur, le comédien se trouvait à l'atelier. Seul, il affûtait des ciseaux de cuivre.

— Vite, il faut s'enfuir !

— On t'a repéré ?

— Je t'expliquerai. Où se cacher ?

— Comme j'avais prévu ce genre d'incident, tu ne me prends pas de court.

Les deux amis se hâtèrent jusqu'à un entrepôt de briques désaffecté. Bébon y avait dissimulé des nattes, des vêtements grossiers, des jarres d'eau et de la nourriture.

— D'après mon patron, indiqua-t-il, le bâtiment menace ruine et sera bientôt démoli. Personne n'y vient.

— J'ai peut-être découvert la clé du code, révéla Kel en relatant les circonstances de sa trouvaille. Va chercher Nitis et qu'elle vienne avec sa copie du papyrus. La mienne est restée dans ma chambre, sous ma palette. Impossible de la récupérer, la police doit déjà fouiller les lieux.

— Surtout, ne bouge pas et ne t'impatiente pas, recommanda le comédien. Des contretemps pourraient nous retarder.

79

Ne pas s'inquiéter… Facile à dire ! Kel avait hâte d'appliquer sa grille de lecture au papyrus codé. En s'exprimant au cœur du sanctuaire du temps des pyramides, la voix des ancêtres ne venait-elle pas de lui procurer la bonne clé ?

Des éclats de voix, des rires.

On s'approchait.

Il ne pouvait s'agir de Nitis et de Bébon !

Kel se cacha au fond du bâtiment, derrière des moules à briques hors d'usage. Il vit entrer un robuste jeune homme et une paysanne au frais minois.

— Ici, annonça le garçon, on sera tranquilles.

— C'est l'ancienne fabrique, constata-t-elle, inquiète.

— Exact. Ça te plaît ?

— Un ouvrier y est mort, victime d'un accident. Depuis, le lieu est hanté !

— Oublie ces idioties, et laisse-moi te serrer dans mes bras !

Elle le repoussa.

— Pas question, cet endroit me fait peur.

— Allons, ne sois pas enfantine !

Kel remua les moules.

Un craquement sinistre figea sur place les amoureux.

— Tu as entendu ? questionna-t-elle. C'est le spectre !

Elle s'enfuit, il la suivit.

Soulagé, Kel espérait qu'ils colporteraient l'incident.

Les heures s'écoulèrent, lentement. Des idées noires hantaient le scribe. Bébon et Nitis arrêtés et emprisonnés, l'échec total, la victoire des assassins… Enfin, peu avant le coucher du soleil, la voix tant attendue !

— C'est moi, Bébon. Tu peux te montrer, Kel.

Et s'il parlait sous la contrainte, entouré d'une horde de policiers ? Non, il aurait trouvé le moyen d'alerter son ami.

Le scribe sortit de sa cachette.

À côté de Bébon, Nitis, plus belle et plus rayonnante que jamais.

— La police te cherche partout, indiqua le comédien. Tu es accusé d'avoir volé des objets sacrés et dégradé un sanctuaire. Une condamnation à mort supplémentaire.

— Personne ne vous a suivis ?

— Vent du Nord nous aurait signalé un curieux.

Le visage grave, Nitis s'avança.

— Voici la copie du papyrus crypté.

Kel s'assit en scribe et appliqua le code des amulettes.

Une tentative couronnée de succès !

La situation actuelle est désastreuse, déchiffra-t-il à haute voix, *et nous ne saurions la tolérer encore longtemps. C'est pourquoi nous avons décidé d'agir et de remettre ce pays sur le bon chemin, en tenant compte des réalités nouvelles. Se perdre dans les valeurs du passé serait une erreur grave. Seuls le progrès technique et une modification profonde de l'exercice du pouvoir permettront au pays de sortir de l'ornière. Vous, à qui cette déclaration s'adresse, saurez nous aider, et nous nous engageons à vous procurer l'aide nécessaire afin de faire aboutir nos projets communs. Quoique minime, un dernier obstacle nous inquiète : la Divine Adoratrice. Même réduits, ses pouvoirs ne sont pas négligeables. Méfions-nous d'elle et tenons-la soigneusement à l'écart des événements. Nous, à savoir...*

Kel s'interrompit.

— Continue ! exigea Bébon. Nous allons enfin connaître l'identité des comploteurs !

— Ils ont utilisé un autre code, déplora le scribe. La suite est incompréhensible !

— Acharne-toi !

Kel épuisa les combinaisons fournies par les amulettes.

Sans succès.

— Les ancêtres ont éclairé la première partie du papyrus, constata Nitis. La Divine Adoratrice détient la clé de la seconde où figurent les noms des conjurés et le destinataire de leur message.

— Ce pourrait être le roi Amasis en personne, observa Bébon. Il s'appuierait sur une partie de ses conseillers en espérant éliminer les conservateurs et augmenter l'influence grecque.

— Et s'il s'agissait du contraire ? objecta Kel. Désapprouvant la politique d'Amasis, les partisans de la tradition ont décidé de le renverser et de revenir à une véritable indépendance en chassant les Grecs du territoire.

— Pure utopie ! Nous n'aurions plus d'armée.

— Un nouveau pharaon saurait peut-être lever les

troupes nécessaires. Au temps de la Reine Liberté, nous avons réussi à expulser l'envahisseur hyksos[1] !

— Qui serait le meneur ? Le chancelier Oudja, le chef des services secrets Hénat ou le juge Gem ?

— Ne nous perdons pas en vaines spéculations, recommanda Nitis. Nous savons simplement que ce texte n'aurait pas dû passer par le service des interprètes. Son auteur a redouté qu'il fût déchiffré et décidé de supprimer la totalité des scribes.

— Leur complice et indicateur était mon ami Démos, rappela Kel.

— Et revoilà la piste grecque ! intervint Bébon.

— Grassement payé, Démos a pu agir pour le compte d'un notable égyptien. Son forfait accompli, on l'a éliminé à Naukratis afin d'orienter les soupçons vers les Grecs et de déstabiliser Amasis.

— Ce document n'évoque pas le casque du roi, nota la prêtresse.

— La partie indéchiffrable contient les renseignements majeurs, avança Bébon.

— Nous détenons la preuve de l'innocence de Kel, affirma Nitis.

— Preuve inexploitable, hélas !

— N'avons-nous pas franchi une première étape ? Rendons-nous à Thèbes et rencontrons la Divine Adoratrice. Son intervention sera décisive.

Bébon se gratta la tête.

— Un voyage dangereux, très dangereux… Les conjurés sauront bientôt que Kel a déchiffré le début du papyrus et qu'il tente d'atteindre Karnak. Voies terrestres et fluviale seront surveillées, et la Divine Adoratrice rendue inaccessible.

1. Voir C. Jacq, *La Reine Liberté*, 3 volumes, XO Éditions, 2001.

— Tu connais admirablement la vallée du Nil, souligna Kel.

— N'exagérons rien !

— C'est notre unique chance : voir la souveraine de Karnak. Elle déchiffrera la fin du papyrus et sauvera l'Égypte.

— On nous tuera auparavant, prophétisa le comédien.

— Si tu estimes cette aventure vouée au désastre, je…

— Ah non, ne recommence pas ! Oui, catastrophe assurée, et alors ? Je suis libre de mes mouvements et ne me montrerai pas moins courageux qu'un scribe moralisateur, plusieurs fois condamné à mort !

— Je tenterai de trouver un bateau accueillant, décida Nitis, et de connaître le dispositif de sécurité adopté par les autorités entre Memphis et Thèbes.

Kel osa lui prendre tendrement les mains.

— Soyez extrêmement prudente, je vous en prie.

— Ne sortez pas d'ici, je reviens dès que possible.

80

Le ritualiste en second ne cessait de pester contre l'ignoble individu qui l'avait agressé et s'était emparé de plusieurs amulettes anciennes, d'une valeur inestimable.

— Le juge Gem veut vous voir, l'avertit un policier.

— Le chef de la magistrature ?

— Lui-même.

— Je le croyais à… Saïs !

— Il vient d'arriver à Memphis.

Fier d'être ainsi apprécié, le ritualiste en second courut jusqu'au bureau du haut dignitaire.

Après l'avoir fouillé, un assesseur l'introduisit.

— Reconnaissez-vous cet homme ? demanda brutalement Gem en lui présentant un portrait.

— Oui, oui, je crois.

— Vous croyez ou vous êtes certain ?

— Presque certain !

— C'est votre agresseur ?

— En effet !

— Son nom ?

— Ah… je l'ignore.

— Surprenant, bougonna Gem. Il travaillait sous vos ordres et vous ignorez son nom !

Se retrouvant soudain en posture d'accusé face à un magistrat hargneux, le ritualiste en second perdit contenance.

— Ce bandit n'était qu'un simple prêtre du *Ka*, mais il plaisait beaucoup à mon supérieur et…

— Je l'ai déjà interrogé, trancha le juge. C'est votre témoignage qui m'intéresse. D'après votre déposition, vous l'avez surpris dans une chapelle du temple funéraire de Khéops en train de voler des amulettes et un papyrus.

— Exact. Ne songeant qu'à mon devoir, j'ai tenté de l'en empêcher et de le conduire au poste de police. Cette brute m'a violemment frappé avant de s'enfuir !

— Les deux coffres de la chapelle contenaient encore le papyrus et quatre amulettes en or. Qu'a volé exactement votre agresseur ?

— Beaucoup d'autres amulettes !

— Combien ?

— Difficile à dire…

— Que représentaient-elles ?

— Je l'ignore.

— Êtes-vous absolument certain que ce garçon a dérobé un objet rituel ?

— La logique voudrait…

— Vous n'en êtes donc pas certain !

La véhémence du juge effraya le ritualiste en second.

— Non, pas tout à fait.

— Merci de votre collaboration. Sortez.

Gem disposait de faits nouveaux.

Selon son supérieur, le ritualiste en second était un avide capable de calomnier n'importe qui afin d'obtenir une promotion. Son témoignage paraissait donc douteux. Néanmoins, Kel avait tenté de voler un trésor nécessaire aux comploteurs désireux de prendre le pouvoir.

Ce trésor, le juge l'avait sous les yeux.

Quatre amulettes traditionnelles chargées de magie, et pourtant laissées sur place. Et un papyrus en langage crypté, indéchiffrable ! Était-il lié au document qu'évoquait le chef des interprètes, juste avant son assassinat ?

S'il désirait vraiment s'emparer de ces objets, pourquoi le scribe Kel n'avait-il pas supprimé le ritualiste en second ? Il n'en était plus à un cadavre près !

L'assassin ne cherchait-il qu'à saboter la restauration du temple de Khéops ou venait-il récupérer un document indispensable ?

La seconde solution s'imposait.

Donc, Kel avait réussi à déchiffrer le texte et abandonné le document lui-même, désormais inutile. Le juge devait consulter des érudits afin de connaître le contenu de cet énigmatique message.

Réunis d'urgence par leur chef, les conjurés faisaient grise mine. Cette fois, l'affaire prenait mauvaise tournure !

— Ce maudit scribe continue à nous narguer, déclara un inquiet. Et maintenant, il possède la clé du code !

— Inexact, objecta le chef. Il n'a peut-être même pas déchiffré le papyrus datant du règne de Khéops.

— Ne le prenons pas pour un imbécile ! L'adversité endurcit ce garçon. Nous pensions manipuler un naïf et livrer un coupable idéal à la justice, et nous voilà face à un adversaire résolu à découvrir la vérité, fût-ce au prix de sa vie !

— Envisageons le pire, proposa un autre conjuré.

Kel a découvert une prophétie alarmiste et compris que des bouleversements menaçaient la vieille Égypte. Il ignore nos noms, nos véritables intentions et notre plan d'action. À plusieurs reprises, dans le passé, des voyants ont annoncé les périls de l'avenir. Ce texte antique ne concernait pas forcément notre époque. Du point de vue d'un scribe lettré, ne se réduit-il pas à un simple exercice de style ? Et si ce fouineur lui accorde néanmoins un intérêt majeur, il se heurte à un mur infranchissable. Jamais il n'obtiendra la clé du code.

— À moins de frapper à la bonne porte !

— Elle est inaccessible, tu le sais bien.

— Justement, j'en doute !

— Seule la Divine Adoratrice pourrait permettre à Kel de briser le code. D'abord, il devrait recueillir cette information ; ensuite, il lui faudrait atteindre Thèbes et obtenir une audience ; enfin, convaincre cette prêtresse âgée de lui porter assistance et de devenir son alliée ! Malgré l'opiniâtreté de ce scribe et la chance incroyable dont il a joui jusqu'à présent, impossible !

— À nous de rendre Thèbes inaccessible, décida le chef.

— Elle l'est déjà. Le fleuve et les voies terrestres sont sévèrement contrôlés.

— Rengaine illusoire ! protesta l'inquiet. Ni à Saïs ni dans le Delta la police n'est parvenue à capturer Kel. Et le voilà à Memphis où se cacher ne présente guère de difficultés !

— D'après nos informations, il ne connaît pas le Sud. S'il prend le risque de se rendre à Thèbes, il sera vite repéré.

— Et s'il bénéficie de complicités ?

— Kel n'est pas le chef d'un réseau de révoltés, mais

un simple scribe égaré au cœur d'une affaire qui le dépasse !

— Au jour d'aujourd'hui, il constitue une réelle menace.

— Continuons donc à supposer le pire et envisageons un éventuel voyage à Thèbes. À coup sûr, nous le supprimerons avant qu'il ne foule le sol de la ville sainte. Policiers et militaires n'ont-ils pas reçu l'ordre de l'abattre ?

— Et s'il réussit à leur échapper et à persuader la Divine Adoratrice de son innocence ?

— Invraisemblable !

— Depuis le début, nous avons sous-estimé ce jeune homme. Persister pourrait nous conduire à un désastre.

— Que proposes-tu ?

— Seule une alliance entre la Divine Adoratrice et Kel nous empêcherait d'atteindre nos objectifs. Soit nous l'éliminons, lui, soit…

— Assassiner l'épouse du dieu Amon, la souveraine de son domaine sacré ? Tu n'y penses pas !

— Si Kel s'approche trop près d'elle, trancha le chef des conjurés, il n'y aura pas d'autre solution.

81

Memphis était en ébullition. La présence du couple royal n'avait rien d'anormal, mais le déplacement de la cour de Saïs au grand complet provoqua une certaine fièvre chez les hauts fonctionnaires, soucieux de donner pleine et entière satisfaction.

La sévérité du chancelier Oudja, notamment, effraya les routiniers, habitués à jouir de leur sinécure. Assisté du ministre des Finances, Péfy, l'imposant personnage examina les comptes des divers services de l'État, vérifia l'efficacité des préposés et formula d'acerbes remarques, préludes à des réformes douloureuses.

Peu bavard, et tout aussi inquiétant, Hénat observait et notait. Lors de la réunion des gradés de la police memphite et des principaux agents de renseignements, il se contenta d'écouter avant d'émettre un jugement tranchant : insuffisance de résultats. Autrement dit, mutations en perspective.

Et l'ordre tomba : surveillance sévère et permanente de toutes les voies de circulation, repos supprimés jusqu'à l'arrestation du scribe assassin et forte prime à celui qui ramènerait le fugitif à Saïs.

Quant au général en chef Phanès d'Halicarnasse, il inspecta les casernes, sermonna officiers et hommes de troupe, rappelant aux mercenaires grecs l'importance de leur fonction. L'annonce d'une augmentation de la solde accrut sa popularité.

En dépit d'une relative lassitude, le juge Gem procéda à l'audition de nombreux témoins, persuadés d'avoir repéré le scribe Kel. Scrupuleux, il vérifia chaque piste.

En vain.

La tâche de Nitis se révélait plus difficile que prévu. Louer un bateau semblait aisé, mais il fallait déclarer la destination, le nombre et le nom des passagers, et obtenir l'autorisation des forces de l'ordre, après interrogatoire des voyageurs.

À l'évidence, le juge Gem redoutait le départ du scribe Kel pour le Sud, voire la Nubie, où il tenterait de rallier des tribus à sa cause. Et les mesures prises formaient un barrage efficace.

Nitis aborda un sixième capitaine, un barbu originaire d'Éléphantine. Il possédait un imposant bateau de commerce, capable de transporter de lourdes charges.

— Accepteriez-vous des passagers ? lui demanda Nitis.

— Ça dépend du nombre et du prix.

— Trois personnes.

— Des hommes ?

— Deux hommes, une femme et un âne. Fixez vous-même votre tarif.

Le capitaine se caressa la barbe.

— La femme… mariée ?

— Non, mais inaccessible.

— Dommage. La proposition reste pourtant alléchante.

— Bien que parfaitement en règle, ces voyageurs souhaitent échapper aux contrôles.

— Oh là, impossible !

— Tant pis, adieu.

— Pas si vite, jeune dame ! L'expérience permet de résoudre certaines impossibilités. Et moi, je n'en manque pas. Seulement, le prix sera élevé, très élevé. En ce moment, la police fluviale s'excite. Et je ne veux pas m'attirer des ennuis.

À l'évidence, ce capitaine-là n'était pas un fanatique de la légalité.

— Combien ? interrogea la prêtresse.

Un regard avide se posa sur la gorge de Nitis.

— Au moins trois colliers comme le vôtre.

— Entendu. Le premier au départ, les deux autres à l'arrivée. Et pas de surenchère.

De telles parures représentaient une petite fortune !

— Es-tu sérieuse, belle dame ?

— Quand partons-nous ?

— Après-demain, lorsque le chargement sera terminé. Mais auparavant, tu m'apporteras le premier collier.

— À quel moment ?

— Demain, à la cinquième heure de la nuit. Tu monteras à bord et me rejoindras dans ma cabine. Les hommes dc garde seront prévenus. Si tu es correcte, je le serai aussi.

— À bientôt.

Contenant sa joie, la prêtresse quitta le port.

À proximité du temple de Ptah où elle devait participer à des rituels, une voix la fit sursauter.

— Nitis ! Je vous cherchais partout.

— Menk…

— Sa Majesté m'a ordonné de venir à Memphis pour préparer la grande fête d'Hathor. Elle estime que mon expérience sera utile au clergé local. Vu votre excellente réputation, acceptez-vous de m'aider ?

— Bien entendu.

Menk, exécuteur des basses œuvres aux ordres du roi ? L'hypothèse méritait d'être envisagée. À moins qu'il ne s'agisse d'un mensonge. En ce cas, l'organisateur des fêtes de Saïs prenait l'initiative en se dissimulant sous un masque et tentait d'attirer Nitis dans un piège.

— J'ai une affreuse nouvelle à vous apprendre, murmura-t-il, et je ne sais comment m'y prendre afin de vous éviter une trop grande peine.

— Parlez, Menk.

— Le grand prêtre Wahibrê est mort.

Le choc fut d'une extrême violence.

En perdant son père spirituel, le sage qui lui avait tout appris, Nitis éprouvait le sentiment d'un vide atroce. Rien, jamais, ne pourrait le combler.

— Il s'est éteint pendant son sommeil, précisa Menk. En raison de sa disgrâce, la momification a été organisée rapidement et l'inhumation discrète.

— Les rites ont-ils été correctement célébrés ?

— Rassurez-vous, l'âme de Wahibrê est partie en paix. Je comprends votre tristesse et je la partage. Et j'ai, malheureusement, une autre mauvaise nouvelle. Le palais vient de nommer un nouveau grand prêtre de Neit, un obscur ritualiste dont les compétences sont inférieures aux vôtres. La déception est unanime, mais on ne discute pas les ordres du roi.

Ainsi, le domaine sacré de Saïs se fermait à la jeune Supérieure des chanteuses et des tisserandes. Le nouveau grand prêtre ne tarderait pas à la muter et à lui confier un rôle obscur et dépourvu d'influence.

Wahibrê était-il décédé d'une mort naturelle, causée par une extrême fatigue, ou bien l'avait-on éliminé ? Un pharaon ne pouvait accomplir un tel forfait, au risque de se damner ! Restaient les conjurés. Eux se moquaient de la vengeance des dieux et supprimaient sans pitié tous leurs adversaires.

— Je plaiderai votre cause auprès des autorités, promit Menk, car l'injustice est flagrante. À mon sens, elle ne sera que passagère. Un jour, Nitis, vous deviendrez grande prêtresse de Neit, à la satisfaction générale.

— Qu'importe ma carrière.

— Ne cédez pas à la tristesse et acceptez de me seconder le temps nécessaire. Ensuite, vous reprendrez votre essor.

Menk considéra le silence de la jeune femme comme un acquiescement. En réalité, elle songeait à son maître disparu, à son enseignement et à son exemple. Depuis le paradis des Justes, il lui transmettait un message impérieux : continue à te battre pour faire rayonner Maât, n'accepte pas l'injustice, rétablis la vérité.

82

Le braiment de Vent du Nord réveilla Bébon.

— On vient, dit-il à Kel en le secouant. Armons-nous.

L'âne ne se manifestant pas une deuxième fois, il n'y avait pas de danger.

Nitis apparut, le visage morose.

— Wahibrê est mort, annonça-t-elle, des sanglots dans la voix.

— Ils l'ont tué, estima le comédien.

— Et ils vous ferment les portes du temple de Saïs, ajouta le scribe.

— Un nouveau grand prêtre, aux ordres du pouvoir, vient d'être nommé.

— Il les laissera fouiller partout, ils trouveront l'original du papyrus codé !

— En récupérant ce document souillé de tant de meurtres, avança Bébon, peut-être seront-ils satisfaits et cesseront-ils de te poursuivre.

— Impossible, je dois disparaître ! Alors ils auront le champ libre.

— Vénérons ensemble la mémoire de Wahibrê, exigea la prêtresse, et sollicitons son aide.

Nitis récita plusieurs formules de transformation en

lumière, prononça les sept paroles de Neit et appela la paix du soleil couchant sur l'âme-oiseau du grand prêtre. Communiant avec toutes les formes du soleil, elle voyageait en compagnie des étoiles et des planètes, à la découverte sans cesse renouvelée des paradis de l'au-delà.

Puis la Supérieure et ses deux compagnons partagèrent un modeste banquet en l'honneur du défunt, au cours duquel elle évoqua les temps forts de son enseignement. Malgré son peu de goût pour les envolées théologiques, Bébon fut impressionné par la clarté et la profondeur de pensée de la jeune femme.

— C'est à vous de succéder à votre maître, jugea-t-il.

Elle eut un léger sourire.

— Il exige davantage de moi. Wahibrê croyait à l'innocence de Kel, et nous lutterons afin d'établir la vérité. J'ai trouvé un bateau et je possède de quoi payer notre transport.

Nitis donna les détails.

— Le nom du bateau ? demanda Bébon.

— L'*Ibis*.

— Je vous accompagnerai au premier rendez-vous.

— Surtout pas ! Je dois m'assurer de la parfaite collaboration du capitaine. Ses hommes surveilleront le quai, tu serais intercepté, et notre transaction annulée.

— Et s'il vous agresse ?

— Quand il aura constaté la valeur du collier, il ne songera plus qu'aux deux autres.

— Ce sont vos bijoux de prêtresse, déplora Bébon.

— Notre voyage est à ce prix. Seule la Divine Adoratrice peut encore éviter le pire.

— Acceptera-t-elle de nous recevoir ? s'inquiéta Kel.

— Soyons optimistes ! préconisa Bébon.

— Ce soir, annonça Nitis, je dormirai ici. Menk me pourchasse, et je le soupçonne d'être lié, consciemment ou non, aux comploteurs. Je préfère l'éviter.

Kel ne parvenait pas à dormir.

Il recherchait les meilleurs arguments pour dissuader Nitis de se lancer dans cette folle aventure, vouée à l'échec. Lui n'avait plus rien à perdre. Elle, au contraire, serait appelée à de hautes fonctions, tant sa personnalité s'imposait. Lier son sort au sien était insensé. Elle avait déjà couru trop de risques et ne devait pas se compromettre davantage.

Certes, il l'aimait d'un amour incommensurable ! Elle, en revanche, ne le considérait que comme une victime. Il ne méritait donc pas qu'elle lui sacrifiât son existence. Aussi lui parlerait-il avec rudesse afin de lui éviter une erreur fatale.

Soudain, une apparition.

Elle.

Le scribe ferma les yeux et les rouvrit.

Elle, toujours.

— Nitis…

— Vous ne dormiez pas ?

— Je… je pensais à vous.

— Vous voulez me persuader de renoncer, n'est-ce pas ?

— Il le faut !

— Empiéteriez-vous sur ma liberté ? Je suis égyptienne, et non grecque.

— Je n'échapperai pas à une fin tragique, Nitis. Et je n'ai pas le droit de vous condamner à l'abîme.

À pas très lents, elle s'approcha.

Kel se releva, Nitis lui prit le visage dans ses mains, d'une douceur céleste.

— Depuis la naissance de notre civilisation, une femme aime qui elle veut quand elle le veut. Le jour où cette prérogative disparaîtra, le monde sera réduit en esclavage.

— Nitis…

— Es-tu vraiment certain de m'aimer ?

— Nitis !

La jeune femme fit glisser sur ses épaules les fines bretelles de sa robe de lin. Le fragile vêtement s'effondra à ses pieds.

Nue, elle se laissa étreindre par un fou d'amour, redoutant une maladresse, mais incapable de contenir son désir.

Et le bonheur de s'unir les envahit.

83

— Désolé de vous réveiller, dit Bébon, mais le soleil est levé depuis longtemps. Et voici un petit déjeuner amical, sinon royal : galette rassise et eau tiède !

Kel n'en croyait pas ses yeux : Nitis se serrait contre lui, amoureuse, abandonnée ! Il n'avait donc pas rêvé.

— Je ne voudrais pas en rajouter, déclara le comédien avec solennité. Mais si vous continuez à vivre sous le même toit, vous serez mari et femme.

— Te voilà témoin de notre union, observa Nitis, souriante. Désormais, nos destins sont liés.

La bouche de Kel demeura muette. En cet instant de bonheur suprême, le malheur disparaissait. Et s'il préservait en son cœur, en sa conscience, la vérité de ce moment, nulle destruction ne pourrait jamais l'atteindre.

Nitis, Kel et Bébon passèrent une journée merveilleuse, hors du temps.

Il n'existait plus ni crime, ni complot, ni danger. Le soleil illuminait un ciel d'un bleu parfait, hirondelles et faucons savouraient l'espace, et l'enthousiasme de la jeunesse effaçait l'angoisse du futur.

— N'y va pas, supplia Kel en serrant Nitis dans ses bras.

— Nous devons obtenir l'aide de la Divine Adoratrice, rappela la prêtresse. Un simple voyage en bateau, et l'espoir deviendra réalité.

— Tu prends trop de risques !

— Le capitaine de l'*Ibis* me considère comme une intermédiaire sans importance. Il ne songe qu'au profit et nous mènera à bon port en échange de sa rémunération.

— Nitis…

— En Égypte, une épouse ne se soumet pas à son mari. Te souviens-tu des maximes du sage Ani ? En aucun cas le mâle ne peut s'autoriser à lui adresser d'injustes reproches, car la maîtresse de maison veille à ce que tout soit à sa juste place.

Ils s'embrassèrent avec ferveur.

Et Nitis quitta leur refuge pour se rendre au port.

Kel secoua Bébon.

— Réveille-toi !

Le comédien sortit d'un rêve délicieux où l'épine ne piquait pas et où le serpent ne mordait pas.

— On nous attaque ?

— Nitis n'est pas revenue !

Bébon ouvrit les yeux.

Le jour se levait.

— Pas revenue…

— Il lui est arrivé malheur !

— Attends, ne t'emballe pas !

— Il lui est arrivé malheur, répéta Kel, abattu.

— Pas de conclusions hâtives.

— Allons immédiatement au port.

Bébon se redressa.

— Police et armée te recherchent.

— Je veux interroger le capitaine de l'*Ibis* et retrouver Nitis.

— Entendu !

« Inutile de raisonner un amoureux fou », estima le comédien.

— Laisse-moi faire, recommanda Bébon. Moins tu te montreras, mieux ça vaudra.

Kel se tint en retrait, son ami gravit la passerelle de l'*Ibis*.

Un marin s'interposa.

— Où vas-tu, mon gars ?

— Je désire voir le capitaine.

— Le capitaine, on ne le dérange pas comme ça. Tu es qui, toi ?

— Parle-lui d'un collier de prêtresse.

L'œil soupçonneux, le marin marcha lentement jusqu'à la cabine et frappa plusieurs coups à la porte.

Elle s'ouvrit.

Au terme d'un long entretien, il revint vers l'étranger.

— Le capitaine accepte de te recevoir.

Des malfaisants de ce genre-là, Bébon en avait rencontré un nombre incalculable. Glauque, aviné, prêt à vendre père et mère, le chef suprême de l'équipage de l'*Ibis* était une superbe fripouille.

— Tu as le collier ?

— Ma patronne vous l'a apporté.

— Première partie de la prime. J'ai exigé la seconde avant d'embarquer les colis.

— Normalement, on paie à l'arrivée.

— J'ai changé les règles du jeu. En ce moment, on risque gros.

— Ma patronne a-t-elle accepté ?

— Bien sûr ! Alors, le solde ?

— Je n'ai pas reçu d'instructions, affirma Bébon.

Le visage mou du capitaine se durcit.

— Ça signifie quoi ?

— Je n'ai pas revu ma patronne.

— Ah !... C'est ton problème. Si je ne perçois pas le trésor promis, je ne transporte pas.

— Tu ne l'aurais pas trucidée, par hasard ?

Le capitaine s'empourpra.

— Tu divagues, mon gars ! Moi, je fais du commerce. Vu le risque, j'entends être rétribué au juste prix. Supprimer les clients, ça me ruinerait.

— Moi, je ne crois pas qu'elle aurait approuvé une modification du contrat.

— Eh bien, tu te trompes ! Face aux circonstances, elle s'est adaptée. Ainsi a-t-elle décidé de se rendre au temple de Ptah pour y rechercher mon dû et me l'apporter ce soir même. Cet engagement m'a réconforté, je l'avoue. Entre gens sérieux, on s'entend toujours.

— Exact, capitaine.

Le glauque sourit.

— Paiement ce soir, départ demain. Tope là ?

— Tope là, confirma Bébon.

Kel ne tenait plus en place. Arpentant le quai, il s'apprêtait à monter à bord de l'*Ibis* lorsque son ami en descendit.

Le scribe l'agrippa.

— Où est-elle ?

— D'après le prince des tordus, elle se serait rendue au temple de Ptah.

84

— Tu ressembles vraiment à un scribe, constata Bébon. En t'exprimant de manière châtiée, tu prouveras ta qualité, et toutes les portes s'ouvriront.

Kel était prêt à renverser le plus massif des pylônes pour retrouver Nitis. Si le capitaine n'avait pas menti, il ne tarderait pas à l'étreindre.

Le jeune homme se présenta à l'entrée du vaste domaine sacré de Ptah.

— Je viens accomplir un service mensuel, déclara-t-il au vérificateur.

— Fonction ?

— Prêtre pur préposé à l'offrande du vin.

— Inscris ton nom sur le registre.

Kel écrivit *bak*, « serviteur », en beaux hiéroglyphes tracés d'une main habile.

Impressionné, le vérificateur le laissa passer.

Kel s'adressa à un scribe.

— J'ai un message destiné à Nitis, Supérieure des chanteuses et des tisserandes du temple de Saïs.

— Consulte le ritualiste en chef, il te renseignera.

Le scribe indiqua l'emplacement du logement de fonction du dignitaire.

Plusieurs prêtres attendaient d'être reçus. Maîtrisant son impatience, Kel prit son tour.

Enfin, un assistant le convia à entrer !

Le ritualiste en chef du temple de Ptah était un homme âgé et sévère. Il dévisagea le jeune homme d'un œil soupçonneux.

— Je ne te connais pas. Qui es-tu et que veux-tu ?

— Je viens de Saïs afin de remettre un message à Nitis, la…

— Je connais cette prêtresse. Elle a séjourné ici et a quitté le temple il y a trois jours.

— Où puis-je la trouver ?

— Elle est probablement retournée à Saïs. Affaire suivante.

Ainsi, le capitaine de l'*Ibis* avait menti ! Il fallait se rendre immédiatement au port et le faire parler. Sans doute détenait-il la jeune femme à son bord.

Kel relata les faits à Bébon. Les précédant, Vent du Nord emprunta le plus court chemin.

Sur les quais, une véritable fourmilière. On embarquait des marchandises, on en débarquait, et une clientèle fournie animait un marché en discutant fermement les prix.

À l'emplacement de l'*Ibis*, un autre bateau.

— Tu dois te tromper, estima Kel.

— Malheureusement non.

Le comédien interrogea un docker.

L'*Ibis* avait quitté Memphis au petit matin en direction du sud.

— As-tu remarqué une jeune femme à bord ?

— Je n'ai vu que les membres de l'équipage habituel, répondit le docker.

Kel était effondré.

Bébon l'entraîna.

— Retournons à notre refuge.

Vent du Nord prit aussitôt la bonne direction, évitant les policiers qui, par groupes de trois ou quatre, sillonnaient la ville.

— Si elle est morte, murmura le scribe, je ne lui survivrai pas.

— Nous n'en sommes pas encore là, affirma Bébon. À l'évidence, Nitis a été enlevée. Le capitaine de l'*Ibis* apparaît comme le coupable idéal.

— Alors, partons pour le sud et retrouvons-le !

— Et s'il s'agissait d'un leurre ? Il a peut-être remis Nitis aux véritables ravisseurs qui l'ont ramenée à Saïs. Le juge Gem, la police et les services secrets pourraient bien être impliqués. Et il existe d'autres hypothèses !

— Nous interrogerons mille personnes s'il le faut, mais nous découvrirons la bonne piste !

— Tu oublies que tu es recherché pour meurtre. Ne conviendrait-il pas de nous rendre à Thèbes et de solliciter l'aide de la Divine Adoratrice ?

— Je me moque du papyrus codé et du complot ! Seule compte Nitis.

— Tout est lié, mon ami.

L'esprit enfiévré, fou d'angoisse, Kel refusa de céder au désespoir.

Il ressentait la présence de son épouse, la chaleur de son corps, la douceur de son amour… Non, elle n'était pas morte !

— Nitis est tombée dans un piège impliquant plusieurs personnes, avança-t-il. Il y a forcément des témoins, voire des complices, ici même, à Memphis. Ils me croient incapable d'agir. Ils ont tort.

« Pas tant que ça », pensa Bébon, redoutant un échec cuisant qui les conduirait à l'abîme.

Mais il n'abandonnerait pas son ami en proie au malheur et à l'injustice. Certes, leur entreprise devenait franchement insensée et leurs chances de succès s'approchaient du néant ; les dieux continueraient-ils cependant à les protéger ? Peut-être leur fureur toucherait-elle enfin leurs adversaires !

Et puis Bébon aimait jouer. Rien de plus sinistre qu'une existence ennuyeuse et bien rangée. Grâce à Kel, il ne courait pas ce risque-là !

Vent du Nord se colla au scribe, quémandant une caresse. Le regard grave, l'âne ne paraissait pas désespéré. Il transmit au jeune homme une puissante énergie et une détermination sans faille.

Oui, Kel retrouverait Nitis et prouverait son innocence. Oui, ils goûteraient ensemble d'intenses moments de paix et de bonheur, à l'ombre d'une pergola, en contemplant le soleil couchant, baignés de sa lumière.

La Divine Adoratrice

**

1

Sur l'ordre du juge Gem, vieil homme autoritaire et infatigable, les policiers se déployèrent en silence. Armés de gourdins et d'épées courtes, ils s'apprêtaient à arrêter un criminel recherché depuis plusieurs semaines.

Un monstre accusé d'avoir exterminé ses collègues du Bureau des Interprètes, supprimé ses complices et organisé un complot contre le pharaon Amasis[1].

Insaisissable, le scribe Kel, considéré comme un surdoué promis à un brillant avenir, parvenait à passer entre les mailles du filet tendu par les forces de l'ordre. Au cours de sa longue carrière, jamais le chef de la magistrature égyptienne n'avait été confronté à un tel assassin.

Impitoyable et rusé, le scribe érudit s'était transformé en bête féroce. Aussi des archers d'élite l'abattraient-ils à vue s'il menaçait l'existence des hommes chargés de l'interpeller. Certes, le juge espérait pouvoir l'interroger et connaître les véritables motifs de ses actes ; mais Kel parlerait-il et dirait-il la vérité ? À ce point de barbarie, un individu ne possédait plus toute sa raison.

1. Monté sur le trône en 570 av. J.-C.

L'aube ne tarderait pas à se lever.

Envahi d'herbes folles, dont certaines coupantes, le terrain entourant la fabrique abandonnée présentait de nombreux pièges : moules à briques brisés, tessons, scorpions… Il fallait progresser lentement sans réveiller le dormeur.

— Tu es sûr qu'il se cache ici ? demanda une nouvelle fois le juge à son informateur, un magasinier du temple de Ptah servant d'indicateur à la police.

— Certain ! Je l'ai repéré aux abords du sanctuaire, grâce au portrait diffusé un peu partout. Et je l'ai suivi.

— Il ne t'a pas remarqué ?

— Heureusement pour moi ! Dès qu'il est entré dans cette fabrique, je me suis éclipsé et j'ai couru en direction de la ville. À chaque instant, je redoutais d'être poursuivi et massacré ! À la caserne principale, j'ai mis longtemps à reprendre mon souffle, et mes explications furent confuses, tant la peur me serrait la gorge. Quand toucherai-je ma récompense ?

— Aussitôt après l'arrestation, promit le juge. As-tu aperçu des complices ?

— Je n'ai vu que l'assassin, précisa l'informateur, mais je n'ai pas osé m'approcher. S'il y avait eu un guetteur, je ne serais plus de ce monde ! De tels risques ne méritent-ils pas une prime supplémentaire ?

— Nous verrons. Maintenant, tiens-toi à l'écart et n'interviens d'aucune manière.

— Juré !

L'homme s'abrita derrière un bosquet d'épineux. Assister à l'exécution d'un monstre le faisait saliver.

Le juge, lui, redoutait la présence d'un ou de plusieurs membres du réseau dirigé par Kel. Anéantir le service des interprètes, vital pour la diplomatie égyptienne, voler le casque légendaire du général Amasis qui lui avait servi de couronne au moment où ses soldats le proclamaient pharaon et se jouer de ses poursuivants impliquait l'existence d'un groupe de terroristes aguerris et déterminés.

Hénat, le chef des services secrets, n'y croyait pas. Selon ce personnage de l'ombre, aux méthodes discutables, un homme seul pouvait échapper longtemps aux recherches les mieux menées. Néanmoins, il commettait toujours une erreur fatale. Kel avait eu tort de rôder aux abords du temple de Ptah.

Tentait-il de joindre de nouveaux alliés, établissait-il un contact avec un éventuel logeur, recherchait-il seulement de la nourriture ? Bien des aspects de cette terrifiante affaire demeuraient obscurs.

Sur le point d'aboutir enfin à l'arrestation de Kel, le magistrat n'oubliait pas déboires et échecs qui l'avaient conduit à présenter sa démission au roi.

Le monarque lui avait gardé sa confiance. Fidèle serviteur de l'État, intègre, épris de justice, Gem était aussi un enquêteur acharné. Jamais il ne lâchait sa proie.

— Mes hommes sont en place, l'informa le chef des archers. Le criminel ne pourra pas s'échapper.

— S'il tente de s'enfuir, visez les jambes.

— Et s'il nous agresse ?

— Abattez-le.

Tels étaient les ordres du monarque. Il y avait déjà trop de cadavres, et nul policier ne devait être victime d'un fauve déchaîné. Un fauve que le juge Gem avait rencontré, en dehors de la procédure légale.

Bien entendu, le scribe avait affirmé sa parfaite et totale innocence, en dépit des preuves accumulées contre lui. Comment croire une pareille fable ? Intelligent, bon orateur, vif d'esprit, Kel s'était montré presque convaincant. Mais le magistrat possédait suffisamment d'expérience pour éviter le piège.

Pas un souffle de vent, pas un chant d'oiseau. Tendus à l'extrême, les membres du commando attendaient l'ordre d'attaquer.

— Allons-y, décida le juge.

L'assaut fut parfaitement coordonné.

Deux hommes pénétrèrent dans la fabrique abandonnée, aussitôt suivis de cinq autres qui se dispersèrent à l'intérieur.

— Là-bas ! cria l'un d'eux.

Repérant une forme humaine armée d'une lance, un archer tira.

En dépit de l'obscurité, il ne rata pas sa cible, touchée en plein cœur.

Aucune réaction d'éventuels complices.

Kel était seul.

Les policiers d'élite s'immobilisèrent. Ils n'imaginaient pas réussir aussi vite et aussi facilement.

Le juge entra à son tour. Lui seul identifierait de manière formelle le scribe assassin et mettrait un terme à l'enquête.

— Il nous a menacés, expliqua le chef du commando.

Précédé de deux archers, le haut magistrat s'approcha du cadavre, étalé sur un monceau de briques cassées.

Malgré la pénombre, pas le moindre doute : un mannequin !

Un mannequin de chiffons et de paille, tenant un bâton pointu.

— En plus, maugréa Gem, ce maudit scribe se paie notre tête !

Au sortir de la fabrique, l'informateur aborda le juge.

— Alors, vous l'avez abattu ? Je peux toucher ma récompense ?

— Arrêtez ce gaillard, ordonna Gem aux policiers. Je dois l'interroger et m'assurer qu'il n'est pas complice de l'assassin en fuite.

2

Lèvres-Douces était une femme plantureuse et autoritaire. La trentaine épanouie, elle dirigeait l'une des plus importantes boulangeries-brasseries de Memphis, la capitale économique de l'Égypte. Levée avant l'aube, elle réunissait son personnel et lui donnait des directives précises. À la première erreur, un blâme ; à la deuxième, diminution de salaire ; à la troisième, renvoi. Et personne ne protestait, car Lèvres-Douces se montrait juste et payait bien.

Elle ne manquait jamais d'assister à la livraison quotidienne de céréales et de vérifier qualité et quantité. Si un fournisseur tentait de la tromper, il essuyait une colère d'une telle violence qu'il évitait de recommencer.

Ensuite, broyage, pilonnage, pétrissage et tamisage. Des spécialistes confirmés se chargeaient de ces étapes de la fabrication de pains aux multiples formes. Et Lèvres-Douces effectuait elle-même une opération délicate, l'adjonction de levain. Restait à surveiller la cuisson dans les meilleurs fours de la ville.

Voir les pains chauds et croustillants en sortir remplissait Lèvres-Douces d'une légitime fierté. Les clients se bousculaient, son entreprise était florissante, et elle avait acquis une superbe maison à proximité du centre de la grande cité où se côtoyaient Égyptiens, Grecs, Syriens, Libyens, Nubiens et autres étrangers.

Pendant que les livreurs se hâtaient d'emporter les pains, leur patronne se rendait à sa brasserie. Ne produisait-elle pas une délicieuse bière douce, au prix imbattable ? Clés du succès : travail acharné et vigilance permanente. Des costauds pétrissaient longuement la pâte en la foulant aux pieds, des techniciennes aguerries la filtraient et la tamisaient. Les cuves de fermentation venaient d'être améliorées, et Lèvres-Douces achetait de nombreuses jarres à fond pointu, enduites d'argile correctement battue afin d'épurer et de clarifier la bière.

Les commandes affluant, elle ne cessait de développer ses services commerciaux et comptables, composés de scribes dont elle se méfiait. Aussi Lèvres-Douces engageait-elle volontiers des jeunes qu'elle formait à sa manière et selon ses exigences.

À l'issue d'une matinée épuisante, elle rentrait déjeuner chez elle. Et là, depuis quelques jours, un dessert merveilleux l'attendait : son nouvel amant, un comédien aux ressources infinies !

La boulangère s'était séparée d'un mari chétif et geignard et avait décidé de profiter seule des fruits de son labeur. Amoureuse passionnée, ne désirant pas d'enfant, elle goûtait aux hommes sans s'attacher. Et celui-là lui paraissait succulent !

— Ma chérie ! s'exclama Bébon en accueillant sa maîtresse qu'il embrassa tendrement. As-tu passé une bonne matinée ?

Lèvres-Douces méritait son nom.

Le baiser fut interminable et savoureux.

— Le travail était si intense que je n'ai pas vu le temps passer ! Et toi, mon trésor ?

— Conformément à tes désirs, je me suis occupé de ta maisonnée ! Nettoyage à fond, fumigation, parfums, fleurs odorantes, achat de viande et de poisson, retour du linge confié au blanchisseur et préparation du déjeuner… Satisfaite ?

— Tu es un parfait homme de maison !

Ni l'un ni l'autre ne se faisaient d'illusions : leur amourette ne durerait pas longtemps. Ils se donneraient un maximum de plaisir jusqu'au moment où Lèvres-Douces se lasserait. En attendant, le comédien devait se rendre utile.

Si Bébon s'acquittait volontiers de ces tâches domestiques, c'était pour remercier les dieux de lui avoir offert un abri inespéré dont bénéficiaient également son ami Kel, jouant le rôle de son domestique, et leur âne Vent du Nord.

Attentif à son instinct, Bébon avait senti que leur refuge, l'ancienne fabrique, n'offrait plus la sécurité nécessaire. Un curieux pouvait signaler leur présence à la police qui ne manquerait pas d'intervenir. Mieux valait regagner Memphis et se noyer dans la population.

En achetant du pain, le regard du comédien avait croisé celui de la patronne. Un coup de foudre sensuel entre une femme aux formes généreuses et un séducteur au sourire ravageur. D'abord une conversation banale, puis un entretien intime et les jeux du plaisir, joyeux et inventifs.

Invité à séjourner chez sa nouvelle maîtresse, Bébon s'était montré hésitant. De convaincantes caresses ayant triomphé de ses réticences, il avait évoqué son prochain voyage au cours duquel, portant les masques des dieux

Horus, Seth, Anubis ou Thot, il jouerait la partie publique des mystères sur les parvis des temples.

Réduit au rang de jouet de la vorace Lèvres-Douces, Bébon jouissait d'une confortable maison : vaste entrée, salle de réception, quatre chambres, deux salles d'eau, cuisine, cave et terrasse, soit cent cinquante mètres carrés aménagés avec goût. Encore fallait-il, selon les ordres de la boulangère, maintenir en permanence une propreté impeccable. L'hygiène n'était-elle pas le secret de la santé ?

Et sa belle santé, Lèvres-Douces y tenait.

Lorsqu'elle dévêtit son amant, il ne lui résista pas.

— Aujourd'hui, avoua-t-elle, j'ai trop faim pour attendre le dessert.

Sa gourmandise momentanément rassasiée, la boulangère demanda à Bébon de remplir deux coupes de vin blanc du Delta.

— Buvons à notre plaisir, mon chéri !

Le comédien ne se fit pas prier.

Mais son visage demeura grave.

— Tu sembles contrarié, observa-t-elle.

— Memphis devient une ville dangereuse.

— Que t'est-il arrivé ?

— À moi, rien. Ta cuisinière, en revanche, m'a appris qu'une jeune femme avait été enlevée.

— Où ça ?

— Au port.

— Invraisemblable !

— Interroge-la. Les gens ne cessent de parler de cet effroyable drame, et la police ne semble pas s'y intéresser. Angoissant, non ? Moi, j'aime les endroits tranquilles.

— Ma maison en est un, susurra Lèvres-Douces.

— D'accord, mais j'aimais me promener sur le port

et fréquenter les petits marchés organisés au pied des passerelles.

Redoutant le départ précipité de son amant, la boulangère s'estima obligée de prendre des initiatives.

— Memphis est ma ville, affirma-t-elle, et je n'ignore rien de ce qui s'y trame. Je connaîtrai bientôt la vérité et tu seras rassuré. La rumeur colporte souvent n'importe quoi ! En attendant, allons déjeuner.

3

Kel logeait à l'écurie en compagnie de Vent du Nord, un âne vigoureux et futé. Ses congénères respectaient ce dominant et lui laissaient la meilleure place.

Depuis la disparition de la prêtresse Nitis, la femme à laquelle il venait de s'unir pour l'éternité, le jeune scribe ne trouvait plus le sommeil. Qui l'avait enlevée, était-elle encore vivante ?

Fou d'inquiétude, Kel en oubliait son propre cas.

Accusé à tort d'avoir assassiné ses collègues du Bureau des Interprètes et son pseudo-complice, le Grec Démos, suspecté de fomenter un complot contre le roi Amasis, il aurait dû se rendre immédiatement à Thèbes et solliciter l'aide de la Divine Adoratrice, seule personnalité capable, si elle le croyait, de prendre sa défense.

Jamais il n'abandonnerait Nitis.

C'était ici, à Memphis, qu'il retrouverait sa trace. Et personne ne l'empêcherait de la libérer.

Vent du Nord lécha doucement la joue de Kel. Du brillant scribe promis à de hautes fonctions, il ne restait qu'un garçon mal rasé, vieilli avant l'âge.

Cette attention le réconforta. Il songea au papyrus crypté, à l'origine de tous ses malheurs, dont la seconde partie restait indéchiffrable. Seuls les ancêtres, d'après une voix provenant de l'au-delà, en détenaient la clé. Mais où se trouvaient-ils ?

Peut-être la Divine Adoratrice connaissait-elle la réponse à la question... Selon le texte découvert par Kel dans une chapelle du temps des pyramides, des conjurés niaient les valeurs traditionnelles, voulaient modifier l'exercice du pouvoir et favoriser le progrès technique. Dernier obstacle à écarter : cette Divine Adoratrice, grande prêtresse régnant sur Thèbes et préservant les rites anciens.

Impossible, hélas ! de déchiffrer les noms des comploteurs et de connaître leurs projets précis. Unique certitude : afin de masquer ses abominables crimes, cette cohorte d'assassins avait choisi comme coupable idéal un jeune scribe que venait de recruter le prestigieux service des interprètes. Ils n'avaient pas prévu sa capacité de résistance à l'adversité et sa volonté de rétablir la vérité.

L'amour de Nitis avait donné à Kel davantage de force, et l'amitié indéfectible de Bébon lui avait permis d'échapper à ses poursuivants. Injustice, corruption, complot criminel... À eux trois, Nitis, Bébon et Kel pouvaient-ils vraiment vaincre de pareilles monstruosités ?

La disparition de la jeune prêtresse réduisait à néant leurs fragiles espoirs.

Vent du Nord dressa les oreilles et demeura silencieux. L'arrivant ne les menaçait pas.

— Dîner, annonça Bébon.

— Je n'ai pas faim.

— Soupe de lentilles, purée d'oignons et de poireaux, agrémentée d'ail, d'aneth et de coriandre ; une première bouchée, et ton appétit se réveillera.

L'âne, lui, ne se fit pas prier et mastiqua de la luzerne fraîche.

— Imite-le, conseilla le comédien. Pour mener à bien notre combat, il nous faut prendre des forces.

— Nitis ne s'est pas rendue au temple de Ptah, rappela Kel. Le capitaine de l'*Ibis* a menti et s'est enfui. Il obéissait aux comploteurs, et nous sommes tombés dans leur piège.

— Inutile de ressasser le passé ! L'essentiel consiste à découvrir l'indice qui nous mènera à la prison de Nitis.

— Et s'ils l'avaient tuée ?

Bébon prit son ami par les épaules.

— Tu l'aimes ?

— Comment oses-tu en douter ?

— Alors, tu dois ressentir sa présence. Si elle était morte, tu le saurais.

Kel ferma les yeux.

— Non, elle vit.

— Certain ?

— Certain !

— Cesse donc de te lamenter, et poursuivons nos investigations. D'abord, mange ; la cuisinière de notre protectrice est remarquable. Profites-en avant de reprendre la route. Demain, il faudra sans doute se contenter d'une galette et d'un oignon.

— Je veux retourner au port et interroger tous les capitaines ! L'un d'eux connaît forcément celui de l'*Ibis* et nous révélera sa destination.

— Pas de meilleur moyen de te faire arrêter ! Grâce à l'aide involontaire de Lèvres-Douces, la police a perdu notre trace. Elle croit que nous tentons de gagner Thèbes et doit être en train de fouiller chaque bateau.

— Imagines-tu la détresse de Nitis ?

— Sa force d'âme surpasse la tienne et la mienne réunies ! Jamais elle ne perdra confiance en toi. Et moi, j'obtiendrai des informations intéressantes.

Le regard du scribe reprit de la vigueur.

— Comment procéderas-tu ?

— Lèvres-Douces connaît bien Memphis, nul événement marquant ne lui échappe. Or elle n'a pas entendu parler de l'enlèvement d'une jeune femme, un crime rarissime ! Autrement dit, les autorités tentent d'imposer le silence sur une affaire gênante.

— A-t-elle des amis dans la police ?

— Elle en a partout, et surtout parmi les petites gens. Pourtant, quelqu'un a sûrement vu quelque chose. Même au cœur de la nuit, les quais ne sont pas déserts. En jouant les apeurés à cause de cette insécurité, j'ai annoncé mon prochain départ. Lèvres-Douces appréciant encore mon charme, elle va tenter de m'en dissuader en découvrant la vérité.

— Elle n'y parviendra pas !

— Peu probable, en effet, mais elle me procurera le nom d'un témoin. Et nous remonterons la filière.

Vent du Nord approuva d'un regard confiant.

La capacité de persuasion du comédien était telle que le scribe voulut croire à la réussite de ce plan improbable.

— Pas trop de curieux autour de toi ? s'inquiéta Bébon.

— Les autres âniers me considèrent comme ton domestique. Vent du Nord et moi faisons les courses en fonction de tes directives et passons le reste du temps à dormir. Vu mon allure actuelle, personne ne m'imagine en scribe.

— Tant mieux ! Désolé, Lèvres-Douces m'attend.

Assis, les yeux mi-clos, Kel songeait aux temps heureux où il envisageait une belle carrière de scribe interprète au service du pharaon. L'existence s'annonçait paisible, agréable et passionnante. Et puis la colère des dieux s'était abattue sur lui, brisant son avenir et le plongeant au cœur d'une affaire d'État.

La colère des dieux… Pourtant, ils le protégeaient !

D'abord, ils lui permettaient d'échapper à ses poursuivants, désormais décidés à le supprimer puisque le juge Gem en personne ne croyait pas à son innocence ; ensuite, ils lui avaient fait rencontrer Nitis ! Vivre ce grand amour n'était-il pas un présent inestimable ?

Au tréfonds du malheur, ce bonheur-là ne s'effaçait pas.

Et cette minuscule lueur continuerait à le guider.

4

La présence de la cour à Memphis ne gênait pas les conjurés, bien au contraire. En décidant de séjourner dans la grande cité, la Balance-des-Deux-Terres, point d'équilibre entre le Nord et le Sud, le roi leur facilitait la tâche.

Quand leur chef les réunit, à l'abri des yeux et des oreilles, il connaissait parfaitement leur état d'esprit. Tous entrevoyaient une tâche longue et délicate avant de réussir, et regrettaient la déplorable erreur qui les avait obligés à supprimer la totalité du service des interprètes. Jamais le papyrus codé n'aurait dû parvenir à ces remarquables techniciens, capables de le décrypter, donc de découvrir les noms des comploteurs et leur plan. En faisant accuser de meurtre le jeune scribe Kel, récemment engagé, ils offraient un coupable idéal à la justice et mettaient un terme à cet incident.

Malheureusement, ce scribe se révélait plus coriace que prévu ! En dépit d'un imposant dispositif policier, il réussissait à rester en liberté et osait même clamer son innocence, sans convaincre personne. Preuves et charges accumulées contre lui ne laissaient aucune place au doute. Tôt ou tard, Kel serait arrêté, jugé et condamné à mort.

Néanmoins, le chef percevait une certaine crainte chez ses alliés. Pour échapper ainsi aux forces de l'ordre, le jeune homme ne bénéficiait-il pas de la protection des dieux ? En ce cas, ne résisterait-il pas aux multiples attaques et ne prendrait-il pas le dessus ?

— Ne devenons pas esclaves de vieilles superstitions, recommanda-t-il. Kel a eu beaucoup de chance, mais il n'est qu'un humain en perdition, pourchassé et perpétuellement sur le qui-vive.

— Il me paraît indispensable de l'éliminer, avança un inquiet. Il tente de remonter jusqu'à nous afin de démontrer son innocence et n'a plus rien à perdre.

— Et puis il bénéficie forcément de complicités, renchérit son voisin. Sinon, impossible d'expliquer sa capacité à nous échapper !

— C'est pourquoi j'ai pris une décision radicale, indiqua le chef.

Les conjurés furent suspendus à ses lèvres.

— À l'évidence, reprit-il, Kel avait trouvé des appuis au temple de Neit de Saïs, à commencer par le grand prêtre Wahibrê, heureusement décédé. Le successeur désigné de ce vieillard intègre était sa disciple, Nitis, Supérieure des chanteuses et des tisserandes, une femme intelligente, honnête et déterminée. À mon avis, elle approuvait le grand prêtre et croyait à l'innocence du scribe Kel. Elle est donc devenue son principal appui. Aussi avons-nous intrigué pour l'écarter de la grande prêtrise et nommer à sa place un homme de paille qui ne nous gênera pas. Cette démarche ne m'ayant pas paru suffisante, j'ai décidé de la faire enlever en confiant cette tâche à l'un d'entre vous.

— Mission accomplie, affirma le responsable. L'opération s'est déroulée à merveille.

— Pas de témoins ?

— Apparemment pas. Et si quelqu'un a vu quelque chose, il se taira. D'éventuelles investigations policières ne mèneront nulle part. De plus, là où se trouve la prêtresse Nitis, personne n'ira la chercher !

— Ce maudit scribe ne tentera-t-il pas de la libérer ? questionna l'inquiet.

— Il faudrait qu'il fût follement amoureux et tout à fait inconscient ! Même en ce cas, Nitis restera hors de portée.

— Son interrogatoire a-t-il commencé ? demanda le chef.

— Cette prêtresse a du caractère. Elle n'a pas encore donné le nom de ses complices ni révélé l'emplacement du repaire de Kel. Mais les spécialistes sauront la faire parler.

— Si nécessaire, torturez-la.

L'un des conjurés eut un haut-le-cœur.

— Une prêtresse de Neit ! Vous ne comptez pas...

— Ne joue pas les naïfs. Cette femme est condamnée à disparaître sans laisser la moindre trace, après vérification des informations qu'elle nous aura offertes. Ainsi, nous éliminerons les éventuels appuis de Kel, et il sera un homme seul et une proie facile.

La férocité de leur chef glaça le sang des conjurés. Tous comprirent qu'il ne leur était plus possible de quitter le bateau et qu'il faudrait aller jusqu'au bout.

— Le scribe essaiera d'atteindre Thèbes et de gagner à sa cause la Divine Adoratrice, notre pire ennemie, estima l'anxieux. À mon sens, il a quitté Memphis.

— Cette éventualité n'a rien d'inquiétant, répliqua le chef. Les voies fluviale et terrestres sont étroitement surveillées, et nous tendrons les pièges nécessaires.

— L'habileté de Kel n'est plus à démontrer !

— Il n'atteindra jamais Thèbes. Et même si ce

miracle se produisait, il ne rencontrera pas la Divine Adoratrice. J'ai pris les précautions indispensables.

Cette fois, un conjuré s'insurgea.

— Nous avons déjà évoqué un horrible dessein concernant la souveraine de Thèbes, et je m'y oppose formellement !

Le chef sourit.

— Crois-tu qu'elle sera éternellement épargnée ? Rassure-toi, nous ne serons probablement pas contraints de l'éliminer, car le scribe Kel n'aura pas l'occasion d'essayer de la convaincre. Mais, quoi qu'il arrive, personne ne nous empêchera de réussir. Je dis bien : personne.

À un long silence succéda une ultime remarque.

— Le casque du roi Amasis demeure introuvable. Kel ne le conserve-t-il pas soigneusement avec l'espoir de s'en coiffer et de se proclamer pharaon à la tête de sa faction ?

— Projet dérisoire, jugea le chef. Ne vous souciez surtout pas de ce détail. Nous contrôlons la situation qui ne cessera d'évoluer en notre faveur, à condition de poursuivre nos efforts et de garder un secret absolu.

5

Organisateur des fêtes de Saïs, capitale d'une dynastie brillante, Menk mourait d'inquiétude. Lui d'ordinaire charmeur et affable affichait une triste mine. Pourtant, il menait à bien la mission confiée par le roi : parfaire le déroulement des grands rituels de Memphis en compagnie des prêtres de Ptah et de Hathor. Évitant de les heurter, Menk trouvait les mots justes et s'attirait leur sympathie. Ensemble, ils travaillaient à satisfaire les dieux et le souverain. D'aucuns lui promettaient une prochaine promotion.

En temps ordinaire, Menk aurait pleinement joui de cette réussite professionnelle. Mais la disparition de la ravissante Nitis, une prêtresse dont il était tombé amoureux et qu'il comptait épouser, gâchait son plaisir.

Certes, la jeune femme ne lui avait pas encore donné son consentement. Simple question de temps, car elle comprendrait fatalement qu'un mari comme Menk ne se refusait pas. L'indépendance et la liberté de choix des Égyptiennes posaient parfois de graves problèmes. Les Grecs, eux, savaient imposer les décisions des mâles.

Nitis ne possédait pas un caractère facile. Intelligente et cultivée, elle aurait dû devenir la grande prêtresse du temple de Neit à la suite du décès de son maître. Le roi avait choisi un obscur courtisan, sans doute en raison des imprudences de la belle ritualiste. Ne la soupçonnait-on pas d'avoir cru à l'innocence du scribe Kel, ce monstre coupable d'un nombre incalculable de crimes ?

Sur sa demande, Menk s'était aventuré à parler au roi d'un trafic d'armes imaginaire, fable destinée à disculper l'assassin. Cette démarche aurait pu ruiner la carrière du courtisan, mais il n'éprouvait pas de rancune envers la trop crédule Nitis. Détrompée, elle ne reverrait pas ce redoutable meurtrier et ne prendrait plus sa défense.

Hélas ! ce regrettable impair valait à la jeune femme une disgrâce temporaire. En épousant Menk, elle recouvrerait son honorabilité et prétendrait de nouveau à de hautes fonctions.

Encore fallait-il la retrouver !

Où se cachait-elle ?

Menk se rendit au temple de Ptah et interrogea plusieurs ritualistes. Personne n'avait croisé Nitis depuis quelques jours. On le pria de vérifier la qualité de l'encens récemment livré et la quantité d'huiles sacrées. L'esprit ailleurs, il s'acquitta de ces tâches.

— Du courrier à votre intention, annonça le facteur du temple en lui remettant une missive en provenance de Saïs.

Menk brisa nerveusement le sceau fermant le petit papyrus. Le texte le consterna.

D'après le grand prêtre, Nitis n'était pas revenue au temple de Saïs. Et nulle trace de sa présence dans la capitale.

Affolé, Menk prétexta un accès de fatigue, abandonna sa vérification et courut au bureau du vizir. Toujours chargé d'arrêter le scribe Kel et de mener une enquête approfondie, le juge Gem s'y était installé provisoirement.

Le haut magistrat ne fit pas attendre le dignitaire.

— Vous semblez bouleversé, Menk !

— La prêtresse Nitis a disparu.

— Comme vous y allez !

— Elle ne se trouve ni à Memphis ni à Saïs, et voilà longtemps que personne ne l'a revue !

Le juge grommela.

— Bizarre, je vous le concède… Serait-elle partie en voyage ?

— Nitis devait remplir une mission précise, rappela Menk : m'aider à préparer les prochaines fêtes de Ptah et de Hathor. Sa connaissance des rituels anciens aurait été précieuse. Elle n'avait aucune raison de s'absenter, surtout si elle désirait reconquérir la confiance du roi.

— Songeriez-vous… à une fuite ?

— Une fuite ? Certes non ! Je redoute un enlèvement.

Le juge parut stupéfait.

— Qui aurait commis un pareil délit ?

— Je l'ignore. Je redoute…

— Soupçonneriez-vous quelqu'un ?

— Pourquoi pas le scribe Kel ? Peut-être a-t-il voulu se venger de Nitis ?

— Que lui reprocherait-il ?

— De ne pas l'avoir aidé !

— Intéressant… Des indices concrets ?

— De simples suppositions ! La situation me paraît grave.

— Ne dramatisons pas, Menk. L'imagination nous joue souvent de mauvais tours.

— Nitis a bel et bien disparu ! Ne négligez pas les faits, je vous en prie.

— Ce n'est pas mon habitude.

— Comment comptez-vous agir ?

— En nommant des enquêteurs chargés d'interroger le personnel des temples, les capitaines de bateaux et les surveillants des routes.

— Cela prendra un temps fou !

— Je promettrai une forte récompense à qui me donnera des renseignements sur la prêtresse, et des courriers officiels alerteront mes collègues dans chaque province. Ensuite, il faudra espérer et attendre.

— Espérer, oui… mais attendre !

— Vu le caractère exceptionnel de l'événement, j'utiliserai tous les moyens dont je dispose.

— Merci, juge Gem.

— Ne commettez pas d'imprudence, Menk. Si Nitis a réellement été enlevée et si l'auteur du rapt est le scribe Kel, le terrain s'annonce dangereux. Mener une enquête parallèle vous conduirait au désastre. Laissez agir les professionnels.

— Je vous le promets.

Les épaules basses, Menk sortit du bureau du juge.

Gem était perplexe.

À l'affaire Kel, qu'il ne parvenait pas à résoudre, s'ajoutait maintenant la disparition d'une prêtresse de Neit, un incroyable événement susceptible de déclencher la colère des dieux ! Jusqu'alors, en dépit des difficultés à rendre une justice équitable, la carrière du magistrat s'était déroulée de manière paisible. À l'orée de la vieillesse et d'une retraite méritée, un épouvantable assassin, doublé d'un séditieux décidé à renverser le trône d'Amasis, défiait l'État et la loi ! Et il revenait au juge Gem de lui briser les reins.

En raison des circonstances nouvelles, il devait interroger l'un des principaux dignitaires du royaume, qui en savait peut-être long.

6

Depuis de nombreuses années, le chancelier royal Oudja avait oublié la notion même de repos. Médecin-chef de la prestigieuse école de Saïs et désormais chargé de veiller sur la santé du pharaon Amasis, il était également gouverneur de la capitale, inspecteur des scribes du tribunal, chef des administrateurs des prisons et responsable du développement de la marine de guerre, une formidable arme de dissuasion à laquelle tenait beaucoup le monarque.

Large d'épaules, autoritaire et énergique, Oudja imposait sa puissance naturelle et assumait ses responsabilités sans jamais se plaindre. Doté d'une santé de fer, dormant peu, il épuisait ses collaborateurs et ne supportait ni la paresse ni l'incompétence.

Le déplacement de la cour royale à Memphis avait entraîné un surcroît de travail, car le chancelier voulait tout vérifier et remettre au labeur certains fonctionnaires assoupis. À chaque instant, le monarque devait pouvoir s'installer dans n'importe lequel de ses palais, en parfait état de fonctionnement.

En dépit du développement de la capitale dynastique, Saïs, l'antique cité de Memphis, fondée par Djéser, demeurait la clé de la prospérité économique des Deux

Terres. Aussi, en compagnie du ministre des Finances Péfy, Oudja se réjouissait-il de ce séjour qui lui permettait de redonner du dynamisme à l'ensemble des services publics et de favoriser ainsi le commerce, l'artisanat et l'agriculture.

Soucieux de la sécurité de la personne royale, le chancelier appliquait de strictes consignes : fouille des visiteurs à l'entrée du palais, sévère sélection des gardes relevés toutes les trois heures, vérification de la validité des demandes d'audience, inscription des noms des visiteurs sur un registre de la police et ultime entretien avec l'un des secrétaires d'Amasis avant d'avoir accès au bureau du pharaon. Tant que Kel serait en liberté, il faudrait prendre un maximum de précautions.

— Le juge Gem souhaite vous parler, l'avertit un officier.

— Qu'il vienne.

Oudja se leva pour accueillir le patron de la magistrature.

— De bonnes nouvelles, j'espère ?

— Désolé de vous décevoir.

— Kel aurait-il commis un nouveau crime ?

— Je ne saurais l'affirmer, mais il est peut-être responsable de l'enlèvement de la prêtresse Nitis.

— La disciple du défunt grand prêtre du temple de Saïs ?

— Elle-même.

— Fâcheux !

— Vous ignoriez donc ce drame ?

— Vous me l'apprenez. En Égypte, on n'enlève pas les gens, et moins encore une ritualiste ! Ce crime est-il avéré ?

— Simplement probable, chancelier. L'enquête débute.

— Ah !… Le doute reste permis.

— J'espérais des éclaircissements de votre part.

Oudja se raidit.

— Je ne comprends pas.

— Le roi a souhaité une parfaite collaboration entre Hénat, le chef des services secrets, et la justice. À mon âge, je ne crois plus aux vœux pieux. Jamais Hénat ne me transmettra la totalité des informations dont il dispose et, à la réflexion, je ne le lui reproche pas. Il s'occupe de la sécurité de l'État, moi de l'observance rigoureuse des lois. Dans l'affaire Kel, nos compétences se heurtent. Et si ce scribe dément a bien enlevé Nitis, je dois ajouter ce délit à son dossier et, surtout, réussir à la retrouver. Le chef des services secrets ne disposerait-il pas d'éléments indispensables à ce succès ?

— Je l'ignore.

— Je vous prie de l'interroger.

— Pourquoi ne pas le faire vous-même ?

— Parce qu'il ne me dira pas la vérité.

— Juge Gem, mesurez vos propos !

— Je les mesure, chancelier. Si nous avions coopéré, le scribe Kel serait en prison.

— Accuseriez-vous Hénat d'entraver votre enquête ?

— Certainement pas ! Lui et moi sommes au service de l'État, de l'ordre et de la justice. Néanmoins, nos méthodes divergent, et le manque d'harmonie conduit à l'inefficacité. Le pire des assassins court toujours, et je redoute d'autres crimes. Aussi votre intervention me paraît-elle indispensable.

— À quoi servirait-elle ?

— À persuader le chef des services secrets de me fournir des renseignements qu'il ne désire pas offrir à un juge. Peu m'importent ses sources, quoique cette démarche heurte ma conscience et mon intégrité de magistrat. Kel est un meurtrier dangereux, très dangereux. Nous ignorons encore le nom de ses éventuels commanditaires et son but véritable. S'il ne s'agit que d'un fou furieux, le trône ne risque rien. En revanche, si ce scribe insaisissable commande un groupe de séditieux, notre souverain se trouve visé. Et je ne saurais croire à l'ignorance de Hénat.

— Vous portez là de graves accusations, juge Gem.

— En aucune façon. Je me soucie simplement de la sécurité du royaume et je vous supplie de m'aider à la préserver.

La solennité de cette déclaration impressionna le chancelier.

— Conformément aux exigences de Sa Majesté, assura Oudja, je demanderai au chef des services secrets sa pleine et entière collaboration.

— J'ai peur, murmura le vieux magistrat. Enlever une prêtresse… Jamais un tel crime n'avait été commis. Les dieux ne nous le pardonneront pas.

— Ne soyez pas pessimiste et ne prêtez pas trop de pouvoirs à cet assassin.

— N'a-t-il pas démontré sa capacité de nuisance ?

Le chancelier se rengorgea.

— Je ne la néglige pas. Mais nos institutions sont solides et ont résisté à des assauts beaucoup plus violents. Nous ne baisserons pas la garde et nous mettrons fin aux activités criminelles de ce scribe.

— Les dieux vous entendent, chancelier.

7

Détenteur de tous les secrets du roi, directeur du palais et prêtre du dieu Thot, patron des scribes et des savants, Hénat avait des cheveux très noirs et un regard inquisiteur. Le chef des services secrets possédait le don de mettre mal à l'aise ses interlocuteurs qui, face à lui, se sentaient aussitôt suspects.

Ce séjour forcé à Memphis lui avait permis de recruter deux nouveaux interprètes parlant couramment cinq langues, dont le grec et le persan. Reformer le service anéanti par le scribe Kel exigeait du temps et de la prudence. Aussi Hénat ne prenait-il aucune décision sans l'accord explicite du roi Amasis. Peu à peu, la cheville ouvrière de la diplomatie égyptienne reprenait force et vigueur. Les spécialistes traduisaient les missives en provenance de l'étranger et adressaient aux monarques alliés du pharaon des textes dans leur propre langue, car les hiéroglyphes, incarnations des paroles divines, ne s'exportaient pas.

Certes, le service des interprètes ne fonctionnait pas encore à plein régime. Néanmoins, son activité s'amplifiait jour après jour, et l'Égypte n'était plus sourde et muette. La tentative du scribe Kel, désireux de l'isoler et de la réduire au silence, avait échoué.

Méticuleux et ordonné, Hénat ne laissait pas s'accumuler les dossiers. Sur sa table de travail, un seul document à la fois, étudié en profondeur et intégralement mémorisé. Le moindre détail pouvait avoir son importance, et le service de l'État exigeait une rigueur absolue.

En se rendant au déjeuner de travail placé sous l'égide du chancelier Oudja, le chef des services secrets croisa Menk, l'organisateur des fêtes.

— Vous paraissez contrarié, cher ami.

— Ignorez-vous le nouveau drame ? La prêtresse Nitis a disparu !

— Disparu… Le terme ne serait-il pas excessif ?

— Je pense même à un enlèvement !

— Des preuves ?

— Non, un pressentiment.

— Un peu léger, mon cher Menk.

— J'ai fait part de mes craintes au juge Gem.

— Excellente idée. Il est l'homme de la situation.

— Vous aussi, Hénat !

— Mes compétences ne s'appliquent pas à ce genre de problème.

— Mais vous êtes au courant de tout !

— N'exagérons pas.

— Vous m'aviez confié la tâche d'espionner les dignitaires du temple de Neit, à Saïs, en particulier le grand prêtre et la Supérieure des chanteuses et des tisserandes. Wahibrê est mort, Nitis a été enlevée. Il faut la retrouver.

— Vos rapports ne contiennent aucune charge contre ces personnes qui n'ont pas porté atteinte à la sécurité de l'État. Laissez donc agir le juge Gem, il dispose d'excellents enquêteurs.

Abandonnant un Menk désemparé, Hénat se rendit à

la salle de réception où l'attendaient le chancelier Oudja, quelques scribes royaux et le juge Gem.

Un repas frugal leur fut servi. Hénat ne but qu'une coupe de bière légère et mangea peu. On parla de différents dossiers qui requéraient l'intervention du chancelier et du directeur du palais, puis les scribes se retirèrent.

— Nous avons failli arrêter Kel, déclara le magistrat.

— J'en doute, objecta Hénat.

— Expliquez-vous, demanda Gem.

— Quelqu'un se cachait dans la fabrique abandonnée, j'en conviens, mais s'agissait-il de cet assassin ?

— Lui seul pouvait narguer les forces de l'ordre en laissant sur place un leurre, affirma le juge.

— En ce cas, il a été prévenu de notre intervention.

Un lourd silence succéda à cette déclaration.

— Ne nous voilons pas la face, recommanda Oudja. Si Hénat a raison, le scribe Kel dispose d'alliés et d'informateurs au sein même de la police. Et voilà pourquoi il continue à nous échapper.

— Nous serions donc en présence d'un véritable complot aux ramifications insoupçonnées, estima le juge. Ce Kel vise à détruire l'État et à renverser notre souverain. Il revient au directeur du palais de s'assurer de la fidélité absolue de chacun des gardes chargés de la sécurité du roi.

Hénat eut un demi-sourire.

— Je n'ai pas attendu votre injonction, juge Gem, et j'ai passé chaque dossier au crible. Deux soldats douteux ont déjà été renvoyés. Soyez certain que je ne prendrai aucun risque. M'estimant personnellement responsable de la sauvegarde du roi en toutes circonstances, je placerai autour de lui des hommes parfaitement sûrs, prêts à donner leur vie pour le défendre.

Le visage fermé, le magistrat vida une coupe de vin rouge des oasis.

— Es-tu au courant de la disparition de la prêtresse Nitis ? questionna le chancelier.

— L'un de mes informateurs vient de me l'apprendre, révéla le chef des services secrets.

— Menk, je suppose ? avança Gem.

— Permettez-moi de préserver le secret de mes sources.

— Le roi a exigé votre entière et parfaite collaboration !

— Je respecte ses ordres.

— Alors que savez-vous à propos de cette nouvelle tragédie ?

— Absolument rien.

— Impossible, Hénat !

— Je ne suis pas omniscient, juge Gem. S'il s'agit d'un enlèvement, il a été soigneusement préparé, et mes services n'en ont pas été avertis. Bien entendu, je vais déclencher une enquête et vous tiendrai informé des résultats. En revanche…

Hénat hésita.

— Parle, je te prie, exigea le chancelier.

— N'excluons pas la fuite d'une complice du scribe Kel. Nitis a milité en faveur de son innocence. Peut-être appartient-elle à son réseau.

— Des preuves ou des indices ? interrogea le juge.

— Simple présomption, reconnut Hénat.

— Nous sommes en présence d'une affaire encore plus grave que nous ne le supposions, conclut le chancelier. Un ennemi de l'intérieur menace l'intégrité du royaume, et nous devons le combattre avec la dernière énergie. Oublions les querelles de personnes et les rivalités mesquines entre les services de l'État. Éliminer le scribe Kel et ses partisans reste notre priorité.

L'irruption de la reine interrompit le discours d'Oudja.

Tanit semblait bouleversée.

— J'ai besoin de votre intervention immédiate !

— Que se passe-t-il, Majesté ?

— Le roi a disparu.

8

La présence de Bébon ravissait Lèvres-Douces. Aux petits soins pour elle, jamais ronchon, toujours prêt à lui faire l'amour et à satisfaire ses moindres désirs, il était presque trop parfait. Pas question, bien entendu, de songer au mariage, mais la rupture serait douloureuse. Au moins garderait-elle un excellent souvenir d'un amant dévoué et attentif. En attendant ce pénible moment, elle profitait pleinement de ce beau mâle.

Alors qu'ils se prélassaient, nus, sur des coussins, Bébon eut un regard inquiet.

— Je n'ose plus me promener à Memphis, avoua-t-il. Cette histoire d'enlèvement me terrorise. As-tu récolté des informations ?

— Rien de réjouissant, reconnut-elle.

— Ce drame s'est-il réellement produit ?

— D'après une rumeur persistante, aucun doute.

— La police enquête-t-elle ?

— Justement pas. Elle aurait même refusé d'enregistrer les témoignages, sous prétexte qu'ils n'étaient pas sérieux. Officiellement, pas de disparition à signaler.

— Toi, tu en sais davantage !

— À quoi bon se préoccuper de ces horreurs ?

Désormais, chacun tiendra sa langue, et l'on oubliera cet incident.

— Pas moi ! Demain, l'assassin recommencera, et toi ou moi serons peut-être sa prochaine victime.

Lèvres-Douces fut troublée.

— J'ai un ami dans la police, révéla Bébon. Si je lui parle, il m'écoutera. Mais je dois lui apporter des éléments concrets. Quelqu'un acceptera-t-il de témoigner ?

— Une marchande, dont la boutique se trouve sur les quais, consentira sans doute à te parler. En cas d'échec, n'insiste pas.

— Je te le promets, dit le comédien en l'enlaçant.

Bébon se sentait un peu honteux de profiter d'un tel confort, tandis que son ami devait se contenter de l'écurie. Du moins il était en sécurité, grâce à la vigilance de Vent du Nord.

— J'ai une piste ! annonça Bébon. Rendons-nous au port.

Les propos de Lèvres-Douces ne laissaient pas subsister d'ambiguïté : la police obéissait à des ordres supérieurs. Pas d'enlèvement, pas d'enquête. La puissance des comploteurs prenait d'énormes dimensions. Comment deux individus isolés parviendraient-ils à lutter ? Préférant ne pas y songer, Bébon suivit l'âne et Kel, très nerveux.

— On jouera les colporteurs, décida-t-il. Reste en retrait et garde ton calme.

— Lèvres-Douces t'a-t-elle décrit la marchande ?

— Petite, rouquine, poitrine avantageuse.

— Que vend-elle ?

— De la laitue de Memphis, des oignons et des pots de graisse.

Sur les quais, le marché battait son plein. Il y avait des boutiques et des étals temporaires, autorisés à s'installer lors du débarquement des bateaux livrant des denrées fraîches.

Vent du Nord se figea.

Deux policiers fendaient la foule. L'un d'eux tenait en laisse un babouin, chargé de repérer les voleurs et de les interpeller en leur mordant le mollet.

Le trio changea de direction.

— Un babouin policier pourrait nous juger suspects, murmura Bébon. Commençons tout de suite une transaction.

Une vieille dame apostrophait un graveur. Furieuse, elle s'éloigna.

— Puis-je vous aider ? demanda Bébon.

— Je veux une inscription sur ce bol d'albâtre, à la mémoire de mon mari. Ce gredin me demande un prix exorbitant !

— Mon collègue sait dessiner à l'encre noire, indiqua le comédien. Fixez vous-même sa rémunération.

— Deux belles paires de sandales, ça ira ?

— Parfait.

Kel sortit le matériel nécessaire d'une des sacoches en cuir portées par l'âne et, sous la dictée de la veuve, traça de beaux hiéroglyphes.

— Magnifique ! constata la vieille dame, ravie.

— Le babouin s'est éloigné, murmura Bébon à l'oreille du scribe. Ne traînons pas, il va revenir.

L'atmosphère joyeuse d'un marché égyptien dissipait toutes les tristesses. On babillait, on marchandait pour le plaisir, on se racontait des histoires de famille, on râlait contre les abus des fonctionnaires et l'on recherchait les bonnes affaires… Assises sur des tabourets à trois pieds, de nombreuses femmes tenaient boutique, à l'abri d'un toit dont les poutrelles s'ornaient de pièces de tissu, de ceintures, de tuniques et de pagnes. À l'issue d'un heureux achat, on se précipitait à la buvette où de ravissantes jeunes filles, court vêtues, servaient de la bière fraîche.

La petite rouquine à la poitrine avantageuse siégeait en face de l'emplacement de l'*Ibis*, remplacé par un autre bateau.

— Elle est belle, elle est belle, ma laitue de Memphis ! clamait-elle afin d'attirer les badauds que séduisait cette merveille au goût exquis.

— Votre salade me paraît superbe, susurra Bébon, et vous, vous êtes délicieuse.

Le compliment surprit la commerçante.

— Vous… vous achetez ?

— Bien sûr ! Voici deux paires de sandales neuves. En échange, donnez-moi ce qui vous semble convenable.

Troublée, la rouquine sélectionna plusieurs belles laitues.

— Je suis un ami intime de la boulangère Lèvres-Douces, révéla le comédien. Acceptez-vous de m'aider ?

— À quel propos ?

— Il vient de se produire un événement d'une exceptionnelle gravité. Un membre de ma famille, une jolie jeune femme, a disparu. La rumeur prétend qu'elle aurait été enlevée.

La vendeuse de laitues baissa la tête.

— Je ne sais rien.

— Je vous crois, mais comprenez ma détresse : la police refuse d'enquêter, et je meurs d'angoisse ! Cette jeune femme était ma sœur. Nous avons eu une enfance merveilleuse et nous ne nous quittions presque jamais. À cause de la maladie de ma mère, condamnée à une fin prochaine, elle s'était rendue à Memphis, en vue de lui porter secours. Et soudain, elle disparaît ! La vie n'est-elle pas trop dure ?

La rouquine essuya une larme.

— Quelqu'un a tout vu, confessa-t-elle.

— L'un de vos proches ?

— Non, mon fournisseur de pots de graisse.

— Ne se vante-t-il pas ?

— Il boit beaucoup et, la nuit, il arpente les quais en cuvant sa bière. Même ivre, il ne manque pas de lucidité. Et ce qu'il m'a raconté était épouvantable. Moi, je préfère l'oublier.

— Je désire retrouver ma pauvre sœur ! Où pourrais-je rencontrer ce marchand ?

— En fin de soirée, il se soûle à l'auberge de la Bonne Chance. Mais votre démarche est inutile : il ne parlera pas.

— Que redoute-t-il ?

— Les indicateurs de la police ont délivré un message : silence total. Sinon, les bavards auront de graves ennuis.

Bébon embrassa tendrement la rouquine.

— Merci de votre aide.

9

En dépit d'un caractère tranchant, voire brutal, le général en chef Phanès d'Halicarnasse était apprécié à la fois des officiers supérieurs et des hommes de troupe. Passant son temps à voyager de garnison en garnison, il s'assurait du bien-être des mercenaires grecs, dont la solde venait d'être augmentée, de leur capacité à combattre et de la qualité du matériel.

Ses tournées d'inspection ne se réduisaient pas à une banale besogne administrative. À l'issue de grandes manœuvres où nombre d'incapables périssaient, il affrontait les meilleurs fantassins et sortait toujours vainqueur des duels. Malgré les conseils de prudence des membres de son état-major, Phanès d'Halicarnasse tenait à fréquenter le terrain. Sous son commandement, pas question de tirer au flanc en oubliant les devoirs militaires.

Conscient du peu de goût des Égyptiens pour les activités belliqueuses, le roi Amasis avait confié à des professionnels grecs le soin d'assurer la défense des Deux Terres. D'éventuels agresseurs, tels les Perses, connaissaient la détermination du général et la valeur de ses soldats. À l'infanterie et à la cavalerie s'ajoutait maintenant une impressionnante marine, grâce aux efforts incessants du chancelier Oudja.

Phanès d'Halicarnasse appréciait la puissance de ces forces de dissuasion mais estimait qu'elles devaient être améliorées et, surtout, maintenues sur le pied de guerre. Le premier relâchement pouvait se révéler fatal. L'anéantissement du service des interprètes et la fuite de l'assassin, le scribe Kel, soupçonné de complot, ne représentaient-ils pas des menaces bien réelles ? Et subsistait l'ennuyeuse disparition du casque d'Amasis, symbole de sa prise de pouvoir. D'après le général, aucun officier n'avait l'intention ni la possibilité de renverser le trône et de déclencher une guerre civile. Néanmoins, il demeurait vigilant, prêt à trancher la gorge du premier séditieux.

Le séjour à Memphis lui permettait de scruter de fond en comble l'énorme caserne de la capitale économique du pays et de rectifier les manquements à la discipline. Phanès d'Halicarnasse développait également le plan de défense de la ville, en collaboration avec les amiraux.

Alors qu'il assistait à l'entraînement des archers, un scribe le pria de se rendre immédiatement au palais. Il y fut reçu par le chancelier Oudja, au visage sombre.

— Le roi a disparu. Mettez nos troupes en état d'alerte.

— Disparu… dans quelles circonstances ?

— Il semble avoir quitté sa chambre pendant la nuit. La reine ne l'y a pas trouvé ce matin.

— Et les gardes ?

— Aucun ne l'a aperçu.

— Invraisemblable ! Laissez-moi les interroger.

— Je vous y autorise, général.

— Mes soldats d'élite vont fouiller Memphis de fond en comble. Ne perdons pas un instant.

Oudja se rendit auprès de la reine Tanit, désemparée.

— Rien de nouveau ?

— Rien encore, Majesté. La police et l'armée se déploient.

— Avez-vous fouillé le palais ?

— Nous explorons le moindre recoin.

Hénat les interrompit.

— Enfin un témoignage crédible ! Un jardinier a vu le roi, seul, emprunter l'allée de tamaris et se diriger vers le canal.

Oudja, Hénat, la reine et quantité d'hommes armés empruntèrent le même chemin.

Le responsable de l'embarcadère sommeillait. Le chancelier le réveilla brutalement.

— Sa Majesté est-elle venue jusqu'ici ?

— Je ne sais pas, moi… Faut demander à mon chef.

Le chef nettoyait l'un des bateaux de plaisance de la cour, destiné à d'agréables promenades.

— Le roi ? Oui, il s'est embarqué tôt ce matin.

— Combien d'hommes l'y ont obligé ?

— Il n'y avait que des jeunes filles, un peu délurées. Et j'ai procuré à Sa Majesté une dizaine de jarres de vin rugueux. Regardez, voici le bateau !

Plutôt habile, l'équipage féminin réussit un accostage correct.

Oudja grimpa la passerelle.

— Le roi se trouve-t-il à bord ?

— Dans la cabine, répondit une superbe brune.

Le chancelier força la porte.

— Toi, déjà ! s'exclama Amasis.

— Majesté, nous étions très inquiets !

— N'ai-je pas le droit de m'amuser ? Ah, quelle horreur !

Le monarque prit sa tête entre ses mains.

— Une effroyable migraine… J'ai trop bu, et du

sévère ! Au moins, les filles étaient contentes, et elles ne m'ont pas assommé avec leur bavardage.

Le chancelier fut obligé de soutenir le roi, incapable de se tenir debout.

— Désirez-vous rentrer au palais ?

— Tu as sans doute préparé un conseil des ministres ?

— Phanès d'Halicarnasse attend votre accord à propos du nouveau plan de défense de Memphis.

Amasis se redressa.

— La sécurité de l'État ne saurait être négligée. Allons-y.

Au bas de la passerelle, la reine accueillit tendrement son mari.

— J'étais folle d'inquiétude.

— Une simple promenade en barque. Un roi qui ne se distrait pas devient sinistre et perd le sens des réalités.

— Comment vous sentez-vous ?

— À part la migraine, fort bien. J'avais besoin d'échapper à l'atmosphère étouffante des appartements officiels.

— Souhaitez-vous rentrer à Saïs ?

— Pas encore, ma douce Tanit. Je veux visiter la grande caserne, rencontrer mes mercenaires grecs, écouter leurs doléances et leur donner satisfaction. Organisez quelques beaux banquets afin d'oublier les réunions de travail et les innombrables tâches administratives. Et que mon échanson sélectionne les meilleurs vins !

10

Le rôtisseur de l'auberge de la Bonne Chance ne chômait pas. Dépourvu d'états d'âme, il tordait le cou de canards et d'oies grasses, les plumait et les mettait à la broche au-dessus d'un brasier qu'attisait son assistant grâce à un éventail. Ensuite, le rôtisseur salait les volailles et ajoutait des fines herbes.

La qualité de la cuisine attirait de nombreux clients qui appréciaient aussi de beaux morceaux de bœuf bouillis dans une énorme marmite. Les prix demeurant abordables, on se pressait pour avoir une table basse et un siège rustique.

Client régulier, le vendeur de pots de graisse ne se lassait pas de ces plats copieux et savourait chaque bouchée. Le déjeuner était le meilleur moment de la journée. Il oubliait les tracas, la mauvaise humeur de son épouse et les caprices de ses enfants.

— Pouvons-nous nous asseoir en face de vous ? demanda Bébon, accompagné de Kel.

— La place est libre.

— Les odeurs nous mettent en appétit, dit le comédien. Que nous recommandez-vous : oie, canard ou bœuf ?

— L'oie rôtie est insurpassable. Quand vous reviendrez, vous essaierez le canard. Et le bœuf vaudra un troisième repas.

— Merci des conseils ! En échange, permettez-nous de vous offrir une coupe de vin rouge.

— Ce n'est pas de refus. Votre métier ?

— Marchands ambulants. Nous vendons des tissus, des sandales et des nattes.

— Un rude labeur !

— On ne se plaint pas, à condition d'aimer les voyages.

— Moi, je vends des pots de graisse de taureau, de chèvre et d'oie, et deux sortes de beurre : l'un à consommer rapidement et l'autre à conserver. Mes pots sont numérotés et datés, et la clientèle aisée se les arrache. Je fournis également les meilleures auberges de Memphis.

— Belle réussite, constata Bébon, admiratif. Vous ne devez pas compter vos heures de travail !

— On ne badine pas avec la qualité.

— Vous parlez comme la boulangère Lèvres-Douces. Quand on a goûté son pain, les autres paraissent médiocres. Heureusement, la vie nous réserve ce genre de plaisirs ! À cause de l'insécurité grandissante, on redoute parfois d'arpenter les chemins, voire les quais de Memphis.

Le vendeur de pots cessa de mastiquer.

— Auriez-vous eu des ennuis ?

— Moi, non, mais ma petite sœur a récemment disparu.

Kel fixa leur interlocuteur : toute bonhomie s'effaça de son visage épais.

— La police la retrouvera.

— Elle refuse de s'occuper de cette affaire. Étrange, non ?

— Chacun son métier et ses problèmes.

— Vous aimez vous promener sur les quais, le soir, avança le scribe.

— Ça me regarde.

— N'auriez-vous pas vu des hommes enlever une jeune femme ?

— Vous divaguez !

— À votre attitude, je suis persuadé que vous avez été témoin de la scène.

— Ne racontez pas n'importe quoi !

— Nous sommes bien renseignés, prétendit Bébon. Je veux retrouver ma petite sœur, et vous allez nous aider.

L'artisan regarda autour de lui.

— Venez à l'extérieur. Ici, il y a trop d'oreilles curieuses.

Il les emmena près d'une marmite où cuisait du lard, à l'abri d'un toit en paille.

— Vous ne seriez pas des policiers, par hasard ?

— Rassurez-vous, déclara Kel.

— J'ai compris votre jeu : si je ne me tais pas, vous m'enverrez en prison !

— Détrompez-vous, nous n'appartenons pas aux forces de l'ordre et nous désirons simplement retrouver un être cher.

— Menteur !

S'emparant de la marmite, l'artisan en jeta le contenu au visage du scribe.

Bébon eut juste le temps de pousser son ami.

Le liquide bouillant les frôla, le vendeur de pots de graisse détala.

Se croyant hors d'atteinte, il fut percuté par Vent du Nord. Le temps de reprendre ses esprits et de se relever, il tomba entre les mains de Bébon et de Kel, décidés à ne plus le lâcher.

— Ne serais-tu pas complice de ce rapt ? demanda le comédien, furieux.

— Vous êtes fou !

— Et toi, tu voulais nous ébouillanter !

— J'ai peur de la prison !

— Combien de fois faudra-t-il te le répéter ? Nous ne sommes pas des policiers ! Tu as tout vu, n'est-ce pas ? Alors, parle !

— Si je refuse ?

— Je te défonce le crâne à coups de pierre et nous recherchons un autre témoin. Parle, et nous te laisserons filer.

Paniqué, l'artisan avala sa salive. La bouche sèche, tremblant, il céda.

— J'étais un peu ivre et je ne suis pas certain de…

— Dépêche-toi, l'ami ! Notre patience est épuisée.

— Ça se passait à la hauteur de l'*Ibis*, un bateau de commerce. La jeune femme abordait la passerelle quand quatre costauds se sont emparés d'elle. La malheureuse n'avait aucune chance de s'échapper.

— Ces costauds, tu les connais ?

L'artisan hésita.

Kel sentit qu'il détenait une information essentielle et ramassa une pierre.

— Non, non, attendez ! J'en connais un.

— Son nom ?

— Palios.

— Un Grec ?

— Oui, un… un…

— Un soldat ?

Le vendeur de pots de graisse hocha la tête affirmativement.

— Quatre mercenaires grecs, avança Kel. C'est bien ça ?

Nouvelle approbation.

— On le trouve où, ton Palios ? interrogea Bébon, menaçant.

— Il réside à la grande caserne de Memphis mais, pendant ses permissions, il fréquente la maison de bière proche du quartier des potiers.

— Une fille attitrée ?

— Guigua, une gentille petite.

— Tu la fréquentes aussi ?

— Rarement, très rarement ! Je suis marié et…

— On ne dira rien à ton épouse. Surtout, oublie-nous. Si tu prenais la mauvaise initiative de prévenir Palios ou d'alerter la police, tu ne survivrais pas longtemps.

11

Le pharaon Amasis ne cessait de songer à ce moment décisif où, simple général, il avait accepté de se laisser coiffer du casque qui, par la grâce de l'armée égyptienne, s'était transformé en couronne royale.

Ne désirant pas régner, mais seulement remporter au plus vite la guerre civile qui l'opposait au pharaon Apriès, discrédité et détesté, il avait accepté son destin et pris en main les destinées des Deux Terres, avec une idée fixe : ne pas subir le sort de son prédécesseur.

Aussi s'était-il entouré d'hommes sûrs, fidèles serviteurs de l'État et rétribués à la hauteur de leurs efforts. Néanmoins méfiant, Amasis ne cessait de les observer et de jauger leurs actes. Jusqu'à présent, ils appliquaient ses directives à la lettre.

Ce fameux casque, qu'était-il devenu ? Un usurpateur aurait déjà dû tenter un coup de force ! À moins, comme le laissait entendre l'enquête, qu'il ne s'agît du scribe Kel, assassin et voleur trop affaibli pour réussir.

Le monarque aimait résider à Memphis. Même s'il lui préférait sa capitale, Saïs, il appréciait le caractère cosmopolite de la grande cité, toujours apte à se transformer en fonction des événements.

Comprendre l'évolution et s'y adapter : tel apparaissait le génie d'Amasis. Et la clé de l'avenir, c'était la Grèce. La vieille Égypte manquait d'esprit d'innovation et se complaisait dans le respect des ancêtres. En confiant la sécurité de son pays à une armée de mercenaires grecs bien entraînés et bien payés, le roi dissuadait d'éventuels prédateurs de s'attaquer aux Deux Terres, dont la richesse faisait beaucoup d'envieux. Et il avait pu entreprendre une importante réforme juridique, sans oublier d'instaurer un impôt nominatif sur le revenu auquel aucun Égyptien n'échapperait. L'entretien d'une machine de guerre dissuasive coûtait fort cher, et la réduire aurait été une erreur grave.

Amasis continuait à se méfier de Mitétis, la fille du défunt pharaon Apriès, mariée au riche Crésus, devenu le chef de la diplomatie perse. Ami de l'Égypte, ce dernier prônait la paix, mais son épouse ne ressentait-elle pas une haine tenace envers Amasis, qu'elle accusait d'avoir assassiné son père ? Lors de leur dernière rencontre officielle à Saïs, Mitétis avait promis d'oublier le passé. Émouvante sincérité ou mensonge diplomatique ?

Au milieu de la matinée, Hénat apporta au roi une pile de dossiers à lire.

— Quoi d'important ?

— Seulement une lettre de Crésus.

— Rassurante ?

— Il nous propose d'abaisser certaines taxes douanières afin de favoriser le développement des échanges commerciaux entre l'Asie et l'Égypte. Idée intéressante, à examiner de près. Ne nous dépouillons pas de nos prérogatives et ne détruisons pas notre système de protection. Si vous en êtes d'accord, nous pourrions lui accorder quelques miettes, examiner les résultats puis rediscuter.

— Entendu, répondit le roi en parcourant l'ensemble des rapports.

Capable d'une brève mais intense concentration, Amasis voulait être tenu au courant de tout, notamment de la moindre initiative de ses ministres. Habitué à lire vite et à repérer l'essentiel, le monarque ne déléguait qu'en apparence, même s'il négligeait parfois certains détails.

— La réorganisation du service des interprètes avance-t-elle ?

— J'ai deux nouveaux candidats à vous proposer, Majesté. Ils parlent plusieurs langues asiatiques et ont séjourné dans nos protectorats. Après examen attentif de leur dossier, je n'ai rien décelé d'inquiétant.

— Les as-tu interrogés ?

— Longuement.

— Présente-les-moi demain, et je te donnerai ma décision. Des nouvelles de nos agents en Perse ?

— Des messages codés selon la procédure habituelle.

— Informations rassurantes ?

— Elles corroborent les dires de notre grand ami Crésus. L'empereur Cambyse semble oublier tout désir de guerre et de conquête territoriale pour se consacrer à l'économie et au commerce.

— Tu parais sceptique !

— C'est la base de mon métier, Majesté.

— Quels indices t'incitent à douter ?

— Honnêtement, aucun. Je n'en demeure pas moins vigilant. Le volume de nos transactions commerciales avec la Perse a bel et bien augmenté, et nos échanges diplomatiques s'amplifient.

— J'espère qu'il ne s'agit que d'un début.

Accompagné d'ambassadeurs grecs chargés de

cadeaux, le général en chef Phanès d'Halicarnasse demanda audience.

Le roi les reçut dans la grande salle à colonnes du palais de Memphis et les salua chaleureusement un par un.

Jamais les relations entre l'Égypte et ses alliés grecs n'avaient été meilleures. La reine offrit un somptueux banquet aux diplomates et, jusqu'au milieu de la nuit, on parla poésie et musique en comparant les traditions culturelles. Les Grecs étaient ivres depuis longtemps lorsque Amasis fit apporter une jarre datant de l'an 1 de son règne.

— Permettez-moi de goûter ce vin le premier, suggéra Phanès d'Halicarnasse à voix basse.

Le souverain fut étonné.

— Que crains-tu ?

— La fête est réussie, l'atmosphère détendue, l'amitié règne… Un guerrier doit se méfier de ces moments-là.

— Redouterais-tu…

— Je préfère vérifier.

— Pas toi.

Amasis se tourna vers le plus âgé des ambassadeurs grecs.

— Me ferez-vous le plaisir d'estimer la qualité de ce cru exceptionnel ?

— C'est un immense honneur, Majesté !

Le diplomate fut ébloui.

— Je m'y connais en vin… Exceptionnel, en effet !

Les invités d'Amasis apprécièrent ce nectar que le pharaon savoura en dernier.

Au terme de cette belle soirée, Amasis fit trois annonces : d'abord, il créait des centaines de postes de mercenaires dans les garnisons du Delta et de Memphis ; ensuite, les troupes d'élite grecques seraient exonérées d'impôts ; enfin, la solde serait une nouvelle fois augmentée.

Ces décisions soulevèrent l'enthousiasme.

Et le roi fit déboucher une nouvelle jarre afin de fêter les liens renforcés entre l'Égypte et ses alliés.

La puissance militaire ainsi formée découragerait tout agresseur éventuel, à commencer par les Perses.

12

En compagnie de Vent du Nord, chargé de légumes achetés sur un marché de la vieille ville, Kel repéra la maison de bière que fréquentait le mercenaire grec qui avait participé à l'enlèvement de Nitis.

L'endroit était animé. De nombreux clients, en majorité des Grecs, franchissaient le seuil de l'établissement où l'on pouvait boire de la bière forte, rire et plaisanter à loisir, et surtout profiter des charmes de Libyennes, de Syriennes et de Nubiennes s'ornant volontiers de tatouages, caractéristique des femmes de mauvaise vie.

En peu de temps, le scribe nota le passage de deux rondes de police. À la moindre rixe, les forces de l'ordre intervenaient et appréhendaient les querelleurs.

Alors qu'il s'éloignait, une vingtaine de policiers armés de gourdins et accompagnés d'une compagnie d'archers envahirent le quartier.

Stupéfaites, les ménagères cessèrent de discuter au milieu des ruelles, rentrèrent les enfants et fermèrent portes et volets. Les vendeurs ambulants et les badauds, eux, furent pris dans la nasse, ainsi que les clients des auberges, des tavernes et des lieux de plaisir.

Aucun quartier de Memphis n'échapperait à la gigantesque opération de contrôle ordonnée par le juge Gem.

Sentant les archers prêts à tirer, le scribe n'esquissa pas de mouvement de fuite. La parfaite immobilité de Vent du Nord, oreilles basses, l'enjoignait à ne pas bouger, même si ses nerfs étaient à vif.

D'ici peu, il serait entre les mains des accusateurs et perdrait la liberté à jamais. Nitis enlevée, lui condamné à mort... leur bonheur n'avait été qu'un rêve très bref.

Un gradé à l'œil mauvais s'approcha de Kel.

— Ton nom ?

— Bak.

— Qui t'emploie ?

— Lèvres-Douces, la boulangère. Je vais chercher de la nourriture pour sa maisonnée et je la livre au cuisinier.

— Je lui achète du pain, à cette boulangère, et je ne t'ai pas remarqué à sa boutique.

— Normal, je ne me rends qu'à son domicile.

— Où se trouve-t-il ?

Kel donna les précisions nécessaires.

— Tu reviens du marché ? demanda le policier, toujours soupçonneux.

— En effet.

— Alors, ton âne transporte de la nourriture.

— Exact.

— Ouvre les paniers.

Kel s'exécuta.

À la vue des légumes, le gradé parut déçu.

— L'un de mes hommes va t'accompagner chez la boulangère et vérifier tes dires.

La catastrophe.

Kel était le domestique de Bébon, pas celui de Lèvres-Douces. Elle nierait le connaître, parlerait de son amant, et la police arrêterait les deux amis.

— Allons-y, ordonna le solide gaillard préposé à la surveillance du livreur.

Le scribe n'aurait pas la force de se débarrasser de lui. Armé d'un lourd bâton et d'une épée courte, l'adversaire le terrasserait aisément.

Conscient de la gravité de la situation, Vent du Nord traînait les pattes. Et le trio ne cessait de croiser soldats et policiers, déployés dans toute la ville afin d'interroger un maximum de suspects.

L'âne prendrait-il une mauvaise direction, tenterait-il d'égarer leur gardien ? Le bonhomme s'en apercevrait et interviendrait brutalement.

Alors que le scribe cherchait désespérément une solution, des cris fusèrent.

Deux soldats hélèrent le policier.

— Un fuyard ! Viens avec nous, rattrapons-le !

— J'ai des ordres, je…

— On les change, urgence absolue !

Le policier obéit.

Soudain libres, Kel et Vent du Nord s'élancèrent en direction de la demeure de Lèvres-Douces. Il fallait prévenir Bébon au plus vite et quitter cet abri devenu un piège.

Le juge Gem avait frappé fort. Ne supportant pas de voir la justice bafouée par un meurtrier insaisissable, il s'était acharné à organiser une vaste opération de police, en espérant un résultat spectaculaire.

Si le scribe Kel et ses éventuels complices se cachaient à Memphis, ils n'échapperaient pas à cette rafle ou à la dénonciation des habitants qu'affolait le déploiement de forces. Enfin, les langues se délieraient, et personne n'oserait abriter un criminel recherché avec autant de détermination.

Au terme de cette journée animée, les responsables de l'opération se présentèrent devant le juge Gem. Ils confièrent à un général d'infanterie le soin d'être leur porte-parole.

— Résultats positifs. Aucune bavure et de nombreuses arrestations : une vingtaine de voleurs, dont cinq récidivistes, des étrangers en situation douteuse, des asociaux tentant d'échapper à la corvée, des pères de famille indignes refusant de verser une pension alimentaire et des vendeurs ambulants non soumis à l'impôt. Quelques délinquants ont vainement tenté de s'enfuir.

— Excellent, estima le juge, morose. Avez-vous arrêté le scribe Kel ?

— Malheureusement non.

— Des informations le concernant ?

— Pas la moindre.

— Et la prêtresse Nitis ?

— Même constat. Mais votre initiative est un brillant succès, juge Gem. La pègre de Memphis ne se sent plus en sécurité et nous sait capables d'intervenir à tout instant. Grâce à vous, son moral est au plus bas et celui des forces de l'ordre au plus haut.

— Félicitez vos soldats et les policiers, général.

Les gradés se retirèrent.

Seul, Gem se demanda comment il présenterait ce cuisant échec au chancelier Oudja. Une seule solution : la vérité, assortie de sa démission. Après un tel impair, le vieux juge ne pouvait pas rester en fonction.

Tant d'affaires résolues, tant de procès menés à terme, tant de coupables mis sous les verrous… Et ce scribe assassin le narguait en mettant une fin honteuse à sa carrière ! Non, Gem ne sombrerait pas ainsi.

Au lieu de s'humilier, il soulignerait l'aspect positif de cette vaste opération de police et en tirerait les conclusions : soit Kel avait quitté Memphis, soit il disposait d'un énorme réseau de complicités capable de mettre l'État en péril.

Le papyrus codé découvert dans la chapelle de Khéops demeurait indéchiffrable. Et pas trace du casque d'Amasis.

L'existence de ce texte semblait plaider en faveur du scribe… mais il s'agissait plutôt d'un leurre !

Trop de zones d'ombre subsistaient.

Fort de son expérience et de sa persévérance, le vieux juge mènerait ce combat jusqu'au bout. Ce serait sans doute le dernier, mais il terrasserait le monstre qui menaçait son pays.

13

Par bonheur, Bébon se trouvait chez Lèvres-Douces. Sortant d'une longue sieste, il ne se doutait pas du gigantesque déploiement de forces destiné à capturer son ami.

Kel livra les légumes au cuisinier.

— J'ai un message pour l'hôte de la patronne.

— Je vais le prévenir.

Le comédien ne tarda pas. Kel lui exposa la situation.

— As-tu repéré la maison de bière ?

— Oui, mais elle est inaccessible !

— Pas de panique, policiers et soldats rentreront bientôt dans leurs casernes. Nous ferons une tentative au milieu de la nuit.

— Je ne peux pas rester ici !

— Au contraire, personne n'ira te chercher à l'écurie. Moi, j'attends le retour de Lèvres-Douces, nous dînons, j'honore mes devoirs d'amant, je regagne ma chambre, je m'échappe par le toit et je passe te prendre.

— Et si la ville est toujours quadrillée ?

— Nous aviserons.

Vent du Nord ne manifestant pas d'inquiétude, Kel s'allongea sur la paille et patienta. Au moindre danger, l'âne l'alerterait.

Nitis vivait encore, le scribe en était certain. Il ressentait son angoisse et son appel, et le temps jouait contre eux.

Enfin, Bébon apparut.

— Allons-y. Lèvres-Douces me croit endormi, le quartier me paraît calme. S'il reste trop de policiers, nous battrons en retraite.

— Pour aller où ?

— On verra. Libérer Nitis n'est-il pas notre priorité ?

Piqué au vif, Kel bondit hors de l'étable.

— Doucement ! recommanda Bébon.

Vent du Nord avait déjà pris la direction de la maison de bière, en choisissant le plus court chemin.

Vu son allure, pas de danger.

Les policiers et les soldats s'étaient effectivement retirés, redonnant à la ville sa tranquillité et sa joie de vivre. Soulagés, les habitants sortaient de chez eux et discutaient de cette journée particulière. Chacun émettait son avis, et les critiques se faisaient virulentes.

À l'approche de la maison de bière, l'âne ralentit l'allure.

Tous les sens en alerte, Kel et Bébon examinèrent les alentours.

Pas de policiers à l'affût.

— Mettez-vous à l'angle de la ruelle, recommanda le comédien. Je vais me renseigner.

Bébon frappa à la porte de la maison de bière.

Elle s'ouvrit lentement, une tête de Nubien apparut.

— Tu veux quoi ?

— Boire et m'amuser.

— Tu es seul ?

— Trop seul.

— Tu peux payer ?

— Je connais les prix.

Le Nubien scruta la ruelle.

— Entre.

La grande salle était pleine de fêtards, la plupart ivres.

— Guigua est-elle libre ? demanda Bébon au Nubien.

— Pas de chance, mon brave ! La petite se trouve entre de bonnes mains.

— Celles de mon ami Palios, je parie !

— Ah, tu le connais ?

— Un sacré gaillard, ce Grec ! Donne-moi à boire, je l'attends. Et c'est lui qui paiera.

— Pas de fille pour le moment ?

— On verra après.

Confortablement installé, Bébon sirota de la bière.

Une demi-heure plus tard apparut un couple formé d'une jolie brune et d'un costaud à l'allure martiale. Il embrassa la fille de joie, vida une coupe d'alcool de dattes et se dirigea vers la porte.

Bébon se porta vivement à sa hauteur et, de la pointe de son couteau, piqua le flanc du mercenaire.

— On sort ensemble, Palios. Si tu résistes, je te tue.

Fatigué, la tête vide, le Grec obéit.

Kel lui sauta à la gorge, Vent du Nord l'écrasa contre le mur de la maison de bière.

— Parle, ordure ! Où as-tu conduit la prêtresse Nitis ?

— Éloignons-nous, recommanda Bébon.

Le trio emmena son prisonnier dans une ruelle obscure.

— Vous vous trompez, protesta mollement Palios.

— Tu es bien mercenaire ?

— Oui, mais…

— Et tu as bien enlevé une femme avec l'aide d'autres mercenaires grecs ?

— Non, je suis innocent !

Le Grec tenta de s'enfuir.

D'une ruade au bas des reins, Vent du Nord le fit tomber face contre terre. Bébon l'immobilisa et passa sa lame sur sa nuque.

— Si tu mens, je te découpe en morceaux ! Et je suis pressé, très pressé.

— C'est un ordre, on m'a obligé !

— Qui a donné cet ordre ?

— Je l'ignore. Moi, je me contentais d'obéir au chef de groupe !

— Son nom ?

— Je l'ignore aussi.

— Tu te moques de moi, Palios !

— Je vous jure que non ! Mes collègues, je ne les avais jamais vus auparavant.

— Comment avez-vous agi ? demanda Kel.

— On a intercepté la fille au bas de la passerelle de l'*Ibis*.

— Nitis n'est pas une fille, s'insurgea Kel, mais la Supérieure des chanteuses et des tisserandes de Neit !

— D'accord, d'accord ! Je n'en savais rien, moi. Chez les mercenaires, on exécute une mission sans discuter les ordres.

— Où l'avez-vous emmenée ?

— À une grande villa, au sud de la ville.

— Allons-y ! exigea Bébon.

— Je ne peux pas, je dois rentrer à la caserne !

La pointe du couteau grec s'enfonça dans sa nuque.

— J'ai dit : allons-y.

14

Sous la lumière de la pleine lune, le quatuor progressait à vive allure. Soudain, Vent du Nord stoppa.

Kel comprit aussitôt.

— Tu cherches à nous égarer, Palios ! Encore un mauvais tour, et tu ne verras pas l'aube se lever.

— Comprends bien un détail, précisa Bébon : pour nous, un mort de plus ou de moins, peu importe. En nous emmenant à la bonne villa, tu as une chance de survivre.

Vaincu, la tête basse, le Grec prit le bon chemin.

Pas de policier en vue.

Au débouché d'une ruelle endormie, une somptueuse propriété que protégeaient de hauts murs. Des palmiers centenaires donnaient de l'ombre à une villa de deux étages, bâtie au cœur d'un vaste jardin.

Les oreilles dressées, Vent du Nord s'immobilisa.

— Qui habite ici ? demanda Kel au mercenaire.

— Je l'ignore. Des collègues nous attendaient à l'entrée. On leur a remis la fille, la… prêtresse, et l'on s'est dispersés.

— Comme tu ne sais rien, observa Bébon, tu deviens inutile.

— Vous aviez promis…

D'un des sacs de l'âne, le comédien sortit un chiffon qu'il enfourna dans la bouche du mercenaire, puis un cordage de bateau avec lequel il ligota solidement le kidnappeur. Kel et Bébon le déposèrent au fond d'un entrepôt de jarres.

— On finira par te retrouver, lui dit le comédien. Prends soin de garder ta langue. Sinon, les membres de notre réseau t'exécuteront. Compris ?

Le Grec cligna des yeux.

— Maintenant, préconisa le scribe, on fonce !

— Je te le déconseille, objecta son ami. À mon avis, il s'agit d'une souricière. Examinons soigneusement les lieux. Ensuite, nous envisagerons un plan d'action.

Bouillant d'impatience, Kel se rendit à la raison. Il ne voulait pas gâcher la moindre chance de délivrer Nitis.

Persuadé que des mercenaires gardaient la villa, Bébon dut reconnaître son erreur. Ni policiers ni soldats à proximité de la propriété, seulement un portier à l'abri d'un édicule en bois couvert d'une toile grossière. Ainsi le bonhomme échappait-il aux morsures du soleil.

— Trop beau pour être vrai, estima le comédien. Refaisons le tour.

L'endroit était particulièrement tranquille, à l'écart des ruelles passantes et des quartiers animés.

— Une parfaite prison, jugea Kel.

— En ce cas, les mercenaires se trouvent à l'intérieur. Combien sont-ils ?

— Débarrassons-nous du portier et entrons !

— Ce gaillard sert d'appât. Au moindre incident, une meute de Grecs nous tombera dessus.

— Alors, tentons d'escalader les murs !

— Même résultat. Il y a forcément des rondes et des

guetteurs. Et nous ne saurons pas où nous diriger. Il nous faut des informations précises.

— Le portier nous les donnera.

— Sûrement pas !

— Nitis a déjà tant attendu !

— Si l'on nous tue, elle n'aura plus aucun espoir.

Une nouvelle fois, le scribe refréna son désir de se ruer à l'intérieur de cette maudite villa.

Nitis ressentait-elle sa présence, croyait-elle encore à sa libération ?

— Même des mercenaires grecs doivent manger et boire, précisa Bébon. Autrement dit, des livreurs vont se présenter à la porte de la villa. Eux connaissent peut-être des détails importants.

— Et s'ils ne savent rien ?

— Montre-toi optimiste !

La patience de Kel fut mise à rude épreuve.

Enfin, un porteur d'eau !

Il échangea quelques mots avec le portier qui le laissa pénétrer à l'intérieur de la propriété d'où il ressortit presque aussitôt.

Kel et Bébon l'interpellèrent dans une ruelle voisine pendant que Vent du Nord montait la garde.

— On a soif, dit le comédien.

— Désolé, j'ai tout vendu.

— Aux gens de la grande villa ?

— Exact.

— Ce sont des Grecs, non ?

— Je l'ignore. Je remplace mon patron, malade, et je connais mal le quartier.

Le scribe et son ami reprirent leur poste d'observation.

Arriva un livreur de galettes chaudes fourrées aux pois chiches. Lui aussi fut autorisé à franchir le seuil.

Kel l'aborda peu après sa sortie, hors de la vue du portier. Bébon se tint en retrait, s'assurant qu'on ne les suivait pas.

— J'aurais aimé une galette.

— Il ne m'en reste plus. Non loin d'ici, tu trouveras plusieurs marchands.

— Ces Grecs ont vraiment de la chance !

Le marchand parut étonné.

— Je ne comprends pas…

— Tu leur as vendu toutes tes fameuses galettes ! Et ces Grecs-là doivent être très riches pour occuper une si belle villa.

Le marchand se détendit.

— Ah, tu te trompes complètement ! Le propriétaire de cette villa n'est pas un Grec.

— Connais-tu son nom ?

— Il s'agit du ministre des Finances, Péfy. Son personnel me paye bien. D'après la quantité de galettes, il y a au moins une dizaine de serviteurs. Bonne journée, l'ami.

15

Toujours d'une élégance remarquable, maquillée à la perfection, se contentant d'un collier de lapis-lazuli et de bracelets en or, la reine Tanit organisa un banquet le soir même du retour de la cour à Saïs, la cité du Delta devenue la capitale de la XXVIe dynastie. Le pharaon Amasis appréciait ces moments de détente qui lui faisaient oublier les devoirs de sa charge. Certes, il buvait trop et se livrait parfois à de regrettables fantaisies ; néanmoins, il continuait à tenir le gouvernail d'une main ferme et à poursuivre ses objectifs : prospérité économique, alliances avec les royaumes et les principautés grecs, renforcement de la puissance militaire égyptienne.

— Vous êtes ravissante, constata Amasis. Moi, je souffre de nouveau d'une effroyable migraine.

— N'avez-vous pas oublié de prendre les remèdes prescrits par Oudja ?

— Possible… Je leur préfère un vin blanc léger et fruité, capable de dissiper tous les maux.

— La cour est enchantée de notre retour à Saïs. Memphis reste une belle ville, mais notre capitale ne présente-t-elle pas des charmes incomparables ?

— Et elle n'a pas fini de grandir, je vous l'assure !

Ici, désormais, se jouera le sort du monde. Memphis continuera d'être un centre économique, et Thèbes un conservatoire de traditions désuètes.

— La Divine Adoratrice ne jouit-elle pas d'une grande popularité ?

— Notre peuple apprécie le glorieux passé de la cité du dieu Amon et se souvient de l'époque fastueuse des Thoutmosis, des Amenhotep et des Ramsès. L'avenir est ailleurs, ma chère Tanit ; désormais, il faut se tourner vers la Méditerranée et vers la Grèce. Grâce à des intellectuels comme Pythagore, nous renforcerons ses liens avec l'Égypte qui ne sera pas tenue à l'écart du progrès.

— Ce soir, à votre table, sont invités plusieurs ambassadeurs grecs.

— Excellent ! Que notre chef cuisinier se montre à la hauteur.

— Comptez sur ma vigilance.

Tout en l'admirant, le personnel de la cour connaissait la rigueur de la reine Tanit. Elle ne supportait pas les fautes professionnelles et tenait au strict respect de l'étiquette. La réputation de l'Égypte en dépendait. Et le roi Amasis se félicitait chaque jour de l'avoir à ses côtés. Tanit n'avait-elle pas réussi à dompter Mitétis, l'épouse de Crésus, chef de la diplomatie perse, et surtout fille de son malheureux rival Apriès, détrôné par Amasis ?

En apaisant les ressentiments de cette lionne, Tanit s'était révélée parfaite négociatrice.

— Avant ce banquet, déplora le roi, j'ai quantité de tâches ennuyeuses à remplir.

Tanit sourit.

— La prospérité des Deux Terres en dépend.

Les époux se séparèrent, et Amasis reçut le juge Gem.

— Malgré des résultats non négligeables, estima le haut magistrat, la vaste opération de police organisée à Memphis ne m'a pas permis d'arrêter le scribe Kel. Certes, la sécurité s'en trouve améliorée et la criminalité sera fortement réduite. J'ai mis sous les verrous des individus dangereux et obtenu une certitude : Kel a quitté la ville et tente de gagner le Sud. S'il réussit à franchir la frontière d'Éléphantine, il se réfugiera en Nubie et tentera de soulever une tribu contre vous.

— As-tu pris les mesures indispensables ?

— J'ai demandé au général Phanès d'Halicarnasse et au chef des services secrets, Hénat, de mettre leurs effectifs en état d'alerte permanente. De mon côté, j'ai ordonné à toutes les polices du royaume de redoubler de vigilance. Les voies terrestres et le fleuve n'auront jamais été aussi étroitement surveillés. Je ne vois pas, Majesté, comment une insurrection pourrait prendre corps.

— Pourtant, ce maudit scribe nous file entre les doigts, et mon casque demeure introuvable !

— Puisque vous m'accordez votre confiance, je me montrerai à la hauteur de ma tâche, et je vous ramènerai cet assassin mort ou vif. Son intelligence ne triomphera pas de ma patience.

— Grâce à la nomination d'un nouveau grand prêtre de Neit, moins rétif que le précédent, le temple de Neit nous est désormais grand ouvert, annonça Amasis, et il ne servira plus d'abri à des contestataires. Entreprends une nouvelle fouille approfondie, juge Gem. Peut-être aurons-nous de bonnes surprises.

— Une fouille… vraiment approfondie ?

— N'épargne aucun édifice.

— Même les chapelles des tombes royales ?
— J'ai dit : aucun.
Le magistrat sembla embarrassé.
— La disciple du grand prêtre défunt a disparu, Majesté. Pas d'indices, pas de témoins.
— Disparition… ou fuite ?
— En dépit de l'absence de preuves concrètes, l'attitude de cette Nitis, une jeune femme remarquable promise à une brillante carrière, m'a toujours paru suspecte. Si l'on estime que son maître a protégé le scribe Kel d'une manière ou d'une autre, elle lui a obéi aveuglément.
— Devenue complice d'un criminel, l'aurait-elle rejoint ?
— Telle est ma conviction, Majesté.
— Étrange démarche ! N'était-elle pas Supérieure des chanteuses et des tisserandes de la déesse Neit ?
— Certes, mais la nomination d'un nouveau grand prêtre l'a convaincue qu'elle serait bientôt démise de ses fonctions et ramenée à un rang subalterne. À mon avis, il existe une explication déterminante à cette curieuse disparition.
— Laquelle, juge Gem ?
— Une sinistre histoire d'amour, Majesté.
— Nitis tombée amoureuse du scribe Kel ?
— Et réciproquement, à moins qu'il ne l'utilise comme alliée pour se déplacer et se cacher. Nous recherchons un homme seul, pas un couple.
— Explication convaincante ! estima le roi. Distribue de nouvelles consignes.
— C'est déjà fait, Majesté. L'habileté de Kel ne repose pas sur le hasard, mais sur une aide efficace et discrète. En voilà sans doute l'un des aspects. S'il en existe d'autres, je les découvrirai.

— Je te renouvelle ma confiance, juge Gem.

Le vieux magistrat avait rajeuni. Il redevenait un chasseur impitoyable, patient et perspicace, auquel les plus rusés des délinquants n'échappaient pas. Oubliant les honneurs, les titres et le confort d'une existence douillette, il retrouvait l'énergie et la férocité du jeune enquêteur désireux de faire appliquer la justice et de combattre le mal. Heureusement surpris, Amasis sut que les jours du couple de fuyards étaient comptés.

16

Kel et Bébon demeuraient abasourdis.

Ainsi, ils connaissaient le nom du chef des comploteurs, celui qui avait donné l'ordre d'anéantir le service des interprètes et n'hésitait pas à recourir au meurtre pour satisfaire ses ambitions : Péfy, le ministre des Finances !

Administrateur de la Double Maison de l'argent et de l'or, Directeur des champs et Supérieur des rives inondables, ce haut dignitaire gérait l'économie égyptienne et donnait toute satisfaction au roi Amasis.

— Péfy a servi Apriès, le prédécesseur du pharaon actuel, rappela Bébon. Peut-être lui est-il resté fidèle et désire-t-il se venger en prenant à son tour le pouvoir. L'âge et la richesse n'éteignent pas forcément l'ambition.

— D'après Nitis, précisa Kel, le ministre Péfy connaissait bien ses parents. Il a facilité son entrée au temple de Neit. Elle le considérait comme un protecteur et n'a donc pas discerné le piège qu'il lui tendait ! Et c'est Péfy qui m'avait invité au banquet au cours duquel, selon ses instructions, j'ai été drogué afin de dormir trop longtemps, d'arriver en retard au Bureau des Interprètes et de devenir ainsi un assassin aux yeux de la justice.

— Détail supplémentaire : Péfy se rend souvent à Abydos où séjourne une garnison de mercenaires grecs ! Il y a probablement recruté les kidnappeurs.

Le jeune scribe bouillait de colère et d'impatience.

— Ce monstre a commis une erreur fatale en s'attaquant à Nitis, décréta-t-il. Maintenant, je sais comment la libérer.

Redoutant le pire, Bébon se mordilla les lèvres.

— D'abord, retrouver Péfy en espérant qu'il n'a pas quitté Memphis ; ensuite, l'enlever et l'échanger contre Nitis. Après, nous aviserons.

— Sauf ton respect, ce plan me paraît insensé et irréalisable.

— Rendons-nous immédiatement au palais.

Conformément à son habitude, Vent du Nord choisit le plus court chemin et, vu l'urgence de la situation, hâta l'allure.

Kel se présenta au premier poste de garde.

— Je viens d'Abydos, déclara-t-il avec un calme qui le surprit lui-même, et je dois remettre un message en main propre au ministre Péfy.

Impressionné par l'allure et le sérieux du scribe, la sentinelle ne traita pas l'affaire à la légère.

Non loin, Bébon était rongé d'inquiétude.

Cette démarche ne semblait-elle pas suicidaire ? Si un soldat identifiait Kel, ce serait la ruée !

Mastiquant de la luzerne, Vent du Nord paraissait serein.

Le comédien vit un gradé arriver, pénétré de son importance. Kel et lui discutèrent longuement, sans animosité apparente. Puis le scribe s'éloigna, d'un pas tranquille. Personne ne l'interpella.

— Nous allons au port, annonça-t-il au comédien. Le bateau du ministre Péfy s'apprête à partir de Memphis. Il nous reste une chance de l'intercepter.

— Impossible ! Une kyrielle de gardes assure sa protection.

— Nous verrons bien.

L'âne accepta d'interrompre son repas et choisit un itinéraire dégagé.

Bébon ne se trompait pas.

L'accès à l'embarcadère officiel était impossible. Seul le personnel autorisé pouvait franchir les barrages militaires.

Les marins d'un magnifique bâtiment préparaient l'appareillage. Au centre, une vaste cabine dont le décor, composé de fleurs et de damiers, ravissait le regard.

— Le bateau de Péfy, commenta Bébon. Malheureusement inaccessible.

— Donne-moi le couteau grec.

— Qu'as-tu encore imaginé ?

— Trop de soldats sur le quai, d'accord. Mais il reste le fleuve. Et je suis un excellent nageur.

— Ou bien tu te noieras, ou bien les archers t'abattront en te voyant monter à bord !

— Aucun ne surveille le côté bâbord de la cabine. Donne-moi le couteau.

— Renonce, Kel, c'est de la folie !

Le regard du scribe était si impérieux que Bébon fut contraint de s'exécuter.

— Ne bouge pas d'ici. Nous emmènerons Péfy à la villa et libérerons Nitis.

Interloqué, le comédien regarda son ami s'éloigner, pensant qu'il ne le reverrait pas vivant. Nager longtemps sous l'eau ne serait pas facile, atteindre le bateau du ministre sans être repéré frisait l'exploit, grimper à bord relevait du miracle. Quant à la suite éventuelle, elle sombrait dans l'impossible !

Jamais Péfy n'accepterait de suivre Kel. Il alerterait les soldats, et le scribe, incapable d'égorger un homme, serait abattu.

Vent du Nord et Bébon gardèrent les yeux fixés sur le bateau. L'équipage commençait à hisser les voiles, on embarquait de la bière et de la nourriture, le capitaine s'adressait aux rameurs.

Le comédien regretta de ne pas avoir retenu son ami. Mais comment le raisonner ? Son amour fou effaçait le sentiment du danger, et Kel préférait mourir en tentant de délivrer Nitis plutôt que d'accepter la réalité.

Ils n'étaient pas de taille à lutter contre des mercenaires grecs et un ministre doté de pouvoirs étendus.

Un instant, Bébon songea à semer la confusion en hurlant des propos incompréhensibles. Il attirerait quelques gardes, on l'arrêterait, et Kel poursuivrait sa tentative insensée. Drôle de bonhomme, en vérité ! En apparence maître de lui, pondéré, taillé pour les hautes fonctions administratives, et capable d'un amour immense qui le transformait en aventurier.

Soudain, il le vit !

D'un coup de reins digne d'un athlète, Kel escalada une véritable muraille et, s'aidant d'un cordage, parvint à gagner le pont.

Aucune réaction, ni à bord ni sur le quai.

Personne n'avait remarqué l'intrus.

Accroupi, le jeune homme hésita un instant. Il fallait à présent traverser un espace découvert et foncer vers la porte de la cabine en espérant qu'elle n'était pas fermée de l'intérieur.

— Renonce, murmura Bébon. Renonce et reviens !

Kel s’élança.

L’effet de surprise fut total.

Marins et soldats aperçurent une sorte de fauve, plus rapide qu’un chacal, s’engouffrer dans la cabine du ministre.

Le temps d’intervenir, elle s’était déjà refermée.

Assis, occupé à consulter un papyrus comptable, Péfy sursauta.

Le scribe brandit son couteau.

— Qui… qui êtes-vous ?

— Mon nom ne doit pas vous être inconnu : Kel, l’assassin officiel des interprètes.

On frappait des coups violents à la porte.

— Dites-leur de ne pas intervenir, Péfy. Sinon, je vous égorge immédiatement.

— Restez tranquilles ! ordonna le ministre d’une voix forte. Tout va bien.

— Vous en êtes sûr ? s’inquiéta le capitaine.

— Obéissez et attendez mes instructions.

Le vacarme cessa.

— Que voulez-vous ? demanda Péfy dont le regard ne vacillait pas.

— Vous ne vous en doutez pas ?

— Expliquez-vous.

— Je connais votre rôle exact, Péfy. Vous allez m’aider à libérer la prêtresse Nitis. Si vous refusez, je vous tue.

17

Imperturbable, le ministre des Finances fixa son agresseur.

— Ainsi, vous êtes bien un assassin.

— Je n'ai encore commis aucun crime. Vous, en revanche, avez ordonné un massacre.

— Vos preuves ?

— L'enlèvement et la séquestration de la prêtresse Nitis.

— La Supérieure des chanteuses et des tisserandes de Neit ?

— Elle-même.

— Vous divaguez, mon garçon !

— Inutile de nier, Péfy. J'ai retrouvé la trace des mercenaires grecs qui l'ont enlevée et je sais qu'elle est détenue dans votre somptueuse villa de Memphis.

Le ministre parut troublé.

— Absurde ! J'éprouve une grande estime pour cette femme remarquable et je suis fier de l'avoir aidée à vivre sa vocation. Le grand prêtre défunt espérait qu'elle lui succéderait, mais le roi en a décidé autrement. Regrettable erreur, à mon avis. Tôt ou tard, elle sera réparée.

— Trêve de beaux discours, Péfy ! Vous ne songez

qu'à renverser Amasis et à prendre sa place. Aussi avez-vous conçu un plan diabolique en me choisissant comme parfait coupable ! J'aurais dû être arrêté, jugé rapidement et condamné à mort. Et me voici libre, face à vous. Vous attaquer à Nitis fut stupide. Vous me transformez en prédateur impitoyable.

— Seriez-vous… amoureux d'elle ?

— Nous sommes mariés.

— Nitis, épouse d'un assassin ! À moins… à moins que vous ne soyez innocent et qu'elle ne s'acharne à le prouver !

— N'essayez pas de jouer au plus fin. Nous nous rendons ensemble à votre villa, et vous ordonnez aux mercenaires grecs de la libérer. Sinon, je vous le répète, je vous tue.

— Vous vous trompez, Kel. Je n'ai ni fomenté un complot contre le pharaon ni organisé l'enlèvement de Nitis.

— Je m'attendais à ce mensonge. Ne misez pas sur ma naïveté, Péfy. En m'invitant à votre banquet, moi, un jeune scribe novice qu'un médecin a drogué selon vos instructions, vous pensiez parvenir à vos fins, sans supposer que j'échapperais au juge Gem, votre complice.

— Vous le connaissez mal ! Il a consacré son existence à rechercher la vérité et à châtier les coupables. Personne, pas même le roi, ne réussirait à l'influencer.

— Vous continuez à me considérer comme un simple d'esprit !

— Au contraire, je m'interroge. Seriez-vous victime d'une effroyable machination ?

— Très habile, ministre Péfy ! Vos doutes et votre compassion me bouleversent.

— Réfléchissez, Kel. Je suis âgé, riche et respecté,

et j'ai fidèlement servi le pharaon pendant de longues années. Bientôt, il me remplacera. Et mon unique souci, aujourd'hui, consiste à restaurer le temple d'Abydos et à célébrer le culte d'Osiris. La maison de la mort, la demeure d'éternité, n'appartient-elle pas à la vie ? Je n'approuve pas la politique d'Amasis, trop favorable aux Grecs, et je ne cache pas mes opinions. Le pouvoir et la politique ne m'intéressent plus, l'Égypte prend un mauvais chemin, et je n'ai pas la capacité de m'y opposer. Grâce à ma position et à ma fortune, j'encourage les artisans qui s'inspirent de l'âge d'or des pyramides et maintiennent la tradition. Si le roi ne réclame pas ma démission, je la lui donnerai et me retirerai en Abydos, auprès d'Osiris. Voilà ma véritable ambition.

Désorienté, Kel serra son couteau.

— Vous tentez de me charmer, à la manière d'un magicien ! Abydos abrite une caserne de mercenaires grecs que vous avez engagés pour enlever Nitis.

— Amasis exige leur présence dans un maximum de localités, grandes ou petites. D'après lui, la sécurité des Deux Terres est à ce prix.

— En douteriez-vous ?

— Je gère les finances du pays et son agriculture, non sa stratégie défensive.

Le ministre se leva.

— Afin de vous démontrer mon innocence, rendons-nous à la villa.

— Enfin, vous avouez ! Au moindre geste déplacé, au moindre appel au secours, je vous poignarde.

— Je vous confie une palette de scribe, et vous marcherez deux pas derrière moi. Sur le nom de Pharaon, je vous jure de ne pas vous livrer à la police.

Ce serment ébranla le jeune homme. Péfy connaissait les conséquences d'une violation de la parole donnée : âme déchiquetée par les démons et condamnée au néant. Le ministre était-il assez cynique et pervers pour s'en moquer ?

Il lui donna une palette.

Kel l'accepta.

— Pendant le séjour du gouvernement à Memphis, expliqua Péfy, je ne me suis pas rendu à ma villa et j'ai habité l'un des appartements de fonction du palais. Si des événements anormaux se sont produits chez moi, nous le découvrirons ensemble.

Le ministre semblait sincère.

Tendait-il un nouveau piège ?

— Allons-y, décida Kel.

Péfy ouvrit la porte.

Face à lui, le capitaine, des marins et des soldats. Un mot, un signe du ministre, et Kel était abattu.

— Tout va bien, confirma le haut dignitaire.

— Cet homme... pourquoi s'est-il engouffré dans votre cabine ? demanda le capitaine.

— C'est un émissaire d'Abydos en proie à de graves menaces de la part d'une bande de malfaiteurs. Il tenait à m'avertir personnellement et redoutait d'être intercepté. Je l'emmène à ma villa afin d'y consulter des documents. Notre départ sera donc retardé.

— Quand comptez-vous revenir ?

— Le plus tôt possible.

— Désirez-vous une escorte ?

— Ce ne sera pas nécessaire.

Estomaqué, Bébon vit le ministre des Finances descendre lentement la passerelle, suivi d'un scribe portant une palette.

Kel paraissait libre de ses mouvements.

— Incroyable, murmura le comédien. Il ne menace même pas son otage ! Que lui a-t-il raconté ?

Méfiant, Bébon s'attendait à une intervention des forces de l'ordre.

Le ministre et le scribe passèrent à quelques pas de lui et de Vent du Nord, qui joua à la perfection les indifférents.

Pas de suiveur.

Le comédien et l'âne prirent le duo en filature, à bonne distance. Si des policiers tentaient d'arrêter Kel, ils interviendraient.

Mais aucun incident ne se produisit.

Et le ministre, accompagné du scribe, atteignit sa belle villa où Nitis était retenue prisonnière.

18

D'une main ferme, Péfy secoua le portier, assoupi.

— Seigneur ! C'est vous ? Je vous croyais parti.

— Et tu en profitais pour paresser et ne plus surveiller ma maison.

— Ne pensez pas ça ! Un simple moment de fatigue.

— Des incidents à signaler ?

— Non, non, pas le moindre !

— Une jeune femme a été amenée ici, intervint Kel, impatient, et des mercenaires grecs la retiennent prisonnière.

Le portier ouvrit des yeux ébahis.

— Qu'est-ce que vous racontez ?

— Ne mens pas, je suis au courant de tout !

L'employé regarda son maître.

— Seigneur, cet homme a perdu l'esprit !

— D'après toi, personne ne s'est introduit chez moi en mon absence.

— Personne, à l'exception de l'équipe de ménage qui travaille chaque matin, selon vos instructions, et de votre intendant, chargé de vérifier le parfait état des lieux.

— Entrons, proposa le ministre, et interrogeons-le.

L'intendant, un maigrichon aux yeux noirs, vint à la rencontre des arrivants et s'inclina devant son maître.

Redoutant un traquenard, Kel ne cessait de regarder autour de lui.

— Heureux de votre retour, seigneur. Dînerez-vous seul ou avez-vous des invités ?

— Nous verrons plus tard. Une jeune femme et des mercenaires grecs ont-ils séjourné ici ?

L'intendant resta bouche bée.

— Je ne comprends pas…

— Si l'on t'a menacé, avoue-le.

— Menacé… Non, certes, non ! J'ai fait mon travail, comme d'habitude, sans oublier de surveiller les jardiniers et de commander des jarres de bière.

— Pas de visite inhabituelle ?

— Aucune, seigneur !

Ressentant l'irritation et le scepticisme de Kel, Péfy l'invita à visiter la grande demeure, de la cave à la terrasse. Le scribe inspecta même les chambres et les cabinets de toilette.

Pas trace de Nitis.

— Vous avez été abusé, Kel.

— Impossible ! Le mercenaire grec avait trop peur pour inventer une fable.

— Rendez-vous à l'évidence : il cherchait à vous égarer en racontant une histoire absurde.

— Non, je continue à le croire. Vos domestiques sont complices, et c'est vous qui mentez.

Le scribe brandit à nouveau son couteau.

— Ma patience s'épuise, Péfy. Où cachez-vous Nitis ?

— Je ne l'ai pas enlevée.

À bout de nerfs, Kel devenait menaçant.

Un braiment le figea sur place.

— Ainsi, c'était un guet-apens !

— Je n'ai pas averti la police, assura Péfy.

D'une fenêtre, Kel jeta un œil au jardin.

L'âne précédait Bébon qui tenait par le col de leur tunique le portier et l'intendant, commotionnés.

— Ils tentaient de s'enfuir, expliqua le comédien. Nous avons dû les intercepter.

Étonné, le ministre sortit de la demeure, accompagné du scribe.

Une belle bosse ornait le front du portier, et l'intendant saignait du nez et de la bouche.

— Deux superbes coups de sabot, précisa Bébon. Ces domestiques-là ne semblent pas avoir la conscience tranquille.

Kel posa son couteau sur la gorge du portier.

— Parle, fripouille ! On a bien amené une jeune femme ici, n'est-ce pas ?

— Oui, oui... mais je ne suis pas coupable ! J'ai obéi aux ordres de l'intendant.

Les yeux dans le vague, ce dernier semblait à moitié évanoui. Bébon le gifla et lui tira les cheveux.

— On se réveille, mon gars, et on répond aux questions ! Sinon, mon âne te refera le portrait.

L'intendant eut un haut-le-cœur.

— Des mercenaires grecs m'ont menacé, avoua-t-il. À ces gens-là, on ne refuse rien.

— Menacé... et payé ?

— Un peu.

— Ton patron était-il au courant ? demanda Kel en regardant le ministre Péfy.

— Non, ils ont profité de son absence pour amener ici une prisonnière et l'interroger une nuit entière.

— L'ont-ils malmenée ?

— Je l'ignore.

— Comment as-tu osé piétiner ainsi ma confiance ? intervint Péfy dont les yeux s'emplissaient d'une colère froide.

— Seigneur, les Grecs ne me laissaient pas le choix !

— Le nom de ces mercenaires ?

— Je l'ignore !

— Où ont-ils conduit leur otage ?

— Je l'ignore aussi !

— Tu es vraiment très mal informé. Les sabots de cet âne te rafraîchiront la mémoire.

L'intendant s'agenouilla.

— Je dis la vérité, seigneur !

— Quand les mercenaires ont emmené la femme, glapit le portier, l'un d'eux a parlé de leur camp de Saqqara.

— Quoi d'autre ?

Le portier s'agenouilla à son tour.

— J'ai tout dit, seigneur !

— Toi et ton complice, disparaissez.

— On peut… on peut partir ?

— Disparaissez !

L'intendant et le portier détalèrent.

— N'auriez-vous pas dû les remettre à la police ? demanda Kel.

— Ils se tairont. Et moi, je ne veux pas être mêlé à l'enlèvement d'une prêtresse. Puisque vous avez obtenu le renseignement recherché, agissez.

— Si nous vous laissons libre, estima Bébon, vous nous ferez arrêter. À présent, vous en savez trop.

— C'est pourquoi je me tairai aussi en me gardant d'intervenir. Je doute de la culpabilité du scribe Kel, mais je n'ai pas l'intention de mener ma propre enquête et de m'immiscer au sein d'une affaire d'État qui me dépasse. Au juge Gem d'établir la vérité. Je dois retourner à Saïs et gérer au mieux l'économie égyptienne. Nous ne nous sommes jamais rencontrés.

Kel et Bébon se consultèrent du regard.

— Entendu, dit le scribe.

Le ministre Péfy s'éloigna sans hâte.

— Tu viens de commettre une erreur fatale, jugea Bébon. Chef des comploteurs ou non, il fallait l'éliminer.

19

Nommé par le pharaon Amasis, le nouveau grand prêtre du temple de Neit ouvrit grandes les portes au juge Gem et à son équipe d'enquêteurs. Le magistrat entreprit une fouille approfondie des différents édifices composant le vaste sanctuaire, cœur sacré de la ville de Saïs, en pleine expansion.

Cette fois, il eut aisément accès aux endroits réservés, telles les cryptes et la Maison de Vie, et fut conforté dans son pressentiment : le défunt grand prêtre et sa disciple Nitis avaient aidé le scribe Kel à se cacher. Il s'agissait donc bien d'un complot auquel avait été mêlé un dignitaire religieux de premier plan. Était-il la tête pensante, entretenait-il des complicités au palais, Kel prenait-il sa suite ? De nombreuses questions restaient encore sans réponse.

Constat positif : le temple n'abritait plus un nid de conjurés, et les prêtres se cantonnaient à leurs tâches rituelles.

Gem inspecta la « maison du matin », lieu des purifications, la salle du silex où l'on conservait les objets du culte, le « château des tissus de lin », les chapelles de Neit, de Râ et d'Atoum et le sanctuaire de l'Abeille. Là se célébraient les mystères de la résurrection d'Osiris.

Au centre du naos, le coffre mystérieux contenant la momie divine.

— Ouvrez-le, ordonna Gem au grand prêtre.

Malgré sa docilité, ce dernier protesta.

— Il faut attendre la prochaine célébration, car…

— Je dispose des pleins pouvoirs.

Les mains tremblantes, le grand prêtre s'exécuta et s'écarta. Violer ainsi le secret des grands mystères provoquerait la colère des dieux.

Et leur vengeance serait terrifiante.

Gem vit ce qu'il n'aurait pas dû voir, un sarcophage en or d'une coudée contenant l'être de lumière d'Osiris, enveloppé d'un tissu qu'avaient créé Isis et Nephtys.

Aucun document concernant l'enquête.

Décomposé, le grand prêtre sollicita l'autorisation de se retirer. Mal à l'aise, le juge continua à remplir sa mission. Il en allait de la sécurité et de l'avenir du royaume.

Dernière étape : les tombes des pharaons qui avaient fait de Saïs leur capitale. Reposant à l'intérieur de l'enceinte de Neit, ils bénéficiaient de la protection de la déesse. Portiques, colonnes palmiformes, vaste salle précédant une chapelle, tombeau voûté : les demeures d'éternité des monarques ne manquaient pas de grandeur. Récemment terminée, celle d'Amasis était magnifique. Le juge Gem y pénétra à pas lents, traversa la cour et marcha jusqu'à l'oratoire.

Dotée d'une vie intense, la statue de *Ka* du monarque le contemplait.

S'inspirant des œuvres de l'Ancien Empire, le sculpteur avait su capter la puissance et la sévérité des souverains de l'âge d'or.

Le juge s'approcha.

À la mort d'Amasis, cette chapelle serait remplie

d'offrandes. Chaque jour, un prêtre du *Ka* célébrerait la mémoire du défunt. Incarnée dans cette statue, son âme prendrait son envol afin de s'y régénérer puis reviendrait habiter son inaltérable corps de pierre.

Le magistrat voulut lire les textes inscrits sur le pilier dorsal.

Il se figea.

Soigneusement roulé et déposé derrière la statue, un papyrus.

Intrigué, Gem s'en empara. Pas de sceau, une simple ficelle, vite dénouée.

Et un texte totalement incompréhensible ! Des hiéroglyphes, certes tracés d'une main habile, mais dont l'assemblage ne donnait aucun sens.

Le magistrat songea aux derniers mots qu'aurait écrits le chef du service des interprètes, agonisant : *Déchiffre le document codé.* Venait-il de le retrouver, et ce papyrus était-il la cause du massacre ? Et l'évidence s'imposa : c'était le même texte que celui déjà en possession du juge et appartenant au scribe Kel ! Qui avait dissimulé ici l'original ? Soit le grand prêtre défunt, soit sa disciple Nitis. À leurs yeux, une certitude : personne n'oserait fouiller cet endroit. Et voilà la preuve de leur culpabilité et de leur complicité !

Le document devait resservir aux conjurés, peut-être au moment de prendre le pouvoir. Mais que contenait-il de si important ?

— Une trouvaille, juge Gem ? demanda une voix glaciale.

Le magistrat se retourna.

— J'ignorais la présence de ce papyrus, affirma Hénat. Soyez certain qu'il ne s'agit pas d'une offrande.

— Que faites-vous ici ?

— Je veille à l'achèvement de la demeure d'éternité

du pharaon. Certains détails ne le satisfont pas, et nous devons atteindre la perfection.

— Sa Majesté m'a ordonné d'explorer toutes les parties de ce temple avec l'espoir d'y découvrir un indice, expliqua le juge.

— Beau succès, reconnut le chef des services secrets.

— Oui et non. Le texte de ce papyrus est incompréhensible.

— M'autorisez-vous à tenter de le déchiffrer ?

Le juge hésita.

— Mon cher Gem, le roi nous a ordonné de coopérer. En échange de votre bonne volonté, je vous communiquerai d'intéressantes informations.

Le magistrat lui remit le document.

Au terme d'un long examen, Hénat avoua son échec.

— Incompréhensible à première vue, en effet. Un texte codé qu'il conviendrait de confier aux spécialistes du service des interprètes, si vous en êtes d'accord...

— Après l'avoir montré au roi, je le leur remettrai moi-même. Vos informations ?

— Vous aviez interrogé le ministre Péfy, me semble-t-il, et vous doutiez de son intégrité. Remarquable intuition, juge Gem. Cet excellent gestionnaire critique la politique de notre roi, trop favorable aux Grecs et au progrès technique. Aussi ai-je demandé à mes services de le surveiller discrètement.

Gem fit la moue.

— Vous auriez dû m'en parler.

— Démarche un peu illégale, je l'admets. Ne recherchons-nous pas un criminel au service de redoutables comploteurs ?

— Je n'approuve pas vos méthodes, Hénat. Violer la procédure peut entraîner de graves abus.

— Vous connaissez ma modération, ma prudence et ma fidélité à l'État. De mon point de vue, en cas de crise grave, seul le résultat compte. Or Péfy était l'ami du défunt grand prêtre de Neit, probable complice du scribe assassin. Un doute suffisant pour le considérer comme l'éventuelle tête pensante d'un groupe de comploteurs.

— Auriez-vous obtenu une preuve ?

Hénat hésita.

— Terme excessif. Néanmoins, le comportement du ministre Péfy continue à m'intriguer. Juste avant de regagner Saïs, il a retardé le départ de son bateau et s'est rendu à sa villa en compagnie d'un émissaire venu d'Abydos. Ensuite, la propriété a été fermée.

— Péfy remplit scrupuleusement ses fonctions, me semble-t-il.

— Exact, mais ne cherche-t-il pas à donner le change ? Haut fonctionnaire modèle, parfait ministre des Finances, ne tisse-t-il pas sa toile dans l'ombre ?

— Je ne dispose d'aucune charge contre lui.

— Ou bien nous sommes en présence d'un fidèle serviteur de Sa Majesté, ou bien d'un esprit diabolique capable d'aller jusqu'au crime pour assouvir son ambition. Vous n'avez pas les moyens d'agir ; moi, je peux l'observer et l'empêcher de nuire. Et j'ai besoin de votre appui moral.

— Demandons audience au roi, décida le juge.

20

En dépit d'une sévère migraine, le pharaon Amasis écouta attentivement les rapports du juge Gem et du chef des services secrets, Hénat. À ce conseil restreint participaient la reine Tanit, le chancelier Oudja et le général en chef Phanès d'Halicarnasse.

— À la demande d'Hénat, précisa le monarque, je n'ai pas convoqué Péfy, le ministre des Finances. Vous comprenez maintenant la raison de son absence.

— Il revient à Hénat de douter de tout et de tout le monde, observa le chancelier, et je l'encourage à demeurer vigilant. Cependant, malgré l'hostilité de Péfy à l'égard des Grecs, je n'ai pas entendu d'argument décisif prouvant sa participation à un complot. Le fonctionnement de son ministère demeure exemplaire, notre économie est florissante. Pourquoi serait-il complice d'un assassin ?

— En raison de son hostilité déclarée envers les Grecs, estima le chef des services secrets, il a peut-être conçu de sinistres projets.

— Péfy détiendrait-il le casque du pharaon ? demanda la reine.

— Je l'ignore, Majesté. Il revient au juge Gem de l'arrêter et de le faire parler.

— Je ne dispose pas d'indices suffisants, objecta le magistrat. Une telle démarche causerait de graves troubles au sommet de l'État, surtout en cas d'injustice, et je ne veux agir qu'à coup sûr.

— Je t'approuve, déclara Amasis.

— Permettez-moi de vous mettre en garde, Majesté, insista Hénat, et autorisez-moi à maintenir une étroite surveillance autour du ministre des Finances.

— Accordé.

— Péfy vient de partir pour son cher Abydos et, à Memphis, il a paru fort troublé par la venue d'un messager en provenance de cette ville. Abydos ne risque-t-elle pas de devenir un foyer insurrectionnel ?

— Ça m'étonnerait, rétorqua le général en chef Phanès d'Halicarnasse. Abydos n'est qu'une bourgade endormie où de vieux prêtres se consacrent aux mystères d'Osiris, loin de l'évolution du monde actuel. Et une caserne de mercenaires veille au maintien de l'ordre.

— Double l'effectif, ordonna Amasis, et durcis les consignes de sécurité. Au moindre discours subversif de la part des prêtres d'Osiris, à la moindre action douteuse, je veux être prévenu.

— À vos ordres, Majesté.

— Le service des interprètes a-t-il réussi à percer le code du papyrus caché derrière la statue de *Ka* ? demanda le roi au juge Gem.

— Malheureusement non, Majesté. Je l'ai également montré à plusieurs scribes royaux et, malgré leur érudition, ils ont également échoué. Même déception en ce qui concerne le document analogue découvert dans la chapelle de Khéops. À mon sens, un seul homme possède la clé de lecture : le scribe Kel. Ces textes lui servaient probablement à communiquer avec les membres de son réseau et, comme il parlait plusieurs langues, il a inventé un système indéchiffrable sous l'apparence trompeuse des hiéroglyphes.

— Quand j'ai rencontré cet assassin, rappela la reine, émue à l'évocation de ce souvenir, il a déclaré posséder un papyrus codé, cause de l'anéantissement du service des interprètes, et affirmé l'existence de comploteurs, tout en proclamant son innocence.

— Moi aussi, j'ai vu ce Kel, reprit le roi, lorsqu'il a tenté de se blanchir en me remettant un faux casque ! À l'évidence, nous en revenons toujours à lui. À la fois tête pensante et bras agissant, il demeure un redoutable adversaire et tentera de fédérer contre moi l'ensemble des éventuels opposants. Voici mes décisions afin d'empêcher ce désastre : toi, juge Gem, continue à pourchasser ce monstre en utilisant un maximum de policiers. Un décret royal t'autorise à inspecter les temples et à mettre sous les verrous quiconque s'opposera à tes démarches. Kel tente de gagner le Sud, j'en suis à présent persuadé. Je mets à ta disposition une flottille de bateaux de guerre. Sillonne nos provinces et traque ce fauve.

— Je partirai dès demain, Majesté.

— Toi, général Phanès, poursuivit le monarque, tu te rendras à Éléphantine dont la garnison m'inquiète. Trop de Nubiens, pas assez de Grecs. Kel et ses alliés ne l'ignorent pas. Nomme un nouveau commandant de forteresse, établis une discipline de fer, élimine les mous et engage des mercenaires d'élite. Éléphantine doit demeurer une frontière infranchissable. Ensuite, inspecte l'ensemble de nos garnisons du Sud et ne tolère aucun laisser-aller.

— Comptez sur moi, Majesté.

Le souverain se tourna vers Hénat.

— Voilà longtemps que nous aurions dû résoudre le

problème thébain. La Divine Adoratrice désapprouve ma politique, et son existence même affaiblit mon autorité.

— Ne songez pas au pire, recommanda la reine Tanit, inquiète. La grande prêtresse d'Amon jouit d'une forte popularité, son intégrité et son respect des anciens rituels lui valent l'estime de la population.

Amasis prit tendrement les mains de son épouse.

— J'en suis conscient et, malgré mon irritation, je crois nécessaire de conserver cette institution désuète. Il faut cependant empêcher la Divine Adoratrice de nous nuire. Toi, Hénat, tu vas te rendre à Thèbes et lui exposer la situation.

— Tâche délicate, Majesté !

— Apprends-lui l'existence d'un complot et l'identité du meneur, le scribe Kel, décidé à la contacter afin de la dresser contre le pouvoir légitime. Qu'elle ne se laisse pas abuser par cet assassin et reste fidèle à la couronne. Ainsi, elle conservera son minuscule royaume thébain et continuera à célébrer ses rites ancestraux.

Hénat s'inclina.

— À toi, chancelier Oudja, indiqua Amasis, je confie la gestion de l'État. Tu resteras à mes côtés, ici, à Saïs, et tu continueras à développer notre force de dissuasion, notamment notre marine de guerre. Tu rassembleras les rapports des membres de ce conseil restreint et me signaleras le moindre incident.

— Je ne faillirai pas, Majesté.

Les dignitaires se retirèrent.

Fatigué, Amasis se servit une coupe de vin rouge.

— Diriger m'épuise, confia-t-il à son épouse, mais je n'ai pas le droit d'abandonner mon pays.

— Rassurez-vous, dit-elle en souriant. Vous venez, au contraire, de conforter votre autorité.

— Un ministre finit toujours par se prendre pour le chef de l'État. Il était temps de leur rappeler qui dirige ! Je m'interroge encore à propos de Péfy.

— Un homme riche, âgé, préoccupé du bien-être de la population, désireux de se retirer à Abydos et de se consacrer aux mystères d'Osiris… Je le vois mal à la tête d'une bande de comploteurs.

— Ne s'agit-il pas d'une ruse suprême ? Le scribe Kel a besoin d'appuis, et mon ministre des Finances pourrait lui fournir une aide efficace en feignant de me servir avec loyauté.

La reine parut perplexe.

— Un homme tant attaché à la tradition ne respecte-t-il pas la fonction pharaonique ?

— L'ambition efface toute retenue, ma chère épouse. Péfy a connu mon prédécesseur, peut-être le regrette-t-il. Et son opposition à ma politique étrangère ne plaide guère en sa faveur. D'un autre côté, sa sincérité traduit le comportement d'un responsable honnête et courageux.

— Comment trancher ?

— Hénat découvrira la vérité.

21

Bébon ne se faisait aucune illusion : si Kel, Vent du Nord et lui s'approchaient du camp de mercenaires grecs de Saqqara, ils seraient immédiatement arrêtés. Bien entendu, le ministre Péfy les avait alertés et se vanterait de la capture de l'assassin en fuite depuis trop longtemps.

— J'ai confiance en lui, affirma Kel.

— L'amour t'aveugle ! Ce brave dignitaire nous envoie dans un traquenard. Et cette fois, les sabots de Vent du Nord ne nous en sortiront pas.

— Péfy aurait pu me réduire au silence sur son bateau. Il n'appartient pas au cercle des comploteurs.

— Ruse suprême ! Le ministre ne se salit pas les mains.

— Saqqara est notre seule piste, Bébon, et…

— Pas de leçon de morale ! Je n'avais nullement l'espoir de te retenir et je désire seulement prendre quelques précautions avant de mourir bêtement.

— Détends-toi, je ne compte pas attaquer à trois une garnison entière.

— Ah bon ! Et que proposes-tu ?

— Examinons les parages et emparons-nous du mercenaire chargé de la corvée d'ordures.

— Et s'ils sont plusieurs ?

— Ne te montre pas pessimiste.

— Et ça nous mènera où ? À supposer que le bonhomme nous apprenne la présence de Nitis à l'intérieur du camp, il faudra nous battre à un contre vingt !

— Les dieux nous aideront.

Bébon préféra ne pas répondre.

Parfaits colporteurs, les deux amis se dirigèrent vers le campement de Saqqara, en compagnie de leur âne chargé d'outres d'eau.

Ils croisèrent d'autres commerçants, les saluèrent et s'immobilisèrent face à une sentinelle.

— Salut, soldat ! La garnison a-t-elle besoin d'eau fraîche, excellente et pas chère ? lui demanda un Bébon jovial.

— Désolé, mon gars, la hiérarchie nous impose nos fournisseurs.

— Vu votre nombre, un petit supplément serait le bienvenu !

— On n'est qu'une cinquantaine ici et on ne manque de rien.

— Ce ne doit quand même pas être drôle tous les jours. Surveiller la nécropole, quel ennui ! Tu préférerais sûrement vivre à Memphis. Là-bas, on ne manque pas de distractions.

— Éloigne-toi, l'ami. Mon chef interdit aux sentinelles de parler aux étrangers.

— Mon eau…

— Va la vendre ailleurs.

Le trio repéra le dépôt d'ordures des mercenaires. Une partie était brûlée, l'autre enfouie. Kel, Bébon et Vent du Nord se dissimulèrent dans une palmeraie où l'âne trouva de quoi manger. Les deux hommes se contentèrent de dattes.

À la tombée du jour, un soldat portant de lourds paniers apparut.

La sentinelle chargée de la corvée.

Seul, le mercenaire pestait contre cette tâche pénible.

Lorsque la pointe du couteau de Bébon lui piqua les reins, il lâcha ses paniers.

— Avance vers la palmeraie, ordonna le comédien. Si tu cries, je t'embroche.

Rageur, Kel obligea le Grec à s'allonger sur le dos. Vent du Nord lui posa un sabot sur la poitrine.

— Notre âne est particulièrement agressif, précisa Bébon. Tu ne seras pas le premier adversaire qu'il met en pièces. Réponds à nos questions, et nous t'épargnerons.

Le mercenaire roula des yeux affolés.

— Pour l'eau, je ne suis pas responsable ! Moi, j'exécute les ordres et…

— L'eau, on s'en moque. Ce campement vient de connaître un événement exceptionnel, n'est-ce pas ?

— Je n'ai pas remarqué, je…

Soudain plus accentuée, la pression du sabot arracha un gémissement au soldat.

— Mentir ne te sauvera pas, intervint Kel. Protéger tes supérieurs t'oblige-t-il à mourir ?

À la réflexion, le mercenaire ne se sentit pas responsable des ordres reçus. Et il n'avait guère apprécié les derniers.

— Malgré l'interdiction formelle figurant dans le règlement, révéla-t-il, des collègues ont introduit une femme dans le camp. Jeune, très belle, bâillonnée et ligotée. Le commandant les a reçus longuement.

— Était-elle blessée ? s'inquiéta Kel.

— Je ne crois pas.

— L'as-tu revue ?

— Oui, quand ils l'ont sortie de la tente du commandant. Ils discutaient ferme, et j'ai tendu l'oreille. Une si belle fille ainsi malmenée, ça me peinait. Moi, je l'aurais traitée autrement !

Bébon redouta un accès de colère de Kel. Le scribe parvint à se contenir.

— Qu'as-tu appris ?

— L'interrogatoire n'ayant rien donné, les collègues voulaient un abri sûr afin de le prolonger. Le commandant leur a indiqué la galerie qui vient d'être creusée du côté sud de la pyramide à degrés. Là, personne ne les dérangera.

— Combien sont ses tortionnaires ?

— Trois. Des types redoutables, à mon avis.

— On leur porte à manger et à boire ?

— Au lever et au coucher du soleil.

Estimant l'interrogatoire terminé, Vent du Nord s'écarta.

— Déshabille-toi, ordonna Kel. Nous avons besoin de ton uniforme.

— Vous… vous allez me tuer ?

— Juste t'empêcher de bouger et de parler. Ici, tu seras au frais. Quelqu'un finira bien par te retrouver. Un conseil : oublie-nous.

La nuit fut interminable. Solidement entravé et remerciant les dieux d'avoir la vie sauve, le mercenaire s'endormit.

Kel ne songeait qu'à bondir, mais Bébon lui conseilla de prendre un peu de repos. Délivrer Nitis ne s'annonçait pas facile. Cette fois, le scribe serait obligé de tuer.

22

L'arrivée de leur chef n'apaisa pas les conjurés, en proie à une vive agitation.

Face à cette fronde, il les regarda un à un, sans se départir de son calme.

Alors ils se turent et s'assirent.

— Nous voici rassemblés avant une longue période de séparation, déclara le chef. Nous devons donc adopter une stratégie rigoureuse à laquelle chacun se tiendra.

— Le papyrus codé est tombé entre les mains de la police ! rappela le plus inquiet des conspirateurs. Et je ne parle pas de celui de Guizeh ! À présent, les forces de l'ordre disposent de deux documents essentiels.

Le chef sourit.

— Encore faudrait-il les déchiffrer. Le seul technicien capable d'y parvenir était le défunt directeur du service des interprètes que nous avons été contraints de supprimer. À présent, aucun risque. Ces papyrus demeureront muets.

— Et le scribe Kel ? interrogea un autre conjuré.

— Peut-être a-t-il trouvé la première clé et lu quelques lignes. Un succès mineur, dépourvu de conséquences graves.

— Et s'il parvient à Thèbes où est cachée la seconde clé ? Alors il comprendra !

— Hypothèse absurde, estima le chef. Néanmoins, nous continuerons à la prendre en considération et dresserons tant de barrages entre lui et la Divine Adoratrice que leur rencontre sera impossible.

— Les dieux semblent protéger ce scribe !

— La disparition de sa bien-aimée Nitis le brisera et le rendra fou. Oubliant toute prudence, il tombera aux mains de ses poursuivants.

— Et si, cependant…

— Nous ferons le nécessaire, affirma le chef. Jamais la Divine Adoratrice n'écoutera les élucubrations d'un assassin.

Le sang-froid et la détermination de la tête pensante rassurèrent les conjurés. Et puis ils n'avaient pas le choix. Impossible, désormais, de reculer.

Dès son retour à Saïs, Menk, l'organisateur des fêtes, avait été accablé de travail. Incompétent, le nouveau grand prêtre comptait sur lui pour assurer le parfait déroulement des grands rituels en l'honneur de Neit.

À la vue de la Supérieure des chanteuses et des tisserandes nommée à la place de Nitis, le mondain et courtois Menk s'était presque emporté ! Une vieille bique, acariâtre et pointilleuse, à la voix aigre et aux gestes saccadés. À cause de cette horreur, la chorale chanterait faux et les ateliers péricliteraient.

Dégoûté, Menk évita de lui donner des directives qu'elle n'aurait pas suivies. Lui, l'adepte du compromis et de la négociation, devrait signifier au grand prêtre sa désapprobation. Hélas ! les inévitables erreurs lui seraient reprochées et ruineraient sa réputation. Quelqu'un cherchait-il à l'évincer ?

Au comble de l'irritation, Menk se rendit au tribunal où siégeait le juge Gem. Ne supportant plus l'absence de Nitis, il exigerait des explications claires et nettes.

C'était un autre juge qui présidait les débats.

— Je désire voir Gem, dit Menk au scribe assistant.

— Il part en voyage. Son bateau va quitter le port.

L'organisateur des fêtes de Saïs courut jusqu'à l'embarcadère officiel. Il déclina son titre à l'officier de surveillance. On prévint le juge, et il fut autorisé à monter à bord.

Assis à la poupe, il buvait de la bière légère et contemplait la capitale de l'Égypte.

— Juge Gem, je suis venu vous demander des nouvelles de l'enquête concernant la disparition de la prêtresse Nitis.

— La loi m'interdit de vous répondre.

— Elle était ma principale collaboratrice, et son absence me cause de graves soucis !

— Oubliez-la, Menk.

— Voulez-vous dire que…

— Nitis n'a pas été enlevée, elle s'est enfuie.

— Enfuie ! Pour quelle raison ?

— Cette prêtresse n'est pas une victime, mais la complice d'un assassin. Et je les arrêterai tous les deux. Je réitère mon conseil : oubliez-la.

Blême, Menk se sentit au bord du malaise. En descendant la passerelle, il faillit tomber.

Ainsi, le scribe Kel avait forcé Nitis à le suivre. Elle, amoureuse d'un meurtrier… Non, impossible ! Face à un drame aussi atroce, il ne pouvait rester inactif. Puisque le vieux juge, enfermé dans sa légalité, ne parvenait pas à retrouver le monstre, il fallait agir autrement.

Menk se rendit au palais et demanda à être reçu par Hénat, lui aussi sur le point de quitter Saïs.

— Mon temps est compté, précisa le chef des services secrets. Triste visage, cher ami ! Des problèmes de santé ?

— Nitis se serait enfuie avec Kel.

Hénat parut gêné.

— C'est l'opinion du juge Gem, en effet.

— Ce monstre l'a forcée à le suivre.

— Possible.

— Certain ! Le juge se trompe, et son intervention risque d'être désastreuse. Nitis blessée, voire tuée ! Je dois intervenir.

— De quelle manière ?

— J'ai déjà travaillé pour vous, rappela Menk, en observant les agissements du défunt grand prêtre de Neit. Confiez-moi une nouvelle mission : retrouver Nitis et la libérer. J'ai besoin d'un petit nombre de mercenaires expérimentés, d'un bateau rapide et d'un début de piste. Ensuite, je me débrouillerai. Officiellement, je serai en congé maladie. Mes assistants me remplaceront, et les nouveaux dirigeants du temple seront les principaux responsables de l'organisation des prochaines fêtes.

— Vous transformer brutalement en agent de renseignements… Cela me paraît délicat.

— Nitis devait devenir mon épouse, révéla Menk. Comprenez-vous ma détermination, à présent ?

Hénat hocha la tête.

— J'admire votre courage, Menk. Si j'accepte, me promettez-vous de ne pas prendre de risques ? Le scribe Kel est un redoutable criminel.

— Je vous le promets.

— L'assassin a quitté Memphis en direction du sud, indiqua le chef des services secrets. Il tentera de gagner Thèbes, de rallier la Divine Adoratrice à sa cause, puis de fomenter une insurrection en Nubie. Parvenir à le repérer s'annonce difficile, mais la chance vous servira peut-être. En ce cas, contentez-vous de transmettre l'information aux autorités.

— Entendu.

— Mon secrétaire s'occupe des problèmes matériels. Dès ce soir, ils seront réglés.

— Merci, Hénat. Je me montrerai digne de cette mission.

— Je vous le souhaite.

Menk omit de préciser qu'il n'avait qu'un but : tuer le scribe Kel et libérer Nitis afin de l'épouser sur-le-champ.

Le chef des services secrets, lui, ne doutait pas des véritables intentions de son nouvel agent. Parfois, un amateur réussissait.

23

Bébon n'en menait pas large. D'après une rumeur insistante, des esprits agressifs protégeaient le site de Saqqara et veillaient sur le repos de l'âme du pharaon Djéser dont la pyramide à degrés, escalier joignant le ciel à la terre, dominait la nécropole. Personne ne s'aventurait ici.

— Toi, un scribe érudit, dit-il à son ami, devrais tenir compte du danger. La magie de l'au-delà nous environne, et nous ne sommes que de pauvres humains, incapables de lutter contre une telle force.

— Aurais-tu peur ?

— Évidemment non ! J'évoquerais plutôt le respect et la prudence.

— Libérer Nitis ne mécontentera pas les dieux. Sans leur aide, nous n'aurions pas obtenu la vérité. Pourquoi nous abandonneraient-ils ?

Le comédien renonça à débattre. L'entêtement de Kel ruinait d'avance ses arguments.

D'un pas solennel, Vent du Nord traversa le domaine sacré de Djéser. Recueilli, l'âne mit ses pas dans ceux des ritualistes qui avaient célébré la fête de régénération du *Ka* et de l'union des Deux Terres, fournissant ainsi à l'Égypte un socle inaltérable.

Kel se souvenait des moments intenses vécus à l'intérieur de la crypte du temple de Neit, à Saïs. Au cœur du silence et de l'obscurité, environné des puissances divines, il s'était dépouillé d'une peau profane. Habité d'un nouveau regard, il se sentait prêt à affronter les démons désireux de le détruire.

Bébon, lui, avait la chair de poule et aurait volontiers battu en retraite. Il ressentait la présence d'esprits rôdant autour des intrus, hésitant à les frapper. Les oreilles basses, Vent du Nord se déplaçait avec une incroyable légèreté, comme s'il ne pesait pas davantage qu'un oiseau. Le comédien participait à une étrange procession où le mortel touchait l'invisible.

Enfin, le trio parvint à l'entrée de la galerie saïte. Une porte de bois en fermait l'accès.

L'orient commençait à rougeoyer.

Bébon respirait mieux. Les démons de la nuit retournaient dans leurs cavernes, et il ne restait plus que trois mercenaires grecs à affronter.

Kel parut soudain déprimé.

— Et s'ils l'ont torturée et violée... Jamais Nitis ne s'en remettra ! Elle préférera mourir.

— Désires-tu le savoir ou l'ignorer ? Nous pouvons encore l'abandonner.

L'œil du scribe flamboya.

— Frappe à cette porte, Bébon, et prépare-toi à exécuter la première partie de notre plan.

Le poing du comédien fut vigoureux.

— Qui est là ? demanda, en grec, une voix grasse.

— Livraison d'eau et de galettes chaudes.

La porte s'entrouvrit. Le mercenaire était râblé et barbu.

D'abord, la vue de Kel en uniforme et de l'âne porteur de nourritures le rassura. Puis sa méfiance s'éveilla.

— Tu es nouveau, toi.

— Je viens d'être engagé.

— Bizarre. On ne confie pas ce genre de mission à un novice.

— J'ai beaucoup d'expérience, et tu ne m'échapperas pas.

— Ça signifie quoi ?

Le gourdin de Bébon, en bois de palmier, fracassa le crâne du mercenaire.

— Un de moins, constata-t-il, mais mon arme s'est cassée en deux.

Kel posa sur le sol les braises recueillies au dépôt d'ordures du camp militaire. À l'aide d'un morceau de palme, il ranima la flamme.

La fumée emplit la galerie.

— Au feu ! cria-t-il en grec. Sortons d'ici, camarades ! Sinon, on mourra asphyxiés.

Avec une parfaite coordination, l'âne et le comédien percutèrent le deuxième mercenaire qui se retrouva cul par-dessus tête. Vent du Nord le neutralisa d'un coup de sabot à la nuque.

Le troisième traînait Nitis, résistant de toutes ses forces.

Fou de colère, Kel lui sauta à la gorge, l'obligea à lâcher prise et le bourra de coups de poing rageurs. Le tortionnaire s'effondra, évanoui.

Jamais le scribe ne se serait cru capable d'une telle violence.

— Nitis…

Pleurant de joie, elle l'étreignit à l'étouffer.

— C'est fini, tu es libre !

— Ce fut atroce, confessa-t-elle.

— T'ont-ils violentée ?

— Non, juste de l'intimidation. Mais ils ont détruit tout ce que je possédais et, à chaque instant, j'ai redouté le pire. Le capitaine de l'*Ibis* m'a remise à trois mercenaires grecs qui m'ont emmenée dans une belle villa où j'ai subi les premiers interrogatoires.

— As-tu rencontré le ministre Péfy ?

La question étonna la jeune femme.

— Non… Aurait-il joué un rôle dans mon enlèvement et ma séquestration ?

— Je ne crois pas. Que voulaient les tortionnaires ?

— Connaître nos relations exactes, tes repaires et tes alliés. J'ai fourni des réponses vagues et contradictoires. Excédés, ils ont décidé de me confier à des spécialistes.

— Ne traînons pas, intervint Bébon. L'endroit m'inquiète.

— Allons jusqu'au bout de la galerie [1], recommanda la prêtresse. Elle contient un trésor.

— Je fais le guet, décida le comédien. Si je crie, accourez.

Long d'une soixantaine de mètres, le vaste couloir horizontal était soutenu, au milieu, par une rangée de puissantes colonnes. Et des charpentiers avaient renforcé la sécurité en disposant des poutres.

— Nous sommes au cœur de la pyramide, estima Nitis. Ressens-tu l'énergie qui s'en dégage ?

Impressionné, Kel éprouvait un intense sentiment de vénération. Loin d'un enfermement, ce voyage au centre de la pierre ressemblait à une libération.

1. Elle fut creusée à l'époque saïte pour évacuer le blocage remplissant le puits central de la pyramide de Djéser. Vu la qualité des colonnes, formées de blocs et de fûts réemployés, et celle du plafond en bois et des poutres, on peut exclure toute volonté de pillage et songer à un véritable souci archéologique, d'ailleurs caractéristique de cette époque. Cette galerie est malheureusement inaccessible au public.

— Regarde ces merveilles.

Le scribe admira une cohorte de Répondants[1], figurines de faïence bleue déposées dans les tombes pour effectuer certains travaux à la place des ressuscités. Coiffés d'une perruque, vêtus d'une tunique courte à manches longues, les Répondants, bras croisés sur la poitrine, tenaient deux houes. D'après le texte dont ils étaient les exécutants magiques, ils se chargeaient d'ensemencer les surfaces cultivables, d'irriguer les berges, de transporter l'engrais issu de la décomposition du limon de l'occident à l'orient et de l'orient à l'occident.

— Ils sont dédiés au pharaon Amasis ! remarqua le scribe.

— Sans doute un vol, jugea Nitis.

— Plutôt le paiement de ces mercenaires qui revendront de tels objets à prix d'or. Ces merveilles ne confirment-elles pas que le roi est notre principal adversaire ?

— Ne concluons pas trop vite. Prenons l'un des Répondants et cette amulette : deux doigts en obsidienne, glissés par l'embaumeur dans l'incision pratiquée sur le corps osirien, lors de la momification. Séparant le ciel de la terre, elle permet à l'âme d'atteindre les paradis en perçant les nuées et la met à l'abri du mauvais œil[2].

La maîtrise de la jeune femme stupéfiait Kel. Après tant d'heures d'angoisse, elle avait retrouvé joie de vivre et dynamisme avec une incroyable rapidité !

— Toi et moi avons perdu notre copie du papyrus codé, déplora-t-il.

Elle lui sourit.

1. Les *oushebtis* ou *shaouabtis*.

2. Cf. Sidney Aufrère, *Hommages à François Daumas*, Institut d'Égyptologie, Université Paul Valéry, Montpellier, 1986, p. 35.

— La copie, pas notre mémoire. Je connais par cœur cet assemblage incompréhensible de hiéroglyphes. Toi aussi, je suppose ?

L'une des sacoches en cuir de Vent du Nord contenait une palette et du matériel d'écriture.

Malgré les protestations de Bébon, impatient de quitter les lieux, les amants rédigèrent en aveugle leur propre version du document. Les deux coïncidaient.

— Partons, insista le comédien.

— Seule la Divine Adoratrice peut nous sauver, rappela Nitis.

24

Le livreur d'eau et de galettes frappa plusieurs coups à la porte de la galerie saïte. Surpris de ne pas obtenir de réponse, il la poussa.

Elle s'ouvrit en grinçant.

Une fumée âcre lui agressa les yeux et les narines.

— Vous êtes là ? s'inquiéta-t-il.

Anxieux, il avança et buta contre le corps d'un mercenaire inanimé. Les deux autres gisaient un peu plus loin.

Affolé, le livreur abandonna jarres et paniers, et courut alerter le commandant du camp. En compagnie de deux soldats, celui-ci se rendit immédiatement sur place.

L'un des blessés venait de reprendre connaissance.

— Que s'est-il passé ?

— Une attaque surprise.

— Combien d'agresseurs ?

— Je l'ignore… La fumée nous a empêchés de voir et de nous défendre. Tout s'est déroulé très vite.

Le commandant explora la galerie. Le trésor semblait intact, mais la fille avait disparu. Il ignorait son identité et ne voulait surtout pas la connaître, tant cette mission secrète lui déplaisait.

L'officier se contentait d'exécuter les ordres à la lettre, sans rechercher leur origine ni leur finalité. Chez les mercenaires, on ne discutait pas.

Les trois blessés seraient soignés et mutés dans une garnison lointaine où ils oublieraient cet incident en prenant soin de garder leur langue. Quant au commandant, il s'empresserait de rédiger un rapport circonstancié et de l'adresser aux autorités.

Le reste ne le concernait pas.

Lorsque le chef des conjurés apprit la libération de Nitis, il ne put s'empêcher d'éprouver une certaine admiration pour le scribe Kel. Il n'était vraiment pas un homme ordinaire et faisait preuve d'un amour fou, capable de déplacer les montagnes.

D'après son dossier, cependant, il aurait dû se comporter comme un parfait petit fonctionnaire, frileux, incapable de prendre une décision, et former une proie facile. L'adversité le changeait en fauve, à la fois aux aguets et conquérant. Échapper aux forces de l'ordre et remonter la filière afin de libérer la prêtresse étaient deux authentiques exploits. Au service des conjurés, ce brillant sujet aurait accompli des merveilles.

Trop tard. Vu les circonstances, il fallait éliminer Kel et Nitis d'une manière ou d'une autre. L'un des prédateurs lancés à leur recherche finirait par réussir.

Des complices… L'évidence s'imposait. En premier, l'ex-grand prêtre de Neit, heureusement disparu, qui avait forcément procuré plusieurs contacts à sa disciple Nitis. Les temples serviraient donc de relais aux fuyards et devraient être surveillés de manière étroite.

Thèbes et la Divine Adoratrice : des buts inaccessibles ! Le chef des conjurés détestait cette ville couverte de sanctuaires et cette vieille prêtresse, presque l'égale du pharaon, consacrée au service des dieux. Stupide, le peuple continuait à la vénérer, croyant à ses pouvoirs magiques et à sa capacité de le protéger du malheur ! Tant de superstitions devenaient insupportables, et l'action engagée les balaierait.

L'Égypte méritait mieux. En dépit de son courage et de sa chance, le scribe Kel ne parviendrait pas à interrompre le processus.

Bon-Voyage, le port principal de Memphis, ressemblait à une fourmilière. On chargeait, on déchargeait, on accostait, on partait, on cherchait la meilleure place, on vérifiait le bon état des bateaux, on vendait des marchandises, on protestait contre les mesures de sécurité excessives, on discutait les prix des voyages. Toujours plus nombreux, les Grecs se révélaient de redoutables commerçants.

Bébon se fondait dans la foule des badauds et repérait les policiers en patrouille, accompagnés de babouins chargés d'arrêter les voleurs en leur mordant les mollets. Les délinquants étaient emmenés à la prison centrale et sévèrement condamnés.

Mal rasé, à la manière d'un homme en deuil, vêtu d'une médiocre tunique syrienne, chaussé de sandales à bas prix, Bébon ressemblait au Memphite moyen, ni riche ni pauvre, à la recherche d'une bonne affaire.

Depuis l'imposante descente de police organisée par le juge Gem, les malfrats se faisaient discrets, redoutant contrôles et interpellations. Boutiquiers et marchands ambulants s'en félicitaient, voyant leurs affaires prospérer.

Au pied de la passerelle d'un imposant bateau de commerce, cinq soldats et un officier. Bébon s'approcha lentement, tête basse.

— J'aimerais parler à un responsable, dit-il au gradé.

— Responsable de quoi ?

— De la sécurité de l'État.

— Va-t'en, l'ami. Nous avons du travail.

— C'est très sérieux. Écoutez-moi, vous ne le regretterez pas.

L'officier soupira.

— Ta femme t'a quitté ? Tu as perdu ton travail ? Ne désespère pas, ça s'arrangera.

— Je possède un renseignement qui intéressera le pharaon en personne.

Le gradé sourit.

— Tu me parais fatigué, bonhomme, et c'est bientôt l'heure de la sieste.

— Kel, l'assassin, ça vous intéresse ?

Le sourire s'estompa.

— Je déteste les mauvaises plaisanteries !

— Je veux connaître le montant de la récompense.

— Ne bouge pas d'ici, je reviens.

Comme l'ensemble de ses collègues, l'officier avait reçu l'ordre de collecter toutes les informations, même d'apparence fantaisiste.

Il ne tarda pas à réapparaître, en compagnie d'un supérieur au menton fendu.

— Mon gars, autant te prévenir : je hais les affabulateurs.

— La prime ?

— Une villa, deux domestiques, cinq ânes et une

belle quantité de denrées alimentaires, sans oublier la reconnaissance des autorités.

— Vous pourriez rajouter des terres cultivables.

— On en reparlera, si tu es sérieux !

— Sérieux, moi ? À l'heure de faire fortune, on ne plaisante pas.

— Tu as bien prononcé le nom du scribe Kel ?

— Il s'apprête à quitter Memphis pour gagner la ville de Thèbes, et je sais comment.

Menton fendu retint son souffle.

— J'exige des garanties, reprit Bébon. L'État promet beaucoup et tient rarement.

— Que désires-tu ?

— Un sac de pierres précieuses.

— N'exagère pas, bonhomme !

— Un simple acompte, précisa Bébon. Ensuite, le reste de la prime. Je ne patienterai pas longtemps. D'autres policiers seront sûrement plus intéressés.

— Assieds-toi et patiente. On va te donner à boire.

Menton fendu revint avec un sac de pierres précieuses.

— Ça te convient ?

Le comédien examina longuement le contenu.

— Ça peut aller.

— Alors, cette information ?

— Le scribe Kel s'est laissé pousser une petite moustache et porte une perruque à l'ancienne. Il embarquera après-demain matin à bord d'un bateau de commerce, le *Solide*, à destination de Thèbes. Le bâtiment transporte des tissus, des jarres de vin et des vases d'albâtre destinés à la Divine Adoratrice. J'ignore le nom et le nombre des membres d'équipage qu'il a achetés, mais il se fera passer pour un scribe public capable de rédiger des dossiers administratifs et paiera ainsi le prix de son voyage.

Menton fendu tenta de contenir son exaltation.

— Bien entendu, l'ami, tu restes auprès de nous.

— Si je ne reviens pas, Kel ne prendra pas ce bateau. Il croit que je vérifie les derniers détails, et je dois lui rendre compte de la situation. N'essayez surtout pas de me suivre : des guetteurs vous repéreraient et l'alerteraient. Demain, après son arrestation, je viendrai chercher le reste de ma prime.

25

Bébon n'en doutait pas : on le suivait. Si le policier pouvait surprendre Kel et ses complices dans leur repaire, l'exploit serait d'autant plus apprécié. À la clé, une belle promotion !

Le comédien emprunta une ruelle tortueuse, au milieu de laquelle avait été aménagé un passage très étroit la reliant à une large artère. À la sortie, il courut en direction de l'échoppe d'un vendeur de paniers, la traversa et en ressortit par l'arrière.

Filature rompue.

Bébon tâta le sac de pierres précieuses. Une jolie petite fortune ! Et le reste de la prime aurait fait de lui un homme riche dont l'unique activité consisterait à jouir de l'existence. Sa trahison rapportait gros…

D'un pas tranquille, il gagna le port et se dirigea vers un bateau de luxe en instance de départ, le *Scarabée*.

Un marin lui interdit l'accès à la passerelle.

— On ne passe pas, mon gars. Équipage au complet, on n'embauche pas.

— Je suis le porte-sandales de la maîtresse de domaine Néféret.

Le garde alla prévenir l'intéressée et, son approbation recueillie, autorisa le domestique à embarquer.

Bébon s'inclina devant Nitis.

— Pari gagné, déclara-t-il, et voici le résultat : avec ces pierres précieuses, nous nous débrouillerons un bon moment !

— Kel et moi mourions d'angoisse ! avoua la jeune femme. Les risques étaient considérables.

— On a connu pire, et ce n'est pas fini ! Les forces de l'ordre désirent tellement une information décisive qu'elles sont prêtes à gober n'importe quoi.

Le capitaine donna l'ordre de lever l'ancre. Un bon vent du nord permettrait de quitter rapidement Memphis, pendant que les autorités préparaient leur souricière autour du *Solide*, un transporteur tout à fait innocent.

Sur l'ordre de sa patronne, l'intendant Kel paya le capitaine du *Scarabée*, réservé à une clientèle aisée. Le juge Gem recherchait un couple contraint à une extrême discrétion, non une maîtresse de domaine détendue et rayonnante, accompagnée de deux serviteurs. Officiellement, elle descendrait à Khéménou, la cité de Thot, en Moyenne-Égypte, où elle possédait de nombreuses terres. Certes, elle aurait pu emprunter son propre bateau, mais ce voyage, en compagnie de personnes de sa condition, la distrayait.

Cinq confortables cabines étaient réservées à quatre grandes dames et à un inspecteur des digues. Réunis à la proue, ils papotèrent en buvant de la bière légère et en dégustant des figues charnues, avant d'apprécier un excellent repas, assis sur des sièges bas à dossier, à l'ombre d'un parasol. Les mets, oie grillée, viande de bœuf séchée, salée, fumée et enduite de miel, poisson préparé à bord, furent servis dans des feuilles de plante à fève, larges, creuses et solides.

Moins gâtés, les domestiques et les serviteurs se

contentèrent de conserves de volaille, de poisson séché, d'une laitue de Memphis et de dattes. Vent du Nord, en compagnie de deux autres ânes, savoura de la luzerne fraîche.

— J'aimerais bien jouer les riches de temps en temps, confessa Bébon. Enfin, l'ordinaire est mangeable et la bière passable.

— Le ministre Péfy ne nous a pas trahis, observa Kel. Sinon, nous serions déjà arrêtés. Il ne fait donc pas partie des comploteurs.

— En apparence, tu as raison. Néanmoins, je redoute un coup tordu. Peut-être tient-il à nous capturer lui-même, sans l'aide de la police et de l'armée, de manière à apparaître comme le sauveur. Beau début pour un futur pharaon, non ?

— En ce cas, le juge Gem serait manipulé, mal informé et intègre.

— Impossible ! Il revêt sa traque du manteau épais de la légalité et obéit aux ordres du pouvoir.

— À savoir le pharaon Amasis, rappela le scribe. Future victime ou tête pensante des comploteurs ?

Bébon se gratta la joue.

— Le roi organiserait un complot afin de se renverser lui-même... Quelque chose m'échappe.

— Et s'il cherchait à se débarrasser de certains ministres, devenus encombrants, en leur tendant un piège ? Une certitude : Amasis vend peu à peu le pays aux Grecs, et des notables influents, tel Péfy, le désapprouvent. En inventant une conjuration à laquelle ses opposants seraient mêlés, le monarque les discréditera et les éliminera.

— Il n'y a vraiment rien de pire que la politique !

— Si, l'injustice.

— C'est pareil. Moi, je m'offre une sieste. Les turpitudes de l'âme humaine m'épuisent.

Bébon s'endormait n'importe où en un instant. Kel, lui, n'appréciait guère le petit jeu de l'inspecteur des digues qui, à l'évidence, faisait la cour à Nitis. Au moindre geste déplacé, le scribe interviendrait de manière brutale.

Par bonheur, le repas s'acheva et la jeune femme s'éclipsa, sous prétexte de travailler avec son intendant.

— Je déteste ce bonhomme.

Nitis sourit.

— Serais-tu jaloux ?

— En doutais-tu ?

— Je ne peux malheureusement t'embrasser, mais j'en meurs d'envie.

Ne pas la prendre dans ses bras fut une épreuve terrible. Il leur fallut se contenter de la complicité du regard, empreint d'un amour si vaste et si profond que le temps, au lieu de l'altérer, le renforcerait.

Ensemble, ils examinèrent à nouveau le texte codé en essayant diverses combinaisons, y compris les plus fantaisistes.

Peine perdue.

— Sans doute la clé sera-t-elle offerte par des symboles comme des amulettes de la chapelle de Khéops, avança le scribe. Et ils se trouvent forcément à Thèbes, chez la Divine Adoratrice. Aussi tentera-t-on de nous empêcher de l'atteindre. Te voir risquer ta vie m'est insupportable, Nitis.

— À présent, il s'agit de *notre* vie. La seule chance de la sauver consiste à découvrir la vérité, et les dieux ne nous abandonneront pas.

— Une chance si mince !

— Nous ne manquons pas d'armes, estima la jeune

femme. D'abord, les relations de Bébon en Haute-Égypte ; ensuite, les lieux de puissance de la déesse Neit que m'a révélés mon maître disparu. Nous y trouverons une aide précieuse et nous arrivons bientôt au premier d'entre eux.

Nitis contrainte de rejoindre ses amis de circonstance, Bébon endormi, Kel s'accouda au bastingage et contempla le Nil, projection terrestre du fleuve céleste véhiculant l'énergie au sein de l'univers. En irriguant les rives, il fournissait aux humains de quoi vivre heureux et en paix. Mais si le roi était injuste, nul bonheur possible.

À l'escale du Fayoum [1], les passagers déjeunèrent à terre, et l'équipage nettoya de fond en comble le bateau de luxe. Le capitaine surveilla la livraison de bière, de vin, de conserves et de nourritures fraîches. Le poisson, lui, était pêché quotidiennement. Ses hôtes ne devaient manquer de rien et se déclarer satisfaits de leur voyage.

À son grand étonnement, le domestique de la jolie maîtresse de domaine équipait l'âne de sacoches en cuir comme s'il s'apprêtait à prendre la route. Et son intendant, sac au dos, tenait un bâton de marcheur.

La jeune femme sortit de sa cabine. Elle avait troqué sa robe raffinée contre une simple tunique.

— Dame Néféret, nous quitteriez-vous déjà ? Seriez-vous mécontente de nos services ?

— Au contraire, capitaine, tout était parfait. Mais mon intendant m'a signalé une déclaration anormale d'un de mes fermiers, proche d'ici. Je tiens à vérifier

1. Une centaine de kilomètres au sud du Caire.

immédiatement, et nous repartirons ensuite pour Memphis après une petite halte dans un village voisin où je possède une exploitation. Lors de mon prochain déplacement à Khéménou, je choisirai le *Scarabée*, tant votre navire m'apparaît confortable.

— Je dois vous rembourser et…

— Hors de question, capitaine. La qualité de vos services mérite cette petite prime.

Dieux, quelle femme merveilleuse ! Le vague à l'âme, le marin songea aux manœuvres de départ.

26

Alerté par l'officier supérieur responsable de la sécurité du port de Memphis, Phanès d'Halicarnasse prévint aussitôt le chancelier Oudja, conformément à la voie hiérarchique. Ce dernier convoqua Hénat, le chef des services secrets, et fit rappeler le juge Gem, à peine parti de la capitale.

Les quatre dignitaires n'osaient y croire : allaient-ils enfin arrêter le scribe Kel grâce à une information digne de foi ? Jamais renseignement n'avait été aussi précis.

— Faut-il avertir le roi ? demanda le général en chef.

— En cas d'échec, objecta le juge, nous risquons de le décevoir. Je ne compte plus le nombre de fausses rumeurs et de vérifications infructueuses à propos de l'affaire Kel.

— Celle-ci paraît sérieuse, avança Hénat.

— Prenons-la en considération, décida le magistrat, sans nous vanter à l'avance du résultat.

— Selon les rapports de l'officier de sécurité, révéla Phanès d'Halicarnasse, le *Solide* est un bateau ancien, régulièrement vérifié, capable de transporter de lourdes charges. Sa prochaine cargaison semble plutôt légère : tissus, jarres de vin et métaux précieux.

— Destination ? interrogea Hénat.

— Le domaine de la Divine Adoratrice, à Thèbes.

Chacun retint son souffle.

— Indice probant, conclut le chancelier. Que sait-on du capitaine ?

— Un cinquantenaire expérimenté, père de quatre enfants, bon vivant.

— Des vices ?

— Un joueur.

— Donc, des dettes. Kel n'aurait pas eu de peine à le convaincre d'accepter une belle somme pour l'emmener clandestinement à Thèbes. Reste le problème de l'informateur lui-même.

— Hélas ! peu d'indications précises, déplora le général en chef. Pas de nom, des descriptions vagues et, plus ennuyeux, une filature rompue. Après avoir empoché un sac de pierres précieuses, avance sur sa prime, le gaillard a semé le policier chargé de le suivre.

— Rien d'étonnant, estima le juge Gem. Il ne voulait pas le conduire jusqu'à l'assassin, de peur d'être arrêté avec lui et de tout perdre. Ce comportement m'incite à penser que nous sommes en présence d'un professionnel, peut-être un mercenaire dévoyé au service du scribe Kel. Lassé de se cacher, l'homme aurait décidé de vendre son patron afin de devenir riche.

— Bel optimisme, ironisa Hénat. L'expérience ne vous a pas rendu sceptique.

— Traîtres et délateurs n'ont jamais manqué, rétorqua Gem.

— L'heure n'est pas aux débats, trancha le chancelier Oudja, mais à l'action. Bien entendu, le *Solide* se trouve déjà sous surveillance ?

— Affirmatif, répondit le général en chef.

— Le scribe Kel est un criminel particulièrement rusé qui a forcément prévu un moyen de s'enfuir en cas de coup dur. Mettons ce bateau au centre d'une nasse dont personne ne pourra s'échapper.

— Remplaçons les marins par des policiers, proposa Hénat.

— Trop risqué, affirma le juge. Kel les observera avant de monter à bord et, s'il ne reconnaît pas l'équipage habituel, il s'éloignera. Ne prévenons pas le capitaine, et laissons-le jouer son rôle. En revanche, bouclons toutes les issues, y compris le fleuve. Et puis essayons de prendre cet assassin vivant. Son interrogatoire ne manquera pas d'intérêt.

— S'il menace la vie d'un de nos hommes, rappela Phanès d'Halicarnasse, vous avez donné l'ordre de l'abattre.

— Je le confirme.

L'aube s'était levée sur le port de Memphis, et les dockers entrèrent en activité. La fraîcheur ne durerait pas, et mieux valait profiter des bonnes heures pour charger et décharger les bateaux. Vingt en partance, autant à l'arrivée, et la suite de la journée s'annonçait bousculée. Les premiers commerçants disposaient fruits et légumes, les premiers clients examinaient les produits avant d'entamer le marchandage.

Une bonne centaine de policiers en civil observaient la passerelle du *Solide*. Beaucoup avaient les nerfs à vif, surtout ceux de l'escouade d'intervention, chargée d'interpeller l'assassin. S'il refusait de lâcher ses armes, les archers dissimulés derrière un empilage de paniers tireraient. Et s'il se jetait à l'eau, plusieurs barques remplies de soldats convergeraient vers lui.

— Il ne viendra pas, dit Hénat au juge Gem. C'est un leurre.

— Détiendriez-vous des informations complémentaires ?

— Malheureusement non !

— Kel doit rencontrer la Divine Adoratrice, rappela le magistrat, et ce bateau se rend à Thèbes pour lui livrer sa cargaison.

— Et la prêtresse Nitis ? L'abandonnerait-il à son triste sort ?

— Kel a compris que nous recherchions un couple, aussi se sont-ils séparés. Je ne me fais pas d'illusions : vu l'activité incessante du port de Memphis, impossible de contrôler tous les bateaux.

À l'extrémité du quai apparut un jeune homme, de taille moyenne, à la démarche pondérée. Coiffé d'une perruque à l'ancienne et arborant une petite moustache finement taillée, il se dirigeait vers le *Solide*.

— Notre informateur n'avait pas menti, murmura le juge Gem.

L'étau se resserra aussitôt.

En apparence fort paisible, l'homme aborda la passerelle.

Cinq policiers, le dominant d'une bonne tête, se jetèrent sur leur proie, lui saisissant en même temps les épaules, les bras et les jambes.

— On l'a ! rugit le chef du groupe, surpris d'une si faible résistance.

Le capitaine du *Solide* et son équipage assistaient à la scène, stupéfaits.

— Ne bougez pas, ordonna un archer. Vous êtes en état d'arrestation.

À l'arrivée du juge Gem, les policiers lui présentèrent l'assassin, mains et chevilles menottées.

— Qui es-tu ?

Tremblant, l'interpellé eut de la peine à trouver ses mots.

— L'un des comptables des conserveries de Memphis. Je viens vérifier le nombre de jarres chargées à bord de ce bateau afin d'établir une facture, comme d'usage à chaque voyage.

Le capitaine confirma.

— Je pars pour Thèbes, annonça Hénat. Nous avons assez perdu de temps ici.

Délaissant le malheureux comptable, le juge Gem tint à interroger les soldats qui avaient rencontré l'informateur.

— Fameux comédien, estima l'un d'eux. Il nous a vraiment convaincus.

« Comédien » : le mot résonna étrangement. Le juge n'avait-il pas arrêté un comédien, suspecté de complicité avec le scribe Kel, puis relâché, faute de preuves ?

Il se rendit à son bureau, consulta ses dossiers et retrouva le nom du sympathique personnage : Bébon.

Sympathique, mais retors. D'après un rapport de police, il avait rompu une filature. Rapport tardif, négligé par Gem.

Le magistrat venait de franchir une étape importante : il connaissait le nom d'un des complices du scribe, peut-être son agent de liaison, voire l'un de ses principaux adjoints.

Un comédien ambulant disposait de nombreuses relations. Aussi Bébon offrait-il à l'assassin un véritable réseau ! Enfin une explication à la chance insolente de Kel, en réalité habile stratégie lui permettant d'échapper à la police.

En creusant le dossier Bébon, le juge trouverait-il le moyen d'atteindre Kel ?

Désormais, il traquait deux hommes et une femme.

27

Irrigué par un vaste lac, sorte de mer intérieure, le Fayoum était une région verdoyante, réserve de chasse et de pêche. De gigantesques travaux entrepris au Moyen Empire avaient permis de transformer le site en un paradis luxuriant.

À l'entrée du Fayoum, la pyramide du pharaon Amenemhat III [1] montait une garde vigilante pour éloigner les mauvais esprits et garantir la prospérité de cette riche province. Dominant le grand canal qui amenait les eaux du Nil, elle rappelait la gloire d'une époque prospère que magnifiait également un immense temple dédié au *Ka* du pharaon et à Sobek, le dieu crocodile. S'inspirant de l'ensemble architectural de Djéser, à Saqqara, l'édifice comprenait de nombreuses cours bordées de chapelles à toit voûté, des antichambres à chicanes, des sortes de cloîtres, des couloirs occultés dans la maçonnerie, et ressemblait à un véritable labyrinthe [2] où seule l'âme justifiée du pharaon pouvait trouver le juste parcours.

— Voici le premier lieu de puissance, précisa Nitis.

1. 1842-1797 av. J.-C. (XIIe dynastie).
2. C'est le nom que lui donneront les Grecs.

Jadis, les génies de toutes les provinces se rassemblaient ici afin de reconstituer le corps d'Osiris et de permettre ainsi la résurrection du roi.

— Intentions louables, commenta Bébon, mais l'endroit me semble abandonné et peu rassurant.

Kel franchit le premier le portail d'accès, passant brusquement de la lumière du jour à la pénombre. Il se heurta à un mur, fut obligé d'emprunter un passage étroit et découvrit une première cour bordée de colonnades.

Un silence pesant régnait sur les lieux.

Nitis se porta à la hauteur du scribe.

— Ce sanctuaire semble vide.

— Là, regardez ! cria Bébon.

Au pied d'une colonne, un cobra noir d'encre à la tête petite et luisante, et à l'affreux museau large.

— Sa morsure est mortelle, indiqua la prêtresse, et il n'existe pas de conjuration capable de le clouer au sol. Surtout, pas de mouvement brusque.

Le prédateur fixait ses proies.

— Ce n'est pas un reptile ordinaire, estima le scribe.

De fait, les yeux du serpent flamboyaient d'une lueur rouge anormale. Il regardait tour à tour chacun des intrus, comme s'il hésitait à choisir sa victime.

— Nous devrions partir, suggéra Bébon.

— Il n'attend qu'une tentative de fuite. Je t'en prie, reste immobile.

La langue du cobra avait entamé une danse furieuse. Pénétrant l'esprit des humains, captant leur peur, il ondula vers eux.

Nitis implora son maître défunt de les protéger. Les dieux ne pouvaient pas les abandonner ici, au sein d'un temple, et briser leur recherche de la vérité !

Surgissant de la colonnade, une mangouste s'interposa entre le trio et le reptile. Grand amateur d'œufs de cobra, le *rat de Pharaon* s'était roulé dans la boue et l'avait laissée sécher afin de se protéger avec cette épaisse cuirasse.

Reconnaissant son pire adversaire, le cobra se figea. Malgré sa petite taille, la mangouste se montrait d'un courage extraordinaire et misait sur sa vivacité.

— En elle s'incarne le dieu Atoum, rappela Nitis. Il naît à chaque instant de l'océan des origines, à la fois Être et Non-Être.

La mangouste tourna autour du cobra, cherchant un angle d'attaque. L'un et l'autre savaient qu'ils n'auraient droit qu'à une seule morsure, précise et mortelle.

Le cobra se détendit, Nitis ferma les yeux.

S'il tuait la mangouste, les dieux les abandonneraient et le mensonge triompherait.

— Elle lui a échappé, constata Bébon.

Et le petit mammifère se lança à l'assaut, profitant d'un instant d'hésitation du reptile.

D'un bond hallucinant, il s'agrippa à l'arrière de sa tête et planta ses crocs.

Une série de soubresauts, un ultime spasme, et la mort.

La mangouste avait triomphé.

— Les dieux vous protègent, déclara un prêtre âgé, le crâne rasé et vêtu d'une robe de lin blanc à l'ancienne.

Bébon ne savait pas d'où il sortait. Inquiet, il se retourna.

Personne d'autre.

— Êtes-vous le gardien de ce temple ? demanda Nitis.

— J'ai cet honneur.

Traînant le reptile, la mangouste quittait les lieux.

— Je m'appelle Nitis, Supérieure des chanteuses et des tisserandes de la déesse Neit de Saïs. Mon maître fut le défunt grand prêtre Wahibrê.

Le gardien parut affligé.

— Ainsi, Wahibrê nous a quittés ! Une perte immense. C'était un homme sage et droit, un authentique « juste de voix ». Instruit de tous les écrits sacrés, il possédait une science digne d'Imhotep. Pourquoi vous a-t-il envoyée ici ?

— J'ai besoin de l'aide de Neit, liée à la puissance du crocodile Sobek.

Le visage du vieux prêtre se ferma.

— En ce temple s'exprime le *Ka*, et lui seul. Les affaires humaines ne le concernent pas.

— Atoum a terrassé le serpent des ténèbres, rappela Nitis. Négligeriez-vous ce signe du ciel ?

Le gardien du labyrinthe réfléchit longuement.

— Je n'ai plus l'habitude de recevoir des visiteurs. Ces lieux sont consacrés au silence, à la méditation et au souvenir.

— Mes compagnons et moi-même sommes à la recherche de la vérité. Sans votre appui, nous échouerons.

— Puisque les dieux vous assistent, je ne me déroberai pas. Ce que vous cherchez se trouve peut-être à proximité de Shédit, la capitale du Fayoum. Sobek habite-t-il encore son lac ? Je l'ignore. Si tel est le cas, votre aventure s'arrêtera là. Car nul n'échappe à la gueule du crocodile. Montant des eaux souterraines, il façonne le nouveau soleil et dévore le périssable. Adieu, prêtresse de Neit.

28

Assisté de cinq mercenaires d'élite rompus à tous les modes de combat, Menk interrogeait longuement les fonctionnaires du port de Memphis chargés de la rotation des bateaux. L'organisateur des fêtes de Saïs n'avait qu'une idée en tête : retrouver la belle Nitis et supprimer le scribe Kel. Les autorités l'encenseraient, le pharaon lui offrirait un poste majeur à la cour et il épouserait une femme sublime qui apprendrait à l'aimer.

Les scribes égyptiens n'usurpaient pas leur réputation. Les dossiers administratifs étaient remarquablement tenus et permettaient une consultation rapide. Nom de chaque bateau, destination, heure de départ, noms des membres d'équipage, des passagers et de l'officier de police chargé de les contrôler, liste détaillée des marchandises embarquées, escales.

Une anomalie attira l'attention de Menk.

Un bateau de luxe, le *Scarabée*, semblait avoir bénéficié d'un passe-droit.

— Il manque le nom du policier, dit-il au chef de service.

— En effet, reconnut le fonctionnaire.

— Simple oubli ?

— Pas tout à fait.
— Expliquez-vous.
— C'est un peu délicat...
— J'enquête sur ordre du directeur du palais, rappela Menk, et j'exige votre collaboration pleine et entière.

Mieux valait ne pas mécontenter les émissaires de Hénat.

— Le *Scarabée* ne transporte que des personnes de qualité et le capitaine, un parfait honnête homme, se porte garant de leur honorabilité. Un contrôle formel n'a pas paru nécessaire. Vous disposez néanmoins de la liste des passagers. Un inspecteur des digues, et quatre grandes dames dont une maîtresse de domaine accompagnée de son intendant et d'un porte-sandales. Apparemment, rien d'anormal. De plus, le bateau n'allait pas jusqu'à Thèbes.

Pourtant, Menk eut envie d'interroger le capitaine du *Scarabée*.

La capitale du Fayoum, Shédit[1], était un gros bourg agricole vivant paisiblement au rythme des saisons et des récoltes. On y mangeait bien et l'on y buvait de l'excellente bière. Cette halte réconforta Bébon qui avait modérément apprécié la rencontre du cobra et du gardien du labyrinthe. Il préférait l'atmosphère d'une chaleureuse auberge à celle d'un temple renfermé sur lui-même. Difficile, cependant, de se détendre en songeant que le juge Gem ne cesserait pas de les pourchasser !

— J'aimerais voir le lac de Sobek, dit le comédien à l'aubergiste.

1. La Crocodilopolis des Grecs.

— Ce n'est pas loin d'ici, mon garçon, mais sois prudent ! Le dieu n'aime guère être dérangé. Il n'apprécie ni les intrus ni les nouvelles têtes. Nous, à Shédit, on se contente de sa protection et on ne tient pas à l'observer de près.

— Merci du conseil.

Munis des indications nécessaires, Nitis, Kel et Bébon trouvèrent aisément le chemin du lac de Sobek. Alors qu'ils apercevaient le plan d'eau, entouré de sycomores, d'acacias et de jujubiers, un prêtre leur barra la route.

— Qui êtes-vous et que voulez-vous ?

— Je suis une prêtresse de la déesse Neit de Saïs, accompagnée de deux ritualistes. Nous venons rendre hommage à Sobek qu'elle a allaité pour qu'il dispose de la puissance des origines.

Méfiant, le prêtre posa une série de questions théologiques à la jeune femme. La qualité de ses réponses le rassura.

— Vous devrez patienter. Le dieu se repose, et nous ne le nourrissons qu'à la huitième heure du jour.

Les visiteurs s'assirent au bord du lac. Vent du Nord dégusta de l'herbe fraîche.

Le prêtre, lui, s'entretint avec ses collègues.

— Une prêtresse de Neit et deux hommes... L'un d'eux serait peut-être le scribe Kel !

— D'après la dernière mise en garde de la police, rappela le doyen, elle recherche un couple.

— Un acolyte les aide ! Ce trio de criminels est particulièrement redoutable. Nous sommes en danger !

— Il faut prévenir les autorités.

— S'ils voient l'un de nous s'enfuir, ils le tueront !

— Que proposes-tu ?

— Le dieu Sobek nous aidera.

— Tu penses à…

— Il nous débarrassera d'au moins l'un des trois. Ébranlés, ses complices deviendront vulnérables. Nous les assommerons à coups de bâton.

Les collègues approuvèrent.

— Restez cachés, je m'occupe de nos hôtes.

Le prêtre apporta de la viande, des gâteaux, du pain et du vin.

— Le dieu ne tardera pas à apparaître, dit-il à Nitis. Désirez-vous nourrir Celui-au-beau-visage et lui rendre hommage au nom de la déesse Neit ?

La jeune femme prit le plateau d'offrandes et se plaça à l'endroit indiqué par le serviteur de Sobek, qui récita une litanie.

À la dernière invocation apparut un énorme crocodile. Sa taille impressionna Bébon, et la beauté de sa tête hideuse, aux yeux cruels, ne l'éblouit pas.

Soudain, les mâchoires s'ouvrirent, menaçantes.

— Approchez-vous sans crainte, recommanda le prêtre à Nitis. Parlez-lui et versez la nourriture dans sa gueule.

L'homme avait oublié de préciser un détail : reconnaissant ses bienfaiteurs à leur voix, le monstre ne les dévorait pas. Les intrus, en revanche, formaient d'excellentes proies.

La nervosité du prêtre intrigua Kel. Impatient, il semblait pressé d'en finir.

— Attends, Nitis !

Trop tard.

Elle était à portée de Sobek.

— Je suis venue te demander ton aide, dit-elle avec un calme incroyable. Toi que Neit a allaité, donne-moi l'arme nécessaire pour continuer ma route.

La gueule s'ouvrit encore plus grande, les mâchoires allaient se refermer sur les jambes de l'inconnue.

D'un geste élégant et précis, Nitis nourrit le dieu.

Abasourdi, le prêtre recula et se heurta à Bébon.

— Reste ici, ordonna-t-il. Tu n'aurais pas cherché à nous piéger, petit malin ?

Rassasié, le crocodile plongea.

— Que manigances-tu ? demanda le comédien à son prisonnier, en proie à une crise de nerfs.

— Impossible… Le crocodile… Il aurait dû…

— Dévorer la prêtresse, c'est ça ? Je vais te fracasser le crâne, mon bonhomme !

Armés de bâtons, les autres prêtres surgirent.

— Et voilà le reste de la bande !

— Rendez-vous, exigea le doyen, ou vous périrez sous le nombre.

Dans une gerbe d'eau, le crocodile remonta à la surface, revint vers Nitis, ouvrit sa gueule et déposa sur la berge un arc en bois d'acacia et deux flèches, symboles de la déesse Neit.

La prêtresse tendit l'arc et visa les prêtres.

Épouvantés, ils détalèrent.

29

— Agent spécial Menk, mandaté par le chef du palais Hénat. J'ai des questions à vous poser.

L'agressivité de cet homme élégant, plutôt sympathique, surprit le capitaine du *Scarabée*. Faisant escale à deux journées de navigation de Memphis, il ne s'attendait pas à ce contrôle inopiné. Après avoir déposé l'ensemble de ses passagers en Moyenne-Égypte et embarqué trois hauts fonctionnaires pressés de regagner le centre économique du pays, il songeait déjà à son prochain voyage.

— Je vous écoute.

— Lors de votre dernier déplacement, vous aviez plusieurs personnalités à votre bord.

— En effet, un inspecteur des digues et quatre nobles dames, dont une riche maîtresse de domaine, assistée de son intendant et de son porteur de sandales.

— Son nom ?

— La dame Néféret.

— La connaissiez-vous ?

— Non, je la voyais pour la première fois. Elle possède son propre bateau, mais voulait goûter aux charmes d'une agréable compagnie.

— Des incidents ?

— Si peu…

— Précisez !

— La dame Néféret et ses serviteurs ont quitté mon bateau à l'escale du Fayoum, avant leur destination prévue.

— Explication ?

— Des problèmes de gestion, à Memphis. Néféret souhaitait revoir l'une de ses propriétés dans la région.

Menk en était persuadé : Nitis voyageait sous un faux nom. Le scribe Kel et un complice l'accompagnaient.

— À l'avenir, capitaine, soumettez-vous aux contrôles de police obligatoires. Sinon, vous aurez de graves ennuis.

À Shédit, capitale de la province du Fayoum, Menk espérait retrouver la trace des fuyards. Il ne fut pas déçu. Les habitants ne parlaient que du grave incident survenu au lac de Sobek.

Menk se rendit au temple où le grand prêtre, à l'étrange visage évoquant celui d'un reptile, le reçut fort courtoisement.

— Je suis au service du chef du palais royal et je souhaite vous aider. Que s'est-il passé ?

— Les ritualistes chargés de veiller au bien-être du crocodile sacré ont été sauvagement agressés par une bande de malfaiteurs. Seuls leur courage et la protection du dieu leur permirent d'échapper à la mort.

— J'aimerais les interroger.

— Ils sont encore bien faibles et…

— Leur témoignage est capital. Il faut arrêter au plus vite ces bandits, avant qu'ils n'agressent d'autres innocents.

Menk eut droit à un pénible concert de plaintes et de gémissements. Heureusement, le prêtre qui avait été au contact des malfaiteurs retrouva son calme et donna des précisions.

— Très belle, la femme prétendait être une prêtresse de Neit. Elle voulait solliciter l'aide de Sobek.

— Autorisation accordée ?

— Impossible ! Nous seuls nourrissons le grand poisson [1], aucun profane ne saurait l'approcher.

— Une prêtresse de Neit n'est pas une profane.

— Certes, certes… Néanmoins, impossible. Face à mon refus inflexible, cette femme diabolique a ordonné à ses deux serviteurs de me frapper à coups de bâton !

— Décrivez-les-moi.

— Deux géants, des démons surgis des ténèbres ! Même à vingt, nous n'aurions pas réussi à les terrasser.

— C'est curieux, vous ne semblez pas blessé.

— Le dieu les a empêchés de nuire ! Quand le crocodile est venu à mon secours, les agresseurs se sont éloignés.

— Vos collègues n'ont-ils pas essayé de les intercepter ?

— Vaine tentative ! En dépit de leur bravoure, les deux géants les ont terrassés. Nous demandons au palais de fortes indemnités. Notre domaine a été saccagé, et plusieurs prêtres souffriront longtemps de leurs plaies. Le grand prêtre de Shédit rédigera un rapport circonstancié.

— Il sera soigneusement étudié, promit Menk.

L'affabulateur continua à divaguer, insistant sur son extraordinaire vaillance et le montant de sa nécessaire rétribution.

Menk ne l'écoutait plus, certain que cette prêtresse de Neit était bien Nitis, aux ordres du scribe Kel.

S'étaient-ils réfugiés au Fayoum ? Peu probable, puisqu'ils devaient atteindre Thèbes au plus vite et contacter la Divine Adoratrice.

1. Pour les Égyptiens, le crocodile appartenait à cette espèce.

L'enquêteur se rendit donc au port afin d'y interroger dockers, marins et marchands. Ceux-ci se montrèrent peu coopératifs, et il ne recueillit aucun renseignement digne d'intérêt. L'arrogance d'un capitaine de bateau de marchandises lui mit les nerfs à vif.

— Toi, mon gaillard, tu en sais long. Emparez-vous de lui, ordonna Menk aux mercenaires.

— C'est illégal ! Vous n'avez pas le droit de…

— J'ai tous les droits.

Le marin fut ceinturé, ligoté et plaqué au sol.

— Je veux la vérité, exigea Menk avec une froideur impressionnante. Si tu refuses de parler, tu finiras au fond du Nil.

Le capitaine prit la menace au sérieux.

— J'ai vu une femme, deux hommes et un âne, en effet.

— T'ont-ils parlé ?

— Pas longtemps.

— Que t'ont-ils demandé ?

— Ils souhaitaient aller vers le sud. Moi, je ne prends jamais de passagers. La conversation s'est arrêtée là.

Furieux, Menk serra la gorge du prisonnier.

— Tu mens ! Tu les as aidés, n'est-ce pas ?

— Ils… ils m'ont offert un lapis-lazuli ! Alors, comment refuser ? Je leur ai vendu une grande barque, équipée d'une voile. Grande, mais pourrie. Ils n'iront pas très loin. Maintenant, vous savez tout.

Terrorisé, le marin suait à grosses gouttes.

Ce fou mettrait-il sa menace à exécution ?

— Si tu t'es moqué de moi, dit Menk d'une voix coupante, nous reviendrons. Et tu n'auras plus jamais l'occasion de mentir.

30

La verdeur retrouvée du juge Gem étonna ses subordonnés. Oubliés, le poids des ans, l'arthrose, les jambes lourdes et l'aspiration à une retraite méritée. Inutile de lui parler de fatigue et d'heures de travail limitées. Seule comptait la traque du scribe et de ses complices.

Muni d'un décret royal lui permettant d'arrêter n'importe quel suspect, y compris un chef de province, le haut magistrat mettait en place un quadrillage policier d'une ampleur inégalée. Bientôt, la Haute-Égypte entière serait sous contrôle permanent.

À bord du bateau dont les deux cabines avaient été transformées en bureaux, quantité de scribes s'affairaient. Lors de chaque escale, on procurait au juge des informations ; et lui donnait de nouvelles directives.

La relecture du dossier Bébon le conforta dans son opinion : ce comédien était une recrue de choix pour la faction terroriste dirigée par Kel. Grand voyageur, jouant le rôle des dieux sur les parvis des temples quand on célébrait la partie publique des mystères, Bébon avait forcément tissé un réseau d'amitiés mis aujourd'hui au service du crime.

Malheureusement, aucune précision relative à son amitié avec le scribe assassin. Sans domicile fixe,

Bébon habitait chez ses maîtresses successives et, en dehors de ses tournées, vivait d'expédients. La perspective d'appartenir à un mouvement occulte capable de renverser le trône royal avait dû le séduire.

Et la prêtresse de Neit, Nitis, apportait sa pierre à l'édifice. Son défunt maître spirituel lui avait forcément donné les noms de ritualistes mêlés au complot et susceptibles de l'aider. Voilà pourquoi Kel échappait aux forces de l'ordre depuis si longtemps.

Une hypothèse terrifiante traversa l'esprit du juge : la Divine Adoratrice était-elle l'âme et le chef des terroristes ? Ne pouvant agir à visage découvert, elle animait la démarche des conjurés, à la fois spirituellement et matériellement. Amasis ne se trompait-il pas en la croyant confinée à Thèbes et dépourvue d'influence réelle ? Peut-être avait-elle réussi à créer une armée secrète de partisans, décidés à lui offrir la plénitude de la fonction pharaonique.

Une analyse objective de la situation rendait cette théorie invraisemblable. Amasis contrôlait l'armée, la police et l'ensemble des services de l'État. La Divine Adoratrice, elle, célébrait des rites en l'honneur d'Amon et ne régnait que sur un nombre restreint de ritualistes et de serviteurs profitant des richesses de la province thébaine.

En recherchant son aide, Kel se leurrait. La Divine Adoratrice serait contrainte de le repousser et le remettrait probablement entre les mains des autorités. Sauf... sauf si les papyrus codés étaient un élément essentiel de cette tragédie et si la souveraine de Thèbes, à l'immense savoir, possédait la clé du déchiffrement !

Personne ne parvenait à les lire. Dissimuler le contenu avec tant d'habileté ne prouvait-il pas leur importance ?

L'un des assistants du juge Gem interrompit ses réflexions.

— Je viens de recevoir quantité de rapports de la plupart des grandes villes de Haute-Égypte.

— Pourquoi fais-tu cette tête-là ? Aurais-tu appris une catastrophe ?

— Le terme ne me semble pas excessif.

— Explique-toi !

— Les chefs de provinces et les maires de Haute-Égypte ne s'empressent pas d'appliquer vos directives. Ils obéissent au pharaon, certes, mais n'apprécient guère son amour de la Grèce. Saïs leur apparaît lointaine et tellement tournée vers la Méditerranée qu'elle en oublie le Sud profond et ses traditions que défend la Divine Adoratrice.

— Un début de rébellion ?

— N'exagérons pas. Les autorités se contentent de traîner les pieds et de modérer leurs efforts.

— Autrement dit, les contrôles ne sont pas exercés avec la rigueur nécessaire et l'assassin peut passer entre les mailles du filet !

— Je le crains, juge Gem. Du côté des temples, c'est pire. Ils désapprouvent la mainmise de l'État sur leur gestion et sur leurs biens, et déplorent la nomination des grands prêtres par Saïs sans consultation des clergés locaux. Se sentant méprisés et ligotés, les prêtres du Sud ne nous procureront aucune aide.

— Ils cacheront même les fugitifs !

— Pas impossible. Heureusement, nous disposons de quelques informateurs.

La situation se présentait beaucoup plus mal que prévu, et le scribe Kel en profiterait au maximum. Le juge rédigea un long rapport à l'intention du roi Amasis afin de lui révéler cette réalité souterraine et inquiétante. Dans ces circonstances, la mission du général Phanès d'Halicarnasse à Éléphantine s'annonçait décisive. En cas de révolte de la garnison et d'alliance avec les Nubiens, l'équilibre du pays serait menacé.

À peine le bateau du haut magistrat accostait-il le quai du port principal du Fayoum qu'un officier monta à bord et sollicita une entrevue immédiate.

— Des incidents graves se sont produits au lac de Sobek, apprit-il à Gem. Des prêtres ont été sauvagement agressés par trois individus, deux hommes et une femme. Le crocodile sacré a été épargné.

— Amène-moi les témoins.

— Le grand prêtre de Sobek aussi ?

— *Tous* les témoins, et vite.

Le juge subit un flot de gémissements et de protestations indignées. Le clergé local exigeait une forte indemnisation de l'État, en raison des préjudices subis. Quant à la description des coupables, elle relevait de la plus haute fantaisie. Seul détail significatif : la femme était une prêtresse de Neit, venue chercher l'aide de Sobek. Et il lui avait offert un arc monstrueux et des flèches gigantesques !

Gem retint le prêtre qui avait côtoyé de près le trio. À l'évidence, il cachait une partie de la vérité.

— Cette femme a-t-elle parlé au crocodile ?

— Non… Enfin, un peu.

— Comment s'est-il comporté ?

— Normalement.

— L'incarnation de Sobek reconnaît ses serviteurs à leur voix, d'après le grand prêtre. Or cette prêtresse de Neit n'en faisait pas partie. Si elle s'est approchée du dieu, elle courait un danger mortel. N'aurais-tu pas tenté de te débarrasser d'elle ?

— Notre destin appartient aux dieux, et…

— Tentative de meurtre, ça coûte très cher !

— On m'a promis qu'on ne m'ennuierait pas et que je toucherais le dédommagement mérité ! Pourquoi me torturez-vous ?

L'œil du juge brilla.

— Qui est ce « on » ?

— J'ai promis de me taire.

— Ou tu parles, ou je t'envoie en prison.

Le prêtre n'hésita pas longtemps.

— Un agent spécial mandaté par le palais m'a longuement interrogé et ordonné de ne pas mentionner son intervention sous peine de représailles.

— Son nom ?

— Il ne l'a pas prononcé. Plusieurs acolytes l'accompagnaient, et ils n'avaient pas l'air commode !

— Leur as-tu donné des indications que tu aurais oublié de me fournir ?

— Nullement ! Me protégerez-vous ?

— Des militaires seront préposés à la surveillance de la région.

Le prêtre s'inclina.

Perplexe, le juge envisageait deux possibilités : soit Hénat, le chef des services secrets, menait sa propre enquête en utilisant un commando ; soit des membres du gang du scribe Kel répandaient la terreur et l'intimidation.

Dans un cas comme dans l'autre, mieux valait ne pas se heurter à Hénat. Le magistrat se débrouillerait seul.

31

Grâce à une forte bise, la barque progressait à vive allure. Confortablement installé, Vent du Nord s'accordait de belles heures de sommeil. Scintillant au soleil, les eaux du Nil offraient un bleu analogue à celui du ciel. Honnête navigateur, Bébon tenait le gouvernail et surveillait la voile. Enlacés, Kel et Nitis savouraient ces instants de quiétude en admirant les rives verdoyantes de la Moyenne-Égypte.

— Je n'avais jamais imaginé un pareil bonheur, murmura-t-il. Ton amour dissipe les ténèbres.

— Vivre ensemble d'une seule vie, n'est-ce pas un présent des dieux ?

Un craquement sinistre alerta les passagers.

— Voie d'eau, observa Bébon. Il faut écoper.

Kel se mit aussitôt à l'ouvrage. Malgré ses efforts, la brèche s'élargit et la barque devint difficilement manœuvrable.

— Ce bandit nous a vendu une embarcation pourrie ! rugit le comédien. Il faut accoster.

Les deux hommes amenèrent la voile, puis ramèrent en cadence.

Vent du Nord regagna la terre à contrecœur et

s'ébroua. Porter les bagages l'amusait moins qu'un voyage sur le fleuve.

Personne à l'horizon.

— Je sais où nous sommes, dit Bébon. Nous traverserons les terres cultivables et emprunterons le chemin à la lisière du désert. Je compte plusieurs amis dans chacun des villages, et nous trouverons facilement à manger et un abri pour dormir.

— Incident favorable, jugea Kel. Le vendeur a dû nous dénoncer à la police fluviale qui s'est élancée à notre poursuite.

— Prochaine étape majeure : Hermopolis. J'y ai joué de nombreux mystères, et le ritualiste en chef m'apprécie. Il nous indiquera le dispositif policier et nous permettra d'y échapper.

Vent du Nord prit la tête. Vu la distance à parcourir, il ne s'agissait pas de musarder.

Menk trépignait.

Son bateau aurait dû rejoindre depuis longtemps la barque de Nitis. Or il n'avait dépassé que des pêcheurs et des riverains transportant des marchandises.

— Les fugitifs n'auraient-ils pas dissimulé ou coulé leur embarcation ? interrogea un mercenaire. En ce cas, impossible de retrouver leur trace.

— Ils ont donc choisi la voie terrestre, estima Menk. Mais sur quelle rive ? Nitis dispose d'appuis parmi les prêtres qui estimaient son maître disparu. N'a-t-il pas étudié à Hermopolis, le grand sanctuaire de Thot ? Il recèle d'anciens rituels et forme des scribes de première force. Oui, Nitis se rendra à Hermopolis. Et nous l'y attendrons.

Le mercenaire jugea malsaine l'exaltation de Menk. Habitué à obéir, il exécuterait néanmoins les ordres.

Le commandant de la forteresse d'Hérakléopolis était aussi le « chef des bateaux », chargé d'assurer la sécurité de la navigation en Moyenne et en Haute-Égypte. Proche du Fayoum, la vieille cité sommeillait, et le commandant se souciait surtout de prélever les nouveaux impôts s'appliquant aux détenteurs d'immunités. Désormais, on pourrait arrêter un prêtre à l'intérieur même du territoire du temple s'il refusait de s'acquitter de cette contribution générale et obligatoire. Importée de Grèce, cette pratique suscitait la colère des clergés locaux, mais le dernier mot revenait au fisc, appuyé par l'armée.

Quoiqu'il n'approuvât guère les méthodes d'Amasis, l'officier devait obtempérer. S'attaquer ainsi aux temples, n'était-ce pas affaiblir le socle traditionnel du pays ? Ne cessant de s'étendre, l'influence grecque éloignait la population des dieux et l'entraînait vers un matérialisme chaque jour plus pesant. Heureusement, à Thèbes, la Divine Adoratrice célébrait les rites ancestraux reliant la terre au ciel.

L'arrivée du juge Gem troubla la tranquillité de la forteresse. Le regard et le ton du haut magistrat traduisaient son mécontentement.

— Commandant, avez-vous reçu de la capitale les nouvelles consignes de sécurité ?

— Affirmatif.

— Vous n'ignorez pas que je recherche un dangereux criminel en fuite, décidé à gagner le Sud ?

— Les faits ont été précisés.

— Alors, pourquoi tant de laxisme ? Je viens de voir passer une barque de pêcheurs qui n'a subi aucun contrôle !

— Il faut comprendre la situation locale, juge Gem. Nous ne pouvons arrêter les petites embarcations et empoisonner l'existence des gens. Ils payent beaucoup de taxes et d'impôts, le travail est rude. Si l'armée les importune sans cesse, leur moral va encore baisser.

— Vos commentaires m'indiffèrent, commandant ! Combien de barques avez-vous oublié de vérifier, ces derniers jours ?

— Difficile à dire.

— Êtes-vous conscient de votre manque de vigilance ?

— Impossible de faire mieux, je vous le répète. Je l'ai également confirmé à l'envoyé du chef du palais, accompagné de cinq soldats. À bord d'un bateau rapide, il s'est élancé à la poursuite du fuyard. Si ce dernier ne dispose que d'une barque, il sera vite rattrapé.

Gem était perplexe.

Hénat, envoyer un commando à la poursuite du scribe Kel... Possible, mais peu vraisemblable, car l'habile patron des services secrets n'aurait pas permis à ses hommes de se manifester de manière aussi ostensible.

La vérité était autre.

Ce commando-là, se référant à Hénat afin de franchir toutes les barrières, assistait le scribe Kel, s'informait du dispositif militaire et policier dressé contre lui, et le protégeait efficacement.

Kel, Nitis, Bébon, six fidèles... La taille de l'ennemi se précisait.

Le juge Gem fixa le commandant de la forteresse d'Hérakléopolis.

— J'ai l'intention de vous démettre de vos fonctions.

Votre attitude met en péril la sécurité de l'État. Vous passerez en jugement et serez condamné.

L'officier s'effondra.

— Je ne comprends pas, je…

— Une seule possibilité d'éviter ce châtiment mérité : à partir de cet instant, vous contrôlez tout ce qui circule sur le Nil, même les flotteurs en roseaux. Et vous m'adressez un rapport quotidien.

— Entendu, accepta l'officier en baissant la tête.

32

Après avoir traversé plusieurs villages où l'accueil des amis de Bébon avait été excellent, le comédien, Nitis, Kel et Vent du Nord s'approchaient d'un gros bourg nommé Les Trois Palmiers. Encore deux jours de marche soutenue, et ils atteindraient Hermopolis, inaccessible par le Nil, tant les contrôles de la police fluviale se multipliaient.

Ils croisèrent un jeune paysan qui conduisait deux ânes transportant des paniers remplis de gousses d'ail.

Soudain, il se retourna.

— Bébon ! C'est toi, c'est bien toi ?

Le comédien dévisagea le grand garçon au sourire niais.

— Tête-en-l'air ! Je ne t'avais pas reconnu... Tu es devenu un homme, on dirait !

L'interpellé parut gêné.

— Pas tout à fait, mais j'ai bon espoir. La fille du boulanger me plaît bien, et je lui plais aussi.

— Fabuleuse nouvelle !

— Tu viens voir ton ami, le fabricant de sandales rituelles ?

— En effet.

— Le pauvre... Les policiers l'ont interrogé pendant

des heures avant de l'emmener. Il y en a partout et ils ont l'air méchant ! On était tranquilles, aux Trois Palmiers. Et dans les villages proches d'Hermopolis, c'est pareil. Ils questionnent les gens et fouillent les maisons.

— Et toi, ils t'ont embêté ?

— Moi, j'ai obéi à mon oncle et j'ai dit que je ne te connaissais pas. Alors ils m'ont laissé en paix. Et puis je leur vends mon ail à bon prix !

— Nous ne nous sommes jamais rencontrés, entendu ?

Tête-en-l'air approuva d'un clin d'œil, le quatuor rebroussa chemin.

— Séparons-nous, précisa Bébon. Nitis jouera les paysannes, en compagnie de Vent du Nord, et empruntera le sentier en lisière du désert, loin des villageois. Kel et moi utiliserons le fleuve… en nageant. Et nous nous rejoindrons au nord d'Hermopolis, à l'orée du canal menant à la vallée des tamaris.

— Je ne quitterai pas Nitis, décida le scribe.

— Il le faut, jugea-t-elle. Ensemble, nous serons arrêtés. L'arc et les flèches de Neit me protégeront. Toi, ne perds pas l'amulette.

— Nitis…

Elle l'embrassa si tendrement qu'il fut obligé de céder.

— Viens, ordonna Bébon. C'est notre seule chance de réussir.

Déchiré, Kel regarda Nitis s'éloigner.

— Vent du Nord prendra le chemin le plus court et le plus sûr, affirma le comédien. Au travail, le champion de l'endurance ! Rassure-toi, il n'y a pas de crocodiles dans les parages. Ils n'aiment pas être dérangés, et les bateaux sont nombreux à proximité d'Hermopolis.

— Les courants ?

— Je les connais par cœur, grâce à une gentille jeune personne qui se baignait avec moi. On longera les berges, sauf à un endroit où il faudra s'en écarter.

L'eau était délicieuse, nager apaisa l'angoisse du scribe. Il suivit Bébon, déterminé et très à l'aise. Les deux hommes alternaient périodes de crawl [1] et de repos, utilisant les mouvements du fleuve pour progresser à bonne allure.

Kel ne cessait de songer à Nitis. Séparé d'elle, il constatait à quel point sa lumière lui était indispensable. Au-delà de l'amour humain et du désir physique, il existait entre eux une harmonie d'un autre monde.

Bébon se dirigea vers le milieu du fleuve. Le courant favorisait les nageurs, une énorme perche les frôla. Sous l'eau, ils augmentaient leur vitesse.

En remontant à la surface afin de reprendre de l'air, Kel vit un bateau de la police. À la proue, un archer prêt à tirer.

La fin du voyage, loin d'elle, si loin d'elle...

Il sourit et agita la main, en signe de sympathie.

L'archer lui répondit de la même manière, et le bateau poursuivit sa course.

Bébon jaillit à côté du scribe.

— Par les dieux, on a eu chaud !

— Pas trop fatigué ?

— Tu plaisantes !

Le comédien reprit le crawl.

1. Contrairement à une idée reçue, cette technique n'est pas une invention récente. Un hiéroglyphe des *Textes des Pyramides* prouve qu'elle était déjà pratiquée par les Égyptiens dès l'Ancien Empire.

À l'horizon, la vallée des tamaris. Au sommet de leur épanouissement, les arbres roses créaient un paysage magique au cœur duquel se dressait l'immense temple de Thot[1]. Vent du Nord s'immobilisa et goûta l'air parfumé inondant ce site enchanteur. Nitis voyait Kel nager et surmonter les périls du fleuve. Bientôt, ils seraient réunis.

Une dizaine de policiers surgirent de la forêt.

— Où vas-tu, jeune femme ? interrogea le sergent-chef.

Nitis le regarda droit dans les yeux.

— Je livre des légumes frais aux temples.

— Ton mari ne t'accompagne pas ?

— Je gère moi-même mon exploitation.

— Une femme libre…

— Cela ne vous importune pas, j'espère ?

— Je respecte la loi. Ton nom ?

— Néféret.

— Je vais examiner le chargement de ton âne.

— Méfiez-vous, il a un caractère ombrageux.

— Si cette bête m'agresse, tu en seras responsable !

— En ce cas, j'ouvre moi-même les paniers.

Les policiers se rapprochèrent de Nitis, comme s'ils redoutaient qu'elle exhibât une arme terrifiante.

— Poireaux, salades et oignons… Satisfait ?

— Ce sac, attaché au flanc de ton âne, que contient-il ?

Une simple paysanne, propriétaire d'un arc… Le sergent-chef arrêterait Nitis et l'emmènerait au poste de police.

— Affaires personnelles.

1. Parfois comparé à Karnak, il fut entièrement détruit par les fellahs qui brûlèrent ses pierres, le résidu étant utilisé comme engrais.

— J'ai l'ordre de tout examiner. Montre ou bien nous abattons ton âne.

La tête et les oreilles basses, Vent du Nord prenait soin de ne manifester aucun signe d'hostilité. En prison, la prêtresse tenterait de se défendre. Kel et Bébon poursuivraient la quête de la vérité.

Lentement, elle sortit l'arc du sac en toile de lin.

Les yeux fixés sur l'étrange objet, les policiers devinrent hagards. Figés, les bras ballants, ils semblaient incapables d'intervenir.

Du bois d'acacia émanait une clarté aussi intense que celle du soleil. Seule Nitis ne fut pas victime d'un éblouissement.

— Passe, ordonna le sergent-chef.

33

— Fatigué ? demanda Kel.

— Absolument pas, répondit Bébon, épuisé.

Peinant à reprendre son souffle, le comédien se demandait comment il avait pu nager si longtemps. La berge lui paraissait inaccessible, son corps pesait lourd. Un effort, un autre effort, une énergie venue du tréfonds de son être, et la terre ferme, enfin !

— Tu vois, dit-il au scribe, ce n'était qu'une promenade de santé.

Kel aida son ami à se relever.

— Hâtons-nous de rejoindre Nitis.

— Je suis certain qu'elle a réussi, comme nous.

Le rythme qu'imposa Kel mit Bébon à la torture.

L'ombre des premiers tamaris fut un soulagement. Les jambes devinrent soudain plus légères, et Bébon reprit de la superbe.

Auprès d'un puits, Nitis et Vent du Nord.

Les amants s'étreignirent longuement.

Ils se racontèrent leurs épreuves respectives, se félicitant une nouvelle fois de la protection des dieux.

— Nous n'avons pas encore atteint le temple, rappela Bébon. Nous montrer ensemble serait dangereux.

Je vais contacter le ritualiste en chef et je reviendrai vous chercher.

— Merci pour ton courage, dit Nitis.

Ému, le comédien fut incapable de prononcer le moindre mot.

Le bonhomme avait une sale tête.

— J'ai soif, grogna-t-il.

— Le puits ne m'appartient pas, rétorqua Kel. Bois à satiété.

Le regard en coin, l'assoiffé observait son interlocuteur. Nitis et Vent du Nord se reposaient à l'ombre d'un tamaris.

— Tu es d'ici ?

Le scribe hocha la tête affirmativement.

— Alors, tu dois connaître le village des Trois Palmiers ?

— J'en viens.

— Tu connais donc le fabricant de sandales rituelles ?

— J'ai participé à son arrestation.

L'assoiffé s'écarta du puits.

— Ça veut dire… que tu es un policier ?

— J'aimerais savoir pourquoi tu poses toutes ces questions. Ne serais-tu pas un ami de délinquants en fuite, par hasard ?

— Non, oh non ! Je fais partie des jardiniers chargés d'entretenir la vallée des tamaris et la police m'a demandé de lui signaler les nouvelles têtes et les personnes suspectes.

— Continue à te montrer vigilant, et tu seras récompensé.

— Compte sur moi !

Le bonhomme s'éloigna.

— Nous devrions quitter les lieux, dit Kel à Nitis. Mais si Bébon ne nous retrouve pas, il croira que nous avons été interpellés. Et d'autres indicateurs risquent de nous repérer. Ma petite comédie ne sera pas toujours efficace.

— Attendre est la seule solution, décida la jeune femme.

— Et si Bébon lui-même a été arrêté ?

— Puissent les dieux continuer à nous protéger.

Paisible, Vent du Nord ne manifestait pas de signes d'inquiétude. À la tombée de la nuit, il se releva et, les oreilles dressées, prévint ses amis.

Quelqu'un arrivait à marche rapide.

— Bébon !

— Nous sommes sauvés, j'ai rencontré le ritualiste en chef et lui ai tout raconté.

— Énorme risque ! estima Kel. Il aurait pu t'envoyer en prison.

— Le bonhomme est trop intelligent pour avaler des sornettes.

Le quatuor se dirigea vers le grand temple de Thot, le maître de la connaissance et le patron des scribes. Kel rêvait de le visiter un jour, voire d'y travailler, mais dans des conditions fort différentes !

Bébon les conduisit à une annexe où se trouvaient une bibliothèque, un réfectoire, une réserve de vases sacrés, un atelier et une étable.

Le crâne rasé, vêtu d'une tunique blanche immaculée, bien en chair, le ritualiste en chef les accueillit au seuil d'une petite demeure de fonction.

— Ainsi, voilà Nitis dont mon très cher ami, le défunt grand prêtre de Neit, m'a tant parlé !

La jeune femme s'inclina.

— Vous étiez le sujet principal de ses lettres. Il vous considérait comme sa fille spirituelle et voulait vous voir lui succéder. En raison d'événements graves, il redoutait cependant une intervention néfaste du pouvoir et m'a demandé de vous aider en cas de nécessité. Aujourd'hui, je suis heureux de tenir ma promesse.

Le ritualiste en chef dévisagea Kel.

— Et voilà le terrifiant assassin que recherchent toutes les polices du royaume !

— Il est innocent, affirma Nitis.

— Les explications de Bébon m'ont convaincu, et votre témoignage renforce mon opinion. Vous êtes mêlés à une affaire d'État, et la vérité ne sera pas facile à établir. Seule la Divine Adoratrice dispose de l'autorité nécessaire. Cette maison doit être réaménagée la semaine prochaine ; vous pourrez donc vous y reposer quelques jours. Bébon jouera les palefreniers, Nitis et Kel les prêtres purs occasionnels à mon service. Et je tâcherai de vous trouver un bateau à destination de Thèbes.

— Nous vous sommes infiniment reconnaissants, dit Nitis. M'autorisez-vous à solliciter encore une faveur ?

— Je vous écoute.

— Nous permettez-vous de travailler à la bibliothèque ? Peut-être découvrirons-nous des éléments susceptibles de percer le mystère d'un texte crypté, à l'origine de cette tragédie.

— Accordé. Parlez le moins possible à vos collègues et ne vous promenez pas à l'intérieur de l'enceinte. La hiérarchie a reçu l'ordre de signaler votre présence, et plusieurs indicateurs ne cessent de rôder.

— En nous aidant, observa Nitis, vous prenez beaucoup de risques.

— Je dois tout à votre maître spirituel et je désapprouve la politique du roi Amasis. En nous imposant des lois inspirées de sa Grèce chérie, il conduit le pays à la ruine. Écraser la population d'impôts et de taxes la découragera. Briser les reins des temples au profit des mercenaires et des commerçants grecs affaiblit l'esprit même des Deux Terres. Si la colère des dieux éclate, leur vengeance sera terrifiante.

La prédiction glaça le sang de Nitis et de Kel.

Le ritualiste en chef prit Bébon par les épaules.

— Désolé, mon ami, tu dormiras à l'écurie. Ce logement est réservé aux prêtres temporaires. Rassure-toi : la paille ne te décevra pas.

D'abord bougon, le comédien songea au jeune couple : il méritait bien une nuit d'amour.

34

— Infect ! déclara le roi Amasis en renversant la coupe de vin blanc que venait de lui servir son échanson. D'où provient cette piquette ?

— Il s'agit d'un grand cru des oasis réservé au palais, Majesté.

— Brise les jarres qui en contiennent ! Et procure-moi le nom du vigneron responsable. Sa carrière d'incapable est terminée.

L'échanson s'éclipsa.

La reine posa tendrement la main sur le bras de son époux.

— Ce vin ne méritait pas une telle colère, me semble-t-il.

— Vous avez raison, Tanit. En ce moment, j'ai les nerfs à vif ! Parfois, j'éprouve l'insupportable sentiment que le contrôle de l'État m'échappe.

— Auriez-vous de sérieux indices ?

— Non, une simple prémonition, une sorte de malaise.

— Votre chef des services secrets, Hénat, occupe une place essentielle au sommet de l'État. On entend quantité de critiques plus ou moins acerbes à son encontre. Ne devriez-vous pas vous méfier de ses ambitions ?

— Hénat m'informe, il ne décide pas. C'est un homme pondéré, méthodique, travailleur et retors. Ce poste lui convient à merveille, et il connaît ses limites.

— En diriez-vous autant du chancelier Oudja ?

— Un excellent Premier ministre, d'une probité et d'une envergure rares. Pourtant…

— Pourtant ?

— Songe-t-il à me succéder ? Je n'y crois guère. Même remarque à propos du ministre des Finances, Péfy. Ces dignitaires ont passé leur existence à servir l'État et connaissent le poids de la fonction royale.

— Ne soyez pas trop confiant, recommanda la reine. Selon un ancien texte de *Sagesse*, le pharaon n'a ni ami ni frère.

Amasis embrassa Tanit sur le front.

— Rassurez-vous, ma chère : après avoir écouté mes conseillers, je vérifie leurs dires. Et moi seul dirige.

La venue du chancelier Oudja fut annoncée.

— Je vous laisse, dit la souveraine.

— Non, restez. Nous aurons peut-être besoin de vos conseils.

La carrure d'Oudja ne laissait pas d'impressionner. À lui seul, il emplissait la salle d'audience. Il s'inclina respectueusement devant le couple royal.

— J'ai le plaisir, Majestés, de vous annoncer la mise à l'eau du nouveau bateau de guerre, le plus grand de notre flotte. L'ayant examiné moi-même dans les moindres détails, je peux vous assurer qu'il n'aura pas d'adversaire à sa mesure. Reste à nommer un commandant capable de le manœuvrer et d'en tirer le maximum.

— As-tu un nom à me proposer ? demanda Amasis.

— Voici une liste d'officiers expérimentés, Majesté. Mes deux préférés sont marqués d'un point rouge, celui de Phanès d'Halicarnasse d'un point noir. J'ai ajouté le dossier détaillé de chaque candidat.

Amasis examina rapidement la liste et les états de service des postulants.

Il retint un capitaine d'une quarantaine d'années dont le nom n'était marqué d'aucun point.

— Qu'il prenne son poste rapidement.

— Je lui apprendrai sa nomination dès aujourd'hui, promit Oudja. D'ici un mois, deux autres bâtiments sortiront du chantier naval. Dois-je poursuivre le programme de construction ?

— Accentue-le et engage des charpentiers supplémentaires.

Mains croisées derrière le dos, Amasis arpenta la salle d'audience.

— Tant que le service des interprètes ne sera pas pleinement opérationnel, je me méfierai des Perses[1]. Ce peuple a la guerre et l'intrigue dans le sang. Armons-nous sans relâche, de manière à le dissuader.

La reine approuva d'un discret signe de tête.

— Avons-nous des nouvelles de Crésus ? demanda-t-elle.

— Correspondance diplomatique normale, Majesté. Je vous apporte sa dernière lettre : il vous souhaite une excellente santé de la part de l'empereur Cambyse, fort occupé à restaurer l'économie de ses vastes territoires.

— Écris une réponse conventionnelle, ordonna Amasis. Mitétis, l'épouse de Crésus, m'a-t-elle vraiment pardonné d'avoir renversé son père afin de lui succéder ?

1. Les anciens Iraniens.

— Impossible à dire, jugea la reine. L'âge venant, elle verra d'un œil différent ces moments douloureux, à moins qu'une rancune inextinguible ne la ronge. Quoi qu'il en soit, dispose-t-elle d'une réelle influence sur la politique perse ?

— Seul Crésus compte, concéda le roi.

— Je viens de recevoir un rapport inquiétant du juge Gem, déclara le chancelier d'une voix grave. Son enquête progresse, et il est persuadé que le scribe Kel est à la tête d'une bande de séditieux à la fois mobiles et déterminés. Il ne s'agit donc pas d'une simple affaire d'assassinat mais d'un complot contre l'État et votre personne, auquel serait mêlée la prêtresse Nitis. Constat décevant : les diverses autorités de Haute-Égypte rechignent à appliquer les consignes du juge. Aussi les mailles du filet se révèlent-elles très larges, permettant aux insurgés de nous échapper.

— L'influence de la Divine Adoratrice ! pesta le monarque. Elle s'oppose au progrès incarné par les Grecs et veut maintenir la Haute-Égypte dans ses traditions surannées. Le juge possède-t-il une piste sérieuse ?

— Oui, Majesté, car le scribe Kel a laissé des traces de son passage, notamment au Fayoum. Grâce aux moyens dont il dispose, le juge Gem a bon espoir de le retrouver. Il se heurtera néanmoins à l'absence de collaboration des temples, mécontents de votre politique à leur égard.

— Les temples… Je devrais en raser un bon nombre !

— Ce serait une erreur, estima la reine. Aux yeux de la population, qui n'y a pourtant pas accès, les sanctuaires sont les demeures des dieux et garantissent la survie des Deux Terres. L'important était de ramener les prêtres à la raison, et vous y êtes parvenu.

— En apparence, seulement en apparence ! Nitis dispose certainement d'un réseau de complices qui les abritent et leur fourniront les moyens de transport jusqu'à Thèbes.

— Nous pourchassons les fuyards, Majesté, rappela le chancelier, et pouvons compter sur la pugnacité du juge Gem. Et puis la Divine Adoratrice ne négligera pas l'avertissement solennel de Hénat.

— Cette vieille prêtresse est aussi têtue qu'une montagne ! La convaincre ne sera pas facile.

Le chancelier parut choqué.

— Jamais la Divine Adoratrice n'osera aider un criminel en fuite et sa bande de révoltés ! Quelle que soit son hostilité à l'évolution de notre société, elle n'enfreindra pas la loi. Sinon, sa réputation s'effondrera.

— Un rapport du général en chef Phanès d'Halicarnasse ?

— Pas encore, Majesté. Le ministre Péfy, lui, est arrivé à Abydos où il supervise des travaux de réfection et prépare la célébration des mystères d'Osiris. Il m'a laissé des dossiers en ordre, et ses assistants collaborent de manière rigoureuse. Grâce à l'efficacité des agents du fisc, les nouveaux impôts sont un plein succès, et les finances du pays se portent à merveille.

— Tu peux te retirer, Oudja.

Amasis s'assit lourdement sur son trône.

— Le pouvoir me pèse, confia-t-il à son épouse.

— Vos réformes ne sont-elles pas une réussite ? En les appliquant d'une main ferme, vous augmentez la richesse des Deux Terres.

— Assez parlé de travail, ma chère ! Promenade en barque, vin frais et déjeuner en compagnie de musiciennes.

35

Émerveillé, Kel contempla Nitis. Elle avait les plus beaux yeux du monde, un corps digne de celui des déesses et le charme d'une magicienne.

Bien sûr, ce n'était qu'un rêve. Elle ne pouvait être là, tout près de lui, amoureuse, abandonnée. Au risque de la briser, il osa l'embrasser.

Radieuse, elle s'éveilla.

— Nitis… c'est toi ? C'est vraiment toi ?

Son sourire et son regard le bouleversèrent, il l'étreignit à l'étouffer.

— Doucement, implora-t-elle.

— Pardonne-moi, tant de bonheur…

— Les dieux nous protègent, Kel, à condition de remplir notre mission.

Soudain, la dure réalité sauta au visage du jeune homme. Ils ne formaient pas un couple ordinaire, se réveillant chez lui, au cœur d'un village tranquille. Kel ne se rendrait pas à son bureau, Nitis ne remplirait pas ses devoirs de maîtresse de maison, ils ne parleraient pas de leurs futurs enfants.

Cette maison n'était qu'un abri temporaire, peut-être leur dernier moment de grâce.

— Ne perds pas espoir, recommanda-t-elle. Nos

alliés nous permettront de rencontrer la Divine Adoratrice, et nous la convaincrons de la justesse de notre cause. Aujourd'hui, nous appartenons au personnel de ce temple.

Kel tenta d'oublier que l'armée et la police du pharaon Amasis le recherchaient. Aux côtés de Nitis et d'autres temporaires, il se purifia dans le lac sacré puis reçut les instructions du ritualiste en chef. Son silence et son recueillement n'étonnèrent personne. Au service des dieux, on n'élevait pas la voix. Et Thot détestait les bavards.

La découverte de la bibliothèque fut un émerveillement. Des milliers de manuscrits avaient été accumulés depuis les premiers âges et soigneusement classés. Ici était édifié le paradis des scribes ! Kel s'attacha aux papyrus mathématiques, mais il lui aurait fallu des mois, voire des années, pour en épuiser la substance et découvrir un éventuel système de décodage. Nitis, elle, étudia l'ancien rituel de création du monde façonné par l'Ogdoade, formé de quatre puissances mâles et de quatre puissances femelles.

Après avoir pris son petit déjeuner avec les âniers au service du temple ce matin-là, Bébon et Vent du Nord reçurent les instructions d'un intendant, ami du ritualiste en chef. Ils auraient plusieurs voyages à effectuer entre la brasserie et un bateau à destination du Sud. Le capitaine désirait un bon nombre de jarres de bière afin de lutter contre la soif et, surtout, il accepterait des passagers non déclarés à la police, en échange d'une honnête rétribution.

Le premier contact fut rugueux, car le prix exigé

dépassait de beaucoup le niveau de malhonnêteté acceptable. Au fur et à mesure des livraisons de jarres, la négociation évolua de manière favorable, et l'on aboutit à un accord. Grâce au sac de pierres précieuses, Bébon pourrait faire face aux futures dépenses.

Encore deux jours de patience, deux jours d'une insupportable longueur.

Le comédien passa de bons moments en compagnie de ses collègues, tandis que Vent du Nord imposait son calme aux ânes indisciplinés. On but de la bière forte en grignotant des oignons frais et l'on se félicita de travailler au service d'un temple généreux.

Bébon jouait bien son rôle. En réalité, il demeurait en permanence sur ses gardes, craignant de voir surgir la police.

Lorsqu'il retourna au bateau, en pleine nuit, il ne remarqua rien d'anormal. Méfiant, il arpenta le quai.

— Tu cherches quelqu'un ? demanda une voix rauque.

Apparut un costaud armé d'un lourd bâton.

Le comédien garda son calme.

— Une fille. Il en traîne par ici, m'a-t-on dit.

— On t'a mal renseigné.

— Tant pis. Je vais tenter ma chance ailleurs.

— Tu viens d'où ?

— Rendors-toi, mon gars, recommanda Bébon.

— Moi, je surveille les bateaux. Et je corrige les petits curieux.

— Bonne nuit, l'ami.

La police avait des hommes partout. Bébon reviendrait avant le départ et vérifierait qu'elle ne mettait pas en place une souricière.

Menk jouait au mieux de ses deux fonctions pour enquêter sur le territoire du temple d'Hermopolis : tantôt il se présentait comme l'organisateur des fêtes de Saïs, tantôt comme l'envoyé spécial du directeur du palais royal, Hénat. Selon ses interlocuteurs, il usait de la douceur ou de la menace. Malgré cette habile stratégie, il n'avait recueilli aucun indice lui permettant de croire que Nitis et Kel se cachaient dans le domaine du dieu Thot. Seule transparaissait l'hostilité de plusieurs prêtres à l'égard de la politique d'Amasis, donc leur possible complicité avec les fuyards.

Alors qu'il se reposait près d'un puits, au cœur de la vallée des tamaris, il remarqua un étrange bonhomme qui se cachait derrière un tronc et l'observait.

— Allez le chercher, ordonna Menk à deux mercenaires.

L'interpellation fut musclée.

— Je suis un honnête jardinier, glapit le fouineur, et vous n'avez pas le droit de m'arrêter !

— Le palais m'a doté des pleins pouvoirs, déclara Menk, glacial. Un seul mensonge, un seul refus de me répondre, et tu disparais. Pourquoi m'épiais-tu ?

La voix du jardinier tremblait.

— C'est à cause de l'autre, le policier… Je me suis demandé si ça recommençait, si vous étiez son collègue… Moi, j'aide la police ! Je lui signale les étrangers douteux, elle me récompense.

— Lui as-tu signalé celui-là ?

— Non, puisqu'il était policier !

— Seul ?

— Non, enfin, je ne crois pas. Près du puits, il y avait aussi une très jolie femme et un âne. Sans doute accompagnait-elle l'étranger.

« Kel et Nitis », pensa Menk.

Ainsi, le temple de Thot leur donnait l'asile !

— Mon collègue t'a interrogé ? demanda Menk, aimable.

— Non, il m'a juste précisé qu'il venait du village des Trois Palmiers où il avait participé à l'arrestation d'un délinquant. Moi, je n'ai pas insisté.

— Bonne initiative, l'ami. Cette enquête ne te concerne pas. Garde ta langue, et il ne t'arrivera rien de fâcheux.

Sous le regard menaçant des mercenaires, le jardinier déguerpit.

Menk aurait dû prévenir Hénat et déclencher une descente de police. Mais il ne voulait laisser à personne le soin d'abattre le scribe Kel et de sauver Nitis. La jeune femme comprendrait le sens de son geste et lui en serait reconnaissante.

Il fallait donc déployer une stratégie subtile afin d'attirer son rival dans un piège mortel.

36

Très âgé, le grand prêtre du temple de Thot sortait rarement de sa modeste demeure de fonction, proche du lac sacré. Il continuait néanmoins à régir la vie rituelle de l'immense sanctuaire et surveillait de près les administrateurs, chargés d'entretenir la prospérité matérielle du vaste domaine. Chaque matin, il se réjouissait de voir le soleil illuminer les édifices et remerciait le dieu de la connaissance de lui avoir accordé une belle et longue vie au service du sacré.

Son plus proche collaborateur, le ritualiste en chef, s'acquittait impeccablement de ses multiples devoirs. Il appartenait à cette catégorie exceptionnelle de Serviteurs du dieu dépourvus d'ambition et ne songeant qu'à la perfection des cérémonies. Sa dernière initiative était surprenante, mais ses arguments avaient convaincu le grand prêtre, fort attaché au droit d'asile que battait en brèche le pouvoir actuel. Et la loi de Maât devait s'imposer à la justice des hommes. Si elles s'éloignaient l'une de l'autre, le monde deviendrait invivable.

Recevoir le juge Gem l'ennuyait. Face à l'insistance du chef de la magistrature égyptienne, le grand prêtre avait pourtant accepté une entrevue de manière à ne pas provoquer l'irritation du roi Amasis à l'encontre d'Hermopolis.

— Je vous remercie de m'accueillir, grand prêtre, dit le juge, énervé d'avoir tant attendu.

— Mon mobilier est sommaire. Ce tabouret à trois pieds vous convient-il ?

— Tout à fait.

— Quel bon vent vous amène ici, juge Gem ?

— Le pharaon m'a donné les pleins pouvoirs pour arrêter, voire éliminer, un assassin de la pire espèce, le scribe Kel. Il est à la tête d'une cohorte de dangereux conspirateurs dont font partie une prêtresse de Neit, Nitis, et un comédien nommé Bébon. Il a souvent joué des rôles, ici, lors de la représentation des drames sacrés sur le parvis du temple.

— Bébon... Un excellent garçon, un peu fantasque, apprécié de tous.

— Je vous rappelle, grand prêtre, qu'il vient en aide à un criminel impitoyable, accusé d'un grand nombre de meurtres.

— Pourquoi ce scribe aurait-il commis des actes aussi horribles ?

— Secret d'État.

— Ah !... Il a donc déplu au roi.

Le juge s'efforça de garder son calme.

— Ne croyez pas cela, grand prêtre. L'État étant menacé, nous devons intervenir et empêcher un groupe de séditieux de renverser le trône.

— Le pharaon n'est-il pas le premier des serviteurs de Maât ? Bâtisseur des temples, il offre aux dieux leurs demeures terrestres et, par cette offrande, attire leur bienveillance. S'attaquer aux sanctuaires et les considérer comme des domaines ordinaires, n'est-ce pas une grave erreur ? Dites au souverain que le respect de la

Tradition préserve l'harmonie et que l'adulation du progrès effréné mène au malheur.

— Grand prêtre, je ne viens pas évoquer une politique dont je ne suis pas responsable.

— Pourtant, vous l'appliquez, puisque la justice des temples n'est plus reconnue.

Gem bouillonnait.

— À cet instant, une seule question compte : le scribe assassin et ses complices se cachent-ils dans ce temple ?

Le vieillard prit un long temps de réflexion.

— D'abord, il faudrait apporter les preuves irréfutables de leur culpabilité ; connaissant Bébon, je le vois mal participer à un complot criminel contre le roi. Ensuite, comment contrôler la totalité des allées et venues ? Je sors rarement de cette petite maison et je dois me fier aux rapports de mes subordonnés. À mon âge, si proche du Bel Occident, je m'occupe de moins en moins des problèmes profanes et tente de percevoir les paroles des dieux.

— Qui contrôle le personnel ?

— Une bonne vingtaine d'administrateurs et de prêtres.

— Je désire consulter leurs listes.

— À votre guise. Procédez avec délicatesse, car cette intervention leur déplaira.

— Un ordre strict de votre part faciliterait ma tâche.

— Désapprouvant votre démarche, je ne le donnerai pas. Conseillez à votre roi de rétablir l'autonomie financière et juridique des temples. En les soumettant de force à la loi ordinaire et en imposant un égalitarisme désastreux, il déclenchera la colère des dieux. À présent, je dois me reposer. Bon retour à Saïs, juge Gem.

Face à ce vieillard autoritaire, obstiné et vénéré, le

magistrat se sentit désarmé. Réclamer à sa hiérarchie les documents nécessaires ne fournirait probablement aucun résultat. Absence des responsables, mauvais classements, disparition inexplicable de certains papyrus... On utiliserait cent astuces afin d'empêcher son enquête d'aboutir.

Amasis n'avait brisé les reins des temples qu'en apparence et leur soumission n'était qu'artifice. Désormais contraints de payer de lourds impôts, ils maquillaient leurs déclarations et s'opposaient aux investigations de l'État. Au chancelier Oudja et au ministre des Finances Péfy de résoudre ce difficile problème.

Le juge Gem, lui, devait arrêter le scribe assassin et ses complices.

D'après les déclarations embarrassées du grand prêtre, une certitude : ils se cachaient bien à Hermopolis où la prêtresse Nitis et le comédien Bébon disposaient de soutiens efficaces.

Seconde certitude : le temple n'était qu'une étape et non leur destination finale, Thèbes. Redoutant indiscrétion et délation, les fugitifs n'y resteraient probablement pas longtemps. Leur meilleur moyen de déplacement ? L'un des bateaux appartenant au clergé.

Envoyer l'armée et la police sur les quais, interroger les capitaines et les équipages... Stupide ! Ils mentiraient et donneraient l'alerte à leurs passagers clandestins.

Il fallait obtenir un renseignement décisif : la liste des bâtiments prêts à partir pour le Sud. Ensuite, les placer sous étroite surveillance et attendre la venue de Kel, de Nitis, de Bébon et du reste de la bande.

L'interception n'aurait pas lieu à Hermopolis même, mais à bonne distance de la ville, de manière à éviter la colère du grand prêtre et à le mettre hors de cause. Bénéficiant de la clémence de la justice, il se montrerait peut-être moins hostile aux lois nouvelles.

Le juge Gem convoqua une dizaine d'officiers et leur exposa son plan. Il fut décidé d'utiliser uniquement des indicateurs locaux et des dockers capables de fournir les bonnes informations. Bien payés, ils s'empresseraient de mériter leurs primes.

Chacun eut conscience de l'importance de sa mission.

Cette fois, la chasse à l'homme était sur le point de réussir.

37

En se rendant pour la première fois à Éléphantine, la capitale de la première province de Haute-Égypte, le général en chef Phanès d'Halicarnasse découvrit un paysage enchanteur. Des îlots fleuris au milieu du Nil, le très ancien temple du dieu bélier Khnoum, des falaises abritant les demeures d'éternité des notables de l'Ancien Empire et une ville commerçante où l'on négociait des produits venant de Nubie, tels l'ivoire et des peaux de félins.

La beauté des lieux ne capta pas longtemps l'attention du militaire. Seule l'intéressait l'impressionnante forteresse qui garantissait la sécurité de la région et fermait l'accès de l'Égypte aux redoutables tribus noires, toujours prêtes à se révolter, tentées par les richesses de la terre des pharaons.

Depuis de nombreuses années, les troubles demeuraient mineurs. Et nul signe alarmant ne suscitait l'inquiétude des autorités.

À l'entrée de la forteresse, deux gardes avachis.

Du tranchant de la main, Phanès frappa le premier au cou. Le soldat s'effondra, son camarade se réveilla et pointa sa lance vers le général.

Ce dernier la lui arracha, la brisa et lui fracassa le crâne d'un coup de poing.

— Défendez-vous, bande de lâches ! hurla le Grec.

Quand surgirent une dizaine d'hommes, Phanès d'Halicarnasse brandit sa lourde épée.

Effrayés, les soldats se figèrent, incapables d'attaquer le géant.

— Misérables ! Je devrais vous trancher la gorge.

Lorsqu'il cracha, ils battirent en retraite à l'intérieur du bâtiment.

Suivi de sa garde personnelle, formée de fidèles dépourvus d'états d'âme, le colosse pénétra dans la première cour.

Enfin, un officier apparut.

Mal rasé, il sortait d'une longue sieste.

— Qui êtes-vous ?

— Phanès d'Halicarnasse.

— Le… le…

— Le général en chef des armées égyptiennes.

— Votre… votre visite n'était pas annoncée !

— Toutes les forteresses de l'Égypte sont mon domaine, celle-ci comprise. Et je n'ai nullement besoin d'annoncer ma venue. À chaque instant, la garnison entière doit être prête à repousser une attaque ennemie. Vu ton état et celui de tes hommes, échec assuré.

— Personne ne nous menace !

— Va chercher le commandant.

Quatre à quatre, l'officier grimpa les marches menant au logement de son supérieur.

Bedonnant, affligé d'un triple menton, le souffle court, il descendit lentement de son perchoir.

— De qui se moque-t-on, ici ? L'unique autorité, c'est moi !

La gifle de Phanès renversa le protestataire.

— Je te démets de tes fonctions, incapable ! Tu es la honte de mon armée et tu finiras ta carrière au fin fond d'une oasis, à garder les bagnards. Disparais immédiatement.

Le visage en feu, le gélatineux se traîna hors de la vue du géant.

— Rassemblement immédiat de tous les soldats ! tonna le général.

L'ordre fut aussitôt exécuté.

— Dès aujourd'hui, je vais nommer un Grec commandant de cette forteresse. Il vous apprendra d'abord la discipline puis l'art de la guerre. Trois fois par jour, exercice. Les traînards et les paresseux seront condamnés au cachot. Commençons par nettoyer cette porcherie. Ce soir, je veux une forteresse propre, des soldats rasés et lavés. Exécution.

Phanès appela l'officier de liaison chargé de lui communiquer les rapports sur l'état des lieux. Des textes lénifiants et répétitifs.

— Pourquoi ne m'as-tu pas signalé ce désastre ?

— Général, la situation me paraissait normale. Ici, à Éléphantine, le climat n'incite pas à un travail excessif, la région est calme et…

D'un coup de tête, le géant défonça la poitrine du bavard.

— Débarrassez-moi de ça, ordonna-t-il à deux soldats égyptiens terrorisés.

Au pas de charge, Phanès explora la totalité des salles de la forteresse. Et il s'attarda dans le bureau de l'ex-commandant où était conservée la correspondance militaire.

En apparence, des banalités administratives. Et, soudain, une tablette de bois comportant deux écritures, l'une égyptienne, l'autre étrangère.

Le chef des interprètes locaux fut aussitôt convoqué.

— Du nubien, constata-t-il.

— Alors, traduis !

Balbutiant, l'interprète rendit compte de la requête d'un chef de tribu sollicitant des passe-droits et des remises de taxe, en échange de son attitude pacifique.

La réponse de l'ex-commandant avait été positive.

Un second courrier évoquait le détournement de produits alimentaires, d'arcs, de flèches et de boucliers par les douaniers.

— Silence absolu, exigea Phanès d'Halicarnasse. Le moindre bavardage, et tu seras exécuté pour haute trahison.

L'interprète jura sur le nom de Pharaon et de tous les dieux.

Ainsi, la réalité était beaucoup plus inquiétante que le général ne le supposait ! Délabrement de la forteresse, état lamentable de la troupe, corruption, collusion avec l'ennemi… En cas d'attaque, Éléphantine n'offrirait aucune résistance.

— Amenez-moi la fripouille qui prétendait diriger cette garnison.

Les mercenaires grecs le recherchèrent en vain.

L'ex-commandant s'était enfui.

— Nous allons interroger les officiers, décida Phanès d'Halicarnasse. *Vraiment* les interroger. Je veux connaître la nature du complot et son étendue.

Les séances de torture débutèrent le soir même. Bien qu'elle fût interdite par la loi de Maât, le général passa outre. La sécurité de l'État l'exigeait.

Les résultats dépassèrent ses craintes.

L'ex-commandant de la forteresse d'Éléphantine, des

prêtres du temple de Khnoum et des chefs de tribus nubiennes voulaient créer une région autonome, hostile aux réformes du roi Amasis. Le nom du scribe Kel n'était pas cité, mais il se trouvait forcément mêlé à ce complot de vaste envergure.

38

— À la fin du jour, annonça le ritualiste en chef à Nitis, votre bateau sera prêt à partir. D'ordinaire, la navigation nocturne est interdite. En raison des fortes chaleurs, j'ai obtenu une dérogation.

— Le capitaine ne nous trahira-t-il pas ?

— Il est vénal, mais correct. Le non-respect d'un contrat détruirait sa réputation. Vous pouvez avoir confiance, il vous mènera à bon port.

— La police ?

— Je connais les heures de ronde. Quant au guetteur, il sombrera dans un profond sommeil. Le laboratoire du temple dispose de produits efficaces. Au moment opportun, un marin passera vous chercher à votre demeure de fonction.

— Comment vous remercier ?

— En faisant triompher la vérité, Nitis, et en priant la Divine Adoratrice de conforter son pouvoir. Sinon, Amasis conduira le pays à la ruine. Votre combat dépasse votre personne, celles du scribe Kel et du comédien Bébon. De son issue dépend le sort du pays entier.

La jeune femme retourna à la bibliothèque où Kel continuait à lire des papyrus mathématiques. Hélas ! nulle clé permettant de décrypter le code.

— Nous quittons Hermopolis cette nuit, murmura-t-elle, avant de relater son entretien avec le ritualiste en chef.

— Je vais prévenir Bébon.

Quoique renforcé, le service d'ordre se montrait discret. Le grand prêtre refusait de voir son domaine envahi par la police. Vu son autorité, on respectait ses consignes.

Prudent, Kel fit un grand détour et s'arrêta à plusieurs reprises avant de s'approcher de l'écurie.

Vent du Nord s'y prélassait, Bébon sommeillait.

Le scribe caressa l'âne, paisible et détendu.

— Du nouveau ? s'inquiéta le comédien.

— Nous partons cette nuit pour Thèbes. Un marin nous conduira au bateau.

— Je vous suivrai à bonne distance. En cas de danger, Vent du Nord nous avertira. Auparavant, je retourne flâner sur le quai.

— Rien d'inquiétant ?

— Apparemment non. Reste le guetteur en poste la nuit durant.

— Il sera neutralisé.

— C'est presque trop beau !

— N'accorderais-tu plus ta confiance au ritualiste en chef ?

Bébon hocha la tête.

— Ni menteur ni voleur, un adepte d'une stricte morale… Je ne le vois pas nous tendre un piège. Et puis nous ne pouvons pas rester longtemps à Hermopolis. La police et l'armée fouilleront le temple, tôt ou tard.

— Nous serons bientôt à Thèbes et nous parlerons à la Divine Adoratrice.

— Bel optimisme !

— Toi, mon ami, douterais-tu ?

Bébon parut gêné.

— Ce n'est pas mon genre ! Et nous n'avons pas le choix. Alors jetons-nous à l'eau ! Surtout pas de discours moralisateur à propos des risques que tu me fais courir. Je serais capable de devenir violent.

Kel s'assit à côté de Vent du Nord.

— Comme le destin me semble étrange ! J'aime une femme sublime qui m'accorde son amour, j'ai un ami qu'aucun danger ne rebute et, pourtant, l'injustice et le malheur peuvent frapper à tout instant.

— Cesse de te poser des questions inutiles et va de l'avant. S'interroger sur soi-même ne mène… qu'à soi-même ! Ennui mortel assuré. La vraie vie commence demain.

Vent du Nord dressa les oreilles.

Sans précipitation, Kel s'éloigna.

Un ânier à l'œil inquisiteur interpella Bébon.

— Que te voulait-il, ce prêtre ?

— Il me demandait pourquoi je n'étais pas au travail. En raison de cette chaleur, on a droit à des heures de repos supplémentaires ! Ce casse-pieds, je l'ai envoyé promener.

— C'était sûrement un policier. En ce moment, ils pullulent !

— À cause de quoi ?

— Tu n'as pas entendu parler du scribe assassin qui a tué des centaines de malheureux ? Un monstre sanguinaire, capable de s'attaquer à une armée entière !

— Il ne se cache sûrement pas au temple d'Hermopolis.

— C'est sûr, mais les policiers le cherchent partout. Dis donc, il y a des jarres à livrer au port. Tu pourrais t'en occuper ?

Bébon se releva lentement.

Excellente occasion d'examiner les lieux une nouvelle fois.

— C'est bien pour t'arranger.

— À charge de revanche, l'ami.

Le comédien et Vent du Nord passèrent prendre les jarres à la brasserie et se dirigèrent vers le quai.

Un bateau partait, un autre arrivait. Les dockers s'apprêtaient à le décharger, des soldats patrouillaient.

À l'entrepôt, pas de surveillance renforcée.

Le gardien nota le nombre de jarres de bière.

— Ici, dit Bébon, on se sent en sécurité.

— On a même eu droit à la visite du juge Gem, le grand patron de la magistrature, accompagné d'une cohorte de policiers ! Il recherchait des assassins, paraît-il.

— Les a-t-il trouvés ?

— Non, il est reparti bredouille. D'après la rumeur, le grand prêtre ne l'aurait pas autorisé à troubler la quiétude du temple. Malgré son âge, il ne craint personne ! Alors, retour à la routine. Les patrouilles tentent de repérer les petits malins qui cherchent à dérober des marchandises. Quand on les pince, ils ont droit à un bon nombre de coups de bâton et perdent l'envie de recommencer ! Quelle chaleur… Une gorgée de bière ?

— Volontiers.

Désaltéré, Bébon marcha d'un pas très lent et scruta les alentours.

Rien d'anormal.

39

La nuit était tombée depuis longtemps lorsque le marin frappa à la porte de la petite maison de fonction qu'occupaient Nitis et Kel.

Le scribe bondit lui ouvrir.

— Suivez-moi.

Kel et Nitis se regardèrent. Et s'il s'agissait d'un guet-apens ?

La jeune femme franchit le seuil la première. Kel portait le sac contenant l'arc et les flèches de la déesse Neit, offerts par le crocodile de Sobek.

Le domaine du dieu Thot semblait endormi. Une chaleur lourde persistait, la nouvelle lune n'offrait qu'une faible lumière.

Trapu, le front bas et les mollets épais, leur guide pressa le pas. N'hésitant pas sur le chemin à suivre, il prit la direction du port.

À tout instant, Kel s'attendait à voir surgir des policiers ou des soldats, trop heureux de capturer si aisément leur proie.

Bébon et Vent du Nord n'auraient pas le temps d'intervenir et succomberaient sous le nombre. Au moins, les assaillants épargneraient-ils Nitis ? Le scribe s'interposerait et donnerait sa vie pour la défendre, mais comment échapper à une meute décidée à tuer ?

Enfin, le quai.

L'endroit le plus dangereux.

Ils les attendaient là, forcément.

Le marin s'immobilisa. Kel enlaça Nitis. De longues secondes s'écoulèrent, interminables. D'un signe de la main, leur guide ordonna d'avancer en direction d'un imposant bateau de transport à double cabine.

Le quai semblait désert.

Au bas de la passerelle, le scribe se retourna.

— Nous attendons Bébon et Vent du Nord, décréta-t-il.

— Impossible, rétorqua le marin. Le capitaine veut quitter Hermopolis immédiatement.

— Qu'il s'en aille.

— À ta guise ! Moi, j'ai terminé ma mission.

Le trapu grimpa la passerelle.

À leur poste, les rameurs étaient prêts à entrer en action.

— Montez à bord ! ordonna le capitaine, rugueux.

— Nous serons quatre, rétorqua le scribe.

— Tant pis pour vous. Je vais donner l'ordre du départ.

— Nous serons quatre, répéta Kel.

Scrutant la nuit, Nitis espérait la venue de leurs deux compagnons et redoutait l'intervention brutale des forces de l'ordre.

Ce retard traduisait une horrible réalité : on avait arrêté l'âne et le comédien.

Soudain, une sorte de gémissement.

Et puis la voix irritée de Bébon :

— Avance, bon sang ! On y est presque !

À l'évidence, Vent du Nord n'avait aucune envie d'embarquer.

Nitis lui caressa le front.

— Il faut faire vite.

L'âne ouvrit de grands yeux tristes. Malgré son désaccord, il accepta de suivre la prêtresse.

On retira la passerelle, les rames plongèrent dans l'eau. La manœuvre fut parfaite, et le lourd bâtiment s'éloigna rapidement du quai d'Hermopolis.

— Entrez ici, ordonna le capitaine à ses passagers clandestins en leur ouvrant la porte d'une des deux cabines. L'âne sera attaché au mât. À présent, dormez. Je vous réveillerai à l'aube.

Il referma.

— Je n'aime pas ça, dit Bébon. On dirait une prison.

— Elle nous mène à la liberté, rappela Kel. As-tu repéré des suiveurs ?

— Non, personne. Reposons-nous à tour de rôle. Moi, je n'ai pas sommeil.

— L'attitude de Vent du Nord m'inquiète, avoua Nitis. Pourquoi ces réticences ?

— Il aime passer de longues nuits calmes, indiqua le comédien. Cette promenade nocturne lui a déplu.

— Si le capitaine nous avait vendus à la police, estima Kel, elle ne nous aurait pas permis d'embarquer.

Bébon s'allongea.

— Après tout, faisons un beau rêve ! Imaginons-nous à Thèbes, au cœur d'un palais somptueux, face à la Divine Adoratrice, ravie de nous écouter et nous assurant de son appui inconditionnel. Merveilleux avenir !

Nitis sourit. Si telle était la volonté des dieux, elle s'accomplirait.

La porte s'ouvrit à la volée.

Des mercenaires grecs clouèrent au sol Kel et Bébon, menaçant de leur trancher la gorge.

Un homme élégant, à la voix douce, prit doucement la jeune femme par la main.

— Nitis, je vous libère.

— Menk ! Que faites-vous ici ?

— Mission spéciale sur l'ordre du chef des services secrets. J'ai reçu la consigne de vous retrouver et de vous arracher aux griffes du monstrueux scribe Kel.

— Vous vous trompez. Il n'est ni un criminel ni un monstre.

— Chère et crédule Nitis, il vous a abusée. Les preuves de sa culpabilité sont irréfutables.

— Elles ont été fabriquées. En réalité, Kel est la victime d'une machination conçue au sommet de l'État.

— Très chère Nitis, ne croyez pas à cette fable !

— C'est la vérité, et nous le prouverons.

— Jamais la Divine Adoratrice ne vous aurait reçus. Malgré son hostilité à la politique d'Amasis, elle doit se soumettre aux lois. Et vous êtes des délinquants en fuite. Venez, sortons d'ici. Que les prisonniers soient étroitement surveillés.

Réticente, elle accepta.

— Je peux vous laver de toute accusation, Nitis. Bien entendu, vous n'êtes pas la complice de cet abominable assassin, mais son otage. Mon témoignage sera déterminant, le juge Gem vous innocentera, et nous nous marierons.

— Je ne désire pas vous épouser, Menk. J'aime Kel.

— Illusion passagère, chère et tendre Nitis, simple égarement dû aux circonstances ! Nous connaîtrons un parfait bonheur, et vous oublierez ces pénibles événements.

— Jamais je ne quitterai Kel, et je lutterai de toutes mes forces afin de prouver son innocence.

— Combat inutile, perdu d'avance ! Je vous pardonne vos erreurs et vous promets de faire de vous l'une des femmes les plus en vue de Saïs. Étant donné mon exploit, le roi m'attribuera un poste ministériel et vous serez nommée grande prêtresse de Neit.

— Désolée de vous décevoir, Menk. Ces beaux projets ne se réaliseront pas.

— C'est votre seule chance d'échapper au désastre, Nitis.

— La mort ne m'effraie pas. Seule la vérité compte.

— Je vous défendrai contre vous-même et vous empêcherai de parler ! Peu à peu, vous retrouverez la raison.

— Kel, lui, parlera !

Le ton de Menk se durcit.

— Certainement pas, ma future épouse. Car je vais le tuer.

40

Nitis frémit.

Menk le mondain s'était soudain transformé en bête féroce et ne prononçait pas des paroles en l'air.

— Je vous en supplie, épargnez-le !

— Impossible, ma chère. Ce misérable doit disparaître. Mon triomphe et notre bonheur sont à ce prix.

— Alors tuez-moi aussi !

Menk parut stupéfait.

— Je ne vous veux aucun mal, Nitis ! Au contraire, je vais vous délivrer d'un envoûtement.

Elle le regarda intensément.

— Vous allez commettre un meurtre.

— Je suis en mission. Et les autorités me féliciteront d'avoir éliminé l'assassin qui leur échappe depuis si longtemps. Vous retrouver demandait de la réflexion et de la chance. Puisque le grand prêtre d'Hermopolis vous cachait, il vous aurait aussi procuré le moyen de gagner Thèbes. En apprenant qu'un bateau avait reçu l'autorisation exceptionnelle de naviguer la nuit, j'ai compris que vous seriez à bord. Le capitaine n'a pas vraiment trahi, il s'est incliné devant l'intérêt supérieur de l'État.

— Pourquoi êtes-vous devenu cynique ?

— La fin justifie les moyens.

— Comment vous convaincre de votre erreur ? Kel n'a commis aucun délit. Redevenez vous-même, Menk, aidez-nous à vaincre l'injustice !

— Je me moque de la justice et de la vérité. Kel disparaîtra et vous m'appartiendrez.

— Votre cœur est-il devenu si dur ?

— L'un de mes hommes vous tiendra à l'écart. Ne tentez pas d'intervenir, il serait contraint de vous ligoter et de vous bâillonner.

Abandonnant la jeune femme aux mains d'un mercenaire grec, Menk se dirigea vers la cabine.

— Sortez les deux prisonniers, ordonna-t-il.

Menk toisa le scribe.

— Triste fin pour un illustre malfaiteur ! Tu vas crever comme une bête malfaisante, et personne ne te regrettera.

Kel demeura d'un calme surprenant.

— Inutile de te relater les faits exacts, je suppose ?

— Inutile. Le verdict a été rendu, je l'exécute.

— Pourquoi t'acharner contre nous ? protesta Bébon. Nous n'avons rien à nous reprocher !

Les yeux de Menk flamboyèrent de haine.

— Ce maudit scribe a tenté de voler la femme qui m'est destinée. Le reste importe peu. Je t'égorgerai moi-même, et ton cadavre nourrira les poissons.

Menk brandit un couteau.

Deux des mercenaires tenaient fermement Kel, deux autres, Bébon, et le cinquième, Nitis.

La lame toucha le cou du scribe.

— Arrêtez, Menk ! hurla Nitis. Ne devenez pas le pire des assassins.

— La délivrance, Nitis, la délivrance ! Et une longue vie heureuse en perspective dès que ce misérable scribe aura disparu !

Le regard de Kel croisa une dernière fois celui de Nitis.

— Navire à tribord ! hurla le capitaine. On nous attaque !

Le mercenaire qui ceinturait Nitis la jeta contre le bastingage, s'empara d'un arc et tira.

Sa flèche toucha l'homme de proue du navire placé sous le commandement du juge Gem, lequel avait décidé l'interception.

Face à cette agression, des archers d'élite ripostèrent. En dépit de la faible luminosité, ils se montrèrent d'une belle précision.

Menk, un mercenaire, le capitaine et deux marins furent atteints. Une flèche frôla l'épaule de Bébon, traçant un sillon sanglant.

Estimant affronter la bande des comploteurs au grand complet, le juge ordonna l'assaut. Cette fois, il prendrait Kel et ses complices morts ou vifs. Vu leur première réaction, ils ne se rendraient pas sans combattre d'une manière acharnée.

Vent du Nord brisa la corde le reliant au mât et percuta l'un des Grecs qui tentait d'étrangler Bébon. Le comédien parvint à se dégager, deux flèches se plantèrent dans le dos de son agresseur.

Nitis courut jusqu'à la cabine et sortit du sac l'arc de Neit. À peine l'avait-elle bandé qu'un trait de feu illumina la nuit. Les mercenaires lâchèrent prise.

Kel et Bébon se retrouvèrent libres, mais pour combien de temps ? Une pluie de flèches s'abattait sur le pont, continuant à faire des victimes, et le navire de guerre s'approchait. S'ils échappaient à la mort, ils tomberaient entre les mains du juge Gem.

— Plongeons, décida Nitis. C'est notre seule chance.

Vent du Nord imita la prêtresse.

— Le fleuve est rempli de crocodiles ! protesta Bébon.

Kel poussa son ami. Ce n'était pas le moment de réfléchir.

— Ils s'échappent ! hurla la vigie du navire de guerre.

Une dizaine de soldats se jetèrent à l'eau, effectivement infestée de prédateurs.

Brutalement arrachés à leur torpeur, plusieurs monstres se précipitèrent vers cette quantité de proies inattendue.

De furieux soubresauts troublèrent les eaux du Nil pendant que les soldats s'emparaient du bateau de commerce où toute résistance avait cessé.

À la lueur des torches, le juge Gem arpenta le pont. L'un des cadavres l'étonna : celui de Menk, l'organisateur des fêtes de Saïs ! Ainsi, cet élégant dignitaire appartenait à la bande armée du scribe Kel qui comptait également plusieurs mercenaires et un capitaine de bateau.

Belle quantité de criminels éliminés ! Manquaient cependant le principal coupable, le scribe Kel, et ses proches complices, la prêtresse Nitis et le comédien Bébon.

Des nageurs élancés à leur poursuite, seuls trois avaient survécu.

— Les fugitifs n'ont pas échappé aux crocodiles, estima un officier.

Le juge attendit le matin avec impatience afin de pouvoir inspecter le Nil et les berges.

De longues recherches demeurèrent infructueuses.

— Les dents des grands poissons n'ont rien laissé de ces malfaiteurs, confirma l'officier. Quand ils sont affamés, ils se montrent d'une voracité incroyable. L'assassin et ses complices furent leurs premières victimes.

Le juge Gem restait sceptique.

— Qu'un bateau de la police continue lentement

vers le sud et tente de repérer des restes humains. Nous, nous allons réexaminer les berges, interroger les pêcheurs et les paysans des environs. Et nous fouillerons les maisons des villages voisins.

— Du temps perdu, estima l'officier. Les fugitifs n'ont pas pu survivre.

— C'est moi qui mène l'enquête, rappela le magistrat.

Gem songeait à l'étrange éclair survenu au moment de l'abordage. Pourtant, pas le moindre orage ! Donc, un signe des dieux. Comment l'interpréter ? Sans doute leur juste colère frappant l'assassin et brisant sa déplorable existence.

Un ultime contrôle mettrait fin à cette sinistre affaire, et le royaume pourrait à nouveau respirer librement.

41

Travaillant nuit et jour, le général Phanès d'Halicarnasse obtenait en un temps record d'excellents résultats. Redoutant sa brutalité, la garnison de la forteresse d'Éléphantine s'était métamorphosée du jour au lendemain. Sens de la discipline, vêtements impeccables, armement entretenu, locaux d'une parfaite propreté, exercices suivis à la lettre… Et l'arrivée d'instructeurs grecs finirait de transformer de médiocres soldats, englués dans leur paresse, en féroces combattants capables de repousser l'assaut de tribus nubiennes et de leur interdire l'accès au territoire égyptien.

Le charme de la languissante cité du Sud et la beauté des paysages ne séduisaient pas le général. Lui ne voyait que l'efficacité de la troupe et son aptitude à tailler en pièces l'ennemi. Et justement, on en était encore loin !

— Rassemblement immédiat ! clama-t-il.

Les soldats jaillirent de partout et s'alignèrent au centre de la grande cour.

Phanès attendit le silence complet. Certains allèrent jusqu'à retenir leur souffle.

— Soldats, rugit le général, je suis mécontent de vous. D'après l'officier chargé de vous enseigner les techniques du corps à corps, plusieurs lâches ont simulé. Ce comportement est inadmissible. Les pertes font partie de l'entraînement, et personne ne doit discuter le règlement.

Le géant désigna un trentenaire au front ridé.

— Toi, sors du rang.

L'homme obéit.

— Lutte à poings nus.

— Général…

— Je suis ton adversaire, détruis-moi. Sinon, je te détruis.

Phanès le frappa d'un coup de poing au ventre peu appuyé. Vexé d'avoir été pris au dépourvu, le trentenaire fonça, tête en avant.

Le géant esquiva et, du tranchant de la main, fracassa la nuque du soldat.

— Maladroit et incompétent, jugea Phanès d'Halicarnasse en crachant sur le corps. Demain, si les rapports de vos instructeurs sont mauvais, il y aura un autre duel. Rompez les rangs.

Le général accueillit une dizaine de mercenaires grecs venant du Nord. Ils encadreraient les Égyptiens et leur mèneraient la vie dure.

Restait à réformer profondément la douane d'Éléphantine, laxiste et corrompue. En examinant ses rapports et ses livres de comptes, il avait vite détecté les fausses déclarations, les omissions volontaires et les maquillages de documents, parfois grossiers.

Un haut dignitaire aurait procédé avec un maximum de prudence, pris d'infinies précautions et consulté ses supérieurs afin d'éviter toute erreur de procédure. Le général, lui, n'avait pas été formé à cette école-là.

À la tête d'un détachement de trente fantassins, il fit irruption dans les locaux de la douane qu'occupaient une vingtaine de préposés.

— Vous êtes en état d'arrestation ! tonna le géant. Qui tentera de résister sera abattu.

Stupéfait, le chef de la brigade se leva très lentement.

— Je ne comprends pas, je…

— Détournement de biens publics et atteinte à la sécurité de l'État. La justice vous condamnera à de nombreuses années de travaux forcés.

— Vous vous trompez, vous…

Phanès d'Halicarnasse saisit le chef douanier à la gorge.

— J'exige immédiatement toute la vérité. Sinon, je te brise le cou.

Le fonctionnaire parla d'abondance et donna les détails qui manquaient au général pour rédiger un rapport complet à l'intention du roi Amasis.

Le jour même fut organisé un nouveau service formé de militaires obéissant à un contrôleur civil, spécialiste des produits en provenance de Nubie. Il rendrait compte quotidiennement de ses activités au gouverneur de la forteresse.

Phanès d'Halicarnasse explora la première cataracte, composée de rochers en partie recouverts lors de l'inondation, et emprunta le canal qu'utilisaient les bateaux de guerre et de commerce.

Le manque de postes de surveillance le consterna. Aussi ordonna-t-il la construction de fortins dominant le site afin de consolider la frontière naturelle et de la rendre hermétique. D'ici peu, le danger d'une attaque nubienne serait écarté.

Encore fallait-il nettoyer la haute administration d'Éléphantine, coupable d'avoir laissé pourrir la situation. Rendez-vous était donné à la mairie de la ville, dernière étape de la reconquête au nom du roi Amasis.

Conformément à ses habitudes, Phanès d'Halicarnasse frapperait fort. Soupçonné de soutenir la Divine Adoratrice de manière occulte, le maire ne se préparait-il pas à intervenir en faveur du scribe Kel et des séditieux ?

Cet hypocrite éliminé, Éléphantine deviendrait une cité sûre, fidèle à son roi.

Un mercenaire grec fournit à son chef les preuves de la corruption du potentat, également accusé de détournement d'armes destinées à la forteresse.

Rageur, Phanès d'Halicarnasse pénétra à grandes enjambées dans un vaste bâtiment blanc à deux étages.

Derrière lui, un cri de douleur.

On venait de poignarder un membre de sa garde personnelle dont il fut brusquement coupé par une dizaine d'agresseurs. À leur tête, l'ex-commandant de la forteresse !

Fou de rage, le général empoigna deux des lances pointées vers lui, les arracha aux mains de ses adversaires et les retourna contre eux, leur transperçant la poitrine. Muets de stupeur, les autres reculèrent. De sa lourde épée à double tranchant, Phanès d'Halicarnasse fit un massacre, coupant têtes et bras.

Les mercenaires de sa garde achevèrent le travail.

Dernier survivant, l'ex-commandant. Gravement blessé, il agonisait.

— Qui t'a ordonné de me tuer ? demanda Phanès.

— Le… le maire.

— Jetez ça aux ordures, ordonna le général à ses hommes.

La mairie s'était vidée de ses fonctionnaires, affolés. Leur patron se terrait dans son luxueux bureau, espérant que le Grec avait été supprimé.

Lorsque le géant apparut, le maître d'Éléphantine se répandit en supplications.

— La haute trahison mérite la mort, décréta le général. Il te reste pourtant une chance d'obtenir la vie sauve.

— J'accepte toutes vos conditions !

— Je veux la vérité. Toi et l'ex-commandant de la forteresse organisiez un trafic d'armes et participiez à un complot, n'est-ce pas ?

— Lui, surtout ! Moi, je me contentais de lui faciliter la tâche.

— Votre but était l'assassinat du pharaon.

— Oh non ! Nous voulions seulement nous enrichir et…

Phanès d'Halicarnasse brandit son épée.

— Je répète : votre but était l'assassinat du pharaon.

— Oui, mais je m'y opposais et…

— Et votre chef était le scribe Kel.

Le maire eut une brève hésitation.

— En effet, le scribe Kel ! C'est lui qui a tout conçu et tout organisé. Il nous terrorisait et nous menaçait d'assassinat en cas de désobéissance.

— Écris-moi ça clairement, signe et appose ton sceau.

La main tremblante, le maire s'exécuta.

Phanès vérifia.

— Excellent. À présent, je dois terminer le nettoyage de cette ville.

D'un coup d'épée, le général trancha la gorge du corrompu. Selon le rapport officiel, le maire se serait rendu coupable d'agression sur la personne du chef des armées.

Phanès d'Halicarnasse roula le papyrus qu'il enverrait au juge Gem. Le magistrat disposerait ainsi d'une nouvelle preuve et le Grec, après avoir assaini Éléphantine et rendu la frontière du Sud infranchissable, regagnerait Saïs afin de reprendre les troupes en main. En dépit de ses qualités, le chancelier Oudja restait un Égyptien et un civil. Seul un militaire grec, rompu aux exigences de la guerre, pouvait commander une armée capable de terrasser n'importe quel agresseur, en particulier les Perses.

42

Vent du Nord ne perdait pas patience. Il léchait et léchait encore le front de Kel, allongé au milieu des roseaux. À plusieurs reprises, l'âne avait dû écarter d'un coup de sabot des serpents d'eau un peu trop curieux. Ibis et aigrettes, eux, ne représentaient aucun danger.

Enfin, les yeux du scribe s'ouvrirent.

La vue d'un amical museau le réconforta.

— Vent du Nord ! Rescapé, toi aussi ?

Deux bras, deux jambes, la capacité de se relever, nulle douleur… Kel semblait intact, de même que l'âne !

— Impossible, murmura le scribe. J'ai vu ces énormes gueules s'ouvrir, prêtes à nous broyer… Nitis, Bébon, où vous cachez-vous ?

Personne ne répondant à son appel, le scribe se fraya un chemin à travers les roseaux hauts de six mètres.

S'il ne les retrouvait pas, avoir échappé à une mort atroce serait un châtiment insupportable. Privé de la femme aimée et de l'ami fidèle, à quoi bon survivre ?

Au sortir de l'épais massif, la berge montait en pente raide vers un chemin de terre. Levant les oreilles à la verticale, Vent du Nord invita Kel à le suivre.

L'âne trottina jusqu'à un bosquet de jeunes tamaris, à l'écart du sentier.

— De la patience, exigea une voix aisément reconnaissable, je réussirai !

— Bébon ! s'exclama le scribe.

Nitis fut la plus prompte à jaillir hors de l'abri végétal.

— Mon amour, tu es vivant !

Ils s'enlacèrent à s'étouffer, et leur baiser parut interminable au comédien.

— Moi, j'ai faim et j'aimerais bien manger de la perche grillée. Alors venez m'aider.

Ils s'assirent autour d'un amoncellement de branchages. Après avoir creusé une cavité dans un socle de bois tendre, Bébon y avait inséré un morceau d'acacia très dur, renflé à la base. Une nouvelle fois, il le fit tournoyer.

Et la flamme jaillit.

— Gagné ! Le dîner sera chaud et succulent.

— Comment avons-nous pu échapper aux crocodiles ? interrogea Kel.

— Ce sont les fils de Neit, rappela Nitis. Je nageais en tête, les mains fixées sur l'arc de la déesse. Il éclairait l'eau, et les grands poissons ont reconnu cette lumière qui nous enveloppait tous les quatre. Nous n'étions ni des adversaires ni des proies. Ils se sont contentés de nous frôler et ont attaqué nos poursuivants.

— J'ai raconté quantité d'histoires invraisemblables, avoua le comédien, mais celle-là les surpasse toutes.

— Tu es pourtant en pleine santé... à part ce pansement à l'épaule gauche !

— Enfin, tu daignes t'intéresser à moi ! La flèche d'un soldat m'a éraflé.

— Blessure légère ?

— Légère, légère, facile à dire ! Toi, tu n'as rien.

— J'ai trouvé les herbes nécessaires, précisa Nitis en souriant. La plaie ne s'infectera pas, et je crois Bébon en état de poursuivre le voyage.

— À condition d'être correctement nourri ! Goûtez-moi cette merveille. Au fond, quoi de plus agréable qu'une escapade à la campagne ? On doit dénicher sa nourriture et la préparer soi-même en utilisant les ressources de la nature. Les auberges, c'est vraiment trop facile. L'existence urbaine conduit à la mollesse et à la décadence. Le retour à la vie sauvage, voilà l'avenir !

— Nous devons cependant nous rendre à Thèbes, précisa Kel. Non loin de la proue du navire de guerre se tenait le juge Gem. Jamais il ne renoncera à notre capture.

— Peut-être nous croit-il morts, avança Bébon. Échapper aux crocodiles paraissait impossible.

— Sans un lambeau de cadavre, il doutera et poursuivra ses investigations.

— Je partage l'avis de Kel, dit Nitis. Le chef de la magistrature connaît la puissance des dieux et en tient compte. Il n'ignore pas que mon maître m'a enseigné des formules de magie et la manière de lutter contre l'adversité.

— As-tu une idée de l'endroit où nous nous trouvons ? demanda le scribe au comédien.

— Le bateau a parcouru une bonne distance, et nous avons nagé longtemps. Sans doute ne sommes-nous plus très loin de Lycopolis[1]. Dès la traversée du premier village, j'aurai une certitude.

1. L'ancienne ville du dieu chacal Oup-ouaout, l'« Ouvreur des chemins », lié à la symbolique d'Anubis. Elle se nomme aujourd'hui Assiout.

— Des amis dans la région ?

— Le temple est moins hospitalier que celui d'Hermopolis, mais on s'arrangera. Bon appétit.

La perche grillée était excellente.

Kel n'avait pas très faim.

— Après un tel miracle, estima Bébon, tu devrais dévorer !

— La présence de Menk, son envie de me tuer…

— Il voulait m'épouser, révéla la jeune femme. Peu lui importait la vérité. En te supprimant, il accomplissait un exploit digne de hautes récompenses. Devenu ministre, il m'aurait fait nommer grande prêtresse du temple de Saïs, et nous aurions mené une existence fastueuse.

— Et vous avez renoncé à ce paradis pour un scribe en fuite, accusé d'assassinat ? s'étonna le comédien. À votre place, j'aurais réfléchi.

Kel préféra ne pas entendre.

— Menk était comme fou, ajouta la prêtresse. Aucun argument ne pouvait l'atteindre.

— Fou, c'est vite dit ! objecta Bébon. Plusieurs mercenaires grecs servaient sous ses ordres, et on lui avait confié une mission : nous éliminer.

— Qui voulait lui faire jouer ce triste rôle ? interrogea Kel. Hénat, le chef des services secrets ? Oudja, le chancelier ? Le juge Gem ? Le roi en personne ?

— Le papyrus codé contient probablement la réponse, estima Nitis. Menk a été manipulé et il a failli réussir.

Bébon fixa l'arc de Neit, sans oser le toucher.

— Nous semblions condamnés à périr, se souvint-il, et j'ai vu un trait de feu traverser le ciel. Éblouis, les mercenaires nous ont relâchés.

— L'arc a tiré lui-même les deux flèches de la

déesse, révéla Nitis. Il faut à présent en retrouver. Sinon, nous serons vulnérables.

— Je possède encore l'amulette en obsidienne représentant deux doigts, intervint le scribe. Elle nous protégera contre le mauvais œil. Et n'oublions pas le Répondant !

— À quoi cette statuette pourrait-elle servir ? Un bateau volant nous serait plus utile !

— Peut-être existe-t-il non loin un sanctuaire de Neit où sont conservées des flèches issues de la flamme de Sekhmet, la déesse lionne, avança Nitis. Interrogeons les prêtres de Lycopolis en espérant qu'ils nous fourniront une réponse positive.

— Lycopolis… L'atteindrons-nous ?

— Toi, pessimiste ? s'étonna Kel. La protection des dieux ne te suffit-elle pas ?

— Mange du poisson grillé, rétorqua le comédien. Ensuite, nous nous reposerons avant de reprendre la route. Rester ici trop longtemps serait dangereux, surtout si cet obstiné de juge continue à nous poursuivre.

Satisfait de la qualité de l'herbe et des roseaux sucrés, Vent du Nord sommeillait.

— Les dieux, concéda Bébon, ce n'est quand même pas rien. En portant leurs masques, je n'imaginais pas leur puissance. Des crocodiles amicaux, des flèches de feu, la liberté… La vie m'apparaît de plus en plus mystérieuse.

43

Ils étaient trois, affreux, sales et méchants.

Chassés de leur village par le conseil des anciens, ils vivaient de rapines et cherchaient des voyageurs à détrousser.

Or, un indice leur signalait la présence de naïfs ignorant les dangers de l'endroit : une fumée montant du bosquet des jeunes tamaris proche du fleuve.

Personne ne venait jamais dans ce coin-là.

— Des policiers ? s'inquiéta Bouche-Tordue.

— M'étonnerait, rétorqua Nez-Cassé. On les aurait vus arriver en bateau. Et ceux-là, ils se cachent.

— S'ils se cachent, estima Peau-Grêlée, ce ne sont pas des gens honnêtes. Moi, je déteste les malhonnêtes.

— D'un autre côté, voler des voleurs, ce n'est pas un crime, s'aventura Bouche-Tordue, surtout s'ils ne sont pas armés. Parce que les voleurs armés, c'est trop risqué.

Après mûre réflexion, Nez-Cassé approuva.

— Va voir, toi, et reviens nous dire.

— Pourquoi pas toi ?

Une longue délibération débuta. Vu son échec, les trois affreux recoururent à la courte paille. Vainqueur déçu : Bouche-Tordue. En cas d'incident, ses compagnons n'avaient nullement l'intention de voler à son secours.

— On ferait mieux de renoncer, précisa-t-il.

— Le destin t'a choisi, rappela Peau-Grêlée. Les voyageurs emportent forcément de quoi payer leurs achats. On les tue, on les vole et on s'en va.

La simplicité du plan et l'appât du gain séduisirent Bouche-Tordue qui consentit à s'acquitter de sa mission d'éclaireur.

De retour, il avait de la bave aux lèvres.

— Ils sont trois et ils dorment à poings fermés.

— Trois hommes costauds ? questionna Nez-Cassé.

Bouche-Tordue bava davantage.

— Deux hommes pas trop costauds… et une femme ! Belle, jeune, je vous dis pas ! Elle, on ne la tuera pas tout de suite. Et comme je l'ai vue le premier, je serai le premier !

Peau-Grêlée parut inquiet.

— Un viol, ça vaut la peine de mort.

— Un assassinat aussi, répliqua Bouche-Tordue. Puisqu'on la tuera après, elle ne nous dénoncera pas.

Le raisonnement dissipa les appréhensions.

— Ils ont un âne, ajouta l'éclaireur. On se le garde pour porter le butin.

— Il pourrait donner l'alerte, avança Nez-Cassé.

— Pas si on vient par la berge, à l'inverse du vent.

— Est-il attaché ?

— Non, couché près d'un des deux hommes.

— Alors, entrave-le en utilisant cette corde. Moi, je menacerai d'étrangler la fille, et Peau-Grêlée d'égorger l'un des deux types.

— Et l'autre ?

— Tu t'en occuperas après avoir entravé l'âne.

La présence de la femme écarta les inquiétudes de Bouche-Tordue. Jamais les trois compères n'avaient bénéficié d'une pareille chance.

Pris d'une brusque fièvre, ils mirent aussitôt leur plan à exécution.

Vent du Nord se redressa juste avant l'attaque. Tout en poussant un braiment d'alerte, il lança une ruade d'une telle violence que ses sabots défoncèrent le front de Bouche-tordue. Mais Nez-Cassé, de ses mains poisseuses, serrait déjà le cou de Nitis et, avec son couteau de silex, Peau-Grêlée s'apprêtait à égorger Bébon.

— Arrêtez ! hurla Kel. Sinon, je ne vous révèle pas l'endroit où nous avons caché notre sac de pierres précieuses.

Les deux voleurs se figèrent.

Un trésor et une femme !

— Dépêche-toi, exigea Nez-cassé. Nous, on est pressés. On prend le sac et on s'en va.

Les yeux braqués sur Nitis, Peau-Grêlée gloussa. Il allait s'amuser la nuit durant.

Impuissant, Vent du Nord grattait le sol de sa patte arrière. S'il fonçait, il provoquerait un massacre.

Kel s'approcha lentement des braises.

— Relâche la femme et je te donne le sac, dit-il à Nez-Cassé.

— Pas question.

— Si tu nous tues, tu n'auras pas le trésor.

L'alternative brouilla les facultés de raisonnement du voleur.

Une idée jaillit.

— Lance-moi la corde que tient encore le pauvre Bouche-Tordue. Doucement !

Évitant un geste brusque, Kel obéit.

Nez-Cassé obligea Nitis à se plaquer face contre terre et lui ligota les poignets et les chevilles. Cette superbe femelle ne perdait rien pour attendre.

Brandissant son couteau de silex, il marcha vers le scribe.

— Maintenant, le sac de pierres précieuses !

Saisissant les braises à pleines mains, Kel les jeta au visage de Nez-Cassé qui poussa un hurlement de douleur, lâcha son arme et recula.

Vent du Nord bondit et lui brisa l'échine.

Abasourdi, Peau-Grêlée oublia Bébon et voulut frapper Kel. Le comédien lui faucha les jambes et le bourra de coups de pied jusqu'à ce qu'il s'évanouisse.

Déjà, le scribe délivrait Nitis.

— Tes mains sont brûlées, constata-t-elle. Il faut te soigner au plus vite afin d'éviter l'infection.

— Tu es vivante et indemne, c'est l'essentiel.

— Nous l'avons échappé belle, soupira Bébon. Quittons immédiatement les lieux.

— Je sais soigner la blessure de Kel, affirma Nitis, à condition de disposer des produits nécessaires. Nous les trouverons au temple de Lycopolis.

— Vu l'urgence, nous aurions besoin d'un bateau… Risque énorme ! Et tu nous vois nous présenter au laboratoire en compagnie de l'assassin que recherche le juge Gem dont les hommes sillonnent peut-être Lycopolis !

— J'apaiserai le feu grâce à quelques herbes et à la formule d'invocation à la brûlante Sekhmet, promit la prêtresse. Mais cela ne suffira pas.

Bébon se rendit à l'évidence : un scribe ne pouvait pas perdre ses mains. En tentant de les sauver, lui, Nitis et Bébon couraient à leur perte.

Le regard de la jeune femme le bouleversa.

— Il existe forcément une solution, n'est-ce pas ?

— J'ai une idée folle, complètement folle !

— Adoptée, décida Kel.

44

En lisant le long et détaillé rapport de Phanès d'Halicarnasse, envoyé par courrier spécial, le juge Gem prit conscience de l'ampleur du complot. Le scribe Kel n'était vraiment pas un assassin ordinaire. Décidé à s'emparer du pouvoir, il disposait de solides appuis en Haute-Égypte, notamment l'ex-maire d'Éléphantine et l'ex-commandant de la forteresse. Enfin, son plan était dévoilé : rassembler des séditieux ; s'emparer du casque légendaire du roi Amasis ; supprimer ses collègues du service des interprètes afin de rendre l'Égypte sourde et aveugle ; lancer une rébellion à partir du Sud, probablement avec l'aide de tribus nubiennes, conquérir le Nord et devenir pharaon au terme d'une sanglante guerre civile.

Une véritable folie qui aurait pu embraser les Deux Terres ! La menace n'avait pas totalement disparu. Étant donné l'attitude des temples, Kel et ses alliés demeuraient dangereux. Tant qu'il serait vivant, le scribe ne renoncerait pas à ses projets dévastateurs.

Amasis serait bientôt informé des résultats de l'enquête et des initiatives efficaces du général en chef. En contrôlant de nouveau Éléphantine et la frontière méridionale du pays, Phanès ruinait la stratégie des comploteurs.

Ultime espoir : la Divine Adoratrice. Dépourvue d'armée, la vieille prêtresse était capable d'en lever une. De nombreux temples répondraient à son appel, les paysans se transformeraient en soldats. Certes, les mercenaires grecs n'en feraient qu'une bouchée ; mais combien de massacres et de souffrances !

Kel, à supposer qu'il eût survécu à l'attaque des crocodiles, devait encore atteindre Thèbes, rencontrer la Divine Adoratrice et la convaincre. Or Hénat, le chef des services secrets, l'aurait précédé et donné les bons conseils à son illustre interlocutrice.

— Je vous apporte les derniers rapports de police, annonça le secrétaire du juge en lui remettant des tablettes en bois recouvertes de l'écriture des chefs de sections.

Gem les lut attentivement.

Aucune trace des corps du scribe Kel, de la prêtresse Nitis et du comédien Bébon.

Avis général : les crocodiles avaient dévoré les fugitifs.

Le juge empila les tablettes, se cala dans son fauteuil et contempla le Nil.

Hypothèse rassurante, tellement rassurante ! Mais les policiers omettaient un élément essentiel : Nitis était la disciple du grand prêtre de Saïs, l'un des sages les plus remarquables d'Égypte, digne des « grands voyants » de l'âge des pyramides. Malgré son jeune âge, Nitis avait reçu un enseignement exceptionnel. Elle connaissait donc la formule d'envoûtement des crocodiles, fils de la déesse Neit. Aussi s'était-elle jetée à l'eau, en compagnie de Kel et de Bébon, avec la certitude d'échapper aux monstres et à leurs poursuivants.

Ils étaient vivants, tous les trois. Et ils poursuivaient leur chemin vers Thèbes.

Leur prochaine étape : peut-être le temple de Lycopolis.

D'après la rumeur, son grand prêtre avait un caractère épouvantable. Autoritaire, pointilleux, il appliquait le règlement à la lettre et ne tolérait ni paresse ni indiscipline. Son sanctuaire abritait d'importants textes relatifs à la géographie de l'au-delà, car le dieu Oup-ouaout, l'« Ouvreur des chemins », guidait les âmes des justes vers les paradis.

Se montrerait-il hostile ou favorable aux fugitifs, s'ils lui demandaient son aide ? Une descente de police à l'intérieur du sanctuaire se révélant impossible, le juge appliquerait sa nouvelle stratégie, qui venait de fournir de bons résultats : surveiller le port, les bateaux et les abords du domaine sacré.

Le capitaine d'un des nombreux bâtiments de la police fluviale fut le premier à apercevoir un homme faisant de grands signes. Il se tenait sur la berge, à bâbord, et semblait très excité.

— On stoppe ! ordonna l'officier à son équipage.

La manœuvre fut impeccablement effectuée, des archers se mirent en position.

— Que veux-tu ?

— Vous parler.

— À quel propos ?

— Mission spéciale. À part vous, personne ne doit m'entendre.

Intrigué, le capitaine permit à l'homme de monter à

bord. Il tira son épée du fourreau et l'emmena à la poupe, sous la surveillance des archers.

— Explique-toi, et pas de geste brusque.

— Je suis aux ordres de Hénat, directeur du palais royal et chef des services secrets, affirma Bébon. J'appartenais à un commando de cinq mercenaires, lancés à la poursuite d'un assassin, le scribe Kel. Nous sommes tombés dans une embuscade. Trois morts et un blessé grave, notre supérieur. Si on ne le soigne pas rapidement, il mourra.

— Possèdes-tu des documents prouvant tes dires ?

Bébon eut un sourire ironique.

— Lors de ce genre de mission, ce n'est pas l'usage.

Le comédien baissa la tête.

— Confidentiellement, murmura-t-il, je vous avoue que le juge Gem n'est même pas au courant. Nous espérions être les premiers à intercepter ce criminel et nous avons commis une lourde erreur.

— Où se trouve le blessé grave ?

— Au milieu du massif de roseaux.

— Je dois vérifier.

— À votre guise, capitaine. Le temps d'envoyer un messager à Saïs et d'attendre son retour, mon supérieur sera mort depuis longtemps. Moi, je ferai mon rapport et vous, vous vous expliquerez avec Hénat. Le temple de Lycopolis est tout proche. Ses médecins sauveront le blessé, et vous aurez une promotion. Mon supérieur est un élément d'élite, fort apprécié du chef des services secrets.

À la réflexion, le capitaine ne risquait rien. Transporter un blessé grave et garder prisonnier un mercenaire ne présentait pas d'inconvénients. Dès l'arrivée à Lycopolis, il demanderait confirmation et instructions.

— Va chercher ton supérieur.

— J'ai besoin d'une civière et de trois hommes.

Bardé de pansements végétaux, Kel ressemblait à une momie. On distinguait à peine ses yeux.

— Faites attention, recommanda Bébon. Le moindre choc pourrait lui être fatal.

Immobile, semblant inconscient, le scribe joua son rôle à la perfection. Lui songeait à Nitis, accompagnée de Vent du Nord. Impossible de l'adjoindre à cette tentative insensée de gagner Lycopolis en utilisant un bateau de police ! Simple paysanne livrant des légumes au temple, elle prendrait l'une des embarcations reliant les villages à la ville. Le juge Gem recherchait un trio, non une femme seule.

Impressionné par l'état du blessé, le capitaine navigua vers Lycopolis.

45

L'enceinte du sanctuaire de Lycopolis marquait la frontière entre le monde profane et le domaine sacré du dieu chacal. À la porte principale, plusieurs gardiens filtraient les prêtres purs et les artisans autorisés à travailler dans les ateliers du temple.

— J'aimerais accompagner mon supérieur, dit Bébon au capitaine.

— Hors de question. Nous le remettrons aux médecins qui sauront s'en occuper. Toi, tu restes avec nous.

— Serais-je votre prisonnier ?

— Pas de grands mots !

— Donc, je reste auprès du blessé.

— Tu reviens au bateau, et je ne te quitte pas des yeux.

— N'auriez-vous pas confiance en moi ?

— Le règlement m'impose de vérifier tes dires. Ce ne sera pas si long ! Du repos, de la nourriture correcte, puis tu rempliras une nouvelle mission.

Insister aurait paru suspect. Aussi Bébon s'inclina-t-il et vit-il le brancard passer le poste de garde.

Un désastre.

Le premier thérapeute venu s'apercevrait du véritable état du blessé et avertirait les forces de l'ordre.

Le scribe perdrait en même temps ses mains, la liberté et la vie. Et celle de Bébon ne vaudrait pas une paire de sandales en papyrus.

Les gardes appelèrent quatre prêtres purs. Ils portèrent la civière à l'hôpital du temple où officiaient des thérapeutes expérimentés.

Kel se demandait comment réagir. Tenter de s'enfuir, dire la vérité, inventer une fable ? Ses mains commençaient à le faire atrocement souffrir, et il avait un besoin urgent de soins. Nul médecin ne le croirait, et il serait jeté en pâture au juge Gem.

La civière fut déposée à l'intérieur d'une petite pièce fraîche, et les porteurs se retirèrent. Kel s'interrogeait encore sur la conduite à suivre quand deux personnes pénétrèrent dans la salle.

— Une urgence, déclara une voix irritée. Moi, je suis débordé ! Saurez-vous vous en occuper ?

— Je l'espère.

— En cas de difficultés, prévenez-moi. Les coffres en bois contiennent le nécessaire.

— J'agirai au mieux.

Cette voix douce et posée… celle de Nitis !

Elle ôta les pansements végétaux, il ouvrit les yeux.

— Nitis, comment…

— On ne refuse pas l'hospitalité à une femme médecin de la prestigieuse école de Saïs, en route pour la capitale, après un séjour à Dendera. Il est temps de s'occuper convenablement de tes mains.

Nitis appliqua une pommade composée de sel marin, de graisse de taureau, de cire, de cuir cuit, de papyrus vierge, d'orge et de rhizomes de souchet comestible.

— Guérison rapide, promit-elle. Grâce aux formules de conjuration de la flamme dévorante, il ne restera pas de cicatrices. Le médecin-chef ne reviendra pas avant ce soir ; nous, nous partons immédiatement. Et j'emporte la quantité de produit indispensable. Où se trouve Bébon ?

— Il n'a pas été autorisé à m'accompagner. J'espère qu'il a pu échapper à la police. Et Vent du Nord ?

— À l'étable du temple. Comme il porte mes sacoches médicales, il bénéficiera d'un traitement de faveur.

— Sale histoire, dit Bébon au capitaine qui le ramenait vers le bateau en compagnie d'une dizaine d'archers. Nous, on poursuivait un criminel en fuite, et nous voilà confrontés à une véritable armée ! Ce Kel est un redoutable chef de guerre.

— Tu n'exagères pas ?

— Le pouvoir a des soucis en perspective ! Moi, j'aimerais rentrer à Saïs et ne plus m'occuper de cette affaire. Un poste aux archives me conviendrait à merveille. Quand on a vu la mort de près, on ne songe qu'à vivre tranquillement.

— As-tu rempli beaucoup de missions dangereuses au service de Hénat ?

— Rien de comparable à celle-là ! Tenez-vous sur vos gardes, capitaine. Ce Kel peut attaquer n'importe où.

— Rassure-toi, le juge Gem a triplé le nombre de bateaux de police. Ce bandit ne nous échappera pas.

Au moment de grimper la passerelle, Bébon s'immobilisa.

— Vous avez vu ?

Le capitaine fut intrigué.

— Que devrais-je voir ?

— La coque… Regardez la coque, au niveau de la proue.

— Elle me paraît normale.

— Pas à moi ! Mon père était charpentier, et je m'y connais en construction navale. Regardez mieux : la couleur du bois a légèrement foncé.

— Et ça t'inquiète ?

— On risque une rupture de charge, et le bateau coulera en quelques instants. Je vais examiner cette coque.

N'attendant pas l'autorisation du capitaine, Bébon plongea.

Le capitaine n'avait jamais entendu parler de cette anomalie, mais il n'était pas charpentier de marine.

La différence de couleur semblait bien mince. Seul un œil d'expert pouvait la remarquer.

Les secondes, puis les minutes s'écoulèrent. L'agent secret ne remontait pas à la surface. Avait-il été victime d'un accident ? Le capitaine ordonna à deux marins de plonger à leur tour.

Pas trace de Bébon.

— Ce type m'a roulé ! s'exclama le capitaine. Qu'on boucle le port et qu'on me le ramène ! Moi, je retourne au temple.

Le capitaine dut palabrer, car les gardes respectaient les consignes du grand prêtre : pas de policier étranger à l'intérieur de l'enceinte, en dépit de la nouvelle loi promulguée par Amasis. Devant l'insistance de l'officier et la menace d'une intervention brutale, on alla chercher l'assistant du grand prêtre.

— Je veux interroger un blessé qui vous a été amené aujourd'hui même. Il s'agit sans doute d'un dangereux malfaiteur.

— Au médecin-chef de vous accorder ou non cette autorisation.

Nouvelle attente, et arrivée d'un personnage rébarbatif. Le capitaine s'expliqua.

— J'ai confié cet homme à une jeune confrère de Saïs, la meilleure école du pays.

— Une femme, murmura l'officier.

— Eh oui, capitaine ! Ignorez-vous qu'elles font d'excellents médecins ?

Le faux agent secret, le faux blessé, la prêtresse de Saïs jouant les médecins… Le trio de terroristes que recherchaient toutes les polices !

— J'exige de voir immédiatement le prétendu patient.

— Vu son état, vous n'en tirerez rien. Il est incapable de parler.

— Conduisez-moi auprès de lui.

— Les consignes du grand prêtre…

— Étant donné l'urgence de la situation, mes archers forceront le barrage, et le juge Gem me donnera raison.

Le capitaine n'ayant pas l'air de plaisanter, le médecin-chef céda et le guida jusqu'à la petite pièce où la jeune thérapeute soignait le blessé.

Une petite pièce vide.

46

Bébon ne regrettait pas les longues heures, en compagnie de Kel, passées à nager sous l'eau jusqu'à épuisement. Devenus de véritables poissons, les deux garçons reprenaient rarement leur souffle et parcouraient de longues distances.

Aujourd'hui, cet entraînement intensif lui sauvait la vie.

Bébon émergea à l'extrémité du quai, aspira une grande goulée d'air et s'éloigna davantage du bateau de la police.

À bonne distance, il escalada la berge.

Un éclat de rire le fit sursauter.

Assis sur une butte, un gamin le regardait.

— Pourquoi suis-je si amusant, petit ?

— Tu es tout rouge !

Du limon.

Du limon charrié par le Nil, en provenance du grand Sud. Autrement dit, l'arrivée de la crue. Pendant plusieurs jours, en raison de la puissance du flot, impossible de naviguer. Et l'eau, chargée de cette boue fertile, à l'origine de la prospérité des Deux Terres, ne serait plus potable.

Voilà qui compliquait singulièrement la tâche des

voyageurs et facilitait celle de la police ! Elle n'aurait qu'à surveiller les chemins de terre.

Nitis et Kel avaient-ils réussi à sortir du temple ? Conscient des risques, Bébon marcha en direction de l'enceinte.

Au principal poste de garde, les soldats discutaient ferme.

Le comédien s'adressa à une sentinelle.

— J'aimerais proposer mes poireaux au responsable des achats.

— Ce n'est pas le jour, mon gars !

— J'ai fait un long chemin.

— Le temple est bouclé pour une durée indéterminée.

— Que se passe-t-il ?

— Des brigands se sont échappés, paraît-il. Ne reste pas là, retourne chez toi.

Excellente nouvelle !

Mais le jeune couple, constatant l'arrivée de la crue, serait désemparé. Une seule solution : trouver une caravane passant par le désert et s'y inclure comme marchands. La présence de Vent du Nord les y aiderait. La prêtresse et le scribe auraient-ils cette bonne idée ?

Bébon se rendit au centre de la ville ; constamment sur ses gardes, il redoutait d'être identifié et interpellé. Humilié et furieux, le capitaine avait dû lancer une nuée de policiers à ses trousses.

Il obtint aisément le renseignement recherché : le lieu de repos des caravaniers entre deux étapes.

Debout, très raide face au juge Gem, le capitaine de bateau de la police fluviale se décomposait à vue d'œil.

— Un scandale au temple, une femme médecin et un blessé grave qui disparaissent et que vous auriez amenés à Lycopolis... J'aimerais comprendre.

— C'est simple... et compliqué.

— Tentez de résoudre cette contradiction, capitaine.

— C'est simple et...

— Compliqué, vous venez de le dire. Alors, simplifiez.

Le capitaine se jeta à l'eau.

— Je dois vous fournir des informations désagréables.

— Surtout, ne vous gênez pas.

— Un agent spécial, agissant sur ordre du chef des services secrets Hénat, m'a demandé de le conduire à Lycopolis en compagnie de son supérieur, gravement blessé lors d'une embuscade tendue par le scribe Kel et ses complices.

— Hénat... Son nom a bien été prononcé ?

— Affirmatif.

— En réalité, cet homme vous a abusé.

Le capitaine baissa les yeux.

— Je le crains.

— Et vous n'avez pas vérifié ses dires ?

— J'ai envoyé un messager à Saïs, mais ce simulateur m'a faussé compagnie.

Le juge Gem grommela.

— Déplorable.

— Déplorable, confirma le capitaine. Néanmoins, je ne considérais pas le fait de sauver un policier en danger de mort comme une faute.

— Dans les circonstances actuelles, votre naïveté en est une. À l'avenir, montrez-vous vigilant.

— Vous… vous ne me renvoyez pas ?

— Si, à votre poste. Et ne commettez plus d'erreur.

Peu importait la stupidité du capitaine. Kel, Nitis et Bébon étaient bien vivants et faisaient preuve d'une redoutable habileté.

Une étrange idée vint à l'esprit du juge. L'habile comédien — forcément Bébon — avait-il inventé une histoire ou était-il réellement au service de Hénat ? Espion infiltré, aux ordres du chef des services secrets, il demeurait aux côtés du scribe Kel afin de découvrir la totalité de ses complices et l'étendue de son réseau.

Ce genre de coup tordu portait la marque de Hénat, habitué à jouer en solitaire et incapable de collaborer avec la justice.

Peut-être le magistrat pouvait-il tirer avantage de la situation. En tout cas, il ne fournirait plus aucune information à Hénat et mènerait sa propre barque.

Kel et Vent du Nord demeurant en retrait, Nitis s'engagea sur le quai. Elle comptait repérer les bateaux de la police et tenter de savoir si Bébon était détenu à bord de l'un d'eux. Énervés, de nombreux soldats allaient et venaient.

Elle aborda un gradé à la fière allure.

— Je devais livrer des légumes, mais l'on m'a dit qu'un prisonnier venait de s'évader et que personne ne pouvait accéder aux bâtiments pendant les recherches.

— Exact, jeune dame. Retourne chez toi et n'en bouge pas avant nouvel ordre. Sinon, tu auras des ennuis.

Soumise, Nitis s'éloigna et rejoignit le scribe.

— Bébon leur a échappé, lui apprit-elle. Et j'ai

aperçu quantité d'insectes sautillant à la surface des eaux et produisant un bruit caractéristique [1] : voués à la déesse Neit, ils annoncent l'arrivée imminente de la crue.

— Le fleuve ne sera donc plus navigable ! Restent les chemins de terre.

— Armée et police empêcheront tout accès à Thèbes, objecta Nitis. Emprunter une route normale devient impossible.

Seul Vent du Nord ne paraissait pas abattu. Les oreilles dressées, il désirait quitter les lieux.

— Suivons-le, recommanda la prêtresse.

L'âne contourna la ville, empruntant des sentiers qui longeaient des cultures, puis revint vers le faubourg de l'est.

Dans une palmeraie, une centaine d'ânes et de nombreux marchands en tuniques colorées.

— Une caravane ! constata Kel. Le seul moyen d'échapper aux contrôles. Mais prendra-t-elle la direction du sud ?

Le trio s'approcha. Un gardien lui barra le passage.

— Nous voudrions voir le patron, demanda le scribe.

Il s'appelait Hassad, avait une quarantaine d'années, était syrien et portait une petite moustache.

— Pouvons-nous connaître votre destination ?

— Nous allons à Coptos en passant par le désert. De là, nous nous rendrons jusqu'à la mer Rouge.

Coptos, au nord de Thèbes, non loin de la cité d'Amon !

— Nous acceptez-vous parmi vous ?

Hassad ne parut guère enthousiaste.

— Ma caravane ne comprend que des marchands professionnels. Ils partagent les bénéfices… et les frais.

1. Il s'agit d'une sorte de coléoptère, l'*Agrypnus notodanta*.

Nitis présenta un magnifique lapis-lazuli.

— Cette pierre suffira-t-elle ?

Les yeux du patron s'écarquillèrent.

— Ça devrait. Nous partons après le déjeuner. Vous et votre âne marcherez à l'arrière, juste devant le surveillant.

— Entendu.

Kel et Nitis s'assirent à l'écart. On leur apporta des galettes remplies de fèves et de salade.

— Bébon aura-t-il le temps de nous rejoindre ? s'inquiéta le scribe.

— Si tel n'est pas le cas, il nous rattrapera en cours de route, promit Nitis.

Depuis plusieurs heures, Bébon passait de cache en cache afin d'échapper aux soldats. Le juge Gem avait ordonné une fouille systématique de Lycopolis et n'épargnait même pas le temple. À la tombée de la nuit, les recherches cessèrent et le comédien put enfin se rendre à l'oasis où stationnaient les caravaniers.

Déserte.

Adossé à un puits, un vieillard mastiquait des oignons.

— Y a-t-il eu un départ aujourd'hui ? questionna Bébon.

— Direction Coptos.

— As-tu aperçu un jeune couple et un âne ?

Le vieillard eut un drôle de sourire.

— Une sacrée belle fille ! À sa place, j'aurais évité cette caravane-là. Le patron, Hassad, est un tordu. Et il déteste les femmes.

47

Impressionnant.

Très impressionnant.

Saïs était une fort belle ville, mais elle ne soutenait pas la comparaison avec Thèbes la Puissante[1], la cité sainte du dieu Amon.

Hénat ne s'attendait pas à tant de grandeur.

Tout au long de son voyage, il avait rencontré quantité de correspondants en leur demandant de commenter l'état d'esprit des populations locales et l'attitude des temples. Imposée par la force, la politique d'Amasis n'emportait pas l'adhésion. Certes, on appréciait la sécurité ; cependant, l'omniprésence des mercenaires grecs, la création de l'impôt sur le revenu de chaque habitant et la suppression des privilèges traditionnels des sanctuaires heurtaient les esprits.

Heureusement, la Divine Adoratrice préservait les valeurs ancestrales en refusant la décadence et en célébrant les rites qui maintenaient la présence divine.

Et Thèbes n'était pas une petite agglomération sommeillant loin de la capitale. Le vaste domaine d'Amon trônait au cœur de la plus riche des provinces d'Égypte.

1. En égyptien *Ouaset*, « Celle du sceptre Puissance ».

De la proue de son bateau, Hénat découvrit, de part et d'autre du Nil, de grandes plaines bien cultivées. Les Thébains jouissaient d'une abondance de légumes et de fruits, les nombreux troupeaux de vaches bénéficiaient de pâturages luxuriants, et les pêcheurs ne rentraient jamais bredouilles.

Villages coquets à l'ombre des palmeraies, digues solides, bassins de retenue d'eau parfaitement entretenus, canaux irriguant la campagne, des centaines d'ânes livrant les denrées au temple et à la ville... La gestion de cette province semblait remarquable.

À l'évidence, la Divine Adoratrice ne sombrait pas dans un mysticisme éloigné des réalités quotidiennes et des impératifs économiques. Et l'ampleur de ses richesses n'était pas une légende.

À l'approche de Karnak, le temple des temples [1], Hénat n'en crut pas ses yeux. Du débarcadère, il aperçut une forêt de monuments dont les toitures dépassaient le mur d'enceinte en brique, et des obélisques perçant le ciel. Ici avaient œuvré les Sésostris, les Montouhotep, les Amenhotep, les Thoutmosis, Séthi Ier et Ramsès II. Et chaque pharaon avait embelli le domaine d'Amon, dieu des victoires et garant de la puissance des Deux Terres.

Héritière et gardienne de ce fabuleux trésor, la Divine Adoratrice était initiée à sa fonction selon les rites royaux. Lors de son installation, un ritualiste venait la chercher dans la demeure du matin où elle avait été purifiée. Neuf prêtres purs la revêtaient des vêtements, des bijoux et des amulettes liés à sa dignité, et le scribe du livre divin lui en révélait les secrets. Proclamée sou-

1. *Ipet-sout*, « Le Recenseur des places », à savoir le sanctuaire qui donne à chaque divinité sa juste place et l'accueille en son sein.

veraine de la totalité du circuit céleste que parcourait le disque solaire, elle présidait à la subsistance de tous les êtres vivants. À l'instar des pharaons, la Divine Adoratrice recevait des noms de couronnement inscrits à l'intérieur d'un cartouche[1] et accomplissait des rites jadis réservés aux monarques.

Découvrir Karnak permit à Hénat de prendre conscience de la véritable puissance de la Divine Adoratrice. À la tête de ce gigantesque domaine sacré, patronne de milliers de paysans et d'artisans, auréolée d'un immense prestige, la vieille prêtresse disposait d'un pouvoir considérable. Combien de chefs de province lui obéiraient-ils si elle décidait de faire sécession et de ne plus reconnaître l'autorité d'Amasis ?

Certes, nul indice n'accréditait cette hypothèse, et les espions de Hénat ne lui avaient signalé aucune velléité de révolte de la part de l'administration thébaine. Mais leurs rapports étaient-ils fiables ? Les Divines Adoratrices formaient une sorte de dynastie purement religieuse, limitée à la province de Thèbes et au temple d'Amon, et parfaitement fidèle au pharaon régnant. Jusqu'à ce jour, elles s'étaient cantonnées à ce rôle.

Élément rassurant. Trop, peut-être.

Le bateau accosta. Hénat ne parvenait pas à détacher son regard de Karnak où, à l'évidence, se concentrait un nombre imposant de forces divines. Sous l'égide d'Amon, la totalité des divinités du ciel et de la terre était abritée ici. Au-delà de l'enceinte, le temporel et le profane n'avaient pas leur place. Comme ce monde

1. Ovale plus ou moins allongé en fonction du nombre de hiéroglyphes composant le nom royal. Il symbolise à la fois la corde magique reliant entre eux les divers éléments de la vie et l'ordre de l'univers.

paraissait éloigné de celui du Delta, particulièrement de la cité grecque de Naukratis ! Tourné vers le passé et la tradition, Karnak refusait l'avenir et le progrès.

Hénat s'attendait à une gloire usée, à des édifices rongés par le temps, à un conservatoire désuet de coutumes dérisoires.

Il s'était lourdement trompé.

Face à lui se dressait un immense vaisseau magique, en parfait état de fonctionnement.

Le chef des services secrets avait hâte d'en savoir davantage et de rencontrer la vieille ritualiste chargée de diriger l'équipage. Les années avaient-elles réellement prise sur elle, succombait-elle sous leur poids ou bien gardait-elle un dynamisme comparable à celui de ces pierres millénaires, nourri des rites pratiqués ?

En ce cas, la partie s'annonçait rude.

Il faudrait pourtant que la Divine Adoratrice se soumette et obéisse aux ordres de Pharaon. Sinon, Hénat envisagerait une solution radicale, en accord avec le souverain.

L'optimisme voulait qu'une seule entrevue suffît. Hénat exposerait la situation, fournirait à son illustre interlocutrice les précisions nécessaires et lui indiquerait la conduite à suivre. Jamais elle ne recevrait le scribe Kel et ses complices. Et si, d'aventure, ils parvenaient jusqu'à Thèbes, ils y seraient arrêtés et reconduits à Saïs.

Un prêtre au crâne rasé demanda l'autorisation de monter à bord.

— Bienvenue à Karnak. Puis-je connaître votre nom, vos titres et le motif de votre visite ?

— Je suis Hénat, le directeur du palais de Saïs, envoyé spécial du pharaon Amasis. N'auriez-vous pas reçu le courrier officiel annonçant mon arrivée ?

— Pardonnez-moi, je ne suis que le préposé à la circulation des bateaux sur le canal menant au temple. En raison de la crue, nous devons prendre des dispositions particulières.

— Conduisez-moi à mon logement de fonction.

Le prêtre parut affreusement gêné.

— Comme je vous l'indiquais, je m'occupe des bateaux et…

— Avez-vous bien entendu mon nom et mon titre ?

— Désolé, mes compétences sont strictement limitées.

— Eh bien, allez chercher un responsable !

Le prêtre réfléchit longuement.

— J'essaierai de vous être agréable, mais pas avant la fin de mon service. Sinon, je serai réprimandé.

D'un geste de la main, Hénat congédia l'insupportable personnage.

Un courrier officiel perdu… Impossible ! On se moquait de lui. Sortant de sa cabine, il descendit la passerelle et se heurta à deux hommes armés d'épées et de gourdins.

— On ne vous a pas autorisé à quitter votre bateau, dit l'un d'eux. Les formalités sont en cours.

— Je m'appelle Hénat, directeur du palais royal, et vous somme de me laisser passer !

— Désolé, les consignes du grand intendant Chéchonq sont formelles.

Furibond, le chef des services secrets n'entama pas l'épreuve de force.

— Conseillez-lui de venir rapidement, très rapidement !

48

La caravane était un abri idéal. En dépit de la chaleur, elle progressait à bonne allure tout en respectant des temps de repos suffisants, pour ne pas épuiser les organismes des hommes et des bêtes. Hassad avait pris soin d'emporter une grande quantité de gourdes d'eau nouvelle [1], talismans contre la soif. Et il connaissait l'emplacement des puits jalonnant la piste.

Radis, ail, oignon, poisson séché, fromage, pain et bière figuraient au menu des repas.

— Je n'aime pas ce Syrien, confia Nitis à Kel en lui enduisant les mains de la pommade régénératrice. Son regard est faux.

— Nous l'avons grassement payé et il semble satisfait.

— Bientôt, il réclamera davantage.

— Nous possédons de quoi le combler. À Coptos, nous quitterons la caravane.

— Je suis inquiète, Kel.

Soudain, les ânes stoppèrent.

Irrité, Vent du Nord gratta le sol.

1. L'eau du Nil redevenue potable après la première semaine de crue.

— Tenez-vous tranquilles, ordonna le surveillant d'arrière. On attend les instructions du patron.

Hassad vint à la hauteur du couple.

— Contrôle de police. Il faut vous séparer.

— Pas question, rétorqua le scribe.

— Si vous restez ensemble, ils vous arrêteront. Toi, jeune femme, je te présenterai comme l'épouse de mon cousin ; toi, mon garçon, tu fais la cuisine ; et votre âne se mêlera à ses congénères.

Nitis et Kel n'eurent même pas le temps de s'étreindre. Et la prêtresse dut convaincre Vent du Nord d'obéir.

Hassad remonta vers la tête de la caravane où son frère cadet tentait de répondre aux questions d'un lieutenant de patrouilleurs du désert. Équipés d'arcs et de frondes, ses subordonnés n'avaient pas l'air commode.

— Tout est en règle, affirma Hassad. Vous pouvez fouiller sacs et paniers.

— Nous recherchons une femme médecin et un blessé. T'ont-ils demandé de les cacher ?

— Lieutenant ! Voilà plusieurs années que je parcours ce désert, et la police n'a jamais rien eu à me reprocher. Je n'ai nullement envie de ruiner ma réputation et de perdre ma caravane ! Si ces personnes m'avaient contacté, j'aurais refusé de les emmener. Seuls voyagent mes employés et leurs familles.

— On vérifie.

— À votre guise.

Le lieutenant dévisagea hommes et femmes. Hassad lui donna leurs noms et précisa leurs fonctions. La beauté de Nitis retint le policier un interminable moment, mais il accepta l'explication du Syrien.

Et la caravane repartit.

Bientôt, la patrouille fut hors de vue. Alors, Kel voulut rejoindre Nitis.

Quatre hommes s'emparèrent de lui et le ligotèrent.

Goguenard, Hassad contempla son prisonnier.

— Te voilà moins fier, mon garçon !

— Mon épouse… ne lui faites pas de mal !

— Ne t'inquiète pas, je m'en occuperai moi-même. Auparavant, je veux savoir qui vous êtes.

— De simples marchands.

— Vous désiriez quitter cette ville en échappant aux forces de l'ordre ! Et la police recherche un couple formé d'une femme médecin et d'un blessé.

— Je suis en parfaite santé, et mon épouse n'est pas médecin !

Hassad tâta les poils de sa moustache.

— J'ai entendu parler d'un redoutable assassin, le scribe Kel, accompagné d'une belle prêtresse et d'un comédien. À Hermopolis, ils ont échappé au juge Gem, arrivé récemment à Lycopolis. Et moi, un simple caravanier, j'ai la chance de tenir deux de ces fuyards entre mes mains.

— Vous vous égarez !

— Tu parleras, crois-moi. J'ai déjà récupéré le sac contenant les pierres précieuses et je suis ravi de vous avoir acceptés, toi et cette si jolie femme.

— Vous avez osé…

— Rassure-toi, elle est indemne. Ou bien elle me donnait ce sac, ou bien je tuais votre âne. À cause de son cœur sensible, elle n'a pas tergiversé. Un magnifique trésor, je le reconnais, mais j'espère mieux, beaucoup mieux ! Livrer à la police le scribe Kel me vaudra une fortune. Donc, tu vas avoir la gentillesse d'avouer.

Kel soutint le regard du Syrien.

— Oh ! je n'espérais pas une collaboration immédiate ! Par bonheur, le soleil frappe fort. Pendant que nous mangeons et buvons à l'ombre des tentes, tu y seras exposé, étendu sur le dos, poignets et chevilles attachés à des piquets. Tu verras, c'est vite insupportable. Avoue, et l'épreuve prendra fin.

Bébon avait retrouvé la trace de la caravane. À l'approche du détachement de la police du désert, il eut juste le temps de se cacher derrière un amas de roches. Ces fouineurs avaient forcément fouillé les commerçants et découvert Kel et Nitis !

Pourtant, il n'aperçut ni l'un ni l'autre.

Une seule explication : le patron de la caravane les protégeait, sans doute en les présentant comme les membres de sa famille. Mais comment faisait-il payer sa protection ?

Se contentant de rares et petites gorgées, le comédien hâta l'allure. Bientôt, son outre serait vide, et lui à bout de forces.

Refusant la fatigue, il vit ses efforts récompensés deux heures plus tard : les caravaniers avaient dressé leurs tentes près d'un puits.

Fourbu, le souffle court, Bébon frissonna d'effroi en découvrant le supplice que subissait le scribe.

Impossible de le secourir. À lui seul, le comédien ne pourrait terrasser une vingtaine d'hommes.

Et Nitis ?

En rampant, Bébon tourna autour du campement.

Elle se trouvait un peu à l'écart, attachée à un poteau, sous la surveillance de deux Syriennes vêtues de tuniques bariolées. Assises, les gardiennes sommeillaient.

D'ordinaire, il ne brutalisait pas les femmes. Cas de force majeure ! Il ramassa une pierre ronde, s'approcha lentement, se releva au dernier instant et frappa d'un coup sec à la nuque. Ni l'une ni l'autre n'eurent le loisir de crier. Bébon déchira les tuniques, utilisa les lambeaux comme bâillons, et leur lia les mains et les pieds.

Puis il libéra Nitis qui s'effondra, inerte.

On l'avait droguée !

— Réveille-toi, je t'en prie !

Bébon ressentit une présence dans son dos.

Piégé.

Aucune chance de s'en sortir.

L'agression attendue ne se produisant pas, il se retourna.

— Vent du Nord !

Le puissant grison lécha doucement le front de Nitis ; la jeune femme revint à elle.

— Il faut quitter le campement, implora le comédien.

— Bébon ! As-tu délivré Kel ?

— Impossible.

— Je ne partirai pas sans lui.

Le comédien redoutait cette exigence.

— Les caravaniers sont trop nombreux. Mettons-nous en sécurité afin d'étudier un plan.

Vent du Nord posa une patte légère sur l'avant-bras de Nitis.

— Lui en a un.

49

Hassad comptait et recomptait les pierres précieuses. Ses préférées étaient les lapis-lazulis en provenance d'Afghanistan. Un voyage long et dangereux, au cours duquel nombre de négociants périssaient, victimes du climat et des tribus locales. Depuis toujours, ce pays lointain se vouait aux pillages et aux tueries. Mais il abritait cette pierre merveilleuse, analogue au ciel étoilé.

En ajoutant la valeur de ce sac à la prime énorme que lui remettrait la police quand il lui livrerait les deux terroristes, Hassad serait à la tête d'une immense fortune. Il s'achèterait une somptueuse villa à Coptos, entourée d'un jardin, il distribuerait ses ordres à une armée de domestiques. Devenu propriétaire d'une dizaine de caravanes, il régnerait en maître sur le commerce du désert de l'Est et s'offrirait même un ou deux bateaux sillonnant la mer Rouge.

À plusieurs reprises, il avait accepté des clandestins, en échange d'une forte rémunération. Aucun n'était parvenu à bon port. Hassad les égorgeait après les avoir dépouillés, et vautours, hyènes, chacals et insectes se chargeaient de faire disparaître leurs cadavres. D'ailleurs, personne ne les réclamait.

Cette fois, la prise dépassait ses espérances les plus folles ! Bientôt, il disposerait d'un harem composé de femmes superbes. Totalement soumises, elles satisferaient ses caprices. Lorsque l'une d'elles le lasserait, il l'abandonnerait à ses serviteurs.

Un détail l'intriguait : l'arc extrait d'une des sacoches de l'âne, appartenant à ses prisonniers. Une arme de bonne taille, en bois d'acacia.

En la manipulant, son cousin avait poussé un cri de douleur, et ses mains s'étaient couvertes de cloques. Et son frère venait de connaître une mésaventure identique !

À présent, l'arc gisait à proximité d'un feu où cuisaient des galettes.

— Cet objet est maudit, lui confia son frère. Il nous portera malheur. Relâche ce couple, et continuons notre route.

— Serais-tu devenu fou ? Grâce à eux, nous allons devenir riches !

— Ta cupidité t'égare, Hassad. L'arc prouve qu'ils disposent de terrifiants pouvoirs magiques.

— Ridicule !

— Se moquer de la magie et des dieux provoque leur colère.

— Racontars d'imbéciles !

— Alors, saisis l'arc.

Hassad hésita. Il songeait plutôt à violer la belle jeune femme, mais redoutait de l'abîmer et de lui faire perdre une partie de sa valeur marchande. Des femelles, il en aurait des dizaines à ses pieds ! Et il ne pouvait perdre la face.

D'une poigne décidée, il s'empara de l'arme.

Aussitôt, sa chair grésilla et une odeur épouvantable emplit le campement.

Lâchant l'arc de la déesse Neit, Hassad hurla.

— Regarde, l'avertit son frère, les ânes nous menacent !

À la stupéfaction du patron de la caravane, les quadrupèdes formaient un cercle et grattaient le sable de leurs sabots, visiblement irrités.

— Sales bêtes ! Elles vont tâter du fouet.

Le cousin tenta d'en frapper un. Vent du Nord se détacha de la troupe et lui percuta le bas du dos.

Brisé, le Syrien s'écroula.

Épouvantés, les caravaniers se regroupèrent autour du patron.

Nitis apparut, calme et déterminée.

— Ne bougez pas, ordonna-t-elle. Sinon, les ânes obéiront au dominant et vous massacreront.

La colère animant le regard de Vent du Nord convainquit les rares téméraires d'obtempérer.

Elle s'approcha de Hassad, tordu de douleur. Les paumes de ses mains saignaient.

Nitis prit l'arc.

— Voyez, la déesse Neit m'autorise à manier son symbole ! Quiconque l'outrage et ignore les formules d'apaisement du feu est justement châtié. Votre chef vous a trompés. Il n'est qu'un voleur et un assassin. Libérez immédiatement l'homme soumis à la torture et amenez-le.

Deux caravaniers s'empressèrent d'obéir.

Mal en point, Kel parvenait cependant à marcher. Et revoir Nitis lui redonna une énergie insoupçonnée.

Bébon surgit derrière Hassad et lui posa la lame du couteau grec sur la gorge.

— Ramasse les pierres et remets-les dans le sac.

— J'ai mal, je…

— Dépêche-toi.

En dépit de la souffrance, le Syrien s'exécuta.

— Maintenant, mes amis et moi, on s'en va. Équipez notre âne de paniers remplis d'eau et de nourriture. Vite !

Nitis humecta les lèvres de Kel. Son regard exprimait tant d'amour qu'il oublia son épreuve.

— On y va, dit Bébon à Hassad.

— Tu... tu dois me relâcher ! Je suis le chef de cette caravane, ma famille a besoin de moi !

— Tu la rejoindras plus tard, elle t'attendra. En avant.

Vent du Nord s'élança le premier, suivi de Nitis, de Kel et de Bébon piquant les reins du Syrien de la pointe de son couteau.

Formant toujours un cercle, les ânes demeuraient menaçants. Ils ne relâcheraient l'étau qu'au moment où le dominant estimerait ses protégés en sécurité.

La pommade apaisa les brûlures dont souffrait le scribe, et des tuniques bariolées protégèrent les voyageurs du soleil.

— Indique-nous la route de Coptos, exigea Bébon.

— C'est par là, répondit Hassad en désignant un sentier passant entre des collines de sable.

Vent du Nord continua à l'opposé.

— Pourriture, tu continues à mentir !

Le Syrien s'agenouilla.

— Ne me tuez pas, je vous en supplie !

— On verra ça au prochain point d'eau.

Le couchant procura un peu de fraîcheur. On but, on mangea sobrement, et le comédien garrotta Hassad.

Au terme d'une nuit réparatrice, le voyage reprit.

Soudain, Vent du Nord s'immobilisa et regarda fixement le Syrien.

— Empêchez ce monstre de m'agresser !

— Tu peux partir, estima Nitis.

— Je… je suis libre ?

— Un criminel de ton espèce peut-il l'être vraiment ?

D'abord hésitant, le Syrien marcha à reculons. Puis il se retourna et courut.

— Bon débarras, estima Bébon. À mon avis, nous devrions obliquer vers la vallée et tenter d'atteindre Abydos.

— Abydos, le fief du ministre Péfy, rappela Nitis.

— Ami ou ennemi ?

— Nous ne tarderons pas à le savoir, estima Kel.

Une série de hurlements les interrompit.

Lui succéda un profond silence. Le désert entier se taisait.

Alors résonnèrent des grognements profonds et, au sommet d'une butte, apparut une lionne, la gueule ensanglantée.

Nitis éleva l'arc de Neit en signe d'offrande.

Apaisé, le fauve s'éloigna. Hassad ne regagnerait jamais sa caravane.

50

Hénat arpentait le pont de son bateau. D'ordinaire si calme, le chef des services secrets ne tenait pas en place. L'humiliation dont il était victime aurait mérité une réaction violente, mais il préférait continuer à analyser cette situation surprenante.

En manifestant de manière ostensible son hostilité, la Divine Adoratrice prenait de grands risques. Amasis n'apprécierait pas son attitude et prendrait forcément de lourdes sanctions. À Saïs, Hénat l'aurait encouragé. Toutefois sa meilleure connaissance de la Haute-Égypte et sa découverte de Karnak, quoique sommaire, l'incitaient à la réserve.

Simple intimidation ou réelle volonté de s'opposer aux volontés d'un des plus hauts personnages de l'État ? Trop tôt pour répondre.

Le soleil se couchait, les pierres du temple se couvraient de teintes dorées. Au-dessus du lac sacré, les hirondelles dansaient.

La paix de ces lieux se nourrissait de siècles de sagesse. Ici, le temps s'échouait et les affaires humaines paraissaient dérisoires. Refusant de se laisser prendre à cette magie, Hénat songea à sa mission. Et il décida de descendre à terre. Aucun soldat ne l'en empêcherait.

Alors qu'il abordait la passerelle, un cortège équipé de torches arriva sur le quai. Des prêtres entouraient un imposant personnage à la démarche pesante.

Les gardes s'inclinèrent et lui libérèrent le passage.

La courte ascension fut lente et pénible.

— Me pardonnerez-vous cet effroyable incident, directeur Hénat ? Je suis le grand intendant[1] Chéchonq, au service de la Divine Adoratrice, chargé de gérer son domaine temporel. À ce titre, j'aurais dû organiser une grande réception afin de vous accueillir dignement, mais…

— Mais ?

— Je n'ai pas été informé de votre arrivée !

— Un courrier officiel vous a été adressé.

— Il ne m'est pas parvenu, hélas ! Ainsi s'explique cette déplorable situation. Dès qu'on m'a averti de votre présence, j'ai cessé toute activité, et me voici !

— Un courrier officiel égaré ? Impossible !

— Entre le Nord et le Sud, les services postaux ont mal fonctionné, ces derniers temps. Je tenais précisément à informer Saïs de multiples incidents. Une étude serrée des erreurs et des manquements permettra d'y remédier, d'autant plus que vous venez d'en être victime ! Je tiens un dossier détaillé à votre disposition.

Tout en rondeurs, le grand intendant était un personnage éminemment sympathique. Jovial, chaleureux et courtois, il semblait sincère et plaidait sa cause de façon convaincante.

— Votre bateau n'étant pas annoncé, les gardes ont strictement respecté les consignes. En cette période de début de la crue, les manœuvres présentent de sérieuses difficultés. Des accidents se sont déjà produits.

1. Le titre égyptien est également traduit par « chambellan, majordome ».

— Pourquoi m'a-t-on empêché de quitter mon bateau ?

— Simple raison de sécurité. Les visiteurs inconnus sont retenus au débarcadère, le temps des formalités administratives. Je vous le répète, cette malheureuse perte de courrier est la seule cause de ce misérable accueil. Au nom de la Divine Adoratrice, je vous présente mille excuses.

Chéchonq dissipait le malentendu. Et ses explications ne manquaient pas de force, car Hénat venait de constater les difficultés de liaison entre la Basse et la Haute-Égypte.

— Thèbes se réjouit et se flatte de la présence du directeur du palais royal, poursuivit le grand intendant. Nous recevons trop rarement les hauts personnages de l'État et tenons à les traiter avec tous les égards dus à leur rang. Notre belle province sert fidèlement le roi Amasis.

— Je n'en doutais pas.

Chéchonq parut contrarié.

— J'ai malheureusement d'autres regrets.

Le visage de Hénat se crispa. Après tant de civilités, on abordait les sujets délicats.

— En raison des circonstances, déplora le grand intendant, votre logement de fonction ne sera prêt que demain. Cette nuit, je vous prie d'accepter mon hospitalité.

Le chef des services secrets était pris au dépourvu.

— Mon bateau est suffisamment confortable et…

— Vous ne me pardonnez pas mon erreur ! Je le comprends et j'accepte votre courroux. Permettez-moi néanmoins d'insister et de solliciter votre indulgence.

— Entendu.

Un large sourire anima le visage épanoui de Chéchonq.

— Les dieux soient loués ! Je vous promets un agréable repas, arrosé d'un excellent vin.

Le grand intendant ne se vantait pas.

Proche du temple de Karnak, sa demeure était un véritable palais. Une vingtaine de pièces, deux salles de réception, plusieurs chambres accolées à des salles d'eau, une vaste bibliothèque, des dépendances destinées aux domestiques, une cuisine où œuvrait un artisan de génie et une cave contenant des merveilles.

— Avant de dîner, désirez-vous un massage ? suggéra le grand intendant. Je ne connais pas de meilleur remède pour effacer les fatigues d'une longue journée de travail. Laissez-vous convaincre, vous ne le regretterez pas !

Réticent, Hénat accepta.

Le masseur sut effacer les tensions du directeur du palais. Une douche tiède, un savon parfumé, une tunique de lin royal, des sandales neuves... Le grand intendant savait vivre et appréciait le confort.

Le dîner fut somptueux. Hénat n'avait jamais goûté des cailles au vin aussi délicieuses, et la chair d'une perche du Nil, servie sur un lit d'oignons et de poireaux, atteignait la perfection. Quant au vin rouge d'Imaou, il aurait enchanté le roi Amasis en personne.

Les doutes de Hénat étaient dissipés : l'administration thébaine n'avait nullement cherché à l'humilier, et son chef lui réservait un accueil au-delà de ses espérances.

— J'ai visité Saïs il y a plus de trente ans, révéla Chéchonq, et j'ai beaucoup apprécié le charme de notre capitale. Mais je vous avoue préférer celui de la province thébaine, si riche de souvenirs. Tant d'illustres pharaons reposent sur la rive d'Occident, tant de temples magnifiques ont été édifiés afin de garder vivant leur *Ka* ! De fabuleuses découvertes vous attendent. Et je ne parle pas de Karnak, un monde à lui seul. Thèbes saura vous séduire, j'en suis persuadé.

— Je ne suis pas un visiteur ordinaire, rappela Hénat. Le pharaon m'a confié une mission, et j'entends la remplir rapidement.

— De quelle manière puis-je vous aider ?

— En m'obtenant un entretien privé avec la Divine Adoratrice.

— Je solliciterai une audience dès que possible. Demain, je dois recevoir les responsables des digues et m'assurer qu'ils ont suivi mes instructions. Selon les spécialistes, la crue sera d'un bon niveau, ni trop haute ni trop basse. Malgré leur compétence, je reste méfiant. Un optimisme béat pourrait conduire à la négligence, et le niveau des bassins de retenue me préoccupe. La saison chaude est plus rude ici qu'à Saïs, et notre prospérité dépend de la rigueur et du travail. Désirez-vous des pâtisseries ?

— Non, merci.

— Un peu d'alcool de dattes pour digérer ?

— J'ai déjà beaucoup bu, grand intendant. Permettez-moi de me retirer.

Un serviteur conduisit Hénat jusqu'à sa chambre.

Fatigué, il apprécia la douceur des draps et le moelleux du coussin. Son séjour thébain promettait d'être aussi bref qu'agréable.

51

— Nous avons arrêté dix suspects, dit au juge Gem l'officier chargé du contrôle de police à Lycopolis. Huit hommes et deux femmes.

— Amenez-les-moi immédiatement.

La déception fut cruelle.

De petites gens, coupables de délits mineurs.

Kel, Nitis et Bébon avaient donc réussi à quitter la ville. Pas par le fleuve, à cause de la violence des premiers jours de la crue qui rendait le Nil non navigable. Et une multitude de soldats surveillait routes et chemins en direction du sud. Les responsables adressaient au juge un rapport quotidien et lui présentaient les suspects. Là encore, échec total.

Restait une possibilité : le désert.

Mais comment les fugitifs échapperaient-ils à ses dangers ? La soif, les fauves, les serpents et les scorpions ne leur permettaient pas d'aller loin. Seuls des professionnels expérimentés, tels les patrouilleurs ou les caravaniers, survivaient à cet enfer.

Une caravane... Peut-être la clé de l'énigme !

Le juge convoqua le scribe chargé d'enregistrer l'arrivée et le départ des nomades, et de les taxer en fonction de leur durée de séjour à Lycopolis.

— Combien de caravanes ont emprunté la piste du sud, ces derniers jours ?

— Une seule, répondit le fonctionnaire : celle du Syrien Hassad.

— Destination exacte ?

— Coptos.

— Ce Hassad... honnête et sérieux ?

— Il connaît bien les pistes et l'emplacement des points d'eau. Son honnêteté, en revanche...

— Accepterait-il d'emmener des voyageurs en situation irrégulière ?

Le fonctionnaire hésita.

— À ce sujet, des rumeurs ont couru. Mais je ne dispose d'aucune preuve.

— Les patrouilleurs chargés de surveiller le secteur dépendant de Lycopolis sont-ils de retour ?

— Pas avant demain.

Le magistrat prit son mal en patience.

Et le retard s'amplifia.

Au terme du quatrième jour, certain qu'un grave incident s'était produit, le juge décida d'envoyer une équipe de secours. Elle s'apprêtait à partir lorsque les patrouilleurs apparurent à l'entrée est de la ville.

Leur chef fut aussitôt conduit auprès de Gem.

— Des événements incroyables ! déclara-t-il. Nous avions pourtant contrôlé la caravane de Hassad, sans rien remarquer d'anormal. Et puis nous avons été rejoints par des membres de sa famille, totalement désemparés. D'après eux, les ânes se seraient révoltés pour libérer un homme et une femme que leur patron comptait remettre à la police de Coptos en échange d'une belle prime. Un second homme aurait pris Hassad en otage, et le quatuor se serait évanoui. Deux de mes patrouilleurs conduisent la caravane à destination. Et nous n'avons retrouvé ni Hassad ni ses ravisseurs.

« Kel, Nitis et Bébon ! » conclut le juge.

Leur otage les guiderait à travers le désert et, parvenus à destination, ils s'en débarrasseraient.

Coptos ? Exclu ! Là-bas, la police les attendait.

Consultant une carte, le juge Gem tenta de se mettre à la place des terroristes.

Et un nom s'imposa : Abydos.

Abydos, la cité préférée de Péfy, le ministre de l'Économie. Étrange coïncidence, il y résidait alors que le scribe Kel et ses alliés tentaient d'atteindre Thèbes.

Abydos, étape obligée. L'assassin y retrouverait un complice, l'un des hauts dignitaires de l'État, qui lui fournirait un abri sûr et l'aiderait à contacter la Divine Adoratrice.

Péfy, ami intime du défunt grand prêtre de Saïs, maître spirituel de la prêtresse Nitis. Péfy, la tête pensante du complot. Utilisant le scribe Kel comme bras agissant, il l'avait aidé en toutes circonstances.

Abydos serait le tombeau des comploteurs.

Appréciant peu la fournaise du désert, Vent du Nord se réjouissait de rejoindre la vallée du Nil. Frappant le sol de leur bâton, les voyageurs émettaient des vibrations dissuadant les serpents de les attaquer. La nuit, un feu écartait les prédateurs.

Soudain, l'air changea de nature et la chaleur sembla moins insupportable.

— Le fleuve n'est plus très loin, estima Kel.

— Redoublons de prudence, recommanda Bébon. Si nous nous heurtons à des patrouilleurs du désert, nous sommes fichus.

Chaque colline de sable, parsemée d'éclats de pierre, leur servit de poste d'observation. Entre les monticules, ils coururent et Vent du Nord galopa.

Après une nuit passée au sommet d'une dune, Nitis aperçut des monuments.

— Abydos, le royaume d'Osiris, précisa Bébon. J'y ai joué de nombreuses fois le rôle de Seth, lors de la célébration du drame rituel, sur le parvis du temple. Ça fait de l'effet, vous pouvez me croire ! Le masque est terrifiant, et la victoire finale d'Osiris ne semble pas acquise d'avance. Sacrés bons souvenirs... L'un de mes meilleurs rôles !

— Le feu de Seth nous a permis de traverser le désert, fit remarquer Nitis.

— On s'en sort à merveille, reconnut le comédien. Pas la moindre envie d'y retourner ! Ne crions quand même pas victoire. Une caserne remplie de mercenaires grecs, originaires de Milet, assure la protection d'Abydos. À supposer qu'elle obéisse aux ordres du ministre Péfy, nous allons droit dans la gueule du chacal.

— Péfy était l'ami de mon maître, objecta Nitis. Il écoutait ses conseils et tenait compte de ses avis. N'ignorant rien de l'affaire d'État à laquelle nous sommes injustement mêlés, il a tenté en vain de nous défendre. Face à l'aveuglement du roi, il a choisi de se retirer à Abydos et de se consacrer au culte d'Osiris.

— Bel optimisme ! s'exclama Bébon. Moi, je songe plutôt à un traquenard superbement organisé. Vieux courtisan, Péfy tient à ses privilèges. De peur d'être soupçonné, il s'est prêté à une machination destinée à nous broyer. Nous ne sortirons pas vivants d'Abydos.

Comment trancher ?

— Nous n'avons plus d'eau, constata Kel, et nous devons nous ravitailler.

L'argument était décisif.

— Je connais une ferme où nous serons bien accueillis, révéla Bébon.

— La fermière serait-elle l'une de tes conquêtes ? interrogea le scribe.

— Non, sa fille. Intelligence moyenne et vocabulaire limité, mais poitrine de rêve.

— Vous êtes-vous quittés en bons termes ?

— J'ai connu pire.

L'estomac dans les sabots, Vent du Nord avait envie de luzerne et de pousses de chardons. Aussi mit-il fin aux discussions et prit-il la direction des cultures.

Sortir du désert fut un intense soulagement. Enfin, des arbres, de la végétation et le doux frémissement de l'eau des rigoles d'irrigation !

— Halte ! ordonna une voix rugueuse.

Cinq mercenaires grecs.

Vent du Nord stoppa, ses compagnons l'imitèrent.

— Qui êtes-vous ?

— Des marchands ambulants.

— D'où venez-vous ?

— Du nord.

— Avec un seul âne ? Pas clair, tout ça ! Les marchands du coin, on les connaît. Vous, on ne vous a jamais vus. Suivez-nous, on vous interrogera à la caserne.

« On ne sortira pas vivants d'Abydos », se répéta Bébon. Terrasser ces cinq gaillards paraissait impossible.

— Vous allez nous conduire chez le ministre Péfy, exigea Nitis.

Le mercenaire ouvrit des yeux ronds.

— Il ne reçoit pas les marchands !

— Je suis la fille de son meilleur ami, le grand prêtre de Saïs, et le ministre m'attend.

52

Hénat avait passé une délicieuse journée. Son logement de fonction était une vaste villa, à une demi-heure du palais du grand intendant Chéchonq. Une cohorte de domestiques répondait à ses moindres désirs, un cuisinier lui servait ses plats préférés, barbier, manucure et masseur se tenaient à sa disposition.

Un bassin purifié par des lotus lui avait donné l'occasion de nager, et il s'était endormi à l'ombre d'une pergola. À son réveil, de la bière fraîche et légère.

— Votre excellence désire-t-elle autre chose ? lui demanda une délicieuse brunette vêtue d'un petit pagne.

— Pas pour le moment.

Mutine, elle s'éclipsa.

Sans doute un cadeau du grand intendant !

Ces moments de détente inespérés montraient au chef des services secrets l'étendue de sa fatigue. Depuis plusieurs années, il ne s'était pas accordé le moindre repos, tant les tâches et les soucis l'accablaient. Cette brusque rupture le déstabilisait en lui dévoilant des aspects de l'existence auxquels il n'avait pas songé.

Thèbes la tentatrice… Non, il ne céderait pas à ce mirage ! L'habile Chéchonq, lui-même bon vivant, ne lui ferait pas oublier sa mission.

À la tombée du jour, un émissaire du grand intendant le convia à dîner au palais du patron de l'administration thébaine.

Illuminée et parfumée, la salle à manger accueillait une dizaine de convives. Ils se levèrent tous à l'entrée de Hénat.

— Directeur du palais royal, déclara Chéchonq, visiblement ravi, je vous présente mes principaux collaborateurs et leurs épouses. Nous sommes enchantés de recevoir l'envoyé du pharaon Amasis et tenons à lui faire honneur.

À côté de ce banquet officiel, le dîner de la veille ressemblait à une collation ! Trois entrées, quatre plats principaux et deux desserts furent agrémentés de danses d'une exquise sensualité. Trois jeunes danseuses, uniquement parées d'une ceinture d'améthystes, développèrent de gracieuses figures, accompagnées d'un orchestre féminin composé d'une harpiste, d'une luthiste et d'une flûtiste.

« Amasis aurait apprécié cette réception digne d'un roi ! » songea Hénat.

Chéchonq pria le scribe du Trésor d'exposer à leur hôte la manière dont il gérait les finances de la province thébaine. Puis ce fut le tour du scribe des champs de préciser les modalités de sa politique agricole, en insistant sur les réserves de céréales prévues en cas de mauvaise crue. Quant au supérieur des artisans, il vanta leur conscience professionnelle et leur dévouement au domaine d'Amon. Le responsable des échanges commerciaux, lui, se félicita de la quantité de bateaux circulant entre le Nord et le Sud et de la rapidité des livraisons.

Bref, tout allait pour le mieux dans le meilleur des

mondes, et Thèbes vivait heureuse sous le règne d'Amasis.

En dépit de l'extraordinaire qualité des vins, Hénat prit soin de boire peu. Au terme de cette ronronnante soirée, les dignitaires de l'administration thébaine saluèrent le directeur du palais et le remercièrent de sa présence.

— La maison vous convient-elle ? s'inquiéta Chéchonq.

— Elle me paraît parfaite, répondit Hénat.

— C'est bien certain ?

— Certain.

— Le personnel vous donne-t-il entière satisfaction ?

— Il est parfait, lui aussi.

— N'hésitez pas à me signaler le moindre problème. Je le résoudrai immédiatement.

— Soyez-en remercié, Chéchonq. Ce séjour thébain est un enchantement, mais j'ai une mission à remplir : m'entretenir avec la Divine Adoratrice.

— Je ne l'oublie pas, cher Hénat !

— À demain, grand intendant.

Hénat se leva de bonne heure. On lui servit aussitôt du lait tiède et de fines galettes au miel, un aliment rare et coûteux. La première heure de la matinée était exquise. Ensuite viendrait la lourde chaleur, contraignant hommes et animaux à se protéger des ardeurs du soleil.

— Que souhaitez-vous au déjeuner ? demanda le cuisinier.

— Côte de bœuf et salade.

Le blanchisseur apporta une tunique neuve, le barbier le rasa délicatement et le parfumeur lui fit choisir sa fragrance.

Le chef des services secrets s'installa au bord du bassin en attendant Chéchonq. En fin de matinée, voire l'après-midi, Hénat parlerait à la Divine Adoratrice et lui transmettrait les directives d'Amasis. Si l'accueil de la vieille prêtresse était aussi chaleureux que celui de son grand intendant, l'entretien serait cordial et fructueux.

Les heures passèrent.

Hénat déjeuna du bout des lèvres, puis arpenta le jardin.

Enfin, Chéchonq !

— Je vous invite à un banquet où seront présents les principaux scribes préposés aux offrandes, annonça le grand intendant. Ils vous expliqueront en détail comment fonctionne l'économie de Karnak et des temples de la rive ouest.

— Passionnant. Quand pourrai-je voir la Divine Adoratrice ?

— Allons nous asseoir à l'ombre.

Chéchonq paraissait embarrassé.

Un serviteur s'empressa d'apporter de la bière.

— La Divine Adoratrice refuserait-elle de me recevoir ? s'inquiéta Hénat.

— Évidemment non ! Il s'agit d'un simple contretemps. Et je vous dois la vérité : moi-même, aujourd'hui, je n'ai pu la rencontrer. Nous avions pourtant prévu d'aborder de nombreux sujets relatifs à la gestion de son domaine.

— Cet incident s'est-il déjà produit ?

— Rarement.

— Pour quelle raison ?

La gêne du grand intendant s'accentua.

— La Divine Adoratrice attache davantage d'importance aux tâches rituelles qu'aux soucis matériels. Mon devoir consiste d'ailleurs à l'en délivrer, à condition d'obtenir son accord à propos des décisions majeures.

Hénat ne cacha pas son scepticisme.

— Me dites-vous *toute* la vérité, Chéchonq ?

Le grand intendant baissa les yeux.

— Il faut comprendre la situation, Hénat. La Divine Adoratrice est une très vieille dame à la santé fragile. Remplir l'ensemble de ses obligations devient difficile, et je ne m'autorise pas à la brusquer.

— Je comprends.

— J'ai déposé votre demande d'audience par écrit. Quand j'obtiendrai une réponse, je vous avertirai immédiatement. En attendant, je mets à votre disposition une chaise à porteurs. Thèbes offre tant de merveilles que vos prochaines journées seront bien remplies ! À ce soir, cher ami. Mes subordonnés sont impatients de vous connaître.

Hénat demeura étrangement calme.

Soit Chéchonq mentait, et la Divine Adoratrice refusait de voir l'envoyé de Pharaon ; soit ses confidences reflétaient la réalité, et la vieille dame était réellement souffrante, voire agonisante. En ce cas, elle ne serait d'aucun secours au scribe Kel.

Le chef des services secrets continuerait de jouer le rôle de l'hôte satisfait, de manière à ne pas susciter la méfiance du grand intendant.

Une tâche urgente s'imposait : contacter ses agents thébains et vérifier les déclarations de Chéchonq.

53

La demeure du ministre Péfy se trouvait à proximité du grand temple d'Osiris, œuvre de Séthi Ier, le père de Ramsès II. Depuis la première dynastie, les pharaons bâtissaient à Abydos, et certains y avaient fait édifier la demeure d'éternité du *Ka*, ressuscitant en compagnie du dieu vainqueur de la mort.

Le chef du petit groupe de mercenaires s'adressa au gardien.

— Une jeune femme désire voir le ministre. D'après elle, il l'attendrait.

— Son nom ?

— Elle refuse de me le donner. Elle serait la fille du meilleur ami du ministre, le grand prêtre de Saïs.

— Je vais prévenir mon maître.

Bébon n'en menait pas large, Kel gardait son calme. Les mercenaires demeuraient vigilants et ne leur avaient pas laissé l'occasion de s'enfuir.

Si Péfy refusait de les recevoir, ils seraient brutalement interrogés et remis à la police. Et s'il les estimait coupables, il avertirait le juge Gem.

À la réflexion, l'initiative de Nitis était vouée à l'échec.

Le gardien réapparut.

— Qu'elle vienne.

Un mercenaire empoigna le bras de la prêtresse.

— Lâche-la, je m'en occupe.

Nitis traversa une petite antichambre où se dressait un autel dédié aux ancêtres, emprunta un couloir qu'éclairait une fenêtre haute et aboutit à un bureau encombré de papyrus et de tablettes.

— La voici, seigneur.

Assis en scribe, Péfy leva la tête.

— Nitis ! Ainsi, c'est bien toi.

— Je ne suis pas seule : Kel m'accompagne. Il m'aime et je l'aime. Et son ami Bébon nous a sauvés de situations périlleuses. Je n'oublie pas notre âne, Vent du Nord, intelligent et courageux.

— Et tu vas affirmer l'innocence d'un scribe que recherchent toutes les polices du royaume ! Les preuves sont accablantes, nul ne doute de la culpabilité de Kel. Maintenant, te voilà accusée de complicité ! Le juge Gem vous considère comme de redoutables comploteurs dont le parcours est semé de cadavres.

— Tout est faux, affirma tranquillement la jeune femme, et les véritables séditieux continuent à agir dans l'ombre.

— Qui sont-ils et que veulent-ils ?

— Nous l'ignorons encore, mais un texte crypté contient probablement leurs noms et leur but.

— Comment croire une telle fable ?

— En admettant la vérité. Un jeune scribe, une prêtresse et un comédien menaçant le trône d'Amasis… cette fable-là serait-elle crédible ?

— Kel a assassiné ses collègues et s'est enfui. En l'aidant, tu t'associes à ces meurtres.

— La Divine Adoratrice nous donnera la clé du code

et nous permettra de prouver notre innocence. Aidez-nous à gagner Thèbes et à obtenir une audience.

Le regard du vieux dignitaire se détourna.

Nitis attendit son verdict. D'un mot, il pouvait les faire arrêter, donc les condamner à mort.

— Je viens d'envoyer ma démission au roi Amasis, avoua-t-il. Gérer l'économie du pays ne m'intéresse plus, et je n'approuve pas la politique menée en faveur de la Grèce. Aussi ai-je décidé de m'installer ici et de me consacrer au culte d'Osiris.

La prêtresse reprit espoir.

— Acceptez-vous de nous secourir ?

— Je n'ai qu'une autorité limitée sur la garnison des mercenaires. Son commandant signalera votre présence à son supérieur, lequel avertira le juge Gem. Sous prétexte de vous interroger, je vous abriterai et vous procurerai des vivres. Ne m'en demande pas davantage.

— Alors, vous me croyez ?

— Va chercher Kel et Bébon.

Seul Vent du Nord demeura à l'extérieur. Un domestique lui apporta de l'eau et du fourrage, et l'âne ne se fit pas prier.

Péfy contempla longuement le scribe plongé au cœur d'une affaire d'État. L'épreuve l'avait mûri, son visage était devenu celui d'un homme décidé à combattre jusqu'au bout. Il ne semblait ni abattu ni épuisé. Et sa question surprit le ministre.

— Avez-vous rédigé le papyrus codé ? demanda Kel.

— Non… certes non !

— En connaissez-vous l'auteur ?

— Je ne le connais pas. À présent, je vous confie à mon chambellan. Moi, je dois renvoyer la patrouille de mercenaires.

Manifestant un appétit dévorant et une soif inextinguible, Bébon se promit de ne plus traverser le désert. Nitis et Kel ne parvinrent pas à manger avant le retour de Péfy.

— Ils ont regagné leur caserne, précisa le ministre, mais exigent un compte rendu des interrogatoires et s'étonnent de mon intervention. Vu ma position éminente, ils se sont inclinés. Leur commandant ne tardera pas à manifester sa réprobation, car je n'ai pas à me mêler des affaires de police et de sécurité.

— Combien de temps pouvons-nous rester ? s'informa Kel.

— Deux jours au maximum. Je redoute une réaction brutale. Maintenant, mangez et reposez-vous.

— Votre bateau personnel se trouve-t-il au port d'Abydos ?

— En effet.

— Nous autorisez-vous à le dérober pour nous rendre à Thèbes ?

— La Divine Adoratrice ne vous recevra pas. Malgré son rayonnement spirituel, elle doit obéir au roi. Hénat, le chef des services secrets, vous décrira comme les pires des criminels et la convaincra de se tenir à l'écart de cette sinistre affaire.

— Nous verrons bien. Cette autorisation ?

— Je ne comptais plus me servir de ce bateau. Le vol constaté, je porterai plainte.

Laissant les amoureux à leur bonheur, Bébon sortit de la demeure du ministre en passant par la terrasse. Il éprouvait l'envie irrésistible de revoir l'atelier où l'on fabriquait les masques des dieux utilisés lors de la célébration des mystères. Situé non loin de là, il lui donnerait l'occasion de rêver à son récent passé de comédien ambulant et aux joyeuses heures passées en compagnie de la délicieuse spécialiste des cartonnages peints.

Abydos dormait déjà. Cité reliquaire, dépourvue d'activité économique, elle se consacrait entièrement à Osiris et voyait son petit nombre d'habitants diminuer chaque année.

La porte principale de l'atelier était fermée, mais Bébon savait ouvrir une fenêtre, à l'arrière du bâtiment.

Ses yeux s'habituèrent à l'obscurité, et il discerna bientôt les visages du faucon Horus et de l'effrayant animal de Seth, une sorte d'okapi aux grandes oreilles dressées.

Soudain, un bruit l'alerta.

Risquant un œil à la fenêtre, il vit des mercenaires se déployer.

Le ministre Péfy avait vendu ses hôtes.

54

Phanès d'Halicarnasse s'inclina devant le roi Amasis.

— Mission accomplie, Majesté. Éléphantine est à présent une véritable forteresse et notre frontière sud fermement établie. Des officiers sérieux encadrent une garnison correctement entraînée et prête à repousser n'importe quel assaut. Le nouveau commandant et le nouveau maire sont de fidèles serviteurs du royaume qui obéiront à vos ordres.

— Les Nubiens ont-ils été prévenus de ces changements ?

— J'ai envoyé des messagers aux principaux chefs de tribus. S'il existait des velléités de révolte, elles seraient anéanties.

— Excellente initiative, Phanès.

— Je ne suis pas complètement satisfait, Majesté. Certaines provinces du Sud conservent un esprit frondeur et n'appliquent pas les lois de manière rigoureuse. Une reprise en main me semble nécessaire.

— Que proposes-tu ?

— Implantons davantage de casernes à proximité des principales agglomérations. La présence des mercenaires calmera les contestations.

— J'y songerai, Phanès. Pour l'heure, j'ai une importante mission à te confier.

Le Grec se tint bien droit, les bras le long du corps.

— À vos ordres, Majesté.

— Connais-tu mon fils Psammétique ?

— J'ai aperçu le prince lors de cérémonies officielles.

— Qu'en penses-tu ?

— Majesté, je ne me permettrais pas…

— Permets-toi.

— C'est un homme jeune, élégant et posé.

— Trop élégant et trop posé ! À son âge, je maniais l'épée et la lance. Lui fréquente les scribes et la haute société, et oublie l'armée. Il est temps de lui donner une formation militaire approfondie. Demain, il sera à la tête de nos troupes et devra défendre les Deux Terres.

— Majesté, mes méthodes…

— Elles me conviennent. Ne le tue pas, mais ne le ménage pas. Ce garçon doit devenir rapidement un guerrier de première force. Je te l'envoie aujourd'hui même.

— Je formerai votre fils, Majesté, et il se montrera digne de son père. Comme je comptais entreprendre de grandes manœuvres afin de maintenir l'armée du Nord à son meilleur niveau, je l'y associerai.

— Au travail, Phanès.

Le général se retira d'un pas décidé. Lui succéda le chancelier Oudja, toujours aussi imposant.

— Vos migraines ont-elles disparu, Majesté ?

— Ton remède était efficace ! Plus la moindre douleur, et l'énergie retrouvée. La marine de guerre participe aux grandes manœuvres, j'espère ?

— Assurément. La coordination entre navire, infanterie et cavalerie me paraît essentielle. Nous venons de recevoir un courrier diplomatique de Crésus : il nous assure de l'amitié de l'empereur des Perses et souhaite nous rendre visite en compagnie de son épouse Mitétis. Cette dernière adresse tous ses vœux de santé à la reine Tanit.

— Réjouissante nouvelle, chancelier ! Les Perses semblent réellement se calmer et renoncer à leur politique de conquête. Néanmoins, ne baissons pas la garde. Le service des interprètes se reforme-t-il ?

— En l'absence de Hénat, le recrutement piétine, Majesté. Mieux vaut prendre du temps et n'engager que des professionnels de très haut niveau, conscients de leurs devoirs. Le nombre actuel de fonctionnaires suffit à traiter le gros du courrier diplomatique.

— Hénat a-t-il rencontré la Divine Adoratrice ?

— Pas encore, Majesté.

— Oserait-elle refuser de recevoir le directeur du palais ?

— Inimaginable, estima le chancelier. La dernière lettre de Hénat ne formule d'ailleurs pas cette accusation. À coup sûr, le chef des services secrets reprend en main son réseau thébain et récolte des renseignements avant son entrevue.

Amasis approuva d'un hochement de tête. C'était bien le style de Hénat.

— Des rapports du juge Gem ?

— Il se rapproche de sa proie, Majesté. À Lycopolis, le scribe assassin et ses complices lui ont échappé de peu.

— Lycopolis… Le fuyard se rapproche de Thèbes.

— Sa base d'Éléphantine détruite, l'homme est traqué.

Amasis entrevit une sombre perspective.

— Et si Kel ne se rendait pas à Thèbes, mais à Abydos, le fief de Péfy, mon ministre de l'Économie ?

— Ex-ministre, Majesté. Je viens de recevoir sa démission.

— Péfy, démissionnaire pour mieux me combattre ! Péfy, l'âme du complot... Préviens immédiatement le juge Gem !

— Rassurez-vous, il a suivi un raisonnement identique et compte investir Abydos avec l'espoir d'y arrêter les conjurés.

— Péfy... Ce serait donc lui, leur chef, et Kel, l'exécuteur des basses œuvres ?

— Attendons les conclusions du juge.

— Douterais-tu encore ?

— Péfy ne fut-il pas un remarquable ministre ? Nos finances se portent à merveille, le pays est riche, l'agriculture prospère.

— Un parfait collaborateur, intègre et travailleur... Admirable Péfy ! Pourquoi a-t-il voulu prendre le pouvoir ? À son âge, une vraie folie ! L'idéal de sagesse se perd, chancelier. Assez travaillé pour aujourd'hui.

Amasis sortit du palais et rejoignit son épouse qui se reposait à l'ombre d'un vieux sycomore.

— Une promenade en barque vous plairait-elle, Tanit ?

— J'avais précisément besoin de vous parler.

Quatre rameurs, un homme à la proue, un homme à la barre, du vin blanc frais, un parasol. Amasis s'étendit sur des coussins et regarda le ciel.

— Parfois, ma chère, les humains m'ennuient. Je devrais songer davantage aux dieux et moins me soucier du bonheur de mes sujets. Mais peut-on échapper à son destin ? Alors je continue à supporter les devoirs de ma charge, et vous seule en connaissez le véritable poids. Ce ciel me paraît si beau, si pur et si… mystérieux ! L'Égypte ne doit pas douter de son roi, et moi, je ne dois pas douter de la direction à prendre.

— Je suis inquiète, avoua la reine.

Amasis se redressa.

— Quels soucis vous hantent, Tanit ?

— Il s'agit de votre fils, Psammétique. Ne vient-il pas de quitter le palais en compagnie du général Phanès d'Halicarnasse ?

— Exact, ma chère. Le temps est venu de l'aguerrir.

— La brutalité de Phanès, la fragilité de notre fils…

— Il me succédera, Tanit, et doit apprendre à connaître la rigueur de l'existence. Le confiner au palais serait une grave erreur.

— Ne pouviez-vous pas patienter ?

— Les années s'écoulent vite, Psammétique n'est plus un adolescent. Demain, il donnera des ordres à des mercenaires. J'ai négligé son éducation en l'abandonnant à des lettrés empêtrés dans leurs bonnes manières. Sur un champ de bataille, leur érudition ne lui servira à rien !

— La guerre ne nous menace pas, objecta la reine.

— Nous allons bientôt recevoir Crésus et son épouse, révéla Amasis, et nous leur réserverons un accueil chaleureux. Grâce à lui, la Perse est informée de nos capacités militaires et se gardera donc de nous attaquer. Néanmoins, je continue à me méfier de ce peuple agressif. Un jour, peut-être, Psammétique l'affrontera.

55

Une cinquantaine de mercenaires progressaient vers la demeure du ministre Péfy. Silencieux, ils ne tarderaient pas à établir leur jonction avec les hommes du juge Gem qui coordonnait l'opération. Arrivé à Abydos le jour même et informé de la présence des trois suspects chez le ministre, il avait décidé une intervention immédiate.

Cette fois, les comploteurs ne lui échapperaient pas.

La pleine lune éclairait la cité endormie.

L'un des mercenaires se retourna. Et ce qu'il vit l'épouvanta au point de déclencher un cri de terreur. Ses camarades se figèrent et, à leur tour, découvrirent l'horrible spectacle : jaillissant des ténèbres, le dieu Seth les menaçait !

Les superstitieux prirent la fuite, heurtant les indécis, en renversant certains. La belle stratégie d'approche vola en éclats.

Satisfait du résultat, Bébon battit en retraite, ôta son masque et courut jusqu'au port. Trop tard pour alerter Kel et Nitis, Vent du Nord s'en chargerait. Impossible d'affronter seul cette armée. Unique issue : s'emparer du bateau du ministre et se préparer à appareiller en espérant que le jeune couple pourrait le rejoindre.

Connaissant Abydos à la perfection, Bébon emprunta une succession de ruelles aboutissant au port. Plusieurs bâtiments de la police étaient amarrés, dont celui du juge Gem. Des militaires les surveillaient.

À l'extrémité du quai, un bateau de belle taille. Peu à peu, des nuages noirs cachèrent la lune. Profitant de l'obscurité, Bébon escalada la poupe. Il faillit se heurter à un marin endormi et le réveilla en lui piquant le bas des reins de la pointe de son couteau.

— Ou tu m'aides, ou je te tue.

Kel sursauta.

La voix puissante de Vent du Nord brisait la quiétude de la nuit.

— Nitis, habille-toi, vite !

Le visage las, Péfy sortit de sa chambre.

— Vous êtes en danger, dit-il à ses hôtes. Passons par l'arrière de la maison et rendons-nous au temple. Les mercenaires n'oseront pas y pénétrer.

— Vent du Nord…

— Désolé, trancha Péfy. Animal de Seth, l'âne n'est pas admis dans le sanctuaire d'Osiris.

— Il nous attendra, assura Nitis.

— Hâtons-nous, exigea Péfy. Mon gardien ne les retiendra pas longtemps.

Le ministre ne se trompait pas. Et le gardien, craignant d'être frappé, leur apprit que les occupants de la maison s'étaient réfugiés au temple de Séthi Ier.

Enfin regroupés, les mercenaires se précipitèrent à la suite de leur supérieur.

Un prêtre sortit du lieu saint.

— Ne violez pas la quiétude de cet espace sacré.

— Vous abritez des criminels, rétorqua le commandant. Livrez-les-nous.

— Hors de question.

— Vous violez la loi !

— Je ne connais que celle des dieux.

À l'intérieur, Péfy indiqua au jeune couple le passage menant à l'Osireion, le temple en partie souterrain réservé à la célébration des grands mystères. Un couloir voûté les conduirait à la lisière du domaine divin, non loin du port.

— Mon bateau se trouve à l'extrémité du quai. Si votre ami a pu l'atteindre, peut-être parviendrez-vous à quitter Abydos.

— Et vous ? s'inquiéta Kel.

— Moi, affirma Péfy, je ne risque rien. Partez, et que les dieux vous protègent.

Un éclair zébra le ciel, le tonnerre gronda et de lourdes gouttes d'une pluie chaude commencèrent à tomber.

Les prêtres s'étaient rassemblés pour dissuader les soldats grecs d'envahir le temple. Péfy les rejoignit et imposa sa voix grave.

— Dispersez-vous, ordonna-t-il. Je suis le ministre de l'Économie et je parle au nom du pharaon.

— Ne l'écoutez pas, recommanda le juge Gem, fendant les rangs des mercenaires. Cet homme est un traître et cache des assassins.

— Tu te trompes, Gem, et tu pourchasses des innocents !

— Aucun temple ne se situe en dehors de la loi. Les soldats d'Amasis vont y pénétrer et s'emparer des criminels qui complotent contre lui.

— Je leur interdis de profaner le sanctuaire d'Osiris !

— Écarte-toi, Péfy !
— Jamais !
— Mort au traître ! clama le commandant des mercenaires dont la lance, projetée avec force, se ficha dans la poitrine de Péfy.
L'ex-ministre s'écroula, les prêtres s'enfuirent et les soldats se ruèrent à l'intérieur de l'édifice.
« J'aurais préféré un procès », pensa Gem, déplorant cette tragédie. Mais la tête pensante des séditieux était éliminée.

La violence de la pluie et du vent gêna la progression de Kel et de Nitis. Ils atteignirent néanmoins le port où, stoïque, Vent du Nord les attendait. Oubliant un instant le déchaînement des éléments, ils le caressèrent et le trio se dirigea vers l'extrémité du quai.
En ce jour terrible du grand affrontement d'Horus et de Seth[1], il fallait rester chez soi, ne pas se baigner, ne pas monter sur un bateau et ne pas voyager. Le Nil était déchaîné, d'énormes vagues agressaient les bâtiments et menaçaient de les couler. Abandonnant leur poste, les soldats de garde cherchaient des abris.
— Vite, hurla Bébon, on largue la dernière amarre et on part !
— C'est de la folie, jugea Kel. Le bateau sombrera et nous périrons noyés.
— L'âne du dieu Seth nous protégera, affirma Nitis. Il connaît le secret de l'orage et ne le redoute pas.
Le trio parvint à monter à bord.

1. Le 26 du premier mois de la saison *akhet*, approximativement le 14 août.

— Le marin de garde s'est enfui, précisa Bébon, trempé, et nous ne réussirons pas à manœuvrer.

— Partons, décréta Nitis.

De nouveaux éclairs déchirèrent un ciel noir d'encre. Kel serra très fort son amulette et enlaça Nitis.

Poussé par le courant, ballotté par des vents tempétueux, le bateau du ministre assassiné disparut dans la nuit.

56

Le soleil dissipa les derniers nuages. Ne s'éteignant qu'à l'aube, le terrifiant orage avait causé des dégâts considérables, et un vent d'est d'une rare puissance continuait à souffler.

Sortant du temple d'Osiris où les mercenaires n'avaient trouvé que des prêtres, le juge Gem s'immobilisa devant le cadavre de Péfy. Pourquoi ce ministre exemplaire s'était-il ainsi égaré ?

— Enterrez-le, ordonna le magistrat aux soldats.

Le commandant de la garnison serait suspendu quelques jours pour indiscipline, et Gem rédigerait un rapport détaillé à l'intention du roi Amasis.

Une partie du quai avait été détruite, tous les bateaux étaient gravement endommagés.

— Deux ont sombré, précisa un marin, et celui du ministre a disparu.

— Quelqu'un l'a-t-il vu partir ? demanda le juge.

On trouva un témoin, encore choqué.

— À cause de la pluie battante, je ne distinguais pas bien. Mais je suis sûr d'avoir aperçu un couple monter à bord avec un âne. Puis le bateau s'est brusquement détaché du quai, et le courant l'a emporté à une vitesse incroyable.

— Il se sera disloqué, avança le marin, et les passagers auront péri noyés.

— Nous allons entreprendre des recherches, décida le juge Gem.

— Les réparations nécessiteront du temps !

— D'autres bâtiments de la police ne tarderont pas.

— Sauf votre respect, ces investigations sont inutiles. Même un marin expérimenté ne saurait survivre à une telle tempête. Crocodiles et poissons ne laisseront rien des cadavres.

Hénat visita plusieurs temples des millions d'années de la rive ouest, notamment ceux de Ramsès II [1] et de Ramsès III [2], gigantesques édifices entourés d'annexes. Entrepôts, ateliers et bibliothèques continuaient à fonctionner.

Quatre serviteurs satisfaisaient les moindres exigences du directeur du palais royal et s'assuraient de son confort. Hénat s'entretint avec un bon nombre de responsables, s'intéressant à leurs méthodes de travail et à leur manière de résoudre les difficultés.

Au Ramesseum, il interrogea longuement le technicien préposé à la fabrication des papyrus de qualité supérieure, les seuls utilisés pour la rédaction des rituels. L'artisan les livrait notamment à la Divine Adoratrice et se rendait fréquemment à Karnak. Il était aussi le chef du réseau chargé d'informer Hénat.

— Quel honneur de vous accueillir à Thèbes !

1. Le Ramesseum.
2. Medinet Habou.

— Oublions les formules de politesse. J'ai besoin de renseignements précis.

— Ici, calme plat. La province est tranquille, les temples gèrent l'économie à la satisfaction générale et l'on se préoccupe surtout de vénérer les dieux.

— Parle-moi du grand intendant Chéchonq.

— À la fois théologien et administrateur, il bénéficie de l'estime des dignitaires comme de celle du peuple. En dépit de son apparence pataude et de son amour de la bonne chère, c'est un travailleur acharné et méticuleux. Intransigeant, il ne supporte ni les paresseux ni les incapables. La Divine Adoratrice ne s'est pas trompée en le nommant au poste de grand intendant.

— L'as-tu rencontrée récemment ?

— Elle est invisible depuis deux mois. Selon de proches serviteurs, sa santé se dégraderait rapidement. Elle continue cependant à célébrer certains rites mais ne franchit pas l'enceinte de Karnak et demeure la plupart du temps dans son palais.

— Chéchonq lui rend-il visite ?

— Au moins trois fois par semaine. Il doit la consulter avant de prendre des décisions importantes concernant la gestion de la province. Ces derniers jours, elle a refusé de le recevoir. D'aucuns pensent qu'elle agonise.

Ainsi, Chéchonq ne mentait pas. Prudent, Hénat voulait une certitude absolue.

— Connais-tu le médecin de la Divine Adoratrice ?

— Il m'a déjà soigné. C'est un homme affable et très compétent.

— Apprends-lui que je suis souffrant et envoie-le à mon logement de fonction. Le grand intendant n'aurait-il pas financé une milice secrète ?

— Soyez rassuré, seigneur ! Réduites au minimum, les forces de sécurité sont loin de former une armée. Les gardes de Karnak se contentent de surveiller les accès du temple. Le rayonnement spirituel de la Divine Adoratrice demeure considérable, mais elle n'a rien d'un chef de guerre.

Du bateau du ministre Péfy ne subsistaient que de pauvres débris. La furie du Nil avait disloqué le bâtiment, pourtant d'excellente facture.

— A-t-on retrouvé des restes humains ? demanda le juge Gem aux policiers chargés d'inspecter l'épave, retrouvée près de Dendera, entre Abydos et Thèbes.

— Le fleuve et ses habitants ont tout nettoyé.

Kel, Nitis et Bébon noyés... Probable, en effet.

Sceptique, le juge poursuivit ses investigations plus au sud.

Aucun résultat.

Vu la violence de la tempête qui avait duré plusieurs heures, les chances de survie des fugitifs étaient inexistantes. Le magistrat ne devait-il pas se rendre à l'évidence, conclure à leur disparition et lever les barrages ?

Ils avaient déjà échappé à tant de dangers... Un doute subsistait.

Le juge Gem convoqua un petit groupe de mercenaires et leur donna ses instructions.

Portant une lourde sacoche en cuir remplie de médicaments, le médecin pénétra dans la chambre de Hénat, occupé à lire un rapport de son chef de réseau.

— Je suis venu aussi vite que possible. De quoi souffrez-vous ?

— Je me porte à merveille.

Le thérapeute fronça les sourcils.

— Je ne comprends pas ! On m'a dit…

— Je désirais vous voir, docteur. Officiellement, vous aurez soigné un malade. En réalité, j'ai besoin d'un renseignement.

— À votre service.

— Vous êtes bien le médecin personnel de la Divine Adoratrice ?

— En effet.

— Je veux tout savoir de son état de santé.

— Désolé, impossible. Le respect du secret professionnel fait partie de mes devoirs.

— Oubliez-le !

— Impossible, je vous le répète.

— Nous nous comprenons mal, docteur. J'exige une réponse précise. Sinon…

— Vous me menacez ?

— Vous et votre famille. Le roi m'a confié une mission et je la remplirai.

— Vous n'oseriez pas…

— Je dispose des pleins pouvoirs et, à mes yeux, seul compte le service de l'État. Je vous recommande vivement de me répondre.

— Trahir la confiance de ma patiente m'afflige et…

— Cas de force majeure.

Le médecin avala sa salive.

— Vous me demandez beaucoup.

— Seuls vous et moi saurons que vous avez parlé. Vous vous tairez, moi aussi.

Le thérapeute prit une profonde inspiration.

— La Divine Adoratrice souffre de maux divers et

incurables. Cœur usé, poumons fatigués, canaux d'énergie rétrécis. Étant donné son grand âge, la médication demeure inopérante. Je peux seulement soulager ses souffrances.

— Accorde-t-elle encore des audiences ?

— Elle n'en a pas la force et refuse même de voir son principal collaborateur, le grand intendant Chéchonq.

— Estimez-vous la Divine Adoratrice… condamnée ?

— Malheureusement oui. Son exceptionnelle résistance lui permettra peut-être de survivre quelques semaines. Si les douleurs devenaient insupportables, je serais contraint de lui administrer des drogues puissantes qui la plongeraient dans le coma. Et je n'exclus pas une crise cardiaque fatale. Cette prochaine disparition sera une immense perte.

— Nous la déplorerons tous, affirma Hénat, ravi d'apprendre ces excellentes nouvelles.

Chéchonq avait dit la vérité, et la Divine Adoratrice ne représentait plus le moindre danger.

En sortant de la demeure du chef des services secrets, le médecin éprouva un intense soulagement. Les mains moites et le dos trempé de sueur, il s'était comporté à la manière d'un équilibriste terrorisé par la froideur de Hénat. Parvenant à se maîtriser, il avait suivi les directives de son auguste patiente : persuader ce redoutable personnage qu'elle se trouvait au seuil de la mort, impotente et incapable d'agir. Il confirmait ainsi le témoignage du grand intendant et dissipait définitivement les doutes du chef des services secrets.

57

Un instant, un bref instant, le chef des conjurés douta de la réussite de son plan. Les dieux semblaient protéger un jeune scribe promis au rôle de victime idéale, une prêtresse destinée au temple et un comédien ambulant, amateur de plaisirs. Étrange trio, incapable d'échapper aux forces de l'ordre ! Et pourtant, il continuait sa folle aventure, se jouait de ses poursuivants et des coups du sort.

Cette chance insolente ne durerait pas. Kel, Nitis et Bébon étaient condamnés, et leurs illusoires succès n'aboutiraient qu'au néant. Jamais ils ne déchiffreraient le papyrus codé et, quand ils connaîtraient la vérité, il serait trop tard, beaucoup trop tard.

Renoncer ? Hors de question, car il n'existait pas d'alternative. L'issue se rapprochait, et certaines des conséquences seraient cruelles. Impossible de les éviter. Le chef des conjurés ne regrettait rien. La mise en œuvre de sa décision, prise depuis longtemps, avait exigé patience et habileté. Et convaincre un à un ses alliés s'était révélé périlleux.

Aujourd'hui, il restait peu de chemin à parcourir, mais l'âme du complot ne maîtrisait pas le déroulement des ultimes événements. Guère d'inquiétude, cependant. Toute tracée, la route ne présentait pas d'embûches.

La mort d'innocents ? Inévitable. Kel avait beau s'agiter, il se heurterait à des murs infranchissables et en perdrait la tête.

Bébon vomit des litres d'eau. Étonné d'être encore vivant, il tâta ses bras, ses jambes et sa tête. Entier !

Se redressant, il découvrit une berge du Nil plantée de roseaux. Perché sur une ombelle, un bec-en-sabot le regardait.

— On a sombré ! Nitis, Kel, où êtes-vous ?

Le bec-en-sabot s'envola.

Vacillant, le comédien se fraya un chemin à travers l'épais fourré. Il revivait l'effroyable tempête, ressentait le souffle déchaîné, tentait de s'agripper au bastingage. Le bateau progressait à une vitesse incroyable, sautant de vague en vague. À cette allure-là, ne dépasserait-il pas Thèbes ?

Accolé au mât, réussissant à garder l'équilibre, Vent du Nord défiait le ciel ! C'était lui, le capitaine de ce bâtiment à la dérive, le seul capable de retarder l'échéance !

Kel et Nitis se terraient à l'intérieur de la cabine. Kel tentait désespérément de la protéger et de lui éviter toute blessure.

La nuit semblait éternelle, les heures défilaient.

Une vague monstrueuse souleva le bateau et le projeta vers la berge. Bébon ferma les yeux, persuadé de ne jamais les rouvrir.

Et il marchait de nouveau, à la recherche de ses compagnons qu'il appelait en vain.

Saisi de vertige, il s'assit. Lui seul rescapé… C'était

horrible ! La vie, cette vie qu'il aimait tant, lui paraissait insipide et cruelle. Reprendre ses habitudes et le cours normal de son existence serait insupportable.

Surmontant sa lassitude, Bébon se releva et prit la direction du fleuve. Hâpy, le génie de la crue, lui procurerait l'apaisement.

— Où vas-tu, Bébon ? murmura une voix connue. Ne serais-tu pas gavé d'eau ?

— Kel ! Es-tu intact ?

Couvert de boue, le scribe était méconnaissable.

— Des égratignures.

— Nitis ?

— Elle se nettoie. Sa tunique est en lambeaux.

— Vent du Nord ?

— Des plaies et des bosses. Il dort.

— Je vais finir par croire que les dieux nous protègent vraiment ! Survivre à un tel cataclysme, se retrouver, respirer… Je rêve.

Les deux amis s'étreignirent.

Puis ils rejoignirent Nitis qui caressait doucement Vent du Nord.

— L'orage de Seth nous a épargnés en raison de ta présence, remercia-t-elle. Sans toi, nous aurions péri.

— Le juge Gem devrait nous croire morts, espéra Kel, et cesser de nous poursuivre.

— Je vais tâcher de savoir où nous sommes, annonça Bébon. Ne bougez pas d'ici, les roseaux vous cachent.

Le Nil avait englouti l'arc de Neit, l'amulette en obsidienne représentant les deux doigts qui séparaient le ciel de la terre, le sac de pierres précieuses et le couteau grec. Aux pieds de Nitis, les fragments de la statuette du Répondant. En les transportant sains et saufs sur la rive orientale du fleuve, il avait rempli sa fonction. Chacun de leur côté, Kel et Nitis tracèrent dans le sable humide les signes du papyrus codé. Leur mémoire demeurait fidèle et le texte incompréhensible.

Les oreilles de Vent du Nord se dressèrent.

Une barque approchait.

— Des pêcheurs, constata Kel. Bébon se trouve parmi eux !

Le scribe écarta les roseaux, la barque accosta.

— Ces braves gens nous accordent l'hospitalité, déclara le comédien.

— Nous n'avons pas de quoi les payer.

— Ils viennent de faire une bonne pêche et sont heureux d'inviter de pauvres voyageurs à partager leur repas. Je leur ai expliqué que notre bateau de commerce avait fait naufrage et que nous avions tout perdu.

— Ici, près de Thèbes, l'orage n'a pas été très violent, précisa le patron pêcheur. Allons jusqu'à notre cabane. Nous y ferons du feu et grillerons les poissons.

Endolori, Vent du Nord se releva avec peine.

— N'auriez-vous pas un morceau de tissu pour ma compagne ? demanda le scribe. Sa tunique a été déchirée.

Le patron découpa un pan de toile rugueuse destinée à réparer sa voile. Malgré ce vêtement de fortune, la beauté de Nitis subjugua les pêcheurs.

— Que transportiez-vous ? interrogea l'un d'eux.

— Des jarres de vin, répondit Bébon.

— Commandées par le grand intendant de la Divine Adoratrice, je suppose ?

— Non, nous nous rendions à Éléphantine, sans escale à Thèbes.

La cabane se trouvait sur une butte d'où l'on dominait le Nil, à présent apaisé. Les pêcheurs déposèrent leurs harpons et leurs paniers, on fit jaillir le feu et l'on but une bière rustique.

— Vous revenez de loin, observa le patron pêcheur. D'ordinaire, le fleuve en colère ne rend pas ses proies.

— La chance, affirma Bébon. La vue de vos poissons décuple mon appétit !

Trois grosses pièces furent grillées : un muge, un mormyre et un latès. Long d'un mètre, ce dernier avait un ventre et des flancs blanc argenté, et un dos brun olivâtre.

Serrée contre Kel, Nitis lui murmura quelques mots à l'oreille. Lors de la distribution des portions, le scribe empêcha discrètement son ami de goûter au latès. Les pêcheurs apprécièrent sa chair ferme et goûteuse.

— Il faudra raconter votre histoire à la police, préconisa le patron. Ça lui évitera de vous rechercher en vain. Nous pouvons vous conduire à la caserne la plus proche.

— Ce ne sera pas nécessaire, objecta Bébon. Indiquez-nous le chemin, nous nous débrouillerons.

Le patron pêcheur empoigna son harpon.

— Le chemin sera très court, l'ami. La police, c'est nous.

58

Les mercenaires mandatés par le juge Gem pour interpeller d'éventuels suspects formèrent un cercle autour de leurs prisonniers.

De leurs harpons, ils les menaçaient.

Sans armes, Kel et Bébon étaient impuissants. Épuisé, endolori, Vent du Nord ne se sentait pas en état de combattre.

— Qui êtes-vous ? demanda le chef du commando.

— Des marchands, répondit le scribe.

— Le juge recherche un assassin dont la description te correspond, une très belle jeune femme appartenant au clergé de Saïs et leur complice, un comédien ambulant. Un témoin les a vus disparaître à bord du bateau du traître Péfy. Celui-là a cessé de comploter.

— Que lui est-il arrivé ? interrogea Kel.

— Le commandant de la garnison d'Abydos a tué votre chef parce qu'il refusait de se rendre.

— Péfy était fidèle au roi, protesta Nitis.

Le mercenaire sourit.

— Son sort t'intéresse, on dirait ? D'après nos informations, ce ministre véreux connaissait bien ta famille et n'a pas eu de peine à te recruter. Votre cavale s'arrête ici, mes agneaux. Nous allons vous livrer au juge, vous serez condamnés à mort, et nous, nous toucherons une belle prime !

— Je ne crois pas, déclara Nitis, sereine.

Le faux patron pêcheur serra davantage le manche de son harpon. Particulièrement dangereux, ce trio passait presque pour invulnérable. Rumeur stupide, à l'évidence ! Cette fois, les criminels ne s'échapperaient pas. Incapables de lutter, ils devaient s'avouer vaincus.

— Je suis une prêtresse de Neit, confirma la jeune femme, et mon maître m'a appris à déchiffrer les signes et les symboles. Nul ne peut s'opposer à la parole des dieux, et ils ont décidé que votre entreprise échouerait.

— Espères-tu nous terrasser grâce à des formules magiques ?

— Je n'en aurai pas besoin.

Inquiets, les mercenaires se regardèrent, prêts à utiliser leurs harpons.

— Suivez-nous et restez tranquilles, ordonna le chef du commando.

— Vous avez commis une erreur fatale, précisa Nitis, et le meilleur des médecins ne parviendrait pas à vous sauver.

— Un médecin… que veux-tu dire ?

— Manger du poisson latès, incarnation de Neit, en présence de l'une de ses prêtresses est une faute impardonnable. En brisant ce tabou, vous vous empoisonnez. Le sang noircit, obstrue les poumons et paralyse les membres. Ne sentez-vous pas vos forces disparaître ?

Au bord du malaise, un mercenaire lâcha son harpon et tomba à genoux.

— Reprends-toi ! exigea l'officier. Cette magicienne tente simplement de nous effrayer.

Un deuxième Grec tourna de l'œil.

— Cessez de vous comporter comme des femmelettes !

Quand le troisième s'effondra, le chef du commando se couvrit d'une sueur malsaine et son regard se troubla. Brandissant son harpon, il tenta d'en transpercer Nitis. Kel bondit, lui bloqua le poignet et le désarma aisément.

Bébon n'eut pas à intervenir. Tous les membres du commando gisaient inanimés.

— Si j'avais mangé de ce poisson… avança le comédien.

— Je t'en ai empêché, rappela Kel.

— J'ai failli m'énerver, tant sa chair semblait délicieuse !

— Partons, intima Nitis.

— Utilisons la barque de ces malfaisants, conseilla Bébon. Vu notre allure, les bateaux de la police fluviale ne nous importuneront pas ! Une famille de pauvres pêcheurs ne menace pas la sécurité de l'État.

— L'accès à Thèbes doit être rigoureusement contrôlé ! objecta Kel.

— Nous débarquerons au nord de la ville, à l'abri des regards.

— Et ensuite ?

— On improvisera. Si proche du but, renoncerais-tu ?

Le quatuor s'éloigna du sinistre campement et regagna la berge. D'un sabot hésitant, Vent du Nord accepta de descendre dans la barque. Bébon mania les rames et, après un long parcours sous le soleil, les confia à Kel.

En vue, un bâtiment des forces de l'ordre. À la proue, deux archers.

Lors du croisement, ils observèrent d'un œil méprisant les passagers de la barque, misérablement vêtus.

— Bonne pêche ? interrogea l'un d'eux.

— Médiocre, on y retourne ! cria Bébon.

Kel accentua la cadence. D'autres barques glissaient sur le Nil, et de lourds bâtiments commerciaux voguaient au milieu du fleuve.

— Arrête-toi, recommanda Bébon.

L'accostage s'effectua en douceur.

Vent du Nord fut heureux de retrouver la terre ferme, et Nitis contempla longuement un acacia de grande taille, réplique du doyen des arbres sacrés du temple de Saïs, dont les fleurs s'épanouissaient le vingt-troisième jour du premier mois de l'inondation.

— Recueillons-nous, pria Nitis, nous sommes en présence d'un sanctuaire de Neit.

Le comédien ne contraria pas la prêtresse, qui prononça les paroles de vénération. Le soleil animait les feuilles délicates de l'acacia, brillant d'un éclat régénérateur. Un ibis comata, incarnation de l'esprit lumineux, s'envola vers le ciel.

— Je connais un chemin menant aux faubourgs de Thèbes, révéla Bébon, mais il sera surveillé. Et nous n'avons pas de quoi acheter des vêtements décents et de la nourriture !

— Escaladons la berge, proposa Nitis.

Au bord du sentier, deux paniers remplis de poissons et une sangle.

— La déesse continue à nous secourir, constata la prêtresse. Bébon, sers-toi d'une branche morte comme d'une canne et joue au malheureux souffrant du dos. Moi, je te suivrai à bonne distance avec Vent du Nord. Il portera les paniers, je me déclarerai femme de pêcheur, la police nous laissera passer. Je vendrai les poissons sur le marché et achèterai vêtements et sandales. Toi, Kel, tu te mêleras à un groupe de travailleurs agricoles se rendant à une auberge en plein air. Plaisante, discute, ne manifeste aucune inquiétude. Nous nous retrouverons à la sortie du marché, du côté de la ville.

Bébon était ébahi.

— Vous… vous connaissez les lieux ?

— Je les découvre. Les paroles de l'acacia de Neit furent claires et précises, suivons ses recommandations.

Le comédien, lui, ne les avait pas entendues.

Kel regrettait de se séparer de Nitis.

— Respectons les directives de la déesse, proposa-t-elle, et nous franchirons ce nouvel obstacle.

Le plan élaboré par l'arbre parlant, que Bébon regarda du coin de l'œil, présentait de sérieux risques. Mais le comédien n'en avait pas de meilleur.

59

Féru de textes anciens, le grand intendant Chéchonq inspecta sa vaste demeure d'éternité de la rive ouest de Thèbes[1]. Les colonnes de hiéroglyphes s'inspiraient des *Textes des Pyramides* évoquant les incessantes mutations de l'âme dans les espaces célestes, et le voyage éternel de l'esprit lumineux. Au cours de sa longue carrière, Chéchonq avait bénéficié de l'enseignement de la Divine Adoratrice. Initié aux mystères divins, il dirigeait un collège de théologiens chargés de scruter la Tradition et de fournir aux dessinateurs, aux peintres et aux sculpteurs les thèmes à traiter lorsqu'ils décoraient les tombes.

La demeure de la mort était, en réalité, celle de la vie. Simple et rapide passage, l'existence humaine n'avait de sens qu'en fonction de l'au-delà. Chéchonq aimait venir méditer ici. Au cœur du silence apparent des parois couvertes de scènes rituelles, les dieux parlaient. Et rien n'était plus essentiel que d'entendre leurs voix.

— On vous demande d'urgence, grand intendant, l'avertit son secrétaire, gêné de troubler les réflexions de son supérieur.

1. Tombe thébaine 27.

— Est-ce vraiment urgent ?

— Je le crains.

À regret, Chéchonq s'arracha à la quiétude de sa demeure d'éternité.

Visiblement hors de lui, le scribe du Trésor l'attendait à la porte du tombeau.

— Grand intendant, cette situation est intolérable ! Je vous prie d'intervenir sans délai et de manière tranchante.

— Auparavant, puis-je avoir quelques éclaircissements ?

— Le scribe des troupeaux devait me livrer ce matin trois bœufs gras et cinq oies. Résultat : un seul bœuf et deux oies, ni explications ni excuses ! Quant au scribe des greniers, il a réduit d'office l'approvisionnement de la boulangerie de Karnak. Autrement dit, elle ne produira pas assez de pain pour l'ensemble du personnel. Et ces gens-là se prétendent responsables ! Ils mériteraient une bonne bastonnade. À votre place, je les remplacerais immédiatement par des administrateurs compétents.

— Je m'occupe de ces problèmes, promit Chéchonq.

— De la sévérité, grand intendant ! Sinon, ce sera le chaos.

Ce discours-là, Chéchonq l'entendait souvent. Pointilleux à l'extrême, le scribe du Trésor ne cessait de pester contre ses collègues et leur reprochait d'impardonnables erreurs avant même qu'ils ne les commettent. Le scribe des champs buvait trop, celui des greniers s'égarait dans des querelles familiales, celui des troupeaux perdait des heures à bavarder et celui des bateaux distinguait mal l'important du secondaire.

Chéchonq passait une bonne partie de son temps à réparer leurs erreurs et à éteindre les conflits. Néanmoins, ses subordonnés aimaient leur travail et ne comptaient pas leurs heures. Lors de la réunion hebdomadaire, le grand intendant parvenait à effacer les ressentiments au profit de l'intérêt général. Il savait écouter chacun et ne privilégiait personne. Connaissant son intégrité et son impartialité, les scribes lui accordaient respect et confiance.

À l'image des précédentes, la journée s'annonçait longue et chargée. Passant de bureau en bureau, Chéchonq éteindrait les incendies et rétablirait l'harmonie. Le temple continuerait à fonctionner malgré les faiblesses humaines, et le service des dieux serait assuré. À ce travail habituel s'ajoutait le délicat maniement du chef des services secrets, Hénat. D'après le médecin de la Divine Adoratrice, il avait mordu à l'hameçon. Mais le personnage, rusé et méfiant, feignait peut-être de croire ce témoignage décisif.

Chéchonq se rendit à la villa du directeur du palais, dont l'accès était sévèrement gardé. Le grand intendant félicita les fonctionnaires pour leur vigilance et fit avertir Hénat de sa présence.

La demeure ne manquait pas de charme. Les peintures murales représentaient des parterres de bleuets survolés d'alouettes et, en contemplant ces chefs-d'œuvre de délicatesse, on oubliait aisément les difficultés du monde extérieur.

Hénat apparut.

— La Divine Adoratrice a-t-elle répondu à ma demande, grand intendant ?

— Malheureusement non. Et les miennes demeurent également lettre morte. Manquant de directives précises, je dois apaiser les tensions entre les scribes chargés de diriger les divers secteurs de l'administration. Un véritable casse-tête !

Hénat se garda de sourire. Cet aveu correspondait au rapport établi par son chef de réseau. Désemparé, le grand intendant se contentait d'expédier les affaires courantes en attendant le décès de la vieille prêtresse qui n'accordait plus la moindre audience, même à Chéchonq.

— Désolé d'envisager cette triste éventualité, mais… comment se passera la succession ?

— La Divine Adoratrice choisit une fille spirituelle qu'elle associe au trône afin de la former. À la mort de sa Mère, elle assure l'ensemble de ses fonctions rituelles.

— Ce choix a-t-il été opéré ?

— Pas de manière formelle. Cependant, Sa Majesté n'a pas caché ses intentions. Elle veut adopter une jeune prêtresse, Nitocris, férue de sciences sacrées.

« Décidément, pensa Hénat, ce brave intendant ne me cache rien. »

Cette information-là, en effet, le directeur du palais l'avait déjà obtenue grâce à son chef de réseau. Timide et réservée, la jeune Nitocris vivrait recluse à Karnak et n'aurait pas un rayonnement comparable à celui de l'actuelle titulaire du poste.

En songeant au scribe Kel, Hénat eut envie de rire. Tant d'efforts et de risques en vain ! Même s'il était parvenu à rencontrer la Divine Adoratrice, il n'aurait contemplé qu'une agonisante, incapable de l'aider.

— J'ai organisé un banquet en votre honneur, annonça Chéchonq avec chaleur. Y participeront les responsables des temples de la rive ouest, ravis à l'idée de vous rencontrer.

— Désolé de les décevoir. Je n'assisterai pas à ces réjouissances.

Le grand intendant parut effondré.

— Vous aurais-je offensé, ai-je commis une erreur grave, ai-je…

— Pas de souci, grand intendant ! Vous n'êtes nullement en cause, et je vous remercie de votre parfait accueil à Thèbes. J'en parlerai d'ailleurs au roi et je souhaite vous voir confirmé dans vos fonctions. La nouvelle Divine Adoratrice aura bien besoin de votre expérience. Continuez à gérer au mieux cette belle province thébaine.

— Je m'y efforcerai, assura Chéchonq, mais votre refus…

— Une explication simple : je regagne Saïs. Ce séjour m'a enchanté, et j'ai beaucoup apprécié votre hospitalité. Ne tenant pas à forcer la porte d'une mourante, je préfère retourner à mon bureau où de nombreux dossiers m'attendent.

— Peut-être pourrais-je entreprendre une ultime démarche et…

— Inutile, trancha Hénat. Veuillez m'avertir de la date des funérailles. Un représentant du roi y assistera.

— Je n'ose vous demander une faveur…

— Osez, grand intendant.

— Accepteriez-vous de présenter au roi l'assurance de mon absolue fidélité ?

— Je n'y manquerai pas.

Véritable chef de la province thébaine, Chéchonq courbait l'échine avec la souplesse d'un roseau. Attitude ô combien satisfaisante et rassurante ! Seul inconvénient : l'habile dignitaire espérait une promotion qu'il n'obtiendrait pas. À la cour de Saïs, il ne serait d'aucune utilité. Ici, il contrôlait la situation au bénéfice d'Amasis.

— Thèbes aura-t-elle le plaisir de vous revoir ?

— Aux dieux d'en décider, répondit Hénat.

Le grand intendant s'occupa personnellement de faciliter au maximum l'embarquement du chef des services secrets. Et quand il le vit quitter le quai de Karnak, il se félicita d'avoir mené à bien le plan conçu par la Divine Adoratrice.

60

Au sortir du canal menant au débarcadère du temple de Karnak, le bateau de Hénat en croisa un autre, chargé de policiers et de militaires. À la poupe, assis sous un parasol, le juge Gem ! Au moment où les deux bâtiments se frôlèrent, le chef des services secrets apostropha le magistrat.

Une belle manœuvre les amena bord à bord, et les deux hommes se retirèrent dans la cabine de Gem.

— Vous quittez Thèbes, Hénat ?

— En effet.

— La Divine Adoratrice vous a-t-elle assuré de sa parfaite collaboration ?

— Je ne l'ai pas vue.

— Vous moqueriez-vous de moi ?

— J'ai la certitude qu'elle est gravement malade et vit ses derniers jours. Elle ne reçoit même plus son grand intendant et ne prêtera assistance à personne. Voilà pourquoi je regagne Saïs. Et vous devriez m'imiter.

— Vous n'avez pas à me dicter ma conduite, Hénat. Je mène mon enquête comme je l'entends.

— Une enquête qui traîne en longueur !

— Croyez-vous ?

Le regard ironique du juge intrigua le chef des services secrets.

— N'oubliez pas vos obligations, Gem : me communiquer la totalité des éléments dont vous disposez.

— Les vôtres ne sont-elles pas identiques ? Et je n'ai pas le sentiment que vous les respectiez.

— Vos sentiments ne m'intéressent pas !

— En revanche, l'un des faits majeurs de mon enquête devrait vous passionner.

Hénat était en position de faiblesse. Et puisque le juge souhaitait goûter à un triomphe partiel, il lui accorda ce plaisir.

— Acceptez-vous de me le révéler ?

— Donnant donnant. Qu'avez-vous appris à Thèbes, concernant le scribe Kel et ses complices ?

— Absolument rien.

— Et vous pensez que je vais vous croire ?

— Si l'assassin avait été repéré, mon réseau m'aurait informé.

Le magistrat parut convaincu.

— J'ai décapité la cohorte des comploteurs, révéla-t-il.

— Avez-vous arrêté Kel ?

— Son chef a été tué.

— Son chef…

— Le ministre de l'Économie, le traître Péfy. Il abritait ses complices dans sa demeure d'Abydos et leur a permis de s'enfuir. Le commandant des mercenaires grecs l'a transpercé de sa lance. Ayant agi sans ordre, il subira une sanction.

La sécheresse des faits étonna Hénat.

— J'ai informé Sa Majesté, ajouta le juge. Elle sait ainsi que mon action a progressé de manière décisive. Le ministre Péfy voulait prendre le pouvoir en utilisant les services d'une bande de criminels dirigée par le scribe Kel.

— Serait-il toujours vivant ?

— Probablement pas. Une tempête aurait causé sa perte et celle de ses principaux complices, la prêtresse Nitis et le comédien Bébon. D'après tous les marins consultés, ils seraient morts noyés. Mais je n'ai pas retrouvé les cadavres.

— Crocodiles et poissons les auront dévorés !

— Possible.

— En douteriez-vous ?

— J'aurais préféré les voir.

— Le perfectionnisme n'est pas forcément une vertu, juge Gem.

— Pensez-vous m'apprendre mon métier ?

— Au lieu de perdre votre temps à rechercher des morts, rentrez à Saïs.

— Je n'ai pas encore mis un terme à mon enquête. Moi, et moi seul, choisirai le bon moment.

— Thèbes est une cité fort agréable, et le grand intendant Chéchonq un hôte exceptionnel. Vous apprécierez sûrement de délicieux moments de détente.

— J'ai l'intention de travailler, non de m'assoupir. Et je souhaite l'assistance de vos agents.

— Au roi d'en décider.

— Il répondra favorablement à ma demande écrite, estima le magistrat. Faites-moi gagner du temps.

Le chef des services secrets réfléchit.

— Contactez de ma part le technicien du Ramesseum chargé de la fabrication des papyrus de première qualité. Il dirige mon réseau thébain.

Le juge serait déçu, car le subordonné de Hénat n'aurait pas d'information essentielle à lui fournir.

— Merci de votre collaboration.

— L'affaire Kel ne se termine-t-elle pas au mieux ? Nous voilà débarrassés de ce criminel et de ses alliés ! Vous évitez une procédure qui aurait abouti à la peine suprême. Belle réussite, juge Gem. Le roi sera satisfait de vos services, et vous méritez bien quelques jours de repos à Thèbes.

— Je n'en ai nul besoin et vous rappelle que je compte terminer ici mon enquête.

— En arrêtant des spectres ? Profitez un peu de la vie !

— Ce n'est guère votre habitude, me semble-t-il.

— Le charme de Thèbes vous surprendra. N'oubliez pas de revenir à Saïs.

— Bon voyage, Hénat.

Les deux bateaux s'écartèrent, celui du magistrat se dirigea vers le quai de Karnak. Le préposé à la sécurité du temple accueillit le magistrat avec déférence.

— Votre logement de fonction est prêt, déclara-t-il. Le grand intendant vous prie de l'excuser, il ne pourra pas vous rencontrer avant demain, à cause d'une urgence administrative.

La villa naguère occupée par Hénat avait été nettoyée, et une cohorte de serviteurs se préparait à satisfaire les moindres désirs du juge.

— L'endroit ne me convient pas. Trouvez-moi un immeuble en ville. J'ai besoin d'une dizaine de bureaux pour mes collaborateurs, d'une salle de réunion et d'un casernement. Deux autres bateaux de la police ne tarderont pas à arriver, et je déploierai mes hommes sur les deux rives.

— Je dois consulter le grand intendant et…

— C'est un ordre, trancha Gem. Son avis n'y changera rien. Je ne passerai qu'une nuit dans cette maison.

Un cuisinier aux joues rebondies se présenta.

— Le dîner se composera de deux entrées, à savoir…

— Annulez. Je me contenterai d'une bouillie de fèves.

— Comme vin, je propose…

— Apportez-moi de l'eau.

Insensible à la décoration raffinée de la villa, le juge s'assit à l'ombre d'un sycomore et consulta, une fois encore, le dossier du scribe Kel. Fallait-il le clore définitivement ?

Un officier de police vint au rapport.

— Des nouvelles de l'équipe de faux pêcheurs. De mauvaises nouvelles.

— Ont-ils été attaqués ?

— Apparemment pas. On les a retrouvés morts, à leur campement.

— Cause du décès ?

— Selon un médecin militaire, empoisonnement alimentaire. Ils auraient consommé un poisson toxique.

Étrange incident… La prêtresse Nitis n'aurait-elle pas utilisé une drogue ? Et le scribe Kel avait empoisonné ses collègues du service des interprètes !

Le juge ne referma pas le dossier.

61

Favori[1], le chien de la Divine Adoratrice, quémanda une caresse. Aussitôt, Jongleur, le petit singe vert, lui mordilla la queue, inaugurant une belle séance de jeux. Ces deux fidèles compagnons réjouissaient le cœur de la Divine Adoratrice[2]. Vouée au culte d'Amon, son époux divin, elle n'avait pas d'enfant. Son mariage symbolique garantissait la pérennité de la création et repoussait le chaos. Représentante terrestre du principe féminin primordial, Mère de tous les êtres, la Divine Adoratrice avait partagé le secret d'Amon lors de son couronnement, et leur communion, grâce à la pratique quotidienne des rites, ne subissait aucune altération.

« Douce d'amour », « Maîtresse du charme », « Riche

1. *Hesyf-Maâty*, « Son favori (ou : celui dont elle fait des louanges) en rectitude ».

2. Elle se nommait *Ânkh-nes-nefer-ib-Râ*, « Que le roi vive pour elle (ou : la vie lui appartient), le cœur de la lumière divine (Râ) est en perfection », *Héqat-neferou-merit-Mout*, « Régente de la perfection, aimée de Mout (l'épouse divine d'Amon, dont le nom signifie à la fois "mère" et "mort") ». À l'instar des pharaons, ces noms étaient inscrits dans un cartouche. Cette femme d'exception occupa la plus haute fonction sacerdotale thébaine pendant une soixantaine d'années.

de faveurs », « Régente de toutes les femmes », la souveraine gouvernait le cosmos et la terre entière. Remplissant les salles du temple du parfum de sa rosée, elle possédait une voix enchanteresse et jouait une musique céleste.

Comme chaque matin, elle fut purifiée et vêtue d'une longue tunique serrée à la taille par une ceinture. Un prêtre enserra son front d'un bandeau rouge que retenait, à l'arrière, un nœud d'où sortaient deux bandeaux flottant sur les épaules.

En dépit de son grand âge, la Divine Adoratrice bénéficiait d'une excellente santé, nourrie d'une énergie inépuisable. La fréquentation des divinités effaçait le temps, l'allure majestueuse et la beauté de la prêtresse demeuraient intactes. N'éprouvant pas la nostalgie de la jeunesse, elle remerciait Amon de lui avoir accordé tant de bonheur.

— Pas de curieux ? demanda-t-elle au ritualiste en chef.

— Majesté, le temple est hermétiquement clos.

La Divine Adoratrice se dirigea vers le « Rayonnant des monuments[1] », le sanctuaire édifié par Thoutmosis III et destiné à l'initiation des grands prêtres de Karnak. Ici lui avaient été dévoilés les grands mystères de la mort, de la résurrection et de l'illumination.

Elle s'arrêta devant une statue-cube représentant le grand sage Amenhotep, fils de Hapou, lisant un papyrus déroulé sur ses genoux. Animée d'une vie surnaturelle, elle devait être purifiée de sorte qu'aucune infection ne souille le granit. Aussi la Divine Adoratrice versa-t-elle de l'eau provenant du lac sacré, reflet terrestre de l'océan primordial.

1. *Akh-menou*.

Puis un prêtre lui tendit une torche et ouvrit le chemin jusqu'à un brasier. Un autre ritualiste lui présenta une broche. Piquée à son extrémité, une figurine en cire de révolté, tête tranchée, mains liées derrière le dos.

La Divine Adoratrice la jeta au feu.

Les crépitements ressemblèrent aux gémissements d'un torturé.

L'ennemi calciné, elle banda son arc et simula le lancer d'une flèche aux quatre points cardinaux. Le rite brisa les forces du mal, les empêchant d'obscurcir le ciel et le rayonnement des dieux.

La route de ceux qu'elle attendait se dégageait enfin. Après avoir surmonté quantité d'épreuves, ils atteignaient le territoire thébain. Pourtant, nombre de dangers subsistaient, et la réussite de leur mission n'était pas acquise.

La flamme s'éteignit.

D'un pas lent, la Divine Adoratrice marcha en direction de deux chapelles dédiées à Osiris qu'elle avait fait construire le long du chemin menant au temple de Ptah. Empruntant une petite allée pavée, elle pénétra dans celle d'Osiris, « maître des aliments[1] ».

Associé à la fête de régénération de l'âme royale, le dieu lui offrit les nourritures spirituelles et matérielles. Ainsi voyait-on représenté le pharaon Amasis, suivi de son *Ka*, sa puissance de création, et accédait-on aux pavillons dressés à l'occasion de ce cérémonial. Le roi offrait du vin à Amon-Râ, accompagné de Maât, et la Divine Adoratrice recevait des mains du dieu les sistres dont les vibrations dispersaient les forces maléfiques. Crachant du feu, des serpents cachaient ces mystères aux profanes que mettaient en pièces de terrifiants gar-

1. *Neb djefaou*.

diens à tête de crocodile ou de rapace, armés de couteaux.

Au cœur du sanctuaire s'accomplissait le couronnement d'Osiris, selon les rites d'Abydos. La Divine Adoratrice venait souvent les vivre en esprit, se préparant à franchir les portes de l'invisible.

Son grand intendant, ami et confident Chéchonq était associé à sa démarche puisqu'il figurait sur une paroi de cette chapelle.

Il y attendait sa souveraine, à l'abri des regards.

— Majesté, le chef des services secrets a quitté Thèbes, croyant à votre fin prochaine. Ne vous considérant plus comme un danger, il a décidé de rentrer à Saïs.

— Son réseau, lui, reste en place.

— Il ne m'inquiète guère, car je connais tous ses membres. Peu actif, leur chef ne devrait pas nous causer de graves ennuis. En revanche, l'arrivée du juge Gem et d'une nuée de policiers me tracasse. Lors de notre rencontre, je tâcherai de connaître son plan d'action.

— Sois extrêmement prudent. Obstiné et méticuleux, ce haut magistrat ne relâchera pas ses efforts. Or les voyageurs espérés s'approchent de nous.

— Ils seraient donc vivants !

— Les dieux les ont protégés. L'ultime étape s'annonce difficile et périlleuse, le moindre faux pas les condamnera.

— S'il vous estime mourante, le juge Gem ne renoncera-t-il pas à poursuivre ses investigations ?

— Son obsession consiste à arrêter le scribe Kel. Et nul ne le fera renoncer.

— J'espérais un répit après le départ de Hénat, déplora le grand intendant. Il faut peut-être se préparer au pire ! Contacter le scribe et ses amis sera particulièrement délicat.

— Tu as déjà résolu beaucoup de problèmes insolubles, Chéchonq.

— La confiance de Votre Majesté m'honore, mais je ne me suis jamais heurté à la police et à la justice du roi Amasis !

— Tu disposes d'un trésor inestimable : l'expérience. Face à la brutalité, tu utiliseras la ruse.

— Le juge Gem m'en laissera-t-il le temps ? Il ne manquera pas de tendre des pièges, et le scribe Kel risque d'y tomber.

— Tente de les déjouer et de libérer le chemin de Karnak. Nous pouvons encore sauver l'Égypte.

— Je ferai l'impossible, Majesté.

Le léger sourire de la Divine Adoratrice bouleversa le grand intendant. Il admirait sa noblesse innée, sa dignité exemplaire et son rayonnement inégalable. Pour la servir et ne pas la décevoir, il donnerait sa vie.

62

À force de jouer les malades, Bébon finissait par avoir mal au dos. S'appuyant ostensiblement sur sa canne, il ne ressemblait pas à un dangereux malfaiteur en fuite. On l'arrêta pourtant à l'un des barrages de police interdisant l'accès à Thèbes.

— Où vas-tu, mon brave ?

— Chez le rebouteux du faubourg nord.

— Tu es paysan ?

— Laboureur. Mes reins se sont bloqués, impossible de travailler.

— Le rebouteux a de bonnes mains, il te guérira.

Prenant soin de claudiquer, Bébon se rendit au marché aux poissons, occupant une grande partie du quai. Il ne tarda pas à repérer Nitis qui achevait de vendre au meilleur prix les superbes poissons appréciés des connaisseurs.

Tuniques, sandales, nourritures diverses, petits vases faciles à négocier : le troc était un beau succès.

— As-tu repéré Kel ? demanda la prêtresse au comédien.

— Malheureusement non. Il franchira le barrage, j'en suis sûr. Les policiers s'occupent surtout des couples et des scribes.

Nitis remplit les paniers de ses acquisitions. Vent du

Nord se releva et accepta de les porter. Bébon les suivit jusqu'à la sortie du marché, du côté de la ville. Une patrouille les croisa sans leur prêter attention.

— J'attends ici, décida le comédien. Tâchez de louer un local où nous pourrons nous changer.

Le faubourg nord de la cité d'Amon connaissait une intense animation, en raison du nombre d'entrepôts accueillant des marchandises. On parlait fort, on négociait, on chargeait des ânes, on programmait les livraisons.

Le temps passait, Bébon commençait à s'inquiéter.

Un groupe de paysans s'approcha. En tête, deux braillards satisfaits de venir en ville. À l'arrière, Kel !

Le comédien lui fit signe, le scribe se détacha du cortège. Ils s'adossèrent à l'angle d'une ruelle.

Peu de temps après, Nitis vint les chercher et les emmena au rez-de-chaussée d'une maison de trois étages. En réfection, le local servait de remise.

— Ça ne ressemble pas à un palais, constata Bébon, mais nous voici à Thèbes ! Je n'arrive pas à y croire.

— Cette ville pourrait être notre tombeau, déclara Kel. Comment parvenir à rencontrer la Divine Adoratrice ?

— Son bras droit, le grand intendant Chéchonq, me paraît plus accessible. L'homme fort de Thèbes, c'est lui. Il dirige l'ensemble des services administratifs et maintient la prospérité de la province.

— Et s'il se montre hostile ?

La mine du comédien s'assombrit.

— En ce cas, il faudra décamper.

— Nous n'en sommes pas là, intervint Nitis. Et nous avons tous besoin de dormir.

Le juge Gem prit possession de son nouveau domaine. Il visita chacun des bureaux et répartit ses assistants dans l'immeuble réquisitionné. Son secrétaire rangea les papyrus et les tablettes en bois sur des étagères et disposa le mobilier au goût de son patron. Des livreurs apportèrent le matériel nécessaire, notamment des pins d'encre, des stylets, des calames, des gommes, des palettes, des chiffons et quantité de corbeilles.

En quelques heures, le centre de commandement devint opérationnel. En face, plusieurs maisons furent vidées de leurs locataires, relogés ailleurs, et réservées aux policiers et aux militaires qui venaient d'arriver à Thèbes.

Le magistrat sentait que la dernière phase de son enquête se jouerait ici. Kel et ses complices avaient éliminé les faux pêcheurs, évité les barrages et atteint leur destination. Encore leur fallait-il franchir les portes de Karnak. Et cette démarche insensée n'aurait servi qu'à rencontrer une mourante, incapable de les aider !

Mourante, la Divine Adoratrice l'était-elle vraiment ? D'ordinaire, on n'abusait pas le chef des services secrets. En regagnant Saïs, Hénat affichait sa certitude. Et si le comédien Bébon travaillait pour lui, ne livrerait-il pas bientôt son « ami » Kel à la justice ?

La venue du grand intendant interrompit les réflexions du magistrat. D'emblée, ce personnage imposant, rondouillard et sympathique exaspéra le juge.

— Je n'espérais plus vous rencontrer, avança sèchement Gem.

— Des impératifs d'ordre administratif m'ont empêché de vous accueillir, et je vous prie de m'en excuser. Cette grande province n'est pas facile à gérer, croyez-moi !

— Chacun ses problèmes.

— Êtes-vous convenablement installé ?

— Cela me suffira.

— Afin de mieux vous reposer, ne souhaiteriez-vous pas une villa tranquille, entourée d'un jardin ?

— Je n'ai pas l'intention de me reposer, mais d'arrêter un redoutable criminel et sa bande.

— J'ai entendu dire qu'ils avaient péri noyés, s'étonna Chéchonq.

— Ne vous fiez pas aux rumeurs.

— Les Thébains seraient-ils en danger ?

— J'assurerai leur sécurité et je compte sur leur coopération, à commencer par la vôtre.

— Elle vous est totalement acquise, juge Gem !

— Fournissez-moi un plan détaillé de la ville et de la province et mettez en alerte vos forces de sécurité.

— Oh ! elles sont bien minces et se contentent de protéger le temple de Karnak !

— À partir de cet instant, elles obéiront à mes ordres.

— J'aurais dû en référer à la Divine Adoratrice, mais…

— Qu'est-ce qui vous en empêche ?

Les mots peinèrent à sortir de la bouche de Chéchonq.

— Il s'agit d'une sorte de secret d'État, et…

— Je représente le pharaon, et j'exige de tout savoir. Je comptais d'ailleurs rencontrer la Divine Adoratrice dès demain et lui exposer mes intentions.

— Ce sera malheureusement impossible, murmura Chéchonq, affligé. Son état de santé lui interdit de recevoir quiconque, moi compris. La population ignore cette tragédie, et je suis désemparé.

— Continuez à vous taire et à remplir vos fonctions.

— Ce soir, je vous convie à un grand banquet organisé en votre honneur. Nos cuisiniers…

— Ce soir, réunion des responsables de l'armée et de la police. J'estime votre présence indispensable.

Une grande carte de la province thébaine avait été déployée sur des tables basses accolées. Grâce à la précision des scribes du cadastre, le juge Gem se fit une idée précise de la cité d'Amon et de ses environs.

L'ampleur du territoire à surveiller et à fouiller paraissait décourageante. Kel pouvait se cacher au cœur même de la cité, dans la campagne ou à l'intérieur d'un temple hostile à la politique d'Amasis.

Premier impératif : une partie des troupes s'occuperait de la rive occidentale, l'autre de l'orientale. L'entrée de la Vallée des Rois serait bloquée et l'accès des sanctuaires réservé aux seuls ritualistes.

À tout moment, des contrôles volants intercepteraient passants et commerçants. Et l'on implanterait de nombreux postes de police à proximité des bâtiments officiels, sans oublier la multiplication des patrouilles terrestres et fluviales. Enfin, une belle prime serait offerte à qui fournirait au juge des renseignements dignes d'intérêt.

Consterné, Chéchonq garda le silence.

Le scribe et ses amis ne sortiraient pas de cette nasse et ne rencontreraient jamais la Divine Adoratrice.

63

Vêtu d'une tunique asiatique bariolée, les cheveux retenus par un bandeau multicolore, chaussé de sandales de luxe, Bébon jouait à la perfection le marchand syrien à la recherche de bonnes affaires. Arpentant les principaux marchés, il se montrait volubile et charmeur.

— Le nombre de policiers m'étonne, confia-t-il à un négociant en tissu. Lors de mon dernier séjour à Thèbes, je n'en avais pas vu autant !

— À circonstances exceptionnelles, mesures exceptionnelles. N'avez-vous pas entendu parler d'une bande d'assassins que commande un scribe ?

— De vagues échos, en effet.

— Ces redoutables criminels se cacheraient ici, à Thèbes ! C'est pourquoi le juge Gem en personne a déployé des forces considérables. Les deux rives sont sévèrement contrôlées, et cette racaille ne passera pas à travers les mailles du filet. Au moins, en Égypte, la justice et l'ordre sont respectés.

— Vous pouvez le dire, approuva Bébon. Plus vite cette affaire se terminera, mieux cela vaudra pour le commerce.

— Très juste ! Et le grand intendant Chéchonq, un homme remarquable et un gestionnaire de première force, ne doit guère apprécier cette intervention du pouvoir central. Les Thébains sont fiers de leur relative autonomie et critiquent volontiers, à mots feutrés, la politique de Saïs. Leur seul pharaon, c'est la Divine Adoratrice.

— J'aimerais précisément proposer au grand intendant des parfums de grande qualité, destinés au temple de Karnak.

— Vous avez de la chance, il se trouve aujourd'hui à la mairie de Thèbes et y reçoit des marchands étrangers. Dépêchez-vous de demander audience.

— Merci du conseil.

Bébon passa prendre Kel, qui prit l'aspect à nouveau d'un travailleur agricole, assisté de son âne chargé de fourrage. Ils prirent soin de marcher lentement, portant toute la misère des Deux Terres sur leurs épaules.

Des soldats gardaient l'entrée de la mairie et fouillaient chaque visiteur.

L'arrivée du grand intendant, précédé d'une dizaine de scribes élégamment vêtus, ne passa pas inaperçue.

— Quand nous débarrasserez-vous de cette armée ? l'interpella un bourgeois. Thèbes est une cité pacifique et libre !

— Cas de force majeure, rétorqua Chéchonq. Il sera bientôt résolu.

Le grand intendant échangea quelques mots avec ses administrés puis pénétra à l'intérieur de la mairie, suivi des marchands accrédités. Manquant de références sérieuses, Bébon n'avait pas présenté sa candidature.

— Ne le lâchons pas d'une semelle, recommanda-t-il à son ami. À un moment ou à un autre, Chéchonq sera moins entouré, et tu pourras lui parler. Sois bref et convaincant afin de capter immédiatement son intérêt.

S'il exige davantage d'explications, tu auras gagné. Sinon…

Une longue attente débuta.

En fin d'après-midi, Chéchonq sortit de la mairie. Refusant la chaise à porteurs, il marcha en direction du port, toujours accompagné de scribes et de soldats.

Il monta à bord de plusieurs bateaux, inspecta les cargaisons et vérifia la qualité des produits proposés. Bébon se félicita de n'avoir pas tenté un coup de bluff !

S'ensuivirent des discussions avec les armateurs, les marchands et le scribe du Trésor. On discutait les prix, les quantités et les dates de livraison. Les contrats conclus, on se félicita chaudement, et le grand intendant reprit la direction du centre de la ville.

Il demeura une bonne heure chez le scribe du Trésor pour récapituler les transactions en cours. À sa sortie, il accepta la chaise à porteurs.

« Il rentre dîner », pensa Bébon, dépité.

S'introduire à l'intérieur du vaste domaine de Chéchonq présentait de sérieuses difficultés. En étudiant attentivement le terrain, peut-être trouverait-il une solution.

La chaise à porteurs s'immobilisa à la hauteur d'une taverne en plein air. Le grand intendant en descendit et s'installa, seul, sous une pergola. À l'évidence, il éprouvait le besoin de reprendre des forces avant un probable banquet officiel.

Respectant ce temps de repos, policiers, scribes et porteurs se tenaient à l'écart.

L'occasion rêvée.

Bébon fit un clin d'œil à Kel qui approchait d'un pas mesuré, suivant Vent du Nord.

Jaugeant la situation, le scribe décida d'agir.

Il emprunterait le sentier longeant la pergola, obliquerait brusquement vers la droite, franchirait à toute vitesse l'espace le séparant du grand intendant et lui présenterait sa requête.

Trouverait-il les paroles justes ?

Tournant et retournant dans sa tête mille et une formules, il les jugeait exécrables. Restait la simplicité : « Je suis le scribe Kel, innocent des crimes dont on m'accuse. Si vous voulez sauver le pays du désastre, présentez-moi à la Divine Adoratrice, et je prouverai la véracité de mes dires. »

Une chance sur un million.

La dernière chance.

Kel aurait aimé dire à Bébon combien son courage et son amitié le touchaient. Il le lui confierait probablement dans un autre monde.

Le regard du comédien l'encouragea : rien n'était perdu ! Parfois, un coup de dés procurait la fortune. Et les dieux ne l'abandonneraient pas au moment décisif !

Kel avança.

Encore trois pas, et son destin serait joué.

— Dis donc, paysan, hurla Bébon, tu pourrais t'excuser !

Stupéfait, Kel se figea. Les policiers sortirent de leur torpeur, le grand intendant de son demi-sommeil.

— Incroyable, vociféra le comédien, ce bouseux m'a bousculé et a souillé ma tunique neuve ! Regardez-moi ça ! En échange, je lui réclame au moins son âne.

Montrant ostensiblement le bas de son vêtement sali, il prit les policiers à témoin.

— Fiche le camp, ordonna un officier. Tu nous casses les oreilles.

— Je réclame justice !

— Veux-tu tâter de mon gourdin ?

Bébon recula.

— Non, oh non !

— Alors, disparais.

La chaise à porteurs reprit son chemin.

Bébon et Kel se retrouvèrent à l'opposé, loin de tout regard.

— Pourquoi cette intervention ? s'étonna le scribe.

— C'était un piège ! Les rayons du soleil couchant ont provoqué de curieux reflets, juste derrière la pergola. Des reflets de lames d'épées ! Et l'un des soldats postés en embuscade s'est relevé trop tôt. Tu n'aurais pas eu le temps d'ouvrir la bouche.

Atterré, Kel aboutit à l'inévitable conclusion.

— Le grand intendant est donc l'allié du juge Gem ! Il voulait m'attirer à lui et livrer la bête fauve au chasseur.

— Ne comptons pas sur lui pour nous mener à la Divine Adoratrice, confirma Bébon.

64

— Permettez-moi de manifester mon profond mécontentement, dit le grand intendant au juge Gem, occupé à lire les premiers rapports des chefs de section.

— À quel propos ?

— Vous m'avez utilisé comme appât sans me prévenir !

Le magistrat fixa son interlocuteur.

— Je dirige cette enquête à ma manière et n'ai aucun compte à vous rendre, Chéchonq.

— Je suis le grand intendant de la Divine Adoratrice et…

— Vous êtes un sujet du roi Amasis et devez m'obéir.

Chéchonq soutint le regard du magistrat.

— Votre comportement est inadmissible.

— Ne m'irritez pas, recommanda le juge. J'ai mené un long et pénible combat, et me voici au seuil de la victoire dans cette bonne ville de Thèbes, si accueillante. Mon devoir consiste à retrouver le pire des criminels et à l'arrêter. Les moyens importent peu.

— Oubliez-vous la légalité ?

Les yeux de Gem flamboyèrent.

— Contentez-vous de suivre mes directives, grand

intendant, et ne prenez pas d'initiative. Ainsi, notre collaboration demeurera un excellent souvenir.

Chéchonq se retira.

En s'attaquant à lui et en le méprisant, le juge venait de commettre une erreur. Le grand intendant donnerait un large écho à l'incident, et pas un seul Thébain ne prêterait main-forte à la police.

Gem réquisitionna l'un des nombreux bacs effectuant d'incessantes navettes entre les deux rives. Indifférent à la beauté des lieux, il pressa le batelier de hâter la manœuvre. Au débarcadère, il vérifia le dispositif de sécurité avant de monter dans une chaise à porteurs qui le conduisit au Ramesseum, le temple des millions d'années de Ramsès II.

Sous prétexte d'inspecter les lieux et de s'assurer du bon fonctionnement de l'administration locale, il convoqua les responsables, dont le chef du réseau de Hénat, spécialiste de la fabrication des papyrus de première qualité.

— Je connais ton rôle souterrain, affirma le juge.

— Je ne comprends pas, je…

— Inutile de mentir. Ton patron t'autorise à parler.

— J'aurais aimé un ordre écrit.

— Si ma parole ne te suffit pas, la prison te déliera la langue.

Le chef de réseau préféra ne pas tenir tête au magistrat.

— Je suis à votre disposition.

— Comment Hénat a-t-il acquis la certitude que la Divine Adoratrice était gravement malade ?

— Grâce au témoignage de son médecin personnel.

La vieille dame ne reçoit même plus le grand intendant Chéchonq.

— Aurait-il le courage et la possibilité de s'opposer à l'action de la justice ?

— Sûrement pas ! Il se contente de gérer les affaires de la province, d'organiser de somptueux banquets et de préparer son vaste tombeau. Vous n'avez rien à craindre de lui. Privé des directives de la Divine Adoratrice, il se sent perdu. Rassurez-le en lui promettant qu'il conservera ses privilèges, et il vous obéira au doigt et à l'œil.

— Pas de milice parallèle ?

— Pas la moindre ! Et les gardes de Karnak ne sont pas des foudres de guerre.

— Mets tes informateurs en alerte. Le scribe Kel, la prêtresse Nitis et le comédien Bébon se cachent à Thèbes. Recueille même les rumeurs et informe-moi immédiatement.

— Entendu.

Le chef de réseau ne prendrait pas de risques et rédigerait des rapports anodins. Ces criminels-là semblaient beaucoup trop dangereux. Et s'il découvrait une piste sérieuse, il n'informerait que Hénat.

Nitis, Kel et Bébon ne se voilaient pas la face : l'alliance du grand intendant et du juge Gem était un désastre.

— Échouer si près du but ! déplora le comédien.

— Ne renonçons pas, recommanda Nitis.

— Gem et Chéchonq verrouillent la province. Quittons-la pendant qu'il est encore temps.

— Pour aller où ? questionna Kel. Seule la Divine Adoratrice nous aidera à faire surgir la vérité.

— Elle réside à Karnak. En raison des dispositifs de sécurité, impossible d'y accéder.

— Des prêtres et des artisans y entrent et en sortent chaque jour, rappela Nitis.

— Ils sont sévèrement contrôlés, objecta Bébon. Et franchir ce premier barrage ne garantit pas le succès ! La résidence de la Divine Adoratrice doit être inaccessible.

— N'aurais-tu pas joué de mystères à Karnak ? s'interrogea Kel.

Le comédien parut gêné.

— La souveraine du temple ne goûte pas ce genre de distractions et préfère ses ritualistes permanents à des hôtes de passage.

— Te connaissant, tu as forcément façonné des amitiés.

— Assez peu. Thèbes est moins accueillante qu'il n'y paraît, et je ne connais personne d'important.

— Pas un seul employé du temple ? insista Nitis.

— Indirectement.

— Voilà peut-être une solution !

— Sûrement pas. La solution, c'est de sortir de cette province et de trouver un refuge sûr, loin du juge Gem.

— Nous devons chacun tenter notre chance, estima la prêtresse. L'un de nous parviendra à voir la Divine Adoratrice.

— Impossible, assena Bébon.

— Ce contact indirect, demanda le scribe, de qui s'agit-il ?

— Un brave homme sans influence.

— Son métier ?

— Portier.

— Son patron ?

— Le scribe du Trésor.

— Tu connais le portier du scribe du Trésor et tu ne le disais pas !

— J'avais oublié.

— Et lui, qui connaît-il à Karnak ?

— Le chef jardinier.

— Fabuleux ! Rencontre ce portier et demande-lui son aide.

— Trop risqué, je refuse.

— Toi, Bébon ? s'étonna Nitis. Tu me décevrais.

Occupant une superficie de quatre cent cinquante mètres carrés, la villa du scribe du Trésor était entourée d'un mur d'enceinte percé d'une seule porte que gardait la journée durant un professionnel aguerri, fier de sa tâche. Muni d'un balai fait de fibres de palmier, il mettait un point d'honneur à préserver un seuil d'une propreté absolue.

Chaque matin, le haut fonctionnaire lui remettait la liste des visiteurs et des livreurs. Le portier vérifiait, les priait d'attendre et avertissait l'intendant de leur présence. Impitoyable, il refoulait importuns et quémandeurs.

Alors qu'il s'apprêtait à balayer, il crut être victime d'une hallucination.

— Bébon ! C'est toi ? C'est vraiment toi ?

— Eh oui, je suis revenu ! Et j'ai besoin d'un petit service.

Le portier demeura figé un long moment. Puis il leva rageusement son balai.

— Espèce de vaurien, je vais te défoncer le crâne !

65

Protégeant sa tête de ses mains, Bébon tentait en vain d'éviter les coups de balai.

— Arrêtez, je vous en prie ! s'écria Nitis.

Surpris par l'intervention de la jeune femme, le portier interrompit la bastonnade.

— Seriez-vous sa nouvelle maîtresse ?

— Simplement son amie.

— Ça m'étonnerait ! Ses amies, ce débauché les met dans son lit.

— J'ai échappé à ce triste sort.

— Si vous dites vrai, remerciez les dieux et prenez la fuite !

— Pourquoi frappez-vous Bébon ?

— Parce qu'il a séduit et abandonné ma petite Aurore, une pure et innocente jeune fille.

— N'exagère pas, rectifia le comédien. D'abord, je n'étais pas son premier amant ; ensuite, je ne l'ai pas forcée.

Le portier brandit à nouveau son balai.

— Et tu ne l'as pas honteusement quittée, peut-être !

Bébon protesta.

— Je l'avais prévenue : on s'amuserait quelque

temps, et je repartirais. Elle n'est pas morte de chagrin, je suppose ?

Le balai s'abaissa.

— Non, pas tout à fait. Le temple lui a donné un poste d'apicultrice, à la lisière du désert.

— En tant que médecin, précisa Nitis, j'utilise beaucoup de miel. J'aimerais rencontrer votre fille et parler avec elle de ses techniques.

Favorablement impressionné, le portier s'apaisa et donna à la thérapeute les indications nécessaires pour atteindre les ruches.

Reprenant un ton rogue, il se tourna vers Bébon.

— Ce service, de quoi s'agit-il ?

— J'aimerais aider un ami, un jardinier à la recherche d'un travail. Acceptes-tu de le voir ?

— Un débauché, lui aussi ?

— Vraiment pas ! s'exclama Bébon. Plutôt le genre sérieux.

— Amène-le-moi.

Le comédien alla chercher Kel. Le portier l'examina des pieds à la tête.

— Présentable, jugea-t-il. Tu as de l'expérience, mon garçon ?

— J'ai travaillé dur chez mes parents.

— Mon ami le chef jardinier de Karnak recherche des temporaires. Rends-toi à la porte du nord, au coucher du soleil, et présente-toi de ma part.

Le juge Gem remit les rapports à son secrétaire.

— Classe-les.

— Des éléments intéressants ?

— Du bavardage administratif dépourvu d'intérêt.

Au cours de la journée, deux témoignages avaient attiré l'attention du magistrat. Un boulanger aurait vu le scribe Kel dans une petite maison du faubourg nord, en compagnie de dix hommes armés. Et un agriculteur était certain de l'avoir repéré au cœur d'une palmeraie, en train de sortir des armes d'un grand sac.

Les soldats revenaient enfin rendre compte.

— Résultats ? demanda le juge à l'officier responsable.

— De pures inventions. Ces gens se sont moqués de nous.

— Injure à la justice ! Ils seront sanctionnés.

— Sauf votre respect, mieux vaudrait oublier l'incident. Sinon, personne n'osera plus parler.

— La loi est la loi.

Furibond, Gem claqua la porte de son bureau.

À la porte nord de Karnak, baignée de la lumière du couchant, plusieurs postulants attendaient le chef jardinier.

— Il paraît que c'est un bonhomme odieux, avança un rouquin.

— Et prétentieux, ajouta un adolescent. On ne peut jamais se plaindre !

— Moi, rétorqua un maigrichon, je ne me laisserai pas faire !

— Et moi non plus ! surenchérit son camarade.

Sortant de la file, un trapu à la tête carrée parla d'une voix forte.

— Vous quatre, décampez !

Le rouquin s'insurgea.

— Dis donc, toi ! Pourquoi t'obéirait-on ?

— Je suis le chef jardinier, et vos propos me déplaisent.

Les quatre hommes s'éclipsèrent. Les autres subirent le regard inquisiteur de leur patron potentiel.

— Vous deux, disparaissez. Votre tête ne me revient pas.

Seuls restaient Kel et un échalas à l'air fatigué.

— Ça vous plairait de porter des palanches qui blessent le cou, de travailler toute la nuit, d'arroser les légumes à l'aube, d'irriguer les vergers et de récolter les herbes médicinales au crépuscule ?

— Et on dort quand ? demanda l'échalas.

— Quand je le décide.

— Trop dur pour moi ! Je vais tenter ma chance ailleurs.

— Moi, dit Kel, j'accepte vos conditions. Le portier du scribe du Trésor m'avait prévenu.

— Un vieil ami à la bonne mentalité ! Je t'engage, mon garçon. Pourtant, tu n'as pas des mains de jardinier.

— Le labeur ne m'effraie pas.

— Alors, porte ces poteries remplies d'eau et suis-moi.

— À l'intérieur du temple ?

— Pas ce soir. Nous devons nous occuper des jardins situés à l'extérieur de l'enceinte, avec la première équipe de nuit. Tâche de ne pas me décevoir.

Surmontant sa propre déception, Kel s'arma de courage et de patience.

La Divine Adoratrice contemplait le symbole d'Abydos, une longue hampe recouverte d'un cache. Il voilait la tête d'Osiris ressuscité dont la vision n'était offerte qu'aux initiés aux grands mystères.

Elle reconnut le pas lourd du grand intendant.

— De bonnes nouvelles, j'espère ?

— Malheureusement non, Majesté. Entre le juge Gem et moi, la rupture est consommée. Il me déteste, et je ne parviendrai pas à modifier son attitude. En revanche, son comportement à mon égard déclenchera l'hostilité des Thébains qui refuseront d'aider la police.

— A-t-il quadrillé la province ?

— En effet, Majesté. Pis encore, il empêche tout accès à Karnak et me fait passer pour son allié. Autrement dit, Kel, Nitis et Bébon me considèrent comme un collaborateur ils n'oseront pas me contacter. J'ignore où ils se cachent, et même s'ils sont vivants.

— Ils le sont, Chéchonq. Je ressens leur présence.

— Rendons-nous à l'évidence, Majesté : ils ne parviendront pas jusqu'à nous.

— Les dieux ne les protègent-ils pas, grand intendant ?

66

En lisière du désert, Aurore, la fille du portier, gérait une trentaine de ruches, à la grande satisfaction du maître apiculteur. Il s'agissait de poteries disposées les unes sur les autres et ouvertes aux abeilles. Elles y fabriquaient leurs rayons sous la surveillance attentive de la jeune femme, chargée de récolter le miel après les avoir enfumées.

Alors qu'elle bouchait une jarre destinée à Karnak, elle vit venir un couple dans sa direction.

— Bébon ! De retour à Thèbes ?

— Tu ne m'en veux pas trop, Aurore ?

— Tu ne m'as laissé que de bons souvenirs. Cette ravissante personne serait-elle ton épouse ?

— Non, une thérapeute désireuse de te connaître.

— J'utilise beaucoup le miel, précisa Nitis, car ses vertus curatives sont remarquables. J'aimerais vous seconder, le temps de mon séjour à Thèbes.

— Pourquoi pas ? En échange, vous m'enseignerez des rudiments de médecine.

— Volontiers.

Les deux femmes sympathisèrent immédiatement, et Bébon se sentit oublié.

— Es-tu mariée, Aurore ?

— Je ne suis pas pressée ! À toi, je ne pose pas la question.

— À cause de mes soucis professionnels, je ne pourrais pas être un bon mari.

— Que t'arrive-t-il ?

— J'abandonne le métier de comédien : trop de fatigue et de voyages. Je souhaiterais me fixer ici, à Thèbes, en occupant un emploi stable au service du temple.

L'apicultrice réfléchit.

— Il existe une possibilité… mais ce ne sera pas une tâche facile.

— Le courage ne me manque pas.

Le patron des cuisines extérieures de Karnak regarda Bébon d'un œil sceptique.

— Comme ça, on désire travailler chez moi ?

— Aurore, l'apicultrice, me recommande.

— Une brave petite ! Je cherche un marmiton, en effet, et pas un paresseux.

— En ai-je l'air ?

— Tu commences maintenant ou tu t'en vas.

— Je commence.

— J'ai le déjeuner des prêtres à préparer. Va nettoyer la cuisine et affûte les couteaux.

L'équipement était remarquable : marmites, écuelles, moules à pain, meules à moudre, fours, plaques en cuivre destinées au pâtissier, cuillères en bois. Utilisant un morceau de basalte, Bébon aiguisa de longs couteaux à lame ovale.

Le patron fut impressionné.

— Tu te débrouilles, mon gars.

— Ma spécialité, c'est le pot-au-feu.

— Je te préviens, je déteste les vantards ! Et les prêtres de Karnak aiment les bons plats.

— Donnez-moi ma chance.

Le patron hésita.

— Je ne tolérerai pas un ratage !

Bébon se mit aussitôt au travail. Tenant sa recette d'une délicieuse bourgeoise, il utilisa de la langue de bœuf, des côtes, de la cuisse, le foie, la trachée-artère et des légumes. Et il fit cuire à feu doux, sans relâcher une seconde sa vigilance.

De retour après inspection des autres cuisines, le patron goûta.

— Fameux, constata-t-il, étonné. Les prêtres vont se régaler.

— Je serais heureux de leur livrer mon pot-au-feu.

— Mes assistants et moi-même nous en chargerons. Toi, sers-nous de bonnes portions de cette merveille. Nous, on mange avant les clients.

Supporter le poids d'une palanche aux extrémités de laquelle étaient suspendues de lourdes poteries remplies d'eau était épuisant. Mais Kel ne se plaignait pas, espérant pouvoir bientôt pénétrer à l'intérieur de Karnak.

Nitis et Bébon avaient-ils trouvé des emplois leur permettant de franchir les barrages de police ? En tentant chacun leur chance, ils seraient moins repérables.

Le scribe supportait mal cette séparation. Privé de Nitis, il se sentait perdu et n'éprouvait plus aucune joie de vivre. Seule l'exigence de la vérité lui donnait l'énergie de poursuivre cette quête insensée.

Au cours de la nuit, fourbu, la nuque douloureuse, il

avançait, pas à pas, et déversait le contenu des pots dans des rigoles d'irrigation.

Le chef jardinier interrompit son labeur.

— Toi, viens. On doit livrer des fleurs au temple pour l'offrande du matin.

Kel fut chargé de porter de splendides lotus blancs, un collègue des iris.

— La Divine Adoratrice les apprécie, lui confia-t-il.

— L'as-tu aperçue ?

— Jamais.

— Sais-tu où elle habite ?

— Ça, oui ! J'ai déjà déposé des fleurs à sa résidence.

Le garçon ne fut pas avide de détails, et Kel mémorisa le trajet à parcourir.

Le chef jardinier discuta longuement avec les gardes. La porte en bois s'ouvrit, et Kel suivit son patron.

Sa décision était prise : déposer les lotus à l'endroit prévu et s'élancer à toutes jambes vers la résidence de la Divine Adoratrice. Profitant de l'obscurité, il tenterait de s'introduire chez elle et de lui parler.

Pris au dépourvu, les prêtres n'opposeraient qu'une faible résistance. Conscient d'entreprendre une folie, Kel pria Nitis de l'aider.

Il n'eut guère le temps d'admirer les édifices, car une dizaine de gardes entourèrent les porteurs d'offrandes.

— Vous n'allez pas plus loin, déclara un gradé. Remettez les fleurs aux ritualistes.

— Ce n'est pas l'usage, protesta le chef jardinier, je…

— Ordre du juge Gem. Retournez à l'extérieur.

67

Le miel produit par les abeilles d'Aurore était d'une qualité exceptionnelle. Il ne servait pas à l'alimentation, l'ensemble de la production étant réservé au corps médical thébain. Nitis admira l'habileté de l'apicultrice, et ne manqua pas de lui communiquer quelques indications thérapeutiques. Une compresse enduite de miel, notamment, guérissait les brûlures.

— Je dois livrer une dizaine de pots au médecin de la Divine Adoratrice, annonça Aurore. Acceptez-vous de m'accompagner ?

— Avec joie ! Vous me parlerez de ce temple extraordinaire.

Heureuses d'être ensemble, les deux jeunes femmes trouvèrent le trajet trop court. Aurore décrivit les pylônes, les obélisques, les grandes cours, la salle hypostyle, les maisons des prêtres permanents et la demeure de la Divine Adoratrice qu'elle avait eu la chance de croiser.

— Une femme rayonnante, au regard à la fois doux et impérieux. L'âge n'a pas de prise sur elle. Épouse du dieu Amon, elle tamise sa puissance et maintient l'harmonie en célébrant les rites. C'est elle, le véritable pharaon d'Égypte. L'autre, celui du Nord, ne s'intéresse qu'aux Grecs et à l'armée.

À l'entrée principale du temple, une file d'attente.

Le matin même, le juge Gem avait doublé les effectifs et renforcé les contrôles. L'officier principal était un ami d'enfance d'Aurore et ne désespérait pas de l'épouser.

— Livraison de miel ?

— Dix pots scellés, à l'intention du médecin de Sa Majesté.

— Bon de commande officiel, s'il te plaît.

— Le voici.

L'officier vérifia.

— L'air du désert te rend encore plus belle, Aurore. Me refuserais-tu un dîner ?

— En ce moment, je suis débordée ! Mais j'y songerai.

— Promis ?

— Promis.

— Tu peux passer.

Nitis tenta de se glisser à la suite de l'apicultrice.

— Halte ! ordonna l'officier. Qui êtes-vous ?

— Une amie, répondit Aurore. Elle m'aide à porter les pots de miel.

— Désolé, aucune personne étrangère au service n'est autorisée à entrer.

— Ne peux-tu faire une exception ?

— Les consignes du juge Gem sont impératives. Je perdrais ma place.

— Je n'ai que deux bras et dix pots !

— J'appelle un prêtre. Vous, dit l'officier à Nitis, ne bougez pas d'ici. Je dois vous interroger et contrôler votre identité.

Il aida Aurore à porter son chargement à l'intérieur et lui trouva de l'aide.

Quand il revint au poste de garde, Nitis avait disparu.

Face au juge Gem, Aurore ne perdit pas contenance.

— Où et comment avez-vous rencontré cette femme ?

— Je m'occupais de mes ruches quand elle m'a abordée. Récemment divorcée, elle cherchait un emploi.

— Son nom ?

— Achait, une Syrienne. Mère de trois enfants, elle pleurait misère. Puisque j'avais besoin d'une employée, je l'ai engagée.

— N'était-elle pas accompagnée d'un ou de deux hommes ?

— Je n'ai vu qu'elle.

— D'après l'officier en fonction, vous l'avez qualifiée d'« amie ». Curieux, pour une employée !

— Ses malheurs m'ont touchée, et nous nous entendions bien.

— Si vous dissimulez des faits, même minimes, prévint le juge Gem, vous serez inculpée.

— Je vous ai tout dit.

— Cette femme s'est enfuie ! rappela le magistrat. Elle n'avait donc pas la conscience tranquille.

— Sans doute ai-je été naïve, déplora l'apicultrice. On ne peut pas se méfier de tout le monde.

— À l'avenir, soyez moins crédule et prenez des renseignements avant d'engager quelqu'un. Maintenant, partez.

Ce juge avait l'arrogance des hauts dignitaires du

Nord et il détestait les Thébains. Heureuse de lui avoir menti, Aurore espérait que la femme médecin lui échapperait.

— Une urgence, dit le cuisinier à Bébon, occupé à nettoyer les écuelles. À part le pot-au-feu, as-tu d'autres spécialités ?

— Les brochettes d'agneau.

— Fabuleux ! Au travail. Je te donne trois heures.

— Les écuelles…

— Je les confie à un collègue. Et je t'apporte la viande.

Bébon la coupa en petits cubes et les fit macérer dans un jus d'oignons et d'huile, légèrement salé.

Ensuite, il les embrocherait et les grillerait.

Vent du Nord ne se plaignait ni de son nouveau travail ni de la nourriture. Il transportait des ustensiles de cuisine, des sachets de condiments et de fines herbes, et savourait les restes de plats variés. Son calme rassurait le comédien. Nitis et Kel devaient donc être libres, mais avaient-ils réussi à contacter la Divine Adoratrice ?

De son côté, échec total et nul espoir de succès en perspective. En raison des nouvelles mesures imposées par le juge Gem, un marmiton récemment engagé serait refoulé au contrôle et subirait un interrogatoire approfondi.

À midi, le cuisinier sortit du four du pain aux figures en forme d'ombelle de papyrus.

— Tes brochettes ?

— Appétissantes à souhait !

— Tant mieux, car notre client est un gourmet difficile à satisfaire ! Et je risque ma réputation.

— De qui s'agit-il ?

— Du meilleur ami du grand intendant Chéchonq. Il rédige les exemplaires du *Livre de sortir au jour* [1] destinés aux demeures d'éternité des hauts dignitaires thébains. Une main exceptionnelle, paraît-il ! Son talent ne l'empêche pas d'apprécier la bonne chère. Chaque semaine, il déjeune en compagnie de Chéchonq. Cette fois, il nous met à l'épreuve. Un privilège remarquable, crois-moi !

Le technicien était un personnage austère et compassé. Dès son arrivée, il goûta un dé de viande grillée et un morceau de pain.

La sueur perlait au front du cuisinier.

— Convenable, jugea le gourmet. Demain, vous livrerez six brochettes et deux pains chez le grand intendant.

S'inclinant bien bas, le cuisinier songea au profit qu'il tirerait de ce succès. Fournisseur de Chéchonq et de son meilleur ami !

Bébon, lui, avait d'autres pensées.

Lors de la pause, il se rendit à l'écurie.

— Conduis-moi auprès de Kel ou de Nitis, murmura-t-il à Vent du Nord.

1. Connu sous l'appellation impropre de *Livre des morts*.

68

— Ton avis ? demanda le roi Amasis au général Phanès d'Halicarnasse. Et sois sincère !

— Votre fils Psammétique se comporte comme un excellent soldat, Majesté. J'ai rarement vu un jeune homme inexpérimenté accomplir autant de progrès en si peu de temps. Il se montre courageux, presque téméraire, ignore la fatigue et recommence l'exercice jusqu'à la perfection. Sa réputation grandit déjà parmi les hommes de troupe, et il sera un chef respecté.

— Poursuis sa formation, Phanès. Et demeure intransigeant.

— Comptez sur moi, Majesté.

Amasis rejoignit son épouse, chargée d'organiser un grand banquet auquel étaient conviés les principaux officiers supérieurs. Un dîner assommant que le pharaon jugeait indispensable.

— Excellentes nouvelles, ma chère ! Notre fils deviendra un véritable chef d'armée et saura défendre les Deux Terres. Nous pouvons être fiers de lui.

Tanit eut un triste sourire.

— Lui apprendrez-vous à gérer sainement le pays ?

— Je m'en occuperai en son temps, promit le souverain. Ce soir, nous féliciterons des braves et les encouragerons à rester vigilants.

— Psammétique sera-t-il présent ?

— Bien entendu. Je raccourcis ma dernière réunion de travail de la matinée, et nous nous offrons une promenade en barque avant le déjeuner.

Amasis regagna son bureau où l'attendaient le chancelier Oudja et Hénat. Ils avaient la mine des mauvais jours.

— Soyez brefs, exigea le monarque. Le temps est délicieux, et j'ai envie de goûter les charmes de la campagne.

— Le juge Gem a déployé de nombreuses forces de sécurité à Thèbes, indiqua le chancelier. Selon lui, le scribe Kel s'y dissimulerait.

— Cette affaire ne m'intéresse plus. Le traître Péfy éliminé, les comploteurs sont réduits au silence. Leur seul exploit consista à détruire mon casque. Laissons cependant le juge agir : en quadrillant Thèbes, il jugule toute velléité d'opposition. Et la prochaine Divine Adoratrice ne nous causera aucun ennui. Le voyage de notre ami Crésus se prépare-t-il ?

— Il retarde sa venue, déclara le chef des services secrets.

Amasis parut contrarié.

— Connaît-on ses raisons ?

— D'après le message d'un de nos agents parvenu au service des interprètes, il se rendrait d'abord à Samos pour y rencontrer le tyran Polycrate. De mon point de vue, ce dernier n'est pas un allié très sûr.

— Tu te trompes, Hénat ! Comme l'ensemble des Grecs, Polycrate admire l'Égypte et me soutient sans réserve. Il est trop heureux de nous fournir des mercenaires et de recevoir en échange des cargaisons de richesses ! Envoyons-lui une lettre chaleureuse et confions à Crésus notre désir de le revoir bientôt.

Pressé de retrouver la reine et de passer en sa compagnie des heures exquises au fil de l'eau, Amasis abandonna ses conseillers.

La ville dormait, paisible.

Contemplant la nuit, le chef des conjurés voyait son plan se dérouler de manière implacable. La phase finale approchait. Il pouvait encore changer le cours du destin et se satisfaire de la situation présente.

Mais la réussite était trop proche, et personne ne l'empêcherait de jouir de son triomphe. La surprise serait totale, les réactions dérisoires. Et si certains inconscients s'obstinaient à résister, ils le paieraient de leur vie.

Un dernier obstacle… Au chef des conjurés de se montrer convaincant et d'utiliser les bons arguments afin de rallier à sa cause l'ultime récalcitrant.

Et s'il échouait, le plan continuerait quand même à s'appliquer.

De fort méchante humeur, le juge Gem se rendit au palais du grand intendant. Son dernier entretien avec le responsable du réseau thébain de Hénat ne lui avait procuré aucun élément sérieux. Cet incapable se contentait de vivoter en touchant un bon salaire et n'exigeait pas de ses subordonnés un quelconque effort. Inutile de compter sur lui pour retrouver la piste du scribe assassin et de ses complices.

Le majordome du grand intendant accueillit le magistrat.

— Va chercher ton patron.

— Il se repose et…

— Réveille-le.

Le domestique ne discuta pas.

Gem fit les cent pas dans une antichambre à colonnes, décorée de fresques représentant une multitude d'oiseaux s'ébattant au-dessus des ombelles de papyrus.

Vêtu d'une tunique d'intérieur, décoiffé, Chéchonq apparut.

— Je suis extrêmement mécontent, assena le juge.

— Moi aussi, rétorqua sèchement le grand intendant. Pourquoi autant de policiers surveillent-ils ma demeure ?

— Ils assurent votre protection.

— Renvoyez-les !

— Vous n'avez rien compris, grand intendant. Je donne les ordres au nom du roi, et vous obéissez.

— M'interdiriez-vous d'aller et de venir ?

— Cacheriez-vous des assassins ?

— Fouillez la villa et ses dépendances !

— J'en avais précisément l'intention.

— Ensuite, vous me présenterez vos excuses !

— Une enquête criminelle s'accompagne de multiples investigations, la plupart infructueuses.

— Eh bien, ne vous gênez pas !

— Vu votre position, vous n'avez pas commis la folie d'abriter des comploteurs passibles de la peine de mort. Mais je préfère connaître l'identité de toutes les personnes qui entrent chez vous et en sortent. Ainsi, vous éviterez les tentations malsaines et Thèbes un éventuel scandale.

— Vous perdez la raison, juge Gem !

— Je vous soupçonne d'être à l'origine des faux renseignements parvenant en nombre à la police. Les vérifier exige beaucoup d'efforts inutiles.

— Les Thébains ne cherchent qu'à vous aider.

— Non, à m'égarer ! Et je ne suis pas dupe. Cessez ce petit jeu stupide, ou vous vous en repentirez.

— Indignes d'un juge, vos menaces ne m'impressionnent pas.

— Vous avez tort, car je ne plaisante pas. Il s'agit d'une affaire d'État, et quiconque s'opposera à la loi sera broyé.

— Me voici rassuré, puisque je n'ai nullement l'intention de m'y opposer.

— Détenez-vous des informations concernant le scribe Kel, la prêtresse Nitis et le comédien Bébon ?

— Pas la moindre.

— Si vous apprenez quelque chose, faites-m'en part immédiatement.

— Était-il besoin de le préciser ?

Excédé, le juge Gem se retira.

Thèbes se liguait contre lui et les forces de police. Impossible de fouiller chaque maison et de surveiller en permanence chaque pouce de terrain. Il fallait attendre une faute de la part des fuyards.

69

Le spécialiste du *Livre de sortir au jour* se réjouissait de partager un excellent repas avec son ami intime le grand chancelier Chéchonq et d'évoquer l'architecture finale de ce recueil de 165 chapitres, héritier des *Textes des Pyramides* et des *Textes des Sarcophages*. La première partie était consacrée aux funérailles, la deuxième au voyage du défunt vers les paradis, la troisième au tribunal des divinités et à la révélation des mystères aux « justes de voix », et la quatrième rassemblait des formules de connaissance, dotées de la puissance du Verbe. Les bénéficiaires choisissaient un certain nombre de chapitres, illustrés d'admirables vignettes, et ces extraits valaient pour la totalité. Fin théologien, Chéchonq s'intéressait à chaque détail et offrait à l'érudit de nouvelles formulations d'idées très anciennes. Ainsi, il soulignait l'importance de la fusion symbolique de Râ, soleil du jour et lumière créatrice, et d'Osiris, soleil de la nuit et lumière de la résurrection.

Bien penser n'empêchait pas de bien manger ! Les justes ne participaient-ils pas à un éternel banquet dont les aliments étaient apportés par les barques solaires ? Vêtu d'une robe de lin immaculée, discrètement parfumé, chaussé de sandales neuves, le technicien sortit de sa villa en songeant au papyrus qu'il terminerait bientôt. Un travail de haute précision, réclamant une parfaite connaissance des textes et une main sûre.

Plongé dans ses réflexions, il traversa une petite palmeraie, proche de la vaste demeure de Chéchonq.

Soudain, un bras lui serra la gorge et lui coupa le souffle.

— Ne résiste pas et ne crie pas. Sinon, je t'égorge.

La vue du couteau de boucher ôta toute velléité de combattre. L'agresseur entraîna son otage à l'intérieur d'une cabane de jardinier où se trouvait son complice, armé d'un gourdin.

Saisie d'effroi, la victime du rapt faillit s'évanouir.

— Ressaisis-toi, l'ami, tu n'es pas encore mort !

— Vous... je vous reconnais ! Vous êtes un cuisinier !

— Je l'étais, admit Bébon.

— Je ne suis pas riche, je...

— On ne s'intéresse pas à tes biens, trancha Kel, mais à ton ami Chéchonq. Tu vas nous donner le meilleur moyen de pénétrer chez lui.

— Impossible !

Bébon brandit l'impressionnant couteau de boucher.

— Alors, adieu !

— Écoutez-moi, je vous en supplie ! La demeure de Chéchonq est bouclée par un cordon de policiers. Le juge Gem a placé le grand intendant sous étroite surveillance et filtre les entrées comme les sorties. En dépit de ses protestations et de sa colère, Chéchonq ne peut s'opposer aux décisions de ce magistrat qui le déteste.

— Qui le déteste ? s'étonna Kel. Le grand intendant ne serait-il pas le complice du juge ?

— Son pire ennemi, voulez-vous dire ! Il le croit capable de protéger le scribe assassin et...

Le spécialiste s'interrompit, son regard vacilla.

— Seriez-vous… ce scribe-là ?

— Je n'ai tué personne.

— C'est la vérité, affirma Nitis, dont l'apparition subjugua l'ami de Chéchonq.

— La prêtresse, le scribe et le comédien… Vous êtes vivants !

— Et toi, intervint Bébon, tu nous racontes des histoires ! Le grand intendant et le juge sont de mèche et nous tendent un piège. Toi, tu sers d'appât !

— Non, je vous jure que non !

Le couteau devint menaçant.

— Chéchonq désire vous rencontrer et vous aider. Il fait parvenir au juge quantité de faux renseignements et, suivant ses recommandations, la population thébaine refuse de prêter main-forte à la police.

— Je vous crois, dit Nitis. Nous devons rencontrer la Divine Adoratrice au plus vite, et seul le grand intendant nous mènera jusqu'à elle.

— En ce moment, il en est incapable ! Le juge Gem l'observe en permanence.

— Ne pourrait-il déjouer cette surveillance ?

— Sa marge de manœuvre me paraît étroite.

Bébon n'éprouvait guère de confiance envers cet érudit affolé.

— De quoi parlez-vous lors de vos déjeuners, toi et ton ami Chéchonq ?

— Du *Livre de sortir au jour*. Il s'intéresse aux formules de connaissance, et je lui soumets diverses formes de rédaction. Les hiéroglyphes ne contiennent-ils pas les secrets de la création ?

Nitis et Kel se regardèrent. Ils venaient d'avoir la même idée.

— Donne-moi ta palette et un calame.

Le scribe écrivit le texte codé.

— Lis-le à haute voix.

Le spécialiste fronça les sourcils.

— Je… je ne comprends pas un mot !

— Voilà la cause de nos malheurs. Montre ce texte au grand intendant, et qu'il le remette à la Divine Adoratrice. Sans doute le déchiffrera-t-elle.

— Est-ce tellement important ?

— L'avenir de l'Égypte en dépend.

— Bien entendu, vous exigez une réponse… Où vous retrouverai-je ?

Kel lui révéla l'emplacement du local que Nitis avait loué à Thèbes.

— Je vous promets d'agir au mieux, déclara le spécialiste. Je… je peux partir ?

Le scribe hocha la tête, et Bébon regarda s'éloigner leur précieux otage.

— Il nous dénoncera et nous enverra le juge Gem à la tête d'une armée, prédit le comédien. Puisque notre mission est accomplie, sortons de cette nasse avant qu'il ne soit trop tard.

— Je reste, décida Kel.

— Moi aussi, déclara Nitis.

— C'est de la folie !

— Seule la Divine Adoratrice peut proclamer mon innocence, rappela Kel. Et nous devons demeurer à sa disposition.

Bébon renonça à lutter. Il ne se sentait pas de taille à convaincre ce couple d'obstinés.

70

Kel et Nitis dormaient enlacés, Vent du Nord montait la garde à l'extérieur du local, Bébon tournait en rond. Ils avaient regagné leur abri séparément, réussissant à éviter les patrouilles. « Simple répit », pensait le comédien. Bientôt, ils tomberaient entre les mains du juge Gem. Et son complice, le grand intendant, n'alerterait pas la Divine Adoratrice.

Bref, l'échec total, la prison et la mort. Les Thébains ne lèveraient pas le petit doigt, et ce magistrat acharné obtiendrait enfin son triomphe.

On gratta à la porte.

Armé de son couteau de boucher, le comédien s'en approcha.

Nouveau grattement.

Pourquoi Vent du Nord ne se manifestait-il pas ? Soit l'âne avait été neutralisé, soit le visiteur n'était pas un ennemi.

Bébon entrouvrit.

À la lueur de la lune, il découvrit le visage anxieux du spécialiste du *Livre de sortir au jour*.

— Vous êtes seul ?

— Évidemment ! J'ai eu du mal à vous trouver. Laissez-moi entrer.

Méfiant, Bébon fouilla le technicien et s'aventura sur le seuil. Les alentours semblaient déserts, Vent du Nord sommeillait.

Nitis et Kel se réveillèrent.

— Avez-vous vu le grand intendant ? demanda le scribe.

— Je lui ai montré le texte codé. Il est incapable de le déchiffrer, mais il le soumettra dès que possible à la Divine Adoratrice.

— Ne s'entretient-il pas avec elle chaque jour ? s'étonna Nitis.

Le spécialiste hésita.

— Pour vous prouver la sincérité et la confiance du grand intendant, je vous confie un secret d'État. Officiellement, la Divine Adoratrice est mourante et ne reçoit plus personne. Chéchonq la rencontre en secret, loin des yeux et des oreilles.

— Autrement dit, le juge Gem la croit incapable de nous aider ! s'exclama Kel.

— Ne bougez surtout pas d'ici et attendez les instructions de Sa Majesté.

Une interminable journée s'écoula très lentement. De manière à ne pas intriguer les commerçants voisins, Bébon et Vent du Nord feignirent d'effectuer des livraisons, et ils rapportèrent de quoi boire et manger.

Et la nuit tomba.

Bébon recommença à tourner en rond. Tantôt il croyait à l'honnêteté de l'érudit tantôt il cédait aux idées noires. Nitis et Kel ne prononçaient pas de paroles inutiles et vivaient chaque instant de leur amour comme s'il s'agissait du dernier.

Vent du Nord gratta à la porte.

Leur allié s'engouffra dans le local, en proie à une excitation visible.

— Le grand intendant a montré le texte codé à la Divine Adoratrice, annonça-t-il d'une voix tremblante. Deux clés sont nécessaires, elle n'en possède qu'une, celle des ancêtres.

— Où se trouve la seconde ? demanda Kel.

— Au cœur de la nécropole d'Occident, sous la forme de quatre vases dédiés aux fils d'Horus[1].

— Sa Majesté connaît-elle leur emplacement précis ?

— Malheureusement non. Un seul homme pourrait vous renseigner : le momificateur principal.

— Contacte-le immédiatement !

— Désolé, nous sommes brouillés.

— Cause de la discorde ?

— Ce sinistre personnage ne songe qu'au profit. Voilà longtemps que le grand intendant aurait dû le remplacer ! Mais le travail est bien fait, et personne ne se plaint. Officiellement grabataire, la Divine Adoratrice ne saurait le convoquer à Karnak. Et il ne répondra pas au grand intendant, car il a probablement volé ces vases d'une valeur inestimable, façonnés à l'intention du prédécesseur de Chéchonq, ex-membre du service des interprètes et grand amateur de langage codé. « Mon chef-d'œuvre, avait-il confié à notre souveraine, je l'ai inscrit sur ces vases. »

« Enfin, pensa Kel, l'affaire prend bonne tournure ! »

Le technicien parut abattu.

— Hélas ! vous vous heurtez à une impasse. Le momificateur ne parlera pas. L'enquête concernant la

1. Les vases dits « canopes ».

disparition de ce trésor n'a pas abouti, et ce voleur gardera son secret.

— Moi, avança Kel, il ne me connaît pas. Procure-moi des vêtements de luxe et un lingot d'argent.

— Compteriez-vous... l'acheter ?

— Proposes-tu une autre solution ?

— Je vous préviens, ce bandit est rusé et méfiant ! À votre place, je renoncerais.

— À ma place, tu serais mort depuis longtemps. Gâcher la chance qu'offrent les dieux me conduirait au néant.

Nitis ne formula pas d'objection.

— Et moi, précisa Bébon atterré, je vais jouer ton porte-sandales ?

— Comment as-tu deviné ?

— Nous ne parviendrons même pas à traverser le Nil !

Le spécialiste intervint.

— Les soldats ne contrôlent pas la totalité des bacs. Le grand intendant en possède trois, et l'un d'eux est réservé à ses visiteurs étrangers. Un dignitaire libanais, accompagné de son serviteur et de son âne, ne devrait pas être inquiété.

Les poings sur les hanches, Bébon ne dissimula pas son étonnement.

— Tu as des idées, maintenant ! Ce sera tout ?

— Euh... non. Le batelier sera informé et discutera avec l'officier de garde, au débarcadère. Il lui expliquera que vous parlez à peine l'égyptien et que vous voulez visiter les parties accessibles des temples de millions d'années. Un guide, également prévenu, vous accompagnera. En réalité, il vous conduira auprès du momificateur principal. Ensuite, à vous de jouer.

— Merci du conseil !

— Nous ne nous reverrons probablement pas. Puissent les dieux continuer à vous protéger.

— Les vêtements et le lingot ? s'inquiéta Bébon.

— Le grand intendant le sortira demain du trésor de Karnak. Soyez au marché du port quand le soleil atteindra le sommet du ciel. Un grand Nubien, vendeur de balais, vous les remettra. Je suis heureux de vous avoir connus et, à titre personnel, je vous souhaite bonne chance.

Après le départ du technicien, Bébon explosa.

— Superbe, un piège superbe ! Belles paroles, belles intentions, beau plan et beau trio de naïfs croyant à l'impossible !

— Grâce à toi, observa Kel, nous en avons pris l'habitude. Si l'ami du grand intendant était à la solde du juge, nous serions déjà arrêtés.

— En flagrant délit de vol de lingot, sous les yeux de la population de Thèbes, ce sera beaucoup mieux ! Cessons de rêver, je vous en supplie, et quittons cette ville.

— Nous venons d'obtenir des renseignements décisifs, jugea Nitis. Renoncerais-tu à les exploiter ?

— Il s'agit probablement de pures inventions !

— Je pense le contraire.

Bébon s'assit, effondré.

— Un piège, je vous dis.

71

Le momificateur principal de la nécropole thébaine était à la fois envié et détesté. Envié, parce que de nombreux pots-de-vin complétaient son salaire ; détesté, car il accomplissait une sale besogne en extrayant les viscères de cadavres, opération indispensable avant de transformer la dépouille en corps osirien et support de résurrection.

Et puis il exploitait à merveille la situation, particulièrement favorable en raison de la pénurie de tombes ! L'administration l'autorisait à vendre des sépultures entières ou des parties de celles-ci à des particuliers en quête d'une dernière demeure. Chaque transaction lui rapportait gros, et il touchait des rémunérations occultes lorsqu'il effectuait des momifications de première classe, exigeant de nombreux produits et un outillage varié. Aussi abandonnait-il les pauvres et les petits bourgeois à ses assistants. Sommairement embaumés, ils seraient desséchés par le sable du désert. Lui savait manier les scalpels, le fer recourbé servant à extraire le cerveau, les produits dissolvants, les conservateurs et les parfums. Ces substances coûteuses, parfois rares, faisaient l'objet d'un commerce florissant.

La mort enrichissait le momificateur principal, certain de ne jamais manquer de clients désireux d'avoir une momie parfaite et une confortable demeure d'éternité. Le moment était venu d'augmenter ses tarifs.

— On vous demande, l'avertit son assistant.

— Un fonctionnaire de la rive est ?

— Non, un étranger richement vêtu.

— Un futur acheteur... Laisse-le patienter un moment. Celui-là, il paiera le prix fort !

À la surprise de Bébon, le plan prévu s'était déroulé sans anicroche. Le vendeur de balais, les vêtements, le lingot d'argent, le préposé au bac, le guide... Pas une fausse note. Au débarcadère, le contrôle n'avait été qu'une formalité.

Kel et lui se retrouvaient dans un endroit sinistre, une sorte de village formé des ateliers de momification. D'étranges odeurs agressaient les narines, et les employés, le dos voûté, se déplaçaient en silence. Vent du Nord lui-même semblait mal à l'aise.

— Le piège, estima Bébon, c'est maintenant ! On va nous transformer en momies. Tu as vu la tête de ces bonshommes ? Ils me glacent le sang.

— Nous touchons au but, affirma Kel, imperturbable.

— Drôle de fin, au milieu de ces embaumeurs !

Un quadragénaire au front bas vint les chercher.

— Le patron vous attend.

Les murs de son antre étaient recouverts de noir de fumée. Sur des tables basses, d'inquiétants outils au tranchant aiguisé.

Le momificateur examina le scribe de la tête aux pieds.

— Renvoie ton domestique.

Bébon ne fut pas mécontent de retourner à l'air pur.

— D'où viens-tu ? demanda le maître des lieux à son visiteur.

— Je suis riche, très riche, et je paierai un bon prix ce que je désire.

— Louables intentions ! Et que désires-tu ? Une momification de première classe et une tombe ancienne chargée de magie, je suppose ?

— Tu te trompes, je veux un trésor.

Le momificateur fut intrigué.

— C'est toi qui te trompes d'interlocuteur.

— Rassure-toi, mes renseignements sont exacts. Je veux les quatre vases canopes appartenant au prédécesseur du grand intendant Chéchonq.

— Ah, cette vieille histoire ! Ils ont été égarés.

— Toi, tu connais leur emplacement.

— Je ne suis pas un voleur !

— T'ai-je accusé ? Simple transaction commerciale : tu vends, j'achète.

— Je ne possède pas ce trésor-là.

— Refuserais-tu de l'échanger contre deux lingots d'argent ?

Un long silence succéda à cette question. Le momificateur peinait à maîtriser son émotion et tentait d'imaginer l'ampleur de sa nouvelle fortune.

— Une vieille histoire… mais la mémoire pourrait me revenir.

— Prends ton temps, recommanda Kel.

— Deux lingots d'argent… Tu te moques de moi ! Montre-les.

— Je te donne le premier.

Les yeux du momificateur sortirent de sa tête. Il caressa la merveille.

— Le second, précisa Kel, tu le recevras après m'avoir remis les quatre vases.

— Et si je me contentais de celui-là ?

— Tu n'en profiterais pas longtemps. Mes amis détestent les malhonnêtes.

— Je plaisantais, voyons ! Allons chercher ton dû.

Le momificateur guida le scribe jusqu'à la nécropole proche du temple de Deir el-Bahari. Là avaient été creusées d'immenses tombes, comportant des superstructures en brique crue et de vastes cours à ciel ouvert donnant accès à de nombreuses chambres souterraines. Les parois étaient couvertes de scènes inspirées des mastabas [1] du temps des pyramides, prolongeant ainsi la tradition de l'âge d'or.

— Voici la demeure d'éternité du prédécesseur de Chéchonq, précisa le momificateur. Son sarcophage repose au fond d'un puits très profond. Après l'inhumation, il fut rempli de sable, rendant les richesses du défunt inaccessibles. Mais il existe un autre puits relié au caveau par un couloir voûté. Je crois me souvenir que les quatre vases ont été cachés là.

— Passe en tête.

Le momificateur ôta quelques briques et, d'une cache, sortit une corde à nœuds. Il la fixa solidement à une poutre et entama la descente.

Hésitant, Kel le suivit.

À aucun moment il ne devait relâcher sa vigilance car son guide n'avait forcément qu'une idée en tête : se débarrasser de lui. Il ne croyait pas au second lingot et se contenterait de la fortune si facilement acquise.

Le scribe atteignit le fond du puits secondaire. En partait un couloir étroit.

— Tu es arrivé juste à temps, révéla le momifica-

1. Nom donné aux tombes de l'Ancien Empire. Ce mot arabe, signifiant « banquette », évoque la superstructure de ces monuments.

teur. La semaine prochaine, je comptais le remplir de sable.

— Et tu aurais perdu les vases ?

— Pour qui me prends-tu ? J'avais prévu une autre cachette.

— Sors-les.

Le technicien fit pivoter l'une des pierres du couloir.

— Viens voir.

Les quatre canopes reposaient à l'intérieur d'une niche. En albâtre, d'une rare élégance, les vases étaient d'authentiques chefs-d'œuvre.

À l'instant où Kel extrayait le premier, le momificateur s'enfuit en courant. Il grimpa à la corde avec une rapidité extraordinaire et, parvenu à l'orée du puits, la ramena à lui.

— Tu auras une belle sépulture ! cria-t-il à l'intention du scribe. Sous la masse de sable qui va t'ensevelir, personne n'ira te rechercher.

Le malfaisant ne savoura pas longtemps son succès.

Soudain, un choc violent à la nuque, la vue brouillée et l'évanouissement.

Le coup de gourdin de Bébon avait été fort et précis. Écartant du pied le corps inerte, il remit la corde en place.

— Tu es toujours en bas, Kel ?

— J'ai les quatre vases !

— Remonte doucement, ne les casse pas !

L'opération s'effectua sans difficulté.

— Vent du Nord et moi avons dû neutraliser les deux assistants de cette ordure, expliqua Bébon. Ils ont manqué de promptitude. Eux et leur patron souffriront de solides migraines.

Le comédien reprit le lingot d'argent.

— Nous le redonnerons au temple, décida Kel.

Bébon redoutait cette rigueur morale. Malheureusement, pas question de discuter.

Le scribe déposa délicatement les vases dans les sacoches de Vent du Nord, et le trio se dirigea vers l'embarcadère.

72

Grâce à l'efficacité des hommes du grand intendant, le retour à Thèbes s'était effectué en toute sérénité. À l'extrémité du quai et à l'abri des regards, Kel avait troqué sa tunique luxueuse contre un pagne de paysan. Prenant chacun un chemin différent, le scribe et le comédien, aux côtés de Vent du Nord, regagnèrent leur refuge où les attendait Nitis.

Au regard du scribe, elle comprit.

— Tu as réussi !

Les deux amants s'enlacèrent avec fougue, Bébon sortit rapidement les vases des sacs et pria Vent du Nord de monter la garde à l'extérieur.

— Quand vous aurez terminé vos effusions, dit le comédien, nous nous mettrons au travail.

À tête d'homme, le premier vase contenait le foie du défunt. Portant le nom d'Imset, il ouvrait à l'âme le chemin du ciel du sud. À tête de babouin, le deuxième, Hâpy, abritait la rate et l'estomac, et garantissait un heureux passage à l'occident. Le troisième, Douamoutef, à tête de chacal, recelait les poumons et la trachée-artère. Il correspondait à la lumière du nord. Enfin, Kebehsenouf à tête de faucon protégeait les intestins, les vaisseaux et les conduits extraits du cadavre par l'embaumeur. Sa puissance permettait de vivre l'orient.

Ensemble, les quatre fils d'Horus participaient au processus de transmutation de la dépouille mortelle de l'individu en corps osirien immortel. Associés, ils recomposaient l'intérieur de l'être d'Osiris et le ramenaient à la vie lors de la célébration des rites.

Restait à découvrir le code dont ces quatre vases-là étaient porteurs.

Kel lut les textes, parfaitement clairs.

Ces génies bienfaisants repoussaient les agresseurs visibles et invisibles, veillaient en permanence sur le « juste de voix », le conduisaient à un nouvel éveil et préservaient sa vie au-delà de l'épreuve de la mort.

Pas l'ombre d'une écriture cryptée.

À la déception initiale succéda la volonté de percer le mystère.

— Le destinataire de ces objets maîtrisait les hiéroglyphes, rappela Kel. Essayons d'inverser le sens de lecture.

Peine perdue.

À tour de rôle, Kel et Nitis tentèrent vainement d'appliquer des grilles de décryptage.

Pas le moindre résultat.

— Nous nous trompons de méthode, estima la jeune femme. Et si le secret se trouvait dans les signes eux-mêmes ?

Bébon et Kel approchèrent les torches des vases. La lumière mit en relief les hiéroglyphes.

— Regardez bien ! Le *I*, initiale d'Imset, le *H*, celle de Hâpy, sont gravés beaucoup plus profondément que les autres lettres.

— *IH*, allusion au sistre des divinités ? s'interrogea le scribe.

— Les noms des deux derniers fils d'Horus ne comportent pas cette anomalie, observa la prêtresse. Mais leur signification me semble riche d'enseignements ! Douamoutef est « Celui qui vénère sa Mère », à savoir Isis-Hathor qu'incarne la Divine Adoratrice, dont l'un des actes rituels majeurs consiste à manier les sistres afin de repousser le mal.

— Et Kebehsenouf ? demanda Bébon, impressionné.

— Il est « Celui qui rafraîchit son frère », Osiris ressuscité par l'eau céleste.

— Nous ne sommes guère avancés, déplora le comédien.

— Au contraire ! En procurant ces éléments à la Divine Adoratrice, elle pourra sans doute nous fournir l'ultime clé, soit son propre sistre, soit l'eau de régénération du lac sacré. Il ne nous reste qu'une étape à franchir avant de connaître la vérité.

— Étape malheureusement infranchissable, estima Bébon. Le juge Gem a transformé Karnak en camp retranché. À l'évidence, il veut isoler la Divine Adoratrice, même mourante, et ne pas lui permettre de nous secourir.

— J'ai une idée, affirma Kel.

Le comédien se mordit les lèvres. De nouveau, on pouvait craindre le pire !

Et Bébon ne fut pas déçu. Le plan du scribe relevait de la pire démence.

— Seule difficulté, conclut-il : le transmettre à Chéchonq.

— Insurmontable !

— Tu détiens la solution, avança Nitis.

— Je ne franchirai pas le cordon de police ! objecta Bébon.

— Toi, non. Mais ton amie Aurore devrait y parvenir.

Revoir une jolie femme ne déplaisait pas au comédien. Ils évoqueraient d'agréables souvenirs et savoureraient le moment présent ; pour le reste, l'apicultrice déciderait.

Le juge Gem déprimait.

Encore une dizaine de rumeurs et de dénonciations à vérifier ! À Thèbes, des centaines de gens avaient repéré le scribe Kel et ses complices dont le nombre variait considérablement selon les témoignages. Et toutes ces investigations ne donnaient aucun résultat !

On se moquait de lui. À l'instigation du grand intendant, la ville entière se liguait contre le représentant de l'État et l'empêchait de mener sa mission à bien. S'attaquer directement à Chéchonq ? Inutile. Les Thébains vénéraient la Divine Adoratrice et admiraient son Premier ministre.

Bébon, un espion au service de Hénat, chargé d'infiltrer le réseau de Kel ? Espoir déçu ! Il aurait déjà vendu le scribe et touché une forte prime.

En terrain hostile, impuissant malgré le déploiement de policiers et de soldats, le juge éprouvait parfois une sorte de vertige. Sans douter de la culpabilité de Kel, il se demandait si le scribe n'avait pas été manipulé. Les documents codés en possession du magistrat demeuraient muets, et certaines explications manquaient.

Le pouvoir l'aurait-il manipulé, lui aussi ? Invraisemblable ! La chaleur, la fatigue et les échecs étaient à l'origine de ces divagations, indignes du chef de la magistrature.

Gem se remit au travail et consulta la liste des visiteurs du grand intendant, hélas tous identifiés ! Pourtant, les comploteurs devaient prendre contact avec lui. Aussi le juge s'appuya-t-il sur sa principale vertu : la patience.

Bébon était un vaurien et un menteur, mais aussi un merveilleux amant. Et Aurore ne regrettait pas de lui avoir cédé, une nouvelle fois. Elle avait passé une nuit à la fois exaltante et amusante, et aurait souhaité pouvoir retenir encore cet imprévisible comédien.

À l'issue de ces moments de plaisir, comment lui refuser le service demandé, d'autant qu'elle appréciait la jeune femme qui l'avait aidée à transporter des pots de miel ?

Au couchant, l'apicultrice se présenta aux policiers gardant la villa de Chéchonq.

— J'apporte une commande au grand intendant, déclara-t-elle.

— Attends ici, on prévient son majordome.

Importuné alors qu'il préparait un banquet, ce dernier ne cacha pas son irritation.

— De quoi s'agit-il ?

— Je veux voir le grand intendant.

— Pour quel motif ?

— Je le lui dirai moi-même. Si tu tiens à ton poste, ne me renvoie pas.

Troublé, le majordome préféra ne pas prendre de risques et osa déranger son patron, lequel reconnut l'apicultrice.

— Je ne t'ai rien commandé, s'étonna Chéchonq.

— Rappelez-vous, dit Aurore avec gravité, vous

aviez besoin d'un pot de mon meilleur miel. Ne contient-il pas d'irremplaçables vertus ?

— Je me souviens, en effet, et je saurai les apprécier.

Chéchonq n'avait pas mis longtemps à comprendre. Ne laissant à personne le soin d'ouvrir le pot, il y trouva une plaquette en bois couverte de hiéroglyphes de la main de Kel.

La proposition du scribe était ahurissante.

Le grand intendant la soumettrait néanmoins à la Divine Adoratrice, qui la jugerait forcément inacceptable.

73

Modestement vêtue, Nitis se présenta à la grande porte de Karnak en compagnie de Vent du Nord. Venus par des chemins séparés, Kel et Bébon la rejoignirent.

Le comédien se demandait pourquoi il participait à cette aventure démente. Ils n'avaient pas la moindre chance de réussir, perdraient le bénéfice de leurs succès antérieurs et seraient ramenés à Memphis dans un bateau-prison. Nul argument n'avait dissuadé le scribe et la prêtresse d'accomplir cette folie.

— Halte ! ordonna un garde.

— Je livre des objets précieux à la Divine Adoratrice, déclara Nitis d'une voix sereine.

La beauté de la jeune femme émut le soldat, mais il devait respecter les consignes.

— Rends-toi à l'accès des fournisseurs. La police vérifiera ton identité.

— Quand tu auras vu ce trésor, tu me laisseras passer.

Kel et Bébon sortirent les vases canopes des sacs de Vent du Nord. Chacun en éleva deux vers le ciel.

— Regardez, clama Kel, regardez les fils d'Horus ! Ils recréent la vie de leur père Osiris, et nous venons les offrir à la Divine Adoratrice !

Le silence envahit le parvis. Frappés de stupeur, les gardes reculèrent. En quelques instants, une foule de badauds vint assister à l'événement.

Un gradé fut le premier à se reprendre.

— Seriez-vous des ritualistes ? Vous n'en avez pas l'apparence !

— Laisse-nous passer, insista Nitis.

— Hors de question ! Les ordres sont les ordres.

— Prends garde à la colère des dieux.

— Tu parles comme une prêtresse ! Une prêtresse… et deux hommes, le scribe et le comédien !

Les Thébains affluaient.

Le gradé en tremblait d'émotion. Il venait d'identifier Kel l'assassin et ses deux principaux complices !

La prime serait à la mesure de l'exploit.

— Arrêtez-les, ordonna-t-il à ses subordonnés, et qu'on prévienne le juge Gem.

Les soldats s'approchèrent, hésitants. Les quatre vases canopes n'émettaient-ils pas une énergie dangereuse ?

— Vous ne risquez rien, assura le gradé. Ils ne sont même pas armés !

Bébon savourait ses derniers instants de liberté, regrettant de n'avoir pas su convaincre ses amis de revenir à la raison.

Brandissant lances et épées, les soldats les encerclèrent.

Soudain, un bruit étrange et grave.

La grande porte en bois doré de Karnak s'ouvrait lentement. Et tous les regards se tournèrent vers la frêle silhouette qui apparut sur son seuil.

Vêtue d'une longue robe blanche moulante, le cou orné d'un large collier en or, la Divine Adoratrice portait la couronne de cérémonie : coiffe imitant une dépouille de vautour, symbole de la déesse Mout, surmontée de deux petites cornes évoquant Hathor et de deux hautes plumes à la base desquelles naissait un soleil.

La plupart des Thébains n'avaient jamais vu leur souveraine. Heureux et admiratifs, ils s'inclinèrent en signe de respect.

Nitis, Kel, Bébon et même Vent du Nord s'agenouillèrent.

Les soldats, eux, s'écartèrent. La gorge sèche, dépassé, le gradé rentra dans le rang.

— Majesté, dit la prêtresse, nous vous faisons offrande de ces quatre vases appartenant à l'un de vos serviteurs, et dont il avait été spolié. Puisse la justice de Maât continuer à régir la cité sainte de Thèbes.

— Relevez-vous, décréta la Divine Adoratrice, et soyez mes hôtes.

Bébon n'en croyait pas ses yeux : le plan se déroulait à la perfection !

— Interpellez immédiatement ces criminels ! fulmina le juge Gem, essoufflé, fendant la foule à coups de coude.

Des grondements s'élevèrent.

Le grand intendant Chéchonq retint le magistrat.

— Contrôlez-vous, Sa Majesté vient d'accorder l'hospitalité à ces porteurs d'offrandes, désormais intégrés à la hiérarchie des ritualistes.

Le magistrat repoussa Chéchonq, l'animosité de la foule s'amplifia.

— Arrêtez ces criminels ! exigea de nouveau le juge.

Les armes baissées, les soldats demeurèrent figés.

— Calmez-vous, conseilla le grand intendant à Gem. Les paroles de la Divine Adoratrice ont force de loi, et ces trois ritualistes sont placés sous sa protection. Leur porter atteinte déclenchera la fureur de la population, et je ne parviendrai pas à l'éteindre.

Le juge enrageait.

Ils étaient là, à portée de main, et pourtant inaccessibles !

Gem s'adressa à la Divine Adoratrice.

— Majesté, livrez-moi ces criminels !

Le regard de la souveraine fit taire le magistrat.

Elle se retourna, et Vent du Nord fut le premier à la suivre en franchissant le seuil du temple. Nitis, Kel et Bébon lui emboîtèrent le pas, formant une procession.

Et la grande porte de Karnak se referma.

74

— Je vous assigne à résidence, annonça le juge Gem au grand intendant, et je vais ordonner à la troupe d'envahir ce temple et d'arrêter les criminels.

— Double erreur, estima Chéchonq. Si vous m'empêchez de remplir correctement ma fonction, la gestion de la province sera désorganisée, et le roi vous le reprochera. Quant à vous attaquer à Karnak, le domaine de la Divine Adoratrice, n'y songez pas ! Vous provoqueriez un soulèvement populaire et commettriez un crime de lèse-majesté que le pharaon ne vous pardonnerait pas.

Le grand intendant avait malheureusement raison.

— Puisque vous connaissez la résidence du scribe Kel, suggéra Chéchonq, vous devriez lever le dispositif militaire et policier qui importune tant les Thébains.

— Le temple sera surveillé en permanence, prévint le magistrat, et aucun des trois délinquants ne pourra en sortir !

— Nul n'en doute, admit le grand intendant. Viendrez-vous dîner chez moi, ce soir ?

— Je ne crois pas.

— Vous avez tort, mon cuisinier prépare des rognons

en sauce inégalables. Même au dernier moment, vous serez le bienvenu.

Le juge Gem éprouvait des sentiments contradictoires. D'un côté, il pestait de ne pouvoir appréhender ce trio dont il avait fini par retrouver la trace, à la suite d'une longue traque ; de l'autre, il se consolait en les voyant prisonniers de Karnak.

Et la patience lui dictait sa conduite.

Quoiqu'elle ne fût pas mourante, la Divine Adoratrice ne vivrait peut-être pas très longtemps. Celle qui lui succéderait souhaiterait sans doute se débarrasser de ces hôtes encombrants et les remettrait à la justice.

Subjugué, Bébon aurait aimé jouer le rôle d'un dieu dans l'immense salle hypostyle ou près du lac sacré, le plus grand d'Égypte. Pointés vers le ciel, les obélisques dissipaient les ondes nocives et captaient les énergies créatrices, expressions de la puissance divine.

À lui seul, le domaine sacré de Karnak était une véritable ville, sans cesse en activité. Mais il fallait différer son exploration, car la Divine Adoratrice, Kel et Nitis avaient hâte de percer enfin le mystère du texte codé.

L'élégance souveraine de la vieille dame éblouit le comédien. Reine, elle l'était depuis sa naissance. Et le dieu Amon n'aurait pu trouver meilleure épouse.

À l'ombre d'un kiosque, au bord du lac, des sièges, une table basse, un papyrus et du matériel d'écriture. Ici, la Divine Adoratrice s'était entretenue avec Pythagore avant de l'initier à certains mystères. Favori rongeait un os, Jongleur dégustait des figues.

— À présent, leur dit-elle, racontez-moi votre histoire en détail.

Principal accusé, Kel prit la parole en premier ; puis Nitis apporta des précisions. Quand vint le tour de Bébon, il n'avait rien à ajouter.

— Écrivez le texte codé.

Sous le contrôle de Nitis, Kel s'exécuta. Ils l'avaient tant étudié que la mémoire ne risquait pas de leur manquer.

La Divine Adoratrice demanda à deux ritualistes de lui apporter le sistre-Puissance et un vase en forme de cœur, rempli d'eau du lac sacré.

— Les ancêtres détenant le code étaient les fils d'Horus, et leur disparition nous empêchait de découvrir la vérité. En les retrouvant, vous me donnez la possibilité d'utiliser mes propres clés. À l'évidence, cet assemblage de hiéroglyphes est le produit d'un envoûtement. Nous devons d'abord le dissiper.

La Divine Adoratrice mania le sistre au-dessus du texte.

Des sons aigrelets et métalliques déchirèrent les oreilles de Bébon. Les gestes lents de la vieille dame déclenchaient un véritable vacarme, à peine supportable.

Puis le calme revint.

Le texte, lui, demeurait identique. La magie du sistre, capable de déclencher la puissance animatrice d'Amon et d'apaiser les forces destructrices, avait-elle été efficace ?

— Un organe échappe à la protection des fils d'Horus, précisa la Divine Adoratrice : le cœur. Jamais il n'est déposé dans un vase canope. Siège de la conscience et de la pensée, il doit être extrait du corps, lavé et rendu imputrescible. Ensuite, le momificateur le replace dans le thorax ou le remplace par un cœur de pierre, sous la forme du scarabée des métamorphoses. Il nous faut donc purifier ce texte en le débarrassant de ses obscurités.

La souveraine de Karnak versa de l'eau sur les signes.

Déçus, Nitis et Kel n'aperçurent aucune modification.

À trois reprises, et sans précipitation, la Divine Adoratrice recommença.

Le vase en forme de cœur était vide.

Constatant l'échec, Bébon éprouva une sorte de désespoir. L'aventure se terminait de manière désastreuse.

De façon presque imperceptible, certains signes commencèrent à s'effacer. Le processus s'accéléra, et ne subsistèrent qu'une cinquantaine de hiéroglyphes.

Une première lecture offrit des résultats partiels. Kel brisa les derniers obstacles : plusieurs mots devaient être déchiffrés à l'envers.

Alors apparut la vérité, celle qui avait causé tant de crimes.

Nous, reine Ladiké, proclamait la fin du texte, *changerons la destinée de l'Égypte en détruisant les anciennes coutumes et le trône du pharaon. La frontière nord-est du pays sera ouverte grâce aux officiers grecs, et le pays libéré de l'oppression d'Amasis. Que l'empereur de Perse agisse avec prudence et attende mon signal. Ensemble, nous triompherons.*

— Ladiké est l'ancien nom de la reine Tanit, rappela la Divine Adoratrice. Ainsi, la trahison gangrène le cœur de l'État !

— Avertissons au plus vite le pharaon, proposa Kel.

— Je crains qu'il ne soit trop tard.

— Majesté, avança Nitis, convoquez le juge Gem et persuadez-le de partir immédiatement pour Saïs. Il montrera ce texte au roi et empêchera le pire.

75

Le ciel de Saïs était bouché.

Migraineux, le roi Amasis n'avait pas envie de se lever. Et ce triste temps ne l'incitait pas à se consacrer aux affaires de l'État.

À peine dégustait-il son petit déjeuner que le chef des services secrets, Hénat, demanda audience.

— Majesté, la situation est grave !

— Quoi encore ?

— Un rapport d'un de nos agents implantés en Palestine. Le service des interprètes a malheureusement mis beaucoup de temps à le traduire et à me le transmettre.

— Une révolte de Bédouins ?

— L'armée perse déferle vers nous.

— Tu te moques de moi !

— Ravitaillé par les nomades de l'isthme de Suez, l'ennemi progresse à grande allure.

— Ce rapport ne serait-il pas pure invention ?

— Un second parle d'une attaque maritime. Les Phéniciens et le tyran Polycrate de Samos auraient collaboré avec les Perses.

— Invraisemblable ! Jamais mes alliés grecs ne m'auraient trahi.

Amasis se fit servir une coupe de vin rouge et s'habilla lui-même à la hâte, décidé à convoquer un conseil de guerre. La puissance militaire égyptienne écraserait l'envahisseur.

— Renoncez, lança la voix glaciale de la reine Tanit. Tout est fini.

Le roi crut avoir mal compris.

— Que voulez-vous dire ?

— Votre armée ne se battra pas.

— Vous êtes folle !

— Depuis de nombreuses années, j'attendais cet instant, révéla Tanit, les yeux enfiévrés. Tu n'as rien vu et rien compris. Moi, la Grecque bafouée, trompée et méprisée, j'ai su convaincre tes alliés de se détacher peu à peu d'un médiocre pharaon et de se rallier à l'empereur des Perses. Crésus et son épouse Mitétis, ravie de venger son père que tu as assassiné, m'ont procuré une aide décisive. En tant qu'ambassadeur, il a persuadé les princes grecs de t'abandonner. Et c'est également Crésus qui a préparé l'invasion, en achetant les chefs des tribus bédouines et les Palestiniens. Les Perses n'ont rencontré aucune résistance, leur armée de terre et leur flotte progressent vite et atteindront bientôt le Delta.

Amasis éprouvait de la peine à respirer.

— Ma marine de guerre, dix fois supérieure à la leur, la détruira ! Mon infanterie et ma cavalerie anéantiront leurs troupes. Phanès d'Halicarnasse conduira les mercenaires à une éclatante victoire !

Tanit eut un sourire cruel.

— Pauvre naïf ! Tu as vendu la défense de ton pays aux Grecs sans même t'en apercevoir. Phanès et les officiers supérieurs m'obéissent au doigt et à l'œil. Ton général en chef a livré à Crésus les clés du dispositif de défense égyptien, et pas un mercenaire ne se battra contre son nouveau maître, l'empereur de Perse.

— Oudja commandera mes amiraux !

— Le chancelier sait où se trouve son intérêt. Comme il tient à la vie et à ses privilèges, il a choisi de livrer la totalité de la flotte égyptienne à la marine perse. Aucun bateau ne sera coulé, et Cambyse se montrera magnanime envers les dignitaires qui se soumettront. Ce palais ne t'appartient déjà plus.

Une violente douleur déchira la poitrine d'Amasis.

— Oudja… Oudja m'a trahi, lui aussi !

— Il s'est adapté, ironisa la reine, et deviendra un fidèle serviteur de l'empereur. Quant à ton chef des services secrets, Hénat, je l'ai rendu sourd et aveugle. Privé du service des interprètes, il n'a songé qu'aux querelles internes et à son médiocre combat contre le juge Gem. S'il se montre raisonnable, nous lui réserverons un poste honorifique. Le magistrat, lui, sera destitué. À l'antique justice de Maât, que tu as si souvent piétinée, se substituera celle des Perses. Enfin, l'Égypte disparaîtra !

— Notre fils, Psammétique… il soulèvera la population et résistera !

— Cet écervelé aurait-il envie de se suicider ?

— Tanit… il s'agit de notre fils !

— À lui de choisir son camp. S'il se trompe, il mourra.

La douleur s'intensifia. Manquant d'air, Amasis fut contraint de s'asseoir.

— Quelle joie de te voir souffrir et t'effondrer ! Fasciné par les Grecs qui te méprisent, tu auras mené l'Égypte à la décadence et à la ruine. Demain, elle ne sera qu'une province de l'Empire perse. Le jour où j'ai détruit ton casque de général victorieux, j'ai anéanti ta magie. Et l'affaire du scribe assassin m'a magnifiquement servie. Cet innocent récalcitrant et ses complices auront droit à une belle exécution en place publique.

— Tanit... ce n'est qu'un cauchemar ! Vous ne me haïssez pas à ce point !

La reine éclata de rire.

— Paresseux, ivrogne, coureur de filles, guerrier déchu, crédule incapable de juger son entourage... Tu mérites ton sort.

— Saïs, ma capitale ! Elle résistera jusqu'au bout.

— Phanès [1] l'offrira à Cambyse, et chacun s'inclinera devant l'empereur perse. Compte sur moi : il jouira d'un accueil triomphal.

Les yeux d'Amasis se révulsèrent, les traits de son visage se contractèrent, il n'eut même pas la force de porter les mains à sa poitrine et s'écroula.

La reine le ferait inhumer dans le tombeau prévu à son intention, de manière à ne pas choquer la population, encore attachée aux anciennes coutumes. Les Perses imposeraient vite les leurs.

En sortant de la chambre de son défunt mari, Tanit se heurta à Hénat.

— Majesté, je dois revoir le roi de toute urgence !

— Amasis est mort.

— Mort ! Et ces nouvelles terrifiantes...

— Explique-toi.

— C'est incompréhensible, les Perses n'auraient pas rencontré d'opposition et se dirigeraient vers Saïs !

— Sachons reconnaître notre défaite, mon brave

1. La trahison du général Phanès d'Halicarnasse, la collaboration d'Oudja-Hor-resnet et la complicité active de Crésus sont des faits historiques.

Hénat. Nous épargnerons ainsi quantité de vies humaines.

— Majesté, cela signifierait… l'occupation perse !

— Souhaiterais-tu leur résister ?

La réflexion fut brève.

— Je ne vois pas comment !

— Alors accepte la réalité, et tu resteras directeur du palais.

Hénat acquiesça.

— Prépare l'arrivée de Cambyse, ordonna Tanit. Je veux une réception somptueuse.

76

Au cœur de la nuit, la Divine Adoratrice emmena Nitis au lac sacré [1] de la déesse Mout, en forme de croissant de lune.

La vieille dame et la jeune prêtresse contemplèrent les eaux argentées que faisait onduler un vent frais.

— Voici la matrice du monde, révéla la Divine Adoratrice. Mout est à la fois la mère et la mort, la mère qui nous donne l'existence terrestre et la mort qui nous ramène à la vie du cosmos. En cette nuit angoissante, elle a décidé de se manifester sous sa forme la plus redoutable.

Jaillissant des ténèbres, une lionne vint boire l'eau du lac. Le silence était absolu, Nitis entendit les claquements de sa langue.

Rassasié, le fauve tourna la tête en direction des deux femmes. Ses yeux devinrent rouge sang, son corps se cabra, il semblait prêt à l'attaque.

La main de la Divine Adoratrice saisit le poignet de Nitis, lui interdisant de bouger.

La confrontation parut interminable.

La lionne émit un grognement, gratta le sol de ses griffes, se détourna et disparut.

1. L'*icherou*.

— À de nombreuses reprises au cours de mon règne, révéla la souveraine de Karnak, je l'ai soumise. Elle s'est couchée à mes pieds, je l'ai caressée, et j'ai retourné sa puissance contre les démons. Aujourd'hui, je ne réussis qu'à l'empêcher de nous dévorer. Sa fureur reste entière, elle nous annonce souffrance et destruction. Nos gouvernants ont trahi Maât, l'heure de la vengeance des dieux approche. L'œil de Râ brûlera notre monde et la lionne se nourrira du sang des humains.

— Ne pouvez-vous pas empêcher ce désastre, Majesté ?

— Nous avons déchiffré trop tard le papyrus codé.

— Peut-être le juge Gem arrivera-t-il à temps et convaincra-t-il le roi de briser le complot !

La Divine Adoratrice demeura muette.

Détendu, Bébon s'habituait à sa nouvelle existence thébaine. Depuis le départ du juge Gem, le temple de Karnak n'était plus ceinturé de policiers. Allant et venant à sa guise, le comédien rendait de fréquentes visites à Aurore et transportait volontiers ses pots de miel.

Il n'avait pas mis longtemps à découvrir les meilleures tavernes de la ville et à nouer des relations d'affaires avec de joyeux drilles, amateurs de femmes et de bons vins. Cependant, courir les chemins et jouer le rôle des dieux lui manquait. Ce n'était qu'une question de patience, puisque le roi Amasis, dûment éclairé, se débarrasserait de la reine, ferait exécuter les comploteurs et infligerait aux Perses une cuisante défaite.

En fin de compte, cet insensé de Kel avait eu raison de lutter contre la fatalité. Uni à jamais à Nitis, devenue prêtresse de Hathor et suivante de la Divine Adoratrice, il occupait le poste de scribe des archives et se gavait des vieux textes conservés à la Maison de Vie de Karnak. Filant le parfait amour, ces deux-là sortaient rarement de l'enceinte du temple. Inutile de leur parler d'un retour à Saïs. Et Vent du Nord, classé âne d'élite, s'embourgeoisait.

Convié à un banquet par le grand intendant, Bébon s'abandonna au coiffeur, au manucure et au parfumeur avant de se coiffer d'une perruque à la mode et de se vêtir d'une superbe tunique beige clair. Vu le talent du cuisinier de Chéchonq, il s'était contenté d'une légère collation à midi. Parmi les invités se trouveraient certainement quelques ravissantes Thébaines, curieuses de connaître les péripéties de sa vie aventureuse.

La déception fut cruelle.

Seuls figuraient la Divine Adoratrice, Chéchonq, Nitis et Kel. Et l'atmosphère ne semblait pas aux réjouissances.

— J'appelle les divinités au repas du soir, pria la Divine Adoratrice. Puissent-elles se rassembler autour de nous et se satisfaire de l'aspect subtil des nourritures offertes.

Prélevant une parcelle de chaque plat, elle composa le menu destiné à l'invisible.

Soudain, Bébon ressentit d'étranges présences. Pourtant sceptique, il dut admettre que le vœu de la vieille dame avait été exaucé.

— Sachons apprécier ce moment de paix où l'au-delà et l'ici-bas sont en communion, recommanda-t-elle. À présent, nous pouvons boire et manger.

La Divine Adoratrice fit circuler une coupe de vin et partagea le pain. Ainsi, Osiris, sang de la vigne et céréale ressuscitée après la mort du grain, entretenait-il la vie.

Chéchonq ne goûta pas à la délicieuse marinade de poissons.

— J'ai d'affreuses nouvelles, annonça-t-il, la voix remplie de sanglots. Cambyse, l'empereur des Perses, a écrasé la maigre armée rassemblée par Psammétique, le fils du roi Amasis. Ils sont morts tous les deux.

— Saïs aurait-elle été conquise ? demanda Nitis.

— Saïs et les autres villes du Delta. Memphis elle-même vient de tomber. Le général Phanès d'Halicarnasse a pactisé avec l'ennemi et le chancelier Oudja accepte de collaborer. Afin de briser tout esprit de résistance, Cambyse a tué le taureau Apis. Désormais, la loi du plus fort s'imposera à l'Égypte.

Des larmes coulèrent sur les joues de Nitis et de Kel. Bébon, lui, sut jouer la comédie de l'homme impassible.

— Les Perses poursuivent leur conquête, ajouta Chéchonq. Leur prochain objectif, c'est Thèbes.

— Nous résisterons ! promit Kel.

— Nous n'en avons pas les moyens, trancha la Divine Adoratrice. Et Cambyse n'osera pas s'attaquer à Karnak. Vous, en revanche, devez partir. À toi, Nitis, je remets un coffret contenant les tissus sacrés destinés à apaiser la lionne dangereuse. Il contient aussi le linceul d'Osiris utilisé pendant la célébration des mystères. Grâce à lui et à ton savoir de prêtresse de Neit, tu préserveras notre sagesse et transmettras nos valeurs. Toi, scribe Kel, tu seras initié cette nuit, et tu connaîtras les secrets du ciel, de la terre et de la matrice stellaire. Une nouvelle vie te fera respirer, et tu formeras un fils spirituel capable de lutter pour notre liberté. À l'aube, vous quitterez Karnak ensemble. Seul un couple comme le vôtre triomphera du malheur.

— Où irons-nous, Majesté ? demanda Nitis.

— En Nubie. Un sauf-conduit de ma main vous permettra de franchir la frontière d'Éléphantine. Ensuite, vous prendrez la piste en bordure du Nil. Un signe du ciel vous permettra d'atteindre un village dont le chef vénère le dieu Amon. Vous y serez en sécurité et préparerez le retour de Maât en Égypte.

77

À l'issue d'une nuit d'initiation, Kel n'éprouvait aucune fatigue. Son esprit s'était ouvert aux réalités spirituelles enseignées à Karnak depuis des siècles. L'heure approchait de quitter le temple et la Divine Adoratrice. Il songeait à son patron du service des interprètes, assassiné parce qu'il n'aurait pas dû retenir le papyrus codé et tenter de le déchiffrer. Mais la reine et ses complices avaient décidé de supprimer tous ses collègues, de manière à rendre l'Égypte sourde et aveugle, et à permettre aux Perses de préparer leur invasion à l'insu du roi Amasis, trop confiant en ses alliés grecs. Et lui, Kel, avait servi de parfait coupable, sur les conseils de son « ami » grec Démos, éliminé par la suite.

Les dieux se vengeaient d'un pouvoir qui avait négligé la voie de Maât. Aux côtés de Nitis, le scribe continuerait à lutter en rassemblant des opposants aux Perses. Même si leurs chances de succès paraissaient bien minces, ils ne renonceraient pas.

— Je vous accompagne, déclara Bébon. Vent du Nord et moi avons besoin de nous dégourdir les jambes.

— Ce voyage s'annonce dangereux.

— Tu me vois rester seul ici ? En Nubie, nous fabriquerons de beaux masques et je monterai une troupe de divinités capable de jouer les grands mythes !

Les deux amis se donnèrent l'accolade.

Vent du Nord prendrait la tête d'une compagnie d'ânes robustes, chargés de nourriture, de gourdes, de vêtements, de produits de toilette, de matériel d'écriture et d'armes.

— Il faut partir, dit la Divine Adoratrice à Nitis.

— J'aurais tellement aimé rester auprès de vous !

— Ton destin est ailleurs. Tu formes avec Kel un couple digne de régner. Pourtant, vous devrez lutter dans l'ombre sans tirer nul bénéfice de vos efforts et sans jamais vous décourager. À l'exception de Bébon, n'ayez pas d'ami et ne comptez que sur vous-mêmes. Le temps du malheur et de l'opposition advient, et vous seuls incarnez l'espérance.

Nitis, Kel, Bébon et Vent du Nord s'inclinèrent devant la souveraine.

Et la caravane s'ébranla en direction du sud.

— Demain, Majesté, annonça le grand intendant, les Perses seront à Thèbes.

— Il est temps de te mettre à l'abri, estima la Divine Adoratrice.

— Vous me connaissez : je suis un sédentaire. M'éloigner de vous serait un châtiment insupportable.

— Cambyse ne nous épargnera pas, Chéchonq. Il nous tuera et tentera de détruire Karnak. Grâce aux dieux, une partie du temple subsistera, mais les fidèles d'Amon seront massacrés.

— J'ai tenté de vous servir fidèlement et de contribuer au bonheur de cette province. Fuir serait méprisable.

Habituée à maîtriser ses émotions, la vieille dame se contenta d'un regard de reconnaissance qui bouleversa le grand intendant.

— Rendons-nous à ma chapelle funéraire de Medinet Habou[1], exigea-t-elle. Là, j'accomplirai l'acte ultime de mon règne en adoptant Nitocris, la dernière Divine Adoratrice.

En traversant le Nil, la souveraine remercia les dieux de lui avoir accordé tant de faveurs. Au cours de sa longue vie, l'épouse d'Amon s'était évertuée à capter sa puissance bénéfique et à la répandre autour d'elle.

Les murs de la chapelle étaient couverts de colonnes de hiéroglyphes reprenant les thèmes principaux des *Textes des Pyramides*. La vieille dame décrivit à la jeune Nitocris les rites principaux qui l'élevaient à la plus haute fonction spirituelle du pays et lui parla longuement des devoirs de sa charge. Ainsi la transmission s'effectuait-elle hors du temps et de l'espace humain, comme si l'invasion perse[2] n'existait pas.

— Nout, la déesse Ciel, entoure les vivants du cercle de ses deux bras, rappela la Divine Adoratrice. Elle sera notre sauvegarde magique, et notre être sera protégé de tout mal. Notre *Ka* ne se détachera pas de nous.

1. Elle a malheureusement été détruite, mais l'on peut encore admirer les monuments d'éternité d'autres Divines Adoratrices. Et le sarcophage d'Ankh-nes-néfer-ib-Râ, chef-d'œuvre de l'art égyptien, fut retrouvé par l'expédition française de 1832. Les pouvoirs publics le jugeant inintéressant, il aboutit au British Museum. D'une importance capitale, ses textes, trop méconnus, évoquent la destinée spirituelle de la Divine Adoratrice.

2. Après avoir ordonné la destruction de la chapelle d'Ankh-nes-néfer-ib-Râ, Cambyse fit brûler sa momie.

La mère et la fille spirituelle regagnèrent Karnak. Favori et Jongleur firent la fête à leur maîtresse.

Et ce fut du toit du temple, baigné de soleil, qu'elles assistèrent à la ruée des Perses, dévastant tout sur leur passage et s'attaquant en hurlant à la grande porte en bois doré, après avoir piétiné le cadavre du grand intendant Chéchonq.

— J'ai peur, avoua la jeune Nitocris.

— Serre-toi contre moi et ferme les yeux, ordonna la Mère.

Bientôt, les pas des assassins résonneraient dans l'escalier de pierre. Les yeux levés vers le ciel, la Divine Adoratrice prononça les formules de transformation en lumière.

La frontière d'Éléphantine et la première cataracte franchies, la caravane menée par Vent du Nord s'enfonçait en Nubie.

Ne manquant de rien, Bébon trouvait le voyage agréable mais commençait à s'impatienter. Ce fameux signe se faisait attendre !

Perché au sommet d'un arbre, un oiseau de grande taille, au très long bec, les observait. À leur approche, il déploya ses longues ailes et tournoya au-dessus d'eux.

— C'est le *ba*, l'âme immortelle de la Divine Adoratrice, déclara Nitis. Il se nourrit des rayons du soleil et nous guidera vers notre destination.

De fait, l'oiseau ne les quitta plus et les conduisit jusqu'à un village où s'étaient réfugiés les soldats de la garnison d'Éléphantine et des civils, conscients de ne pouvoir s'opposer aux Perses. Tous, néanmoins, désiraient entrer en résistance et reconquérir peu à peu le terrain perdu. Ils avaient choisi un chef auquel ils amenèrent les nouveaux arrivants.

Bébon fut consterné.

— Non, ce n'est pas vous !

— C'est bien moi, affirma le juge Gem, et vous n'avez plus rien à craindre, puisque la vérité a été établie. En arrivant à Memphis, j'ai appris la mort d'Amasis. La victoire des Perses étant inéluctable, retourner à Saïs eût été stupide. On m'aurait éliminé sur-le-champ. J'ai donc décidé de rassembler ceux qui avaient suffisamment de courage pour continuer la lutte. À mon âge, l'entreprise me semblait pesante. Vous, vous êtes jeunes et saurez assumer le commandement.

Bébon s'apprêtait à émettre de sérieuses objections lorsqu'une magnifique Nubienne, vêtue d'un pagne en fibres de palmier purement décoratif, lui offrit une boisson rouge.

— De la tisane de karkadé, expliqua-t-elle. Sa fraîcheur dissipe les idées noires et donne de l'énergie. Toi, je le sens, tu es un guerrier de première force.

Bébon ne démentit pas.

— Où trouves-tu cette plante ?

— À l'écart du village.

— J'aimerais voir ton jardin.

— Allons-y.

Le juge Gem s'assit sur une natte.

— Notre comédien appréciera sa nouvelle vie ! Moi, je me suis lourdement trompé. Et quand la justice s'égare, un pays court à sa perte. Je réparerai mon erreur en combattant sous vos ordres, scribe Kel, et nous chasserons les barbares des Deux Terres.

Au terme d'un dîner frugal auquel ne participa pas Bébon, trop occupé à herboriser en compagnie de son initiatrice, Kel et Nitis gravirent une dune que doraient les rayons du couchant. Vent du Nord se coucha à leurs pieds.

Le regard tourné vers une Égypte martyrisée, ils se promirent de la libérer[1].

1. En 405 av. J.-C., le pharaon Amyrtée, s'appuyant sur des réseaux de résistance, parvint à expulser l'envahisseur. L'Égypte pharaonique connut alors sa dernière période de liberté et de souveraineté jusqu'en 342, date de la deuxième occupation perse (iranienne). Lui succédèrent les invasions grecque (333), romaine (30), chrétienne (en 383 apr. J.-C., un édit ordonne la fermeture des temples), byzantine (395) et arabe (639). Les dynasties se sont éteintes, leur message demeure.

Composition et mise en pages
Nord Compo à Villeneuve-d'Ascq

Imprimé en France par CPI
en septembre 2018
N° d'impression : 3030725

POCKET – 12, avenue d'Italie – 75627 Paris Cedex 13

S29042/01